ROYCE BUCKINGHAM

DIE KARTE DER WELT

Roman

Aus dem Englischen
von Michael Pfingstl

blanvalet

Der Verlag weist ausdrücklich darauf hin, dass im Text enthaltene externe Links vom Verlag nur bis zum Zeitpunkt der Buchveröffentlichung eingesehen werden konnten. Auf spätere Veränderungen hat der Verlag keinerlei Einfluss. Eine Haftung des Verlags ist daher ausgeschlossen.

MIX
Papier aus verantwortungsvollen Quellen
FSC® C014496

Verlagsgruppe Random House FSC® N001967

6. Auflage
August 2013 bei Blanvalet, einem Unternehmen
der Verlagsgruppe Random House GmbH,
Neumarkter Str. 28, 81673 München.

Umschlaggestaltung und -illustration: © Max Meinzold, München
Redaktion: Alexander Groß
Lektorat: Holger Kappel
Herstellung: sam
Satz: Uhl + Massopust, Aalen
Druck und Einband: GGP Media GmbH, Pößneck
Printed in Germany
ISBN 978-3-442-26884-9

www.blanvalet.de

Prolog

Niedrig hängende Wolken verhüllten die Berge und die dazwischen liegenden Täler. Hänge, Kämme und Gipfel waren nur als vage Umrisse im Dunst zu erkennen. Aus der Ferne betrachtet, wirkte die weite Landschaft beinahe wie eine Kohlezeichnung.

Der Reiter mit der Adlernase hatte für diese schroffe Schönheit keinen Blick. Er blutete aus fünf parallel verlaufenden Schnitten an der Schulter und keuchte ebenso heftig wie sein galoppierendes Pferd. Er ignorierte die hässliche Wunde und trieb sein Reittier erbarmungslos weiter, immer tiefer in den Wald. Er musste den Stammesfürsten finden. Da sah er ein metallisches Aufblitzen. Er riss an den Zügeln und brach durch das Dickicht zu seiner Rechten; die langen Dornen des Gestrüpps kümmerten ihn nicht.

An einer Felskante direkt voraus standen vier Bewaffnete. Sie hatten ihn bereits sehnsüchtig erwartetet und schwangen euphorisch die Speere in der Luft.

Das rostige, blutverschmierte Schwert des Reiters klatschte der vollkommen erschöpften Stute in stakkatoartigem Rhythmus gegen die Flanke, bis sie schließlich trippelnd zum Stehen kam.

An der Abrisskante vor ihm stand ein breitschultriger Mann. Von seiner Position aus hatte er die ganze Weite der Gebirgskette im Blick, die der Reiter soeben durchquert hatte. Obwohl der Fürst das gleiche derbe weiße Wolfsfell wie der geringste seiner Männer trug, strahlte er eine über jeden Zweifel erhabene

Befehlsgewalt aus. Mit kraftvollem Griff packte er die zottige Mähne der Stute und gebot ihr stillzuhalten.

»Sag, dass es getan ist, Garman.« Seine Stimme klang ernst und hoffnungsvoll zugleich.

»Ja. Wir haben sie bis hinter die Berge zurückgedrängt, Herr.«

»Und der Drache?«

»Geflohen.«

»Wie viele Tote?«

»Weit über die Hälfte der Männer. Shagan und Frehman sind auch darunter.«

Der Stammesfürst fuhr zusammen. »Noch keine Namen. Wir werden trauern, wenn Zeit dazu ist. Wurden alle Unerwünschten vertrieben?«

»So gut wie.«

Fürst Krystal legte die Stirn in Falten. »Das wird genügen müssen.« Er wandte sich dem Mann zu, der direkt an der Felskante stand. Es war Petrich, der Sohn seines Onkels. Petrichs Umhang war ebenfalls aus Tierhaut, aber dünner als die Wolfsfelle der anderen und nicht dazu gedacht, ihn im Kampf zu schützen. »Der Großteil der Unerwünschten ist fort, der Drache nach Norden geflohen. Es ist Zeit«, sagte Krystal und atmete einmal tief durch. »Wirke deine Teufelei, Cousin. Und mögen die wahren Götter uns vergeben, dass wir deine Dienste in Anspruch nehmen.«

Krystals Männer betrachteten Petrich mit Argwohn, ja sogar Furcht, aber sie hielten sich zurück. Krystal war der Einzige, der stark genug war – und rücksichtslos genug –, um die Säuberungen durchzuführen, und nur mit Hilfe der Säuberungen konnten die Lande von Abrogan sicher gemacht werden für die Frauen und Kinder der Rechtschaffenen. In der Tat hatte Krystal beinahe vollendet, was sein Vater begonnen hatte. Mit zehn Schiffen voll Soldaten war er damals an den Küsten von Abrogan gelandet, um Schrecknisse und Vagabunden von dem verheißenen Land mit seinen reichen Böden und glitzernden Flüssen zu vertreiben und ein zivilisiertes Königreich aus der unbezähmten Wildnis zu machen. Und sobald Krystal es vollendete, das heißt, *falls* er es jemals vollendete, wäre all das sein.

Petrich trat an den Rand der Klippe und breitete die Arme aus. »Das Fell«, verlangte er.

Krystal zog eine aufgerollte Tierhaut hervor, und ein nervöser Soldat half ihm, sie auszubreiten. Sie maß über zwei Meter in der Breite und war beinahe genauso lang. Ein einziges großes Stück gegerbten Fells.

»Jetzt bringt mir den Jungen.«

Zwei andere Soldaten schoben einen Jungen vor sich her, der noch keine zehn Jahre alt war.

Krystal musterte seine runden, olivgrünen Augen. »Von den Bauern im Norden?«, fragte er.

»Sie gaben ihn freiwillig«, versicherte einer der beiden. »Die Familie hat noch andere Söhne.«

Die Fesseln an Knöcheln und Handgelenken ließen erkennen, dass der Junge selbst dies anders sah. Sein Kopf war vor Erschöpfung schlaff auf die Brust gesunken; er war zu schwach, um sich noch zu wehren.

Krystals Cousin legte ein Messer an seinen Hals. Mit einer schnellen Bewegung aus dem Handgelenk öffnete er eine dünne rote Linie quer über die Kehle des Jungen.

Einer der Männer fing den herausquellenden Lebenssaft in einer Schale auf.

»Muss er denn sterben?«, fragte Krystal, während der Junge immer blasser wurde, bis er schließlich in die Arme der beiden Männer sank.

»Manche Magie verlangt nun mal nach Blut.«

Alle verfielen in Schweigen, und der Mord wurde ohne weiteren Protest vollzogen. Wenige Momente später sackte die Leiche des Jungen zu Boden wie ein weggeworfener, leerer Wasserschlauch.

Als Zeichen der Dankbarkeit nickte Petrich seinem Opfer kurz zu, dann tauchte er die Hand in die Schale und schöpfte, rot und warm, den makabren Tribut daraus. Er blickte auf die Gebirgskette, prägte sich den Anblick ein und beugte sich über die Tierhaut. Mit der freien Hand deutete er auf ein paar Symbole in der Mitte, dann beschrieb er mit dem Finger eine lange Linie zur Oberkante hin und verschmierte mit einer blitzschnellen Bewegung das Blut des Jungen auf dem Fell.

Einen Moment lang geschah nichts. Die Männer blickten sich zweifelnd um, abwartend. Dann fiel ein Schatten über die fernen Berggipfel. Nein, er *erhob* sich aus ihnen. Wie eine schwarze Mauer wuchs er aus dem Boden, bis er selbst die grauen Wolken am Himmel verdeckte, und breitete sich über die gesamte Länge der Bergkette aus. Dann kam er über die Kämme auf sie zugejagt wie eine Flutwelle aus purem Schwarz. Ein Schwall warmer Luft schlug ihnen ins Gesicht. Sie roch nach Fäulnis und Tod.

»Ist dies, was geschehen soll?«, fragte Krystal.

Petrich geriet ins Stammeln. »Ich … ich weiß es nicht.«

Krystal packte das blutverschmierte Fell und rannte den Hang hinunter, ließ seine Männer allein mit dem toten Jungen am Rand der Klippe. Von Entsetzen gepackt, starrten sie auf das nahende Unheil, unfähig zu fliehen, wo selbst ihr Fürst die Flucht ergriffen hatte, und die Dunkelheit rollte über sie hinweg.

Lager der
Garnisonssoldaten
Seestraße
zweite Straße
zornfleck
Anwesen des
Grafen zornfleck
Hynde See
Furtheim
Erste Straße
Die Täler
Doppelsee

Zornberge
Hof
Die verstreuten Hügel
Abrogan
Haselzahn

1

Die feucht-braune Wolke kam den Hang heraufgekrochen und legte sich über Wexford Stoli. Neben ihm lag ein Paar abgetragener Lederhandschuhe auf dem Boden. Er saß ein Stück den Hügel hinauf, oberhalb der Schweinezucht seines Vaters, und bestaunte das erwachende, frühlingshafte Grün der Berge. Das Gras war noch feucht vom Tau. Er konnte sich kein Stückchen weiter entfernen, ohne die Tiere übermäßiger Gefahr auszusetzen – durch wilde Hunde, Füchse, manchmal auch schwarze Wölfe –, und bald würde er den kleinen Hof allein führen müssen. Er saß hier genauso fest wie das in die Jahre gekommene Pferd mit dem Senkrücken, das am Zaun angeleint war.

Auf Wex' Schoß lag ein glattes, rundes Brett, das er aus dem Stumpf einer Kiefer gemacht hatte, darauf eine Zeichnung der Zornberge. Das selbstgemachte Papier war dick und grob – er hatte schon Besseres hinbekommen – und genau auf die Form der Holzscheibe zugeschnitten. Am Rand hatte er es mit den spitzen Nadeln einer Stechfichte festgeheftet. In der Hand hielt er einen Zeichenkiel, der einmal das Rückgrat einer glücklosen Ratte gewesen war, die sich in einem Erdloch unten neben der Suhle eingenistet hatte.

Wex' Bild war in dunklen Rottönen gehalten. Die Farbe bewahrte er in einem kleinen Lederbeutel auf. Wex zeichnete Impressionen, keine detailgenauen Abbilder. Seine Linien und Kleckse zeigten nicht exakt die Umrisse der Hänge und Kämme; stattdessen versuchte er, ihre Seele einzufangen, den kantigen

Fels und die Lichtreflexe auf den Schneefeldern auf Papier zu bannen – darin war er ein Meister. Seine Tante Eunstice sagte oft, er zeichne Dinge, die ihr nie aufgefallen waren. Sie entdecke sie erst, nachdem sie Wex' Bilder gesehen hatte.

Wex lebte in seinen Bildern, schuf auf dem Papier Welten, in die er sich jeden Tag für ein paar Augenblicke flüchten konnte. Sobald er jedoch den Kiel absetzte und einmal kurz durchatmete, schlug ihm unbarmherzig der Geruch seines eigentlichen Lebens entgegen. Das war auch an diesem Tag nicht anders, und Wex verzog das Gesicht.

»Heho, Sohn!« Sein Vater streckte den Kopf aus dem Schweinestall neben der Suhle. »Komm runter jetzt. Das Schlachtschwein wird nicht vor Langeweile sterben.«

Man kann nie wissen, dachte Wex.

Er stand auf. Mit seinen siebzehn Jahren trug er das gelockte Haupt bereits ein gutes Stück höher als sein Vater. Die großen grünen Augen hatte er von seiner Mutter; fast alle Bauern hier in der Gegend hatten grüne Augen. Er war zwar noch ein wenig schlaksig, aber wenn er erst einmal die vierzig erreichte, hätte er bestimmt genug Speck mit Bierbrot verzehrt, dass auch sein Bauch sich über den Gürtel seiner Hose wölben würde. Er würde eben aussehen wie ein Schweinezüchter und ein gemütliches Leben führen, wenn auch kein besonders wohlriechendes.

Er packte die Zeichensachen in den Schulterbeutel, hob die Handschuhe auf und eilte den Hügel hinunter. Weg von den Bergen, hinein in den Stallmist.

»Sei gegrüßt, Vater«, sagte er und stapfte durch die schlammige Suhle.

Elger Stoli lächelte. Wex war sein einziger Sohn, ein Einzelkind. Elgers Ein und Alles. Wex' Mutter war tot. Sie war gestorben ungefähr zu der Zeit, als die Mühle in Zornfleck gebaut wurde. Wex war damals gerade einmal fünf Jahre alt gewesen. Er hatte sie als emsige Frau in Erinnerung, die ihn herumtrug und ihm das Essen machte. Tüchtig, fleißig, kühl. An Umarmungen oder Gutenachtlieder konnte er sich nicht erinnern. Tatsächlich konnte Wex im Nachhinein kaum einen Unterschied feststellen zwischen der Art, wie sie die Frischlinge versorgte, und der, wie sie sich um ihn kümmerte. Aber sein Vater hatte sie geliebt, so wie er jeden liebte. Und Wex liebte er am meisten von allen.

»Was hast du heute gezeichnet, Sohn?«, fragte Elger.

»Die Berge.«

»Schon wieder?«

»Das Licht ist anders.«

»Aber es sind doch jeden Tag dieselben Berge.«

»Der Frühling kommt, und der Schleier ließ sie heute Morgen nicht so dunkel aussehen.«

Bei dem Wort »Schleier« wurde sein Vater nachdenklich. »Vielleicht solltest du die Berge einmal ohne diesen vermaledeiten Schatten zeichnen.«

Wex legte die Stirn in Falten. Es war schwer, sich die Berge ohne die schwarze Decke vorzustellen, die über ihnen lag. Der Schleier war schon immer die nördliche Grenze von Abrogan gewesen, noch bevor die ersten Papiermacher die Welt mit dem Geschenk der Geschichtsschreibung beglückten und noch bevor man vor zehn Generationen im Palast begonnen hatte, Aufzeichnungen zu machen. Er zog eine scharfe Linie, hinter der alle Gipfel verborgen lagen. Niemand näherte sich ihm. Wer es dennoch tat, verschwand einfach. So gingen zumindest die Gerüchte, die man sich in der Taverne erzählte, wo der alte Hampten Hochprozentiges aus seiner klapprigen Destille ausschenkte. Manchmal fragte sich Wex, ob die Gerüchte nicht vielleicht auf wundersame Weise aus den Dämpfen der Destille selbst entstanden, und dennoch bezweifelte er nicht, dass mit dem Schleier nicht zu spaßen war. Wex war mit ihm aufgewachsen, hatte ihn Dutzende Male gezeichnet, und immer noch verfolgte er ihn in seinen Alpträumen.

»Stell dir vor, wie diese Berge ohne ihn aussehen würden«, sprach sein Vater weiter. »Du könntest jeden einzelnen Gipfel zeichnen. Fröhlichere Bilder würden sich vielleicht auch besser verkaufen.« Er hob einen Eimer hoch und reichte ihn Wex. »Aber jetzt gibt es erst einmal Arbeit zu tun. Komm, hilf mir, dieses Schwein ausbluten zu lassen. Ich weiß, du kannst das Zeug für deine Farbe brauchen.«

Brynn von Zornflecks Hermelinstiefel waren genauso hell wie ihr weißblondes Haar. Das lange Kleid hob sie sorgsam an, während sie am Stolihof vorbei über die schlammige Straße stapfte.

Wex kannte all ihre Geheimnisse. Sein Vater war einer der Fleischlieferanten des Grafen von Zornfleck, und die Köchin des Hauses erledigte nicht nur die Einkäufe, sie hatte auch ein loses Mundwerk. Vor allem, wenn sie in der Gesellschaft von verwitweten Männern in ihrem Alter war. Manchmal brauchte Elger den ganzen Vormittag, um die Bestellungen abzuliefern, und das obwohl das gräfliche Anwesen gerade mal zwei Wegstunden entfernt war. Oft kam er mit Geschichten zurück, die besser weder erzählt und noch viel weniger von irgendjemandem gehört werden sollten, und gelegentlich auch mit verrutschten Kleidern.

Die von Zornflecks waren in der Gegend die einzige Familie von Bedeutung. Brynns Ururgroßvater Baen war Mitglied im Kabinett von Fürst Kryst gewesen. Aber als Krysts Sohn, der zehnte in der Linie, seinem Vater auf dem Thron folgte, drängte er die alten Kabinettsmitglieder hinaus, um Platz für seine eigenen jungen Gefolgsmänner zu schaffen. Baen war zum Grafen ernannt worden und herrschte von nun an über eine Ansammlung kleiner Höfe und ein paar Gemeinhäuser in der nördlichsten Ecke von Abrogan, auch bekannt als Zornfleck, die bescheidenen Lande von Wex' Vorfahren. Außerdem erhielt der frischgebackene Graf mehrere hundert Morgen Land gleich außerhalb der etwas prahlerisch als »Stadt« bezeichneten Siedlung. Baens Enkel jedoch, Brynns Vater, hatte wenig Geschäftssinn, und die Besitzungen schrumpften zusehends. Der eine Teil, hundert Morgen Flussland, ging an die Geldwechsler, bei denen er noch Schulden hatte, weitere hundert Morgen an einen Geschäftspartner aus einer bankrottgegangenen Pferdezucht. Der Rest, und das war das Erniedrigendste von allem, wurde dem Herzog Hynde zugesprochen, dem ranghöchsten Adligen in den nördlichen Gebieten Abrogans. Brynns Vater hatte ihn tödlich beleidigt, indem er bei der Hochzeit seiner Tochter Alta nicht erschienen war. Der ortsansässige Richter, ein Cousin von Hynde, hatte ihn der Obrigkeitsbeleidigung in besonders schwerem Fall für schuldig befunden und die verbliebenen Ländereien Herzog Hynde zugesprochen. Den von Zornflecks blieben nur noch ein fünf Morgen großes Fleckchen und das aus Steinen erbaute Familienanwesen, vor allem um den Schein zu wahren. Doch ohne die Pacht der Bauern ging auch das Geld schnell zur Neige. Weitere Besitztümer wurden verkauft, darunter Brynns Pony, und bald war von ihrer Adligkeit nur noch das »von« vor dem »Zornfleck« übrig.

Und jetzt wollte Brynns Vater, so behauptete zumindest die geschwätzige Köchin, auch noch seine Tochter verkaufen.

Wex hatte gerade die Schlachtreste auf die Straße gekippt. Er blickte auf und sah die Tochter des Grafen von Zornfleck, die anscheinend zu sehr mit ihren eigenen Gedanken beschäftigt war, um die dampfenden Fleischabfälle zu bemerken.

»Heda!«, rief Wex, und als sie ihn weiter ignorierte, brüllte er: »Vorsicht!«

Doch es gelang ihm lediglich, ihre Aufmerksamkeit für einen Augenblick von der Straße abzulenken. Verärgert schaute sie kurz auf und trat mitten in die breiigen Schweineinnereien, während Wex noch ganz hingerissen war vom Anblick des bezaubernden Mädchens in den bezaubernden Hermelinstiefeln.

Brynn blieb wie angewurzelt stehen. Sie schaute nicht nach unten, sondern ließ den Blick stur auf Wex gerichtet, während sie mit einem schmatzenden Geräusch ihren Stiefel aus der Brühe zog. Er tropfte nur so von halb geronnenem Blut.

In Brynns Gesicht spiegelten sich starke Gefühle wider, aber Wex vermochte nicht zu sagen, welche. Wut vielleicht? Er wartete darauf, dass sie ihn anschreien würde. Ihr Vater war der Graf von Zornfleck, und wenn sie wütend auf Wex war, würde das Konsequenzen haben. Auf Schweinefleisch könnte eine höhere Steuer erhoben werden, oder ihre Familie könnte ab jetzt woanders einkaufen. Wex bereitete sich gedanklich auf diese und andere Möglichkeiten vor, aber anstatt ihn anzuschreien, brach Brynn in Tränen aus. Damit hatte Wex nicht gerechnet. Er blickte sich kurz um, ob irgendjemand in Sichtweite war.

»Brynn …?« Er probierte es mit ihrem Vornamen. Sie war erst siebzehn, so alt wie er selbst und damit noch nicht alt genug, um mit »Dame von Zornfleck« oder gar »Gräfin« angesprochen zu werden. Außerdem war Wex mit ihr aufgewachsen. Sie mochten vielleicht nur ein- oder zweimal miteinander gespielt haben, aber Wex fand diese lockere Form der Anrede dennoch angemessen.

»Lass mich in Ruhe …«, stammelte Brynn und schaute weg.

»Komm doch rein«, bot Wex an. »Ich werde deinen Stiefel saubermachen. Mit kaltem Wasser lässt sich Schweineblut gut abwaschen, aber man muss schnell machen.« Vorsichtig legte er ihr eine Hand auf die Schulter, und sie ließ sich von ihm ins Haus führen.

Wex schob Brynn in das bescheidene, strohgedeckte Haus, in dem bereits eine Wanne voll sauberen Wassers für ein Bad bereitstand. Er bot ihr eine einfache Holzbank als Sitzgelegenheit an, kniete sich hin und zog dem schniefenden Mädchen den verdreckten Stiefel aus. Es ging ganz leicht, und Brynn ließ es geschehen. Sie war vollkommen versunken in ihrem Elend.

Welches Mädchen regt sich denn derart über einen schmutzigen Stiefel auf?, fragte sich Wex. *Die mit schlanken Füßen,* wie ihm sogleich auffiel, *und nicht einer einzigen Blase daran. Die ein sorgloses Leben in einem großen Steinhaus außerhalb der Stadt führen.* Wex hockte da, Brynns nackten Fuß in der Hand. Etwas Derartiges hätte er sich bis vor einer Stunde nicht einmal vorzustellen gewagt.

Als würde Brynn erst jetzt bemerken, dass er ihre Haut berührte, blickte sie ihn durch einen Schleier blonder Haare wie vom Donner gerührt an.

Wex ließ den Fuß los, der mit einem dumpfen Knall auf den Dielenboden schlug. »Verzeih«, sagte er. »Ich mache mich wohl besser an die Arbeit.« Er griff sich den Stiefel und drehte sich nach der Wanne um.

»Ich heirate in fünf Tagen«, erklärte Brynn unvermittelt. »Es ist bereits alles arrangiert.«

Wex wusste nicht, was er sagen sollte.

»Dabei kann ich ihn niemals lieben«, sprach sie weiter, als unterhalte sie sich mit sich selbst.

Wex blieb weiter stumm. Es wollte ihm nicht in den Sinn, weshalb die Tochter des Grafen ihm solche Dinge erzählte. Außerdem machte es ihn nervös. Er tauchte den Stiefel in die Wanne, und das Blut verteilte sich, färbte sein Badewasser rosarot.

»Es ist Gavel.«

Wex runzelte die Stirn. Gavel gehörten die Hufschmiede und die Sattlerei, außerdem handelte er mit Pferden. Und er war so alt wie Wex' Vater. Sein Doppelkinn hing durch wie ein nasser Getreidesack.

Brynn bemerkte Wex' Gesichtsausdruck. »Er gibt meinem Vater zwei Säcke Silber für mich«, erklärte sie. »Und sein bestes Pferd.«

»So was wie eine Mitgift, nur umgekehrt? Aber deine Familie hat doch Geld. Sogar eine Menge.« Wex wusste, dass das Gegenteil der Fall war, zog es aber vor, so zu tun, als würden die Geldtruhen in ihrem Haus nach wie vor überquellen. Er wollte nicht preisgeben, dass ihre wirtschaftliche Misere in aller Munde war.

»Du sagst das, als wäre dieses Angebot eine Beleidigung. Ich erziele einen ziemlich hohen Preis.«

Sie stand auf und warf ihr Haar zurück in dem Versuch, erhaben auszusehen – was ihr sehr gut gelang, wie Wex sich eingestehen musste. Er wandte seine Aufmerksamkeit wieder dem Stiefel zu und hoffte, dass sie nicht doch noch wütend auf ihn werden würde.

»Gut«, entgegnete er. »Dann bist du also glücklich.«

Brynn fing an, auf und ab zu gehen. Ganz offenbar *nicht* glücklich. »Ich habe gehört, wie Gavel zu einem Stallburschen sagte, ich hätte ein gesundes Hinterteil.«

Wex konnte gar nicht anders, als einen verstohlenen Blick auf ihren Po zu werfen. Die Backen wölbten sich in einer wohlgeformten Kurve vom unteren Rücken weg. Sie waren nicht mehr flach wie bei einem jungen Mädchen, jetzt da sie siebzehn war. Zwei schöne Rundungen, und auch wenn sie von ihrem Kleid verdeckt waren, so konnte Wex doch deutlich erkennen, dass sie nicht durchhingen wie Gavels Kinn. »Gesund« war zwar nicht das Wort, mit dem er Brynn von Zornflecks Hinterteil beschrieben hätte, aber es passte. *Ungesund* sah es zumindest nicht aus.

»Vielleicht ein Kompliment?«, meinte er, um sie zu besänftigen.

»Ich wünsche keine solchen Komplimente. Nicht von ihm. Bin ich etwa ein Stück Vieh auf einem Pferdemarkt?!«

Wex wusste nicht recht, wie er in die Situation geraten war, mit der Tochter eines Grafen über ihren Po zu diskutieren. Was er jedoch wusste, war, dass er das Gespräch möglichst schnell beenden sollte. Gavel war ein erwachsener Mann, schlimmer noch, ein reicher Kaufmann, und konnte Wex für ein paar Kupfermünzen – so viel wie ein Becher von Hamptens Selbstgebrautem kostete – zusammenschlagen lassen. Gavels Neffen, die Hoxxel-Brüder von der rivalisierenden Schweinezucht ein Stück die Straße hinauf, würden es wahrscheinlich sogar umsonst machen. Die drei, einer jünger, einer älter und einer ziemlich genau in Wex' Alter, tyrannisierten ihn schon, seit die Hoxxels vor drei Jahren aus dem Süden nach Zornfleck gekommen waren. Außerdem stahlen sie einen nach dem anderen Elgers Kunden. Ihre Lieblingsbeschäftigung war, getrocknete Kuhfladen nach Wex zu werfen, wann immer er an ihrem Hof vorbeikam, was er jedoch kaum noch tat, nachdem sie ihn einmal mit einem am Kopf erwischt hatten, der in der Mitte noch frisch gewesen war. Dummerweise hatte er die Fäkalien-Attacke mit einem Steinwurf erwidert und den ältesten Hoxxel am Knie getroffen, woraufhin sie ihn an den Füßen mehrere Furchenlängen weit über einen Schotterweg den Hügel hinaufgeschleift hatten. Mit dem Gesicht nach unten. Von dieser Begegnung fehlte ihm, für jedermann gut sichtbar, bis heute ein dreieckiges Stück vom Schneidezahn. Die Hoxxels waren zwar nicht größer als er, aber sie waren zu dritt, und Prügel von Erwachsenen würden noch um einiges heftiger ausfallen als die Abreibungen, die er bisher von den Brüdern bekommen hatte.

»Du wirst reich sein. So wie jetzt.«

Brynn schnaubte. »Aber ich werde nicht so *leben*. Gavel ist ein Geizhals. Er verkauft Pferde, aber er reitet sie nicht. Er verdient viel Geld, aber er gibt es nicht aus. Er lebt in dem alten Haus seines Vaters und weigert sich, es herrichten zu lassen.«

Wex warf einen Blick auf Elgers Haus, das Haus, das er eines Tages erben würde. Es war gerade einmal halb so groß wie Gavels. Plötzlich schämte er sich für seinen Vater, und dann, genauso plötzlich, schämte er sich dafür, dass er sich schämte. Das Haus war solide und sauber. Sein Vater hatte es mit eigenen Händen gebaut, und das Stroh auf dem Dach war frisch. Es hielt dem Regen stand und sogar den heftigen Schneefällen, die hier am Fuß der Berge Jahr für Jahr genauso sicher fielen wie der Regen. An der Wand hingen das alte, schartige Schwert seines Vaters und ein Lederumhang als Erinnerung an die Zeiten, als Elger die Familie noch vor Banditen beschützen musste. Das Wichtigste von allem aber war: Eines Tages würde sein Vater Wex die Schweinezucht überlassen, sein Lebenswerk an den geliebten Sohn weitergeben. Wex hatte also nicht den geringsten Anlass, sich zu beschweren, und es gab nichts, wofür sein Vater sich hätte schämen müssen.

Brynn sprach unterdessen unverdrossen weiter. »... und er wird mich nie zum Palast von Skye mitnehmen. Er hat kein bisschen Sinn für Spaß oder Abwechslung.«

Wex nickte, als würde er ihr zustimmen, aber innerlich wunderte er sich über ihre Unzufriedenheit. *Ein Ausflug zum Palast? Spaß und Abwechslung?* Die meisten in Zornfleck wünschten sich nicht mehr als ausreichend getrocknetes Fleisch für schlechte Zeiten und genügend sauberes Wasser im Brunnen. Verzicht war Wex' geringste Sorge. Schweinemilben, Maul- und Klauenseuche, als Wurfgeschosse benutzte Kuhfladen und Prügel von den Nachbarssöhnen waren die Dinge, die er fürchtete.

»Spaß und Abwechslung?«

»Abenteuer«, erklärte Brynn und erstrahlte. »Die Hofdamen in der Stadt tragen seidene Kleider und *Parfüm*.«

Bei dem Wort »Parfüm« erschien ein Lächeln auf ihrem Gesicht, das erste, das Wex bei ihr sah, seit sie mit ihrem weißen Stiefel in die blutroten Eingeweide getreten war. Es stand ihr gut. Äußerst gut, wie er fand.

»Außerdem gibt es dort elegante Herren, die mindestens genauso viel Geld haben wie ein Pferdehändler, und sie geben es freimütig aus, um damit ihre Frauen zu beeindrucken. Sie kaufen ihnen Schmuck und Kleidung nach der neuesten Mode.«

Für Wex klang das alles herzlich wenig nach Abenteuer, aber er war weder reich, noch war er eine Frau. Brynns Wunsch jedoch, die Welt zu sehen, konnte er mit ganzem Herzen nachfühlen. Er war nie weiter weg von zu Hause gewesen als in Furtheim auf dem Markt, der gerade einmal vier Wegstunden südlich lag. Nach Norden, wo der Schleier war, ging niemand.

»Dein Stiefel ist jetzt wieder sauber«, sagte er und tupfte ihn mit dem frischen Wolltuch trocken, das er für sein wöchentliches Bad bereitgelegt hatte. Er hielt ihr den Stiefel hin, aber Brynn war mit den Gedanken woanders.

Über der Pritsche seines Vaters hing eine von Wex' Zeichnungen. Es war Elgers Lieblingsbild, eine Darstellung ihres Hofs, gesehen von dem Hügel aus, auf dem Wex immer zeichnete. Brynn starrte es an und war vollkommen in Beschlag genommen von den Strichen, Klecksen und Schraffuren, die es irgendwie schafften, wie Gebäude, Zäune, Suhle und Stall auszusehen.

»Solche Bilder habe ich auch auf dem Markt gesehen. Dann bist du also der Zeichner. Derjenige, der immer die Zornberge malt, und nur in Rot.«

»Ja«, erwiderte Wex. »Schwarz und andere Farben sind teuer. Man kann sie nur in Furtheim kaufen.« Er seufzte. »Und meine Bilder bringen nicht viel ein. Sie sind nichts wert.«

Brynn musterte ihn. »Unsinn. Du hast ein kostbares Talent«, widersprach Brynn.

Wex strahlte. Ihre Worte waren keine hohle Schmeichelei. Brynn hatte nur ausgesprochen, was sie für offensichtlich hielt. Es war eine nüchterne Beobachtung und somit das aufrichtigste Lob, das Wex überhaupt bekommen konnte.

»Du solltest dir Tusche besorgen«, fuhr Brynn fort und sah ihm dabei direkt in die Augen. Sie führte jetzt ein richtiges Gespräch mit ihm, statt nur mit sich selbst Hof zu halten. »Mit Farbe bekommst du vielleicht einen besseren Preis, und mit dem Extrageld könntest du dir weitere kaufen. Verstehst du, was ich meine? Mit dem Gewinn könntest du dir ein … anderes Leben leisten.«

Sie ist klug, dachte Wex. Aber Geschäftspläne waren nichts für ihn.

»Es ist nicht das Geld, das einem ein glückliches Leben beschert«, erwiderte Wex. »Mein Vater sagt immer, Geld spielt keine Rolle, wenn am Ende der Sensenmann kommt und einen fragt, ob man ein gutes Leben geführt hat.«

Brynn starrte ihn an. Ihr Gesicht verfinsterte sich, und Wex begriff, was er da soeben gesagt hatte: Ihre Familie wurde nach nichts anderem bemessen als nach dem Geld, das sie besaß. Brynns Stellung im Leben definierte sich durch Hermelinstiefel, Pferde und Grundbesitz. Sogar sie selbst hatte einen festgesetzten Preis.

»Du kannst mir den Stiefel jetzt wiedergeben«, sagte sie knapp.

Wex wusste, er hatte soeben einen schlimmen Fehler begangen. Er streckte noch einmal die Hand mit dem Stiefel aus, und diesmal nahm sie ihn.

»Dein Vater, so schlau er auch sein mag, gibt sich mit einem Leben unter Schweinen zufrieden«, fügte sie hinzu und streifte den Stiefel über ihren schmalen Fuß. Dann drehte sie sich ohne ein weiteres Wort um, stieß überraschend kraftvoll die schwere Kiefernholztür auf und stolzierte davon.

Wex schlug mit der Stirn gegen die verdreckte Wanne. »Du Idiot!«, schimpfte er so laut, dass die Worte in dem winzigen Badezimmer widerhallten, als würden die Wände ihn verspotten. Ohne nachzudenken, hatte er einfach so drauflosgeplappert und die Tochter des Grafen beleidigt. Jetzt war sie mit all ihrer Schönheit, ihrem Abenteuergeist, ihrer Intelligenz, den schlanken Füßen, dem gesunden Hinterteil und ihrer Bewunderung für seine Zeichnungen für immer aus seinem Leben gestapft.

Wex fragte sich, was Elger dazu sagen würde. Sein Vater erklärte ihm stets, dass man, wann immer man etwas Dummes getan hatte, innehalten und versuchen sollte, daraus zu lernen. Für Wex waren das in diesem Fall zwei Dinge: Erstens, dass es sich nicht gehörte, über Geld zu sprechen, egal mit wem und selbst wenn das Gegenüber Geld hatte. Und zweitens, dass er in Brynn von Zornfleck verliebt war.

2

Nachdem die Abreibung bereits zwei oder drei Tage auf sich hatte warten lassen, kam Wex zu dem Schluss, dass er wohl doch nichts zu befürchten hatte. Am vierten Tag schließlich ging er voll Vertrauen die Zweite Straße von Zornfleck entlang. Er war auf dem Weg zu Wünschelruth, dem Kräuterarzt, der zwei Höfe weiter wohnte. Wex sollte einen Zweig Thymian und ein halbes Dutzend Steinpilzköpfe besorgen, aber er hatte vor, auf gut Glück auch nach etwas Vogelleberextrakt für die schmerzenden Gelenke seines Vaters zu fragen.

Wex hatte gerade als Bezahlung für die Arzneien eine Scheibe Schinken auf die Theke gelegt, da erzählte ihm Wünschelruth, dass eine Kompanie von Krysts Soldaten aus dem Palast von Skye in die Stadt gekommen sei. Ein seltenes Ereignis. Die Bauern von Zornfleck bekamen nicht oft Mitglieder der Palastwache zu Gesicht. Obendrein, so Wünschelruth hinter vorgehaltener Hand, ging das Gerücht, dass sich unter ihnen ein Magier befand.

Wex bekam große Augen. Ein Magier! Bilder von finster dreinblickenden Männern in langen, wallenden Roben, die Blei zu Gold machen und mit den Fingern Feuerfontänen verschießen konnten, erschienen vor seinem inneren Auge.

Sein Vater hatte ihm wiederholt erklärt, dass das alles nur faule Tricks waren, aber manchmal sahen sie verdammt überzeugend aus. Sobald er die Besorgungen erledigt hatte, sollte er sofort nach Hause kommen, hatte Elger gesagt, aber als Wex die Straße betrat und Richtung Zornfleck blickte, übermannte ihn die Neugier. Reisende, Abenteurer aus fernen Landen waren in der Stadt. Wex seufzte. Manchmal zeichnete er ferne Lande, aber er bekam sie nie zu sehen. Er stellte sie sich nur vor. Soldaten bekamen sie zu sehen. Magier bekamen sie zu sehen.

Noch bevor Wex etwas dagegen unternehmen konnte, trugen seine Füße ihn nach Zornfleck, und er ließ es geschehen wie eine dankbare Geisel. Soldaten allein waren schon Attraktion genug, aber einen Magier konnte er sich einfach nicht entgehen lassen, dachte Wex und wurde mit jedem Schritt aufgeregter.

Er wich einem Haufen Ochsendung aus und sprang über eine Pfütze. Die Zweite Straße wurde nicht besonders gut gepflegt. In Zornfleck gab es genau zwei Straßen, die für Pferde und Karren befahrbar waren. Sinnigerweise hießen sie Erste Straße und Zweite Straße. Die Erste Straße war eine wichtige Nord-Süd-Verbindung, und die Kaufleute benutzten sie viel, die Zweite jedoch endete an der Stadtgrenze und wurde im selben Maße vernachlässigt, wie die andere in Schuss gehalten wurde.

Es war ein angenehmer Frühlingstag, nicht besonders warm, aber auch ohne den kalten Nordwind, der oft von den Zornbergen herunterwehte, und die Sonne lugte hin und wieder hinter der dünnen Wolkenschicht hervor. Wex trug ein abgewetztes Hemd unter dem halbwegs präsentabel aussehenden Kittel und Kniehosen aus dünnem Schweinsleder. Pflichtbewusst hatte seine Mutter noch vor ihrem Abgang aus dieser Welt fünf Paar davon angefertigt. Aus vier war er mittlerweile herausgewachsen.

Wex sah den liegen gebliebenen Wagen, gerade als er auf die zerfurchte Zweite Straße einbog. Eine große Kiste voll Brennholz hing mit bedrohlicher Schlagseite über den Rand des von Wind und Wetter ergrauten Karrens. Eins der Räder war gebrochen. Der bullige schwarze Ochse, der zappelnd im Straßengraben lag, war vom Weg abgekommen und hatte den Karren mitgerissen. Wex wollte losrennen, um den Leuten zu helfen, blieb aber wie angewurzelt stehen, als er erkannte, wer da in Schwierigkeiten steckte.

Dunston Hoxxel stand gegen den Wagen gelehnt und inspizierte das gebrochene Rad, fluchend wie ein räudiger Straßenköter, während sein jüngerer Bruder Cudbert stumm auf dem Kutschbock saß. Osmund, der jüngste, war in den Straßengraben gesprungen und trat auf den glücklosen Ochsen ein, der sich offensichtlich das Fesselgelenk verrenkt hatte und nirgendwo mehr hingehen würde, ob mit oder ohne Osmunds Tritte.

»Was musste auch abbiegen, wenn ich sag ›nee, grade, gradaus‹, du Trottel?«, sagte Dunston in seinem starken Süd-Abrogan-Dialekt zu Cudbert.

»Häng gefälligst nich so faul da ob'n rum, Denni!«, brüllte Osmund aus dem Graben herauf. »Kannst schon 'n bisschen mehr tun, als mit der Hand in die Hose blöd zu grins'n!«

»Haltet verdammt noch mal die Klappe, ihr beid'n!«, schrie Cudbert mit rotem Gesicht. »Paps wird nich lang überlegen, wer von uns schuld war, und uns alle drei verprüg'ln!«

»Aber Cud weiß genau, dasser als Erster drankommt, so beschiss'n, wie er fährt«, sagte Denni mit einem Zwinkern zu Osi.

»Klar«, stimmte Osi zu. »Paps' Prügelhand is' sicher schon ganz lahm, bis wir an der Reihe sin'.« Beide prusteten laut los.

»Klappe jetz', sag ich!«, jammerte Cud. Dann hörte er hinter sich das Scharren von Füßen und blickte sich um.

Wex hatte versucht, sich unter dem Lärm des lauten Gezänks heimlich zurückzuziehen, aber er war wohl nicht leise genug gewesen.

»Na, wen ham wir denn da?«, meinte Cud. Sein gepeinigtes Gesicht verzog sich zu einem hämischen Grinsen.

Als seine Brüder die Veränderung in Cuds Stimme hörten, drehten auch sie sich um und erblickten Wex. Die Ähnlichkeit in den funkelnden, schlitzartigen Augen der beiden war verblüffend. Es sah fast so aus, als würden sich darin die gleichen bösartigen Gedanken spiegeln. Cuds Augen hingegen waren rund und trüb. Man munkelte, dass die Brüder von verschiedenen Vätern waren.

»Der, der so gern mit Stein'n wirft«, sagte Denni und rieb sich das Knie. »Weißte noch, wie er sich 'n Zahn ausgebroch'n hat?«

Alle drei lachten. Anscheinend war die Erinnerung an die Rutschpartie über den Feldweg für sie ein Quell ständiger Erheiterung.

»Er hat ja noch 'ne ganze Menge übrig …«, erklärte Osi.

Trotz ihres jungen Alters fehlten den Hoxxel-Brüdern bereits einige Zähne, entweder von Kämpfen untereinander oder durch Prügel von ihrem Vater Dunhard, der in ganz Zornfleck für sein cholerisches Temperament berüchtigt war. Als jüngster und somit auf der Verliererseite bei den meisten Familienstreitigkeiten hatte Osi die wenigsten: einen einsamen, gelblichen Stumpf im Oberkiefer und ein paar schwarze Ruinen darunter.

Wex schätzte seine Chancen ab. Bei einer direkten Auseinandersetzung drei gegen einen standen sie schlecht bis miserabel. Wenigstens hatten sie ihn noch nicht umzingelt, also war Weglaufen eine gute Alternative. Die andere Möglichkeit war, mit ihnen zu verhandeln und eine günstige Gelegenheit abzuwarten, um sich zu verdrücken. Es machte ihn zwar traurig, dass Brynn offenbar hinausposaunt hatte, wie er sich ihr gegenüber verhalten hatte, aber er war auch nicht überrascht. Die Tatsache, dass sie das Haus eines Bauernjungen betreten und er ihren nackten Fuß berührt hatte, war Grund genug für eine kräftige Abreibung. Ganz zu schweigen davon, dass er sie, wenngleich unabsichtlich, auch noch kritisiert hatte. Ein Mädchen blauen Geblüts brauchte sich von einem Jungen niederen Standes keine ungebührlichen Worte gefallen zu lassen.

»Ich wollte die Dame von Zornfleck nicht beleidigen«, erklärte er eilig. Wex benutzte ihren offiziellen Titel, um sein

Gnadengesuch möglichst demütig klingen zu lassen. »Und auch nicht euren Onkel Gavel. Und ich möchte mich dafür entschuldigen, ehrlich. Ich versichere euch, ich war nur ganz kurz mit ihr allein, während ich mich um ihren Stiefel gekümmert habe, und ich hatte nicht die Absicht, über ihren Hintern zu reden.«

Die Tatsache, dass Cud sich am Kopf kratzte, hatte nicht viel zu bedeuten. Als Dümmstem von den generell nicht besonders hellen Hoxxels war eine gewisse Verwirrung bei ihm ein ganz normaler Zustand. Doch als Osi und Denni sich ebenso verständnislos anblickten, begriff Wex, welch fürchterlichen Fehler er begangen hatte: Brynn hatte gar nichts gesagt. Sie hatten es nicht auf Befehl ihres Onkels hin auf ihn abgesehen, sondern nur so zum Spaß.

»Ge-kümm-ert?«, wiederholte Cud langsam und versuchte dahinterzukommen, was Wex meinen könnte.

»Sachte, sachte. Gaaanz sachte«, mischte Denni sich ein. »Da sin' wir über was Interessantes gestolpert hier. Der Steineschmeißer macht sich mit dem anständigsten Mädel im ganzen Dorf zu schaff'n.«

»Un' Onkel Gavel hat schon 'ne ganze Weile 'n Auge auf sie«, fügte Osi hinzu.

»Wenn das mal keine Belohnung gibt, wenn wir 'ne saftige Entschuldigung aus ihm rausprüg'ln, oder?«, fragte sich Denni laut, und seine Brüder nickten.

»Aber ich habe mich doch schon entschuldigt«, protestierte Wex. »Gerade eben.«

»Ohne 'n paar blaue Flecken wirste das nich beweisen könn'«, erwiderte Denni.

»Oder wenigstens 'n Zahn weniger«, fügte Osi hinzu und zeigte lächelnd seine eigene löchrige Zahnleiste.

Osmunds Fixiertheit auf dieses Thema brachte Wex zu der Annahme, der jüngste Hoxxel würde alles und jeden beneiden, der noch ein vollständiges Gebiss hatte. Aber der Verlauf der

Unterhaltung ließ sich jetzt nicht mehr umkehren. Die drei hatten schon schlechte Laune gehabt, als er ihnen über den Weg gelaufen war, und jetzt hatten sie sich so richtig in Schlägerstimmung geredet. Wex hatte sein kleines Messer dabei, aber wenn er es hervorholte, würden sie vielleicht auch Waffen ziehen, und das Ganze würde womöglich tödlich enden. Aller Wahrscheinlichkeit nach für ihn. Der ungeschriebene Ehrenkodex für Dorfraufereien schrieb vor, dass die Kämpfenden sich ausschließlich nichttödlicher Waffen bedienten, die gerade greifbar waren. Steine oder Stöcke zum Beispiel.

Denni und Osi kamen bereits auf ihn zu, und Cud sprang von dem Karren herunter, eine Peitsche in der Hand.

Wex bückte sich und hob zwei eiergroße Steine von der Straße auf. Die Zeit würde gerade noch reichen, sie zu werfen, bevor die drei ihn erreichten. Wex hob den Arm und hoffte, die Hoxxels würden kurz hinter ihrem Karren in Deckung gehen, was ihm mehr Zeit verschafft hätte davonzulaufen, aber sie gingen weiter unbeirrt auf ihn zu. Wex' Zögern hatte ihn lediglich um die letzte Gelegenheit zur Flucht gebracht. Also zielte er. Osis letzter Zahn im Oberkiefer war ein verlockendes Ziel, doch Cud hatte die Peitsche. Letztlich entschied Wex sich für Denni, der der Älteste der drei war und wahrscheinlich auch ihr Anführer.

Wex' Arm schoss nach vorn. Er war ein guter Werfer. Jeden Tag übte er in dem Kiefernwäldchen auf dem Hügel, auf dem er immer zeichnete; einmal hatte er sogar ein rennendes Eichhörnchen getroffen. Der Stein flog an dem heranstürmenden Osi vorbei und traf Denni mitten ins wütende Gesicht. Eine rote Fontäne schoss aus seiner Nase, und er kam taumelnd zum Stehen.

»Gott verdammt noch mal!«, schnaubte er durch Blut und Schleim. »Ich bin schon wieder getroff'n!«

»Hol'n wir ihn uns!«, rief Osi. Er selbst zögerte wegen des Steins, den Wex noch in der Hand hatte, und überließ die Vorhut lieber dem weniger schlauen Cud.

Mit erhobener Peitsche stürmte Cudbert los.

»Hilfe. Ich sterbe!«, brüllte Denni hinter ihnen her und versuchte, das Blut mit den Händen aufzufangen. »Mein Hirn läuf' mir bei der Nase raus!«

Wex holte aus, aber es war zu spät. Cud ließ die Peitsche fliegen und verpasste ihm einen roten Striemen quer über die Wange. Wex wurde herumgerissen, dann packte Osi ihn von hinten und riss ihn zu Boden. Während sie im Schlamm miteinander rangen, konnte Wex mit dem Stein in der Hand einen Treffer landen, aber noch bevor er den kurzzeitigen Vorteil nutzen konnte, fuhr die Peitsche schon wieder auf ihn herab. Wex kauerte sich zusammen, um seine Augen zu schützen.

Cud stand da und schlug wie wild weiter. Diesmal erwischte er beide, hauptsächlich aber Wex, der immer noch mit Osi beschäftigt war, der nun seinerseits die Gelegenheit nutzte, um sich auf ihn zu rollen und Wex' Kopf in eine stinkende Pfütze zu drücken. Bestimmt würde auch Denni sich jeden Moment auf ihn stürzen, um Rache für die zerschmetterte Nase zu nehmen.

Während Wex so mit dem Gesicht nach unten im Dreck lag und die Peitsche wieder und wieder auf ihn niederfuhr, dachte er über seine Zukunft in Zornfleck nach. Sie hatte nie aus mehr bestanden als aus dem kleinen Bauernhäuschen und dem Gestank der Schweine, doch jetzt kamen noch drei Peiniger hinzu, die ihm bis weit ins Erwachsenenalter erhalten bleiben würden. Zornflecks mächtigster Kaufmann würde bald sein erbitterter Feind sein, und, vielleicht am schlimmsten von allem: Er hatte das schönste Mädchen im Dorf vor den Kopf gestoßen, um dann zu merken, wie sehr er sich zu ihr hingezogen fühlte. Die Zukunft sah also düster aus, und aller Wahrscheinlichkeit nach würde Wex sie auch noch ohne Zähne bewältigen müssen. Umso überraschter war er, als die Peitschenhiebe plötzlich aufhörten.

Osi gab seinen Kopf frei, und Wex spähte aus dem Graben.

Zwei Männer starrten von prächtigen Schlachtrössern auf

sie herunter. Sie trugen filigran geschmiedete Kettenhemden, die sich perfekt anschmiegten und bei jeder Bewegung in der Sonne schimmerten. Das Haar des einen wirkte wie aus Obsidian gemeißelt, der Unterkiefer war breit und kantig. Er sah aus, als könnte selbst der härteste Treffer des berüchtigtsten Schlägers zwischen Zornfleck und Furtheim ihm nichts anhaben.

»Guten Morgen«, sagte er mit einer tiefen, befehlsgewohnten Stimme, die keinen Zweifel daran ließ, dass die Rauferei erst einmal würde warten müssen. »Ist irgendeiner von euch Schweinezüchter?«

»Schweinehändler«, korrigierte Cud. Denni stand daneben und nickte, das rot verschmierte Hemd nach oben gezogen, um seine gebrochene Nase zu verbergen.

»Der lallende Schnapsbrauer Hampten sagte ausdrücklich ›Schweinezüchter‹«, erklärte der zweite Reiter beflissen. Im krassen Gegensatz zu seinem Kameraden hatte er flachsblondes Haar und ein schmales, zerbrechlich wirkendes Kinn, das aussah, als würde er prinzipiell jede Form der körperlichen Auseinandersetzung meiden. Die Art jedoch, wie seine Hand ganz entspannt auf dem Knauf seines blitzenden Schwertes ruhte, schien anzudeuten, dass er das nicht unbedingt musste.

»Wir suchen den Zeichner«, verdeutlichte der erste.

Die Hoxxel-Brüder starrten einander ausdruckslos an, und Wex reckte neugierig den schmerzenden Kopf.

»Zeig ihnen das Pergament«, schlug der Flachsblonde vor.

Der Obsidianschädel entrollte ein kreisrundes Stück Papier.

Wex' Nackenhaare richteten sich auf.

Der Soldat hielt das Bild hoch, damit alle es sehen konnten, und Wex war überrascht, darin eine seiner eigenen Zeichnungen der Zornberge zu erkennen.

»Wisst ihr, wer dies gezeichnet hat?«

Osi und Denni blickten einander an, dann Wex, der immer

noch bäuchlings im Straßengraben lag. »Gibts 'afür so was wie 'ne Belohnung oder so?«, murmelte Denni durch sein Hemd.

Cud trat vor und begutachtete die Zeichnung. »Is' das nich …«

»Maul!«, bellte Denni seinen debilen Halbbruder an.

»Die Belohnung bestünde darin, eurem Fürsten einen Dienst erwiesen zu haben«, erklärte der Flachskopf.

»Und dem Umstand, dass wir die Information nicht aus euch herauskitzeln müssen«, fügte Obsidianschädel mit einem Fingerzeig auf sein Schwert hinzu.

Denni schüttelte den Kopf. Dann packte er seine Brüder bei den Schultern und schüttelte sie ebenfalls, damit sie ja nichts Falsches sagten.

»Nee«, antwortete Osi schließlich für alle drei. »Wir kenn' kein' solch'n Zeichner.«

Die Reiter wandten sich Wex zu, als hätten sie ihn eben erst bemerkt.

»Und du, Ackersmann?«, fragte Flachs ohne viel Hoffnung in der Stimme.

Wex nickte und rappelte sich hoch. »Ja, Herr«, antwortete er mit einem Stöhnen. »Ich kenne ihn.«

3

»Fürst Kryst hat uns beauftragt, die Lande am Rand des Schleiers zu kartographieren«, erklärte der Hauptmann.

Die beiden Palastsoldaten beehrten Wex' bescheidenes Heim mit ihrer Gegenwart. Der dunkelhaarige hieß Lothario. Ganz entspannt saß er auf derselben einfachen Holzbank, auf der ein paar Tage zuvor Brynn gesessen hatte, die Arme auf den runden Erlenholztisch in der Mitte des Raums gestützt. Fretter, sein zweiter Hauptmann, stand steif im Türrahmen. Elger saß Lothario gegenüber und war gebührend beeindruckt. Er hatte die Hände bedächtig gefaltet und dachte nach.

»Der Schleier?«, rief Wex und sprang von seinem quadratischen Schemel auf. »Aber niemand geht dorthin. Der Priester sagt, sein dunkles Geheimnis geht auf lästerliche Praktiken zurück … aus einem längst vergangenen Zeitalter!«

»*Wir* gehen dorthin«, erwiderte Fretter. »Pflicht ist Pflicht. Wir hinterfragen die Befehle des Fürsten nicht.«

Lothario streckte die langen Beine aus. »Priester nennen Dinge gerne dunkel und böse. Hält sie im Geschäft. Aber was sollen diese vagen Aussagen bedeuten? Längst vergangene Zeitalter? Lästerlich? Pah! Ich sage, wenn wir den Rand des Schleiers erst einmal kartographiert haben, wird er gleich weit weniger geheimnisvoll sein.«

Elger bedeutete Wex, sich wieder zu setzen. »Und was hat das mit meinem Sohn zu tun, bei allem gebührenden Respekt?«

»Unser Kartograph ist unterwegs erkrankt«, antwortete Fretter.

»So ist es«, bestätigte Lothario. »Es ist schlimm. Zuerst Schüttelfrost, dann Fieber. Übergibt sich ständig. Ich dachte schon, er würde platzen ...«

»Kurzum, er konnte uns nicht weiter begleiten«, unterbrach Fretter eilig Lotharios anschauliche Schilderung. »Wir brauchen Ersatz.«

»Ein Kartograph? Was ist das?«, fragte Elger.

»Ein Kartenzeichner«, erklärte Fretter. »Derjenige, der die Karte für uns anfertigen wird.«

Er zog eine mannsgroße Lederröhre vom Rücken und strich sorgfältig mit der Hand über den Tisch, um sicherzugehen, dass auch ja kein Stäubchen mehr darauf lag. Dann öffnete er die Röhre und zog ein Dokument von enormen Abmessungen hervor. Er rollte nur das oberste Stückchen auf und breitete es vorsichtig auf dem Tisch aus. Wex erkannte kleine Symbole, die offensichtlich Berge, Straßen und Wälder darstellten.

»Dies«, verkündete Fretter, »ist eine Karte der gesamten bekannten Welt. Sie ist hunderte von Jahren alt und die vollständigste, die es gibt. Normalerweise hängt sie im Versammlungssaal im Palast von Skye. Dort, wo Grafen und Könige ihren Geschäften nachgehen.« Er gestatte den beiden noch einen kurzen Blick, dann steckte er die Karte eilig wieder weg. »Wir hatten schon befürchtet, in die Stadt zurückkehren zu müssen, um einen Ersatzkartographen zu finden. Eine mehrtägige, beschwerliche Reise. Doch dann entdeckte unser Magier auf dem Markt in Furtheim *dies.*« Er schob Elger das kleine kreisrunde Pergament hin, das er zuvor den Hoxxel-Brüdern gezeigt hatte. »Er schlug vor, uns unter den hiesigen Bauern nach ihrem Erschaffer umzusehen.«

»Ahhh.« Mit einem Nicken nahm Elger das Pergament und betrachtete es. »Die Zornberge. Die Zeichnung ist von vor zehn Tagen, kurz vor dem ersten Frühlingsregen. Man sieht den Schleier, wie er sich dunkel bis in die Wolken erhebt und die Gipfel verhüllt.«

»Erstaunlich«, kommentierte Lothario. »Nur eine Farbe, ein paar Linien und Kleckse, und doch sieht man genau, was es darstellt.«

»Du erkennst das Werk also?«, folgerte Fretter. Es war weniger eine Frage als eine Feststellung.

»Ja«, erwiderte Elger. »Mein Sohn vertreibt sich mit diesen Dingen die Zeit. Nachdem er seine eigentliche Arbeit erledigt hat, natürlich.«

»Dann ist er unser Mann!«, erklärte Lothario lächelnd.

Wex wusste nicht recht, was all das zu bedeuten hatte, doch allein die Tatsache, dass zwei leibhaftige Palastwachen von seinen Zeichnungen beeindruckt waren und vollkommen ohne Furcht vom Schleier sprachen, ließ sein Herz höher schlagen. Er beugte sich vor und blickte zwischen den Soldaten und seinem Vater hin und her. Lothario und Fretter warteten, wie er, auf eine Antwort, aber Elgers Gesicht blieb undurchdringlich. Er trommelte lediglich mit den Fingern auf den Erlenholztisch.

»Mein Sohn wird diesen Hof übernehmen«, erklärte er schließlich.

»Die Schweine?«, fragte Fretter.

Mit einer Handbewegung brachte Lothario seinen zweiten Hauptmann zum Schweigen. »Vielleicht haben wir uns nicht klar genug ausgedrückt. Wir bieten deinem Sohn an, sich Fürst Krysts Kartenexpedition anzuschließen. Nicht als vollwertiger Soldat versteht sich, aber wer weiß, wohin dieses Engagement ihn noch führen mag?«

Elger zuckte nicht mit der Wimper.

»Gegen Bezahlung, natürlich«, fügte Fretter hinzu.

»Geld bedeutet nichts, wenn mein Sohn nicht mehr bei mir sein kann. Außerdem brauche ich seine Hilfe. Er hat hier ein gutes, friedliches Leben.«

»Mit einer Vorauszahlung könntest du jemanden anheuern, der dir hilft«, schlug Lothario vor. »Und was gibt es Friedlicheres, als ein paar Tage in den Wäldern am Fuß der Berge zu verbringen?«

Elger sah immer noch nicht überzeugt aus. »Es ist ein finsterer Wald, von dem Ihr da sprecht«, entgegnete er.

»Vater …«, flüsterte Wex.

Mehr musste er nicht sagen. Der Eifer in seinen Augen und seiner Stimme entging Elger nicht. *Mit Zeichnen meinen Lebensunterhalt verdienen!*, dachte Wex. Eine kostbare Gelegenheit. Etwas, von dem er nie zu träumen gewagt hätte. Ganz ähnlich wie Brynn von Zornflecks nackten Fuß zu halten, nur dass er diesmal nicht seine Zähne dafür riskieren musste.

Elger zögerte noch immer.

»Wir werden ihn wohlbehalten zurückbringen«, versprach Fretter. »Du hast mein Wort als Offizier der Palastwache.«

Elger blinzelte und blickte zur Seite. Er schniefte kurz und rieb sich verstohlen eine Träne aus dem Augenwinkel. »Er kann gut zeichnen, nicht wahr?«, sagte er leise.

»Ja, das kann er in der Tat«, erwiderte Lothario mit sanfter Stimme. »Und wir haben vor, sein Talent zu ehren. Die Zeichnungen, die er dieser kostbaren Karte hinzufügt« – er klopfte auf die Lederröhre auf Fretters Rücken – »werden im Palast von Skye hängen. Mit dergleichen können diese dämlichen Hoxxels nicht aufwarten, hab ich recht?«

Nun waren es drei Reiter, und einer davon war Wex. Mit wehendem Haar ritt er mit Lothario und Fretter durch Zornfleck, den Rücken gerade wie ein stolzer Gardeoffizier.

Hampten stand vor seiner Taverne, starrte die Dreiergruppe an und leerte seinen metallbeschlagenen Holzbecher in einem Zug.

Grinsend winkte Wex ihm zu. Hampten würde die Nachricht schnell verbreiten, und schon am nächsten Tag würde jeder in Zornfleck wissen, dass Wexford Stoli von der Palastwache angeheuert worden war. *Sogar Brynn,* dachte Wex. Solchermaßen abgelenkt, lehnte er sich ein Stück zu weit nach hinten, als sein Pferd gerade einer Pfütze auswich, und er musste wie verrückt mit den Armen rudern, um nicht herunterzufallen.

Hampten lachte schallend.

Sie erreichten die Hügel nördlich der Stadt. Die Pferde liefen in kurzem Galopp, schnell, aber nicht überhastet.

Auf der Kuppe des Hügels vor ihnen stand eine Frau. Als sie die drei Reiter näher kommen sah, strich sie ihr grünes Kleid glatt und rückte die elegante weiße Kopfbedeckung zurecht. Dann zog sie einen Münzbeutel. Als wollte sie nicht, dass die Reiter bemerkten, wie sehnsüchtig sie ihre Ankunft erwartete, tat sie so, als würde sie das Geld darin zählen.

Das machte sie so gut, dass Wex als Einziger in ihre Richtung schaute, und er staunte nicht schlecht: Es war Brynn. Wortlos ritten sie an ihr vorbei.

Nachdem sie vorüber waren, hob Brynn den Blick und starrte ihnen hinterher, als könne sie nicht fassen, dass sie tatsächlich ignoriert worden war. Von einem Moment auf den anderen ließ sie alle Schauspielerei fahren. »Wexford!«, schrie sie und winkte ihm zu.

Wex zog an den Zügeln und rief seinen Begleitern zu, sie sollten die Pferde wenden.

Einen Moment lang blickten sie ihn fragend an, folgten aber seiner Bitte.

Je näher sie kamen, desto mehr wurde Wex von Zweifeln geplagt. Seine letzte Begegnung mit Brynn war nicht allzu glücklich verlaufen. Vielleicht hatte sie vor, ihn zu beschimpfen, was wohl keinen guten Eindruck auf seine neuen Arbeitgeber machen würde. Er hätte so tun können, als hätte er sie nicht gehört. Aber sie hatte laut nach ihm gerufen, hatte sogar seinen Namen benutzt. Er konnte sie einfach nicht übergehen.

Brynns Blick wanderte zu den beiden Soldaten, und Wex

runzelte die Stirn. Sie waren breit und muskelbepackt, nicht schmächtig wie er, und mindestens zehn Jahre älter. Ihre scharf geschnittenen Gesichter hatten Bartschatten. Sie waren erwachsene Männer. *Neben denen seh ich ja aus wie ein kleiner Junge*, dachte Wex.

Fretter wartete ab, angespannt und bereit. Er war auf der Hut, wie es schien. Die Lippen zusammengepresst und die Augen todernst, hatte sein Gesicht etwas von einem Jagdfalken. Aber es war Lothario, der Brynns Aufmerksamkeit auf sich zog. Hoch aufgerichtet saß er im Sattel. Strotzend vor Selbstbewusstsein bewegte er sich im Rhythmus seines prächtigen Hengstes, als wäre er ein Teil von ihm, das wehende Haar genauso pechschwarz wie die Mähne des muskulösen Tiers.

Brynn setzte ein freundliches Lächeln auf. »Seid gegrüßt.«

»Bist du in Schwierigkeiten?«, fragte Wex.

»Nein.«

»Aber du hast so hastig gewinkt …«

»Und wer ist die Dame?«, fragte Lothario mit tiefer, melodischer Stimme. Er ritt einmal im Kreis um Brynn herum und musterte sie, offensichtlich erfreut über das, was er sah.

»Das ist die Tochter des Grafen von Zornfleck, Brynn«, murmelte Wex.

»Ist mir eine Ehre«, sagte Lothario lächelnd. »Mein Name ist Lothario, und dies ist mein zweiter Hauptmann, Fretter.« Er fixierte sie mit dunklen Augen.

Brynn lächelte zurück, und einen Moment lang schienen die beiden alles um sich herum zu vergessen.

»Wir müssen weiter«, beendete Fretter das Intermezzo. »Wir haben einen Auftrag zu erfüllen. Der Rest der Expedition wartet bereits auf uns, und wir haben schon einen halben Tag verloren.«

»Wohin geht die Reise?«, fragte Brynn hastig. »Wenn ich das erfahren darf.«

»In die Berge«, erklärte Wex knapp. »Ich reite mit ihnen.«

Er wendete sein Pferd, und Brynn erblickte das Tuch, das er um den Rücken gebunden hatte. Das Ferkel darin strampelte und streckte den Kopf heraus.

»Ah. Ich verstehe«, sagte Brynn mit einem Nicken. »Du versorgst die edlen Soldaten unterwegs mit Fleisch.« Sie versuchte, Bewunderung in ihre Stimme zu legen, doch Wex ließ sich zu keiner freundlichen Erwiderung hinreißen. Wortlos griff er über die Schulter und stopfte das Ferkel zurück in die Trageschlinge.

»Nein. Ich werde nur jeden Tag ein bisschen von seinem Blut abzapfen. Es ist dick, lässt sich gut verteilen und gibt eine kräftige Farbe.«

Brynn verzog das Gesicht, und Lothario lachte. »Er verwendet das Blut als Tinte«, erklärte er. »Dein Freund hier ist unser neuer Kartograph. Weißt du, was das ist?«

»Ein Kartenzeichner?«

»Oho! Was für ein schlaues Weib.«

Brynn wirkte überrascht. Und beeindruckt. Wex überkam ein Gefühl von Stolz.

»Ich werde für sie zeichnen.«

»Natürlich«, sagte Brynn. »Aber warum reitet ihr in die Berge? Ist das nicht viel zu nahe am Schleier?«

»Um eine vollständige Karte des gesamten Gebiets zu erstellen«, antwortete Lothario. »Wenn sie fertig ist, bringen wir sie zum Palast.«

»Der Palast?« Brynn warf das Haar zurück und blinzelte Lothario mit langen Wimpern an. »Ich glaube, dort muss ich auch einmal wieder hin. Das letzte Mal liegt schon so lange zurück. Ich würde eine Eskorte brauchen …«

Lothario warf Fretter einen fragenden Blick zu.

»Nein«, erklärte er. »Wir können kein Mädchen im Kleid mitnehmen. Die Tochter eines Grafen, obendrein.«

»Ich habe einen Reiserock«, entgegnete Brynn.

»Habt Ihr auch ein gutes Pferd?«

»Ich kann mir eins aussuchen. Der örtliche Pferdehändler ist recht gut auf mich zu sprechen.«

»In der Tat«, brummte Wex.

»Können wir einer edlen Dame wirklich einen so kleinen Gefallen abschlagen?«, fragte Lothario. »Wo bleibt da die Ritterlichkeit, Fret?«

»Vor uns liegen zehn Tage harter Arbeit in unmittelbarer Nähe des Schleiers und in wenig höfischer Gesellschaft, bevor die Dame eins der Palastbetten auch nur zu Gesicht bekommt.« Er funkelte Lothario an, um keinen Zweifel daran zu lassen, was er von der Idee hielt.

Lothario verdrehte die Augen. »Sicherlich ist ein guter zweiter Hauptmann in der Lage, eine Verwendung für so ein reizendes Dämchen zu finden.«

Wex gefiel nicht, wie Lothario Brynn ansah. »Musst du nicht erst diesen Heiratsantrag ausschlagen, bevor du dich einfach so davonmachen kannst?«, platzte er unvermittelt heraus.

Brynn schoss einen verärgerten Blick in seine Richtung und lachte gezwungen. »Welchen genau meinst du denn? Es sind so viele.«

»Dieses Gerede über Freier ist müßig!«, erklärte Fretter mit fester Stimme. »Bei allem Respekt, meine Dame, wir müssen jetzt weiter. Ihr habt kein Pferd, keinen Reitrock und keine Aufgabe, die Ihr bei unserer Expedition erfüllen könntet. Bedaure. Ich bin sicher, Euer Vater ist in der Lage, eine Eskorte zusammenzustellen, die Euch zum Palast bringt.«

Mit einem entschuldigenden Lächeln beugte Lothario sich den zwingenden Argumenten seines beflissenen zweiten Hauptmanns. Fretter wendete sein Pferd, und Lothario tat es ihm gleich.

Wex war hin- und hergerissen. Mit Brynn von Zornfleck auf eine einwöchige Expedition in die Wälder zu gehen war eine aufregende Vorstellung. Aber nicht, wenn sie dabei Lotharios persönlicher Gast war. Da sollte sie lieber bei dem hässlichen alten Gavel bleiben.

»Leb wohl, Brynn«, sagte Wex mit großer Geste und wendete sein Pferd. »Ich muss jetzt los, um den Schleier zu kartographieren. Vielleicht sehen wir uns ja in zehn Tagen wieder.«

»Oder vielleicht auch nicht«, erwiderte sie.

4

Wex folgte Lothario und Fretter entlang der Ersten Straße Richtung Norden, auf die Berge zu. Die Landschaft veränderte sich allmählich: Die weiten Saubohnen- und Gerstenfelder, zwischen denen hier und da strohgedeckte Bauernhäuser standen, wichen den unbewohnten Wäldern der Vorhügel. Ab und zu kamen Leute aus den umliegenden Dörfern hierher, um Riesenkiefern zu schlagen und das Holz mit ihren Karren nach Süden zu bringen, aber nur solange es noch hell war. Lediglich Gesetzlose, die auf der Flucht vor Krysts Soldaten waren, wagten es, eine Nacht in den Zornbergen zu verbringen, so nahe am Schleier, und selbst sie blieben nicht lange. Es war zwar nicht offiziell verboten, die Wälder zu betreten, aber die Dorfpriester führten eine Liste mit den Namen all derer, die sich bekanntermaßen öfter dort aufhielten, und nicht selten tauchten diese Namen dann auf den Vermissten-Aushängen an den Kirchentüren in Nord-Abrogan wieder auf.

Doch all das schien Lothario nicht im Geringsten zu bekümmern. »Da ist ja unser Lager!«, erklärte er gutgelaunt und deutete auf eine dünne Rauchfahne, die zwischen den Bäumen vor ihnen aufstieg.

»In früheren Tagen wäre dieses Feuer für jeden Banditen hier in der Gegend eine unwiderstehliche Einladung gewesen«, bemerkte Fretter.

»Du meinst, bevor Krysts Großvater die eine Hälfte der Banditen in Abrogan angeheuert hat, um die andere umzubringen. Als sie zurückkehrten und ihre Belohnung einfordern wollten, hat er sie in einen Hinterhalt gelockt. Seitdem hat es in Abrogan kaum noch Banditenüberfälle gegeben«, erläuterte Lothario. »Kanntest du diese Geschichte, Junge?«

»Nein«, erwiderte Wex mit großen Augen. »Ist so etwas nicht gegen das Gesetz?«

»Solange die Leute zurückdenken können, sitzt ein Kryst auf dem Thron. Gesetz ist, was der Fürst befiehlt.«

»Ich weiß nur, dass das Schwert meines Vaters in den vielen friedlichen Jahren schon Rost angesetzt hat«, sagte Wex und tätschelte die Scheide an seinem Gürtel.

»Lass dein Schwert, wo es ist«, warnte ihn Fretter. »Unsere hervorragend ausgebildeten Wachen beobachten dich. Selbst jetzt.«

»In der Tat«, stimmte Lothario grinsend zu. »Sobald du Anstalten machst, einem von uns damit zu Leibe zu rücken, wirst du unverzüglich von einem halben Dutzend Pfeilen durchbohrt.«

Wex blickte sich um und sah zwei Männer, die entspannt an einem Baum lehnten und sich unterhielten. Keiner der beiden hatte seinen Bogen schussbereit.

Fretter räusperte sich. »Ihr da! Auf Posten mit euch!«

Kurz darauf führten sie ihre Pferde zu Fuß ins Lager und übergaben sie den dort wartenden Soldaten.

»Kümmert euch auch um das Ferkel«, befahl Lothario.

Einer der Soldaten nickte gehorsam, und Wex holte das strampelnde Schweinchen aus seinem Bündel.

Noch sechs weitere Soldaten machten sich im Lager zu schaffen, erledigten irgendwelche Arbeiten oder spielten Würfel. Ein Stapel Kettenhemden, Schilde mit dem Kryst-Wappen – eine Krone, die über einem Berggipfel schwebt – und etwa acht bis zehn Metallhelme lagen auf Leinensäcken, um sie vor dem feuchten Boden zu schützen. In der Mitte der kreisförmigen Lichtung loderte ein kleines Feuer. Daneben stand ein beleibter

Koch und fuchtelte mit einem Sieblöffel herum. Er schimpfte wegen eines zerbrochenen Tontopfs. Der für den Schaden verantwortliche Soldat ertrug die Tirade mit gesenktem Haupt, sorgsam darauf bedacht, nicht von dem Löffel erwischt zu werden. Nahe beim Feuer standen zwei große Fässer mit Trinkwasser, und es gab sogar einen Kupferkessel mit schwenkbarem Bügelgriff. Die gesamte Ausrüstung war auf der Höhe der Zeit und in bestem Zustand, bis auf den kaputten Topf vielleicht. Palast-Qualität sozusagen.

»Heda! Hier kommt unser neuer Kartenzeichner«, tönte Lothario.

Die Soldaten blickten auf, erfreut, die Stimme ihres Hauptmanns zu hören. Doch als sie den einfachen Bauernjungen erblickten, machte keiner von ihnen Anstalten, Wex willkommen zu heißen. Es waren stolze Männer in blitzsauberen Kitteln, jeder trug farbige Kniehosen und eine fein gearbeitete Lederscheide an der Hüfte. Sie waren Palastwachen, daran gewöhnt, ihrer Arbeit unter dem wachsamen Blick des Hofadels mit einer Art stoischer Arroganz nachzugehen. Und Wex war ganz offensichtlich kein Adliger. Sie schienen wenig beeindruckt von den Schweinshauthosen, die seine Mutter für ihn gemacht hatte, und von ihm selbst noch viel weniger. Als er die Hand zum Gruß erhob, wandten sie sich wieder ihren Aufgaben zu, ohne auch nur zu nicken.

»Siehst du, sie mögen dich«, erklärte Lothario mit einem Grinsen. »Komm mit. Ich zeige dir die Werkzeuge deines Vorgängers.«

»Wartet«, erwiderte Wex. »Wer sind die da …?«

»Die da?«, fragte Fretter.

»Da drüben!«

Um ein zweites Feuer saß zwischen den Bäumen eine Gruppe schattenhafter Gestalten.

»Schurken und Missgeburten«, erklärte Fretter in neutralem Tonfall, als würde er lediglich das Offensichtliche aussprechen.

»Du wirst sie noch bald genug zu Gesicht bekommen. Erst

einmal sollst du dich an die anderen, die normalen Männer gewöhnen. Hier entlang …«, sagte Lothario und brachte Wex zu zwei Zelten, die direkt nebeneinanderstanden.

Wex folgte dem Hauptmann. Das Lager und seine gut ausgerüstete Besatzung waren beeindruckend, doch sein Blick wurde immer wieder zu dem Flackern zwischen den Bäumen und den missgestalteten Schatten darum herum gezogen.

»Rein mit dir«, drängte Lothario.

Wex duckte sich unter der Zeltklappe hindurch. Drinnen saß ein Mann im Schneidersitz, und eine smaragdgrüne Robe umfloss seine Silhouette wie ein Wasserfall.

Wex blieb wie angewurzelt stehen. »Ihr seid der …«

»Magier?«, sprach der Mann den Satz für ihn zu Ende und hob mit pompöser Geste die Arme, dass die Stoffkaskaden nur so wallten.

»Ja!«

»Richtig«, erklärte der Zauberer selbstgefällig. »Siehst du? Schon habe ich deine Gedanken gelesen.«

»Ist bei der auffälligen Robe auch nicht schwer zu erraten«, murmelte Fretter.

»Dies ist Kraven, Hofzauberer des Fürsten«, verkündete Lothario.

»Meister der Künste der Wissenschaft und Magie«, fügte Kraven beflissen hinzu.

»Versuch, dich möglichst unbeeindruckt zu zeigen. Sonst spielt er sich nur noch mehr auf.«

Kraven ignorierte Fretters Kommentar und starrte Wex aus den Tiefen seiner Kapuze an. Sein Gesicht sah faltig aus, aber nicht alt. Er war schmal, aber nicht wirklich dünn. Die Haare, die hervorlugten, waren weder dunkel noch hell, sondern irgendetwas dazwischen, ein wenig meliert vielleicht, aber noch lange nicht grau. Ein vollkommen durchschnittlicher Mann, dachte Wex, abgesehen von dem aufgeblasenen Äußeren.

»Komm herein«, forderte Kraven ihn mit bedeutungsvoll erhobenem Finger auf.

Wex sah sich um. »Ich bin schon drinnen.«

»Dann setz sich.«

»Könnt Ihr wirklich Magie wirken?«

»Du zweifelst?«

»Ich kenne lediglich die Schwindler auf Jahrmärkten, die behaupten, sie könnten zaubern. Und dabei benutzen sie nur gezinkte Würfel oder haben irgendwelche Karten im Ärmel stecken, solche Dinge. Mein Vater meint, es gibt keine Magie, und Gweevus, unser Dorfpriester, sagt, Magie wäre falsch. Blasphemie.«

»Ja, die Priester«, erwiderte Kraven kopfschüttelnd. »Sie nennen die Wunder dieser Welt gerne das Werk ihrer Götter, während sie selbst die Hand ausstrecken, um den Dank dafür einzufordern. Doch sage mir dies: Wann hast du das letzte Mal einen von ihnen ein Wunder wirken sehen?«

»Könnt *Ihr* mir eines zeigen?«

Kraven räusperte sich. »Du möchtest also, dass ich etwas so Heiliges wie einen Akt der Magie vorführe wie einen Taschenspielertrick … zu deiner persönlichen Belustigung?«

»Ja«, sagte Fretter. »Jetzt zeigt ihm schon irgendwas, damit wir es hinter uns haben.«

»Also wirklich Fret, ruinier ihm nicht die Vorstellung«, warf Lothario ein.

»Setz dich, Junge«, wiederholte Kraven. »Setz dich, und du wirst glauben.«

Wex setzte sich auf den frisch gefegten nackten Zeltboden.

Kraven raffte mit viel Aufhebens die Ärmel hoch und öffnete die Hände. Es waren gewöhnliche Hände, aber er konnte die ebenso gewöhnlichen Finger daran erstaunlich weit spreizen und sie in durchaus ungewöhnliche Positionen verrenken.

»Bist du innerlich bereit?«, fragte er mit tiefer Stimme, die klang, als würde sie von weit weg kommen.

»Ich glaube schon«, antwortete Wex.

Lothario sah amüsiert zu, während Fretter am anderen Ende des Zeltes in einem Leinensack nach etwas zu essen wühlte.

»Ich muss ein paar Dinge über dich wissen. Du bist Bauer, aus den nördlichen Gefilden, nicht wahr? Ich sehe es in deinen Augen.«

»Ja.«

»Dein Name?«

»Wexford. Wex, wenn Ihr möchtet.«

»Nein, oh nein«, erwiderte Kraven ungeduldig. »Dein Nachname.«

»Stoli.«

»In der wievielten Generation?«

»Weiß nicht. Unsere Familie gab es schon immer.«

»Interessant …«

Wex hatte keine Ahnung, was an dem Stammbaum einer armen Bauersfamilie von Bedeutung sein sollte. Sein Blick wanderte zu Lothario und Fretter, aber die beiden schienen wenig interessiert an seinem Stammbaum. Sie waren genauso desinteressiert wie, Wex' Meinung nach, auch Kraven hätte sein sollen.

»Halte dich absolut still«, befahl Kraven und begann, seine Finger zu bewegen, als würde er Wex' Aura abtasten. Kravens Hände hoben und senkten sich, bewegten sich nach links und rechts, zuerst über den einen Arm, dann über den anderen, über die Beine und so weiter. Es war eine ziemlich lange Prozedur.

»Soll ich irgendwas tun?«, fragte Wex schließlich.

»Sei still! Wie oft soll ich dir es denn noch sagen?« Kraven vollführte ein paar weitere Gesten, und Wex wartete gespannt auf die Flammen, die jeden Moment aus den Fingern des Magiers schießen mussten. Verstohlen warf er einen kurzen Blick auf seine Gürtelschnalle, um zu sehen, ob sie sich vielleicht in Gold verwandelt hatte.

»Jetzt!«, rief Kraven endlich und ließ sich erschöpft zu Boden sinken.

»Was?«, fragte Wex.

»Spürst du es nicht?«

Wex konzentrierte sich, aber es hatte sich nichts verändert. Er blickte zu Lothario hinüber, doch der schien nicht gewillt, ihm einen Hinweis zu geben. »Mir ist ein bisschen kalt«, sagte er schließlich.

»Exakt!«

»Das ist es?«

»Ja. Dir ist kalt, nicht wahr?«

»Ein bisschen.«

»War dir schon kalt, als du dieses Zelt betreten hast?«

»Nein.«

»Da siehst du es.«

»Das war Eure Magie? Ihr könnt Leute frieren lassen?«

»Oder schwitzen«, fügte Kraven feierlich hinzu. »Und nicht nur Menschen. Auch ein jedes Tier. In Räumen mittlerer Größe wie diesem Zelt hier bin ich besonders gut.«

Wex blickte wieder Lothario an, um zu sehen, ob Kraven ihn zum Narren hielt, doch der zuckte nur die Achseln.

»Es stimmt. Mich hat er einmal aufgewärmt. Wie eine Wolldecke. Oder, Kraven?« Er zwinkerte dem erschöpften Magier zu.

»Oh ja.« Kraven lächelte. »An diesem Tag war meine Magie besonders stark.«

Fretter hatte einen Apfel entdeckt und biss geräuschvoll hinein. »Hier sind die Geräte unseres letzten Kartographen«, sagte er und hielt einen Lederbeutel hoch.

»Oh, ja ... danke«, meinte Wex zu Kraven, weil er nicht wusste, was er sonst sagen sollte.

»Bitte. Nicht jeder Junge hat das Glück, das Überweltliche am eigenen Leib zu erfahren. Ein geneigtes Publikum würde fünf Kupfermünzen für so etwas bezahlen, ein jeder von ihnen.«

Fret winkte ungeduldig mit dem Beutel Richtung Ausgang, und Wex schlüpfte hinaus, gefolgt von Lothario.

»Ich möchte nicht unverschämt erscheinen«, sagte Wex, sobald sie außer Hörweite waren, »aber ist das alles, was er kann?«

»Ja«, antwortete Fretter. »Und vor seinem eigenen Schatten erschrecken.«

»Aber er arbeitet daran, Feuer und Eis zu erschaffen«, erklärte Lothario. »Und ich muss zugeben, mir wurde spürbar warm an jenem Tag.«

Fretter breitete auf einem Tuch den Inhalt des Lederbeutels aus. Es befanden sich Pinsel in drei verschiedenen Größen darunter, aus Eichhörnchenhaar, dem Aussehen nach. Ein vierter war offensichtlich aus Schweineborste, hart und elastisch. Die von Natur aus aufgespleißten Enden der Borsten nahmen die Tinte besonders gut auf. Kleine Tonkrüge mit exakt eingepassten Deckeln enthielten die Farben. Eine rechteckige Messingplatte mit am Rand eingravierten Zahlen nannte Fretter »Transversalmaßstab«. Ein weiteres seltsam anmutendes kreisförmiges Objekt hörte auf den Namen »Astrolabium«.

»Wie funktionieren die?«, fragte Wex.

Lothario seufzte. »Wenn unser Kartograph nicht krank geworden wäre, könnten wir es dir erklären.«

»Probier damit herum und sieh zu, was du davon gebrauchen kannst«, wies Fretter ihn an. »Später hole ich die Gegenstände wieder, um sie sicher zu verwahren.« Mit diesen Worten schritt er davon, um nachzusehen, ob die Männer die Kochutensilien auch sauberhielten, während Lothario mit einem der Soldaten scherzte.

Wex inspizierte die Pinsel und Gerätschaften mit großen Augen, konnte jedoch keinen einzigen Zeichenkiel entdecken und war froh, dass er welche mitgenommen hatte. Plötzlich ertönte ein Ruf.

»Reiter!«

Der Warnruf kam aus der Richtung, in der die Straße lag. Wex erinnerte sich an das, was Lothario über die aufgestellten Wachposten gesagt hatte, und hoffte, sie würden auf niemanden schießen, ohne ihn vorher anzurufen.

Überall im Lager griffen die Männer nach ihren Waffen. Sie wirkten nicht übermäßig aufgeregt, denn vermutlich handelte es sich bei dem Reiter nur um einen Holzfäller oder Jäger, aber am Fuß der Zornberge, im Schatten des Schleiers, war es ratsam, sein Schwert stets bereitzuhalten.

Lothario und Fretter machten sich auf, um nachzusehen, was vor sich ging, und plötzlich war Wex allein mit den Soldaten, die ihm entweder abschätzige Blicke zuwarfen oder ihn schlichtweg ignorierten. Er dachte schon daran, zurück in Kravens Zelt zu gehen, aber die Gesellschaft des seltsamen Magiers schien ihm noch viel weniger verlockend. Sein Blick wanderte hinüber zu der zweiten Feuerstelle zwischen den Bäumen. »Schurken und Missgeburten«, hatte Fretter gesagt.

Ein paar Augenblicke später kam Lothario zurück und führte einen braunen Hengst am Zügel, dessen Schulterhöhe gut und gerne zehn Spannen betrug. Fretter ging neben ihm, schimpfend und kopfschüttelnd. Als sie das Lager erreichten, ließen die Soldaten alles stehen und liegen und starrten mit weit aufgerissenen Augen. Auf dem Pferd saß in einem graubraunen Reitkittel Brynn von Zornfleck.

5

Selbst der schmutzfarbene Rock tat der Schönheit von Brynns schimmernd blondem Haar und ihrem milchig-weißen Teint keinen Abbruch. Die Hermelinstiefel trug sie zwar nicht mehr, dafür aber lederne Reitstiefel von mindestens genauso erlesener Qualität.

Wex konnte ihren Gesichtsausdruck nicht recht deuten. Spontan hätte er »selbstbewusst« gesagt, doch dann sah er, wie Brynns Blick unsicher durch das einfache Lager schweifte. Sie bemerkte die brennenden Blicke der Soldaten, die noch nicht wussten, dass es die Tochter eines Grafen war, die sie da so ungebührlich anstarrten.

»Sieh, was wir auf der Straße aufgelesen haben«, rief Lothario lachend.

»Deine kleine Freundin«, fügte Fretter hinzu. »Wir sollten sie zurückschicken. Sofort.«

»Es wird bereits dunkel, Fret«, entgegnete Lothario. »Wir können sie nicht hinaus in die Nacht schicken. Morgen früh, vielleicht.«

»Niemals. Ich bin gekommen, um mich Eurer Expedition anzuschließen«, sagte Brynn mit vorgerecktem Kinn. »Ich habe ein gutes Pferd.«

Lothario hob eine Braue und nickte amüsiert. »Der prächtigste Wallach im ganzen Lager, wie ich sehe«, fügte er hinzu.

»Ich habe Reisekleidung.«

»Auch das, gewiss.«

»Und ich habe eine Aufgabe, die ich erfüllen kann. Das war es doch, was Ihr von mir verlangt habt.«

»Tatsächlich?«, mischte sich Fretter ein. »Und was wäre diese Aufgabe?«

»Übersetzen.«

»Welche Sprache?«

»Die der fahrenden Händler. Unterwegs werdet Ihr welchen begegnen.«

»Ihr sprecht sie gut?«

»Fließend.«

»Siehst du, Fret«, erklärte Lothario. »Sie wäre eine wertvolle Ergänzung unseres Kontingents.«

»Selbst wenn wir in der Nähe des Schleiers fahrenden Händlern begegnen sollten, was höchst unwahrscheinlich ist, und wir etwas von ihnen kaufen müssten, kann Pinch mit ihnen sprechen«, brummte Fretter.

»Natürlich, das kann er.« Lothario nickte. »Aber würdest du unsere Geschicke tatsächlich in die Hände eines Diebs legen wollen?«

Fretter zögerte.

»Ich meine, wohl nicht«, fuhr Lothario fort. »Die Unaufrichtigkeit ist ihm bereits in die Wiege gelegt, und von Geburt an hat er nichts anderes getan, als seine Kunst weiter zu verfeinern.«

»Nein. Dies ist keine Frage von Kleidung, Pferden oder Aufgaben. Die Tochter eines Grafen sollte sich nicht in einem Lager mit Soldaten, Missgeburten und Strolchen aufhalten, und schon gar nicht sollte sie sich in die Nähe Schleiers begeben.«

»Du hast deine Kriterien bereits bei der letzten Begegnung genannt, Fret, und das Mädchen hat sie alle erfüllt. Damit hast du in dieser Auseinandersetzung den Kürzeren gezogen. Wenn du im Recht bist, werde ich mich deinem Urteil stets beugen. Deine Unbestechlichkeit und Umsicht sind die Gründe, warum ich dich zu meinem zweiten Hauptmann gemacht habe. Doch sie hat ihre Argumente genannt, und du konntest sie nicht widerlegen.«

»Kann ich dich außer Hörweite der Kinder sprechen?«

»Wie es dir beliebt. Aber sie bleibt. Es ist meine Entscheidung.«

Die beiden Offiziere entfernten sich ein paar Schritte, und plötzlich fand sich Wex zum zweiten Mal mit Brynn allein, seitdem er ihren nackten Fuß gehalten hatte. Sein Herz schlug schneller.

»Das ist das Streitross«, sagte er. »Gavels bestes Pferd.«

»Ja. Er hat es mir gegeben.«

»Damit du davonreiten und dich einer Gruppe Männer anschließen kannst? Ich weiß nicht, ob ich das glauben soll.«

»Du wagt es, mich des Diebstahls zu bezichtigen?«

»Nein. Ich hätte das Pferd als Teil dieser seltsamen Mitgift betrachtet, oder wie immer man das nennen will. Aber jetzt, da du das Wort ›stehlen‹ erwähnst, bin ich mir da nicht mehr so sicher …«

»Deine Zweifel gehen mir auf die Nerven.«

»Was willst du überhaupt hier?«

»Zum Palast reiten.«

»Aber wir kartographieren die Grenze des Schleiers. Des Ortes, an dem Leute manchmal einfach verschwinden, wo die Dunkelheit selbst vom Himmel herabkommt und den sogar furchtlose Männer meiden.«

»Und nach all diesem Unsinn reiten wir zum Palast.«

»Das ist kein Unsinn«, murmelte Wex in Verteidigung seiner eigenen Aufgabe bei der Expedition. »Den Rand des Schleiers zu kartographieren ist ernsthafte und gefährliche Arbeit.«

»Und während dieser Zeit werden mich eine ganze Kompanie Soldaten und ein besonders tüchtiger Hauptmann beschützen.« Sie warf das Haar zurück und schaute über Wex' Schulter hinweg ins Leere, als wäre er gar nicht da, genau wie sie es im Haus seines Vaters getan hatte. »Ich weiß nicht, warum ich überhaupt noch mit dir spreche.«

»Vielleicht, weil ich weiß, dass du *nicht* fließend die Sprache der fahrenden Händler beherrschst«, erwiderte Wex. Er wusste nur zu gut, dass ihr Vater das Handeln mit den Kaufleuten übernahm, und nicht Brynn. Vielleicht hatte sie ein paar Brocken dieser alten, eigentümlichen und schwierigen Sprache aufgeschnappt, aber auch nicht mehr. Dessen war Wex absolut sicher.

Brynns Augen verengten sich, und sie musste erst einmal tief durchatmen, bevor sie etwas erwidern konnte, doch da kamen Lothario und Fretter bereits wieder zurück.

»Ihr werdet mit uns kommen, junge Dame«, erklärte Lothario zwinkernd, und Brynn errötete.

Wex sah den Blick, den die beiden austauschten, und spürte einen Stich im Herzen.

»Aber wir werden Euch nicht verhätscheln wie eine Adlige«, fügte Fretter eilig hinzu. »Ihr werdet ein hart arbeitendes Mitglied dieser Expedition sein, bis wir zum Palast zurückkehren.«

»Wunderbar«, flötete Brynn mit einem Lächeln und nahm ihr Bündel vom Sattel. »Welches Zelt ist meins?«

Wex drehte sich um. Es gab nur zwei Zelte. Sie waren aus dickem, schwerem Segeltuch, und es war Frühling, weshalb die Kompanie mit leichtem Gepäck reiste. Sie hatten keine Lastkarren dabei, denn sie waren auf dem Weg ins Vorgebirge, wo unwegsames Gelände auf sie wartete.

Lothario trat einen kleinen Stein zur Seite. »Ich denke, Ihr könnt …«

»Nein«, fiel Fretter ihm ins Wort. »Es ist mild. Es besteht kein Grund, noch mehr Leute in die Zelte zu pferchen.«

»Und wo soll ich dann schlafen?«

»Draußen«, erklärte Fretter. »Auf dem Boden.«

»Zwischen Soldaten und wilden Tieren?«

Wex' Miene hellte sich auf. »Keine Sorge. Du kannst neben

mir schlafen. Ich werde ein Auge auf die Wölfe haben. Ich bin es seit Jahren gewohnt, die Schweine vor ihnen zu beschützen.«

Brynn funkelte ihn wütend an und stapfte davon.

Lothario lachte, und selbst Fretter konnte sich ein kleines Lächeln nicht verkneifen. Nur Wex verstand nicht, was so lustig an dem war, was er eben gesagt hatte.

6

Das Abendessen bestand aus Kartoffeleintopf mit getrocknetem Fleisch, das zuvor in Brühe eingelegt worden war, um es so weich zu machen wie möglich, was jedoch nicht viel gebracht hatte. Wex aß allein auf dem Boden. Er hatte feststellen müssen, dass seine Aufgabe als Kartenzeichner die Soldaten nicht sonderlich beeindruckte, die ihn nach wie vor hauptsächlich »Bauer« oder »Junge« nannten. Insbesondere Poppy, der Koch, sah in ihm eine Küchenhilfe, und weder Fretter noch Lothario unternahmen irgendetwas, um ihn davon abzubringen. Fretter war gerade damit beschäftigt, zum dritten Mal seit Wex' Ankunft die Ausrüstung der Kompanie zu inspizieren, und Lothario war in ein Gespräch mit Brynn vertieft, die auf seinen Satteltaschen thronte, damit ihr gesundes Hinterteil nicht schmutzig wurde. Missmutig schluckte Wex den letzten Bissen zähen Fleisches hinunter.

»Junge!«, rief Poppy hinter seinem Kupferkessel hervor, kaum dass Wex zu Ende gegessen hatte.

Wex rappelte sich hoch und trottete zur Feuerstelle.

Der behäbige Koch reichte ihm einen dampfenden Holzeimer. »Bring den Fraß hier zu den an'ern.«

»Den anderen?«

Poppy verdrehte die Augen in Richtung der Bäume. »Den Komischen und Kriminellen.« Er sprach mit starkem Barth-Akzent, was auch seine Funktion auf dieser Expedition erklärte: Männer von dort, einer Stadt zwischen den raunenden Hügeln an der Ostgrenze von Abrogan, ließen ihre Frauen aus Prinzip nicht an den Herd. Für sie war Kochen ebenso Männersache wie die Jagd, was zum Resultat hatte, dass Essen aus dieser Region stets stark gesalzen und ansonsten absolut langweilig war.

»Du meinst, ich soll da rübergehen?«

»Hätte dich wohl kaum gefragt, wenn nich. Und halt mich nich für jemand, der jedes Mal gleich seine Meinung ändert, wenn man nachfragt.« Immer wenn Poppy sprach, schwang er seinen gelochten Löffel wie eine Keule, und Wex fragte sich, ob er ihn ab und zu auch als Waffe einsetzte. Wahrscheinlich konnte der bullige Koch damit jedem, der sich über sein Essen beschwerte, ziemlich hässliche Beulen beibringen. Also ging er vorsichtig um den Koch herum und schleppte den Eimer zu der Feuerstelle zwischen den Bäumen.

Als Wex sich dem Feuer näherte, sah er vier Schatten darum herum sitzen. Er ging langsamer und schaute genauer hin. Der erste gehörte dem größten Mann, den er je gesehen hatte, oder zumindest erweckte seine Silhouette im Vergleich zu den anderen diesen Eindruck. Er hatte einen Brustkorb wie eine Eiche, Arme wie deren kräftige Äste und überragte seinen Nebenmann schon im Sitzen um mehr als einen Kopf. Wex kam zu dem Schluss, dass es der flackernde Schattenriss war, der den Kerl so groß aussehen ließ. Die zweite Gestalt wirkte deutlich schmaler, aber weder dünn noch schwächlich. Die dritte hingegen machte einen durchaus muskulösen Eindruck und trug einen Helm mit eigenartigen Hörnern auf dem Kopf, und das obwohl die Gruppe gerade gemütlich am Feuer saß. Die vierte wiederum sah aus wie ein Kind, obwohl Wex sich beim besten Willen nicht erklären konnte, was ein Kind auf dieser Expedition zu suchen hatte.

Links von sich hörte er ein paar Blätter rascheln und drehte den Kopf, sah aber nichts. Als er wieder zum Feuer schaute, konnte er keine Schatten mehr erkennen – die vier waren verschwunden. Wex blieb stehen. Er hatte weder gesehen noch gehört, wie sie sich bewegt hatten, und trotzdem waren sie weg.

»Hallo …?«, rief er.

»Hallo, Kleiner.« Die Worte kamen von so nah, dass der Lufthauch Wex' Ohr kitzelte. »Lass mich raten. Sie haben dich geschickt, um die Hunde zu füttern, wie?«

»So haben sie euch nicht genannt«, erwiderte Wex und klammerte sich an dem Eimer mit dem schlabbrigen Essensbrei fest. Er wagte nicht, sich umzudrehen.

»Nein? Wie haben sie uns denn dann genannt?«

»Schlimmer.«

Die Stimme lachte, und Wex riskiert einen Blick. Es war der Schlanke. Das dunkle Gesicht starrte ihn aus nicht mehr als einer Handbreit Entfernung an. Wex fragte sich, wie der Mann ihm so schnell so nahe kommen konnte, ohne dabei irgendein Geräusch zu machen. Er war vielleicht dreißig Jahre alt und hatte ein freundliches Gesicht, trotz der vielen frischen wie alten Narben darauf.

»Du bist eine ehrliche Haut, wie?«, meinte der Mann lachend und klopfte Wex wohlwollend auf die Hüfte. Er schien nicht aus Abrogan zu sein und hatte einen eigenartigen Akzent. Vor allem Wörter mit einem H schienen ihm Schwierigkeiten zu bereiten.

Ein lautes Stampfen in seinem Rücken veranlasste Wex, sich umzudrehen. Der Erste aus der Gruppe ragte vor ihm auf. Der Schattenwurf der Flammen hatte seine Größe tatsächlich verzerrt: Der Mann war sogar noch größer, als die Silhouette ihn hatte erscheinen lassen. Außerdem war Wex entsetzt darüber, wie rasch die beiden ihn in die Zange genommen hatten, während der Schlanke ihn abgelenkt hatte. Der Riese bewegte sich erstaunlich schnell für jemanden, der so viel Gewicht mit sich herumschleppte.

»Mein Name wäre übrigens Sebastian Laurent Pinchot«, sprach er weiter.

»Du bist Pinch«, erwiderte Wex. »Der Dieb.«

»Aber nein! Wie unfair! Gerade erst Bekanntschaft gemacht,

und schon haben wir ein Missvertrauens-Problem. So lernt man sich nicht kennen. Und da wir gerade dabei sind, hier hätten wir Mungo.« Er machte eine Verbeugung in Richtung des Riesen.

Wex runzelte die Stirn. »Ich glaube nicht, dass ich jemand mit einem so albernen Spitznamen ansprechen sollte. Wie heißt er wirklich?«

»Soweit ich weiß, ist das sein Name.«

Der Riese brummte ein paar kehlige, unverständliche Brocken, und Wex zuckte zusammen. Die Geräusche hatten wie Worte geklungen, aber wenn sie das waren, hatte Wex den Dialekt noch nie zuvor gehört. Er hatte rein gar nichts verstanden.

»Was hat er gesagt? Will er mich schlagen?«

»Aber nein. Mein großer Freund hier sagt, dass du nicht gefährlich aussiehst. Komm, setz dich mit uns.«

»Ich sollte nur das hier herbringen.« Wex hielt den Eimer hoch.

»So gierig darauf, dich wieder zu den überlegenen Herrschaften zu gesellen?«

»Überlegene Herrschaften?«

»Ich hab gehört, wie sie dich kleines Schweinchen genannt haben, und Schlimmeres, währenddessen du in diese Zelt warst. Ich sage, zum Teufel mit denen, die dir schlimme Namen geben und dich überall herumkommandieren. Zumindest solange sie mich nicht sehen oder hören können. Natürlich krieche ich vor den Schoßhunden von Fürst Kryst, wo und wann immer ich muss, aber das hier ist nicht ihr Feuer.«

Mungo grunzte.

»Siehst du, Mungo ist derselben Meinung. Komm schon … wie ist eigentlich dein richtiger Name, Schweinchen?«

»Wexford.«

»Komm, Wexford.«

Pinch und Mungo stapften an ihm vorbei, zurück zur Feuerstelle, und weil sie ihm den Eimer nicht abnahmen, trottete Wex hinter ihnen her.

»Wo sind die anderen beiden?«, fragte er. »Der mit dem Helm und das Kind.«

Das tiefe Grollen aus Mungos Kehle war genauso unverständlich wie zuvor, aber diesmal schien es sich um eine Art Gelächter zu handeln, in das Pinch mit einfiel.

»Ja, Mungo, das ist einer von der lustigen Sorte, wie?«, meinte Pinch kichernd. »Cirilla! Arkh! Unser Besucher möchte euch gern kennenlernen.«

Zwei Schatten traten zwischen den Bäumen hervor, der eine winzig klein, der andere mit dicken Muskeln bepackt.

Wex stellte den Eimer neben dem Feuer ab, und die kleine Gestalt kam heran. Das lange Haar verriet ihr Geschlecht. Wex beugte sich herunter. »Hallo, kleines Mädchen«, sagte er in einem kindischen Singsang, um ihr keine Angst zu machen. »Wie heißt du denn?«

»Kleines Mädchen?«, schnaubte sie und trat ins Licht. »Wenn mich nicht schon jeder Idiot in zwei Königreichen alles Mögliche geheißen hätte, hätte ich gute Lust, dir eins in die Eier zu geben. Aber weil du nur so eine halbe Portion bist, werde ich es bei der Warnung belassen, meine Gutmütigkeit in Zukunft nicht zu sehr auf die Probe zu stellen!«

Wex war verblüfft. Vor ihm stand kein Kind, sondern die Miniaturausgabe einer erwachsenen Frau. Sie ging ihm kaum bis zum Bauchnabel, und trotzdem war sie offensichtlich voll geschlechtsreif. Ihr üppiges braunes Haar reichte fast bis zum Boden, und die kleine Statur betonte ihre weiblichen Rundungen sogar noch. Das Gesicht sah nicht älter aus als das des Diebs, abgesehen von den Sorgenfalten auf der Stirn und in den Augenwinkeln. Wex hätte sie hübsch gefunden, wäre da nicht dieser finstere Ausdruck gewesen, der aus den tiefsten Tiefen ihrer Seele zu kommen schien. Irgendetwas bedrückte sie, das weit schlimmer war als seine achtlose Begrüßung vorhin.

»Ich entschuldige mich«, brachte Wex schließlich heraus, um

nicht doch noch eins in die Eier zu bekommen. »Ich habe nur noch nie eine … ich weiß nicht einmal, wie ich dich nennen soll.«

»Mein Name ist Cirilla, und du kannst mich auch so nennen. Du bist Wexford, wie ich gehört habe. Musst es nicht wiederholen.«

Wex nickte und wandte sich der letzten Gestalt zu in der Hoffnung, nicht gleich ins nächste Fettnäpfchen zu treten. »Ich begrü … Ahhh!«

Wex taumelte zurück und tastete keuchend nach seiner Waffe. Vor ihm stand der Muskelmann, der eben doch kein Mann war. Das Ding hatte Rumpf und Gliedmaßen eines Menschen, aber der unförmige Kopf war gehörnt, und aus dem Unterkiefer ragten zwei lange Reißzähne. Statt Pupillen hatten die gelben Augen senkrechte schwarze Schlitze, die ihn kühl musterten. Wex versuchte, den Schwertknauf zu fassen zu bekommen, doch unerklärlicherweise fand er die Scheide leer. Als er daraufhin panisch die Fäuste reckte, wurde er von baumstammdicken Armen vom Boden gehoben. Es war Mungo, der ihn von hinten in eine eiserne Umarmung schloss.

»Das ist der Grund, warum ich immer diese Vorsichtsmaßnahme ergreife«, erklärte Pinch und zog hinter dem Rücken Wex' Schwert hervor. »Wir wollen doch nicht, dass du unserem Freund hier dieses Ding unter die Nase hältst.«

»Freund?!«, rief Wex. In diesem Moment fiel ihm wieder ein, wie Pinch ihm auf die Hüfte geklopft hatte. Es war sein Schwert gewesen, auf das der Dieb es abgesehen hatte.

»Sei auch du mir gegrüßt«, sagte das Halbwesen mit ruhiger Stimme und einem leichten Lispeln. »Ich bin Arkh, was eine Abkürzung für meinen richtigen Namen ist, den auszusprechen die meisten Leute nicht die Geduld haben.« Eine gegabelte Zunge schnellte zwischen den Worten aus dem Mund des Geschöpfs.

Wex zuckte zusammen und fragte sich, ob Mungo vorhatte, ihn an die grausige Kreatur zu verfüttern.

»Du solltest dich wirklich mal ein bisschen um dieses Messerchen hier kümmern«, erklärte Pinch nonchalant und klopfte mit dem Finger gegen die Klinge von Elgers altem Schwert.

»Beruhig dich, Wexford«, riet Cirilla. »Arkh beißt nicht. Zumindest nicht dich.«

Mungo murmelte etwas.

»Ja, ich glaube, du kannst ihn jetzt wieder runterlassen«, erklärte Pinch.

»Bei den Göttern, stell ihn ab, und dann lasst uns endlich zurück ans Feuer gehen«, stöhnte Cirilla.

»Hab keine Angst«, sagte das Monster, das sich Arkh nannte. »Ich bin mindestens genauso viel Mensch, wie ich Ungeheuer bin.«

Am Klang der Stimme hörte Wex, dass das Arkh-Ding womöglich grinste. Doch an dem lippenlosen Mund, der sich um die Hälfte des Kopfes herum erstreckte, war das schwer abzulesen. Wex lächelte unsicher.

Pinch bemerkte seine Verwirrung. »Sei auf der Hut. Man weiß nie, ob er gerade lächelt oder nicht, außer er schlägt gleich zu. Und wenn er das tut, willst du nicht in der Nähe sein.«

Mungo trat ans Feuer und setzte Wex neben Cirilla auf einen liegenden Baumstamm. Die anderen verteilten sich um die Feuerstelle, und nur der Platz, über den die Brise den Rauch wehte, blieb frei.

»Ich habe Essen mitgebracht«, erklärte Wex, der nicht wusste, was er sonst sagen sollte.

»Schütte es dahin, hinter den Distelbusch«, wies Pinch ihn an.

»Ich soll es ausschütten?«

»Ja«, bestätigte Cirilla. »Aber versteck es gut. Poppy soll uns nicht für undankbar halten. Gut möglich, dass wir seinen Fraß später einmal doch noch essen müssen.«

»Ihr habt gar keinen Hunger?«

Pinch deutete auf einen Haufen Kaninchenhäute und Blätter von wildem Lattich. »Wir haben schon gegessen. Arkh kann jagen wie ein Bluthund, und Cirilla kocht wie ein Palastrotisseur. Aber erzähl es ihnen nicht, ja? Sonst wollen sie auch noch was.«

Cirilla schüttelte den Kopf. »Ein bisschen Wiesenschaumkraut und ein paar Tropfen süßen Beerensaft aufs Fleisch, dann das Ganze in die Lattichblätter wickeln. Kein besonders schwieriges Rezept.«

»Ich nenne es Hasenkugel«, ergänzte Pinch.

Mungo tätschelte sich den Bauch und rülpste.

»Sie wollen uns nicht in ihrem Lager haben«, erklärte Arkh und stocherte mit einem Stock im Feuer herum. Seine Hände waren ungewöhnlich groß und steckten in riesigen, ledernen Stulpenhandschuhen. »Aber hier haben wir es in vielerlei Hinsicht besser. Unter anderem lassen sie uns in Ruhe, wenn wir unser eigenes Lager aufschlagen.«

Für die anderen schien es vollkommen normal zu sein, dass die Kreatur sprechen konnte, aber Wex musste sich erst daran gewöhnen. Er schluckte kurz und sprach Arkh dann direkt an. »Aber sie haben euch hierher verbannt, zwischen die Bäume.«

Pinch grinste. »Dann schau sie dir mal an, diese Bäume. Das sind Lotoseschen. Siehst du die runden Blätter, wie sie sich überlappen? Der Regen perlt an ihnen ab, tropft von einem zum nächsten und fällt erst am Ende des Asts zu Boden. Um den Stamm herum bleibt immer ein trockener Kreis. Außerdem sind sie Pfahlwurzler, die sich tief in die Erde graben, und du hast beim Schlafen keine knorrigen Knoten im Kreuz. Du kannst dich gleich neben unser altes Mädchen hier legen, aber komm ihr nicht zu nah, wenn du meinen Rat hören willst. Sie ist voller Beerensaft, und du könntest leicht kleben bleiben an ihren schönen Kurven.«

»Hier ist der bessere Schlafplatz«, unterbrach Cirilla ungeduldig. »Diese Palastschnösel wissen es nur nicht.«

Wex schüttelte den Kopf, fasziniert von der bizarren Gesellschaft am Feuer. »Und ihr kommt alle mit auf diese Expedition?«

Die vier Ausgestoßenen blickten einander an.

»So weit wir eben müssen«, erwiderte Cirilla, die Stirn in tiefe Sorgenfalten gelegt, die ihr Gesicht verunstalteten wie eine Narbe.

Pinch nickte. »Für mich selbst, ich spüre kein Bedürfnis, im Schatten des Schleiers herumzulaufen. Das wäre noch dümmer als die Torheiten, die wir sonst so anstellen, nicht wahr, Mungo?«

Mungo grunzte zustimmend.

»Nur obliegt uns in dieser Angelegenheit nicht die Entscheidungsfreiheit, die wir gerne hätten«, erklärte Arkh. »Ein jeder von uns ist aus den unterschiedlichsten Gründen verpflichtet mitzukommen.«

»Was wisst ihr über den Schleier?«, fragte Wex.

»Es ist seltsam dort, unheimlich«, antwortete Arkh. »Entsetzliche Geschöpfe sollen die Wälder in seiner Nähe durchstreifen.« Während er sprach, zupfte er beiläufig ein Stück Kaninchenfleisch von seinen Reißzähnen.

»Genau, und Menschen, die einen gerne überfallen«, ergänzte Pinch.

»Und braves Volk verschwindet einfach«, fügte Cirilla hinzu.

»Ist das wahr, oder sind das nur Gerüchte?«, hakte Wex nach.

»Oh, nur allzu wahr«, versicherte Pinch. »Ich war einmal bei diesen Kinderbanditen. Ich selbst war nie ein Bandit, musst du wissen, aber hinter uns waren dieselben Leute her, was uns sozusagen zu Verbündeten machte. Aber sie waren *Kinder*. Keiner von ihnen über zwölf Jahre alt. Der Anführer war noch nicht einmal zehn! Und trotzdem waren sie der gierigste und blutrünstigste Haufen, der mir je begegnet ist. Eine Gruppe Waisen aus Buchtend, dieser Hafenstadt, du weißt schon. Ausgestoßen, alle zusammen. Die Stadtwächter haben ihnen dort allmählich das Leben schwergemacht, also sind sie losgezogen ins Umland, haben auf die Hilfsbereitschaft der Leute dort gezählt. Dann haben sie angefangen, zu plündern und zu brandschatzen wie ein Rudel tollwütiger Streifenhörnchen, die man sich besser nicht im eigenen Hinterhof hält, verstehst du? Bald nachdem ich sie getroffen hatte, war ein ganzes Dorf hinter uns her, alle fuchsteufelswild, sogar die Frauen! Und den Ingrimm einer zornigen Frau willst du dir lieber nicht zuziehen, mein Freund.« Er nickte kurz in Richtung Cirilla.

»Wer weniger übertreibt, dem glaubt man eher«, brummte sie.

»Ich wurde von ihnen getrennt, und die unglücklichen Kleinen wurden in den Schleier gejagt, wo sie einfach verschwunden sind. Puff!«

»Du hast es gesehen?«, keuchte Wex, die Augen weit aufgerissen. »Was ist passiert?«

Pinch wirkte verunsichert. »Nun, weißt du, ich habe es nicht direkt *gesehen*. Aber wo sollten sie sonst hin sein? Die Dorfbewohner kamen mit leeren Händen zurück. Sie konnten keine Gefangenen machen. Es gab nicht mal Leichen.«

»Und nicht den geringsten Beweis«, murmelte Cirilla.

»Da muss ich zustimmen«, erklärte Wex. »Klingt etwas übertrieben, deine Geschichte. Kinderbanditen? Menschen, die sich einfach in Luft auflösen?«

»Glaub, was du willst.« Pinch hielt einen Stock in die Flammen und beschrieb mit dem glühenden Ende orangerote Kreise in der Luft. »Kraven wird dir bestätigen: Der Schleier ist dunkler Zauber.«

»Kraven bezeichnet alles Unerklärbare als Magie«, widersprach Cirilla. »Und dann behauptet er, er wär's gewesen.«

Mungo nickte und reichte Wex etwas von dem in Salat gewickelten Kaninchen.

»Der große Magier«, sagte Arkh trocken und schüttelte das gehörnte Haupt.

»Zumindest hat er bewirkt, dass mir ein bisschen kalt wurde«, warf Wex ein und nahm einen kräftigen Bissen von dem Kaninchen.

Einen Moment lang herrschte Stille, dann brachen alle, Missgeburten wie Schurken, in schallendes Gelächter aus.

Als Wex zur Lichtung zurückkehrte, legten die Soldaten gerade ihre Bettrollen aus. Er hielt Ausschau nach Brynn, konnte sie aber nirgendwo entdecken. Wahrscheinlich war sie vor dem Schlafengehen noch einmal in den Wald gegangen, um ihr Geschäft zu verrichten. Einer der Soldaten hatte ihr eine Extradecke gegeben, die nun neben dem herunterbrennenden Feuer ausgebreitet lag. Wex holte sein eigenes Schlafzeug und legte es neben Brynns, jedoch weit genug entfernt, um nicht den Verdacht zu erwecken, er suche ihre Nähe.

Bald darauf kam Brynn zurück. Sie schlüpfte zwischen den Bäumen hervor und breitete hastig die Decke über sich aus, scheinbar ohne Wex' Gegenwart zur Kenntnis zu nehmen. Wie ein kleines Kind zog sie sich die Decke bis unters Kinn und bettete den Kopf auf ihr Gepäck.

Lothario kam nur wenige Augenblicke später aus dem Wald und rief den Beginn der Nachtruhe aus. Als alle sich zurückgezogen hatten, löschte er das Feuer.

Die Soldaten schienen schnell einzunicken, und das Lager lag mucksmäuschenstill, noch bevor Wex einschlafen konnte. Als schließlich der erste Wolf heulte, war er sicher, als Einziger noch wach zu sein. Doch er hatte sich getäuscht. Er rollte sich zur Seite, und da sah er in der fahlen Dunkelheit das Weiße in Brynns Augen.

Sie waren weit offen und schossen ständig von links nach rechts. Beim zweiten Heulen packte sie die Decke, auf der sie lag, und schob sie so nahe an Wex, wie es nur ging, ohne ihn zu berühren. Wex tat so, als würde er schon schlafen, konnte sich aber ein Grinsen nicht verkneifen, während Brynn immer näher an ihn heranrückte und verzweifelt versuchte, endlich ein Auge zuzubekommen.

7

Nach einem Tagesritt durch die dichter bewaldeten höheren Regionen der Zornberge erreichte die Kompanie die Baumgrenze. Dahinter begann der Schnee, und die Erste Straße endete abrupt. Wex war erst einmal so weit nördlich von Zornfleck gewesen, und wie sich herausstellte, waren nur zwei Mitglieder der Expedition jemals noch weiter nach Norden vorgedrungen: Pinch und Arkh. Pinchs farbenfrohe Schilderung seines Abenteuers mit den Kinderbanditen war so unglaubwürdig, dass zwar alle gern zuhörten, die meisten ihren Wahrheitsgehalt jedoch bezweifelten, wie auch Wex es getan hatte. Arkhs ruhige und ernste Schilderung der Riesenkiefern, des undurchdringlichen Hartriegel-Gestrüpps und des unheimlichen, dunklen Schleiers war da schon weit überzeugender. Als Wex ihn drängte, genauer zu berichten, sprach er leise und beschämt davon, wie er von Holzfällern wie ein Tier gejagt und immer näher an den Rand des Schleiers gedrängt worden war, in dessen Nähe seine Verfolger sich nicht wagten. Flüsternd vertraute er Wex an, wie die Dunkelheit dort ihn magisch angezogen habe. Arkh hatte jedoch widerstanden und war lieber den Holzfällern entgegengetreten, die hinter ihm her waren, als sich näher an den Schleier zu wagen. Was dann geschah, verschwieg er, doch offensichtlich hatte er die Begegnung überlebt. Was mit seinen Widersachern geschehen war, ließ er offen.

Bei Tageslicht trug Arkh einen Helm mit Löchern für seine Hörner und einem Visier, das seine monströsen Gesichtszüge verbarg. Eine geschickte Lösung, wie Wex fand, doch die Palastsoldaten verachteten ihn trotzdem und mieden seine Nähe, genau wie Brynn.

Mungo sagte kein Wort, und Cirilla sprach nur wenig. Kraven führte große Reden darüber, wie er das Wetter vorhersagen könne, während sein Pferd gut abgeschirmt in der Mitte des Pulks vor sich hin trappelte, betonte jedoch gleichzeitig, wie unnötig es sei, an einem so sonnigen Tag seine Kräfte zu bemühen. Fretter ritt neben Lothario. Die beiden berieten sich über die einzuschlagende Route, und Wex stellte erfreut fest, dass der gutaussehende Hauptmann viel zu sehr mit anderen Dingen beschäftigt war, um mehr zu unternehmen, als Brynn hin und wieder einen verstohlenen Blick zuzuwerfen. Sie schien sich nicht recht wohl zu fühlen und sah schon nach dem ersten Tag im Sattel richtiggehend niedergeschlagen aus. Der Trupp hatte unterwegs nur ein einziges Mal an einem Fluss haltgemacht, um Wasser zu fassen und welches zu lassen, was Brynn in der stillen Abgeschiedenheit des dichten Buschwerks verrichtete, während die gesamte Kompanie eine Furchenlänge entfernt auf sie wartete. Erst als Pinch gerufen hatte: »Und immer schön Ausschau halten für Bären, du!«, war sie eilig zurückgekommen.

Je tiefer sie zwischen die Bäume vordrangen, desto stiller und dunkler wurde der Wald. Zu still, wie Wex fand, der es gewohnt war, ständig das Keckern von Eichhörnchen und schnarrende Auerhähne zu hören. Es fühlte sich unnatürlich an. Die Palastsoldaten jedoch schienen den Unterschied gar nicht zu bemerken. Ständig lachten sie und rissen ihre Witzchen. Die Riesenkiefern verbargen den Schleier vor den Blicken der Reiter, die sich zwischen den dicken Stämmen hindurchschlängelten und nur ab und zu abstiegen, wenn das Unterholz zu dicht wurde.

Als sich die Sonne allmählich dem Horizont näherte, erreichten sie den Rand des Riesenkiefernwaldes. Die Bäume wichen zurück, und mit einem Mal ragte eine gigantische schwarze Wand vor ihnen auf. Die Kompanie musste nun im Schatten des Schleiers weiterreiten, was die Soldaten mit einem Schlag so still werden ließ wie den Wald hinter ihnen. Die Pferde aber trotteten unverdrossen weiter, und die nervösen Reiter mussten mit aller Gewalt an den Zügeln reißen, um sie zum Stehenbleiben zu bewegen.

Wex starrte mit offenem Mund. Unzählige Male hatte er über den unheimlichen Schatten sinniert, der über dem Gebirge lag, hatte ihn aus sicherer Entfernung wieder und wieder gezeichnet, aber von so nahe hatte er ihn noch nie gesehen. Weniger als drei Furchenlängen entfernt stand er vor dem Phänomen und staunte, als sähe er es zum ersten Mal. Der Schleier erhob sich gut dreißig Meter hoch in den Himmel und war damit höher als selbst die größten der Riesenkiefern. Unbarmherzig durchteilte er die Zornberge und machte dabei weder vor Fels noch Schlucht halt. An manchen Stellen schimmerte die Oberfläche wie Wasser, an anderen sah sie aus wie pures Nichts, und es war unmöglich zu sagen, ob der Schleier fest war wie der Fels darum herum oder eine gallertartige Membran. Dazu hätte man ihn berühren müssen, und das war undenkbar. Die Oberfläche war vollkommen glatt, hatte keine Beulen oder Kurven, und auch wenn die Wand mitnichten menschengemacht war, gab es nicht eine einzige natürlich gewachsene Struktur, die ihr ähnelte. Der Schleier mochte ein Vorhang aus geschmolzenem Stein sein, gezogen über die Bühne der Realität und erschaffen vom Gott der fahrenden Spielleute, oder eine schwarze Flutwelle, die sich über das Gebirge ergossen hatte und erstarrt war, nur einen Wimpernschlag bevor sie über die Menschheit hinweggerollt wäre. Doch ganz egal, was er war, er raubte selbst den kühnsten unter den Soldaten den Atem. Auch Kraven, von dem Wex eine gewisse Ergriffenheit ob dieses Wunders erwartet hätte, manövrierte sein Pferd nur still ans Ende der Gruppe. Sogar Arkh und dem großmäuligen Pinch, der den Schleier angeblich schon einmal gesehen hatte, verschlug es die Sprache.

»Guter Ritt, Männer!«, rief Lothario mit gezwungener Begeisterung. Er spürte das Unbehagen seiner Leute und fühlte instinktiv, wie es ihren Willen untergrub. »Das sieht mir ganz nach einem geeigneten Lagerplatz für heute aus. Kein Grund, noch näher heranzureiten. Lasst uns vielmehr das Erreichen unseres Zieles feiern. Heute Abend werden wir den mitgebrachten Wein leeren. Und Poppy, du kochst uns dazu dein bestes Festmahl!«

Nachdem das Schweigen gebrochen war, stiegen alle ab, verteilten sich und wandten sich wohlvertrauten Aufgaben zu, um Kopf und Augen von der grausigen Wand abzulenken. Am nächsten Morgen war immer noch Zeit, sich Gedanken zu machen. Schon bald knisterte ein gemütliches Feuer, und Wex musste hilflos zusehen, wie Brynn sich mit Lothario und den anderen Männern im Schein der Flammen unterhielt. Er selbst fand wenig Ansprache unter den Soldaten, schaffte es aber immerhin, Fretter über den mysteriösen Halbmenschen Arkh zu befragen.

Fretter berichtete, dass Arkh von einem Jagdtrupp gefangen worden war, der ihn nach Skye gebracht hatte, um ihn auf dem Marktplatz zur Schau zu stellen – sehr zum Verdruss der Palastpriester, die das Wesen für einen Dämon hielten. Die Sache sorgte für großen Aufruhr.

»Lothario drängte Kryst, ihm die traurige Missgeburt als Arbeitskraft zur Verfügung zu stellen«, erklärte Fretter weiter, »und der Fürst war schließlich einverstanden. Zum Teil weil unser Hauptmann versprach, Arkh, und damit das ganze Problem, aus der Stadt zu schaffen.«

»Aber er scheint eher ein ruhiger, besonnener Charakter zu sein. Außer vielleicht, dass er ein Monster ist.«

»Die ihn gefangen haben, sind da anderer Meinung«, widersprach Fretter. »Zwei von ihnen mussten zum Heiler, einer mit zermalmten Knochen und der andere mit zwei Fingern weniger.«

»Er hat gegen einen ganzen Jagdtrupp den bewaffneten Kampf aufgenommen?«

»Nein. Arkh hat die Finger *abgebissen.*«

Das Abendessen wurde auf großen grünen Blättern serviert. Es gab Kartoffeln mit gekochtem Fleisch. Kräftig gesalzen. Nach dem anstrengenden Tagesritt konnten es die Männer kaum erwarten und stellten sich begierig in die Schlange.

Wex war erst nach den Soldaten an der Reihe. Er stand vor dem Kessel und sah zu, wie Poppy die gekochten Fleischwürfel herausfischte und sie auf das Blatt in Wex' Händen klatschte. Wex, der genauso hungrig war wie die anderen, sog den verlockenden Duft tief ein, dann runzelte er die Stirn.

»Das ist Schwein«, sagt er zu Poppy.

»Und frisch noch dazu«, erwiderte der fette Koch. »Lass's dir schmecken.«

Wex blickte sich um. »Wo ist mein Ferkel?«

»Dein Ferkel?«

»Ja, meins! Das, von dem ich jeden Tag das Blut für meine Zeichnungen abzapfen wollte.«

»Der Hauptmann hat gesagt, ich soll mein bestes Rezept kochen. Kraven selbst hat mir das strampelnde Vieh gebracht.«

Wex warf die Hände in die Luft. Er hatte es nur Lothario und Fretter gesagt in der Meinung, sie würden sich um das Ferkel kümmern. Brynn hatte es ebenso gewusst, war aber wohl mit voller Absicht nicht eingeschritten, denn gerade als er zu ihr hinüberschaute, verschlang sie genussvoll einen großen Brocken von Wex' kleinem Freund. Sein Appetit war dahin, und Wex kippte das Fleisch zurück ins kochende Wasser.

Poppy zuckte nur die Achseln und schöpfte es für den Nächsten in der Schlange wieder heraus.

Der pechschwarze Schleier war sogar noch dunkler als die Nacht, die bald über sie hereinbrach. Er schluckte alles Licht und verbarg die höher gelegenen Bergflanken und Gipfel vor den Blicken aller, die nicht genug Fantasie hatten, sich vorzustellen, was dahinter lag.

Wex saß in der wohligen Wärme des herunterbrennenden Feuers und verarztete seinen vom Reiten wunden Hintern. Er wünschte, er hätte etwas von Wünschelruths Hühnerfettsalbe, um ihn sich damit einzureiben. Die hölzerne Bank, die Mungo schnell mit einer Axt aus einem Baumstamm gezimmert hatte, war bei weitem nicht so bequem wie die aus Schilfrohr geflochtenen Stühle im Haus seines Vaters, das nun zwei Tagesritte hinter ihm lag.

Das bisschen Wein, das sie dabeigehabt hatten, war schnell ausgetrunken gewesen, und der Rest des Trupps war rasch in Schlaf gefallen. Die Müdigkeit hatte schließlich die Oberhand über ihre Anspannung gewonnen. Mungo schnarchte wie ein Bär, das Gesicht den funkelnden Sternen am Firmament zugewandt. Wenigstens hielt der Lärm, den er veranstaltete, neugierige Tiere ab. Die anderen hatten sich in verschiedenen Erschöpfungsverrenkungen über die Lichtung verteilt, Ungeheuer und Schurken fein säuberlich getrennt von den Palastsoldaten.

Ganz in Wex' Nähe lag Brynn. Speichel rann ihr über die Wange; ein Detail, das Wex ganz besonders gut gefiel. *Wenn Lothario doch noch wach wäre und es sehen könnte,* dachte er. Vielleicht würde er ihr dann weniger von diesen unverfrorenen Blicken zuwerfen. Aber Wex konnte die Aufmerksamkeit, die er auf die beiden verwendete, nicht einmal vor sich selbst rechtfertigen. In der Reihe derer, für die Brynn sich interessieren könnte, stand er, wenn überhaupt, ziemlich weit hinten. Dennoch wünschte er, Lothario würde sie so sehen.

Wex' Gedanken wandten sich seiner Aufgabe zu, der Karte. Fretter hatte die lange Schutzhülle, in der er den Grund der Expedition aufbewahrte, einfach ans Ende seiner Bettrolle gelegt. Wegen der warmen Nacht hatten sie keine Zelte aufgestellt, und sie lag praktisch unbewacht im Freien. Ganz Abrogan war auf der ledernen Karte abgebildet, auf diesem genauso alten wie neuen, historischen wie aktuellen Dokument. Eine Kostbarkeit für Kriegsherren, Politiker und Kaufleute. So einzigartig, dass fahrende Händler einen horrenden Preis zahlen mussten, wenn sie einen Blick darauf werfen wollten. Selbst Offiziere durften lediglich die für eine bevorstehende Schlacht entscheidenden Ausschnitte auf Pergament kopieren. Diese Karte war mehr wert als Wex' Leben, so viel war sicher.

Er beäugte sie eine Weile. Fretter war so übervorsichtig damit, dass selbst Wex sie bisher noch nie ganz zu Gesicht bekommen hatte, und die Erlaubnis, sie selbst zur Hand zu nehmen, hatte er natürlich auch nicht. *Sollte ich aber,* sagte Wex zu sich selbst. Immerhin war sie der Grund, weshalb er überhaupt hier war. Er erhob sich, schlich um die Feuerstelle herum und zog sie leise von Fretters Füßen weg. Dann kehrte er mit seiner Beute zu der Bank zurück und legte sie auf seinen Schoß. *Nur ein ganz kurzer Blick.*

Wex sah verstohlen über die Schulter, dann holte er vorsichtig die Karte heraus und löste den Zwirn, mit dem sie zusammengebunden war. Die Lederrolle klappte auf, als würde sie nach Luft schnappen, entglitt prompt Wex' nervösen Fingern und breitete sich in alle Richtungen gleichzeitig aus wie eine ausgebüxte Schweineherde. Zu Tode erschrocken sprang Wex hinterher und bekam sie gerade noch zu fassen, bevor die Oberkante die Glutbrocken am Rand des Feuers erreichte.

Bäuchlings lag er auf der Karte und atmete erleichtert auf. Das dicke Leder fing nicht leicht Feuer, aber der überkorrekte Fretter würde mit Sicherheit jede noch so kleine Brandspur bemerken. Der rote Feuerschein fiel auf die ausgerollte Karte, und Wex blickte auf die Arbeit all der vorangegangenen Kartenzeichner. »Kartographen« hatten Lothario und Fretter sie in ihrer hochgestochenen Palastsprache genannt. Zum ersten Mal sah er sie in voller Pracht. Sie war höher, als er selbst groß war, und mindestens genauso breit. Und dennoch bestand sie nur aus einem einzigen Stück Tierhaut. Sie musste die gesamte Wand im Besprechungszimmer des Palastes bedecken. Wie groß das Tier gewesen sein mochte, aus dem sie gefertigt war, konnte er sich nicht einmal vorstellen. Vielleicht ein riesiger Auerochse? Aber dafür fühlte sich das Leder eigentlich zu dünn an.

Wex fuhr mit dem Zeigefinger über die Zeichnungen. Die ältesten befanden sich in der Mitte und stammten aus einer Zeit, zu der es noch gar keine Zeitrechnung gegeben hatte. Sie sahen aus wie mit Kohle angefertigt und waren im Lauf der Zeit stark verblasst, kaum noch zu entziffern. Innerhalb eines Kreises, wahrscheinlich eine Mauer, entdeckte er plumpe Darstellungen von Gebäuden und eine dünne Linie, die nach Norden führte. *Ein Vorposten und eine Straße,* dachte Wex. Die Gebäude waren zu groß gezeichnet, der Maßstab passte nicht zum Rest der Karte, aber der Ort existierte noch. Wex hatte schon einmal von ihm gehört. »Die Täler« wurde er genannt und lag südlich von Furtheim. Heidnische Zauberer hatten dort mittlerweile längst in Vergessenheit geratene Naturgötter angebetet. Jetzt verspotteten die Priester die Ruinen als Symbol für machtlosen Aberglauben. Es hieß, dass von der ursprünglichen Ansiedlung nur noch ein paar Schutthaufen übrig waren und von der Mauer nicht mehr als bröckelnde Steine, die kaum über das wuchernde Gras hinausragten.

Die Straße führte aber noch weiter in stärker entwickelte Regionen und zur nächsten Generation von Kartenzeichnern. Wex folgte ihr und entdeckte andeutungsweise ausgearbeitete Landschaften, eine Reihe auf dem Kopf stehender V, die eine Hügelkette darstellten, sich windende Linien für Flüsse, gerade Linien für abzweigende Straßen und ein weiteres, übergroßes Gebäude, diesmal eine Burg. Der Künstler war zwar auch nicht wesentlich begnadeter gewesen, aber es gab immerhin ein paar Details, und die Zeichnungen waren nicht aus Kohle, sondern einer Vorform der Tinte: ein großer Fortschritt beim Anfertigen von Karten. Das Leder hatte sie mit gebotener Sturheit erhalten, auch wenn die Bilder vom Alter ebenfalls verblasst waren.

Wex tastete sich weiter nach Norden vor und suchte nach Orientierungspunkten, irgendeiner Zeichnung zwischen all den Kritzeleien, die ihm etwas sagte. Nach mehreren Höfen, Dörfern, Flüssen und Wäldern fand er sich zwischen wogenden Hügeln wieder und erreichte schließlich den Palast von Skye, die große Festung auf dem Berg. Es war leicht zu erkennen, dass es sich um den Palast handelte, denn die Tinte war dicker aufgetragen und noch nicht so alt wie der Rest, außerdem nahm die Zeichnung eine weit größere Fläche ein als jede Stadt oder Garnison. Sogar die umgebenden Siedlungen waren abgebildet, verteilt zwischen den umliegenden Wäldern, Seen und Hügeln.

Die Darstellung der Festung selbst war in mehrere Abschnitte unterteilt. Immer wieder hatten ihre Erschaffer mit den verschiedensten Techniken über die Generationen hinweg etwas hinzugefügt oder korrigiert. Einer hatte die Straßen als einfaches Gitternetz abgebildet, daneben schmucklose Quadrate, die die Gebäude darstellten, während ein anderer alle wichtigen Orientierungspunkte mit großer Liebe nachempfunden hatte – eine Kirche etwa, deren Dach sich nach oben hin zu den Göttern öffnete, oder eine Reiterstatue am Weg. Ein dritter hatte all seine Zeichnungen beschriftet, mit viel zu großen, aufdringlichen Buchstaben, die mehr verdeckten als sie hervorhoben.

Fasziniert saugte Wex alles in sich auf, versuchte sich die Details einzuprägen. Aber es waren bei weitem zu viele, und schließlich bewegte er den Finger weiter Richtung Norden, hin zur oberen rechten Ecke der Karte.

Als er den Punkt erreichte, an dem der Kohlestrich endete, beschleunigte sich sein Puls. Eine dicke Linie, kräftig und dunkel, verlief von Osten nach Westen und zog eine Grenze. *Keine Grenze,* dachte Wex, *eine Barriere.* Der Schleier. Gleich darunter entdeckte er ein verblasstes Wort. Es begann mit dem Buchstaben P, so viel war klar, aber den Rest konnte er nicht entziffern. Wahrscheinlich eine alte Sprache, die er ohnehin nicht verstand.

Darüber, jenseits des Schleiers, war die Karte leer. Ein blassrosafarbenes Nichts.

Aber da war ein Geruch. Wex beugte sich tiefer über das Leder und musste unwillkürlich würgen. Der untere Teil der Karte hatte lediglich alt und staubig gerochen, aber die Leere über dem Schleier stank nach … modriger Fäulnis. Verwesung, Blut, Tod. Wie eine Welle rollte der Gestank über Wex hinweg und ließ ihm Gallenflüssigkeit in den Mund steigen. Er hatte schon einmal etwas ganz Ähnliches gerochen. Zu Hause hatte eines ihrer Schweine sich zum Sterben in ein warmes Moor verkrochen, und vier Tage später hatten sie es gefunden, aufgedunsen im Brackwasser treibend. Aber dieser Geruch hier war älter: Ganze Jahrhunderte der Verwesung schlugen ihm von der Karte entgegen, und das obwohl das Leder noch straff und fest war. Wex richtete sich auf und drehte die Nase ein wenig zur Seite.

Dann betrachtete er den Bereich südlich der Barriere und lächelte. Der leere Streifen unterhalb der dicken Linie war sein. Er würde ihn zeichnen, und plötzlich fühlte er sich wichtig. Er, der Schweinebauer, war der Nächste in der Reihe der Kartenzeichner. »Kartograph«, rief er sich ins Gedächtnis, und seine Lippen sprachen das Wort leise aus. Selbst das Wort klang wichtig. Er musterte noch einmal die dreieckigen Hügel und grobschlächtigen Gebäude. *Das kann ich besser,* dachte er aufgeregt. Er war zwar kein schlechter Bauer, aber auch nicht besonders erfolgreich in seinem Geschäft. Die Hoxxel-Brüder hatten mehr Schweine und ein größeres Schlachthaus, das sie erst letzten Herbst gebaut hatten. Es machte ihnen Spaß zu töten. Sie produzierten doppelt so viel wie er und Elger mit ihrem kleinen Zuchtbetrieb. *Aber ich werde mich auf dieser Karte verewigen, und meine Zeichnungen werden im Palast von Skye hängen,* überlegte er weiter. Schon mit dem ersten Strich würde er ein anderer werden.

Allerdings würde er kleiner zeichnen müssen, einfacher. Für große Landschaften war kein Platz auf der Karte. Trotzdem würde er keine Kompromisse eingehen. *Ich werde mir von jedem Ausschnitt ein wichtiges Detail aussuchen, eines, das dem Betrachter im Gedächtnis bleibt, ihm die Karte als Ganzes vor Augen führt. Er sieht ein paar Wassertropfen und weiß, dass es sich um einen See handelt, ich werde Bäume zeichnen, und die Leute werden sich einen Wald vorstellen, jeder kleine Gipfel wird sich ihnen als hoch aufragender Berg ins Bewusstsein brennen.* Mit diesem Versprechen an sich selbst konnte nichts mehr schiefgehen, und gleich mit diesem ersten Berg vor ihnen würde er morgen anfangen. Die niedrigeren Hänge und Bäche hatte er bereits gesehen. *Aber warum warten?*, fragte er sich plötzlich. Der Berg selbst mochte vom Schleier verhüllt sein, aber anhand der Vorhügel und der umgebenden Gipfel wusste Wex instinktiv, wie er aussehen musste. Seit Jahr und Tag hatte er auf dem Hügel über ihrem Hof gesessen und jede einzelne Felsspitze gezeichnet, die von dort aus zu erkennen war. Er kannte die Proportionen, den Bewuchs und die Höhe der Schneegrenze zu jeder Jahreszeit. Wieder und wieder hatte er sie gezeichnet, und wenn er nun den verhüllten Gipfel vor ihnen abbilden wollte, brauchte er nichts weiter zu tun, als den schwarzen Schleier davor wegzulassen, genau wie sein Vater es vorgeschlagen hatte.

Wex lief zu seinem Beutel und holte seinen besten Zeichenkiel sowie ein Abtropftuch. Dann fiel ihm wieder ein, dass sein »Tintenfass« sich mittlerweile in den Mägen der Soldaten befand.

Auf Zehenspitzen schlich er sich zu Fretters Schlafplatz. Der kleinliche Offizier bewahrte die Tinte aus dem Palast in seinem Beutel auf, den er als Kopfkissen benutzte. Das Risiko, ihn zu wecken, war zu groß, und den Rest seiner Sachen zu durchsuchen, kam nicht in Frage, mochte Wex auch noch so ungeduldig sein. So stand er eine Weile da und grübelte. Schließlich blickte er zu der im Mondschein schimmernden Bergflanke hinüber. Sie sah aus wie ein unvollendetes Bild, das endlich zu Ende gemalt werden wollte. Sie schrie geradezu danach.

Wex zog das dünne Messerchen, mit dem er den Ferkeln immer Blut abzapfte, aus der Scheide, kniete sich neben das Feuer und bohrte die Klinge behutsam in das dicke Fleisch gleich unterhalb seines linken Daumens. Der Stich würde gut bluten, ihn beim Zeichnen aber nicht weiter stören. Er machte eine Faust und hielt sie über einen kleinen Lederbeutel, in dem er das frische Blut auffing. Wex war den Anblick gewohnt. Er hatte mit seinem Vater schon so viele Schweine ausbluten lassen, dass er nicht mal mit der Wimper zuckte, während er zusah, wie der Beutel sich langsam füllte. Außerdem zapfte er sich ohnehin nicht viel Blut ab. Einmal an der Luft, würde es innerhalb eines Tages trocknen, maximal zwei, was auch der Grund war, weshalb er immer eine Quelle für frisches brauchte. Als er genug für seine Zwecke abgezapft hatte, wickelte er ein Stück Stoff um den linken Daumenballen, nahm seinen Kiel und eilte zurück zu der Karte, um sich an die Arbeit zu machen.

Schimmelkamm
Kraterrand
Schimmelbrüder
Wildpfad
Lager der Garnisonssoldaten
Seestraße
zweite Straße
zornfleck
Anwesen des Grafen zornfleck
Hynde See
Furtheim
Erste Straße
Die Täler
Doppelsee

Zornberge
Hof
Die verstreuten Hügel
Abrogan
Haselzahn

8

Wex erwachte, ausgestreckt auf der Karte liegend, als die Sonne gerade über die Hügel kroch. Er spürte einen Stiefel im Rücken, der ihn unsanft anstieß.

»Na, Jungchen. Gut geschlafen?«

Wex drehte sich hastig um.

Lothario stand grinsend über ihm, Fretter mit todernstem Gesicht daneben. »Du benutzt die Karte von Abrogan als Bettrolle? Von nun an bis zum Tag meines Dahinscheidens wirst du nie mehr Hand an sie legen, außer ich sage es ausdrücklich! Des weiter…«

»Genug«, unterbrach Lothario. »Es gibt eine neue Entwicklung, die weit wichtiger ist als dein jugendlicher Leichtsinn, Wexford.«

»Was denn?«, fragte Wex. Er war erleichtert zu hören, dass etwas die Tatsache, dass er ein enorm kostbares Stück des Palastinventars misshandelt hatte, in den Hintergrund treten ließ.

Wex konnte sich nicht erinnern, eingeschlafen zu sein. Er wusste nur noch, dass er wie besessen bis zur Erschöpfung gezeichnet hatte. Vielleicht hatte er sich zwischenzeitlich einen Moment zurückgelehnt, um sich kurz auszuruhen…

»Der Schleier hat sich zurückgezogen«, erwiderte Lothario.

Wex richtete sich auf und blickte sich um. Im ersten Moment begriff er nicht, was Lothario meinte. Dann sah er es: Der Berg, der noch am Tag zuvor von der alles verschlingenden Schwärze halb verdeckt gewesen war, ragte jetzt hoch in den

Himmel auf, und sein schneebedeckter Gipfel funkelte in der Morgensonne.

»Der Schleier ist weg?«

»Nein«, antwortete Lothario. »Er ist noch da. Aber jetzt verläuft er hinter diesem Berg hier. Der Teufel allein weiß, warum.«

»Ganz recht«, bellte Kraven, der von hinten herankam. »Etwas Finsteres ist hier am Werk, eine Magie, die selbst meine beeindruckenden Kräfte übersteigt!«

»Beruhige dich, Zauberer«, erwiderte Lothario. »Ich führe diese Expedition an, und ich sage, der Fürst hat nun ein Stück Land mehr, das er sein Eigen nennen kann. Gut möglich, dass er uns dafür belohnt.« Er blickte Wex scharf an. »Wex, du wirst das neue Gebiet zeichnen.«

»Seht euch nur die Karte an«, ertönte eine aufgeregte Mädchenstimme. Es war Brynn. Ihr Blick sprang zwischen der Tierhaut und dem neuen Gipfel hin und her, dann deutete sie auf die obere rechte Ecke. »Das hat er bereits.«

Skeptisch nahm Fretter die Sache in Augenschein. Da bemerkte er die frische rote Farbe. Es war die Zeichnung eines Berggipfels, und dieser Gipfel sah genauso aus wie der vor ihnen. Ruckartig wandte er sich Wex zu. »Hast du das gezeichnet?«

Wex war ertappt. »Nun, ja«, antwortete er ausweichend. »Eigentlich wollte ich gar nicht. Ich hatte nur vor, ein kleines Stück zu zeichnen und dann …« In Wirklichkeit wusste er nicht einmal, was genau er vorgehabt hatte. Er hatte einfach begonnen zu zeichnen, weil es ihm richtig erschienen war.

»Die Ähnlichkeit ist unglaublich«, flüsterte einer der Soldaten.

»So detailreich und doch so einfach«, bemerkte ein anderer und fuhr mit dem Finger eine rote Linie nach, ohne sie zu berühren. Sie folgte der Silhouette des neuen Gipfels exakt, obwohl die ganze Zeichnung nicht größer war als eine Münze.

Fretter runzelte die Stirn. »Zugegeben, es handelt sich um

eine genaue Abbildung. Aber du hättest nicht ohne Erlaubnis damit beginnen sollen.«

»Warte, Fretter«, warf Lothario ein und wandte sich Wex zu. »Du hast das letzte Nacht gezeichnet?«

Wex nickte.

»Als der Berg noch vom Schleier verhüllt war?«

»Das war er doch schon immer«, erwiderte Wex.

»In Ordnung, der Junge ist ein erstaunlich guter Zeichner. Ich gebe es ja zu«, erklärte Fretter mit einem Räuspern.

»Mir scheint, Ihr habt nicht recht begriffen, was der Hauptmann meint«, meldete Kraven sich zu Wort und strich sich mit der Hand übers Kinn. Er sah besorgt aus. Mit finsterer Miene blickte er zwischen dem Gipfel und der miniaturisierten Darstellung auf der Karte hin und her.

»Was habe ich nicht begriffen?«, fuhr Fretter ihn an.

»Etwas hat den Schleier gehoben«, murmelte Kraven, als fürchtete er sich, die Worte laut auszusprechen.

In den Ästen über ihnen quiekte ein Eichhörnchen erschrocken auf, was Fretter hastig nach seinem Schwert greifen ließ.

Lothario lachte. Er war der Einzige, der den Mut aufbrachte, laut auszusprechen, was alle dachten. »Bei Gott, unser Kartenzeichner zeichnet einen Berg, und jetzt haben wir diesen Berg vor uns!«

»Das kann nicht dein Ernst sein«, widersprach Fretter und klemmte die übereifrige Schwerthand beschämt unter der Achsel fest. »Du glaubst, der Junge hat mit seiner Zeichnung den Schleier zurückgedrängt?«

»Ich weiß nicht, was ich glauben soll«, erklärte Lothario lachend. »Aber der Berg ist nun mal da, oder nicht?«

Fretter musterte die neugierigen Gesichter, die sich über der Karte versammelt hatten. Keiner widersprach. Selbst die Ausgestoßenen waren gekommen. Pinch reckte den Kopf und war auffallend still. Mungo hatte die Arme vor der Brust verschränkt und die Stirn stumm in Falten gelegt. Arkh schien über das Mysterium nachzugrübeln und wetzte sich gedankenverloren mit einem Stück Holz die Reißzähne. Nur Cirilla war zu klein, um hinter den Soldaten irgendetwas sehen zu können.

»Was für ein ungebildeter, abergläubischer Haufen ihr doch seid«, sagte Fretter und warf Lothario einen schnellen Blick zu. »Euch selbstverständlich ausgenommen, Hauptmann.«

»Du kannst deine Meinung in meiner Gegenwart gerne äußern, doch mag es sein, dass du im Unrecht bist. Junge, zeichne uns noch etwas.«

»Jetzt, Herr?«

»Natürlich jetzt. Dann werden wir ja sehen, was geschieht.«

»Wir sollten lieber abwarten«, widersprach Fretter, und Kraven nickte zustimmend.

»Unsinn«, sagte Lothario. »Zeichne.«

»Und was soll ich zeichnen?«

»Land! Noch mehr davon. Fang sofort an.«

Wex nickte gehorsam und befühlte seinen Beutel. Etwas Blut war noch übrig.

»Ihr steht mir im Licht«, erklärte er und bedeutete Fretter und den anderen, ein Stück zurückzugehen. »Ich brauche mehr Platz.«

Achselzuckend trat Fretter beiseite, und Wex kniete sich hin, während der Rest der Gruppe sich eilig formierte, um auch ja alles sehen zu können.

Cirilla zwängte sich zwischen den Beinen eines hochgewachsenen Soldaten hindurch, während Kraven sich mit finsterer Miene ganz ans Ende zurückzog, ein Auge furchtsam auf den Berg gerichtet.

»Was tut er da?«, hörte Wex Brynn fragen.

»Ich weiß es nicht, edle Dame«, erwiderte Lothario, aufgeregt wie ein Schuljunge. »Und ich kann es kaum erwarten, es herauszufinden.«

Wex tunkte den Kiel ein und wartete, bis er sich mit Blut gefüllt hatte. Dann bewegte er ihn über die Karte und hielt mit der anderen Hand einen Lappen darunter, damit keine Farbe dorthin tropfte, wo sie nicht hingehörte. Schließlich blickte er zu den Felshängen auf und setzte den Kiel an. Als die dunkle Flüssigkeit herausfloss, breitete er sie mit geübtem Strich zu einer dünnen Linie aus, die den Berg Richtung Osten erweiterte. Mit Schraffuren, so schnell, dass die neugierigen Augen um ihn herum kaum folgen konnten, vervollständigte er sein Werk. Ein weiterer Gipfel, noch höher als der erste.

Wex stand auf und begutachtete seine Arbeit. »Ein wenig grob. Die Details fehlen noch.«

Angespannt wandten sich die Umstehenden dem Berg zu. Mucksmäuschenstill warteten sie, doch nichts geschah. Sie schauten auf die Karte, dann wieder hinüber zu dem dunklen Schleier. Wex' Zeichnung war gut, doch es passierte immer noch nichts.

»Es war nicht der Junge«, murmelte einer der Soldaten.

»Der Schleier hat sich von selbst bewegt«, stellte Fretter fest. »Nicht du.«

»Ich habe nie behauptet, ich hätte ihn bewegt«, versuchte Wex sich zu rechtfertigen.

Aber es hörte ihn niemand. Alle starrten den Berg an, wo der Schleier in kleinen Wellen zu erzittern begann.

»Bei den Göttern!«, rief Lothario.

Einige standen wie angewurzelt da. Pinch verkroch sich hinter dem riesenhaften Mungo, und Kraven ging hinter ihnen beiden in Deckung. Andere taumelten stammelnd ein paar Schritte zurück, als fürchteten sie, die schwarze Wand könnte zerspringen und sich in einer todbringenden Lawine über sie ergießen, aber stattdessen zog sie sich wabernd zurück.

Wie eine Schnecke kroch sie über Hügel und Flanken, gab zitternde Nadelbäume frei, umgestürzte gelblich graue Findlinge, ein verdutzt dreinschauendes Eichhörnchen und munter plätschernde Bäche. Schon bald war die gesamte Bergflanke enthüllt, und je weiter nach oben sich der Schleier bewegte, desto schneller wurde er, bis schließlich der Gipfel zum Vorschein kam, den Wex soeben gezeichnet hatte.

Stumm blickten die Soldaten in der Erwartung von Befehlen zu Lothario und Fretter hinüber, aber es kamen keine. Wex folgte ihrem Beispiel und hielt ebenfalls den Mund. Er war kein bisschen weniger perplex als alle anderen.

Schließlich gab Kraven von ganz hinten seine Meinung zum Besten. »Schwarze Magie!«, rief er, was die Stimmung auch nicht gerade hob, und für eine ganze Weile sagte niemand mehr ein Wort. Schweigend bezeugten sie, was sie nicht erklären konnten, ja nicht einmal ansatzweise verstanden. Flucht schien zwecklos. Was immer dort geschah, war bereits in vollem Gang, und ihre sterblichen Beine würden sie nicht davor retten. Also sahen sie einfach zu, wie die Schwärze sich Wex' Zeichnung fügte.

Erst nachdem einigermaßen sicher schien, dass sie nicht verschlungen würden, trat Lothario vor sie hin. »Nun denn«, sagte er mit erzwungenem Gleichmut. »Wer von euch begleitet mich freiwillig auf eine kleine Bergwanderung?«

Wex sah die Angst von den Gesichtern der Soldaten weichen. Sie waren immer noch verunsichert, aber ihrem charismatischen Hauptmann würden sie folgen, wohin auch immer sie zu führen er kühn genug war.

»Wir sollten uns zuerst beraten«, erklärte Fretter. »Unsere Optionen aus sicherer Entfernung abschätzen.«

»Nein«, widersprach Lothario. »Wir müssen erkunden. Kaum je haben Männer wie wir Gelegenheit, Wunder wie dies hier zu bezeugen. Es ist unser Privileg … was sage ich, unsere *Pflicht*, das Phänomen zu erkunden.«

Fretter schüttelte den Kopf. »Das ist nicht unser Auftrag. Wir wurden nicht ausgesandt, um neue Berge herbeizuzaubern. Und noch viel weniger wurde uns befohlen, in den Schleier zu gehen. Wir müssen uns besprechen …«

»Besprechen, mit wem? Mit seiner Durchlaucht? Der Palast ist mehrere Tagesritte entfernt, und Kryst hat doch selbst vor seinem eigenen Schatten Angst. Wenn wir das hier berichten, bevor wir ihm wenigstens ein paar Antworten geben können, wird er irgendein Komplott fürchten und einen seiner schwachsinnigen Neffen aussenden, um sich die Sache näher anzusehen. Und der wird dann all den Ruhm ernten, während wir so lange zu Latrinenarbeiten abkommandiert werden.«

»Ich hege keinen Zweifel an deiner hehren Absicht«, erklärte Fretter vorsichtig. »Doch kann es sein, dass du überhastet handelst.«

»Und vielleicht bist du einfach ein Feigling«, entgegnete Lothario scherzhaft. Er sagte es ohne Boshaftigkeit und ließ es eher wie eine spielerische Zurechtweisung klingen.

»Das bin ich nicht«, widersprach Fretter durch zusammengebissene Zähne.

»Hast du etwa Angst vor dem Eichhörnchen?«

Die Soldaten lachten schallend, und Fretter blickte sich unsicher um. Wie ein kleiner Junge stand er da, erniedrigt und gleichzeitig erpicht darauf, genau zu denen zu gehören, die ihn gerade verspotteten. Schließlich zwang er sich mitzulachen.

Lothario blickte Brynn verschmitzt an. »Nach was steht dir der Sinn, zarte Maid? Wollen wir erkunden?«, fragte er.

Brynn nickte, und Wex fragte sich, ob es überhaupt etwas gab, das sie dem gutaussehenden Offizier abschlagen würde.

»Siehst du, Fret, auch das Mädchen will auf Erkundung gehen. Sie hat keine Angst vor Eichhörnchen. Du etwa?«

»Habe ich nicht«, erwiderte er, diesmal mit einem echten Lächeln auf den Lippen. Lothario hatte gewonnen.

»Dann ist es also beschlossen. Keine Besprechungen, keine

neuen Befehle, und unser Fretter hat wieder einmal gezeigt, dass in diesem steifen Wams doch ein echter Mann steckt!«

Die Soldaten lachten und jubelten, und einer von ihnen schlug Fretter sogar auf den Rücken. Selbst Pinch musste grinsen. Nur Kraven schien etwas zu bedrücken.

Wex war erstaunt, wie geschickt Lothario seinen zweiten Hauptmann rehabilitiert hatte, nachdem er ihn erst vor aller Augen lächerlich gemacht hatte. Lothario war ein guter Offizier, ein sehr guter sogar. So gut, dass es selbst Brynn auffiel, was Wex wiederum gar nicht gefiel.

»Ich bin jetzt ein echter Kartograph«, flüsterte er ihr in dem Versuch zu, Brynn zu beeindrucken.

Doch da brüllte Lothario bereits, die Hand in Richtung des neuen Gipfels ausgestreckt: »Kommt! Folgt mir, und lasst uns herausfinden, was der Schweinehirte gezeichnet hat!«

9

Die Schwärze spuckte Vill Magnan unvermittelt auf den Waldboden. Keuchend lag er da und blutete aus zwei punktförmigen Wunden im Oberschenkel. Er befühlte das verletzte Bein und zuckte zusammen. Die Wunden hatten sich kein bisschen verändert, seit er verschlungen worden war.

Vill wusste nicht, wie viel Zeit er im dunklen Schoß des Schleiers verbracht hatte, gefangen, mitten auf der Flucht vor Krysts Söldnern. Tage? Jahre? Ganze Jahrzehnte? Die Zeit hatte jegliche Bedeutung verloren, während er traumgleich dahingetrieben war. Dunkle Fantasien waren über ihn gekommen und wieder verschwunden, manche davon seine eigenen, andere Alpträume, die nicht von dieser Welt waren und ihm aufgezwungen wurden. Die Bilder hatten ihn lange gequält, länger als er sagen konnte, und er hatte schon geglaubt, es würde nie enden. *Sie haben mich getötet,* hatte er gedacht, *und dies ist der Tod.*

Doch er war nicht tot.

Vill stand mühsam auf und blickte sich um. Es war Tag, und er befand sich nur wenige Schritte von der Stelle entfernt, wo seine Beinahemörder ihn gestellt hatten. Die Wunden im Bein waren noch frisch, und er stellte fest, dass er keinen Hunger hatte. Vill befühlte sein Gesicht – Stoppeln, aber kein Bart. Sein Körper war unverändert, wie in Eis gefroren und unbeschadet wieder aufgetaut.

Die Zeit, die er im Schleier verbracht hatte, hatte ihn dennoch verändert, aber nicht körperlich, sondern auf andere Art. Am auffälligsten war die vollkommene Abwesenheit von Gefühlen. Er dachte an sein bisheriges Leben zurück, an seine Kindheit, die Zeit als Soldat, den Verrat, aber er spürte nichts dabei. Zu oft hatte er all diese Ereignisse an seinem inneren Auge vorüberziehen lassen, während sein Geist mit anderen Dingen beschäftigt gewesen war, und seine Gefühle schienen darüber fortgewaschen worden zu sein, abgetragen von den Wellen der Zeit, die schließlich seine Seele ermüdet hatten. Vill fragte sich, wie viele Jahre des Nichts es wohl gebraucht hatte, um ihn jeglicher Freude und Verzweiflung zu berauben. Ohne fühlte er sich leer, nutzlos. Er spürte keinen Antrieb zu leben, aber auch keinen zu sterben. Was sollte einen Menschen, der keine Gefühle mehr hatte, noch antreiben? Was für Ziele könnte er haben? Unter größten Mühen gelang es ihm, sich daran zu erinnern, dass er einst ein getreuer Gefolgsmann gewesen war. Doch hatte sein Herr diese Aufrichtigkeit nicht erwidert, und in dem Moment, als der Schleier ihn verschlang, hatte er ein immenses Rachebedürfnis verspürt. Unglaublich, wie stark es gewesen war. Rache. Ein ganz simpler Antrieb. Und wenn er erst wieder einen Antrieb hatte, würde er vielleicht auch Zugang zu seinen anderen Gefühlen finden. Also zwang er sich, zum tausendsten Mal jenen Tag zu durchleben, der längst vergangen war.

An jenem Tag war er in vollem Tempo durch die alten Riesenkiefern gerannt, sein Herzschlag kein bisschen langsamer als das verzweifelte Trampeln seiner stampfenden Schritte auf dem Waldboden. Sein prächtiges Streitross hatte sterbend am Ende der Ersten Straße gelegen. Er hatte die gescheckte Stute geliebt, hatte sie gehegt und umsorgt, seit sie ein Fohlen gewesen war, und er hatte es dem Reiter, der ihrem Leben mit einem Pfeil durch die Lunge ein Ende gesetzt hatte, mit einem grimmigen Schuss von seinem Langbogen vergolten.

Vill hatte so getan, als wäre er unter dem gestürzten Pferd eingeklemmt, um den Schützen näher heranzulocken. Es war ein schwieriger Schuss gewesen – in die rechte Achselhöhle, wo das Kettenhemd gerissen war. Sein Gegner hatte geflucht und seine fremdländischen Götter verwünscht, dann war er vom Pferd gestürzt und mit einem charakteristischen Knacken auf dem Boden aufgeschlagen, das Vill verraten hatte, dass sein Unterarm gebrochen war. Mit etwas Glück war die Pfeilwunde sogar tödlich, zumindest aber würde sein Verfolger so bald keine Bogensehne mehr spannen können.

Vill hatte die offene Straße verlassen und sich in die Büsche geschlagen, wo die Söldner ihn auf ihren Pferden nicht mehr verfolgen konnten. Dornen hatten ihm das Gesicht zerkratzt und ganze Haarbüschel mitsamt Wurzeln vom Kopf gerissen. Aber immerhin hatten seine Verfolger ihm nun zu Fuß nachstellen müssen, und Vill war ein hervorragender Schütze. Zweimal war er stehen geblieben und hatte aus der Deckung heraus zwei seiner Verfolger ins Jenseits befördert. Dann war er weiter die Bergflanke hinaufgerannt.

Vill hatte nicht erst nachzählen müssen. Er hatte gewusst, dass sich in seinem Köcher noch zwei vorzügliche Pfeile befanden, gefertigt vom besten Waffenschmied in ganz Abrogan. Nur leider waren von seinen Verfolgern noch mehr als zwei übrig. Er hatte sie erfolgreich dezimiert, dennoch wusste er, dass er diesen Kampf nicht gewinnen konnte. Fürst Kryst hatte dafür gesorgt, dass er diesmal nicht mehr entkommen würde.

Vill war gleichsam in die Kompanie der Bogenschützen hineingeboren worden. Aufgrund seines Charismas, seiner zuverlässigen Dienste und strategischen Fähigkeiten war er schnell aufgestiegen. In kleineren Scharmützeln leistete er derart Beeindruckendes, dass er bald zu einem der Berater Krysts wurde. Vill war gerade erst befördert und in den Palast berufen worden, als er sich in die Frau verliebte, die er später heiraten sollte, und es geschah am Tag ihrer Hochzeit, dass Annika mit einem unüberlegten Hüftschwung vor seiner Lordschaft sein Todesurteil unterzeichnete. Als er sah, wie der Fürst Annika betrachtete und eine Bemerkung machte, wie überaus schön sie doch sei, hatte Vill sofort gewusst, dass er in Schwierigkeiten steckte. Es half nichts, dass Vill daraufhin sofort seinen Posten quittiert und um Versetzung gebeten hatte. Kryst war bekannt dafür, sich mit möglichst vielen Frauen zu vergnügen, um sich den Anschein von Kraft und Männlichkeit zu geben. Aber in Wahrheit machte es ihn nur verwundbar und argwöhnisch. Als Annika schließlich nicht auf seine Avancen reagierte, identifizierte er Vill als das Hindernis, das ihm im Weg stand, und Vills Treue brachte ihm am Ende nicht mehr ein als einen feigen Anschlag auf sein Leben.

Aber der geizige Fürst hatte einen Fehler begangen und zu wenig Geld ausgegeben. Vill war zu einem offensichtlich fingierten Treffen in einer Bruchbude in einer erbärmlichen Gegend am Stadtrand bestellt worden, wo offen die Abwässer flossen. Vill war erschienen – aber mit seinem Bogen. Er hatte an die Tür des stümperhaften Attentäters geklopft und sich eilig auf das Dach eines Schuppens auf der gegenüberliegenden Straßenseite zurückgezogen. Als der Mann öffnete und Vill den Dolch hinter seinem Rücken sah, jagte er ihm einen Pfeil genau zwischen Ohr und Kiefergelenk. Ein schneller Tod, und wahrscheinlich schmerzlos. Doch der Vorfall bestätigte, was Vill bereits vermutet hatte. Kryst war hinter ihm her, hinter ihm und seiner Frau. Also hatte er Annika verlassen und war auf dem schnellstmöglichen Weg nach Norden geflohen. Er liebte sie zu sehr. Eher sollte sie mit einem König schlafen als mit einem Soldaten sterben. Kryst war ein Narr, der nun bekommen hatte, was er für das wenige Geld verdient hatte, das er auszugeben bereit gewesen war. Statt einen armen Trottel vom heruntergekommenen Stadtrand anzuheuern, hätte er etwas mehr investieren und erfahrene Söldner von der Küste mit dem Mord an Vill beauftragen sollen.

Und genau das hatte er nun getan.

Die Sonne war bereits teilweise hinter den Bergen versunken, und Vill war, weit jenseits der vielbefahrenen Ersten Straße, immer tiefer in die unerforschten Lande vorgedrungen. Er hatte gewusst, der Schleier war nicht mehr weit. Wenn die Männer, die hinter ihm her waren, halbwegs bei Verstand waren, würden sie ihm kaum folgen. Hätte er jedoch geahnt, dass er kaum noch eine Furchenlänge von der sagenumwobenen schwarzen Mauer entfernt war, wäre ihm wahrscheinlich das Blut in den Adern geronnen. Er kannte die Geschichten seit seiner frühesten Kindheit. Finstere Geschichten. Laut den Berichten der rot gewandeten Palastpriester war der Schleier eine Art Tribut an die alten Götter, entrichtet vom Herrschergeschlecht von Skye und heraufbeschworen mit Menschenblut. Vill hatte sich oft gefragt, was die Götter an dieser Art von Tribut finden mochten. Die Mythen der Heiden behaupteten, der Schleier sei von unsichtbaren Beschützern errichtet worden, um Dämonen fernzuhalten, und in der Schule flüsterten die Kinder einander zu, dass Menschen einfach darin verschwanden. Nächtelang hatte Vill als Kind deshalb wach gelegen, hatte unter der Decke hervorgespäht und die Schatten beobachtet, auf dass sie ja nicht näher kamen. Doch auf seiner verzweifelten Flucht blieb keine Zeit für Zaudern oder Furcht. Nicht weniger als sein Leben stand auf dem Spiel, und die ausweglose Lage ließ ihm keine andere Wahl, als darum zu würfeln.

Mit zitternden Beinen war Vill stehen geblieben, um sich kurz auszuruhen. Seine Lunge schrie nach Luft. So schnell und weit war er nicht mehr gelaufen, seit er als Junge trainiert hatte, um in die Bogenschützenkompanie aufgenommen zu werden. Selbst damals war er nicht so steil bergauf gerannt, und schon gar nicht durch dorniges Gestrüpp. Er ging in die Knie und zwängte sich unter Schmerzen zwischen die dornigen Äste eines Strauchs, als die Schatten um ihn herum mit einem Mal noch schwärzer wurden. Vill reckte den Kopf und sah, dass die Sonne unterging. Bald würde der schützende Schleier der Nacht sich über ihn senken. Nicht mehr lange, und seine Verfolger könnten ihn im Zwielicht nicht mehr finden.

Ich werde ihnen entkommen!, dachte er.

Trotzdem würde er bald weitermüssen, auch wenn sein Körper um eine längere Rast geradezu bettelte. Das Versteck war gut, also wartete er. Sein Atem beruhigte sich. Vill streckte die Beine ein wenig und lauschte. Er vernahm das Geraschel der Blätter, das Zwitschern von Vögeln und das Ächzen der Riesenkiefern. Natürliche Geräusche, sichere Geräusche. Doch dann hörte er noch etwas anderes. Es klang wie ein Schnüffeln. Irgendein Tier, nicht besonders nahe, aber es bewegte sich in seine Richtung. Wachsam setzte Vill sich auf. Das Geräusch kam immer näher, schneller jetzt, war bereits in dem Gestrüpp direkt vor ihm. Vills Hand schoss zu dem Elfenbeinmesser an seinem Gürtel. Genau in dem Moment, als ein weißbrauner Bluthund zwischen den Zweigen hindurchbrach, riss er es aus der Scheide. Beinahe hätte Vill gelächelt. Bluthunde waren sogar noch teurer als Söldner. Offensichtlich geizte Kryst nicht länger mit seinem Gold, also wies Annika ihn nach wie vor zurück. Sie würden ihr schon Vills Kopf bringen müssen, um ihren Willen zu brechen.

Vill blieb keine Zeit mehr, um auszuweichen. Er hielt einen dicken Ast als Schutz vor seinen Hals, erhob sich auf ein Knie und stieß zu. Die Zähne des Biests bohrten sich genau im selben Moment in seinen Oberschenkel, als die Klinge sich ins Genick des Bluthunds grub. Beide heulten auf. Spätestens jetzt würden seine Verfolger wieder wissen, wo er war, und prompt hörte er ihre Rufe ganz in der Nähe.

Ich werde nicht entkommen.

Aber der Hund auch nicht. Winselnd sank er zu Boden, und er tat Vill beinahe leid. Das Tier war wie er, ein treuer Diener seines Herrn, geopfert für eine Palastintrige. Vill wandte sich ab und schleppte sich weiter den Hügel empor, hinaus aus dem Gestrüpp. Der Biss blutete nicht besonders stark, aber der durchlöcherte Muskel darunter verkrampfte sofort, sobald er ihn belastete. Vill konnte nicht mehr rennen.

Der erste Söldner streckte den bärtigen Kopf hinter einem Strauch hervor.

Vill spannte seinen Bogen, und der Soldat tauchte wieder ab. Er humpelte ein paar Schritte weiter bergauf. Immer wieder blickte Vill über die Schulter, aber selbst hier, auf freiem Gelände, war es schwer, in der Dunkelheit irgendetwas zu erkennen. Vill sah den Hügel hinauf. Direkt vor ihm war es sogar noch dunkler, ein Schwarz von einer unglaublichen Tiefe, so finster, dass es alles Licht verschlang.

Er hörte Schritte hinter sich. Seine Verfolger brachen aus dem Gestrüpp hervor. Drei, den Geräuschen nach. Ein leises Zischen verriet, dass sie ihre Schwerter zogen. Sein gesamtes restliches Leben würde nur noch aus diesen wenigen Momenten der Angst bestehen, aus Schmerz. So sollte das Leben eines treuen Soldaten nicht enden, der schon als Kind davon geträumt hatte, in der Bogenschützenkompanie des Fürsten zu dienen. Die Ungerechtigkeit der Situation traf ihn wie eine Faust, und Vill überkam eine unbändige Wut. Doch um seinen Hass über diejenigen zu ergießen, die ihn verdient hatten, musste er überleben. Oder er würde mit dem bitteren Geschmack im Mund sterben.

Hilfesuchend tastete Vill nach der Finsternis vor ihm, und zu seiner Überraschung tat sie es ihm gleich. Sie streckte sich nach ihm, half ihm, zog ihn näher heran. Vill zögerte. Ihr Griff fühlte sich kalt an, und der Geruch von Fäulnis schlug ihm entgegen. Doch hinter sich hörte er, wie der Tod näher kam. Vill stürzte vorwärts, und der Schleier verschlang ihn.

Jetzt, da er wieder frei war, machten ihn diese Erinnerungen weder wütend noch traurig, auch wenn er wusste, sie sollten es eigentlich. Er hatte die Ereignisse so oft im Geist durchgespielt, dass sie mittlerweile unendlich weit weg schienen, als wäre all das einem anderen widerfahren. Dennoch lag die himmelschreiende Ungerechtigkeit auf der Hand. Sich zu rächen würde vielleicht etwas in ihm wieder zum Leben erwecken.

Es schien ihm nicht klug, sich an der Stelle aufzuhalten, wo die Dunkelheit ihn verschlungen hatte, also floh er. In denkbar ungeeigneter Kleidung stapfte er durch den Schnee und fragte sich, ob die Kälte ihn umbringen würde. Sie tat es nicht. Der milde Frühling sorgte dafür, dass er die Nacht und den nächsten Morgen überlebte, und mehr brauchte er nicht, um auf die andere Seite zu gelangen. Dort angekommen waren die Hänge wieder schneefrei, und es wuchsen sogar ein paar Bäume.

Neben einem schnell fließenden Bach, der vom Schmelzwasser des Gletschers gespeist wurde, machte er halt. Vill setzte sich in die Sonne, um sich aufzuwärmen und über seine Lage nachzudenken. Sein altes Leben existierte nicht mehr, so viel war klar. Doch wie lange schon? Es konnte viel Zeit verstrichen sein, dachte er, aber vielleicht war sein Geist auch nur verwirrt, und seine Verfolger waren ihm immer noch dicht auf den Fersen. Doch ganz unabhängig davon: Er musste sich ausruhen.

Vill machte eine kurze Bestandsaufnahme. Er hatte zwei gute Pfeile. Wenn er mit ihnen jagte, konnte er sie immer wieder einsammeln, reparieren und wiederverwenden, solange sie nur nicht entzweibrachen. Kein Essen. Die Beeren und das bisschen getrocknete Fleisch hatte er unterwegs verschlungen. Wasser gab es genug. Die warme Frühlingssonne bescherte es ihm im Übermaß. Eine Bisswunde. Der verletzte Oberschenkel war geschwollen und hart, aber die Haut nicht gerötet. Also hatte er keine Infektion. Glück im Unglück. Schlaf? Nicht, seitdem der Schleier ihn wieder freigegeben hatte. Kleidung? Sein Hemd war nass von Schnee und Schweiß, die Kniehosen zerrissen. Schließlich legte Vill seine Prioritäten fest: zuerst der Schlaf, dann das Essen, dann neue Kleidung. Sobald das erledigt war, würde er sich daranmachen, seinen Rachefeldzug gegen den Mann zu planen, der ihn so schändlich verraten hatte, und gegen alle, die ihm dabei geholfen hatten.

Als Vill erwachte, fand er sich umzingelt. Wer oder was immer sie waren, sie rochen abscheulich, eine Mischung aus Eiter, Schweiß und halb verdorbenem Fleisch. Dem Aussehen nach zu urteilen würden sie ihn mit größter Wahrscheinlichkeit töten und danach mit beinahe genauso großer Wahrscheinlichkeit aufessen. Doch die Erkenntnis ließ Vill seltsam unberührt. Er schaute in sein Herz, suchte nach Gefühlen, fand aber keine. Solchermaßen ungestört von Emotionen flossen seine Gedanken mit bemerkenswerter Klarheit. Ganz nüchtern schätzte er die Besucher ein: Sie gingen aufrecht und trugen primitive Keulen bei sich, also konnten sie mit Werkzeugen umgehen, hatten aber nichts, was mit seinem Bogen oder Dolch vergleichbar wäre. Einer aus der Gruppe stand etwas näher als die anderen, ein groß gewachsener Kerl, der auch die größte Keule hatte. Ihr Anführer. Offensichtlich schätzten sie Mut und Körperkraft. Sie hatten ihn nicht im Schlaf getötet, was bedeutete, dass sie neugierig waren, herausfinden wollten, wer oder was er war, möglicherweise von ihm lernen. All das wurde ihm mit einem einzigen Blick klar, hilfreiche Informationen, die ihm wahrscheinlich entgangen wären, wenn er stattdessen damit beschäftigt gewesen wäre, Angst zu empfinden.

»Könnt ihr sprechen?«, fragte er in aller Gelassenheit, um ihnen zu zeigen, dass zumindest er es konnte.

Als Reaktion riefen sie einander allerlei Ächz- und Stöhnlaute zu. Eine primitive Sprache, die er lernen konnte, wenn er Zeit dazu hatte. Doch jetzt war keine Zeit. Sie würden ihn erschlagen und kochen oder auch roh verspeisen, wenn sie zu dem Schluss kamen, dass er ihnen weder gefährlich werden noch ihnen helfen konnte. Vill musste ihnen also zeigen, dass er zumindest zu einem davon in der Lage war. Besser beides.

Er deutete auf ein Eichhörnchen, das ganz in der Nähe auf einem Ast saß, und nahm seinen Bogen zur Hand.

Als Reaktion hoben die Kreaturen laut grunzend ihre Keulen.

Vill streckte ganz langsam die Hand mit dem Bogen von sich weg, um ihnen die Waffe zu zeigen.

Der Anführer gab dem Rest der Gruppe ein Zeichen, und sie beruhigten sich wieder, beobachteten. Nur einer plapperte weiter. Der Anführer fauchte ihn an und gab ihm mit der Keule eins vor die Brust. *Sie respektieren einen starken Anführer,* dachte Vill. *Gut.* Er zog einen Pfeil aus dem Köcher, zeigte ihn der Gruppe, und als er ihn auf die Sehne legte, grinste der Anführer. Ein universaler Ausdruck. Er wollte die seltsame Waffe für sich selbst haben, überlegte Vill. Sobald er ihnen die Funktionsweise demonstriert hatte, würde der Kerl ihn erschlagen. Vill spannte die Sehne.

Das Eichhörnchen beäugte neugierig von seinem Ast aus die Szene. Der Pfeil durchbohrte seine Flanke und riss es vom Baum, sodass es nur wenige Meter von dem Anführer zu Boden fiel. Einen Moment lang herrschte Stille, während die Kerle mit großen Augen zu begreifen versuchten, was soeben geschehen war. Dann brachen sie in aufgeregtes Geschnatter aus. Sie waren soeben Zeugen von etwas ganz Erstaunlichem geworden: Nahrung, die sich außerhalb ihrer Reichweite befunden hatte, war ihnen praktisch vor die Füße gefallen.

Der Anführer sah Vill an. Er würde jetzt den Bogen wollen.

Ruhig zeigte Vill ihnen den zweiten Pfeil, legte ihn an die Sehne und spannte den Bogen. Diesmal traf er direkt zwischen die Augen. Auf fünf Schritte Entfernung und mit einem festen Stand ein leichter Schuss.

Als wäre sie plötzlich eingeschlafen, legte die Kreatur sich inmitten der Gruppe rücklings auf den Boden und starrte mit toten Augen zum Himmel.

Vill ging zu der Leiche, setzte ihr einen Fuß auf die Brust und zog seinen Pfeil heraus. Dann beugte er sich hinab und nahm die Keule. Das alles tat er direkt vor den Augen der anderen, die aufmerksam zuschauten, aber keinerlei Anstalten machten einzugreifen. Vill hob den Knüppel, und der Erste, der einen Laut ausstieß, bekam ihn zu spüren. Kein harter Schlag, um ihn zu verletzen, sondern lediglich eine Erinnerung daran, wer ab jetzt die größte Keule hatte.

»Ich werde eure Hilfe brauchen«, erklärte Vill. »Aber zuerst muss ich eure Sprache lernen.«

Jetzt hatte er Zeit dazu.

10

Sie wählten den flacheren Anstieg, aus dem einfachen Grund, weil er der am wenigsten anstrengende war. Da sie außerhalb der Stadt am weitesten herumgekommen waren, weiter selbst als die Palastsoldaten, trug Lothario Pinch und Arkh auf, sie zu führen. Sie stimmten mit dem Hauptmann darin überein, dass der Aufstieg in etwa die Hälfte des Tages in Anspruch nehmen würde und, falls sie umkehren mussten, gerade noch genug Zeit blieb, wieder bis unterhalb der Schneegrenze abzusteigen. Falls sie es nicht vor Sonnenuntergang schaffen sollten, erklärte Arkh, konnten sie immer noch die beiden Zelte aufschlagen und sich alle darin zusammendrängen, damit die Nacht nicht zu kalt wurde, was in Wex den heimlichen Wunsch weckte, dass genau dies eintreten möge und er einen Schlafplatz neben Brynn ergattern könnte.

Der Aufstieg erwies sich jedoch als schwieriger, als sie gedacht hatten. Das Schmelzwasser ließ die Bäche stark anschwellen, und sie zu überqueren war alles andere als einfach. Auch die Pferde kamen in dem teilweise dichten Gestrüpp nur langsam voran, und als sie schließlich die Baumgrenze hinter sich gelassen hatten, war es auch mit der Schneeschmelze vorbei, und sie mussten haltmachen, um Winterkleidung anzulegen. Die Fellmäntel waren schwer und unbequem, aber zumindest hielten die Kalbsledersäcke, die sie über ihre Stiefel stülpten, die Füße trocken.

Die Hufe der Pferde knirschten nun nicht mehr im weichen Schnee, sondern brachen mit lautem Krachen durch die Harschdecke auf dem Gletscher. Das mühselige Gestapfe durch das schwere Gelände hob die Stimmung nicht gerade, ganz zu schweigen von den Eisplatten und den engen Spalten, die vor allem den Pferden zu schaffen machten.

»Bei den Göttern, Lothario, was hoffst du auf dem Gipfel dieses vereisten Felsbrockens zu finden?«, hörte Wex Fretter schimpfen. Offensichtlich war er noch nie so hoch oben gewesen – der Berg, auf dem die Stadt Skye lag, war nicht mehr als ein schneeloser Hügel, der sich aus dem umliegenden Flachland erhob.

»Die andere Seite«, erwiderte Lothario.

Wex war aufgeregt. Wenn er auf seinem gefleckten Ross erst einmal den Gipfel erreicht hatte, würde er endlich zu sehen bekommen, was dahinter lag. Unerforschtes, wildes Land, Handelsrouten oder fremde Städte, alles war möglich. Was immer dort auf sie wartete, es war zum Vorschein gekommen, nachdem er es gezeichnet hatte, und jetzt würde er dieses Gebiet kartographieren. Wex glaubte nicht, dass er es gewesen war, der den Schleier auf geheimnisvolle Weise zurückgedrängt hatte. Es war einfach geschehen, und er hatte den Ruhm dafür geerntet, und jetzt würde er auch noch Geld bekommen als Mitglied der ersten in die neuen Gebiete ausgeschickten Expedition.

Als der Tross gerade eine weitere Spitzkehre machte, um dem Anstieg etwas von seiner Steilheit zu nehmen, lenkte Kraven sein Pferd neben Wex. Der Zauberer behielt die Bergflanke fest im Blick, achtsam und argwöhnisch. Er hatte einen mit Pelz gefütterten Kapuzenumhang übergestreift und die alberne wallende Robe endlich weggepackt.

»Unglaublich, findet Ihr nicht?«, bemerkte Wex in dem Versuch, freundlich zu sein.

»Solange wir nicht sterben«, murmelte Kraven, der kaum mehr als der großmäulige Magier von vor zwei Tagen wiederzuerkennen war.

»Der Schnee sieht fest aus«, erklärte Wex. »Wir müssen nur achtgeben, nicht über irgendeine Felskante zu fallen.«

»Es sind nicht Lawinen oder Felsabbrüche, die mich an diesem dunklen Ort beschäftigen.«

»Der Berg ist doch gar nicht mehr dunkel.«

»Er mag nicht mehr so aussehen, aber er fühlt sich sehr wohl immer noch so an. Zumindest für jemanden, der empfänglich ist für das Elementare, Urgewaltige, so wie ich es bin. Und mich fröstelt weit mehr, als gewöhnliche Kälte es vermag. Ich hätte in der Stadt bleiben sollen. Dieser Ausflug ist pure Narretei.«

»Ich dachte, Fürst Kryst hätte euch befohlen teilzunehmen.«

Kraven hüstelte. »Nein. Es war meine eigene fragwürdige Entscheidung.«

»Und weshalb?«

»Man bekommt nicht jeden Tag Gelegenheit, sich unter dem Schutz einer ganzen Kompanie von Palastwachen im Schatten des Übernatürlichen umzusehen. Das war Anreiz und Versuchung genug. Doch was jetzt geschehen ist, hat mir die Augen geöffnet. Was wir hier tun, ist reiner Selbstmord.«

»Euch umsehen? Wonach sucht Ihr denn?«, fragte Wex.

»Habe ich etwa behauptet, ich würde etwas suchen?«, entgegnete Kraven schnaubend. »Doch erlaube mir eine Frage«, fügte er schnell hinzu. »Du hast rote Tinte für deine Zeichnungen verwendet, doch in der Ausrüstung deines Vorgängers war keine solche Farbe. Wo hattest du sie her?«

»Es war Blut«, antwortete Wex.

»Aha, übrig geblieben von dem Schwein, um das du so viel Aufhebens gemacht hast!«, rief Kraven, als hätte er soeben ein großes Geheimnis gelüftet.

Wex gab sich nicht die Mühe, ihn zu korrigieren.

»Warum verwendest du Blut?«, fragte der Zauberer weiter.

»Weil es das Einzige ist, von dem ein Schweinebauer genug hat. Es ist nicht allzu teuer, und es gibt jeden Tag frisches«, erklärte Wex. »Der Saft der Beeren und Kräuter im Wald ist zu dünn, und außerdem bringt ihn mein Vater immer zu Hampten, damit er ihm etwas daraus brennt. Tinte oder Tusche können wir uns nicht leisten.«

»Fretter hat Tinte für dich«, rief Kraven ihm ins Gedächtnis.

»Die war in seinem Gepäck. Ich wollte ihn nicht wecken.«

»Ich verstehe«, erwiderte Kraven. »In der Tat scheinen mir das die ersten vernünftigen Worte aus deinem Mund zu sein.« Seine Augen wanderten hinunter zu dem Verband um Wex' Daumen. »Was ist das für eine Verletzung?«

»Nur ein kleiner Schnitt.«

»Ich kann ihn untersuchen, wenn du willst.«

»Nicht nötig.«

Kraven nickte und trieb sein Pferd weiter nach vorn.

Je höher sie kamen, desto steiler wurde das Gelände, aber sie fanden einen Pfad, der in weiträumigen Serpentinen aufwärtsführte, sodass die Pferde die Steigung leicht schafften. Vielleicht ein Gämsen- oder Ziegenpfad, wenn auch etwas breiter. Bald rief Fretter von vorn, dass er hinter einer mächtigen, niedrig hängenden Wolke bereits den Gipfel erkennen konnte.

Als Wex ihn sah, fiel ihm auf, dass der Gipfel nicht spitz war, sondern in einem flachen Stumpf endete, als wäre der Berg oben abgeschnitten worden. Er gab seinem Pferd die Sporen und reihte sich wieder neben Kraven ein.

»Wie seltsam«, sagte Wex. »Es sieht aus, als ob die Wolke aus dem Berg selbst kommt.«

»Das ist keine Wolke«, erwiderte Kraven. »Es ist Dampf.«

»Das verstehe ich nicht.«

»Die Wolke, die du da siehst, entsteht durch Hitze in der kalten Luft. Wie bei einem Kochtopf. Und die Hitze kommt aus dem Berg.«

»Wie?«

»Dies hier ist ein Feuerberg.«

»Ein was?«

»Ein Berg, in dessen Innern ein Feuer brennt. Er spuckt Flammen. Hast du dich nie gefragt, weshalb dieser Gebirgszug die Zornberge genannt wird?«

»Weil der Gott, der ihn geschaffen hat, Anstoß genommen hat an ...«

»Sei kein solcher Einfaltspinsel«, unterbrach Kraven. »Es ist ein simples wissenschaftliches Phänomen. Hast du schon einmal gesehen, was passiert, wenn ein Blitz in einen Baum einschlägt?«

»Er fängt an zu brennen?«

»Exakt. Die Gebildeten unter uns postulieren, dass ein Berggipfel unter den geeigneten Umständen auf die gleiche Weise entzündet werden kann. Und dieser hier, wie es scheint, schwelt noch.«

»Sollten wir nicht besser fliehen?«, fragte Wex nervös.

»Nein«, erwiderte Kraven. »Zumindest nicht aus diesem Grund.«

»Eine letzte Etappe noch, Männer!«, rief Lothario mit einem ermunternden Lächeln von der Spitze des Trosses.

Wex hielt nach Brynn Ausschau. Sie ritt direkt hinter der aus Lothario, Fretter und Arkh bestehenden Vorhut. Gavels prächtiges Streitross war das stärkste im ganzen Trupp und trug ihren zierlichen Körper mit Leichtigkeit. Brynns Kleidung war für die harten Winter in den Vorhügeln gemacht und den dicken Fellmänteln der Palastsoldaten von Skye weit überlegen – sie war bequemer, und trotzdem musste Brynn weniger frieren. Es gab nichts, was ein einfacher Bauernjunge wie Wex im Moment für sie tun konnte, und als Brynn nach der nächsten Serpentine kurz die Augen hob und seinen Blick auffing, blieb ihm nichts anderes übrig, als schnell wegzusehen.

»Wexford!«, rollte ihm Lotharios Stimme dröhnend entgegen, kaum dass die Dreiergruppe an der Spitze das Gipfelplateau erreicht hatte. Verunsichert wandte Wex sich Kraven zu.

»Du wirst gerufen«, erklärte der Zauberer. »Also solltest du besser folgen. Ich hingegen muss wohl hier zurückbleiben.«

Wex trieb sein Pferd an, und unterwegs kam er an Pinch vorbei, der sich herüberbeugte und ihm zuflüsterte: »Lass dich von diesem Schnösel nicht herumkommandieren. Tu so, als würdest du ihm gehorchen, aber tu es gleichzeitig nicht. Halt dich vor allem an das, was du selbst willst, verstanden?« Mit einem Klaps auf die Hinterbacken von Wex' Pferd entließ er ihn wieder.

Nachdem er an ein paar weiteren Soldaten vorbeigeritten war, war Wex auf Brynns Höhe. *Das, was ich selbst will,* dachte er und schwelgte im Anblick ihres langen, wallenden Haars, das beinahe genauso hell war wie der Schnee um sie herum. Aus Pinchs Mund hatte es so einfach geklungen. Wex suchte nach irgendetwas, das er ihr im Vorbeireiten zurufen konnte.

»Was, glaubst du, wird der Schnösel wohl von mir wollen?«, verkündete er schließlich grinsend wie ein Pferd, das zu viel Hafer erwischt hatte.

»Vielleicht wünscht er, dass du uns allen noch etwas Schweineeintopf kochst?«, erwiderte sie trocken.

Wex blieb keine Zeit für eine Antwort, denn sein Pferd war schon an Brynn vorbei. Leise fluchend bewunderte er, wie klug und schlagfertig sie war, konnte sich aber nicht entscheiden, ob er sie deshalb nun mehr oder weniger wollte.

Lothario, Fretter und Arkh waren bereits abgestiegen und hatten die Karte zwischen sich ausgebreitet.

»Hast du Bäume gezeichnet?«, fragte der Hauptmann, als Wex herankam.

»Bäume?«

»Hier, auf dem Berggipfel, den du gestern gezeichnet hast.« Lothario deutete auf die Karte.

Wex glitt aus dem Sattel und lief eilig zu der Stelle, wo die drei nachdenklich über das ausgerollte Leder gebeugt standen.

Der Boden unter seinen Füßen war warm. Keine Spur mehr von Schnee.

»Diese dünnen Linien. Was ist das?«, bohrte Fretter nach.

Wex blickte auf die Karte. Er hatte eine einfache Schraffur gezeichnet, die vom Berggipfel himmelwärts wies. Von einem Gipfel, der ihm jetzt, da er ihn betrachtete, eigenartig flach vorkam. Die Schraffur sah in der Tat aus wie Bäume, wenn auch ein bisschen schiefe.

»Ich weiß es nicht«, antwortete Wex.

»Wie kannst du das nicht wissen? Du hast sie gezeichnet«, schnaubte Fretter kopfschüttelnd.

»Ich hatte dabei keine Bäume im Sinn. Ich meine, ich habe diese Linien nur gezeichnet, weil sie mir irgendwie richtig erschienen.«

Aber etwas an seiner Zeichnung war falsch. Er betrachtete sie näher. Die meisten Berge hatten spitze Gipfel, und oberhalb der Baumgrenze wuchsen nun einmal keine Bäume. »Ich habe gezeichnet, was ich in meinem Kopf gesehen habe.«

»Dieser ganze Gipfel war gestern noch ein schwarzes Nichts, Hauptmann«, schäumte Fretter. »Der Junge kann die Bäume gar nicht gesehen haben.«

»Dann hat er sie sich eben korrekt vorgestellt«, folgerte Lothario. »Erstaunlich.«

»Es tut mir leid«, erklärte Wex, den immer stärker das Gefühl beschlich, dass er irgendeinen fürchterlichen Fehler gemacht hatte. »Ich wollte den Berg nicht so komisch malen.«

In diesem Moment trat Arkh einen Schritt nach vorn. Die ganze Zeit über war er stumm geblieben, während die Anführer der Expedition Wex verhörten. Eine brave, folgsame Missgeburt, doch jetzt sprach er mit leiser Stimme durch das Visier seines Helms. »Vielleicht sollten wir ihm zeigen, was so seltsam daran ist, dass er Bäume gezeichnet hat, wo keine sein sollten«, erklärte er.

Lothario nickte und bedeutete Wex, näher heranzukommen.

Wex gab Arkh die Zügel seines Pferds in die Hand und stellte sich neben Lothario. »Ist warm hier oben«, sagte er. Dann spähte er über den Rand.

Unter ihm gähnte ein riesiger Krater, ein Loch, das aussah, als hätten die Götter es mit einem gigantischen Löffel aus dem Berggipfel gegraben. Doch noch viel eigenartiger als der Krater war das, was Wex an dessen Boden erblickte.

»Bäume!«, keuchte er.

»Krumme Bäume. Ein ganzer Wald«, ergänzte Lothario.

»Aber wie ist das möglich?«

»Sag du es uns, Kartenzeichner. Du hast sie gezeichnet.«

»Ich habe nicht die geringste Ahnung.«

»Es ist warm«, rief Fretter ihnen ins Gedächtnis. »In solch frostigen Höhen wachsen normalerweise keine Bäume. Aber hier oben ist es nicht frostig.«

Arkh kniete sich hin, zog die Lederhandschuhe aus und befühlte den felsigen Untergrund.

Wex bekam große Augen, als er Arkhs bloße Hände erblickte: Lange, kräftige Krallen ragten aus den kantigen Knöcheln, dort, wo die Finger hätten sein sollen. Schwarze, gebogene Klauen.

»Die Hitze kommt aus dem Boden«, stellte er fest.

»Vielleicht sind wir auf einem Feuerberg?«, schlug Wex vor.

Arkh und die beiden Offiziere starrten ihn an.

»Einer, der Feuer spuckt?«, fügte Wex hinzu.

»Du weißt mehr, als man meinen möchte, Schweinejunge«, erklärte Fretter.

Lothario lachte. »Das mag wohl sein. Doch das hier sind voll ausgewachsene Bäume. Hier wurde kein Feuer mehr gespien, seit wir auf dieser Welt wandern.« Er wandte sich der Kompanie zu. »Alle nach oben! Seht euch an, was wir gefunden haben!«

Die Soldaten saßen ab und führten ihre Pferde am Zügel das letzte Stück des Anstiegs hinauf. Als sie in den Krater hinabblickten, erhoben sich aufgeregtes Geflüster und ehrfürchtiges Gemurmel. Der Boden war so warm, dass er alle Kälte aus ihren Körpern vertrieb, und schon kurze Zeit später gingen alle wieder im leichten Reitkittel und führten ihre Pferde durch den Wald, der nicht sein konnte.

Es waren keine Bäume, die Wex schon einmal gesehen hatte. Die astlosen Stämme sahen aus, als bestünden sie aus aufeinandergestapelten Ringen. Wie betrunken neigten sie sich zur Seite und erhoben sich etwa drei Mann hoch in den Himmel. Ganz am Ende spross ein schlaff herabhängendes Büschel, das ihn vage an Farnwedel erinnerte. Die Pferde wurden von kleinen Fliegen umschwirrt, und in der aus wechselnden Richtungen wehenden Brise lag der unverkennbare Geruch modrigen Sumpflands.

»Das sind reichlich eigenwillige Bäume«, bemerkte Fretter mit gerunzelter Stirn und erschlug eine Fliege. »Weder Riesenkiefern noch Stechfichten.«

»Und du hast eine natürliche Abneigung gegen alles Eigenwillige, nicht wahr, Fret?« Lothario lachte leise.

»Nein, das stimmt nicht.«

»Du gibst also zu, dass es gut war, die Banditen und Missgeburten mitzunehmen?«

Alle drei wandten sich kurz nach Arkh um, der Seite an Seite mit Mungo und Pinch hinter ihnen herging. Arkh machte eine knappe Verbeugung, um zu zeigen, dass er verstanden hatte und Lotharios Kommentar nicht als Beleidigung auffasste.

»Ich sehe den Nutzen darin immer noch nicht«, erklärte Fretter.

»Wenn Mungo sagen würde, diese Bäume sehen aus wie die auf den warmen Inseln südlich von Abrogan, wäre das dann von Nutzen für Euch?«, schnaubte Pinch verächtlich, ohne sich die Mühe einer Verbeugung zu machen. Er spuckte den Zweig aus, auf dem er die ganze Zeit herumgekaut hatte.

»Auf jeden Fall wäre es interessant«, räumte Lothario ein.

Mungo brummte Pinch etwas zu.

»Man würde sie Palmen nennen, sagt er. Inselbäume. Sie haben hier nichts zu suchen, außer vielleicht, dass es warm und feucht ist hier oben, mit dem ganzen Schnee, der um den Krater herum schmilzt. Ich habe sie auch schon einmal gesehen, damals, als ich die Königsfamilie durch die warmen Meere geschippert habe.«

»Königsfamilie? Pah! Manches von den Dingen, die du behauptest, würde ich glatt glauben, wenn du sie nicht immer mit so gepfefferten Lügen ausschmücken würdest.« Fretter drehte sich um und ging weiter.

Kurz darauf erreichten sie eine Lichtung von der Größe eines Dorfplatzes. Zwei Wildpfade führten auf der einen Seite hinein und auf der anderen wieder hinaus.

Cirilla sammelte die Pferde ein und brachte sie auf die Lichtung, während die Soldaten sich ins weiche Gras legten und die Wärme nach der winterlichen Bergtour genossen. Lothario und Fretter gingen mit zwei Soldaten auf dem schmaleren der Wildpfade weiter zur Mitte des Kraters.

Wex sah zu, wie sie verschwanden. Er war enttäuscht, dass Lothario ihn nicht gebeten hatte mitzukommen. Nachdem die Palmen sie verschluckt hatten, setzte er sich und betrachtete die Umgebung. Cirilla war immer noch mit den Pferden beschäftigt. Neben den großen Tieren sah sie sogar noch winziger aus, aber sie wusste, was sie tat, und die getreuen Rösser begingen nicht den Fehler, sich ihr zu widersetzen.

»Der andere Pfad ist breit genug für ein Pferd«, erklärte Cirilla.

Wex drehte den Kopf. Sie hatte recht.

»Und was sagt dir das, Junge?«, hakte sie nach.

Wex überlegte. »Es kommt mir komisch vor …«

»Komm schon, Kerlchen. Irgendeine Idee?«

»Wenn er breit genug für ein Pferd ist, kann es kein Wild-Trampelpfad sein.«

»Genau«, bestätigte Cirilla. »Und diese aufgeblasenen Palastpinkel haben es nicht einmal gemerkt.«

Pinch hatte ihre Unterhaltung aufgeschnappt oder vielleicht auch belauscht. Er stand auf und ging hinüber zu dem breiteren der beiden Pfade. »Die Zweige sind hier geschnitten. Er wurde verbreitert. Dem großen Kerl da ist es gleich aufgefallen, meine kleine Kerkergefährtin.«

»Kerker?«, fragte Wex verblüfft.

Cirilla warf Pinch einen finsteren Blick zu. »Genug Reden geschwungen, Pinchot.«

»Aber das war doch kein Schimpfwort, meine Liebe! Mich selbst würde ich ganz genauso nennen. Und Mungo habe ich schon ganz andere Dinge geheißen.«

Mungo nickte nur mit einem Achselzucken.

»Der Unterschied ist, dass der Kerker für euch beide wie eine Herberge ist, in der sie immer ein Zimmer für euren nächsten Besuch freihalten«, keifte Cirilla. »Aber ich gehör da nicht hin. Und nach dieser Expedition bin ich auch schon zur Hälfte durch damit.«

»Du warst im Palastkerker?«, fragte Wex mit großen Augen.

Er konnte sich beim besten Willen nicht vorstellen, wie die kleinwüchsige Frau ein Verbrechen begangen haben sollte, das mit Kerker bestraft wurde. Doch statt einer Antwort konnte er Cirilla lediglich beschämtes Schweigen entlocken. Immerhin wusste er jetzt, warum sie dabei war: Der Dienst, den sie auf der Expedition leistete, wurde ihr auf die Kerkerstrafe angerechnet.

»Darauf wäre ich nie im Leben gekommen«, sagte er schließlich.

»Es ist gar nicht so schwer, dort zu landen«, erklärte Pinch. »Du musst nur gegen die falsche Person ein Verbrechen begehen.«

»Ich hab gesagt, genug!«, rief Cirilla dazwischen.

»Oder was? Stichst du mich dann ab wie diesen fetten Händler?«

Cirilla kniff die Augen zusammen und überlegte. »Oder dein Sattel lockert sich überraschend. Oder kleine giftige Spinnen verirren sich nachts in deine Bettrolle. Oder dein nächstes Essen schmeckt komisch, und du selbst fühlst dich gleich darauf noch viel komischer.«

Pinch lachte, wenn auch verhalten. »Siehst du, Wex? Sie ist ganz schön gerissen, die Kleine. Und hart im Nehmen. Genau das mag ich an ihr. Ein bisschen nachtragend vielleicht.« Er vollführte eine elegante Verbeugung. »Alles nur Spiel, meine Liebe.«

»Ich habe nicht vor, den Rest meines Lebens als Verbrecherin zu verbringen, so wie du«, entgegnete Cirilla und führte die Pferde ans andere Ende der Lichtung. Unterhaltung beendet.

Arkh saß da, fingerte an seinem Helm herum und knetete seine Handschuhe. In der feuchten Hitze des Waldes musste seine Ausrüstung verdammt unbequem sein.

»Was siehst du, verehrter Mitausgestoßener?«, fragte Pinch.

Arkh deutete auf die Bäume. »Eine Vogelschlinge. Eine genauso simple wie brutale Vorrichtung, die dem Opfer die Flügel bricht, sodass es hilflos zu Boden fällt. Alt und primitiv. Vielleicht sogar vorzeitlich. Das Volk, das hier lebt, ist offensichtlich nicht besonders hoch entwickelt.«

»Du sprichst gut, Soldat«, erklärte Brynn, die ebenfalls herangekommen war. »Warst du auf der Akademie von Skye?« Sie versuchte erst gar nicht, ihre Überraschung zu verbergen. Arkh sprach mindestens genauso gut wie Fretter oder Lothario, vielleicht sogar besser, und Wex fragte sich grinsend, ob Brynn unter Arkhs Helm wohl ein ebenso anmutiges Gesicht vermutete.

»Nein«, antwortete Arkh. »Ich hatte eine Mutter, die mich sehr geliebt hat. Eine großartige Frau und eine ebenso großartige Lehrerin.«

»Sie war also keine Eidechse?«, fragte Pinch neugierig und ohne jeden schnippischen Unterton.

Brynn blickte verwirrt drein.

»Erzähl uns, Freund«, fuhr Pinch fort, »was für eine Art von Kreatur war sie?«

»Von der gefährlichsten Art«, erwiderte Arkh.

»Und die wäre?«

»Ein Mensch.«

»Ich verstehe nicht ganz, von was ihr beiden …«, begann Brynn.

»Wir haben ein Gebäude entdeckt. In dieser Richtung!«, rief ein junger Palastsoldat und kam aufgeregt auf die Lichtung gerannt. Sein Name war Winster, wenn Wex sich richtig entsann.

Zunächst konnte er nichts erkennen, also kletterte Wex auf den Rücken seines Pferdes, und dann sah er es: die obere Ecke eines Steingebäudes, die zwischen den Bäumen hindurchlugte.

»Und ich habe hier noch etwas anderes gefunden«, erklärte Arkh und deutete auf einen Stapel Baumstämme ein Stück oberhalb der Lichtung, der von ein paar Holzblöcken und einer Seilkonstruktion an Ort und Stelle gehalten wurde.

»Was ist das?«, fragte Fretter, der gerade zurück auf die Lichtung kam.

»Ein primitiver Mechanismus, dazu gedacht, größere Wildtiere zu erschlagen, während sie die Lichtung überqueren«, erklärte Arkh. »Die Leute, die jenes Gebäude bewohnen, sind Fallensteller.«

»Fleischesser, also«, überlegte Lothario laut. »Männer nach meinem Geschmack. Vielleicht laden sie uns ja zum Abendessen ein.«

Fretter begann, den Männern Instruktionen zu erteilen. »Formiert euch. Acht kommen mit uns, außerdem der Kartenzeichner und Kraven. Die Halunken, das Mädchen und die Unaussprechlichen bleiben mit dem Rest der Kompanie hier. Wir werden ihnen einen Besuch abstatten, und dabei wollen wir einen guten Eindruck hinterlassen.«

Wex war außer sich vor Freude, weil er mitkommen durfte.

Ein Volk zu besuchen, bei dem noch nie zuvor jemand gewesen war, eine Ansiedlung zu sehen, die noch nie jemand zu Gesicht bekommen hatte! Sie waren bestimmt gebildet und kultiviert, überlegte er, wenn sie so hoch in Bergen eine Stadt errichten konnten. Außerdem höflich und gastfreundlich, hoffte er zumindest.

11

Wex ging ein paar Schritte hinter Lothario. Er beobachtete, wie die muskulösen Schultern des Hauptmanns im Rhythmus seiner Schritte auf und ab wogten. Er ging als Erster, allen voran. Er war älter als Wex und stärker. Außerdem hübscher und selbstbewusster, wie Wex zugeben musste. Es gab auch noch ein paar andere Dinge, in denen er Wex übertraf, aber die Liste wurde allmählich so lang, dass er aufgehört hatte, noch weitere entmutigende Beobachtungen hinzuzufügen. Er konnte dem schneidigen Offizier einfach nicht das Wasser reichen, und insgeheim, so stellte er fest, wünschte sich Wex, Lothario möge verschwinden.

Die anderen Soldaten gingen hinter Wex und plapperten aufgeregt durcheinander. Alle hatten die schwere Ausrüstung und Panzerung abgelegt, und trotzdem schwitzten sie, dass die Kittel ihnen feucht an den Leibern klebten.

Nur Kraven schien seltsam nervös.

Der Weg durch die Palmen und das lichte Unterholz war nicht weit.

»Wir sind gleich da«, verkündete Fretter, als sie sich dem steinernen Gebäude näherten.

Der obere Teil der Mauer war jetzt deutlich durch die Palmwedel hindurch zu erkennen. Sie war gut instand gehalten, wenn auch die Steine, aus denen sie bestand, nicht so sauber eingepasst waren, wie es aus der Entfernung den Eindruck erweckt hatte. Die Spalten waren mit einer Art Lehm verputzt, der die Mauer solider und fachmännischer gebaut erscheinen ließ, als sie tatsächlich war.

»Bildet einen Keil«, befahl Fretter den Soldaten.

»Das dürfte nicht nötig sein«, widersprach Lothario. »Es sieht zu kriegerisch aus. Wir werden uns ganz entspannt und ohne Formationen nähern.«

»Ich bin aber nicht entspannt.«

»Das bist du nie.« Lothario lächelte Fretter an und legte ihm beruhigend eine Hand auf den Arm.

Kraven, der sich finster ans Ende des Trosses verkrochen hatte, zeigte mit einem Mal Interesse an der Mauer. »Welch eigenartiges Bauwerk.«

»Alles hier ist eigenartig«, brummte Fretter.

Ganz in der Nähe der Mauer traten sie zwischen den Bäumen hervor und waren überrascht, ihre Füße im seichten Morast versinken zu sehen, in einer warmen Brühe aus Schlamm und verfaulenden Palmwedeln.

»Wer zum Teufel baut eine Stadt mitten in einen Sumpf?«, schimpfte Fretter.

Kravens Augen schossen hin und her. »Das ist keine Stadt, sondern eine Mauer. Nur eine Mauer, mehr nicht.«

Mit gerunzelter Stirn stapfte Fretter durch den Morast und einmal um die Mauer herum, konnte aber nichts dahinter entdecken. »Er hat recht. Keine Stadt, keine Gebäude. Nur eine schlampig errichtete Mauer.«

»Mit was also haben wir es zu tun?«, fragte Lothario.

»Das weiß ich nicht!«, erwiderte Fretter gereizt. »Aber was immer es ist, es gefällt mir nicht.«

»Eine Fassade vielleicht?«, schlug Wex vor.

»Was sagst du da, Junge?«, fragte Kraven zurück.

»Eine Wand, die aussieht wie ein ganzes Gebäude. Die fahrenden Theater, die ab und zu nach Zornfleck kommen, haben so etwas.«

»Willst du mir weismachen, wir hätten gerade eine Schaustellerenklave entdeckt?«, knurrte Fretter.

»Was ist das?«, fragte einer der Soldaten, ein adlergesichtiger Mann namens Gill. Er deutete auf ein kleines Sims, etwa in der Größe eines kleinen Bettes, das aus der Mauer ragte. Der Rand war von einer Art Rinne eingefasst, die in eine Schale mündete.

»Eine denkbar unbequeme Bettstatt?«, witzelte Lothario.

Wex ging näher heran. »Nein, das ist eine Schlachtbank. Für große Tiere. Diese Rinne da ist für das Blut.« Er lächelte, zufrieden mit sich selbst, weil er den Soldaten etwas hatte erklären können.

»Wartet!« Kraven drängte sich nach vorn. Er sah jetzt noch besorgter aus als zuvor. »Was wissen wir über dieses Volk?«

»Aha, da ist ja endlich einer von ihnen«, rief Lothario und deutete auf eine Gestalt, die auf sie zukam. »Wir werden ihn einfach fragen.«

Es war ein Mann. Nicht gerade gut gekleidet, wie Wex sah. Ein Lendenschurz aus Tierfell, das war alles, und seine Haut war mit violetten Punkten tätowiert. Der Mann ging jetzt langsamer und inspizierte die Neuankömmlinge. Offensichtlich zählte er, wie viele sie waren. Schließlich wanderte sein Blick zu dem Pfad hinter ihnen.

»Er sieht krank aus«, bemerkte Fretter.

Kraven zog sich murmelnd aus der vordersten Reihe zurück und zählte mit gerunzelter Stirn alles auf, was er über sie wusste. »Sie leben in einem Kessel und bauen auf einer Lichtung Fallen aus Baumstämmen. Ihr Territorium ist unwegsam und matschig, das Gebäude darauf eine Fälschung mit einer Schlachtbank.«

»Heda!«, rief Lothario dem Mann zu und schwenkte ein weißes Stofftaschentuch als Zeichen, dass sie friedliche Absichten verfolgten. Der Mann setzte sich wieder in ihre Richtung in Bewegung, und Lothario bedeutete einem seiner Soldaten, ihm entgegenzugehen. »Alvin, begrüße ihn auf halber Strecke.

Lass deine Waffen stecken«, wies er ihn an. »Die Größe unserer Gruppe könnte ihn einschüchtern.«

Alvin, einer der älteren Soldaten, mit langem, wohlgepflegtem Bart, auf den er sichtlich stolz war, ging dem Fremden entgegen. Sie begegneten sich am anderen Ende der Mauer, wo sich sogleich drei weitere Gestalten mit seltsam watschelndem Gang zu ihnen gesellten. Wex konnte nicht eindeutig sagen, ob es Frauen oder Männer waren. Sie waren tätowiert und vollkommen verdreckt, genau wie der andere. Ihre Gesichter blieben hinter langen, verfilzten Haarsträhnen verborgen, und sie bewegten sich mit großer Vorsicht. Anstatt den Besucher freundlich zu begrüßen, schienen sie Alvin eher einzukreisen.

Kraven legte Wex eine Hand auf die Schulter. »Komm, Junge«, sagte er. »Man muss nicht schneller laufen können als der Bär. Man muss nur schneller sein als alle anderen, die vor dem Bären davonlaufen.«

»Was? Ich verstehe nicht ganz …«

»Ich auch nicht, aber ich denke angestrengt darüber nach.«

Die Dinge entwickelten sich schneller, als Wex lieb war. Diese Leute waren eindeutig nicht die fortschrittlichen Baumeister, als die das Gebäude sie aus der Entfernung hatte erscheinen lassen.

»Ich habe es!«, rief Kraven plötzlich.

»Was?«, erwiderte Fretter flüsternd und gab Kraven zu verstehen, er solle die Stimme senken und keine hektischen Bewegungen machen, um die primitiven Bergbewohner nicht zu erschrecken.

»Wir kamen her, weil wir das Gebäude gesehen haben«, erklärte Kraven, der mit jedem Wort aufgeregter statt ruhiger wurde. »Aber das Gebäude ist eine Täuschung. Es dient lediglich dazu, uns hierherzulocken, in den Krater, an ihre Tafel.«

»Was willst du uns mit deiner Rede sagen?«, fragte Lothario.

»Das hier ist eine Falle. Diese Leute sind Fallensteller.«

Zunächst begriffen sie nicht, was er meinte. Fretter, Lothario,

Wex und auch alle anderen, die in Hörweite standen, starrten ihn nur verständnislos an.

»Für Menschenopfer, ihr Narren!«

Fretter blies pfeifend den Atem aus, und mit einem Mal wünschte Wex, sie hätten ihn auf der Lichtung zurückgelassen.

Lothario rief Alvin zu, er solle sein Schwert ziehen, aber es war zu spät. Wehrlos stand er da, als die vier Gestalten sich mit gierigen Händen und Zähnen auf ihn stürzten.

Hinter der Mauer kamen jetzt noch mehr der buckligen Einwohner hervorgesprungen. Den watschelnden Gang hatten sie auf wundersame Weise abgelegt, brachen flink wie Wiesel aus ihren Verstecken und rannten durch den Morast, ohne auch nur das kleinste bisschen an Geschwindigkeit zu verlieren. Erst waren es zehn, dann fünfzehn, und immer mehr schnitten Alvin vom Rest der Gruppe ab. Wex sah ihre verunstalteten Gesichter, violett, fleckig und aufgedunsen. Von manchen hing das Fleisch in Fetzen herab.

»Zu Alvin!«, brüllte Lothario und zog sein Schwert. Doch Alvin war bereits überwältigt, und die übrigen Männer, die Lothario unter normalen Umständen so gut wie überallhin gefolgt wären, zögerten.

»Wir können ihn nicht mehr retten, Hauptmann!«, schrie einer der Soldaten, und Wex sah, dass er recht hatte.

Alvin lag auf dem Rücken, und drei der Kreaturen schleppten ihn zum Altar. Wex spürte, wie sein Magen rebellierte. Eines der Monster hatte Alvins sorgsam gepflegten Bart angehoben und kaute an seinem Hals herum. Ein anderer hatte die Zähne in Alvins Handgelenk gegraben. Drei weitere stürzten hinzu, streckten Arme und Beine des Soldaten und beteiligten sich an dem blutigen Mahl. Die Übrigen rannten an dem Gemetzel aus Blut und zappelnden Gliedmaßen vorbei und durch den Morast direkt auf den Rest der Gruppe zu.

Lothario fluchte und rief seinen Männern zu: »Rückzug zur Lichtung!«

Wex drehte sich um und rannte los. Kraven war ihm schon mindestens zehn Schritte voraus.

Brynn saß neben ihrem Ross auf der Lichtung, als Wex und Kraven aus dem Unterholz brachen, und blickte verwirrt auf. Wex wollte ihr eine Warnung zurufen, aber er bekam nicht genug Luft und brachte keinen einzigen Ton heraus.

Wenige Augenblicke später sahen sie Lothario und Fretter mit sechs Soldaten den schmalen Pfad entlangrennen. Wex fragte sich unwillkürlich, wo der Rest abgeblieben war, da entdeckte er die dunklen Gestalten, die ihnen dicht auf den Fersen waren. Arme packten den Letzten in der Gruppe, es war Harold, der auf einem Bein leicht humpelte, und drei der Angreifer brachten ihn mit ihrem Gewicht zu Fall.

Die Übrigen brachen auf die Lichtung, wo Lothario sich sofort umwandte.

»In Formation!«, brüllte er.

Mit gezogenen Waffen bildeten sie direkt am Ende des Pfads einen Keil.

»Wo sind Gill und Harold?«, schrie Fretter.

»Sie waren zu langsam«, lautete die genauso grausame wie simple Antwort eines der Soldaten.

Es blieb keine Zeit zu reden. Ein weiteres Dutzend der grausig gefleckten Kreaturen stürzte sich ohne Rücksicht auf die gezogenen Schwerter aus einem Versteck zwischen den Palmen hervor auf die Soldaten.

Wex war wie benommen. Er konnte nichts tun, nur hilflos zusehen. Fretter machte einen Ausfallschritt nach vorn und schlitzte dem Ersten mit einem präzisen waagrechten Streich die Bauchdecke auf.

Neben ihm ließ Lothario einen nackten Angreifer direkt in seinen Schwerthieb hineinlaufen, trennte ihm mit einem wuchtigen Schlag den Arm ab, sodass er zu Boden ging und zuckend liegen blieb.

Ein anderer umging den Abwehrriegel und rannte quer über die Lichtung. Er kam so nahe an Wex vorbei, dass er nach dem Schwert seines Vaters tastete. Aus der Nähe erkannte er, dass die violetten Flecken keine Tätowierungen waren, sondern eine Mischung aus roter, entzündeter Haut und schwarzem, verwesendem Fleisch. Außerdem fehlten Teile der Lippen und Wangen. Die Wunden schwelten, bluteten aber nicht. Eine zähe, klare Flüssigkeit quoll daraus hervor, sammelte sich in den Löchern und Lücken und tropfte schließlich zu Boden wie Schweiß. Wex war von dem Anblick so fasziniert und abgestoßen zugleich, dass er das Schwert erst gezogen hatte, als das Ungeheuer längst vorbei war und den Hügel hinaufstürmte.

»Lasst ihn ziehen!«, bellte Lothario. »Haltet die Formation.«

Der Ansturm ebbte ab. Die nächste Angriffswelle der Kraterbewohner stand abwartend zwischen den Palmen und betrachtete argwöhnisch die gefallenen Kameraden. Drei weitere der halb verwesten Geschöpfe waren von den Schwertern der Soldaten niedergestreckt worden, und ein vierter ging gerade zu Boden. Mit beiden Händen hielt er einen Pfeil umklammert, der sich wie aus dem Nichts in seine Brust gebohrt hatte – Poppy, der mit Brynn auf der Lichtung geblieben war, hatte seinen Bogen hervorgeholt und den bemerkenswerten Treffer gelandet.

Wex keuchte erleichtert auf. Nachdem sie zunächst überrumpelt worden waren, war es den Soldaten nun gelungen, den Ansturm der Wilden zurückzuschlagen. Ein Gegenangriff kam jedoch nicht in Frage. Der schmale Pfad bot zu wenig Platz für ihre langen Schwerter, und überall lauerten die Feinde in ihren Verstecken.

Lothario raste vor Zorn. »Ihr habt drei meiner Männer getötet, ihr verdammten Bestien!«

Pinch klopfte Wex auf die Schulter. »Hilf der kleinen Frau, die Pferde fertig zu machen. Irgendetwas sagt mir, der Aufbruch ist nahe.«

Cirilla und Mungo waren am Rand der Lichtung gerade damit beschäftigt, die Geschirre der scheuenden Pferde zu entwirren, während Kraven verschreckt daneben stand und auf sein Reittier wartete.

Wex winkte Brynn zu, damit sie sich der Formation anschloss.

»Wir müssen raus aus diesem Sumpf und zurück über den Kraterrand«, sagte Fretter zu Lothario.

»In Ordnung«, knurrte Lothario. »Bringt die Pferde!«

Ohne die Keilformation aufzulösen, zogen sich die Soldaten rückwärtsgehend zurück, die Angreifer fest im Blick. Poppy deckte den Rückzug mit seinem Bogen und schoss immer wieder Pfeile zwischen die Palmen, während Cirilla und die anderen die Pferde in die Mitte der Lichtung scheuchten.

Lothario brüllte unterdessen die starrenden Gesichter der Angreifer an. »Wir werden zurückkommen und Vergeltung üben!«

Genau in diesem Moment ertönte weiter oben am Hang ein Rumpeln, und Wex hörte Arkh zum ersten Mal laut fluchen. Die festgezurrten Baumstämme lösten sich und walzten auf die Lichtung zu wie rollende Rammböcke. Die Soldaten stoben auseinander, hechteten nach links und rechts, um sich in Sicherheit zu bringen. Die Pferde reagierten nicht so schnell. Wex sah, wie Gavels prächtiges Streitross sich auf die Hinterbeine erhob, die nur einen Wimpernschlag später von den mahlenden Stämmen weggerissen wurden. Er hörte ein kurzes Wiehern, sah schäumenden Speichel durch die Luft fliegen, dann ging die Stute zu Boden. Es folgte das Krachen mächtiger Knochen. Im nächsten Moment wurde auch einer der Soldaten, ein hoch aufgeschossener Bursche namens Orro Dewere, von der Lawine erfasst und sein hagerer Körper wie in einem Mörser zu rotem Brei zermahlen. Einige seiner Kameraden hatten ihre Waffen verloren, als sie zur Seite gesprungen waren, und jetzt kam die zweite Angriffswelle der Kraterbewohner. Sie brachen zwischen den Palmen hervor und stürzten sich auf Orros jüngeren Bruder

Errol, den Waffenwart, der, als er den Baumstämmen auswich, zu nahe an den Rand der Lichtung geraten war. Unter triumphierendem Gebrüll, das schnell seine Entsetzensschreie übertönte, zerrten sie ihn ins Dickicht.

Die Ausgestoßenen, Kraven, Wex und Brynn jedoch waren verschont geblieben, und auch zwei störrische Lastpferde, die sich nicht in die Mitte der Lichtung hatten führen lassen, hatten überlebt.

Lothario rannte wie ein Berserker hinter ein paar Wilden her, die den jungen Spärling gepackt hatten, und rammte sein Schwert einem zwischen die aus der violetten Haut ragenden Schulterblätter. Fretter sprang mit atemberaubender Geschicklichkeit und Eleganz vorwärts und streckte einen weiteren Feind nieder, so schnell, dass der Rest sich eilig zurückzog und den vor Angst halb wahnsinnigen Spärling wieder freigab. Keuchend kroch Spärling zurück zu seinen bewaffneten Kameraden. Die Monster hatten nun Respekt vor den Klingen der Soldaten und warteten zwischen den Bäumen.

»Ihre stärkste Waffe ist verbraucht«, verkündete Lothario. »Zurück in Formation!«

»Sie haben noch eine zweite Falle!«, brüllte Arkh.

Die Kreatur, die sie zuvor hatten entwischen lassen, hastete zwischen den Palmen zu einem zweiten, gut versteckten Haufen zusammengezurrter Baumstämme. Poppy schoss einen Pfeil nach dem anderen in seine Richtung, hatte aber wegen der Vegetation, die den Flüchtigen schützte, nicht viel Hoffnung, ihn zu treffen.

»Zum breiteren der beiden Pfade!«, rief Lothario. »Bevor die nächste Lawine über uns hereinbricht.«

»Aber ist es nicht genau das, worauf sie warten – dass wir in diese Richtung fliehen?«, gab Pinch zu bedenken.

»In der Tat!«, erklärte Kraven. Nichtsdestoweniger rannte er sofort los.

Fluchend befahl Lothario den verbliebenen Soldaten, dem

Zauberer zu folgen, und fuchtelte mit dem Schwert in Richtung der Palmen. Alle gehorchten, und auch Pinch und Mungo schlossen sich ihnen an.

Wex nahm Brynns Hand. Sie war kalt und feucht. Verängstigt kniete sie auf dem Boden, unfähig sich zu bewegen zwischen all dem Geschrei, Blutvergießen und Tod.

»Geh mit ihnen«, sagte er sanft, und gerade weil er in all dem Chaos so leise sprach, drang seine Stimme zu ihr durch.

»Ich werde hier sterben, oder?«, fragte sie. »Hier auf diesem seltsamen Berg, den du gezeichnet hast.«

Wex zuckte zusammen. Das würde sie in der Tat, wenn sie nicht mit den anderen floh. »Ich kann dich hier nicht beschützen.«

»Er ist so tapfer«, murmelte Brynn und schaute zu Lothario hinüber, der mit Fretter ihren Rückzug deckte.

Mit einem Stöhnen zog Wex die Tochter des Grafen auf die Beine. »Geh jetzt, dummes Frauenzimmer!«, brüllte er sie an und schob sie hinter Kraven her. Als sie immer noch zögerte, verpasste er ihr mit dem Stiefel einen Tritt in das gesunde Hinterteil.

Unterdessen hatte Cirilla ihre Waffe gezogen und eilte zu Lothario und Fretter. Wex dachte daran, wie Brynn Lotharios Tapferkeit bewundert hatte, und folgte aus einem spontanen Impuls heraus der kleingewachsenen Frau – etwas, das er sich noch vor einer Woche nicht im Entferntesten hätte vorstellen können. Hätte er Zeit gehabt, über sein Tun nachzudenken, er hätte sich gefragt, wie er überhaupt auf die Idee kam. Doch er hatte keine, also schwang er das rostige Schwert seines Vaters und rannte los.

Lothario fing die beiden mit einer herrischen Handbewegung ab und befahl ihnen zu fliehen. »Geh du mit ihnen, Fretter«, fügte er hinzu und starrte mit blitzenden Augen auf die Angreifer. »Ich habe uns gegen deinen Rat in diesen Hinterhalt geführt. Das ganze Fiasko ist meine Schuld, und ich allein werde den Rückzug decken.«

»Hauptmann, ich muss aufs Entschiedenste …«

Etwas fiel von oben herab und riss sie beide zu Boden. Zwei Kraterbewohner hatten sich von der Palme über ihnen auf sie gestürzt.

Entsetzt beobachtete Wex, wie Fretter und Lothario zu seinen Füßen um ihr Leben kämpften. Und noch während er dastand und zögerte, raste ein weiterer Schatten an ihm vorbei.

Es war Arkh. Er hatte die Handschuhe beiseitegeworfen. Seine Klauen schimmerten in der feuchten Hitze, und schneller, als Wex' Augen folgen konnten, fuhren sie durch die Luft.

Die Wilden rollten von Fretter und Lothario herunter, das violette Fleisch an ihren Kehlen in Fetzen hängend. Tot. Die Wildheit von Arkhs Attacke erschreckte Wex kein bisschen weniger als die anderen Gräuel, die er auf der Lichtung gesehen hatte. Arkh zog Fretter hoch, während Lothario aufsprang und sich zwei weiteren Angreifern entgegenwarf, die aus dem Dickicht stürmten. Die anderen Monster fielen inzwischen über die verkrüppelten und erschlagenen Pferde her. Die Neuankömmlinge waren dezimiert und auf dem Rückzug, und jetzt witterten sie ihre Chance, das Ganze zu beenden. Wex sah Dutzende von Augenpaaren, die am Rand der Lichtung durch die Blätter starrten.

»Lauft!«, brüllte Lothario und reckte den Angreifern sein blutiges Schwert entgegen. »Ich werde euch ein Zeichen geben, wenn sie kommen.« Er deutete auf den Pfad. »Ich bin dein Hauptmann, Fretter, und das ist ein Befehl.«

Und endlich flohen sie, Cirilla voran. Sie lief schneller, als man hätte meinen können, sprang flink wie eine Maus uber Hindernisse hinweg, und Arkh scheuchte Wex hinter ihr her, schob ihn an den Schultern vorwärts, wenn es sein musste. Fretter übernahm die Nachhut, drehte sich, irgendetwas in sich hineinmurmelnd, immer wieder um. Sie waren etwa eine Furchenlänge weit gekommen, als sie Lotharios letzten, gellenden Schrei hörten.

Fretter kam strauchelnd zum Stehen. Das Schwert schlaff

in der Hand, drehte er sich um, das Gesicht eine Maske des Grauens.

»Wir müssen weiter«, erklärte Arkh ruhig. »Er hat uns etwas mehr Zeit verschafft. Aber ab jetzt werden wir verfolgt.«

12

Der Pfad spuckte Wex und die anderen Nachzügler auf eine weite, offene Fläche aus, wo der Rest der Gruppe bereits mit den beiden überlebenden Lastpferden auf sie wartete. Im ersten Moment war Wex erleichtert, wieder mit den anderen vereint zu sein, doch dann sah er die nervösen Blicke, mit denen die Soldaten die umstehenden Felswände musterten.

»Eine Schlucht, wie praktisch«, bemerkte Cirilla.

»Die nächste Falle«, fügte Arkh grimmig hinzu.

Wex stöhnte. »Sie wollten, dass wir diesen Pfad nehmen.«

»Schön, euch alle zu sehen«, meldete sich Pinch zu Wort. »Wir dachten schon, wir müssten ohne euch sterben. Und, sagte ich nicht, dass sie uns wahrscheinlich genau hier haben wollen?«

»Lothario ist tot«, erklärte Arkh, ohne Fretter die Gelegenheit zu geben, die bestürzende Nachricht selbst zu überbringen.

Außer Fretter waren von der Kompanie nur noch Poppy, der Koch, und sechs Soldaten übrig: die adligen Winster-Brüder, drei ältere Palastwachen und der völlig verängstige Spärling, der kaum älter war als Wex selbst. Als sie die bittere Neuigkeit hörten, sackten sie förmlich in sich zusammen, als wäre mit einem Schlag jeder Kampfgeist aus ihnen gewichen.

Brynns Angst verwandelte sich in Schmerz, und sie begann zu schluchzen.

»Zieht die Waffen!«, sagte Cirilla. »Wir werden sie hier am Fuß der Felsen in Empfang nehmen.«

»Nein«, widersprach Pinch. »Wir versammeln uns am Ende

des Pfades, wo sie nur allein oder höchstens zu zweit angreifen können.«

»Warst du etwa so mit Rennen beschäftigt, dass dir gar nichts aufgefallen ist?«, fuhr Cirilla ihn an. »Sie werden nicht nur über den Pfad kommen.«

»Ich renne, wenn es Zeit ist zu rennen, kleine Frau. Nicht früher und ganz sicher nicht später.«

»Und noch viel weniger erteilt einer von euch Verbrechern hier die Befehle!«, fuhr der breitschultrige, glatzköpfige Garrot dazwischen und deutete mit der Spitze seines Schwerts auf die beiden, um seinen Worten Nachdruck zu verleihen.

»Ach so, und wer dann?«, fragte Pinch provozierend. »Lass es mich wissen, oh du, der du kein Haar auf dem Haupt trägst! Und sag nicht, der Zauberer soll es machen, der am schnellsten von uns allen laufen kann.«

Kraven schüttelte den Kopf, um anzudeuten, dass er in der Tat keinerlei Wunsch verspürte, die Gruppe zu führen.

»Also, wer dann?«, wiederholte Pinch.

»Ich.« Die zitternde Stimme gehörte Fretter, der bestürzt über die fürchterliche Entwicklung der Ereignisse auf dem Boden kniete.

Die Soldaten blickten einander an, und Wex konnte in ihren Gesichtern die Zweifel sehen, die sie bezüglich der Führungsqualitäten ihres pedantischen zweiten Hauptmanns hegten. Fretter war nicht Lothario. Kostbare Zeit verrann, während sie stumm an ihm zweifelten, und er an sich selbst.

»Dann reiß dich gefälligst zusammen und gib deine Befehle!«, schrie Cirilla ihn an.

»Zuallererst lasse ich mich nicht von einer Kerkerinsassin anbrüllen!«, bellte er zurück.

»In wenigen Augenblicken wirst du dir noch ganz andere Dinge gefallen lassen müssen, wenn du jetzt nicht sofort etwas unternimmst!«, blaffte sie.

Wex ging auf die Felswände zu und stolperte über einen Geröllhaufen, zerbrochene Schalen von irgendetwas oder von der Sonne ausgeblichene Holzsplitter, wie ihm schien. Der ganze Boden war voll davon.

Knochen, bemerkte er, als er näher hinsah. *Menschenknochen.*

Dem jungen Spärling war es auch aufgefallen. »Dieser Ort ist des Todes!«, jammerte er, die Stimme genauso verzweifelt wie der Ausdruck in seinen Augen.

Fretter blickte in Richtung des Wildpfads. Überall raschelten Blätter und knackten Zweige. »Ich habe versprochen, den Jungen wohlbehalten wieder nach Hause zu bringen«, sagte er, als spreche er mit sich selbst. »Und das Mädchen hätte nie mitkommen dürfen. Ich hab's ihm gesagt...«

»Jämmerlich!«, fauchte Cirilla. Sie deutete auf Poppy. »Du da! Ziel mit deinem Bogen auf den Pfad. Schieß auf alles, was sich bewegt.«

»Ich habe jetzt das Kommando«, erklärte Fretter tonlos.

»Dann tu endlich was!«

Arkh legte Fretter eine Hand auf die Schulter. »Wenn Ihr jetzt der Anführer seid, dann führt.«

Als hätte die riesige Pranke ihn aus einem Traum gerissen, schüttelte Fretter Arkhs Hand ab. Er richtete sich auf und spähte in alle Richtungen, versuchte, eilig die Lage einzuschätzen. Die anderen warteten, lauschten angespannt auf das Getrampel zwischen den Palmen und wagten kaum zu atmen. Instinktiv zogen sie sich in Richtung der Felswand zurück.

»Klettern«, erklärte Fretter unsicher. »Wir sollten klettern.«

»Unsere Vorräte«, sagte Garrot. »Die Pferde.«

»Wenn wir tot sind, brauchen wir erst recht keine Vorräte mehr«, entgegnete Cirilla. »Klettert!«

Die Wände schienen reichlich Griffe und Tritte zu bieten, also steckten sie ihre Waffen ein und stürzten sich auf den Fels.

Nur Brynn starrte bewegungslos nach oben, unfähig, irgendetwas zu tun, und immer noch vollkommen aus der Fassung vom Tod der Soldaten und ihres geliebten Hauptmanns.

Wex zögerte nicht länger, sprang auf sie zu und schob sie die Wand hinauf. Alles ging so schnell, dass er es kein bisschen genießen konnte, einen Moment lang die Hände auf ihren reizenden Po legen zu dürfen, und als Brynn sich endlich nach oben in Bewegung gesetzt hatte, kam er hastig hinterher.

Cirilla kletterte genauso, wie sie rannte: schnell und geschickt. Der fette Poppy hatte um einiges mehr Mühe, aber Angst war ein guter Antrieb, und er schaffte es irgendwie, seinen schweren Leib die Wand hinaufzuziehen. Mit größter Überraschung sah Wex, wie ausgerechnet der feige Magier zurück zu den Pferden lief und die Karte holte, die selbst Fretter zurückgelassen hatte. Mit der langen Lederröhre auf dem Rücken schwang er sich den Fels hinauf. Die Soldaten verteilten sich über die Wand, ließen die verwirrten Pferde auf dem Knochenfriedhof stehen, schwer bepackt mit Taschen voll Proviant, Winterkleidung und Kettenhemden.

Da brachen die Kraterbewohner zwischen den Palmen hervor und stürzten sich unter wildem Geschrei auf die Pferde. Es brauchte fünf von ihnen, um das erste der kräftigen Tiere zu Boden zu ringen.

»Sieh nicht hin«, sagte Arkh zu Wex. »Furcht zehrt an der Kraft, und du wirst all deine Kraft brauchen, wenn du ihnen entkommen willst.«

Aber die Wilden verfolgten sie nicht mehr.

»Diese verfluchten Kreaturen geben auf!«, rief Garrot, der bereits ein ganzes Stück höher geklettert war als Wex.

Tatsächlich standen die violett gefleckten Ungeheuer, nachdem sie die Pferde überwältigt hatten, jetzt am Fuß der Felswand und blickten nach oben, als warteten sie auf etwas.

Verhaltener Jubel erhob sich unter den Soldaten, und Garrot lächelte ob der guten Nachricht, die zu verkünden er die Ehre gehabt hatte.

Noch während alle sich freuten, kam eine Eidechse über die Felswand gekrabbelt und reckte den Kopf in Garrots Richtung, als wäre sie verärgert über den Eindringling. Mühelos sprang sie von Stein zu Stein, als hätte sie Leim an den Füßen. Das schlanke, vielleicht eine Elle lange Tier zeigte nicht die geringste Angst vor dem bulligen Soldaten, lief, immer waagrecht an der Wand entlang, direkt auf ihn zu und sprang schließlich auf seine Schulter.

»Na, Garrot, da hast du endlich mal einen Freund gefunden, wie?«, kommentierte Pinch.

Garrot nahm eine Hand vom Fels, um die Eidechse zu verscheuchen, stellte aber sofort fest, dass er so das Gleichgewicht nicht halten konnte, und brach den Versuch ab.

Die Eidechse schien es sich so richtig bequem zu machen, sperrte das breite Maul auf und streckte ihre lange, spitze Zunge heraus. Dann bohrte sie die Zunge mit einem blitzschnellen, kräftigen Stoß in Garrots Hals.

»Bei allen verdammten Göttern!«, fluchte der Soldat und schüttelte sich, aber das Tier hielt sich mit sicherem Griff der kleinen, spitzen Krallen an Garrots Kittel fest.

Die anderen, die inzwischen weitergeklettert waren, hielten nun inne und starrten auf die bizarre Szene. Der schrumpelige Bauch der Eidechse begann sich auszudehnen und verfärbte sich zu einem hellen Rosafarbton.

Garrot nahm noch einmal eine Hand vom Fels, aber er konnte das Biest nicht abschütteln, ohne selbst den Halt zu verlieren. Stattdessen entschied er sich, so schnell wie möglich den Rest der Wand zu erklettern, während die Eidechse weitertrank und anschwoll wie ein Wasserschlauch. Garrots Bewegungen wurden immer langsamer, während ihm der Lebenssaft ausgesaugt wurde. Er hatte vielleicht zwei Drittel der Strecke geschafft, als seine Finger erschlafften.

Die aufgedunsene Eidechse riss ihre Zunge los und sprang

zurück auf die Felswand, wo der geschwächte Gardist sich noch einen Moment lang schwankend halten konnte. Dann fiel er.

Mungo bellte etwas Unverständliches, und Pinch übersetzte eilig: »Seid auf der Hut, ihr da unten!«

Die anderen krochen, schwangen und duckten sich aus dem Weg, als Garrot über die Felsen schrammend in die Tiefe stürzte. Mit einem dumpfen Knall schlug er auf, und als die wartenden Ungeheuer sich auf ihn stürzten, konnte Wex nur beten, dass er bereits tot war.

Die aufgeblähte Eidechse bewegte sich nun weit weniger schnell und schleppte sich schwerfällig auf ein Loch im Fels zu. Wex erkannte, dass es sich um eine Höhle handeln musste. Zu seinem Entsetzen sah er drei weitere Reptilienköpfe neugierig daraus hervorlugen.

»Da sind noch mehr von diesen Teufelsbiestern!«, rief Cirilla.

»Was sollen wir nur tun?«, wimmerte Spärling. »Unser Schicksal ist besiegelt!«

»Mein Schicksal war schon vorher besiegelt«, erklärte Pinch. »Ich werde versuchen, nach oben zu kommen. Was ist mit euch?«

Stumm beobachte Fretter, wie die Eidechsen aus der Höhle schossen.

Pinch schüttelte den Kopf. »Hierüber habt Ihr wohl nichts auf der Akademie gelernt, was, Kommandant?«, sagte er und kletterte los. Von untrügerischem Überlebensinstinkt geleitet, fand er Griffe und Tritte und kam erstaunlich schnell voran.

Doch kaum hatten die ersten drei Eidechsen die Höhle verlassen, kamen auch schon die nächsten hinterher. Mindestens sieben waren es jetzt, und weitere folgten, verteilten sich über die Wand und schnitten ihm den Weg ab.

Diejenige, die sich an Garrot sattgetrunken hatte, kam Mungo auf dem Weg zu ihrem Unterschlupf zu nahe. Der Gigant streckte den Arm aus und zerquetschte das kleine Reptil unter seinem pfannengroßen Handteller, dass das Blut nur so spritzte. Ein Schwall davon regnete auf Brynn herab.

Mit letzter Kraft hielten sich die Flüchtenden am Fels fest; schwach und immer noch schwächer werdend bewegten sie sich weder vor noch zurück. Selbst Pinch hörte angesichts der auf ihn lauernden Echsen auf zu klettern.

»Wir schaffen es nie und nimmer bis da rauf!«, schrie Cirilla, die mit ihren kleinen Füßen auf einem schmalen Sims balancierte. »Wir müssen in diese Höhle!«

»Bist du wahnsinnig?«, brüllte Kraven. »Dieses Loch ist ihr Bau!«

»Hier draußen können wir nicht gegen sie kämpfen, Magier«, bellte sie zurück, »außer du kennst einen Zauber, der uns Flügel wachsen lässt.«

Kraven schaute sie nur wütend an, und Cirilla kletterte auf die Öffnung im Fels zu.

»Ich kann nicht«, keuchte die über und über mit Blut bespritzte Brynn, deren Hände sich vom verkrampften Griff bereits weiß verfärbten. »Ich kann nicht …«

»Doch, du kannst«, versuchte Wex ihr Mut zuzusprechen. »Du wirst es schaffen. Du musst!«

Plötzlich war Mungo bei ihr. Er packte Brynn mit einem Arm, klemmte sie sich unter die Achsel und zog ihr beider Gewicht mit einer Hand nach oben.

Wex beneidete den Riesen um seine schiere Kraft, fluchte über seine eigene Zögerlichkeit und kletterte hinterher. Als er endlich den Eingang der Höhle erreichte, spürte er bereits eine Eidechse auf sich, wie sie nach einer Stelle nackter Haut suchte, in die sie ihre Zunge bohren konnte. Mit einem letzten Ruck zog er sich hinauf und warf sich hektisch auf den Rücken. Er wälzte sich herum und sprang auf. Die Echse lag zerquetscht zu seinen Füßen.

Die Höhle war niedrig und breit, und der unebene Boden wimmelte nur so von krabbelndem Getier. Wex hielt Ausschau nach Brynn, und schließlich entdeckte er sie hinter Mungo und Pinch, die einen eigenartigen Tanz aufführten. *Nein,* bemerkte er, *sie zertrampeln Eidechsen.* Ein großer Teil der Höhle war bereits rot von ihrem Blut.

Aber es waren viele, so viele, und sie waren schnell. Hinter dem Rücken seiner Begleiter huschten sie die Wände empor, kletterten die Decke entlang und ließen sich auf Köpfe und Schultern fallen. Zwei glaubte Wex auf Fretters Rücken zu erkennen, und noch mehr auf Mungo. Die Winster-Brüder waren so beschäftigt damit, sie vom anderen herunterzuschlagen, dass sie nicht dazu kamen, auch nur eine einzige zu töten. Kaum auf dem Boden, sprangen die kleinen Blutsauger sie einfach von neuem an.

Der Ausgang war nicht weit entfernt. Wex dachte daran, wieder nach draußen zu klettern und die Wand hinauf, solange die Biester abgelenkt waren. Sie hatten jetzt genug Beute, an der sie sich sattsaugen konnten. Aber die Gruppe im Stich zu lassen, kam nicht in Frage, nicht einmal diejenigen, die ihn Schweinehirte oder Bauernjunge genannt hatten.

»Halt sie mir vom Leib, Wexford!«, vernahm er Kravens Stimme. Der Zauberer stand direkt neben ihm am Eingang der Höhle und verrenkte die Finger in Richtung der krabbelnden und springenden Biester.

Wex wollte dem durchgedrehten Magier gerade erklären, er solle sie sich gefälligst selbst vom Leib halten, als er sah, wie eines der Tiere Kravens Bein hinaufkletterte. Als dieser nicht die geringsten Anstalten machte, das Tier zu verscheuchen, schlug Wex es weg.

»Ihr müsst kämpfen!«, brüllte er.

Kraven starrte ihn an. »Du musst leise sein und sie mir vom Leib halten, verdammt!« Er zog Wex vor sich, der ab diesem Moment zu nichts anderem mehr kam, als zu treten und zu stampfen. Eine erwischte er mit einem saftigen Knacken am Kopf, die andere flog quer durch die Höhle, aber es waren Dutzende.

Einer der beiden Winsters lag bereits auf dem Boden, zwei Echsen auf ihm. Mungo war in die Knie gegangen, schwach und blass vom Blutverlust. Selbst Pinch schien jetzt in Panik und krabbelte ziellos im Kreis umher. Mehr konnte Wex nicht erkennen, ohne die kleinen Angreifer aus den Augen zu verlieren, aber er wusste auch so, dass es schlimm um sie stand. Sie würden sterben. *Brynn* würde sterben.

Mit einem Mal wurde ihm kalt.

Nur ein wenig kühl zunächst, dann lief ein Schauer durch seinen Körper, und er bekam eine Gänsehaut, obwohl sich in der Höhle kein Lüftchen rührte. Gerade, als er sich fragte, was hier vor sich ging, sah er seinen Atem: eine kleine weiße Wolke.

Eine Eidechse, die es unter das dünne Schweinsleder seiner Kniehosen geschafft und gerade ihre Zunge in seinen Oberschenkel gebohrt hatte, zuckte einmal kurz, dann löste sich ihr Biss, und sie fiel zu Boden. Auch die anderen entledigten sich nun Stück für Stück der geschuppten Blutsauger, die sich immer langsamer bewegten und schließlich wie am Boden festgefroren innehielten. Wex drehte sich um und sah Kraven keuchend an der Höhlenwand lehnen.

»Eidechsen können sich bei Kälte nicht bewegen«, stöhnte der Magier und brach dann erschöpft zusammen, die Karte auf seinem Schoß.

»Tatsächlich?«, fragte Pinch, hob zwei davon auf und schlug sie gegeneinander wie ein Paar Stiefel, das es vom Schlamm zu befreien galt.

»Sein Zauber hat funktioniert!«, rief Wex. »Er hat es kalt werden lassen!«

Einen Moment lang schwiegen alle ergriffen ob dessen, was Kraven für sie getan hatte. Jegliche Prahlerei war von dem Magier abgefallen. Er schien keine Energie mehr zu haben, nicht einmal mehr für ein Lächeln. Kraven war einfach nur erleichtert.

»Ich glaube, ich muss einiges von dem zurücknehmen, was ich gesagt habe«, murmelte Pinch.

Dann machten sich alle an die widerliche Aufgabe, die nicht gerade kleinen Parasiten zu entfernen. Brynn hatten zwei erwischt, und sie war arg gebeutelt. Wex versuchte, sie zu trösten, aber sie stieß ihn weg, völlig verängstigt und nicht willens, sich von etwas oder jemandem berühren zu lassen. Spärling, dessen schmächtiger Körper von Haus aus nicht über viel Blut verfügte, hatte es am schlimmsten erwischt. Er hatte vier Bisse und musste sich sofort neben Kraven auf den Höhlenboden legen. Mungo und Poppy ging es nicht ganz so schlecht, weil sie den Blutverlust dank ihres massiven Körperbaus einigermaßen ausgleichen konnten. Pinch und Fretter schienen am wenigsten gelitten zu haben. Pinch war den gierigen Blutsaugern flink ausgewichen, und Fretter hatte sie reihenweise mit schnellen und präzisen Stößen seines schlanken Baselard-Dolches aufgespießt.

Dass niemand in der Höhle sein Leben gelassen hatte, erschien Wex wie ein Wunder. Er dachte über seine Entscheidung nach, sich dem Abenteuer anzuschließen, und kam schnell zu dem Schluss, dass er den Verstand verloren haben musste. Er war weder Soldat noch Hofmaler, und er konnte nicht mehr nachvollziehen, wie er auf die Idee gekommen war, er könnte jemals einer werden.

Er versuchte sich zu erinnern, ob Lothario und Fretter ihn mit schönen Worten überredet hatten. »Abenteuer« und »Ruhm« hatte Elger immer gesagt, seien Worte, mit denen Offiziere Narren gerne zu gefährlichen Unternehmungen überredeten. Und genau das war jetzt geschehen. Doch von Abenteuer und Entdeckerruhm waren nur noch Schrecken und Tod geblieben. Ein Drittel des Trupps war hingeschlachtet worden, Männer, die heute Morgen noch quicklebendig gewesen waren. Lothario, der lächelnd mit Wex und seinem Vater am Tisch gesessen hatte, war gestorben, und das auf nicht besonders ruhmreiche Weise. Wex dachte an Elger, wie er in Ruhe und Frieden Zäune reparierte.

Es würde ihm das Herz brechen, wenn Wex nicht zurückkehrte. Einsam und allein wäre der Mann bald überfordert mit der Arbeit, die bei der Schweinezucht anfiel. Und was war mit Brynn? Was dachte sie wohl? Wex schaute zu ihr hinüber. Mit leeren Augen und schlaffen Gliedern hockte sie da und schien gar nichts zu denken. Fretter hatte recht: Sie gehörte nicht hierher. Wex ließ den Blick durch die kleine, nach Eidechsenscheiße stinkende Hölle wandern. *Na, wie gefällt dir der Palast, in den sie dich gebracht haben?*, dachte er.

Sie sammelten die Eidechsen auf und warfen sie in der Mitte der Höhle auf einen Haufen. Es waren mehr als hundert, und Kraven warnte sie, dass die lähmende Kälte nicht mehr lange anhalten würde.

»Es ist eng hier drinnen«, erklärte er, »und in kleinen, abgeschlossenen Räumen funktioniert meine Magie recht gut. Doch es ist warm draußen, und das Equilibrium wird bald wiederhergestellt sein.«

Wex hatte nicht die geringste Ahnung, was ein Equilibrium war, und falls die anderen mehr wussten als er, so sagten sie es ihm nicht.

»Was sollen wir also mit ihnen machen?«, fragte Cirilla.

Mungo stieß ein wütendes Knurren aus und zertrampelte mit seinen geschwächten Beinen eins der Tiere.

»Wir könnten sie verbrennen, sollte ich meinen«, erklärte Pinch, »aber damit würden wir uns selbst ausräuchern.«

»Unser ganzer Proviant ist weg«, stellte Poppy fest. »Ich könnte sie kochen.« Aber sein Vorschlag erntete nur angewidertes Stöhnen.

»Wir würden unser eigenes Blut essen«, merkte der jüngere der beiden Winsters an und verzog das Gesicht.

Cirilla kroch zum Höhleneingang und spähte nach draußen. »Diese Wilden lungern immer noch da unten herum wie ein Rudel streunender Hunde vor einem Schlachthof.«

»Warum kommen sie nicht rauf und holen uns?«, fragte Poppy.

»Sie wissen es besser«, erklärte Pinch und wedelte mit einer Eidechse, um sie dann frustriert zurück auf den Haufen zu werfen.

Wex beobachtete, wie das bewegungsunfähige Tier durch die Luft segelte. »Ich habe eine Idee«, sagte er leise.

Ein Grinsen breitete sich auf Pinchs Gesicht aus. »Denkst du gerade das Gleiche wie ich?«

Mungo half Pinch und Wex, die Reptilien in ein großes Tuch zu wickeln, das Poppy in seinem Beutel gefunden hatte. Sie zerrten den Haufen zum Eingang und ließen ihn gerade so lange in der Sonne liegen, bis die Echsen sich wieder zu bewegen begannen. Sie schätzten noch einmal Winkel und Entfernung ab, dann katapultierten sie die wieder zu Bewusstsein kommenden Parasiten mit einem kräftigen Ruck nach draußen, mitten in die hungrige Meute, die unten auf sie lauerte. Diejenigen, die sich voll Blut gesaugt hatten, platzten sofort, die anderen erwachten zuckend zum Leben. Unter ihren Verfolgern brach Chaos aus.

Pinch und Cirilla schauten amüsiert zu, und auch Wex konnte sich ein Lachen nicht verkneifen.

»Das wird sie eine Weile auf Trab halten, wie?«, meinte Pinch.

»Und wenn einer dieser verdammten Blutsauger hier raufkommt, egal ob auf zwei oder auf vier Beinen«, fügte Cirilla hinzu, »bereiten wir ihm am Höhleneingang einen gebührenden Empfang. Die Stellung hier können wir eine ganze Weile halten.«

»Bestimmt nicht«, knurrte Curdwell, ein älterer Soldat mit Halbglatze und hängenden Schultern. »Ich sage, wir machen, dass wir so schnell wie möglich hier wegkommen. Gut möglich, dass noch weitere Fallen auf uns warten.«

Cirilla schnaubte. »Du glaubst doch nicht im Ernst, dass es irgendjemand schon mal bis in diese Höhle geschafft hat. Die wissen nicht, wie sie uns jetzt noch beikommen sollen.«

Curdwell funkelte sie an. »Du wagt es, mir zu widersprechen, Zwergenfrau?«

»Ich mag klein sein, aber ich bin eine erwachsene Frau, und mit deinem Zwergenhirn kann ich schon lange mithalten«, fauchte Cirilla.

»Ich bin derselben Meinung wie sie«, erklärte Poppy und legte Curdwell einen Arm um die Schulter. »Das hier ist keine Falle, und hier drinnen sind wir sicherer als da draußen.«

Es entbrannte eine hitzige Debatte darüber, ob sie sofort aus der Höhle fliehen oder lieber abwarten sollten, und Fretter mühte sich verzweifelt, die Situation unter Kontrolle zu bekommen.

»Wir brauchen Lothario!«, jammerte Spärling.

»Ich bin der zweite Hauptmann und habe jetzt das Kommando«, erklärte Fretter entschlossen. »Auch ich bedaure seinen Tod, aber für Trauer ist jetzt keine Zeit.«

»Zweiter Hauptmann, weil er zum ersten nicht taugt«, brummte Curdwell leise, aber alle hörten ihn.

Schließlich schlug Mungo mit seiner riesigen Faust knurrend auf den Boden. Das Einzige, was sie von seinem Gebrabbel verstanden, war das Wort »sterben«. Fortan hielten alle den Mund, bis Mungo mit einem Nicken Fretter wieder das Wort erteilte.

»Nun gut, beginnen wir noch einmal von vorn«, erklärte Fretter. Und diesmal, eingeschüchtert durch Mungos finsteren Blick, hörten alle zu.

Sie einigten sich darauf, dass, auch wenn sie die Echsen fürs Erste los waren, die Kraterbewohner ihnen jederzeit erneut nachstellen konnten. Manche schlugen vor, die Höhle sofort zu verlassen, bevor die Wilden eine Lösung für das Eidechsenproblem gefunden hatten, aber Fretter weigerte sich, diejenigen zurückzulassen, die geschwächt waren und nicht klettern konnten, unter ihnen auch Kraven. Obwohl er sichtlich mitgenommen war, hatte Fretter die Geistesgegenwart, den jüngeren Winster, der von allen die schärfsten Augen hatte, am Höhleneingang zu postieren, um die Vorgänge draußen zu beobachten, während sie Pläne schmiedeten.

»Das sind alles wichtige Punkte und gute Argumente«, sagte er schließlich und strich seine Uniform glatt, die von den beiden Kämpfen zerrissen und schmutzig war. »Nichtsdestoweniger lautet mein Befehl: Wir bleiben hier, bis wir uns hinreichend erholt und die Lage bis ins Letzte geklärt haben.«

Pinch dachte einen Moment lang nach und hob dann einen Finger. »Die Lage hat sich dramatisch verändert, wie mir scheint«, verkündete er. »Zum einen besteht die Gruppe jetzt aus fast genauso vielen Ausgestoßenen wie Palastlakaien, wenn man Mungo doppelt zählt.«

Fretter ließ den Blick über die Gruppe schweifen. Er, Poppy, die Winster-Brüder, der junge Spärling und die beiden älteren Soldaten Curdwell und Alver waren alles, was vom Palastkontingent noch übrig war. Sieben Männer insgesamt. Arkh, Cirilla, Pinch und Mungo waren zusammen vier, oder fünf, nach Pinchs Zählung.

»Die über euch verhängten Strafen gelten unverändert« erklärte Fretter hastig. »Das gilt für euch alle.«

Fretter wirkte nervös, wie Wex fand, ganz anders als Lothario. Er hatte nur noch wenige Männer, und die waren geschwächt. Und ob sie seine Autorität anerkennen würden, war fraglich.

»Ich wäre mir nicht so sicher, dass Ihr im Moment immer noch das längere Streichholz in der Hand haltet«, gab Pinch zu bedenken.

Zu Wex' Überraschung nickte Fretter. »Ich bin nicht dein Kerkermeister, Pinchot«, sagte er. »Noch bin ich dein Richter. Kryst selbst war es, der das Urteil über dich gesprochen hat. Desertiere, wenn du willst, aber nur er allein kann dich begnadigen, wenn wir nach Skye zurückkehren. Eine Belohnung wird auf deine Ergreifung ausgesetzt werden, dessen sei gewiss, und die Dauer deiner Strafe wird aufgrund der Desertion verdoppelt werden. Doch bedenke: Einige aus unserer Gruppe haben bereits ihr Leben gelassen, und wenn wir uns aufteilen, macht uns das noch schwächer.«

Pinch nickte ebenfalls, was Wex als Zeichen auffasste, dass die beiden einander verstanden hatten. »Wäre es also möglich, dass uns Amnestie gewährt wird, wenn wir bleiben?«

»Für die Teilnahme an dieser Expedition sollte euch die Hälfte der Strafe erlassen werden. Die Hälfte. So lautete die Übereinkunft.«

»*Lautete.* Aber ich denke, es gab eine kleine Missverständnis darüber, was uns auf dieser Expedition erwartet. Also sollte die Übereinkunft dahingehend geändert werden, dass auch die beträchtlich erhöhte Gefahr für Leib und Leben berücksichtigt wird.«

Wex bewunderte Pinchs wohlüberlegte Argumentation. Der Gauner sprach tatsächlich wie ein Gerichtsvertreter, wenn auch mit fremdländischem Akzent und ein paar Fehlern hier und da. Er fragte sich, wo Pinch das gelernt haben mochte.

»Jetzt ist nicht die Zeit für Verhandlungen«, erwiderte Fretter. »Wie ich bereits sagte, wir müssen uns zusammensetzen und unseren nächsten Schritt planen.«

»Genau das tun wir doch gerade«, widersprach Cirilla und deutete auf die Gruppe. »Ich schlage vor, der nächste Schritt ist, so schnell wie möglich wieder nach Hause zu kommen.«

Die Palastsoldaten nickten zustimmend, und Fretter atmete einmal tief durch. Selbst er wusste, dass sie recht hatte.

»Den Weg, den wir gekommen sind, können wir nicht zurück«, erklärte er.

»Vielleicht sollten wir zuerst einmal über das Übel nachdenken, das heute über uns gekommen ist«, warf Curdwell ein. »Dann wüssten wir vielleicht, was wir tun sollen.«

»Der Junge«, stellte der ältere Winster fest. »Er war es doch, der das alles gezeichnet hat. Und warum? Warum solch scheußliche Kreaturen? Erklär uns das!«

»Ich habe diese Monster nicht gezeichnet«, verteidigte sich Wex. »Nur einen Berg.«

»Und Bäume«, rief Pinch ihm ins Gedächtnis.

»Ja, Bäume!«, stimmte der ältere Winster zu. »Seltsame Bäume mit untoten Geschöpfen, die sich zwischen ihnen verstecken!«

Bei dem Wort »untot« ging ein Murmeln durch die Gruppe, und Winster sprach weiter: »Er hat den einen, wahren Gott erzürnt und damit einen Fluch über uns gebracht. Er hat etwas ans Licht gezerrt, das nie für sterbliche Augen bestimmt war. Wir sollten ihn loswerden!«

Zu Wex' Entsetzen blieben alle stumm, keiner widersprach.

»Ich kann ihn nicht töten«, erklärte Fretter schließlich. »Ich habe seinem Vater versprochen, für seine Sicherheit zu sorgen.«

»Dann töten wir ihn eben nicht«, sagte Winster, als wäre Wex gar nicht da. »Wir marschieren einfach weiter und lassen ihn zurück.«

»Ja«, stimmte Spärling zu. »Soll er doch selbst nach Hause finden.«

»Lasst den Jungen in Ruhe!«, donnerte Kraven, so laut er es in seinem immer noch geschwächten Zustand konnte. »Wexford hat diese Wilden nicht erschaffen.«

»Woher kommen sie dann?«, wollte Curdwell wissen.

»Wer von euch nicht so dumm ist, Winsters Worten Glauben zu schenken, die verfärbte Haut mache sie zu umherwandelnden Leichen, sollte darin die Anzeichen einer schweren Krankheit erkennen. Meiner Einschätzung nach kommt zuerst die Verfärbung, dann der Verfall. Wenn ich mich nicht täusche, folgen schließlich Schmerz, beträchtlicher Schmerz, und dann der Tod.«

»Die Fleischfäule«, keuchte Fretter, als er begriff, wovon Kraven sprach, und alle verstummten.

Wex hatte davon gehört, aber nie einen Betroffenen gesehen.

Es gab Gerüchte, aber niemals war darin von Verwesungserscheinungen die Rede gewesen, wie er sie bei den Kraterbewohnern gesehen hatte.

»In Abrogan wurde die Fäule schon mal gesehen, an Händlern von der anderen Seite des Meeres, die Gürteltiere gegen Fleisch eingetauscht haben«, warf Pinch ein.

»Was ist ein Gürteltier?«, fragte Fretter.

Mungo brummte etwas, und Pinch übersetzte: »Eine Schildkröte mit spitzer Nase, die in der Wüste lebt.«

Alle starrten die beiden an, unsicher, ob sie Pinchs Worte glauben sollten.

»Das stimmt!«, verteidigte sich Pinch. »Ich habe selbst schon mal eins gesehen. Kann sich zusammenrollen wie eine Kugel, hat Krallen und einen langen Schwanz.«

»Deine Worte machen die Geschichte nur noch unglaubwürdiger«, murmelte Curdwell, während die anderen Kraven drängten weiterzusprechen.

»Wer davon befallen ist, wird aus der Stadt gejagt«, erklärte der Zauberer. »So wird es zumindest heute gemacht, aber es gab eine Zeit, da wurden sie in die Berge getrieben.«

»Aber in diese Berge?«, hakte Fretter nach. »Das müsste in der Zeit vor dem Schleier gewesen sein. Zu der Zeit, wo es noch nicht einmal schriftliche Aufzeichnungen gab.«

»Eine dunkle Zeit, als Aberglauben regierte, der mündlich von Generation zu Generation weitergegeben wurde«, erwiderte Kraven. »Doch wisst Ihr, was die Befallenen damals für das geeignete Heilmittel für ihre Krankheit hielten?« Er blickte fragend in die finsteren Gesichter, aber keiner antwortete. »Das Fleisch der Gesunden zu essen und das Blut ihren bizarren Gottheiten darzubringen.«

Wex' Augen weiteten sich. »Der Altar!«

»Selbstverständlich«, verkündete Kraven.

»Selbstverständlich für Euch, Kraven«, brummte Fretter. »Ihr habt über Büchern gebrütet, die Geschichte und Krankheiten studiert, während wir anderen uns dem Kampf, der Kochkunst und der Schweinezucht gewidmet haben. Warum habt Ihr uns all das nicht schon früher berichtet?«

»Und wann hätte ich diesen Vortrag Eurer Meinung nach halten sollen? Während wir vor dieser bei lebendigem Leib verfaulenden Mörderbande flohen, oder als die blutsaugenden Parasiten über uns herfielen?« Kraven räusperte sich ungehalten. »Außerdem, selbst ich kenne nur Überlieferungen und Legenden. Ich musste intensiv über die Angelegenheit nachdenken, und ich könnte mich immer noch täuschen.«

»Sehr lehrreich, das alles«, unterbrach Pinch, verärgert darüber, dass niemand seinen Worten glaubte und, schlimmer noch, man ihn einfach ignorierte. »Doch wo sollen wir jetzt hin? Denn ich für meinen Teil möchte weder an dieser Fleischfäule sterben noch geopfert werden, um sie zu heilen.«

»Die Felswand hinauf«, erwiderte Fretter.

»Werdet Ihr mich zurücklassen?«, fragte Wex ängstlich. Er war immer noch nicht sicher, wie Fretter sich entscheiden würde. Er sah sich in der Höhle um. Die Stimmung war düster. Männer waren gestorben. Einige der Überlebenden wichen seinem Blick aus, andere erdolchten ihn geradezu mit den Augen. Manche schienen ihm die Schuld an der Entwicklung der Ereignisse zu geben. Angst hatten sie alle. Brynn sah weg. Für wieder andere schien er nicht mehr zu sein als ein einfacher Schweinehirte, was exakt Wex' Selbstwahrnehmung entsprach. Soweit er wusste, war nichts Besonderes an ihm. Seine Zeichnungen waren noch nie zuvor zum Leben erwacht, und schon gar nicht hatte er sich die Katastrophen ausgedacht, die über sie hereingebrochen waren. Es war einfach passiert, ohne sein Zutun. Die Tatsache, dass er die Landschaft gezeichnet hatte, in der diese schrecklichen Dinge geschehen waren, schien ihm nicht mehr als ein unglücklicher Zufall, dessen unschuldiges Opfer er genauso geworden war wie die anderen. Andererseits hatte er sich tatsächlich gewünscht, Lothario möge verschwinden. Und jetzt, da es wirklich geschehen war, konnte Wex nicht umhin, sich tief im Innern zu fragen, ob er den Tod des Hauptmanns nicht irgendwie mitverschuldet hatte.

»Wir werden dich nicht zurücklassen«, unterbrach Fretter Wex' Gedanken. »Solange du dich von dieser Karte fernhältst. Wie ich schon sagte, ich habe es deinem Vater versprochen.«

»Es sind noch nicht alle wieder weit genug bei Kräften, um zu klettern«, gab Arkh zu bedenken.

Fretter nickte. »Männer, versorgt eure Wunden und gebt eure Rationen jenen, die es schlimmer erwischt hat als euch. Haben wir noch gefüllte Wasserschläuche?« Er blickte forschend in die Runde, aber sie hatten alles Trinkwasser verbraucht. »Wir ruhen uns noch eine Stunde lang aus, dann lassen wir dieses gottverdammte Loch im Fels hinter uns und machen uns auf der anderen Seite des Berges an den Abstieg.«

13

Vill sah seinen neuen Gefolgsleuten bei der Arbeit zu. Sie waren fleißige Kreaturen. Wenn er ihnen erst einmal eine Aufgabe zugewiesen hatte, schienen sie nicht müde zu werden oder das Interesse zu verlieren. Er hatte ihnen gezeigt, wie sie junge Bäumchen abschneiden und mit einem scharfkantigen Stein entrinden konnten, und schon nach einem Tag hatte jeder von ihnen einen groben, aber durchaus brauchbaren Bogen geschnitzt und dazu zwei Pfeile. Kräftige Ranken würden einstweilen als Sehnen dienen, bis sie die Möglichkeit hatten, an getrocknete Tierdärme oder ein anderes, stabileres Material zu kommen. Sie waren miserable Schützen. Als sie versuchten, den ersten ahnungslosen Hirsch zu erlegen, flogen die Pfeile trudelnd in alle möglichen Richtungen, nur nicht in die richtige, die Bogensehnen rissen ihnen die Unterarme auf, und sie jaulten vor Schmerz. Eine der Kreaturen brach vor Aufregung sogar ihren Bogen entzwei. Doch ließen sie sich von dem Misserfolg nicht entmutigen. Nachdem Vill dem Tier einen Pfeil in die Flanke geschossen hatte, um es langsamer zu machen, begaben sie sich begeistert auf die Jagd und brachten es mit Zähnen und Klauen zur Strecke.

Sie werden gute Soldaten abgeben, dachte er.

Sie waren wie geschaffen für den Kampf: schnell, sehnig und stark, die Haut ledrig und die Schädel dick. Vill hatte beobachtet, wie einer einen mächtigen Keulenschlag auf den Kopf bekommen hatte und dabei lediglich ein wenig ins Wanken geraten war. Ihre Zähne und Klauen waren bestens für den Nahkampf geeignet, und dank der zwei spitzen Hörner auf der Stirn konnten sie einem Gegner mit einer kleinen Stoßbewegung den Bauch aufschlitzen. Schmiedestahl würde sie noch stärker machen, vorausgesetzt, er konnte ihnen das Schmieden beibringen. Und wenn sie erst einmal Waffen von größerer Reichweite meisterten, wären sie eine schlagkräftige kleine Truppe. Er überlegte, ob es noch mehr von ihrer Art gab. Er würde sie fragen, sobald er ihre Sprache besser beherrschte.

Sie selbst schienen sich »Düsterlinge« zu nennen, was Vill recht war, solange er nur einen Namen für sie hatte. Im Moment standen ihm fünfzehn der Geschöpfe zur Verfügung, das heißt, solange er sich als ihr Anführer behaupten konnte. Er hatte schnell herausgefunden, dass sie ihre Rangordnung ständig neu ausfochten, und er musste jeder Herausforderung mit eiserner Faust begegnen, denn sobald er ein Anzeichen von Schwäche zeigte, würde er ersetzt werden. Um seine Stellung als Oberhaupt der Gruppe zu sichern, hatte er die beiden größten und schlauesten zu seinen Leibwächtern gemacht. Er gewährte ihnen einen extragroßen Anteil an der gemeinsam erjagten Beute, die sich immer zuverlässiger einstellte, nachdem sie von ihm gelernt hatten, wie man mit Fallen umging. Zuvor war es stets nur Zufall gewesen, wenn sie einen Hirsch erlegten. Sie waren ihm hinterhergerannt und hatten ihn dann mit schierer Körperkraft zu Boden gerungen. Sie waren ganz versessen auf Fleisch, und die Extraportionen wurden von seinen Handlangern sehr geschätzt. Also forderten sie ihn nicht heraus, um weiter von ihm lernen zu können und besonders gut gefüttert zu werden. Den Rest der Gruppe erinnerten sie mit gelegentlichen Keulenschlägen daran, dass die beiden Leibwächterposten schon vergeben waren.

Es war eine barbarische, aber funktionierende Form der Hierarchie, und in der Einfachheit lag ihre Stärke. Es gab nicht die Intrigen, die Vill aus der Politik kannte. Der Starke konnte jederzeit sein Glück gegen den hierarchisch über ihm Stehenden versuchen, außer zu Zeiten von Bedrohung durch einen äußeren Feind. Der Herausgeforderte konnte den Platz räumen oder seine Stellung im Kampf verteidigen. Vill hatte aus nächster Nähe beobachtet, wie ein junger Düsterling eher aus Versehen die Keule eines in die Jahre gekommenen Gruppenmitglieds angetippt hatte und daraus sofort ein Kampf entstanden war. Der ältere der beiden bekam einen harten Schlag auf den Schädel und gab sofort auf in dem Wissen, dass er keinen zweiten einstecken konnte. Daraufhin wurde er gleich aufs Neue herausgefordert und fiel um einen weiteren Rang, diesmal ohne einen Kampf zu riskieren. Er konnte sich nur behaupten, indem er den nächst niedriger Stehenden halb totprügelte, um zu beweisen, dass er seine Keule durchaus noch einsetzen konnte. Es war ein ehrliches System, wie Vill fand. Sie kämpften ganz offen, und das ständig. Täuschung und Verrat waren komplexe Konstrukte, die sie noch nicht verstanden.

Etwas, mit dem er sie bei Gelegenheit noch weiter beeindrucken konnte. Beispielsweise, wenn es das nächste Mal darum gehen sollte, seine Position zu behaupten.

14

»Bewegung auf dem Grat«, meldete der junge Winster vom Höhleneingang aus. »Die Schimmelbrüder versuchen, uns von oben den Weg abzuschneiden. In etwa zwei Stunden werden sie hier sein. Wir dürften ungefähr eine halbe brauchen, um die Felswand hinaufzuklettern. Also können wir als Erste da sein.«

Sie hatten Gelegenheit gehabt, sich kurz auszuruhen, lange genug für Kraven und die anderen Erschöpften, um wieder ein wenig zu Kräften zu kommen.

»Wir brechen auf«, befahl Fretter. »Helft den Schwachen.«

Niemand widersprach, und innerhalb kürzester Zeit fanden sie sich mitten in der Wand wieder, genauso auf der Suche nach Tritten und Griffen wie vor dem Eidechsenhinterhalt.

Wex klettere neben Pinch. Unentwegt schnatterte der Dieb vor sich hin und kletterte dabei mit bestürzender Leichtigkeit, während Wex nur schnaufend und ächzend vorwärtskam. Offensichtlich fühlte Pinch sich nur dann wohl, wenn er sein Mundwerk benutzen konnte, und Wex blieb nichts anderes übrig, als das brave Publikum zu spielen und sich seine Lebensgeschichte anzuhören.

Wie Pinch berichtete, war er Mungo in der »Großen Küstenstadt« begegnet, einem sich ständig ausdehnenden Hexenkessel, der im Lauf der Jahre von so vielen Völkern aus so unterschiedlichen Ländern so viele Namen bekommen hatte, dass keiner davon die Zeiten überdauert hatte.

»Ich bin als Hafenwaise aufgewachsen, ich nenne das Haise«,

plapperte er, »in einer Stadt, die so ungemütlich ist, dass sogar die Ratten Schutzgeld bezahlt haben. Meine Finger waren schon flink, noch bevor ich laufen konnte, aber ich habe nie etwas gestohlen, für das ich keine Verwendung hatte, außer vielleicht ein oder zwei Küsschen. Habe gelernt, Leuten etwas auf- oder abzuschwatzen, bevor ich auch nur einen einzigen Buchstaben lesen konnte, aber ich habe nie einen Menschen um sein Geld gebracht, der es sich nicht leisten konnte.« Er zwinkerte. »Meinen großen Freund hier hat es von den warmen Inseln herübergespült. Sie übertreiben es dort ein bisschen mit dem Wachsen, weißt du, und seine Eltern sind auf der Überfahrt irgendwie verschollen. Diesen Teil seiner Geschichte kenne ich nicht besonders gut, weil er nicht so gern darüber spricht.«

Oben angekommen halfen Mungo und Poppy ihnen auf den Grat. Pinch und Wex waren die Letzten. Der Rest der Gruppe hatte sich bereits auf der anderen Seite zum Abstieg bereitgemacht. Es hing dichter Nebel in der Luft, und sie konnten kaum eine Furchenlänge weit sehen, aber sie waren fest entschlossen, so viel Abstand wie möglich zwischen sich und die »Schimmelbrüder« zu bringen, wie die Soldaten ihre Verfolger nun nannten. Zum Glück war der Untergrund so warm, dass der Boden schneefrei war und sie gut vorwärtskamen.

Wex war nun nicht mehr der Kartenzeichner der Expedition, und die Soldaten beäugten ihn mit unterschiedlichen Graden der Verachtung. Mit gemischten Gefühlen nahm er zur Kenntnis, dass Brynn sich den beiden Winsters angeschlossen hatte, die außer ihr die Einzigen von adligem Geblüt waren, während er selbst angewiesen wurde, sich an den geschwätzigen Pinch und die anderen Missgeburten zu halten. Wahrscheinlich galt er mittlerweile selbst als eine.

»Mungo war so groß«, sprach Pinch leise weiter, damit nur Wex ihn hören konnte, »dass er schon als kleiner Junge aussah wie ein erwachsener Mann. Niemand hatte auch nur das kleinste bisschen Mitleid mit ihm. Und seine Sprache … Keiner hat das Gestammel verstanden, das aus seinem Mund kam, was nicht gerade hilfreich war für seinen zukünftigen Beruf als Bettler. Also habe ich ihn in meinem kleinen Geschäft engagiert. Ich habe Fracht verkauft von Schiffen, bevor sie überhaupt im Hafen waren. Hat eine Zeit lang ganz gut funktioniert, bis ein paar übelgelaunte Kunden ihn verprügeln wollten, nachdem ihre Lieferung nie aufgetaucht ist.«

Der Abstieg war erfreulich einfach und führte durch vertraute Vegetation, aber sie hatten keine Pferde mehr, und die Erschöpfung nach dem Desaster im Krater und der anschließenden Kletterpartie forderte zusätzlichen Tribut.

»Ich habe aus sicherer Entfernung beobachtet, wie der große Kerl vier erwachsene Männer niedergestreckt hat, bevor sie ihm etwas anhaben konnten. Beeindruckend, kann ich dir sagen, für einen Jungen von dreizehn Jahren. Er hatte eindeutig Talent dafür, und natürlich konnte ich so einen Freund nicht im Stich lassen. Also lief ich los und habe der Stadtwache erzählt, wie ein paar Schläger versucht haben, einen armen Einwandererjungen auszurauben, der nicht einmal die hiesige Sprache spricht. Und bis sie herausgefunden hatten, was wirklich los war, waren wir schon über alle Berge. Seitdem arbeiten wir immer zusammen. Wir haben unser Brot mit Baronen und Bettlern geteilt, mit Bauern zu Abend gespeist genauso wie mit Prinzessinnen. Mit einer war ich sogar mal verheiratet, eine Torheit, die ich allein mir selbst zuzuschreiben habe. Oh, aber sie hatte einiges zu bieten. Mehr als genug für einen Mann, nicht wahr, Mungo?« Er gackerte, und Mungo fiel prompt in das alberne Gekicher mit ein. »Sei vorsichtig mit den Frauen der Nobilität, sage ich immer. Freue dich an ihnen, aber sei auf der Hut.«

Wex lauschte gern Pinchs Übertreibungen. Die Tatsache, dass er unter den gegebenen Umständen überhaupt in der Lage war, solche Possen zu reißen, war beeindruckend genug, und es lenkte

Wex' Gedanken vom anstrengenden Marschieren ab. Er fürchtete lediglich, wenn er Pinch nicht Einhalt gebot, würde der sich bald als König von ganz Abrogan ausgeben. Solch ruchlose Lügen waren eine Gotteslästerung, wie die Priester immer sagten, und das Letzte, was sie jetzt brauchten, waren weitere Unglücke, die die erzürnten Götter ihnen sandten.

»Aus so nobler Gesellschaft direkt in den Kerker von Skye?«, unterbrach Wex in dem Versuch, Pinch zu ein wenig mehr Wahrheitstreue zu bewegen.

»Tja, die Große Küstenstadt mag viele Vorzüge haben, aber Nachsichtigkeit gehört nicht dazu. Nach einer Weile kann es dort ganz schön heiß werden, wenn du verstehst, was ich meine. Also haben wir uns auf die Straße nach Skye begeben, um noch einmal ganz von vorn anzufangen. Unterwegs hätten wir beinahe am Galgen geendet. Ein großes Missverständnis mit einem Herzog. Du erinnerst dich an die Prinzessin, die ich erwähnt habe? Mittlerweile finde ich die Geschichte ja selbst komisch, und ich werde sie dir bei Gelegenheit erzählen. Aber du hast mich nach dieser ungemütlichen Herberge in Skye gefragt, und nachdem wir ohnehin denselben Weg haben, werde ich dir gerne davon berichten.« Pinch nahm einen tiefen Atemzug, dann sagte er seufzend: »Es waren die Katzen.«

»Die Katzen?«

»Du ahnst ja gar nicht, wie viele herrenlose Katzen durch die Straßen von Skye streunen, und sie sind leicht zu fangen. Genau das haben wir gemacht. Sie eingefangen, um ihr Fell zu verkaufen, das Fleisch, die Zähne, als Schmuckanhänger für die Damen und so weiter. Wir haben alles verwendet, nichts weggeworfen. Ein ehrliches Geschäft. Leider wussten wir nicht, dass sie unter dem Schutz des Gesetzes standen. Anscheinend gibt es so eine Art Priesterorden in Skye, der die kleinen Streuner verehrt.«

»Die Felis.«

»Genau! So nennen sie sich, aber ich sage nur muschitolle

Schwachköpfe zu ihnen. Wir hatten über zweihundert von den blöden Viechern in den Karren gepfercht, den ich mir geliehen hatte, als die Stadtwache uns aufhielt und irgendwelche Papiere bezüglich unserer Fracht sehen wollte. In der Großen Küstenstadt hätte ich selbst für einen Mord weniger bekommen. Eine Woche Kerker pro Katze, kannst du dir das vorstellen?«

»Ganz bestimmt«, murmelte Cirilla. »Wenn du auch nur ein einziges Wort glaubst, das aus seinem Mund kommt, kannst du deinen Verstand auch gleich selbst erdrosseln.«

Pinch grinste sie schief an. »Wenn es dir lieber ist, kannst du uns ja für die nächsten ein, zwei Wegstunden mit deiner eigenen Geschichte die Zeit vertreiben.«

Cirilla presste die Lippen aufeinander und wandte sich wieder dem nebligen Pfad vor ihnen zu. Wex konnte deutlich erkennen, wie sehr Pinch sie getroffen hatte. Was immer der Dieb meinte, es war nicht nett gewesen und rührte an eine tiefe, offene Wunde. Wenn er ein Porträt von Cirilla zeichnen könnte, würde ihr Gesicht die Wahrheit preisgeben. Sie stand in den Falten und Schatten um ihre Augen herum geschrieben. Aber Wex war miserabel, wenn es darum ging, Menschen zu zeichnen. Er konnte die Umrisse wiedergeben und mit Schattierungen versehen, aber noch nie war es ihm gelungen, auf dem Pergament die Essenz seines Gegenübers herauszuarbeiten, nicht so, wie ihm das bei Landschaften gelang. Wenn er hinaus in die Lande blickte, war er in seinem Element; ganz anders, als wenn er versuchte, aus einem Menschen schlau zu werden.

»Halt!«, rief Fretter von der Spitze des Trosses.

»Das gefällt mir nicht«, sagte Pinch unvermittelt.

»Wieso? Er hat doch nur ›Halt‹ gesagt«, erwiderte Wex.

»Der Ton sagt mehr als die Worte«, meldete sich Cirilla zu Wort.

»Ja«, stimmte Arkh zu. »Und Fretters Ton sagt mir, dass es ein Problem gibt.«

Als sie die Spitze der Gruppe erreichten, sahen sie es: Hinter dem sich lichtenden Nebel kam der Schleier wieder zum Vorschein. Er umfasste den Berg wie ein erhabener Burggraben.

»Wir sitzen in der Falle, hab ich recht?«, fragte Kraven.

Fretter drehte verzweifelt den Kopf von links nach rechts, auf der Suche nach einem Pfad, der nicht in der schwarzen Wand vor ihnen endete, doch es war umsonst. Die Winsters brummten einander etwas zu, und auf dem Gesicht des jungen Spärling machte sich erneut Verzweiflung breit. Selbst Poppy, der resolute Koch, sah vollkommen niedergeschlagen aus.

Wex blickte zu Brynn hinüber. Ihre Panik hatte sich gelegt. Sie war in eine Art stummer Wachsamkeit verfallen und bewegte sich nur noch zwischen den beiden Winsters, wo sie sich anscheinend am sichersten fühlte.

»Der Schleier umschließt den Berg«, erklärte Fretter überflüssigerweise, denn das hatten mittlerweile alle begriffen. »Es führt kein Weg hindurch.« Und noch während der zweite Hauptmann über ihre verzweifelte Lage nachdachte, glaubte Wex zu erkennen, wie seine Entschlossenheit unter den verzweifelten Blicken der überlebenden Expeditionsmitglieder zu bröckeln begann. Unwillkürlich bewegten sich seine Finger zu der Rolle mit der Karte auf seinem Rücken.

»Hinter dem Gipfel geht schon die Sonne unter«, merkte Pinch an.

Die Aussicht auf den baldigen Anbruch der Nacht entsetzte sie alle.

»Was sollen wir bloß tun?«, wimmerte Spärling. »Die Schimmelbrüder werden uns kriegen!«

»Wenn du weiter rumheulst wie ein Kind, ganz bestimmt«, fauchte Cirilla ihn an.

Arkh legte Wex eine Hand auf die Schulter. Der furchterregende Krieger war auffällig still gewesen, als hätte er seit der Höhle nichts anderes getan, als über ihre Lage nachzudenken.

»Wexford hat den Schleier schon zuvor versetzt. Es könnte ihm ein weiteres Mal gelingen.«

»Wir sollten das Böse nicht erneut herausfordern«, warnte Curdwell. »Und lassen wir uns jetzt schon von einer Missgeburt Ratschläge erteilen?«, fragte er Fretter mit provozierendem Unterton. Die anderen Soldaten warteten gespannt die Reaktion des Offiziers ab.

Fretter überlegte einen Moment, dann erwiderte er: »Ich werde mir jeden Rat anhören, solange er gut ist.«

Und plötzlich schien jeder zu wissen, was zu tun war. Wex konnte kaum folgen, denn alle redeten gleichzeitig auf Fretter ein. Der ältere Winster schlug mit stolzgeschwellter Brust und einem Auge verstohlen auf Brynn gerichtet vor, hier die Stellung zu halten und zu kämpfen – aber erst nachdem klar war, dass sie genau das nicht tun würden. Spärlings Vorschlag, sich in den Bäumen zu verstecken, fand ebenso wenig Zuspruch. Keiner aus der Gruppe wollte auf einem Ast kauernd ausharren in der ständigen Angst, entdeckt zu werden. Und obwohl die Ungeheuer ihnen dicht auf den Fersen waren, verfiel keiner auf die Idee, es mit einer Flucht in den Schleier zu versuchen. Zum Kraterrand zurückzukehren und zu versuchen, ihnen dort zu entkommen, kam ebenfalls nicht in Frage, denn zu viele von ihnen waren immer noch geschwächt. Kraven sagte überhaupt nichts und dachte nach, was Wex zutiefst beunruhigte, denn wenn er irgendeine Möglichkeit zur Flucht sähe, hätte er sie längst kundgetan. Fretter hörte sich alles an, ernst und konzentriert, und als die Vorschläge allmählich verebbten, griff er nach der Lederrolle.

Pinch zog Wex beiseite. »Ich könnte mir vorstellen, der Hauptmann bittet dich gleich, dein Handwerk doch noch einmal auszuüben, wie?«, flüsterte er.

»Mein Handwerk?«

»Er wird sagen, du sollst einfach einen Weg zeichnen, der uns aus dem Schlamassel bringt, in den er uns geführt hat.«

»Aber das hat er doch gar nicht.«

»Ach, was bist du doch für ein naiver Junge.« Pinch schüttelte den Kopf. »Er ist ein Lakai von diesem Kryst. Immer auf der Suche nach neuem Ruhm und der nächsten Beförderung. Und er wird keins von beidem bekommen, wenn er seinem Herrn nicht durch irgendeine wackere und selbstmörderische Torheit neues Land verschafft. Du hast selbst gehört, wie er mit Lothario darüber gesprochen hat.«

»Aber er war dagegen hierherzukommen. Lothario hat ihn überredet.«

»Sie haben gesprochen, sind die Möglichkeiten durchgegangen und haben Position bezogen. Und dann, was haben die beiden schließlich beschlossen, hm?«

»Hierherzukommen.«

»Exakt. Und als es schiefgegangen ist, wer hat da die Schuld bekommen, wer wurde degradiert?«

»Ich.«

»Eben. Kein Ruhm für dich. Kein Dank. Nur ein Butterbrot als Lohn.«

»Ja, aber ...«

»Jetzt, wo er die Hälfte seiner Männer verloren hat, wird er dich bitten, seine Haut zu retten. Liege ich da richtig?«

Wex wollte nicht zugeben, dass Pinch recht hatte, aber sein Schweigen war Antwort genug.

»Wer, denkst du, wird den Ruhm einheimsen für die Entdeckung des Bergs, wenn wir wieder zu Hause sind, schön kuschlig in Sicherheit?«, fuhr Pinch fort.

»Wer will schon Ruhm für einen Berg voll Ungeheuer?«

»Kryst schickt seine Armee, und die werden sie vernichten. Und was haben wir dann?«

»Keine Ahnung.«

Pinch verdrehte die Augen. »Der Berg, er wird den Namen von Fretter bekommen. Hast du's jetzt kapiert?«

»Glaube schon.«

»Also. Du bist ja nicht blöd. Und hier ist noch etwas Schlaues, was ich denken würde, wenn ich du wäre.« Pinch kam ganz dicht heran, so nah an Wex' Ohr, wie er bei ihrer ersten Begegnung gewesen war. »Du zeichnest, und Dinge passieren. Wir wissen zwar nicht, wie oder warum, aber überleg dir dies: Wenn du uns einen Fluchtweg zeichnest, worum der Hauptmann dich wahrscheinlich bitten wird, könntest du doch auch noch was anderes zeichnen, eine kleine Aufmerksamkeit für dich und deine Freunde.«

»Meine Freunde?«

»Etwas für *uns*«, erklärte Pinch und legte Wex einen Arm um die Hüfte, als wären sie schon von Kindesbeinen an beste Freunde.

Wex schüttelte misstrauisch den Kopf. »Das letzte Mal, als du mich so berührt hast, hast du das Schwert meines Vaters gestohlen.«

»Ich habe es dir zurückgegeben.«

»Wie kannst du überhaupt an so etwas denken, während wir auf der Flucht sind, um unser nacktes Leben zu retten?«

Pinch grinste. »Ich kann immer an Geld denken.«

Wex konnte Pinchs Argument nicht ganz von der Hand weisen, aber irgendwie schien es ihm falsch. »Ich werde darüber nachdenken«, sagte er schließlich.

»Tu das. Aber kein Wort zu unserem Hauptmann, verstanden? Er hat andere Sorgen, als darüber nachzudenken, was am besten für dich wäre.«

Wie aufs Stichwort unterbrach Fretter ihr Gespräch. »Wexford, komm mit«, sagte er. »Und Kraven.« Er blickte sich kurz um. »Und Arkh.«

Wex gehorchte und hörte noch, wie Pinch ihm hinterherhauchte: »Eine Schatzgrube.« Seine Stimme war sanft wie eine Brise, und er zwinkerte. »Mal uns einen kleinen Schatz, Junge.«

Die drei entfernten sich von der Gruppe. Als sie ein Stück

weit weg waren, blieb Fretter stehen und nahm die Rolle mit der Karte vom Rücken.

»Du wirst eine weitere Zeichnung anfertigen.«

»Wie bitte?«

»Beleidige mich nicht, indem du so ungläubig tust. Ich würde dich nicht darum bitten, wenn Kraven mich nicht dazu gedrängt hätte. Seine Stimme hat einiges Gewicht nach allem, was er in der Höhle an Wissen offenbart hat.«

»Und was soll ich zeichnen?«

»Einen Weg, der diesen Berg hinunterführt«, erklärte Fretter. »Direkt und ohne Umschweife«, fügte er hinzu. »Keine Bäume. Keine Krater.«

»Gut, das kann ich tun«, erwiderte Wex. »Aber werden sie nicht denken, dass ich wieder etwas Böses erschaffe?« Er deutete auf die Soldaten, die Brynn schützend in ihre Mitte genommen hatten.

Cirilla, Pinch und Mungo standen etwas abseits, behielten den Wald im Auge und lauschten in den Nebel.

»Wenn du sie hier herausbringst, dürfte alles Bisherige vergessen sein«, erklärte Arkh.

»Ich weiß nicht mal, ob ich sie irgendwohin bringen kann«, entgegnete Wex. »Ich habe genauso wenig Ahnung, warum der Berg plötzlich aufgetaucht ist, wie alle anderen. Wahrscheinlich hat es gar nichts mit mir zu tun.«

»Falls diesmal nichts geschehen sollte, werden wir es wissen, sobald du fertig bist, oder etwa nicht?«, warf Fretter ein.

»Ja, Herr. Ich glaube schon.«

Fretter ließ den Blick über seine arg mitgenommenen Männer schweifen. Er sah besorgt aus, Zweifel standen ihm ins Gesicht geschrieben, und der Befehlston wich aus seiner Stimme. »Bei meiner Seele, lasst uns, bei welchen Göttern auch immer, hoffen, dass der Schleier sich nicht erhebt und uns wegen Lästerung verschlingt oder die Aussätzigen hier eintreffen, bevor du dein

Wunder gewirkt hast. Meiner Einschätzung nach bleibt uns weniger als eine Stunde.«

»Wir könnten eine Trinkwasserquelle gebrauchen«, merkte Arkh an.

»Ich habe keine Tinte dabei«, erklärte Wex. »Sie war in Eurem Beutel, auf einem der Pferde.«

»Soweit ich weiß, hat Kraven welche für dich sichergestellt«, erwiderte Fretter.

Kraven zog ein lebloses Tier unter seinem verschwitzten Kittel hervor, und Wex schnappte nach Luft: Es war eine der blutsaugenden Eidechsen, immer noch rund und rosafarben.

»Sie ist voller Blut«, erklärte der Magier. »Aber sei beruhigt, ich habe ihr den Hals umgedreht, bevor ich sie einsteckte. Sie ist ganz und gar tot.«

Allein der Anblick ließ Wex zusammenzucken, und sogar Fretter verzog das Gesicht.

»Hast du etwas, mit dem du zeichnen kannst?«, fragte Kraven.

Wex nickte. Einen seiner Kiele hatte er immer im Gürtel stecken. Es war sein liebster. Alle anderen waren mit Pferden und Gepäck verlorengegangen, und mit ihnen auch die Geräte seines Vorgängers und die teure Tinte aus dem Palast. Wex fragte sich, weshalb Kraven den Kadaver mitgenommen hatte. Aus demselben Grund, aus dem er auch die Karte gerettet hatte, wie es schien.

Fretter hielt Wex seinen Dolch hin.

»Ich habe ein Messer«, erklärte Wex.

Kraven nickte und reichte ihm das tote Tier. Es ging ganz leicht, und glücklicherweise erwachte die Eidechse nicht wieder zum Leben, als Wex ihr mit einem schnellen Schnitt den straff gespannten Bauch aufschlitzte. Das Blut fing er in seinem leeren Beutel auf, während Fretter die Karte hervorholte und sie auf dem Boden ausrollte.

»Ich weiß nicht, ob es noch einmal funktioniert«, murmelte Wex.

»Versuch es«, sagte Arkh. »Um mehr können wir dich nicht bitten.«

Fretter deutete den Hügel hinunter, wo die dicker werdenden Bäume den Blick auf den dahinterliegenden Schleier verdeckten. »Wir brauchen einen Pfad, der von diesem Berg herunterführt«, erklärte er. »Wenn es irgendeine andere Möglichkeit gäbe, würde ich dich nicht einmal in die Nähe dieser Karte lassen. Und selbst wenn es funktioniert – sobald du diese letzte Aufgabe erfüllt hast, gilt wieder dasselbe.«

»Verstanden«, erwiderte Wex.

Er kauerte sich neben die obere rechte Ecke und tunkte den Kiel ein. Er setzte ihn auf dem Berg an, den er die Nacht zuvor gezeichnet hatte, und fügte an seiner Flanke einen flachen Einschnitt hinzu. Als er mit dem Ergebnis nicht zufrieden war, zeichnete er am Ende des Einschnitts eine dünne, geschlängelte Linie.

»Was ist das?«, fragte Fretter mit gerunzelter Stirn.

»Der schmelzende Schnee bildet am Ende der Spalte einen Fluss.«

»Es kümmert mich nicht, was der schmelzende Schnee tut«, knurrte Fretter. »Alles, was wir brauchen, ist ein begehbarer Pfad.«

»Das Wasser gräbt den Pfad. Ohne Fluss würde die Zeichnung keinen Sinn ergeben.«

»Nun mach sie schon fertig.«

»Ein letztes Detail noch«, sagte Wex und zeichnete flussabwärts ein Stück vom Ufer entfernt ein X.

»Und was soll das jetzt sein?«

Wex überlegte. »Unser Ziel«, sagte er schließlich.

»Wieso hast du es markiert?«

»Meint Ihr nicht, wir sollten wissen, wohin wir müssen?« Mit diesen Worten steckte Wex den Zeichenkiel weg und wartete darauf, dass Fretter die Karte einrollte.

Doch der rührte sich nicht und starrte misstrauisch auf das X.

15

Fretter gab den Befehl zum Abmarsch, und alle gehorchten eifrig, von Angst getrieben. Nur Pinch und Mungo schienen erstaunlich unbekümmert. So wie der Dieb seit der Höhle fröhlich drauflosgeplappert hatte, konnte man meinen, er mache einen kleinen Abendspaziergang, um seiner Mutter einen Besuch abzustatten, vorausgesetzt, er hatte eine, was Wex sich nur schwer vorstellen konnte.

Die Furcht, dass die Schimmelbrüder sie jeden Moment einholen könnten, trieb sie eilig voran. Niemand wollte am Ende der Gruppe laufen, also gingen sie in einer eng zusammengedrängten Traube, die Hände auf den Griffen ihrer Schwerter. Der dichter werdende Wald beschränkte die Sichtweite in jede Richtung auf kaum fünf Meter. Sie gingen bergab zu der Stelle, wo Wex den Pfad eingezeichnet hatte.

Bald hatten sie den kleinen Fluss gefunden und folgten seinem Verlauf. Als sie nach etwa zwei Furchenlängen eine freie Fläche erreichten, war der Blick endlich frei auf die darunterliegenden Hänge, und Wex' Herz machte einen Satz: keine schwarze Wand, so weit er sehen konnte.

Fretter drehte sich um und sagte mit gedämpfter, hoffnungsvoller Stimme: »Der Schleier wurde versetzt. Es scheint, der Junge hat es geschafft!«

Er bedeutete der Gruppe, sich leise zu verhalten und nicht in Jubel auszubrechen, aber die Erleichterung auf den Gesichtern war überdeutlich. Mungo klopfte Wex auf den Rücken, und

Cirilla umarmte ihn, wenn auch nur seine Beine. Selbst Kraven lächelte ihm anerkennend zu, blickte aber weiterhin immer wieder nervös über die Schulter und achtete darauf, dass er sich stets zwischen Curdwell und Poppy, den beiden kräftigsten Männern, aufhielt. Brynn beobachtete stumm die Lobbekundungen, und als Wex ihren Blick auffing, blieb ihr gar nichts anderes übrig, als ihm wenigstens zuzunicken. Alles in allem schien sein Ruf zumindest ein Stück weit wiederhergestellt, und Wex lächelte. Es war das erste Mal, seit sie in den Krater hinabgestiegen waren, und Wex konnte nicht sagen, ob es am Gelingen seiner Zeichnung lag oder an Brynns Blick. Wahrscheinlich an beidem.

Ein breiter Fluss gesellte sich zu dem kleinen Wasserlauf und ließ ihn zu einem unüberwindbaren Strom anschwellen. Eingekeilt zwischen den Felswänden schoss das Wasser dahin und bildete Schaum auf den hellgrünen Wellen. Der Fluss sah genau aus, wie Wex ihn gezeichnet hatte, jede einzelne Biegung.

»Unheimlich«, sagte Poppy.

»Unnatürlich«, knurrte der ältere Winster.

»Trinkt«, befahl Fretter. »Und füllt alle Wasserschläuche, die wir haben.«

Wex' Kehle war wie ausgetrocknet, und er eilte mit dem Rest der Gruppe ans Ufer des Flusses. *Endlich,* dachte er, *ein bisschen Glück.*

Der jüngere Winster sah sie zuerst. Es war nur ein Rascheln im Unterholz, fünf oder sechs Furchenlängen höher bergan. Dann folgte das unverkennbare Echo aufgeregter, kehliger Laute.

»Schimmelbrüder!«, rief er. »Sie kommen schnell näher.«

»Sie folgen unserer Spur«, erklärte Arkh.

Die Soldaten wandten sich Fretter zu und erwarteten seine Befehle, aber Pinch watete bereits durchs Wasser.

»Kommt«, sagte er leise und winkte den anderen. »Folgt mir.«

»In den sicheren Tod?«, erwiderte Fretter. »Versuchst du, uns umzubringen?«

Pinchs Augen wurden schmal. »Könnt Ihr etwa nicht schwimmen?«

Fretter sah empört aus. »Warum sollte ich? Wir sind kein Seefahrervolk.«

Pinch schüttelte ungläubig den Kopf. »Wer noch?«

Eisiges Schweigen. Mungo war der Einzige, der sich außer ihm in den Fluss wagte, alle anderen rührten sich nicht.

Schließlich trat Brynn einen Schritt vor. »Ich habe einmal einen Sommer am See von Herzog Hynde verbracht, zusammen mit seiner Tochter Alta. Ich kann paddeln und mich über Wasser halten.« Es waren ihre ersten Worte, seit sie am Fuß der Eidechsenwand in Panik verfallen war. Sie blickte Wex fest in die Augen. »Und ich bin *kein* dummes Frauenzimmer.«

Aber der Fluss war kein ruhiger See. Mit beträchtlicher Geschwindigkeit schoss er an ihnen vorbei, gurgelnd wie ein hungriger Schlund, der nur darauf wartete, sie zu verschlingen.

Als Mungo sah, dass keiner der anderen folgte, kam er wieder aus dem Wasser, packte einen umgestürzten Baumstamm und stapfte brummend damit zurück in die Strömung.

»Watet in den Fluss und haltet euch an dem Baum fest«, übersetzte Pinch. »Sonst gehen wir ohne euch.«

Immer noch zögerten sie. Die Angst zu ertrinken war beinahe genauso groß wie die Furcht vor der blutrünstigen Horde hinter ihnen. Mit angehaltenem Atem standen sie da, unfähig sich zu bewegen.

»Er hat recht«, rief Brynn. Jeder hatte sie gehört, und zu Wex' Überraschung hörten sie auf ihr Wort. Brynn hatte ihr Vertrauen, ganz im Gegensatz zu den Verbrechern. »Auf diese Weise hinterlassen wir keine Spuren mehr, und außerdem sind wir schneller als zu Fuß an Land.«

Das stimmte. Ein kluger Vorschlag. Zunächst zögerlich und dann immer schneller setzten sie sich in Bewegung.

»Beeilt euch«, drängte Pinch. »Tut, was das Mädchen sagt!«

Wex war beeindruckt. Der Dieb wusste, dass sie ihm nicht vertrauten, also berief er sich einfach auf die Autorität der Grafentochter.

Brynn stützte die Soldaten, während sie ins seichte Wasser wateten, um sich an den Baumstamm zu klammern, den Mungo für sie festhielt.

Das Schmelzwasser war bitterkalt, und Wex' Beine wurden taub. Er ging als Letzter, immer noch unsicher, ob es das Richtige war, auch wenn der Tod, der ihnen auf den Fersen war, die Entscheidung eigentlich erleichtern sollte.

»Du hast doch nicht etwa Angst?«, fragte Brynn. »Ich dachte, du wärst mutig.«

Das war genug. Wex biss sich auf die Lippe und sprang, den Bauch voran, ins Wasser. Keuchend fuchtelte er mit den Armen, um einen der Äste zu erwischen, bis Pinch ihn am Kragen packte und ihn an den Baumstamm zog.

»Legen wir ab«, sagte Pinch zu Mungo.

Der Riese presste die breite Schulter gegen den Stamm und schob ihn in die Strömung. Panisch krallten sich die Soldaten fest, und Wex hätte schwören können, dass er sah, wie Pinch grinste. Die Fluten packten sie mit roher Gewalt, und sie schossen flussabwärts, gerade in dem Moment, als die Aussätzigen am Ufer auftauchten.

Wex' Fluss brachte sie mit großer Geschwindigkeit weg von den Verfolgern und ging dabei nicht gerade sanft mit ihnen und ihrem behelfsmäßigen Fluchtgefährt um, aber er zog sie auch nicht in die Stromschnellen.

Ihre Füße baumelten hinter ihnen in der Strömung und berührten ab und zu den Boden, während alle sich an den Stamm klammerten und aneinander; eine Gemeinschaft aus Missgeburten, Schurken, Adligen und Soldaten, die an Land undenkbar gewesen wäre. Der junge Winster hielt sich sogar an Arkh fest, der seine Klauen ins Holz geschlagen hatte, um nicht abzurutschen. Wenige in Zornfleck und Skye konnten schwimmen, wie es schien, und Wex war da keine Ausnahme. Nur Pinch und Mungo glitten mühelos dahin und beobachteten das Ufer vor ihnen. Mungos riesenhafter Körper hüpfte im Wasser auf und ab wie ein Korken. Geschmeidig wie ein Fisch bewegte er sich von rechts nach links, vor und zurück, und half den anderen, die Mühe hatten, sich über Wasser zu halten. *Er kommt aus den südlichen Meeren,* erinnerte sich Wex, *wo wahrscheinlich alle schwimmen* können. Weil sie müssen.

Anfangs war der Fluss nicht besonders breit gewesen, doch je weiter sie kamen, desto mehr Bäche mündeten hinein, und er schwoll immer weiter an. Bald schon berührten ihre Füße den steinigen Boden nicht mehr, und das Ufer hatte sich bedrohlich weit zurückgezogen.

»Wann gehen wir an Land?«, fragte Fretter Pinch.

Der Hauptmann hielt die Röhre mit der Karte verzweifelt in die Höhe, damit sie nicht nass wurde, auch wenn Wex der Meinung war, dass ein bisschen Wasser der dicken Tierhaut darin bestimmt nichts anhaben konnte.

»Bald«, erwiderte Pinch. »Ich hätte nichts dagegen, mindestens eine Wegstunde zwischen uns und diese verfaulenden Blutsauger zu bringen, aber ich fürchte, so lange halten wir es in dem eisigen Wasser nicht aus.«

»Wie kommen wir an Land?«, fragte Curdwell.

»Wir paddeln. Aber keine Sorge, wenn wir nicht vorher in die Stromschnellen gezogen werden und ersaufen wie die Hunde, taucht bestimmt bald eine Landzunge oder eine Kiesbank auf.«

Doch der Fluss wurde immer breiter, gespeist von Dutzenden Schmelzwasserbächen aus den umliegenden Bergen. Je länger sie dahintrieben, desto weiter zog sich das Ufer zu beiden Seiten zurück, und schon bald fanden sich die bibbernden Flüchtlinge in der Mitte einer rasant fließenden Wasserstraße von einer Furchenlänge Breite wieder.

Spärling verlor den Halt. Sein Kopf machte einen kleinen Hüpfer, dann war er weg.

Pinch ließ den Baumstamm los und tauchte hinter ihm her. Seine Lederstiefel ragten kurz aus dem Wasser und verschwanden dann unter den Wellen. Keuchend kam er wieder nach oben, die Hände leer.

»Mungo!«, rief er. »Bring sie an Land. Es wird zu kalt.«

Da tauchte Spärling wieder auf, und Pinch schwamm erneut auf ihn zu, doch es war deutlich zu sehen, dass auch ihm kalt war. Steif bewegte er sich in der vom Wasser schweren Kleidung. Nie und nimmer würde er den ertrinkenden Soldaten rechtzeitig erreichen.

Mungo begann mit kräftigen Beinschlägen, den Baumstamm Richtung Ufer zu bewegen, und sogar Brynn half mit. Aber es hatte keinen Zweck. Die Strömung hatte sie in eisigem Griff und ließ sie keine Elle weit von der reißenden Flussmitte weg. Panik setzte ein. Fretter begann, Befehle zu brüllen, mit dem einzigen Erfolg, von allen ignoriert zu werden.

Curdwell ließ los und versuchte wild um sich schlagend zum Ufer zu kommen. Er schaffte etwa drei Meter, dann ging auch er unter. Der ältere Winster hielt sich nur noch mit einer Hand fest. Sein Gesicht war die meiste Zeit unter Wasser, keuchend schnappte er in unregelmäßigen Abständen nach Luft.

»Wo ist nun diese Kiesbank?«, blaffte Cirilla.

»Der Fluss wird nur immer noch größer«, sagte jemand, aber Wex konnte bei dem Getöse nicht sagen, wer.

»Hast du etwa keine Ausstiegsstelle gezeichnet, Junge?«, knurrte Alver in beschuldigendem Ton. Seine bleichen Finger sahen so taub aus, wie Wex sich am ganzen Körper fühlte.

»Es war nicht meine Idee, in den Fluss zu springen«, entgegnete Wex wütend.

»Der Dieb war's!«, schrie der junge Winster. »Er hat uns reingelockt, und jetzt ertränkt er uns!«

»Und das Mädchen«, fügte Alver hinzu. »Aber die beiden können schwimmen!«

»Es tut mir leid«, wimmerte Brynn. Wex sah, wie sie versuchte, dem älteren Winster zu helfen, aber auch sie war viel zu durchgefroren und verlor immer mehr von der ohnehin wenigen Kraft, die sie hatte. Brynn war vollauf damit beschäftigt, sich selbst in dem vollgesogenen Reitrock über Wasser zu halten.

In diesem Moment sah Wex etwas Seltsames: Vor ihnen paddelte ein gertenschlanker Mann in einem Boot. Gemächlich tauchte er das Ruder zuerst auf der einen Seite ins Wasser, dann auf der anderen. *Wie eigenartig,* dachte Wex. Es war fast schon komisch, mit welcher Ruhe und Leichtigkeit er sich gegen die Strömung behauptete, während sie hier ums nackte Überleben kämpften. Als sie näher kamen, sah Wex, dass es sich bei dem Boot um einen roh behauenen, ausgehöhlten Baumstamm handelte. Der Mann hatte dunkel gegerbte Haut, als hätte er sein gesamtes Leben unter freiem Himmel verbracht, und trug ein leuchtend lilafarbenes Hemd.

Als er ihre Gruppe durch die Fluten treiben sah, hob er eine Augenbraue. Er beobachtete sie einen Moment lang, dann steuerte er das Boot seelenruhig zur Mitte des Flusses, beugte sich über den Rand und zog Spärling unter den Wellen hervor.

»Da ist der kleine Nichtsnutz also abgeblieben!«, rief Pinch, der erschöpft Wasser trat und zusah, wie der Mann den japsenden und Wasser spuckenden Spärling in den Einbaum hievte.

Curdwell kam als Nächster dran, dann warf der Mann denen, die sich immer noch am Baumstamm festhielten, eine Leine zu und zog sie an eine ruhige Stelle im Fluss, die Wex nicht einmal gesehen hatte. Von dort konnten sie sich durchs seichte Wasser keuchend ans Ufer schleppen. Spärling und Curdwell blieben, immer noch Wasser hervorwürgend, in dem Einbaum liegen, während der Rest der Gruppe am steinigen Ufer zusammenbrach, unfähig aufzustehen oder sich auch nur ein paar Schritte weit vom Fluss zu entfernen.

Wex streckte sich flach auf dem Boden aus, froh, noch am Leben zu sein. Er schwor sich, entweder schwimmen zu lernen oder sich nie wieder in die Nähe von Wasser zu begeben. Obwohl der Kies äußerst unbequem war, hatte er das Gefühl, stundenlang so verharren zu können. Nach dem eisigen Wasser fühlte die Sonne auf seiner Haut sich wärmer an als je zuvor in seinem Leben. Und das obwohl sie gerade unterging.

Cirilla richtete als Erste das Wort an den Mann im Boot. »Dein Fluss, er ist ganz schön schnell angeschwollen.«

Der Mann kletterte aus dem Einbaum und zog ihn ein Stück weit aufs Ufer. Das tat er ohne erkennbare Mühe, obwohl Spärling und Curdwell immer noch darin lagen, also musste das Boot aus sehr leichtem Holz sein. Er richtete sich auf und musterte die Gruppe eingehend. Jetzt, aus der Nähe, fiel Wex auf, dass seine Augen sich nicht genau gleich bewegten. Wenn er etwas fixierte, schien er in zwei Richtungen gleichzeitig zu schauen. Eine Art Missbildung. Im Moment war der Mann voll und ganz auf Arkh konzentriert, der seinen Helm verloren hatte.

Brynn folgte der Blickrichtung des Mannes und sah zum ersten Mal Arkhs unverhülltes Gesicht. Der Schrei, den sie ausstieß, ließ den Fremden sofort ein paar Schritte Richtung Boot machen, die Muskeln gespannt, bereit zur Flucht.

»Beruhigt Euch«, sagte Fretter zu Brynn. »Er ist zahm.«

»Dieser Fluss ist verflucht! Er hat ihn in einen Dämon verwandelt!«

»Nein. Er war die ganze Zeit über schon so, während Ihr an seiner Seite geritten seid. Sein Antlitz war lediglich unter dem Helm verborgen.«

Der Flussmensch spuckte ein paar hart klingende Worte aus, die Wex nicht verstand, und alle blickten verwirrt auf.

»Was ist das für eine Sprache?«, fragte Fretter und erhob sich wenigstens auf die Knie, um anzuzeigen, dass er der Anführer der Gruppe war.

Als Antwort schüttelten alle nur müde den Kopf.

»Er glaubt, ich sei ein Monster«, sagte Arkh leise.

»Das bist du ja auch«, murmelte der ältere Winster.

Fretter legte Arkh einen Arm um die Schulter, um zu demonstrieren, dass er zu ihnen gehörte.

Der Flussmensch runzelte lediglich die Stirn und brabbelte aufgeregt weiter.

Fretter nahm Arkhs behandschuhte Klauenhand und tätschelte sie sanft, um zu verdeutlichen, dass Arkh harmlos war.

Endlich schien ihr Retter sich zu beruhigen. Nickend deutete er auf Fretters Schwert und beschrieb mit den Händen einen Kreis.

Mungo murmelte Pinch etwas zu, und der erklärte: »Scheint, als möchte er einen Handel.«

»Einen Handel?«

»Dafür, dass er uns gerettet hat.«

»Ich fühle mich gerade nicht in der rechten Verfassung für Verhandlungen«, erklärte Fretter. »Außerdem haben wir nichts zu geben.«

»Oh doch, das haben wir«, widersprach Pinch. »Euer Schwert.«

Fretter stöhnte verzweifelt auf. »Kommt nicht in Frage. Diese Waffe wurde vom großen Benza von Plynth geschmiedet und ist mehr als einen ganzen Jahressold wert.«

»Aber er hat gerade zwei Eurer Männer gerettet, die kurz vorm Ertrinken waren und wahrscheinlich auch Euch selbst. Ein kleiner Preis, würde ich sagen.«

Pinch wandte sich dem Mann zu, um ihm zu bedeuten, dass sie die Sache gerade besprachen.

»Er kann Spärlings Schwert haben«, erklärte Fretter und deutete auf das Boot.

Darin saß immer noch der schmächtige Soldat, in sich zusammengesunken wie ein nasser Pudel, die Schwertscheide leer. Ein Opfer der Wellen.

Fretter wandte sich an Alver. »Dein Schwert.«

Alver murrte zwar, löste aber das Schwert von seinem Gürtel und hielt es Fretter hin.

Der Flussmensch machte keine Anstalten, es entgegenzunehmen.

»Es sieht so aus, als würde er Eures wollen, Hauptmann«, erklärte Pinch.

Seufzend entledigte sich Fretter seiner Waffe, dann hielt er plötzlich inne. »Einen Moment. Dieser Mann, das bunte Hemd, das er trägt ... und er will handeln. Er ist vom fahrenden Volk!«

Wex wusste nur wenig über das fahrende Volk, außer dass sie ständig unterwegs waren, berüchtigt für geschicktes und hartes Verhandeln oder, in nicht wenigen Fällen, offenen Betrug. Sie sprachen einen Mischmasch aus allen möglichen Sprachen, zogen von Stadt zu Stadt und ließen sich dort manchmal für Tage, manchmal auch für Wochen nieder. Nach Zornfleck kamen sie nur selten, weil die Bauern dort nur wenig Geld hatten und es jenseits des Dorfes nichts anderes gab als den Schleier. Nur ein einziges Mal hatte Wex eine der Karawanen mit ihren geheimnisvollen Kutschen und farbigen Bannern gesehen. Sie waren ins Dorf gekommen, hatten Lebensmittel eingetauscht und sich dann sofort wieder nach Süden gewandt, um die Nacht nicht im Schatten des Schleiers verbringen zu müssen.

»Welch Glücksfall«, fuhr Fretter fort. »Die Dame von Zornfleck spricht ihre Sprache!«

Wex sah, wie Brynns Augen sich weiteten.

»Endlich kannst du dein Können unter Beweis stellen«, flüsterte er Brynn ins Ohr, und sie warf ihm einen bösen Blick zu.

»Brynn«, sagte Fretter, »würdet Ihr bitte übersetzen?«

Brynn straffte die Schultern und wandte sich mit einem zögerlichen Nicken an den Fremden, der daraufhin die Worte von vorhin wiederholte.

»Er spricht einen sehr schwierigen Dialekt«, erklärte sie. »Ich habe ihn noch nie zuvor gehört.«

»Da bin ich mir sicher«, murmelte Wex.

Wieder deutete der Mann auf Fretters Schwert.

»Er will Eure Waffe«, sagte Brynn leise.

»Nun, dann redet es ihm aus«, wies Fretter sie an.

Brynn stieß ein paar seltsam tönende Laute hervor, die in Wex' Ohren kaum wie richtige Worte klangen, und der Mann schüttelte den Kopf.

»Er sagt nein. Er ist ein sehr zäher Verhandlungspartner.«

Der Mann redete weiter und fügte noch ein paar Gesten hinzu, deutete auf die erschöpfte Gruppe, führte die Hand an den Mund und winkte ihnen dann, als sollten sie ihm folgen.

»Ich bin nicht ganz sicher«, sagte Brynn, »aber ich glaube, er will uns als Teil des Handels mit in sein Lager nehmen und uns etwas zu essen geben.«

»Oder *uns* essen«, murmelte Wex leise.

»Gute Arbeit«, erklärte Fretter. »Essen und Unterkunft, wenn wir es am dringendsten brauchen. Das ist den hohen Preis beinahe wert.« Er streckte die Scheide mit dem Schwert darin aus, und der Mann nahm sie mit einem schnellen Griff grinsend entgegen. »Sagt ihm, dass wir dankbar sind und erfreut, auch wenn die Kosten etwas hoch sind.«

Brynn brummte noch mehr Unverständliches und vollführte eine elegante Verbeugung.

Der Fremde drehte sich um und bedeutete ihnen, ihm und seinem Boot am Flussufer zu folgen.

»Ganz hervorragende Arbeit, Übersetzerin«, sagte Wex zu Brynn.

»Zieh mich ruhig auf. Aber während du uns nur in Gefahr bringst, habe ich uns in der Not geholfen.« Sie warf den Kopf zurück wie bei ihrer ersten Begegnung, auf genau jene Art, die Wex so unglaublich arrogant und anziehend zugleich fand.

»Ich habe diesen Fluss gezeichnet«, verteidigte er sich.

»Der beinahe zwei von uns das Leben gekostet hätte.«

»Ohne mich wärst du jetzt wahrscheinlich am Altar.«

»Wenn's doch nur so wäre«, erwiderte Brynn und schritt hoch erhobenen Hauptes zu den Winster-Brüdern hinüber, die sich um sie schlossen wie die Flügel eines Festungstors.

16

Die Gruppe folgte ihrem Retter, der sich Blu zu nennen schien, flussabwärts. Der Weg war nicht weit, doch wurden sie unterwegs von zwei Wachen aufgehalten, die ansonsten nicht viel zu tun zu haben schienen und Blu in ein Gespräch verwickelten, das nur die drei verstanden. Es war einiges an Überzeugungsarbeit nötig, bis die beiden sich bereit erklärten, Arkh mit dem Rest der Gruppe passieren zu lassen.

Wex sah Rauch aufsteigen und stellte sich ein kümmerliches Lager vor, in dem ungepflegte Männer um ein kleines Feuer saßen. Umso überraschter war er, als sie auf eine große Lichtung am Rand des Flusses geführt wurden, in deren Mitte mannshohe Flammen prasselten. Dutzende farbenfroh gekleideter Frauen schwirrten umher, lachten und kochten, während die Männer damit beschäftigt waren, sich um Boote aller Größen und Formen zu kümmern oder in der Nähe des Feuers, begleitet von viel Gelächter und gegenseitigem Schulterklopfen, Würfel zu spielen. Kinder rannten in kleinen Gruppen umher und spielten Fangen, wobei der Fänger sich erst einige Male im Kreis drehen musste, bevor er mit taumelnden Schritten die Verfolgung aufnehmen durfte. Der Geruch von scharf gewürztem Essen stieg Wex in die Nase, und erst jetzt fiel ihm auf, wie die Aufregung und Gefahren des vergangenen Tages seinen immensen Hunger überdeckt hatten. Umgedrehte Boote schienen als Essenstafeln zu dienen, während andere als Werkbänke benutzt wurden. Sogar als Dach über dem Kopf für die Schlafenden wurden sie verwendet, und die Reihen der Bettstätten erstreckten sich bis in den Wald hinein. Das Lager sprudelte nur so vor Leben, und als Blu die durchnässten und erschöpften Reisenden mit ausgebreiteten Armen einlud, ans Feuer zu kommen, jubelten sie vor Freude und Erleichterung.

Männer wie Frauen, ein bunter Haufen von hundert oder mehr, kamen angelaufen, um die Neuankömmlinge zu bestaunen. Sie ließen einen Durchgang frei, damit Blu die Fremden zur Feuerstelle geleiten konnte, dann eilten sie neugierig hinterher. Ohne jede höfliche Zurückhaltung liefen die Kinder neben ihnen her und starrten sie an.

Mungo und die anderen taten ihr Bestes, um Arkh zwischen ihnen zu verbergen, doch es war vergebens.

Erstaunte Ausrufe ertönten. Mit ausgestreckten Fingern deuteten ihre Gastgeber auf Arkh, aufrichtig entsetzt. *Auch hier wird er wie ein Ausgestoßener behandelt,* dachte Wex. Blu schien alle Mühe zu haben, die stakkatoartig vorgetragenen und von zahlreichen ängstlichen Gesten begleiteten Bedenken zu zerstreuen. Cirilla schien ebenfalls einiges an Aufmerksamkeit zu erregen, wenn auch nicht aus Furcht und Ekel.

Schließlich wurde die Gruppe zu dem lodernden Feuer gebracht, wo ein Brei aus orangefarbenen Beeren, Fisch und Kräutern zu einer Art Brot geröstet und auf einem umgedrehten Kanu in kleine Portionen aufgeteilt wurde. Man reichte ihnen noch einen Eimer Wasser mit einer Schöpfkelle darin, dann ließ das fahrende Volk sie in einer Demonstration großzügiger Gastfreundschaft ungestört essen.

Dennoch erhob sich um sie herum ein derart aufgeregtes Geschnatter, dass Wex gar nicht anders konnte, als sich zu fragen, was da alles über sie geredet wurde. Er schaute zu Brynn hinüber. Sie kaute auf ihrem Brot herum, hatte sich aber nicht ans Kanu gesetzt, sondern stand in Blus Nähe und lauschte angestrengt, während er einem anderen Mann offenbar erklärte, wie die Fremden hierhergelangt waren. Wex war beeindruckt, weil Brynn tatsächlich versuchte, die Sprache besser zu lernen.

Die anderen, darunter auch Fretter, schlugen sich unterdessen die Bäuche voll, genauso dankbar für die Wärme des Feuers und die Gelegenheit, sich endlich ausruhen zu können, wie sie für das Essen waren. Nur der stämmige Curdwell schien keinen Grund zum Feiern zu sehen.

»Gottverdammtes Vagabundenvolk«, brummte er. »Nichts als Landstreicher und Betrüger, inzüchtige Hundesöhne allesamt. Und das räudige Kinderpack rennt umher wie streunende Köter. Solches Gesindel lassen wir die Straßen von Skye erst gar nicht betreten.«

Er aß, aber nur zögerlich, als könnte das Essen, das sie ihm so großzügig anboten, vergiftet sein.

Der junge Spärling konnte seine Mahlzeit nicht bei sich behalten. Nach den ersten paar Bissen würgte er den Brotbrei wieder hoch und verspuckte ihn in alle Richtungen. *Kein Wunder,* dachte Wex. Die Erschöpfung, der Blutverlust und das kalte Wasser hatten seinem schmächtigen Körper arg zugesetzt.

Gleich darauf kam eine alte Heilerin angelaufen. Sie brachte Spärling zu einem Unterstand, zog ihm die nassen Kleider aus und schmierte ihn mit einer Salbe ein. Zum Abschluss wickelte sie ihn in warme Decken.

Nach dem einfachen Abendmahl versuchte Fretter, alle zu einer Lagebesprechung zusammenzutrommeln, aber Pinch und Mungo hatten sich bereits unter das fahrende Volk gemischt und kauerten mit ein paar Männern bei einem Würfelspiel zusammen, wobei Mungo selbst im Sitzen genauso hoch aufragte wie die anderen im Stehen.

Da Brynn nicht mehr verfügbar war, weil sie ständig hinter Blu hertrottete, hatten die Winster-Brüder schnell Ersatz gefunden und waren mit zwei anderen Frauen zwischen den Booten verschwunden.

Poppy nahm unterdessen die Kochtöpfe der Gastgeber in Augenschein, nachdem seine eigenen mitsamt den Lastpferden verlorengegangen waren.

Ohne Schwert und Gefolgschaft kehrte Fretter niedergeschlagen zu seinem Platz zwischen Wex und Kraven zurück. Der Zauberer hatte sich mittlerweile ganz auf die alte Heilerin konzentriert und versuchte, die Sprachbarriere zu überbrücken.

»Lass die beiden sich mal ein bisschen in Ruhe unterhalten«, sagte Cirilla von der anderen Seite des Kanus aus.

»Es ist überaus dreist von dir, dass du weiterhin versuchst, mir zu erklären, was ich zu tun habe.« Fretter wandte sich ab und kaute weiter an seinem Brot, drehte sich dann aber noch einmal um: »Glaubst du, wir können diesen Vagabunden trauen? Du hast Curdwell gehört.«

»Bleibt uns nicht viel anderes übrig, würde ich sagen. Außerdem, was sollten sie uns schon stehlen?«

»Mein Schwert.«

»Das haben sie doch schon«, erwiderte Cirilla. »Und ansonsten gibt's bei uns nicht viel zu holen. Sie haben uns mehr zu essen gegeben, als wir bezahlen können.«

»Sie wollen bestimmt noch etwas anderes«, insistierte Fretter.

»Was sie von den Winsters wollen, kann ich mir schon denken«, erwiderte Cirilla grinsend.

Wex sah, wie der Hauptmann unter dem selbstsicheren Blick der kleinen Frau errötete. Ein weiteres Mal fiel ihm auf, wie attraktiv sie für ihr Alter war und wie gut ihr das seltene Lächeln zu Gesicht stand.

»Damit habe ich nichts zu schaffen«, erklärte Fretter hastig.

»Ganz recht«, stimmte sie zu. »Du solltest ihren Anführer ausfindig machen und das Mädchen beauftragen auszukundschaften, was sie wollen. Vielleicht rückt er ganz offen damit heraus.«

Fretter dachte einen Moment lang nach, und schließlich sah er ein, dass Cirilla recht hatte. »Genau das hatte ich vor, gleich nach unserer Besprechung«, erklärte er in dem Versuch, sein Gesicht zu wahren, weil er nicht selbst darauf gekommen war. »Aber, nachdem es keine Besprechung gegeben hat, werde ich es eben jetzt tun.« Mit diesen Worten erhob er sich und machte sich auf die Suche nach Brynn.

Die nächsten Stunden, bevor das fahrende Volk ihnen ihre Schlafgelegenheiten zeigte, konnten die Expeditionsmitglieder sich so frei durchs Lager bewegen, als würden sie einen Wanderzirkus besuchen. Kraven und Brynn waren in schwierige Gespräche mit den Gastgebern vertieft und versuchten, ihre Sprache zu entschlüsseln, während Pinch und Mungo mit ihren Würfelpartnern schnell ein improvisiertes Verständigungssystem gefunden hatten, das aus beim Spielen häufig vorkommenden Wörtern und Gesten bestand.

Wex versuchte erst gar nicht, sich mit den Fremden zu unterhalten; stattdessen lauschte er und beobachtete die Szenerie. Fretter war frustriert und nachdenklich und beklagte sich bei jedem über seine Rolle als Hauptmann, der zuhören wollte und seine Sprache verstand. Schließlich legte Arkh ihm nahe, dass es vielleicht an der Zeit sei, den härtesten Tag seiner bisherigen Laufbahn zu Ende gehen zu lassen. Was er bräuchte, wären ein paar Stunden anständigen Schlafs, die er obendrein redlich verdient hätte.

Irgendwann hatten alle vierzehn Überlebenden der Gruppe genug und verkrochen sich zum Schlafen. Die Tatsache, dass die Unterkünfte nicht viel mehr waren als schmale Fleckchen grasbewachsener Erde mit einem umgedrehten Boot darüber und schnarchenden Fremden daneben, kümmerte niemanden außer Brynn von Zornfleck. Sie schien geglaubt zu haben, das fahrende Volk hätte für wichtige Gäste stets eine Kutsche mit seidenen Vorhängen und einem Federbett dabei.

Wex hingegen fand, dass eine Nacht auf dem Boden an der

Seite von niederem Volk ein vergleichsweise geringer Preis für die Rettung ihres adligen Lebens war. *Außerdem,* dachte er, *sollte sie sich allmählich daran gewöhnt haben.*

Die Morgensonne kam bereits unter das Kanu gekrochen, als Wex noch schlief wie ein Stein. Blinzelnd kroch er darunter hervor und fand das Lager bereits von eifriger Betriebsamkeit erfüllt. Er hatte gehört, das fahrende Volk bestünde nicht nur aus Betrügern, sondern auch aus Faulenzern, aber soweit er es bis jetzt beurteilen konnte, arbeiteten sie genauso hart wie jeder Bauer in Zornfleck, vielleicht sogar härter.

Ganz in der Nähe hackte ein Mann Holz, das ein anderer sofort auf einen flachen Lastkahn verlud, und überall arbeiteten sie an den Booten wie Künstler an ihren Werken, einige im Wasser, andere an Land. Eine Frau glättete mit einer Art improvisiertem Hobel den Rumpf eines frisch aus einem Baumstamm geschnittenen Kanus. Zwei Männer bestrichen die Unterseite eines Einbaums, der so schlank war wie ein Aal, mit Baumharz. Das Boot sah schnell aus und war rundherum geschlossen, hatte nur eine kleine Öffnung an der Oberseite, wo der Ruderer sich hinsetzen konnte.

Es gab Boote aus Tierhaut und eines mit einem Segel, was Wex für die Flussschifffahrt ungewöhnlich erschien, und ein reichlich bizarr aussehendes mit etwa einem Dutzend Auslegern, die in allen möglichen Winkeln vom Rumpf abstanden. Noch nie in seinem Leben hatte Wex so viele verschiedene Wasserfahrzeuge gesehen, und er dachte, dass es den anderen wohl genauso gehen musste, außer vielleicht Pinch und Mungo, die aus der Großen Küstenstadt kamen, an deren gigantischen Kais Schiffe jeder Art und Größe anlegten.

Etwas, das aussah wie ein sehr reichhaltiges Brot, lag auf einem Stapel dunkelgrüner Blätter neben Wex' Schlafstelle. Frühstück. Wex stopfte sich das Gebäck in den Mund, steckte die Blätter ein und ging zum Fluss, um sich etwas Wasser ins Gesicht zu spritzen. Sein Blick wanderte die Reihe der festgemachten Boote entlang. Im dritten entdeckte er Pinch, der sich auf ein paar Leinensäcke gebettet hatte.

Wex ging hinüber, setzte einen Fuß an den Bug und rüttelte. »Guten Morgen.«

Pinchs Brauen wölbten sich, und er blickte ihn durch ein halb geschlossenes Auge an. »Ah, der junge Wexford. Wie gefällt es dir in unserem Paradies?«

»Ist eine willkommene Verschnaufpause, würde ich sagen.«

»Hätte nicht damit gerechnet, mitten in dieser Wildnis die Gelegenheit zu einem Würfelspiel zu bekommen.«

»Nach dem grauenvollen Kampf und dem Tod tapferer Männer hast du es fertiggebracht, dich mit Würfeln zu trösten?«

»Es gibt keine bessere Art, die Sprache und deinen Gastgeber kennenzulernen. Sind ein ziemlich netter Haufen, diese Leute. Haben nicht mal Waffen, weißt du? Verlassen sich ganz auf ihre Boote. Als Unterschlupf, Transportmittel, Fluchtmöglichkeit, zum Fischfang und sogar zum Waschen. Sie können schwimmen wie Otter, egal wie kalt das Wasser ist, und sie machen gerne Kinder, wie du siehst. Sie sind gerissene Händler, bescheißen dich vielleicht ein bisschen, aber sie teilen, was sie haben. Besitztümer anzuhäufen ist bei ihnen eher ein Zeitvertreib als großtuerisches Gehabe. Sie nehmen Fehler nicht so schlimm, würde ich meinen, und deshalb sind sie auch gute Verlierer.« Pinch zog zwei goldene Ringe aus der Tasche, die er am Tag zuvor noch nicht gehabt hatte. »Sie feilschen, was das Zeug hält, ja, aber sie sind nicht die Schwindler, für die man sie wegen ihrer Kleidung und der Umherzieherei gerne hält. Scheint, als würde doch nicht alles, was du zeichnest, versuchen uns umzubringen.«

»Ich habe nichts von dem gezeichnet, was versucht hat, uns umzubringen. Und dein freundliches Völkchen habe ich auch nicht gezeichnet.«

»Aber du hast einen großen Fluss gezeichnet, und wo ein

solcher ist, sind die Leute, die von ihm leben, meistens nicht weit. So laufen die Dinge nun mal.« Pinch kletterte aus dem Boot und senkte die Stimme. »Aber was ist aus unserer kleinen Abmachung geworden?«

»Abmachung?«

»Der Schatz.«

»Das war keine Abmachung, eher ein Vorschlag. *Dein* Vorschlag.«

»Hast du ihn gezeichnet oder nicht?«

»In gewisser Weise, ja.«

»Und das bedeutet?«

»Ich habe ein X gezeichnet.«

»Ein X?«

»Ja.«

»Was, bei allen sieben Feuern der Hölle, soll denn ein X bedeuten?«

»So markiert man auf einer Karte einen Schatz.«

»Ah, ich verstehe. Brillant!« Pinch sprang an Wex' Seite und legte ihm einen Arm um die Schulter.

Instinktiv tastete Wex nach dem Schwert seines Vaters, um sicherzugehen, ob es noch da war, doch dann fiel ihm ein, dass er es sicher an seiner Schlafstelle versteckt hatte.

»Wo ist er also, dieser Schatz?«, säuselte Pinch ihm ins Ohr.

»Flussabwärts. Wir wurden aus dem Wasser gezogen, bevor wir die Stelle erreichten.«

»Und du hast Fret-Fret auch nichts davon erzählt?«

»Nein. Aber er hat sich das X sehr lange und genau angesehen. Hat mich sogar danach gefragt.«

»Das ist eine traurige Nachricht. Das Bergungsrecht sichert dem Landesherrn ein Viertel von allem, was jemand auf seinem Gebiet findet. Fretter wird bestimmt alles ganz genau zählen und einen Bericht schreiben. Wir können nur hoffen, dass was für uns übrig bleibt.«

»Soweit ich weiß, haben wir noch gar nichts, von dem etwas übrig bleiben könnte.«

»Auch wieder wahr. Aber nachdem es etwas geben könnte, wo, glaubst du, könnte es sein?«

»Das steht auf der Karte.«

»Ich habe die Karte nicht. Fretter hat sie. Aber ich habe dich, und ich sage, es ist besser, wenn nur du und ich davon wissen.«

»Du willst, dass ich mich mit dir davonstehle und nach dem Schatz suche, ohne dem Hauptmann Bescheid zu geben?«

»Ah, eine sehr gute Idee. Ich bin überrascht, dass du es vorschlägst, aber ich muss zugeben, der Plan ist gut.«

»Ich wollte gar nichts vorschlagen.«

»Aber das hast du. Und mein Applaus ist dir gewiss. Ich werde gleich mit Mungo sprechen. Wir werden ihn brauchen, falls Muskelkraft erforderlich sein sollte. Außerdem muss er die schweren Sachen tragen, die wir vielleicht finden, wir haben ja keine Pferde mehr. Halte dich bereit, mein Freund.« Er drückte noch einmal Wex' Schulter, dann eilte er davon, um seinen schwergewichtigen Freund zu suchen.

Wex' Gedanken drehten sich. Er war so dankbar gewesen für Essen, Unterkunft und die Sicherheit des Lagers, dass er das X auf der Karte ganz vergessen hatte. Aber Pinch hatte es nicht vergessen. Außerdem hatte er beim Würfeln erstaunlich viel über das fahrende Volk herausgefunden, und mit einem Mal fragte sich Wex, was die anderen in Erfahrung gebracht hatten. Er nahm einen Schluck aus dem kalten, klaren Fluss, schlang eilig die erstaunlich würzigen Blätter hinunter, die er eingesteckt hatte, und zog los, um Brynn zu suchen.

Er fand sie ein Stück flussaufwärts, wo sie sich gerade die zarten Füße wusch. Verstohlen beobachtete er sie, bis sie aufblickte, und tat dann so, als hätte auch er sie eben erst entdeckt.

»Nicht gerade das Paradies«, erklärte er, »aber Essen und etwas Schlaf sind nicht zu verachten, oder?«

»Hast du gesehen, wo die Winsters hingegangen sind?«, fragte Brynn unvermittelt.

Das hatte er, und nur zu gern hätte er Brynn berichtet, wie die beiden mit zwei freundlich gesinnten Gastgeberinnen in den am Ufer aufgereihten Dingis verschwunden waren.

»Nachdem sie für beträchtliche Zeit den Verlust ihrer Kameraden betrauert haben, sind sie, glaube ich, auf direktem Weg zu Bett gegangen«, erklärte er theatralisch. »Vielleicht findest du sie, wenn du unter den Booten hier nachsiehst.«

»Wohl kaum. Sie sind es, die mich finden werden.«

Wex grinste. Bei so vielen Frauen, die man nicht erst heiraten musste, um ungestraft körperliche Gunstbezeigungen mit ihnen auszutauschen, glaubte er kaum, dass die Winster-Brüder sich so bald auf die Suche nach Brynn von Zornfleck machen würden.

»Ich habe gesehen, wie du dich letzte Nacht mit Blu unterhalten hast«, sprach Wex weiter. »Hast du irgendwas Nützliches über ihre Sprache rausgefunden?«

Brynn trocknete ihre Füße und zog, sehr zu Wex' Enttäuschung, die Stiefel wieder an.

»Ein wenig«, erwiderte sie. »Aber es ist nicht leicht, ihre Sprache zu lernen. Jede Sippe hat ihren eigenen Dialekt, und ihrer scheint mir noch antiquierter als das Gebrabbel, das mir bei meinem Vater zu Ohren gekommen ist.«

Wex kicherte. »Aber sicherlich kannst du mittlerweile wenigstens fragen, wo der Nachttopf ist?«

»Ja. Wenn du wissen willst, wo du dich erleichtern kannst, frag nach dem *Badoon*. Ich habe auch herausgefunden, dass ihr Häuptling, oder *Dido,* heute zurückkommt, also *manch*. Aber wenn du derart *Tidrun clambost,* wirst du viel *Yarrow yankaen*.«

Wex hörte auf zu kichern. »Und was bedeutet das?«

Jetzt war es Brynn, die kicherte. »Es bedeutet, dass du mich gerne aufziehen kannst, wenn du möchtest, aber nicht ich es sein werde, die am Schluss ihr *Welko pilkt*. Der *Tarus* liegt doch auf der Hand, oder?«

Sie ist klug, fiel ihm wieder ein. Es war in der Tat erstaunlich, wie viel sie in der kurzen Zeit vor dem Zubettgehen gelernt hatte. Offensichtlich noch mehr als Pinch, auch wenn der weitgereiste Gauner den Schwerpunkt seiner Erkundigungen wahrscheinlich anders gesetzt hatte.

»Ihr Häuptling? Was passiert, wenn er kommt?«

»Ihr *Dido*«, korrigierte sie ihn. »Er wird uns über die von dieser heimtückischen Krankheit befallenen Leute auf dem Berg befragen und nach dem Geheimnis des Schleiers. Fretter hat mir aufgetragen, ihn zu bitten, uns den Weg zurück nach Abrogan zu zeigen. Sie sind Händler, also wird ihr Dido eine Gegenleistung für die Gastfreundschaft verlangen. Aber sie müssen abwarten, bis er wieder da ist, weil sie das ohne ihn nicht entscheiden können.«

Wex nickte. Fretter hatte recht gehabt: Sie würden noch mehr wollen. Auch der Hauptmann war auf seine Art klug. So wie Pinch, wenn auch wieder auf vollkommen andere Art. Mit einem Mal kam Wex sich ziemlich dumm vor, und er dachte, wenn er nicht so schöne Landschaften zeichnen könnte, wäre er auf dieser Expedition gerade mal als Lastpferd gut genug.

»Ich werde dich jetzt verlassen«, sagte Brynn. »Ich muss diese schönen Reitstiefel gegen frische Kleidung eintauschen. Und du solltest wissen, dass Fretter dich zu sehen wünscht, nachdem du dich gewaschen hast.«

»Er will, dass ich mich wasche?«

»Nein. Er wünschte nur, dich zu sehen. Ich bin es, die denkt, dass du dich waschen solltest.«

Brynn verneigte sich neckisch und ging in Richtung der Boote, von wo gerade eine Frau mit grellbunten Kleidungsstücken und Stoffen unter dem Arm kam. Mit stockenden und doch selbstsicheren Worten begann sie, die Frau mit Fragen zu bestürmen, und ihr Gegenüber antwortete prompt. Beide gestikulierten wild, aber sie schienen einander zu verstehen. Die Sprache des Handelns und Feilschens hatte Brynn von Zornfleck offensichtlich schon gelernt.

Der anfangs kühle Frühlingsmorgen wurde schnell wärmer. Keine Wolke trübte den blauen Himmel, nur der geisterhafte Nebel lag nach wie vor über dem Berg in ihrem Rücken. Die milde Brise roch nach wildem Salbei und Holzrauch. Das Stimmengewirr im Lager verschmolz zu einem Summen, und der rauschende Fluss im Hintergrund verlieh dem Ganzen eine urwüchsige Lebendigkeit. Die ständig an- und ablegenden Wassergefährte aller Größen und Bauarten verwandelten das Flussufer in einen Hafen. Sogar die Kinder hatten ihre eigene kleine Flotte, manche mit selbstgeschnitzten Rudern und Paddeln, andere mit Segeln aus Seide, und alle wussten sie geschickt mit ihren Booten umzugehen. Von seinem Standpunkt auf der Lichtung aus konnte Wex beinahe eine Wegstunde weit flussabwärts sehen, bis zu der Stelle, an der der schwarze Schleier sich wieder drohend in den Himmel erhob. Drei Kinder, die gerade auf einem Floß paddelten, starrten den Schleier mit ausgestreckten Fingern an, und auch die Erwachsenen, ob auf ihren Booten oder an Land, schienen in heller Aufregung über den Anblick, woraus Wex schloss, dass sie ihn noch nie zuvor gesehen hatten. Wahrscheinlich war ihr Dido gerade dort, dachte Wex, um das Phänomen in Augenschein zu nehmen. Flussaufwärts war er bestimmt nicht, sonst wären sie ihm zweifellos begegnet, als sie gerade mit Beinaheertrinken beschäftigt gewesen waren.

Kraven saß auf einem umgedrehten Kanu und war in ein Gespräch mit der Heilerin vertieft. Sie war die Älteste im ganzen Lager. Zu ihren Füßen lag Spärling auf einem Bett aus duftenden Farnwedeln, die seine Lunge reinigen sollten. Er hatte sich anscheinend immer noch nicht ganz erholt, also ging Wex zu den beiden und fragte nach seinem Zustand. Kraven antwortete, die Heilerin hätte versprochen, dass es ihm bis zum Abend wieder bessergehen würde, und Wex streckte kurz den Kopf unter das Kanu, wünschte Spärling gute Besserung und fuhr dann fort, Fretter zu suchen.

Cirilla und Arkh saßen abseits, gemieden vom fahrenden Volk. Nur ein paar neugierige Kinder beobachteten sie aus einem Gebüsch heraus mit staunenden Augen. Das ungleiche Paar deutete auf Blus Boot, wo Blu und Fretter gerade damit beschäftigt waren, mit Stöcken etwas in den Kies zu zeichnen.

»Ah, unser Zeichner«, sagte Fretter erleichtert.

Blu schien keine besondere Notiz von Wex zu nehmen, also hatte Fretter ihm seine Rolle bei der Unternehmung anscheinend noch nicht erklärt. Oder vielleicht konnten die beiden sich auch einfach noch nicht gut genug verständigen.

Wex blickte auf den Kies. Fretter hatte einen Berg gezeichnet. Nicht besonders gut, und der Ort, an dem sie den von der Fleischfäule befallenen Kannibalen begegnet waren, war kaum zu erkennen. Ein kleiner Bogen mit einem vierbeinigen Tier daneben sollte wahrscheinlich die Eidechsenhöhle darstellen, aber Wex erkannte sofort, dass jemand, der die Höhle noch nie gesehen hatte, aus Fretters Darstellung nicht schlau werden würde. Sie sah eher aus wie ein Hügel mit einer Ameise darauf. Blu blickte in der Tat ziemlich verwirrt drein und hatte die schielenden Augen sogar noch mehr verdreht als sonst. Von dem unförmigen Berg hatte Fretter noch eine geschlängelte Linie gezogen, die wohl den Fluss darstellen sollte, und ein X an der Stelle, an der sich das Lager befand, aber der Maßstab war vollkommen falsch, und der Fluss hatte zu viele Biegungen. Offensichtlich versuchte er, Blu ihre Route zu erklären, ohne ihm die Karte zeigen zu müssen.

»Verfeinere das hier ein bisschen für mich, Wexford«, befahl Fretter. »Wir müssen ihnen zeigen, wo wir waren.« Er hielt Wex einen angespitzten Stock hin und zog ihn dann unvermittelt wieder zurück. »Aber zeichne nichts, was sich in der Nähe des Schleiers befindet. Nur um sicherzugehen.«

Nickend nahm Wex den Stock entgegen, betrachtete die Zeichnung und wischte sie schließlich mit dem Fuß weg. Fretter wollte protestieren, doch da hatte Wex schon einen Berg mit einer Nebelwolke über dem Gipfel gezeichnet. Immer breiter werdend wand sich der Fluss an der Flanke hinab bis zu Blus Füßen, wo Wex ein Boot um ihren Retter herumzeichnete. Blu verstand. Dann zauberte Wex noch das Abbild einer der blutsaugenden Eidechsen in den Kies und daneben einen Pfeil zu ihrer Höhle. Schließlich zeichnete er in Lebensgröße das Gesicht eines der Schimmelbrüder.

Prompt zuckte Blu zusammen, aber nicht aus Überraschung. Nein, er wusste von ihrer Existenz und fürchtete sie.

Die drei gingen ein paar Schritte weiter, und jetzt war Blu es, der etwas zeichnete: einen Mann mit Hörnern auf dem Kopf. Arkh. Die Zeichnung war besser als Fretters unbeholfene Kritzeleien, aber bei weitem nicht so gut wie Wex' improvisierte Kunstwerke. Mit gerunzelter Stirn deutete Blu auf das Bild.

»Sie mögen Arkh nicht«, sagte Wex.

»Es ist nur natürlich, wenn sie ihn abstoßend finden.«

»Nein, ich meine, sie fürchten sich vor ihm.«

»Zeichne ihm Fesseln und eine Leine. Damit er begreift, dass er in unseren Diensten steht.«

»Aber er ist doch kein Gefangener wie Pinch, Mungo und Cirilla, oder?«

Fretter seufzte. »Nein, aber der tatsächliche Sachverhalt ist zu kompliziert, um ihn jetzt zu erklären. Zeichne die Fesseln.«

Mit zusammengebissenen Zähnen tat Wex, wie ihm geheißen, doch Blu schien wenig überzeugt und schüttelte den Kopf.

Da ertönte ein Ruf vom Fluss, und im ganzen Lager erhob sich aufgeregtes Geschrei.

Wex und Fretter schauten Blu an, er möge bitte übersetzen,

doch der Flussmensch gab nur ein paar Handzeichen, spuckte einen hastigen Satz aus und wischte die Zeichnungen vom Boden, um dann selbst in den Jubel mit einzustimmen.

Wex hatte nur ein einziges Wort verstanden, doch, dank Brynn, genügte das. Blu hatte »Dido« gesagt.

»Was geht hier vor?«, fragte Fretter.

»Ich glaube, ihr Häuptling kommt zurück.«

17

Vill war beeindruckt von den Düsterlingen, wenn auch mit ein paar Einschränkungen. Sie waren nicht besonders intelligent – was jedoch auch seine Vorteile hatte –, und sie brauchten beträchtliche Mengen Nahrung, hauptsächlich Fleisch. Das bedeutete, dass sie viel Zeit auf Jagen und Fallenstellen verwenden mussten. Fisch, der in dem großen Fluss, der vom Berg herunterkam, leicht verfügbar gewesen wäre, aßen sie nicht. Sie rümpften nur die Nase über den Geruch.

Vor allem interessant war die Tatsache, dass es weiter flussabwärts noch mehr von ihnen gab, und damit mehr potenzielle Soldaten. Soweit es aus der Meute, über die Vill befehligte, herauszubekommen war, waren es hunderte oder vielleicht sogar tausende. Doch unglücklicherweise lag ihr Land nach wie vor unter dem Schleier; nur Vills umherstreunender Trupp war von ihm freigegeben worden, während der Großteil ihres Volkes immer noch unter seinem dunklen Bann stand. Auch der Weg flussabwärts war von der schwarzen Wand abgeschnitten, die Vill ungezählte Jahre gefangen gehalten hatte, und er schwor, sich nie wieder auch nur in die Nähe dieses Gefängnisses für Körper und Seele zu begeben.

Nach dem, was er bisher hatte herausfinden können, lebten auch Menschen an dem Fluss. Sie nannten den Fluss einfach »Walther« und nutzten ihn, um Handel zu treiben. Seine Düsterlinge schienen eine starke Abneigung sowohl gegen den Fluss als auch die darauf lebenden Menschen zu hegen. Anscheinend schmeckten sie gut, waren aber schwer zu fangen, weil die Düsterlinge Wasser hassten, die Flussmenschen ständig ihr Lager verlegten und bei jedem Anzeichen von Gefahr in ihre Boote flohen. Nur ein paar von ihnen hatten sie im Lauf der Jahre in den Wäldern überraschen können, und die hatten ihnen mit Händen, Füßen und den Werkzeugen, die sie gerade dabeigehabt hatten, einen harten Kampf geliefert und den Jägern beträchtliche Verletzungen beigebracht, bevor sie überwältigt werden konnten. Wild hingegen hatte keine Werkzeuge und wusste sich auch nicht so geschickt zur Wehr zu setzen.

Es war jedoch nicht das Fleisch der Flussbewohner, das Vill interessierte – sie hatten Boote, und es wäre gut für seine Düsterlinge, wenn sie ihre Angst vor dem Wasser überwinden würden, und, noch wichtiger, sie mussten Erfahrung im Kampf gegen Menschen sammeln, bevor er sie gegen Krysts Truppen ins Feld führen konnte, die mit Schwert und Rüstung kämpften. Dafür war es am besten, wenn er zunächst ein Volk angriff, das leicht zu besiegen war, denn er wollte nicht schon während der Ausbildung Soldaten verlieren. Als er hörte, dass das Wasservolk keine Waffen hatte, ließ er sich von seinen Gefolgsleuten umgehend zum Fluss führen.

18

Die Barke des Dido übertraf alles, was Wex bisher gesehen hatte. Sie war mindestens fünfzehn Meter lang, hatte eine geschlossene Kabine und wurde von zwei großen Riemen angetrieben, an denen ebenso große Männer standen. Schimmernd glitt sie im Licht der gelben Sonne dahin, und die harzversiegelte Oberfläche glitzerte wie Myriaden winziger Sterne. Das seidene Banner in der Brise flatternd bewegte sie sich majestätisch flussaufwärts wie eine Fürstenkutsche. Alles an ihr schrie »Handel!«, überlegte Wex. Sie war ihr Herold, ihr Symbol, Zentrum ihres Tauschwesens. Rechteckig in der Silhouette mit elegant geschwungenen Linien dazwischen, erschien sie Wex wie ein Wunder der Schiffsbaukunst, und er konnte kaum ermessen, wie lange die Flussmenschen mit den einfachen Werkzeugen, die er im Lager gesehen hatte, wohl zu ihrem Bau gebraucht hatten.

Unterdessen hatte sich die gesamte Sippe am Flussufer versammelt. Drei groß gewachsene Kerle standen auf dem Deck der Barke, die Muskeln gebläht von der anstrengenden Arbeit. Der größte von ihnen bediente das gigantische Steuerruder. Mit traumwandlerischer Sicherheit manövrierte er das Schiff um Hindernisse und Strudel und nutzte geschickt jedes Kehrwasser. Das Deck bot Platz für eine beträchtliche Anzahl Passagiere, während der Dido sich wahrscheinlich zumeist in der geräumigen Kabine aufhielt.

Blu hatte Wex und die anderen angewiesen, sich in einer Gruppe aufzustellen, um den Dido zu begrüßen, und Fretter hatte Mungo gebeten, eine Hand auf Arkhs Schulter zu legen, als Zeichen, dass der Halbmensch keine Gefahr war. Mungo hatte verstanden, und Arkh hatte es erlaubt. Außerdem hatte er zur Vorsicht ein buntes Tuch um seine Hörner gewickelt.

Wex fiel auf, wie angespannt Blu war. Unruhig trat der Flussmensch von einem Fuß auf den anderen, und sein Blick schoss hin und her wie ein von Baum zu Baum flitzendes Eichhörnchen.

Die Strömung war schnell an der Stelle, an der sich das Lager befand, aber der Steuermann dirigierte die Barke unter den kräftigen Schlägen der Ruderleute gekonnt ans Ufer, wo sechs Mitglieder der Sippe sie in Empfang nahmen und vertäuten. Eine Planke wurde ausgelegt, und die Rudermänner gingen von Bord, um sich von Freunden und Familie willkommen heißen zu lassen. Als sie neugierige Blicke in Richtung der Fremden warfen, wurden ihnen in leisem Ton die Ereignisse des letzten Tages berichtet.

Blu nahm von alldem keine Notiz. Er hatte den Blick starr auf die Kabine gerichtet, und auch Wex wartete gespannt auf das Erscheinen des Dido.

Unterdessen kam der kraftstrotzende, barbrüstige Steuermann an den Bug des Schiffes und richtete das Wort an die versammelte Menge. Er war sonnengebräunt, muskulös und gutaussehend, und lediglich die Krähenfüße um die Augen verrieten, dass er nicht mehr jung war. Als er zu sprechen begann, verstummte die Menge respektvoll, und erst jetzt begriff Wex, wen er da vor sich hatte: *Er* war der Dido. Das Oberhaupt der Flussmenschen gehörte zu der Sorte Anführer, die selbst mit Hand angelegte, und das mit vollem Einsatz. Er ließ sich nicht träge und faul herumschippern wie irgendein fettleibiger Adliger.

Wex blickte hinüber zu Brynn, um zu sehen, ob sie ebenso beeindruckt war. Nach erfolgreichem Abschluss ihres Handels trug sie nun einen blauen Seidenponcho, Kniehosen und Holzschuhe. Bis auf das hellblonde Haar sah sie aus, als gehöre sie zum fahrenden Volk. Neugierde zeigte sich auf ihrem Gesicht – anscheinend brachte der Anblick des Oberhaupts der Flussmenschen sie dazu, ihre Vorurteile gegenüber ihren Gastgebern noch einmal zu überdenken.

Als der Dido in ihre Richtung schaute, schoss eine seiner Augenbrauen nach oben, genau wie es bei Blu der Fall gewesen war, und er inspizierte die Fremden eingehend, vor allem Arkh.

»Er scheint so erfreut wie eine Katze, die man in diesen kalten Fluss geworfen hat, uns hier zu sehen«, murmelte Pinch.

Blu schien das alles nicht zu interessieren. Er schaute einzig und allein auf die Kabine, bis schließlich eine Gestalt in einer Kutte heraustrat. An der Silhouette und den geschmeidigen Bewegungen erkannte Wex, dass es sich um eine Frau handeln musste, auch wenn ihr Gesicht beinahe vollkommen von einem Tuch verhüllt war. Zwei ebenholzfarbene Augen blickten aus den Tiefen der Kapuze hervor.

Als die Frau neben den Dido trat, erhob Blu unvermittelt das Wort und stellte mit wichtigtuerischem Gehabe die Fremden vor.

Ihr Anführer ließ ihn eine Weile gewähren, dann unterbrach er ihn mit strengem Blick.

Blu wurde blass und verstummte. Von jetzt an war es der Dido, der sprach, und das in harten Worten. Blu sagte nur noch etwas, wenn er dazu aufgefordert wurde. Wex hatte den Eindruck, dass es sich um ein ziemlich harsches Verhör handelte, und Blu hatte alle Mühe, zufriedenstellende Antworten zu geben. Auf eine besonders verärgert klingende Frage des Dido hin sandte er einen Jungen, um Fretters Schwert zu holen.

Noch während der sommersprossige Knabe zu Blus Kanu rannte, senkte der Dido die Stimme und tadelte Blu vor den Augen und Ohren aller. Dass es sich um eine scharfe Rüge handelte, war unverkennbar, auch wenn Wex die Worte nicht verstand. Aber was darauf folgte, war noch schlimmer: Alle Versammelten lachten. Doch Blu schien lediglich an der Redaktion einer einzigen Person interessiert, und zwar der Frau in der Kutte. Unglücklicherweise kicherte auch sie.

Schließlich kam der Junge mit dem Schwert zurück, und Blu musste eine weitere Erniedrigung erdulden und es Fretter zurückgeben, der seine Waffe erleichtert und verlegen zugleich entgegennahm.

»Was passiert da?«, fragte Wex Brynn flüsternd.

»Sie sind ein friedliches Volk«, erklärte Brynn. »Sie wollen keine Waffen. Der Fluss ist ihre Zuflucht vor den Gefahren an Land.«

Wex wandte sich an Pinch. »Stimmt das?«

Pinch nickte. »Ja. Soweit ich das sagen kann. Außerdem scheint er nicht sehr glücklich darüber, dass wir schnurstracks in sein Lager spaziert sind, nachdem wir erst kurz davor Gäste der Schimmelbrüder waren. Er denkt womöglich, dass wir ihre Krankheit eingeschleppt haben.«

Mit einer Handbewegung gebot Fretter den dreien zu schweigen, dann trat er mit Kraven an der Seite vor. Er sprach, und Kraven übersetzte stockend, so gut er es mit dem wenigen vermochte, das er vergangene Nacht und am heutigen Morgen gelernt hatte.

Der Dido nickte, dann lächelte er gutgelaunt und breitete mit großer Geste die Arme aus.

»Wir sind willkommen«, erklärte Kraven.

»Übermittle ihm unseren Dank«, wies Fretter ihn an, und Kraven gehorchte.

»Er entschuldigt sich außerdem für die Dummheit seines Botschafters Blu.«

»Erklär ihm mit allem gebotenen Respekt, dass wir seinen Botschafter nie für dumm gehalten haben«, verlangte Fretter.

Kraven übersetzte, und der Dido gab eine kurze, trockene Erwiderung, dann lachte er, und die meisten der Anwesenden lachten mit.

»Was hat er gesagt?«, fragte Fretter.

Kravens Mundwinkel zuckten. »Er sagt, dann müssen wir es sein, die dumm sind.«

Der Dido sprang vom Bug herunter und wurde sofort von jubelndem Volk umringt. Er bedeutete Fretter, ihm zu folgen.

Gehorsam trottete der Hauptmann hinter ihm her, kam aber zwischen den die Rückkehr ihres Oberhaupts feiernden Flussmenschen kaum vorwärts und entschuldigte sich jedes Mal wortreich, wenn er angerempelt wurde.

Blu schlich am Ende der Prozession dahin wie ein geprügelter Hund und versuchte, sich zu der verhüllten Frau durchzuschlagen, die ihn jedoch nicht weiter beachtete und irgendwo in der Menge verschwand.

»Das scheinen mir gute Vorzeichen zu sein«, erklärte Pinch und bestaunte das fröhlich-bunte Treiben.

»Was?«, fragte Wex.

»Es riecht nach einem Fest.«

Mungo nickte lachend.

Cirilla, die gleich daneben stand, nickte ebenfalls. »Ja. Sieht ganz so aus, als würde uns heute Nacht allerlei Narrentreiben erwarten«, brummte sie.

Pinch tätschelte ihr den Kopf. »Etwas mehr Frohsinn, bitte schön. Wir tragen keine Ketten, wir sind nicht tot, und ein *kleiner* Trunk würde dir mit Sicherheit guttun.«

Cirilla stieß ihn weg und boxte ihn so hart gegen den Oberschenkel, dass Pinch zusammenzuckte. Lachend humpelte der Dieb davon. Auch Wex musste grinsen, gab aber acht, dass Cirilla es nicht sehen konnte. Sie hatte kräftige Arme, und er wollte ihre Boxkünste lieber nicht am eigenen Leib zu spüren bekommen.

Wex war auf das Ausmaß des Festes der Flussmenschen nicht vorbereitet. Bei Sonnenuntergang wurde alles, was schwimmen konnte, zu Wasser gelassen: Schlafunterkünfte wurden zu Schiffen, Tische zu Flößen, Waschzuber zu Dingis. Kanus, Barken, Kähne und andere, praktisch nicht als Wassergefährte zu erkennende Gebilde wurden mit dünnen Tauen zu einer feierlichen Prozession zusammengebunden und an den Bäumen in Ufernähe vertäut.

Poppy beäugte neugierig drei Holzfässer, die hinter dem Proviantkahn im eiskalten Flusswasser trieben, was Wex auf den Gedanken brachte, dass sich darin wohl ein alkoholisches Gebräu befand – was auch immer das Flussvolk während seiner ständigen Wanderung auf dem »Walther«, wie sie den Fluss liebevoll nannten, als wäre er einer von ihnen, in dieser Hinsicht zustande brachte.

Sobald das Lager abgebrochen war, gingen alle auf ihre Boote und lösten die Leinen. Wex und seine Begleiter wurden auf mehrere Gefährte verteilt, wobei die Ausgestoßenen ein eigenes bekamen, das von einem nervös wirkenden Flussmenschen namens Bello gesteuert wurde, der zwischen Mungo und Arkh verdrießlich am Ruder saß.

Die Kinder paddelten mit ihren kleinen Dingis zwischen den größeren Booten hin und her, während in der Mitte der Flottille auf einem ramponierten Lastkahn ein riesiger Haufen Holz entzündet wurde. Der Kahn, so schien es, sollte am Ende mit verbrennen. Die anderen Boote wurden mit Enterhaken zu einem einzigen großen improvisierten Floß zusammengebunden, dann wurde ein Anker zu Wasser gelassen, um das Gebilde in der Strömung an Ort und Stelle zu halten. Einzelne Boote machten los, ruderten ein Stück, um an anderer Stelle wieder vertäut zu werden, aber der Großteil bewegte sich nicht mehr und diente als Bühne für das rauschende Fest.

Aus hölzernen Krügen tranken die Flussmenschen eine Mischung aus Most und Met, die sie herstellten, indem sie Honig mit Fruchtsaft mischten und, nachdem sie das Ganze vierzig Tage lang der Sonne ausgesetzt hatten, am Feuer erwärmten, um sie schließlich zur Kühlung in die im Wasser treibenden Fässer zu gießen. Sie rauchten Pfeifen mit Tabak aus getrockneten Cakon-Blättern, Lieder wurden gesungen, und die jungen Männer trugen begeistert Kämpfe aus, in denen sie, auf den wackligen Kanus stehend, mit durch Stoff gepolsterte Ruderriemen aufeinander einschlugen, bis einer der Kontrahenten das Gleichgewicht verlor und ins Wasser fiel. Weder Kälte noch Strömung schienen ihnen etwas auszumachen, und sie waren hervorragende Schwimmer.

Fretters Soldaten hingegen kauerten anfangs nur ängstlich in ihren Booten. Nachdem sie sich ein bisschen Mut angetrunken hatten, entspannten auch sie sich ein wenig und begannen, auf dem Flickenteppich-Floß umherzustreifen.

Pinch und Mungo arbeiteten sich bis zu dem Kahn gleich neben den Metfässern durch, und Mungo wurde schließlich sogar die Aufsicht über das Gebräu übertragen – ein Privileg, das er in vollen Zügen genoss.

Es wurde rauschend gefeiert, bis der Dido sich erhob, um von seiner Reise zu berichten. Brynn und Kraven hatten ihre Sprachkenntnisse inzwischen um einiges erweitert und konnten recht gut übersetzen, wenn auch nicht perfekt. Pinch, der in dieser Hinsicht weniger begabt war, glich den Mangel durch Instinkt und Beobachtungsgabe aus. Fretter rief sie alle auf sein Boot, um die Rede des Dido zu hören, und mit vereinten Fähigkeiten konnten sie das Kommunikationsproblem beinahe ausschalten.

»Die Ereignisse der letzten zwei Tage waren für uns alle überraschend und verwirrend«, begann der Dido im Schein der Flammen, die ein flimmerndes Abbild seines muskulösen Körpers auf die sanften Wellen des Flusses zeichneten. »Zuerst fällt der Schleier der Dunkelheit über uns, dann folgt ein Sprung im Ablauf der Zeit, der Morgen wird plötzlich zum Abend, und eine schwarze Wand erhebt sich flussabwärts. Ich fahre hin, um sie mit eigenen Augen zu sehen, und als ich zurückkehre, finde ich Fremde in unserem Lager, inmitten der Kinder. Die Fremden kommen geradewegs vom Berg, und weil wir Glück hatten – nicht weil der Verantwortliche die richtige Entscheidung getroffen hatte –, brachten sie uns Freundschaft, nicht Krankheit.« Er warf Blu einen missbilligenden Blick zu. »Und diese Fremden erzählen mir nun, dass die schwarze Wand im Süden womöglich das Gleiche ist wie die Dunkelheit, die uns einhüllte, bis ihr Magier sie Richtung Norden zurückdrängte.«

Gemurmel erhob sich. *Sie reimen sich die Dinge zusammen,* dachte Wex, *versuchen es zu verstehen, genauso wie wir.* Fretter und Kraven hatten ihnen einen Teil erklärt, dabei aber weder Wex noch die Karte erwähnt. Stattdessen beanspruchte Kraven das Verdienst, den Schleier zurückgedrängt zu haben, für sich, was Wex zunächst ärgerte. Es war so typisch für den eingebildeten Zauberer. Als Wex jedoch genauer darüber nachdachte, war es ihm ganz recht, denn so konnten sie ihm weder die Schuld für irgendwelche Unglücke geben, wie die Soldaten es taten, noch Wunder von ihm verlangen, die er nicht kontrollieren konnte.

»Auch wenn es euch schwerfallen mag, es zu glauben, Brüder und Schwestern«, fuhr der Dido fort, »ich habe diese Wand von so nahem gesehen, wie nur irgendein Mensch sich heranwagen mag, und sie ist schwarz wie ein Loch im Gefüge der Welt. Sie schneidet durch das Land, so weit das Auge reicht, und auch mitten durch unseren geliebten Walther. Als wir uns näherten, wurde die Strömung unnatürlich stark, und die Wand versuchte, uns zu verschlucken. Wir mussten rudern, was wir konnten, um unsere Seelen zu retten, und die Wand mag gut und gerne das Werk von Ebbe sein.«

Wex zupfte Brynn am Ärmel.

»Ebbe heißt bei ihnen der Gott des Unglücks«, flüsterte sie, noch bevor er fragen konnte. »Strom ist ihr Gott für alles, das gedeiht. Ihre Religion ist ziemlich primitiv.«

Wex nickte. Auch ihre Werkzeuge waren uralt. Fretters Schwert war im ganzen Lager der einzige Gegenstand aus geschmiedetem

Metall. Sie hatten gute Netze und auch ein paar Speere zum Fischen, aber keine Waffen, die für die Jagd geeignet gewesen wären, keine Bogen und keine Schleudern. Zum Essen benutzten sie Schalen und Löffel aus Holz, und zum Kochen hatten sie nur ein paar plumpe Pfannen aus gegossenem Metall. Kein Vergleich zu Poppys schönem Kupferkessel mit dem beweglichen Griff. Ihre Kleidung war bunt, aber von genauso einfacher Machart, rechteckig geschnittene Oberteile und Pumphosen, alle in der gleichen Weite und an der Hüfte von einem Gürtel zusammengehalten, damit unterschiedlich große Leute sie tragen konnten. Sie waren keine rückständigen Wilden, dachte Wex, aber auch nicht besonders hoch entwickelt, und das verwirrte ihn, denn fahrende Händler waren schon allein aufgrund ihrer Lebensweise immer die Ersten, die sich neue Moden und Erfindungen aneigneten.

Es ist, als hätten sie Jahrhunderte abgeschieden hinter diesem Berg verbracht.

Der Bericht des Dido war sehr genau. Er ging sogar auf die Auswirkungen ein, die der Schleier auf ihre Handelswege hatte. Er hatte sie von den Käufern und Zulieferern flussabwärts abgeschnitten, aber der Dido war ein optimistischer Mann und schwor, dass sie letztendlich von dieser Veränderung profitieren würden. Er beendete seine Ansprache mit einem stürmischen Lied über ihre ruhmreiche Gottheit Strom, in das jeder mit einfiel, auch Mungo und Pinch und sogar ein paar von Fretters betrunkenen Soldaten, auch wenn sie die Sprache gar nicht kannten. Es schien ihnen nichts auszumachen, und den Flussmenschen auch nicht. Arm in Arm mit Bello standen Mungo und Pinch da, trällerten frei erfundene Silben und trafen die Töne dabei überraschend gut.

Der Dido schien solche Reden regelmäßig zu halten, um sein Volk über die gegenwärtige Lage zu informieren, und er sprach genauso gewandt wie jeder Herzog oder Graf in Abrogan. Auch das Fest schienen sie regelmäßig abzuhalten. Offenbar verlegten sie etwa alle fünfzehn Tage ihr Lager und begingen den Anlass jedes Mal mit einer ausgelassenen Feier.

Wex' Begleiter hatten mehr in Erfahrung gebracht, als er zunächst mitbekommen hatte. Kraven und Brynn hatten einen halben Tag lang für den Dido und Fretter übersetzt, und der Dido hatte viel von dem, was er erfahren hatte, in seine Rede mit einfließen lassen, während Pinch wiederum die Flussmenschen mit seinen Abenteuergeschichten unterhalten hatte. Dieser Informationsaustausch hatte die beiden Gruppen einander nähergebracht, und der Met hatte den Rest erledigt.

Als das Lied des Dido zu Ende war, setzte eine plötzliche Stille ein. Alle warteten. Wex sah Brynn fragend an, doch sie zuckte nur mit den Schultern. Auch sie wusste nicht, was als Nächstes kommen würde, genauso wenig wie die anderen Mitglieder der Gruppe, die sich ebenso verwirrt fragten, was sie erwartete. Alle blickten den Dido an, doch der schien seine Aufgabe als erfüllt zu betrachten und trat vom Bug des Kahns herunter. Auch die Flussmenschen harrten in angespannter Erwartung aus, aber eher beschwingt denn verwirrt, als würden sie sich auf das freuen, was jetzt kam.

Plötzlich schoss wie von einem Katapult abgeschossen eine Gestalt aus dem Wasser und landete mit katzenhafter Eleganz auf dem Feuerkahn. Wex duckte sich instinktiv, doch dann sah er, dass es sich bei der Gestalt um eine junge Frau handelte. Sie hatte dunkelbraune Augen, langes schwarzes Haar, und sie trug nicht mehr als drei dünne Stofffetzen, die ihre üppigen Brüste und sinnlich geschwungenen Hüften so eng umschmiegten, als wären sie aufgemalt.

Tropfnass stand sie da und wartete, bis ihr Atem sich wieder etwas beruhigt hatte, während die Menge sich am Anblick ihres geschmeidigen Körpers ergötzte. Sie dehnte den Moment beinahe unerträglich aus, wartete, bis die stumme Anspannung unter den Zuschauern mit Händen zu greifen war, und gerade, als der Erste vielleicht gewagt hätte, ein Räuspern von sich zu geben, begann sie zu tanzen.

Ihre Bewegungen waren fließend, nur ein sanftes Wiegen. Wasser tropfte glitzernd aus ihrem Haar und umspielte wie ein Fluss, der durch Täler hindurch- und um Hügel herumfließt, die Konturen ihres straffen Körpers.

Die Zuschauer begannen, im Rhythmus der Bewegungen auf die Rümpfe ihrer Boote zu schlagen. Kleine Wellen breiteten sich über das ruhige Wasser des Flusses aus und überkreuzten sich wie Spinnweben.

Dann begann sie sich zu winden, bewegte ihren Körper wie das strudelnde Wasser der Stromschnellen, und ihre Arme zuckten in die Höhe wie die prasselnden Flammen hinter ihr. Alles an ihrem Körper war jetzt in Bewegung außer den Füßen. Wasser spritzte von ihren Händen und den Hüften. Aus ihrem Haar ergossen sich im Rhythmus der zweihundert trommelnden Hände funkelnde Kaskaden, die wie an Perlenschnüren aufgereiht zischend ins Feuer spritzten.

Wex schnappte nach Luft. Er hatte gar nicht gemerkt, dass er den Atem angehalten hatte. Noch nie hatte er ein Mädchen in seinem Alter so viel von ihrem Körper zeigen sehen. Der Anblick war für ihn noch weit verstörender als nackte Füße. Und noch nie hatte er ein Mädchen gesehen, das sich so grazil und kraftvoll zugleich bewegen konnte, auf so geheimnisvolle Weise anmutig.

Im Kanu neben ihm saß Blu stockgerade, den schielenden Blick starr auf die dunklen Augen der Tänzerin gerichtet.

»Wer ist sie?«, fragte Wex.

Kraven und Fretter schüttelten den Kopf, und Brynn rutschte unbehaglich auf ihrem Platz herum.

»Weißt du es?«, wiederholte Wex beschwörend.

»Das ist Adara, die Frau in der Kutte, die mit dem Dido gekommen ist«, antwortete Brynn zögernd. »Und ihr solltet besser aufhören, sie so lüstern anzustarren. Sie ist seine Tochter.«

Wex blickte zu dem Dido hinüber. Der Mann wirkte kein bisschen beschämt oder erbost. Er lachte sogar, genoss die Darbietung genauso wie sein Volk, und sein Gesicht drückte Stolz aus. Wex beschloss, Brynns Worte zu ignorieren, und starrte Adara mit offenem Mund an.

Der Tanz vor dem Feuer war nur das Vorspiel. Ihre Füße hatte Adara noch gar nicht bewegt. Und als sie es tat, war es wie eine Explosion. Leicht wie ein Vogel sprang sie auf den Bug des nächsten Bootes, balancierte einen Moment lang auf Zehenspitzen und sprang dann mit dem Kopf voran ins Wasser wie ein Pfeil. Mehrere Male tauchte sie irgendwo zwischen den Booten wieder auf, zappelte wie ein Fisch und schwang ihr Haar, bespritzte die überraschten und begeisterten Zuschauer, um schon im nächsten Augenblick wieder zu verschwinden. Einmal durchbrach eines ihrer langen, eleganten Beine die Oberfläche wie eine Flosse, winkte der Menge, tauchte wieder unter und blieb verschwunden. Lange. Zu lange.

Fretter und Kraven wurden zappelig, und auch Wex blickte nervös umher. Nur das fahrende Volk blieb vollkommen ruhig, also sagte keiner der drei etwas. Die Nacht wurde still, und alle hielten den Atem an, gemeinsam mit Adara, wo auch immer sie war.

Plötzlich brach sie genau zwischen Blus und Wex' Boot durch die Oberfläche, mit so viel Schwung, dass sie mit je einem Fuß auf dem Bug der beiden Kanus landete, wo sie geschickt die Schaukelbewegungen der Wassergefährte ausglich. So ragte sie einen Moment lang über den beiden jungen Männern auf, keuchend, während das Wasser von ihrem beinahe nackten Körper auf die zwei herabtropfte. Wieder begannen die Flussmenschen, einen Takt zu klopfen, der sich schnell zu einem Crescendo steigerte.

Jetzt kommt das Finale, dachte Wex. Irgendetwas würde gleich passieren. Er blickte zu Blu hinüber, der voll aufgeregter Erwartung war. Adaras Tanz hatte eine Bedeutung, und es konnte kein Zufall sein, dass sie für das Finale diese beiden Boote ausgewählt hatte. Zum ersten Mal zupfte ein Lächeln an den Mundwinkeln des schieläugigen Jünglings.

Adara senkte den Oberkörper, und die Muskeln an ihren Schenkeln spannten sich. Der schnelle Rhythmus, den die Hände klopften, hallte übers Wasser. Dann streckte sie mit einer plötzlichen Bewegung die Beine, die Spitzen der beiden Boote wurden unter Wasser gedrückt, und als sie wieder nach oben kamen, nutzte sie den Schwung und schraubte sich zu einem Salto in die Luft. Mit einem nassen Klatschen landete sie wieder auf den Füßen.

In Wex' Kanu.

Jubel erhob sich, und der getrommelte Rhythmus wurde zu begeistertem Applaus. Adara setzte sich Wex gegenüber, die Brust immer noch pumpend von der Anstrengung, und ihr warmer Schweiß, gemischt mit dem eiskalten Flusswasser, floss an ihr herab.

Wex blickte sich vorsichtig nach allen Seiten um. Er fragte sich, was sie jetzt wohl mit ihm machen würden, da sich die halb nackte Tochter des Dido in seinem Boot befand. Doch seine Sorge war unbegründet.

Die Menge schien zwar überrascht, aber auch angetan von Adaras Wahl. Der Dido lächelte ihn nur ruhig an. Er schien kein bisschen aufgebracht. Wex' männliche Begleiter zeigten sich offen beeindruckt, und Pinch winkte ihm sogar begeistert zu. Brynn hingegen saß mit zusammengepressten Lippen da, die Arme verschränkt, und sah alles andere als erfreut aus.

Der Einzige, der noch schockierter zu sein schien als Brynn, war Blu. Mit hängendem Kiefer hockte er da, und eines seiner Augen zitterte wie die Lippen eines Kindes, das jeden Moment zu weinen anfängt. Er zog ein Messer und durchtrennte mit einem zornigen Hieb das Seil, das sein Kanu mit den anderen

Booten verband. Ohne ein Wort hob er sein Paddel und ruderte davon in Richtung des dunklen Waldes, der das Ufer säumte.

Wex' Blick wanderte zurück zu Adara, deren große braunen Augen ihn die ganze Zeit fixiert hatten.

»Ich heiße Wex …«, sagte er.

19

Vill blickte auf den Flussmenschen herab, den seine Düsterlinge im Wald gefangen hatten. Seine Missbildung war im Mondlicht gut zu erkennen: Das eine Auge wanderte ziellos umher, ohne irgendetwas Bestimmtes anzusehen, während das andere die Ungeheuer anstarrte, deren Gefangener er jetzt war. Unablässig bettelte er um sein Leben in einer Sprache, die Vill zumindest teilweise verstand. Die Düsterlinge wollten ihn sofort auffressen. Aus einem Arm hatten sie bereits ein Stück herausgebissen. Sie rochen Blut, und ihre Nasenflügel zitterten vor Erwartung, aber Vill hatte schnell erkannt, dass aus dieser Beute mehr herauszuholen war als eine schnelle Mahlzeit.

»Ich bin ein gerechter Mann«, erklärte Vill. Er benutzte ganz bewusst nur einfache Worte, und er sagte sie in der Sprache, die seines Wissens in Abrogan am gebräuchlichsten war.

Der Mann nickte, als hätte er die Sprache schon einmal gehört.

Vill hob die Hand, um seine Schar im Zaum zu halten und als Zeichen des guten Willens. Hinter ihm kaute einer der Düsterlinge immer noch auf dem Fleisch herum, das er dem Mann aus dem Arm gebissen hatte. Bestimmt kein angenehmer Anblick, dachte Vill, zu sehen, wie ein anderer das eigene Fleisch verspeist.

»Du wirst selbstverständlich wollen, dass ich diese Kreaturen davon abhalte, auch den Rest von dir zu essen«, sagte Vill. »Als Gegenleistung möchte ich, dass du mir zeigst, wo deine Sippe lebt.«

Der Mann schien verstanden zu haben, zögerte aber. Er überlegte und rang die Hände – die allgemein gebräuchliche Geste dafür, dass auch er eine weitere Gegenleistung verlangte.

Hätte Vill noch irgendetwas gefühlt, er hätte vielleicht gelächelt über die Dreistigkeit seiner Geisel. Aber er fühlte nichts mehr. Er erinnerte sich zwar daran, dass er für ein Lächeln die Mundwinkel nach oben ziehen musste, aber das wäre bloße Mimik, sein Herz wäre nicht dabei. Gleichmäßig schlug es, immer im Takt und unbeirrbar, hatte gelernt, nicht zu hoffen und sich an nichts zu erfreuen während der langen Zeit im Schleier.

»Ich sehe, du willst feilschen«, erklärte Vill. »Vielleicht können wir darüber reden. Wie ist dein Name?«

»Blu.«

»Und was ist es, das du außer deinem Leben von mir willst, Blu?«

»Eine Frau.«

Vill nickte. Das war ein nachvollziehbarer Wunsch. Frauen sorgten für Erben, und Erben waren nützlich, um die eigene Macht zu erhalten und sich um die Besitzungen zu kümmern, wenn man selbst zu alt dafür war. Vill erinnerte sich, dass Frauen auch einen emotionalen Wert hatten. Liebe. Schönheit. Glück. All das konnte ein Mann erstrebenswert finden. Vill selbst hatte keine Verwendung mehr für diese Dinge, aber er sah, wie wichtig sie dem Flussmenschen waren. Trotz seiner misslichen Lage hatte sich Blus Gesichtsausdruck für einen Moment aufgehellt, als er die Frau erwähnte.

»Vorausgesetzt, ich kann dir diese Frau verschaffen«, sagte Vill, »was hast du mir sonst noch anzubieten?«

Blu wandte sich um und deutete flussabwärts auf den Schleier. Seine Rede war unbeholfen, aber die Aussage klar. »Magier«, sagte er. »Kann das da bewegen.«

20

Kraven saß Wex und Fretter gegenüber. Sie befanden sich in der Kabine auf dem Schiff des Dido.

»Erklärt mir noch einmal, was ich tun soll«, sagte Wex.

Fretter brummte. »Ich dachte, ich hätte mich bereits klar und deutlich ausgedrückt. Du sollst drei weitere Biegungen in den Fluss einzeichnen, in diesen Walther. Keine mehr, keine weniger.«

»Aber warum soll ich schon wieder zeichnen?«, fragte Wex. »Wir sind hier in Sicherheit. Es geht uns gut.«

»Vor allem aufgrund der Interessensbekundungen seitens gewisser Frauen, wie mir scheint«, murmelte Kraven.

Wex wurde rot. Kraven war ein guter Beobachter, und er hatte recht. Nach den Ereignissen der letzten Nacht war Wex nicht sicher, ob er so bald wieder wegwollte. Adara hatte sich sein Boot ausgesucht. Er wusste zwar nicht, was das hieß, und sie war auch nach wenigen Augenblicken wieder verschwunden wie ein fantastischer Traum, aber der Rest der Sippe hatte reagiert, als hätte ihre Wahl etwas zu bedeuten. Genauso wie Blu. Wex hoffte sie wiederzusehen, vielleicht sogar mit ihr sprechen zu können.

»Du wirst noch einmal zeichnen, weil ich es dir befehle«, sagte Fretter in ruhigem Ton. »Ich bin dein Hauptmann, und du bist immer noch mein Untergebener. Weshalb stellt jeder meine Autorität in Frage?«

»Beim letzten Mal sagtet Ihr noch, Ihr würdet mich nie wieder in die Nähe der Karte lassen.«

Fretter verdrehte die Augen und fuhr sich frustriert durch das flachsblonde Haar. Die Karte lag zwischen ihnen ausgebreitet auf einem filigranen Holztisch, der in der Mitte der Kabine stand. Seufzend klopfte er auf die bemalte Tierhaut. »Wir haben einen Handel mit unseren Gastgebern abgeschlossen. Sie versorgen uns mit Proviant für die vollen drei Tage, die es dauern wird, diesen Berg zu umgehen und über einen weniger gefährlichen Pass zum Palast zurückzukehren. Als Gegenleistung wollen sie wieder Zugang zu den Gebieten, die flussabwärts liegen. Ich habe gesagt, Kraven könnte das bewerkstelligen.«

Kraven beugte sich vor, die Stimme ernst und schwer. »Ihre Sippe wurde aus Abrogan vertrieben, Wexford. Sie waren dort genauso unerwünscht wie die Aussätzigen. Sie hatten sich hier, auf dem Walther, eine neue Lebensgrundlage geschaffen. Bis eines Tages der dunkle Schleier über sie kam. Er wurde gelüftet, wie wir wissen, doch nun schneidet er sie von ihrer Lebensader ab. Sie möchten, dass ich ihn aus dem Weg räume.«

»Ihr. Das heißt, ich.«

»Ähm … ja.«

»Ich habe nie davon gehört, dass irgendwann einmal eine ganze Sippe von hundert Leuten durch Zornfleck getrieben worden wäre.«

»Ich vermute, sie waren in dieser Dunkelheit gefangen seit dem ersten Tag, an dem sie über das Land kam.«

»Aber der Schleier ist jahrhundertealt.«

»So wie sie«, folgerte Kraven.

Wex' Kopf drehte sich. »Ihr glaubt, sie waren jahrhundertelang im Schleier gefangen?«

»Bis sie gestern freikamen, ja. Auch wenn sie selbst zu glauben scheinen, es wäre lediglich ein einziger Tag vergangen. Ich habe sie nicht in meine Theorie eingeweiht.«

Fretter trommelte ungeduldig auf den Tisch. »Das mag ja alles sehr faszinierend sein, aber es kann genauso gut bis später warten. Im Moment gilt es, einen Handel abzuschließen, der uns für drei Tage Proviant sichert und es uns ermöglicht, nach Abrogan zurückzukehren. Jetzt, da die Gefahr zunächst einmal gebannt ist, müssen wir unseren Auftrag erfüllen und dem Fürsten von den Geschehnissen berichten, bevor wir uns tiefer in dieses Land hineinwagen, wo wir zweifellos neuen Schwierigkeiten begegnen werden. Deshalb bestehe ich darauf, dass du tust, was ich sage.«

Wex gab auf. »Ich brauche das Blut«, sagte er tonlos.

Fretter warf Kraven einen Blick zu, und der zuckte zusammen.

»Was ist?«, fragte Wex.

»Das Blut ist verdorben«, erwiderte Kraven.

Wex seufzte.

»In dem Kadaver war es nicht lange haltbar«, erklärte Kraven.

»Ja, ja, hab schon verstanden«, sagte Wex. »Es gibt noch mehr Tiere, denen wir Blut abzapfen können. Fische zum Beispiel. Davon gibt es hier jede Menge, und ihr Blut ist schön dünn.«

Fretter räusperte sich und sagte mit leiser Stimme: »Kraven meint, wir sollten besser einen Warmblüter verwenden.«

»Ein Eichhörnchen vielleicht?«

»Wir dachten an dein Blut, Wexford«, erklärte Fretter vorsichtig. »Nur eine ganz kleine Menge. Du wirst es kaum vermissen.«

»Warum meins?«

»Das Blut in der Eidechse war von dir«, antwortete Kraven. »Ich habe gesehen, wie sie von deinem Bein abfiel, bevor ich sie aufhob. Es war dein Blut, mit dem das Wunder auch beim letzten Mal wahr wurde.«

»Ihr wollt, dass ich die Karte mit meinem eigenen Blut zeichne?«

»Ja«, bestätigte Kraven. Sein Blick wanderte zu Wex' Daumen. Der Verband war nicht mehr da, aber die Narbe. »Kommt dir das so unerhört vor, Wexford?«

Wex verstummte, und Fretter interpretierte sein Schweigen als Zustimmung. »Hast du dein Messer?«, fragte er.

Wex blickte zu seinem Gürtel hinunter. »Ja, aber …«

»Gut. Es wird Zeit, dass wir anfangen.«

In diesem Moment klopfte es an der Kabinentür. Wex war dankbar für die Unterbrechung.

Fretter warf ein Tuch über die Karte, strich seine frisch gewaschene Uniform glatt und stand auf. Als er die Tür öffnete, war er überrascht, Blu an Deck stehen zu sehen.

Er wirkte blass. Schweiß strömte ihm übers Gesicht, und er hielt sich den linken Arm, der schlaff herunterhing. Er sprach leise, und Kraven übersetzte.

»Ich wurde geschickt, um Euch um eine Änderung zu bitten«, murmelte er. »Wir brauchen noch eine Flussbiegung.«

»Noch eine?«, wiederholte Fretter. »Bist du sicher? Der Dido hat seine Wünsche klar und deutlich geäußert.«

»Wäre ich gekommen, wenn ich nicht sicher wäre? Seht mich an. Ich schwitze, weil die Angelegenheit so wichtig ist.«

Wex starrte Blus Augen an. Er wusste, dass es unhöflich war, aber er konnte nicht anders. Der Schweiß war nicht das einzige Anzeichen für Blus Aufregung. Das eine Auge zitterte genauso wie am Abend zuvor, als Adara Wex' Boot seinem vorgezogen hatte.

»Das Auge …«, flüsterte Wex Kraven zu.

»Es ist grotesk, ich weiß, und wahrscheinlich auch der Grund, warum die Tochter des Dido sich gegen ihn entschieden hat.«

Also hat *sie sich entschieden, und zwar für mich,* dachte Wex aufgeregt und vergaß Blus nervösen Tick sofort wieder.

Fretter runzelte die Stirn über die veränderte Situation. Wex konnte sehen, dass er sich mit dem Dido besprechen wollte. Aber immerhin waren sie das fahrende Volk, das für seinen Wankelmut bekannt war.

»Nun gut«, sagte Fretter zögernd. »Wex … ich meine, Kraven. Noch eine zusätzliche Flussbiegung. Keine mehr, keine weniger.«

Wex nickte, ebenso Kraven.

»Geh jetzt, Blu«, sagte Fretter bestimmt. »Unser Magier muss allein sein.«

»Aber Ihr beide bleibt doch auch bei ihm.«

»Geh!« Fretter schob ihn aus der Kabine und schlug die Tür hinter ihm zu. »Fangen jetzt auch schon die Flussmenschen an, meine Autorität in Frage zu stellen?«, sagte er an Wex und Kraven gewandt.

Kraven, der inzwischen Wex' Messer an sich genommen hatte, zuckte nur die Achseln und testete die Klinge an einem Wasserschlauch. Sofort öffnete sich ein kleines Loch, und er nickte zufrieden. Dann gab er Wex das Messer zurück.

Wex nahm das Blut wieder von seiner linken Hand und schnitt in dieselbe Wunde. Es war fast so, wie ein Schwein anzustechen, nur dass sein eigenes Blut von einem kräftigeren Rot und auch von der Konsistenz her besser zum Zeichnen geeignet war. Er ließ nur sehr wenig in die hölzerne Schale tropfen, gerade so viel wie ein Daumennagel, aber es würde genügen. Für den Weg um den Berg herum zurück nach Abrogan würde er mehr brauchen.

Als Wex den Zeichenkiel hervorholte, kam Kraven so dicht heran, dass er den neugierigen Zauberer zur Seite schieben musste, um genug Platz zum Zeichnen zu haben.

Fretter thronte wie ein Falke vor dem oberen Ende der Karte, um sicherzugehen, dass Wex auch ja nicht von seinen Anweisungen abwich.

»Was werden wir wohl diesmal in den Landen finden, die du zeichnest?«, fragte Kraven.

»Ich weiß es nicht«, erwiderte Wex. »Wenn Ihr mir sagen würdet, was Ihr haben wollt, könnte ich vielleicht helfen.«

»Ich? Ich habe gar nichts zu sagen«, erklärte Kraven hastig

und schielte verstohlen nach Fretter, um zu sehen, ob er das Gespräch verfolgte.

»Dann lasst mich bitte arbeiten, bevor das Blut trocknet und ich mir noch mal welches abzapfen muss.«

»Aber ja, selbstverständlich«, erwiderte Kraven, verschränkte die Arme vor der Brust und zog sich diskret zurück.

Wex betrachtete die Karte und fuhr liebevoll mit der Hand über das Leder. Er merkte, dass er sie vermisst hatte. Seit sie in das Lager gekommen waren, hatte er nur ein einziges Mal gezeichnet, das Boot eines kleinen Mädchens, das an einem Baum festgemacht war. Am liebsten hätte er auch das Mädchen selbst gezeichnet, aber er war nicht besonders gut darin, Menschen wiederzugeben. Die Gesichter, die er zeichnete, sahen immer etwas seltsam aus, verfälscht, manchmal sogar richtiggehend entstellt, also hatte er das Porträtieren schon vor langer Zeit aufgegeben. Das Boot hingegen war ihm leichtgefallen. Mit Asche hatte er es auf ein Stück Stoff gezeichnet, und als er sein Werk dem Mädchen überreicht hatte, war es kreischend vor Freude davongelaufen, um das Bild sogleich seinen Freundinnen zu präsentieren.

Seine eigentliche Aufgabe jedoch war die Karte, eine ernste Aufgabe und zugleich der Maßstab, an dem sein Wert für die Expedition bemessen wurde. Elger hatte bereits eine stattliche Summe als Bezahlung für Wex' Teilnahme erhalten, und vom Fürsten würde Wex noch mehr bekommen, wenn sie lebend zurückkehrten. Das Gelingen der gesamten Expedition hing von ihm ab. Tapfere Männer hatten ihr Leben gelassen, damit er diese Karte zeichnen konnte, und die Bedeutung der ganzen Unternehmung war ihm durchaus bewusst. Das hier war keine einfache Zeichnung, die er zum Zeitvertreib irgendwo auf den Wiesen oberhalb ihres Hofs anfertigte. Auch wenn es sich, sobald er den Kiel in der Hand hielt, genauso anfühlte. So sehr, dass Wex beim Zeichnen beinahe seinen Vater hören konnte, wie er ihn zum Abendessen rief.

Er begann mit einer langen, gewundenen Linie, dann fügte er links und rechts Schraffuren hinzu, die für Hügel und Senken standen. Die runden Flecken, die für sich genommen ausgesehen hätten wie unbeabsichtigte Tintenkleckse, setzte er so geschickt, dass jeder sie sofort als Bäume am Flussufer erkannte.

Kraven schüttelte staunend den Kopf, als scheinbar bedeutungslose Linien und verschmierte Flecken vor seinen Augen wie von Zauberhand zu einem Flusslauf verschmolzen.

Selbst der stocksteife Fretter konnte nicht umhin, nach einer Weile neugierig den Kopf zu recken, und von da an folgte er jeder Bewegung des Federkiels – sogar dann, wenn Wex ihn von der Karte hob, um neues Blut aufzunehmen.

Wex hingegen beachtete keinen der beiden. Die Bühne gehörte nun ihm ganz allein. Nach der dritten Biegung hielt er inne und runzelte die Stirn.

Fretter begann bereits, unruhig mit dem Fuß zu wippen, da lockerte Wex kurz die Schultern und brachte sein Werk schnell zu Ende. Es wurde eine krumme, hässliche Windung im Flusslauf, ganz anders als die übrigen drei, und noch bevor er wusste, was seine Hand da tat, hatte er das Wasser schon umgeleitet und über eine scharfe Klippe in den Abgrund stürzen lassen.

»Von einem Wasserfall war nie die Rede!«, rief Fretter entsetzt aus.

»Es ist das Einzige, was an dieser Stelle einen Sinn ergibt«, entgegnete Wex.

»Wohin fällt das Wasser?«, fragte Kraven.

»Soll ich es zeichnen und herausfinden?«

»Nein, nein!«, fuhr Fretter dazwischen. »Mach jetzt mit dem Pfad weiter, der uns um den Berg herumführt.«

Die Flussbiegungen waren die Orte, an denen das fahrende Volk sich mit Käufern und anderen Händlern traf, um Güter zu erwerben, zu verkaufen und einzutauschen. Die erste Biegung schien am besten geeignet, um den Pfad dort beginnen zu lassen.

Der Baumbestand wäre dort weniger dicht, der unwegsame Wald zurückgedrängt von ausgedehnten, flachen Wiesen, die gut für ein schnelles Fortkommen geeignet waren. Außerdem kämen sie dann in die Nähe des X, das er für Pinch gezeichnet hatte. Wex ließ einen Tropfen Blut auf seine Handfläche fallen, verdünnte ihn mit Spucke und verteilte sie dann auf der Karte. Die hellrosa schattierte Fläche sollte eine karg bewachsene Ebene darstellen, die vom Fluss wegführte. Dann setzte er den Kiel an und zeichnete zwei spitze, zerklüftete Gipfel, deren Baumbewuchs sich bis hinunter in die Graslande der Zornberge erstreckte, die zwischen ihnen und Abrogan lagen. Der breite Sattel dazwischen war niedrig und nur spärlich mit Bäumen bewachsen.

»So«, sagte Wex schließlich. »Viel einfacher als der Weg, der über den Krater der Schimmelbrüder führt.«

»Was ist das für ein Symbol?«, fragte Fretter und deutete auf zwei parallele Linien.

Wex dachte nach. »Ein Pfeil, der uns die Richtung weist?« In Wahrheit wusste er jedoch selbst nicht, was er da gezeichnet hatte oder warum. *Vielleicht nur eine kleine Struktur im Gelände, ohne besondere Bedeutung.* Anfangs waren ihm die zwei Striche an dieser Stelle genau richtig erschienen, aber jetzt, da er darüber nachdachte, fand er sie etwas zu symmetrisch, als dass sie einen Baum oder einen Hügel oder sonst irgendein Landschaftsmerkmal hätten darstellen können. Aber ganz gleich, was es war, es lag weitab von ihrem Fluchtweg, und Fretter rümpfte zwar die Nase, aber er schien es zu akzeptieren.

Kraven wirkte nervös. »Nun gut. Wollen wir mal sehen, wo du uns diesmal hinbringst.«

Fretter rückte seinen Schwertgürtel zurecht, dann öffnete er die Tür, um Wex aus der Kabine zu lassen. »Nach Hause, will ich hoffen.«

Als sie das Schiff des Dido verließen, war flussabwärts nichts mehr vom Schleier zu sehen.

»Du hast es wieder einmal geschafft«, flüsterte Kraven aufgeregt wie ein Kind. Er war jetzt weit weniger besorgt, denn immerhin hatte Wex' letzte Zeichnung ihnen diesen angenehmen Aufenthalt bei den lebensfrohen Flussmenschen beschert und keine bei lebendigem Leib verfaulende Mörderbande oder blutsaugende Eidechsen.

»Nein, Ihr wart es diesmal. Schon vergessen?« Wex deutete auf die Leute in den Booten um sie herum, die abwechselnd flussabwärts und dann wieder ehrfürchtig auf Kraven starrten.

»Ja, selbstverständlich«, erwiderte Kraven und straffte sich. Das Grinsen auf seinem Gesicht war schwer zu erkennen, aber Wex sah es, wie es durch die ernste Maske des Magiers hindurchschien.

Fretter rief die Gruppe auf einem großen Floß aus roh behauenen Baumstämmen zusammen. Sie bedankten sich bei ihren Gastgebern und brachten Proviant sowie Ausrüstung an Bord. Poppys Vorratssack war bis oben hin gefüllt mit getrocknetem Fisch, Gemüse und gemahlenen Kräutern. Sie nahmen nur wenig Wasser mit, denn sie waren sicher, unterwegs auf ausreichend saubere Bäche zu stoßen. Außerdem gaben die Flussmenschen ihnen noch einen, wenn auch verbeulten Kessel zum Kochen mit – ein wertvolles Geschenk von einem einfachen Volk, das kaum Gegenstände aus Metall besaß – und eine Seilrolle, die sie dringend benötigten, nachdem sie die Pferde und sämtliche Ausrüstung an die Wilden im Krater verloren hatten.

Bello kam ebenfalls an Bord. Er würde als ihr Fährmann fungieren und versprach, sie in weniger als zwei Stunden an die Stelle zu bringen, an der sie ihren Rückmarsch nach Abrogan beginnen konnten.

Die ganze Sippe hatte sich am Flussufer versammelt, um sie zu verabschieden. Zwei Frauen warfen den Winsters Kusshändchen zu, was Brynn dazu veranlasste, die Stirn zu runzeln, und Kraven wechselte ein paar letzte Worte mit der Heilerin, während der Dido hoch aufgerichtet auf dem Schandeck seiner Barke stand, sie einlud, jederzeit wiederzukommen, und ihnen eine sichere Fahrt wünschte.

Es war ein willkommener Zwischenhalt gewesen, und nur ein einziges Mitglied der Sippe fehlte. Wex ging von Boot zu Boot, um nach ihr zu suchen.

»Adara!«, schrie er.

Gerade als die anderen ihm zuriefen, er solle endlich aufs Floß kommen, damit sie ablegen konnten, sah er sie auf die Lichtung treten.

Adara schob sich durch die Menge, fuchtelte mit einem Stück Stoff in der Luft herum und übergoss ihn mit einem wahren Schwall an Worten, von denen Wex kein einziges verstand. Er war lediglich überrascht, in dem Stück Stoff die Zeichnung zu erkennen, die er von dem Boot des kleinen Mädchens angefertigt hatte. Verwundert wandte er sich in Richtung des Floßes.

»Brynn, kannst du das übersetzen?«

Brynn sah nicht besonders erfreut aus, aber schließlich trat sie neben ihn ans Ufer.

»Wirst du dann ebenfalls an Bord kommen, damit wir abfahren können?«

»Ja, ja. Erklär mir nur, was sie sagt.«

Von dramatischen Gesten begleitet, wiederholte Adara ihre Worte etwas langsamer.

»Sie sagt, das Boot eines Flussmenschen ist wie ein Teil des Menschen selbst. Mit deiner Zeichnung hast du die Seele des Bootes und damit auch die des kleinen Mädchens auf dieses Stück Stoff gebannt. Sie sagt, das ist schön und beängstigend zugleich.«

»Beängstigend? Warum? Frag sie, warum.«

»Das Boot in deiner Zeichnung wird niemals altern. Das Wasser darunter sich niemals bewegen. Das ist unnatürlich, sagt sie.«

»Ich habe sie für die Nachwelt festgehalten.«

»Ja, aber du hast sie auch gefangen.«

»Und was bedeutet das jetzt wieder?«

»Woher soll ich das wissen?«, fuhr Brynn ihn an. »Klingt wie abergläubischer Unsinn. Und wir müssen jetzt los.«

Brynn machte sich auf den Weg zum Floß, als Adara noch etwas sagte. Brynn erstarrte und hörte zu, übersetzte aber nicht.

»Was?«, fragte Wex.

Ohne zu antworten, ging Brynn an Bord.

Wex nahm all seinen Mut zusammen, streckte die Hand aus und berührte mit den Fingerspitzen Adaras wallendes schwarzes Haar.

Sie ließ es sich gefallen, dann hob auch sie die von den vielen Jahren an Rudern und Riemen schwielige Hand und wiederholte ihre Worte.

Wex stöhnte verzweifelt und wirbelte herum, um Brynn zurückzuholen. »Was in aller Welt sagt sie?«

Doch er hatte kaum den Fuß aufs Floß gesetzt, als der Fährmann sie auch schon abstieß. Die Strömung erfasste ihr Gefährt, und sie schossen flussabwärts.

Adara rannte am Ufer nebenher und rief Wex etwas zu, aber Brynn weigerte sich standhaft, in ihrer Sprache zu wiederholen, was das Flussmädchen zu sagen hatte.

Wex wandte sich an Pinch. »Pinch, was sagt sie?«

»Ich bin nicht sehr sicher«, erklärte Pinch, »aber ich glaube, sie mag dich.«

»Stimmt das, was er sagt, Kraven?«

»In gewisser Weise«, erwiderte der Zauberer. »Die bessere Übersetzung wäre, dass sie dich ›bewundert‹. Sie glaubt, dass du Talent hast und über große Macht verfügst. Sie möchte, dass du wiederkommst und sie zeichnest.«

Pinch verdrehte die Augen. »Warum immer alles so verkomplizitiert machen? Das Mädchen mag den Jungen. Ganz einfach.«

Brynn schien das anders zu sehen. »*Ich* sagte, du hast Talent«, erklärte sie. »Ich habe es *zuerst* gesagt.« Sie zog einen Schmollmund und ließ ihre Wimpern klimpern.

»Sag ihr, ich werde wiederkommen«, wies Wex Brynn an. »Sag ihr, ich werde sie zeichnen. Sag's ihr!«

Brynn schaute ihn wütend an, dann rief sie Adara etwas zu, von dem Wex kein Wort verstand.

Das Flussmädchen blieb abrupt stehen.

Dann trieb der Walther Wex davon, und er konnte nur hilflos vom Heck aus zusehen, wie das wunderschöne Mädchen mit dem rabenschwarzen Haar in der Ferne verschwand. *Vielleicht kann ich ja doch lernen, wie man Gesichter zeichnet,* dachte er. Die betörende Tochter des Dido war einen Versuch auf jeden Fall wert.

21

»Über die freien Felder hier«, sagte Fretter und fuhr mit dem Finger über Wex' frische Zeichnungen, »sollten wir gut vorankommen. Dann weiter zu dem X, das unser ursprüngliches Ziel markiert. Von dort sind es nur noch zwei Tage bis Abrogan.«

An einer grasbewachsenen Uferböschung hatten sie sich um die Karte herum versammelt. Bello hatte sie hier abgesetzt und sich dann auf den Rückweg gemacht. Wex und Kraven knieten mit Fretter am unteren Ende. Die Winster-Brüder flankierten ihren Hauptmann wichtigtuerisch, während Alver auf der anderen Seite mit seinem Schwert beschäftigt war. Spärling hatte sich wieder erholt, auch wenn er schwor, dass die bitteren Tränke, die die Flussfrau ihm verabreicht hatte, den Heilungsprozess eher verlangsamt als beschleunigt hatten. Curdwell hockte am Südende der Karte, ließ den gewohnt missmutigen Blick über die Gruppe schweifen und brummte vor sich hin, wie viel Glück sie doch gehabt hätten, nach zwei Nächten mit »diesem verlausten Landstreicherpack« überhaupt noch ihre Kleider am Leib zu tragen. Auch Brynn betrachtete die Karte, hielt sich aber ein gutes Stück abseits von den Winster-Brüdern.

»Deine Zeichnung ist vortrefflich, Wex«, sagte sie mit einem Lächeln.

Wex zuckte die Achseln. Brynn war immer noch hübsch, aber ihr einfaches Kompliment war nichts im Vergleich zu Adaras verlockender Bitte, sie zu zeichnen. Er fragte sich gerade, ob die

Tochter des Dido ebenso halb nackt Modell stehen würde, wie sie getanzt hatte, als Poppy ihn aus seinen Gedanken riss. Der Koch beschwerte sich über die Aussicht, bis Abrogan tagein, tagaus das gleiche getrocknete Zeug essen zu müssen, falls sie unterwegs nicht etwas Wild erlegten.

Die Schurken und Missgeburten standen abseits wie immer. Nachdem sich das Chaos der vergangenen Tage gelegt hatte, waren Pinch, Arkh, Mungo und Cirilla von den Soldaten wieder auf die angestammten hinteren Plätze verwiesen worden. Wie ein Kind saß Cirilla auf Mungos Schultern und sah sich um. Seit sie bei den Flussmenschen gewesen waren, trug Arkh statt des verlorenen Helms ein Tuch über Kopf und Gesicht. Schweigend blickte er vor sich hin. Er wusste, wie er sich unter Leuten zu verhalten hatte, die ihn fürchteten und verachteten.

»Waren meine Instruktionen präzise und eindeutig genug, Wexford?«, fragte Fretter. »Keine Überraschungen diesmal?« Es lag ein Anflug von Verhörton in der Stimme des Hauptmanns.

»Ich bin jedes Mal selbst überrascht, wenn ich eine neue Landschaft entdecke«, erwiderte Wex.

»Werd nicht frech, Junge. Diese Angelegenheit ist von größter Wichtigkeit.«

»Das hier ist der richtige Pfad. Ich weiß nicht, was wir dort finden werden.«

Fretter nickte. Er war nicht zufrieden mit Wex' Antwort, wusste aber, dass er nicht mehr aus ihm herausbekommen würde.

Kraven erklärte: »Unsere Gastgeber meinten, wir sollten uns am besten an die freien Flächen halten. Außerdem, so sagten sie, könnten wir unterwegs einer kleinen Gruppe von Leuten begegnen, mit denen sie öfter Handel treiben. Im Gegensatz zu den Flussmenschen haben diese Leute Waffen, und sie mögen es nicht, wenn sie größeren Gruppen begegnen. Wir sollten uns von ihnen fernhalten, außer im Fall einer erneuten Notlage.«

»Ja.« Fretter nickte und wandte sich dann an die ganze Gruppe. »Und sie erwähnten gehörnte Kreaturen, die in den Wäldern lauern. Primitive, zweibeinige Geschöpfe. Sie nennen sie Düsterlinge. Sie scheinen wild und gefährlich zu sein, treten aber nur in kleinen Pulks auf und greifen rein instinktgesteuert und von Hunger getrieben an, wie ein Rudel wilder Hunde. Es sollte ein Leichtes sein, ihnen aus dem Weg zu gehen.« Fretter rollte die Karte zusammen und verstaute sie in seinem Köcher. Zum ersten Mal, seit Lothario sie zum Krater hinaufgeführt hatte, schienen die Aussichten gut. Das Ziel lag klar vor Augen, und endlich fand auch Fretter die einem kommandierenden Hauptmann gebührende Stimme: »Abmarsch, Männer! In zwei Reihen, die Winsters voran. Curdwell und Alver gehen am Ende. Die Dame von Zornfleck bleibt in der Mitte. Und Poppy, halte deinen Bogen bereit für den Fall, dass wir unterwegs ein lohnendes Ziel für deine Pfeile sehen.«

Wie Fretter es erwartet hatte, kamen sie gut voran. Satt und ausgeruht marschierte der Tross raschen Schrittes durch das hüfthohe Gras. Poppy summte sogar ein Liedchen vor sich hin. Mungo trug, ohne zu murren, das meiste des Proviants, und Pinch vertrieb Wex mit einer Piratengeschichte die Zeit.

Sie hatten beinahe zwei Wegstunden zurückgelegt, als sie linkerhand zwischen den Bäumen ein blökendes Geräusch hörten.

Poppy blieb abrupt stehen. »Habt ihr das gehört?«

»In der Tat«, erklärte Fretter und hob die Hand. »Nach was klingt das für dich, Poppy?«

»Nach Mittagessen«, erwiderte er mit einem breiten Grinsen.

Auch Wex erkannte die Rufe. Sie waren auf so gut wie jedem Bauernhof zu hören: Kühe.

»Sind wir mitten in eine Viehweide hineingestolpert?«, meldete sich Cirilla zu Wort, die zwischen den hohen Gräsern kaum zu erkennen war und auch selbst so gut wie nichts sehen konnte.

»Nein«, antwortete Arkh. »Das hier sind eindeutig wilde Rinder.«

»Welche Rasse mag man hier freilebend vorfinden?«, überlegte Kraven laut.

Poppy nahm den Bogen vom Rücken. »Eine essbare. Und freilebend klingt in meinen Ohren nach Freiwild, das keinem gehört. Bereit für den Kochtopf, würde ich sagen. Es wäre sowieso mal Zeit für 'ne Pause, oder, Fretty?«

»Ja. Wir können hier eine Weile Rast machen.«

»Wer wird mich auf der Pirsch begleiten?« Poppy deutete auf Wex. »Du, Junge. Wenn ich was Großes erlege, rennst du zurück und holst den Oger, damit der uns beim Schleppen hilft.«

Mungo knurrte, wenig erfreut, als Oger bezeichnet zu werden. Doch ließ ihn der kehlige Laut nur umso mehr wie einen erscheinen.

»Ich werde ebenfalls mitkommen«, erklärte Brynn.

Wex reckte überrascht den Kopf, und Poppy musterte sie abschätzig. »Eine Adlige können wir auf der Jagd nun wirklich nich' gebrauchen. Du verscheuchst uns nur das Wild. Nimm's mir nicht übel, junge Dame.«

»Ich bin mehr als nur eine junge Adlige«, entgegnete Brynn. »Deine Vorgesetzten haben mich als vollwertiges Mitglied dieser Expedition angestellt.«

»Uns wurde geraten, die offenen Wiesen nicht zu verlassen«, erklärte Arkh leise.

»Von Leuten, die auf Booten leben«, erwiderte Poppy. »Wahrscheinlich hätten sie uns am liebsten geraten, ja auf dem Wasser zu bleiben, bloß kommen wir da nirgendwohin. Außerdem mögen sie das Fleisch von Landtieren nicht, jagen lieber ihre Fischchen.«

Bei der Aussicht auf frisches Fleisch hellten sich die Mienen sofort auf, vor allem Arkhs.

»Dann geht, wenn ihr wollt«, sagte Fretter schließlich, der das

Gefühl hatte, ihnen den Wunsch nicht abschlagen zu können. »Aber nicht weit. Die anderen bleiben hier und rasten.«

»Mit knurrenden Mägen«, fügte Pinch zwinkernd hinzu.

Poppy marschierte sofort los.

Wex warf Brynn einen fragenden Blick zu, dann setze auch er sich in Bewegung. Er hörte, wie das Mädchen ihnen folgte, drehte sich aber nicht um. Wex konnte sich beim besten Willen nicht erklären, was Brynn vorhatte. Vor dem Aufenthalt bei den Flussmenschen hatte sie nicht das geringste Interesse an seiner Gesellschaft gezeigt, und jetzt kam sie plötzlich freiwillig mit auf die Jagd. Bestimmt nicht wegen des Abenteuers. Grinsend stellte Wex sich Brynn vor, wie sie mit der Reitgerte auf ihr Pferd einschlug und ein Rudel Hunde auf eine alte Kuh hetzte. *Brynn als Jägerin, absolut lächerlich.*

Gemeinsam erreichten sie den Rand der Wiese. Vor ihnen erhoben sich zahlreiche Fichten, hinter denen eine weitere Lichtung zu liegen schien. Im Gegensatz zu den Riesenkiefern, deren Stämme unten vollkommen kahl waren, begannen die Äste der Fichten fast direkt über dem Boden, weshalb die drei nicht genau erkennen konnten, was zwischen ihnen und der nächsten Freifläche lag.

»Glaubt ihr, es könnte gefährlich werden?«, fragte Brynn. Sie blickte sich übertrieben vorsichtig um und legte Wex eine Hand auf die Schulter.

Wex schüttelte sie ab. Adara würde sich ganz bestimmt nicht so ängstlich an ihn klammern.

»Es werden wohl kaum irgendwelche gehörnten Bestien in dem dürren Wäldchen auf uns lauern, junge Dame«, erklärte Poppy. »Komm mit, wenn es sein muss, aber sei leise.« Damit verschwand er zwischen den Bäumen.

Wex und Brynn folgten. Die freie Fläche dahinter war klein, vielleicht zwei Furchenlängen breit und drei oder vier lang und damit nicht größer als das Feld, auf dem in Furtheim alljährlich die Kirmes stattfand. Poppy bedeutete den beiden, zwischen den Bäumen zu bleiben und sich ruhig zu verhalten, während er sich näher heranwagte.

Wex beobachtete, wie Poppy auf die Lichtung trat. Der Koch war ein einfacher Fußsoldat. Etwas zu fett vielleicht, aber irgendwie passte es zu ihm und seinem bärbeißigen Charakter. Denkbar einfache Aufgaben bestimmten sein Leben: jagen, damit die Kompanie frisches Fleisch hatte, und das Erlegte anschließend kochen, damit seine Kameraden es essen konnten.

Poppy reckte den dicken Hals und stapfte hinaus auf die Wiese, den Langbogen in der Hand. Das schlanke Schwert, mit dem er der von den Pfeilen zu Boden gebrachten Beute den Todesstoß versetzen würde, baumelte an seiner Hüfte. Plötzlich hellte sich Poppys Gesicht auf, und Wex folgte seiner Blickrichtung.

Ein kräftiger Bulle stolzierte über den Rand der Lichtung. Er hatte Poppy gesehen, ergriff aber nicht die Flucht.

Der Koch ging weiter, langsam und gleichmäßig, um das Tier nicht zu erschrecken. Wenn er noch ein bisschen näher herankommen konnte, am besten bis zur Mitte der Lichtung, wäre die Distanz schön kurz und das Schussfeld vollkommen frei.

Poppy galt als guter Bogenschütze. Seine Kameraden behaupteten sogar, er könnte einen rennenden Hasen mit einem einzigen Pfeil erlegen – Poppy war nicht der Typ, der sich eine Mahlzeit entgehen ließ.

Geduckt pirschte er weiter, einer Beute auf der Spur, die ihn längst entdeckt hatte und dennoch nicht floh. Zumindest bis jetzt nicht. Poppy durfte das Tier nur nicht aufscheuchen, bevor er nahe genug heran war, um einen gefiederten Schaft in der Flanke des Ochsen zu versenken.

Das Tier blickte ihn beinahe nachdenklich an, als versuche es, ihn einzuschätzen.

Seltsam, dachte Wex. Aber wilde Rinder verhielten sich manchmal eigenartig, und Poppy schien das ungewöhnliche Verhalten nicht zu kümmern. Er hatte jetzt die Mitte der Lichtung erreicht und ging in die Hocke, ein Knie auf den Boden gestützt.

Der Bulle drehte sich in seine Richtung. Als würde er Poppys Verweilen als Signal interpretieren, begann er, gemächlich auf ihn zuzutraben.

Erfreut und erstaunt zugleich griff Poppy nach seinem Bogen.

Ganz schön unerschrocken für ein wildes Tier, fand Wex und war sicher, dass Poppy das Gleiche dachte. Selbst Brynn, deren Erfahrung mit Rindern kaum über die gelegentlichen Einkäufe beim Dorfmetzger hinausgehen dürfte, schien neugierig.

»Er läuft gar nicht weg«, sagte sie.

»Das wird er gleich, wenn du nicht dein vornehmes Mundwerk hältst«, erwiderte Wex flüsternd.

Der Bulle war etwas schlanker als die Arten, die die Bauern auf den Weiden hielten, aber die Muskeln, die im Rhythmus seines Trabs zuckten, sahen gewaltig aus. Er bewegte sich mit einer Leichtigkeit, wie Wex sie bei Weidevieh noch nie gesehen hatte. Eine Leichtigkeit, die auf große Schnelligkeit hindeutete.

Poppy legte einen Pfeil an die Sehne und spannte sie bis zum Ohr, aber der Schusswinkel war nicht mehr gut. Das Tier war schon viel zu nahe heran, und die Schädelplatte eines Ochsen war hart wie ein Panzer. Ein Pfeil könnte einfach daran abprallen, selbst wenn er genau zwischen die schwarzen Augen gezielt war.

Schnaubend stand Poppy auf. Es war an der Zeit, sich wieder in die Deckung der Bäume zurückzuziehen und sich eine bessere Schussposition zu suchen.

Brynn kaute nervös und angespannt auf ihrem Ärmel herum.

Poppy wandte sich um und schlenderte von dem näher kommenden Bullen weg, doch das Tier kam mit jedem Schritt näher. Der Koch war nicht gerade ein Leichtgewicht und hatte Mühe, das Tempo zu beschleunigen, während das Rind ihn in entspanntem Galopp verfolgte. Er griff nicht direkt an, aber es war deutlich erkennbar mehr als nur Neugier, die den Koloss antrieb. Er verfolgte ein bestimmtes Ziel – und zwar schnitt er Poppy den Rückweg ab und lotste ihn stattdessen hinaus auf die offene Lichtung.

Er treibt Poppy vor sich her wie der Bauer sein Vieh, dachte Wex halb amüsiert.

Noch schien kein Grund zur Beunruhigung zu bestehen. Poppy konnte sich auf einen der Bäume flüchten, falls der Bulle tatsächlich angriff. Brynn kicherte sogar über die missliche Lage des dicken Kochs. Endlich musste er einmal laufen. Würde ihm bestimmt guttun.

Der Bulle stieß einen Laut aus, ein langgezogenes, tiefes Muhen, das ganz anders klang als das, das sie zuvor von der Wiese aus vernommen hatten. Es hörte sich irgendwie bestimmter an, wie eine Warnung ... oder ein Signal.

Wex fragte sich, was das gehörnte Ungeheuer Poppy damit sagen wollte. »Runter von meiner Wiese« vielleicht.

Dann kam der Antwortruf, und Wex begriff, dass es sich bei dem Muhen nicht um eine Mitteilung *an* Poppy gehandelt hatte, sondern über ihn. Ein weiterer Ruf ertönte. Diesmal kam er von den Bäumen, auf die Poppy zuhielt, dann noch einer und noch einer, und schon bebte der Wald vor Poppy nur so vor Rindergebrüll. Wex versuchte, in dem Dickicht etwas zu erkennen, während Poppy unbeirrt weiterlief, offensichtlich aus Angst, der Bulle könnte ihn von hinten überrennen. Wex hörte ein Rascheln.

Lange, gehörnte Schädel kamen zwischen den Nadeln zum Vorschein. Sie hatten fast das gleiche Braun wie die Stämme der Fichten, und das struppige Fell machte sie neben der rauen Rinde der Bäume beinahe unsichtbar. *Gute Tarnung,* dachte Wex.

In Gruppen trabten sie aus dem Dickicht, zuerst drei, dann sechs, dann mehr als Wex zählen konnte. Geradezu planmäßig formten sie einen Halbkreis, in den der Bulle Poppy immer tiefer hineintrieb.

»Ha!«, lachte Brynn. »Die Kühe haben ihn umzingelt.«

Wex lachte nicht. Aber er sagte auch nicht, sie solle still sein, denn die Jagd war bereits in vollem Gang, und das bisschen Lärm würde daran jetzt auch nichts mehr ändern.

Poppy verlangsamte das Tempo und zog seine Kniehosen hoch, die im Laufen heruntergerutscht waren, um zu bedecken, was die Jungen in Zornfleck den »Schlund der Hölle« nannten, wann immer das Hinterteil eines fetten Dörflers aus dem Hosenbund lugte.

Das hier waren keine Kühe, wie Wex mit einem Schlag klarwurde. Sie mochten ähnlich aussehen, aber sie benahmen sich nicht wie ihre braven Vettern auf der Weide, und ihre muskulöse Statur wirkte viel zu aggressiv. Am auffälligsten jedoch war das seltsam geformte Maul, das viel größer aussah als bei zahmem Zuchtvieh.

Poppy blieb stehen und drehte sich um.

Der Bulle kam immer näher, während von der anderen Seite eine Wand aus gehörnten Schädeln Poppy zu Leibe rückte. Die gesamte Herde hatte den Wald mittlerweile verlassen. Mit kurzen muhenden Lauten verständigten sie sich untereinander, links und rechts rannten zwei der Kreaturen los und schlossen den Kreis um Poppy. Er war umzingelt.

»Wie schnell sie sind«, sagte Brynn und fasste damit in Worte, was Poppys offensichtliches Problem war. »Diese Tiere sind wohl doch keine so einfache Beute.«

»Sie sind eben wild und haben noch Instinkte, die zahme Rinder schon längst verloren haben«, erklärte Wex. »Und unser großer Jäger ist auf den ältesten Trick der Welt reingefallen. Komm, wir helfen ihm besser, sie zu vertreiben.«

Wex und Brynn erhoben sich. Sie wollten gerade hinaus auf die Lichtung gehen, als Wex unvermittelt stehen blieb. Kurz bevor Brynn aus dem Dickicht treten konnte, legte er ihr eine Hand auf die Schulter. »Wir bleiben besser noch in Deckung«, flüsterte er.

Die beiden schlichen um den Rand der Lichtung herum auf den Ort des Geschehens zu, während der Bulle wartete, bis der Rest seiner Herde in Position war.

Poppy hingegen wartete nicht. Er drehte sich um und rannte direkt auf den Bullen zu. Es war die einzige Möglichkeit. Gegen die beinahe zwanzig Rinder hatte er nicht die geringste Chance, also griff er den einzelnen Stier an. Sein Bauch schwabbelte bei jedem Schritt, während er auf den Herdenführer zuhielt und immer wieder »Hehoo!« schrie, um ihn zu verscheuchen.

Der Bulle scharrte mit den Hufen, rührte sich aber nicht von der Stelle. Hinter Poppy hob ein dumpfes, rumpelndes Geräusch an – die Herde setzte ihm nach.

Poppy zog sein Schwert. Vielleicht hoffte er, den Bullen damit so weit einzuschüchtern, dass er ihn vorbeilassen würde. Er fuchtelte mit den dicken Armen, als wollte er dem Stier die breite Kehle aufschlitzen, doch er verlor bereits an Tempo, während das Donnern der Hufe in seinem Rücken immer lauter wurde. Bald war es ein ohrenbetäubendes Dröhnen.

»Sie werden ihn einholen, bevor er auch nur den halben Weg geschafft hat«, bemerkte Brynn nervös.

»Wir müssen etwas unternehmen!«, rief Wex.

Aber es war zu spät. Wex hatte noch nicht einmal den Rand der Lichtung erreicht, als das erste Tier Poppy von hinten umrannte und er mit dem Gesicht voran auf den Boden schlug. Das Schwert entglitt seinem Griff und flog in hohem Bogen durch die Luft.

Ein Horn erwischte ihn an der Schulter, Poppy wurde herumgewirbelt, und das nächste Tier trat ihm mit seinem vollen Gewicht auf das ausgestreckte Knie. Ein fürchterliches Knacken ertönte, das Brynn und Wex zusammenzucken ließ. Es folgten weitere Tritte, erstaunlich gut gezielt und viel zu präzise für eine hirnlose Rinderherde. Poppys Wams verfärbte sich blutrot. Sein Knie war verdreht, und der Unterschenkel stand in einem unnatürlichen Winkel seitlich vom Bein weg.

In dem verzweifelten Versuch, seinen Kopf zu schützen, rollte Poppy sich zu einer Kugel zusammen, die noch runder war als seine ohnehin schon rundliche Gestalt.

Schließlich war die Herde über ihn hinweggerannt und die Attacke vorüber.

Wex und Brynn waren jetzt ganz nah. Lautlos hatten sie sich durchs Unterholz geschlichen und kauerten, weniger als eine Furchenlänge entfernt, am Rand der Bäume. Sie warteten, bis sich die Staubwolke um Poppy herum gelegt hatte.

Er spuckte Schmutz und Erde aus und blinzelte vor Verwunderung darüber, dass er noch am Leben war. Vorsichtig befühlte er seinen Kopf.

Wex wollte ihm etwas zurufen, zögerte aber. Brynn nahm sich ein Beispiel und hielt ebenfalls den Mund.

Die plötzliche Stille war genauso beunruhigend wie der Anblick von Poppys zerschmettertem Körper. Sie würden ihn entweder tragen oder Hilfe holen müssen, und die Tatsache, dass er so dick war, machte die Aufgabe nicht eben leichter.

Poppy blickte auf. Die gehörnten Teufel beobachteten ihn genau, und Wex hätte schwören können, sie beäugten auch das Schwert, das nur ein paar Meter entfernt lag.

Seltsam, dachte Wex. Normalerweise griff eine Rinderherde nur einmal an und nur in einer Richtung. Sobald die Bedrohung abgewendet und der Weg frei war, flohen sie. Aber nicht so diese Tiere. Sie drehten um und bewegten sich auf Poppy zu, hielten ihn mit zu unnatürlichen Schlitzen zusammengekniffenen Augen im Blick, während sie vorsichtig Meter für Meter näher kamen. Als sie schon auf wenige Körperlängen heran waren, rollte Poppy sich auf den Rücken und robbte, das verletzte Bein hinter sich herziehend, rückwärts von ihnen weg. Instinktiv tastete er nach seinem Bogen, doch der lag irgendwo im Gras, weiter entfernt sogar noch als das Schwert.

Wex überlegte. Diese Herde hatte wahrlich nichts zu tun mit den neugierigen, harmlosen Vierbeinern, die er von den Weiden um Zornfleck kannte. Das hier waren nicht die treudoofen Geschöpfe, von denen die Menschen sich so gut und reichlich ernährten. Sein Blick wanderte von einem grau-braun gesprenkelten Biest zum nächsten, und mit einem Mal begriff er, was ihn an den großen Mäulern am meisten beunruhigte: Neben den typischen, oben abgeflachten Vorderzähnen ragten spitze gebogene Eckzähne hervor. Weiß blitzten sie in der Mittagssonne und bildeten mit den Hauern im Unterkiefer eine grausig schnappende Falle, die Poppy jeden Moment in den dunklen Schlund dahinter befördern würde.

»Sie haben Fangzähne!«, keuchte Brynn.

Wex spürte, wie sich die Haare in seinem Nacken aufrichteten. Diese Tiere sahen aus wie Rinder, bewegten sich wie Pferde und jagten wie ein Rudel Wölfe. Sie waren Fleischfresser und der dicke Koch eine allzu passende Beute. Wex sah, wie Poppy verzweifelt versuchte, sein Schwert zu erreichen. Die schreckliche Vorstellung und der Ekel davor, bei lebendigem Leib gefressen zu werden, verliehen ihm die Kraft, die unsäglichen Schmerzen zu ignorieren, die ihm das verdrehte und zerschmetterte Knie bereiten musste.

Doch die Bestien kamen immer näher, und so stark seine Arme auch sein mochten, mit ihnen allein würde er es nicht rechtzeitig bis zu seinem Schwert schaffen.

»Hol Hilfe«, sagte Wex zu Brynn.

Sie starrte ihn an. »Was hast du vor?«

»Ich weiß es nicht …«

Wex stürzte zwischen den Bäumen hervor und rannte auf Poppy zu. Er hatte keine Ahnung, was er tun sollte. Mit dem

Schwert seines Vaters ließ sich vielleicht etwas anfangen, also zog er es heraus und kam prompt ins Taumeln, als die Scheide dabei zwischen seine Beine geriet. Auf halbem Weg hob er einen eiergroßen Stein vom Boden auf, und dann hatte er den Koch erreicht, eine Waffe in jeder Hand.

»Was tust du hier, Junge?«, schnaufte Poppy und biss sich vor Schmerz auf die Lippe. Sein weißes Leinenwams hatte sich tiefrot verfärbt, und auch wenn das verdrehte Knie nicht blutete, ließ der groteske Winkel keinen Zweifel an der Schwere der Verletzung. Ohne Holzbein würde Poppy nie wieder gehen können.

Aber er war noch am Leben.

»Es sah aus, als könntet Ihr Hilfe gebrauchen«, keuchte Wex.

Poppy verzog den Mund zu etwas, das aussah wie ein Lächeln, und Wex war froh, ihn in diesem Moment der Panik und Verzweiflung zumindest ein wenig aufgeheitert zu haben.

»Verschwinde hier, Kleiner. Ich kann nich' laufen, und du kannst mich nich' tragen.«

»Ihr könntet auf einem Bein hüpfen.«

Poppy warf einen Blick auf die fleischfressenden Rinder. Sie waren stehen geblieben, anscheinend verwirrt über Wex' plötzliches Auftauchen, aber sie waren auch keinen Schritt zurückgewichen. »Hol mir … das Schwert«, stammelte er.

Wex sprang zwei Schritte vor, packte den Knauf und legte ihn in Poppys zitternde Hand.

»Ganz schön tapfer von dir … herzukommen«, murmelte der Koch unter Schmerzen. »Aber du musst jetz' geh'n. Ich halt sie so lange auf.«

»Ich werde nicht zulassen, dass Ihr bei lebendigem Leib gefressen werdet.«

»Ich auch nich', Junge«, erwiderte Poppy und hob das Schwert. Er legte den Kopf in den Nacken und rammte sich die Klinge mit einem grässlichen Geräusch in die Kehle, um Wex von der Verantwortung zu befreien, ihn beschützen zu müssen.

Wex schnappte nach Luft, aber für Trauer war jetzt keine Zeit. Der beleibte Barthunier hatte ihm einen winzigen Augenblick Zeit verschafft, mehr nicht. Gerade genug, um auszuholen und dem Leitbullen den Stein genau ins Auge zu schleudern. Dann rannte Wex los.

22

Wex hockte ein paar Meter über dem Boden in einer Fichte, während unter ihm etwa zwanzig hungrige Tiere auf und ab schlichen und ihm gierige Blicke zuwarfen. Er hatte keine Zeit mehr gehabt, Elgers Schwert zurück in die Scheide zu stecken, und es einfach hinter sich ins Gras geworfen in der Hoffnung, eins der Biester möge darüber stolpern. Dann hatte er nach dem nächstbesten Ast gegriffen und war um sein Leben geklettert.

Arkh und Cirilla saßen neben ihm, Pinch, Mungo und Spärling auf dem nächsten Baum. Brynn kauerte mit Kraven und Fretter auf einem dritten, während ein vierter von Curdwell, Alver und den Winster-Brüdern bevölkert wurde.

Wex hatte seine Freunde sofort zu sich hinauf in die Bäume gerufen. Nach Brynns grausiger Schilderung, von der sie kein Wort geglaubt hatten, und dem Anblick von Poppys Leiche, der sie wiederum sofort überzeugte, hatten sie seinem Ruf umgehend Folge geleistet, und es war zu keinen weiteren Verlusten gekommen.

Die Rinderherde hatte sich kurz zuvor zurückgezogen und es mit einem Überraschungsangriff versucht. Für ihre Größe waren die Biester erstaunlich gute Pirscher, und die Gruppe hatte gerade noch Zeit gehabt, sich in die Bäume zu flüchten, bevor die schnappenden Kiefer sie erwischten. Zum Glück schränkte das dichte Unterholz ihre Bewegungsfreiheit beträchtlich ein, weshalb sie auch niemanden niedertrampeln konnten. Mungo hatte einem der Monster noch das Schwert in die Eingeweide gerammt, bevor er sich in Sicherheit brachte. Aber statt sich davon abschrecken zu lassen, hatte sich der Rest der Herde darauf verlegt, den toten Artgenossen zu verspeisen, während der Leitbulle Poppys halb verschlungene Leiche wie eine Trophäe umherschleifte, die Reißzähne im Hals seiner Beute vergraben.

Und jetzt saßen sie hier fest. Nach Wex' Zählung waren es achtzehn Tiere, die zwischen den Bäumen auf sie lauerten. Zuerst stieg ihm nur der moschusartige Geruch in die Nase. Nach einer Stunde war er in der Lage, sie anhand der fleckigen Fellzeichnung zu unterscheiden. Nach zwei Stunden begann er aus reiner Frustration, sie mit Fichtenzapfen zu bewerfen, in der Hoffnung, sie würden es vielleicht bald satthaben und sich verziehen. Doch als die Dunkelheit hereinbrach, waren sie immer noch da, und als sie schließlich um die Bäume herum Stellung bezogen und die sehnigen Beine durchdrückten, um im Stehen zu schlafen, stöhnte jedes einzelne Mitglied der Expedition vor Verzweiflung laut auf.

Kraven schäumte richtiggehend. Er verfluchte die Kreaturen und drohte ihnen damit, seine Kräfte gegen sie einzusetzen.

»Ich glaube nicht, dass es sie interessiert, wenn es hier ein bisschen wärmer oder kälter wird, Kraven«, rief Pinch vom übernächsten Baum.

»Wir hätten uns eben an die offenen Wiesen halten sollen, wie die Flussleute gesagt haben«, brummte Cirilla.

»Absolut«, stimmte Pinch zu.

»Schuldzuweisungen und Mit-dem-Schicksal-Hadern bringt uns jetzt nicht weiter«, erklärte Fretter verteidigend.

Dabei war die Kritik eher milde und obendrein absolut berechtigt, wie Wex fand. Der Ratschlag war klar und unmissverständlich gewesen, und sie hatten ihn ignoriert. Fretter hatte die Jagdexkursion höchstpersönlich genehmigt, und die Schuldgefühle, die ihn wegen Poppys Tod plagten, standen ihm deutlich ins gepeinigte Gesicht geschrieben.

»Das ist alles die Schuld dieses verfluchten Jungen«, knurrte Curdwell.

»Halt du bloß die Klappe, Glatzkopf!«, erwiderte Pinch. »Er hat diese Monster nicht gezeichnet, genauso wenig wie die Flussmenschen, die uns so gut behandelt haben. Gegen deren Gastfreundschaft hattest du komischerweise nichts einzuwenden.«

»Die haben auch nicht versucht, mich zu fressen!«

»Wir haben kein Wasser«, vermeldete Arkh leise, und alle verstummten. »Falls sie morgen, wenn die warme Frühlingssonne aufgeht, immer noch hier sind, werden wir Durst leiden. Und ich fürchte, sie wissen das.«

Arkh hatte recht. Die Rinder waren den ganzen Nachmittag über in Zweiergruppen zu einem in der Nähe vorbeifließenden Bach getrottet, um zu trinken. Der Rest war dageblieben und hatte die Bäume bewacht. Und falls die Biester doch etwas mit ihren zahmen Verwandten gemeinsam hatten, dann offensichtlich die Geduld. Sie hatten Wasser. Sie hatten Schatten. Sie hatten genug Frischfleisch für mehrere Tage, und eine weitere Ration hing über ihnen in den Bäumen wie reifes Fallobst. Sie konnten warten.

»Irgendwann werden wir doch herunterklettern müssen«, bemerkte Brynn. »Und je länger wir damit warten, desto näher werden wir am Verdursten sein und daher auch noch müde und schwach.«

Fretter legte die Stirn in so tiefe Falten, dass sie aussah wie ein zerfurchter Acker. Brynns Aussage war genauso beunruhigend wie korrekt.

»Wir müssen weiter, jetzt«, erklärte er und schlug mit der Faust gegen den Ast, auf dem er saß. »Solange sie noch schlafen.«

Pläne wurden erörtert, und diesmal hörte Fretter genau zu, statt sich über mangelnden Respekt gegenüber seiner Autorität zu beschweren. Jeden einzelnen Vorschlag wog er nach Vor- und

Nachteilen ab, und das neue Verhalten ließ ihn gleich um einiges souveräner wirken, wie Wex fand.

Pinch erklärte Mungos Vorschlag, sie sollten es mit einem Frontalangriff versuchen und die Rinder im Schlaf überraschen. Aber sie kamen schnell überein, dass sie zu wenig über ihren Fressfeind wussten, um davon ausgehen zu können, dass sie in einem solchen Kampf den Sieg davontragen würden. Curdwells Idee, in verschiedene Richtungen davonzulaufen, lehnte Fretter ebenfalls ab. Selbst wenn die Kreaturen sie nicht alle erwischten, würde es mit Sicherheit Opfer geben. Und falls die Rinder klug genug waren, auch unabhängig voneinander zu jagen, könnten sie ihnen einzeln nachstellen und sie so alle zur Strecke bringen.

Spärling merkte ängstlich an, sie sollten doch bitte etwas leiser beratschlagen, für den Fall, dass die Bestien nur vorgaben zu schlafen und sie in Wahrheit belauschten.

»Der Bogen«, sagte Arkh schließlich. Während der gesamten Diskussion hatte er schweigend hinaus auf die Lichtung gestarrt.

Alle Augen wandten sich der Wiese zu. Poppys Langbogen lag nur eine kurze Strecke entfernt im mondbeschienenen Gras, der Köcher, um den herum die Pfeile verstreut waren wie ein verschüttetes Bündel Reisig, gleich daneben.

»Wenn einer von uns sich dort hinüberschleichen und ihn holen würde«, erklärte er, »könnten wir diese Untiere ohne weitere Gefahr für Leib und Leben eines nach dem anderen erledigen.«

Fretter nickte nachdenklich, und einen Moment lang herrschte Stille, während auch die anderen versuchten, sich mit der Idee anzufreunden.

»Wirst du dieser eine sein, Missgeburt?«, fragte der ältere Winster. »Wir alle haben den ganzen Tag lang zugesehen, wie die Bestien Poppy zerrissen haben wie Schweinefrikassee. Keiner von uns will da runter, und schon gar nicht allein.«

Arkh sprach ungerührt weiter. »Ja, ich komme durchaus als Kandidat in Frage. Derjenige sollte gehen, der am schnellsten laufen, am leisesten schleichen sowie am geschicktesten klettern kann, und der die flinkesten Hände hat, um die Pfeile einzusammeln.«

Alle nickten, Wex eingeschlossen. Der Halbmensch sprach so ruhig und überzeugend, dass selbst Brynn für den Moment seine Reißzähne vergaß.

Als Arkh geendet hatte, schien Pinch der Einzige zu sein, dem nicht ganz wohl bei dem Vorschlag war. Mit fest vor der Brust verschränkten Armen saß der Dieb auf dem Baum direkt neben der Lichtung und starrte ins Gras.

»Du kommst also durchaus als Kandidat in Frage, mein Freund, wie?«, wiederholte Pinch. »Aber der beste bist du nicht, hab ich recht?«

Mittlerweile blickten ihn alle unverhohlen an. Wex erinnerte sich, wie schnell Pinch klettern konnte, wie geschickt seine Hände waren und wie lautlos er sich bei ihrer ersten Begegnung an ihn herangeschlichen hatte. Arkh war zwar stärker, aber Kraft war in dieser Angelegenheit weit weniger gefragt als Schnelligkeit, und Pinch konnte rennen wie ein Hirsch. Er war ganz klar die erste Wahl.

Pinch seufzte. »Fretter, zieht auch Ihr diese Idee allen anderen vor?«

»Das tue ich«, erklärte Fretter. »Bedaure.«

»Und was, wenn diese netten Tierchen plötzlich aufwachen, während ich noch dort unten bin und Stöckchen aufsammle?«

Fretter überlegte einen Moment. »Wenn sie erwachen sollten, werden wir nicht von dir erwarten, dass du versuchst zurückzukommen, nur um gemeinsam mit uns zu sterben. In diesem Fall, flieh und preise dein glückliches Schicksal.«

»In Ordnung«, erwiderte Pinch. Damit war die Sache beschlossen.

Wex wurde als der beste Werfer in der Gruppe angewiesen, Fichtenzapfen zwischen die Tiere zu schleudern, ohne sie zu treffen, um zu sehen, ob eines von ihnen womöglich wach war.

»Irgendeins von den Biestern aufgewacht?«, fragte Pinch, nachdem Wex das zehnte Wurfgeschoss abgefeuert hatte.

»Wenn, dann verbergen sie es gut«, antwortete Cirilla vom Nachbarbaum aus.

»Welch tröstlicher Gedanke«, brummte Pinch. Er ließ den Blick über die Gruppe schweifen und lächelte grimmig. »Nun gut. Dann werde ich mal einen kleinen Spaziergang machen.«

Mungo schob sich auf einem der kräftigen unteren Äste nach außen, bis sein Gewicht die Spitze fast bis zum Boden hinunterbog, und Pinch schlüpfte, balancierend wie ein Jahrmarktartist, an ihm vorbei. Der Ast hing immer tiefer, je näher er dem Ende kam, und schließlich wurde er so schmal, dass Pinch nicht mehr weiterkonnte. Er befand sich jetzt genau auf einer Höhe mit den feuchten Schnauzen der im Stehen schnarchenden Vierbeiner. Wex sah, wie Pinch den Ast festhielt, damit er nicht geräuschvoll zurückschnalzte, während er sich leicht wie eine Feder zu Boden gleiten ließ. Vorsichtig entließ er den Ast zurück in seine natürliche Position, dann stand er inmitten der Herde.

Oben in den Bäumen hielten alle den Atem an.

Pinch rührte sich zunächst nicht von der Stelle und drehte lediglich den Oberkörper, um zu sehen, ob eins der Tiere seine Witterung aufnahm und erwachte. Doch die Bestien schliefen tief und fest. Sie verharrten derart reglos, dass man sie für Standbilder hätte halten können, wären da nicht die sich mit jedem Atemzug hebenden und senkenden gewaltigen Brustkörbe gewesen.

Pinch wagte einen Schritt, glitt an dem ersten Rind vorbei, dann am nächsten. Wex staunte, wie die Füße des Diebs geradezu über den Boden hinwegzuschweben schienen. Nicht ein einziges Zweiglein knackte unter seinen Schritten, und kein Blättchen raschelte. Nicht einmal das Gras schien sich zu bewegen, als er die Lichtung erreichte. Dann rannte Pinch los, und falls er dabei irgendein Geräusch machte, hörte Wex es zumindest nicht.

Alle schauten von den Bäumen aus zu. Als Erstes spurtete Pinch zu den herumliegenden Pfeilen, hob sie auf und steckte sie so geschwind zurück in den Köcher, dass die Bewegungen im Mondlicht kaum zu erkennen waren. Der Umhängegurt war gerissen, weshalb Pinch den Köcher mit der Hand tragen musste. Der Bogen lag nicht weit entfernt. Pinch pflückte ihn mit einer schnellen Bewegung aus dem Gras, machte auf dem Absatz kehrt und war bereits wieder auf dem Rückweg.

Dann erstarrte er.

Der Leitbulle stand am Rand der Lichtung, genau zwischen ihm und dem Rest der Gruppe, die Augen weit geöffnet und alles andere als schlafend.

Pinch sah sich um. Er war nahe genug am Waldrand, um einen Fluchtversuch wagen zu können, und er war ein schneller Läufer. Bis der schwere Bulle Geschwindigkeit aufgenommen hatte, wäre er bereits im Unterholz verschwunden – frei und jeglicher Pflicht enthoben, die ihn noch bis vor wenigen Augenblicken an Fürst Kryst gebunden hatte. Er musste lediglich losrennen und die anderen ihrem Schicksal überlassen.

Fretter seufzte deprimiert.

Der Bulle hatte es nicht eilig. Er schien zu wissen, dass Pinch auf und davon wäre, sobald er sich zu hastig bewegte. Stattdessen schlich er mit den bedächtigen Bewegungen einer Raubkatze, die mit aller Sorgfalt ihren Angriff vorbereitete, auf die Grasfläche zu.

»Lauf«, flüsterte Wex mit angehaltenem Atem, als könne er Pinch befehlen, endlich zu fliehen.

Mungo grunzte zustimmend.

Und als hätte er die beiden gehört, spurtete Pinch los. Er jagte mit einer Geschwindigkeit über den unebenen Boden, die jeden Athleten bei den Palastspielen in Skye hätte vor Neid erblassen lassen. Noch nie hatte Wex jemanden so schnell laufen sehen wie Pinch. Und er rannte direkt auf den Bullen zu.

Cirilla packte Wex am Ärmel. »Was tut er da?«, zischte sie.

Wex zuckte die Achseln. Der bizarre Anblick, wie Mensch und Bulle aufeinander zurannten, erinnerte ihn fatal an Poppys missglückte Verzweiflungsattacke, nur dass Pinch um einiges schneller war und nicht versuchte, den Feind durch Schreien einzuschüchtern. Und eine Nahkampfwaffe hatte der Dieb auch nicht. Pfeil und Bogen würden ihm nicht viel nutzen. Angespannt rutschte Wex auf seinem Ast herum. Die Szene von oben zu beobachten verlieh dem Ganzen etwas Unwirkliches. Als würde ein kleiner Junge zwei hölzerne Spielfiguren gegeneinanderkrachen lassen, um zu sehen, welche der beiden den Zusammenprall überstehen würde. Und diesen Wettstreit konnte Pinch nicht gewinnen, davon war Wex überzeugt. Vielleicht würde der Dieb ja einen Haken schlagen und im letzten Moment zur Seite springen.

Er tat es nicht. Als der Bulle die Hörner senkte, um ihn aufzuspießen, machte Pinch einen Satz, als versuche er, springend einen Fluss zu überqueren. Der eine Fuß landete genau zwischen den Schultern des Stiers, der zweite auf den breiten Hinterbacken, dann war Pinch über das Biest hinweg. Ohne an Geschwindigkeit zu verlieren, setzte er wieder auf dem Boden auf und rannte weiter, direkt auf die Bäume zu.

Verdutzt blieb der Bulle stehen. Er drehte das mächtige Haupt nach links, dann nach rechts und machte schließlich kehrt. Als er sah, dass er Pinch nicht mehr erwischen würde, sperrte er das Maul weit auf und sog tief die Luft ein.

»Er wird muhen«, flüsterte Brynn entsetzt.

»Wie meint Ihr das?«, fragte Fretter.

»Er will die anderen wecken«, erklärte sie. »Als Poppy fliehen wollte, hat er das Gleiche getan, hat die Herde zusammengerufen, um ihn zu umzingeln.«

Wex hatte Brynns Worte gehört. »Dann hat er es mit siebzehn von den Biestern zu tun«, sagte er zu Mungo und Cirilla.

»Für einen Dieb werden unsere tapferen Soldaten hier kaum den Hals riskieren«, erwiderte Cirilla trocken.

Wex ließ sich ungeschickt auf den Boden plumpsen, kein Vergleich mit Pinchs federweicher Landung. Er rannte auf die nächstbeste schlafende Kuh zu und warf sich mit seinem vollen Gewicht dagegen.

Das Tier riss die Augen auf, schwankte und fiel um.

Mungo, der Wex' Aktion beobachtet hatte, sprang ebenfalls vom Baum und rannte nun seinerseits eine der Bestien um. Sie ging etwas schneller zu Boden als die erste.

Anstatt von einem Signal zum Angriff wurde der Rest der Herde nun von überraschtem Blöken geweckt. Erschrocken rissen sie die Augen auf und flohen polternd durchs Unterholz.

Pinchs Weg war frei. Er warf dem jungen Winster Bogen und Köcher zu und schwang sich wie ein Affe einen Baum hinauf. Auch Mungo hatte dank seiner schieren Größe und Kraft kein Problem, sich schnell wieder in Sicherheit zu bringen. Als Wex es ihm gleichtun wollte, musste er feststellen, dass seine Kuh bereits wieder auf den Beinen war. Sie erkannte, dass es sich bei ihrem Angreifer lediglich um einen schmächtigen Jungen handelte, senkte die Hörner und preschte los.

Wex fürchtete, nicht schnell genug klettern zu können, und flüchtete sich stattdessen hinter den nächsten Baumstamm. Ein Fehler. Jetzt musste er am Boden bleiben und dem wütenden Tier ausweichen, wodurch er nur wertvolle Zeit verlor, während der Leitbulle die Herde zurückrief. Schon in wenigen Augenblicken würde Wex umzingelt sein.

Cirillas Gewicht und ihre Fallgeschwindigkeit trieben den Dolch in ihrer Hand mit solcher Wucht in die Stirn der Kuh, dass er sich bis zum Heft in den dicken Schädel bohrte. Cirilla ließ sich auf den Boden fallen und rollte zur Seite, während das Tier bockte, ausschlug und das Haupt schüttelte, als versuche es, ein lästiges Insekt loszuwerden.

»Auf den Baum mit dir!«, fuhr sie Wex an, der wie angewurzelt dastand. Schließlich packte sie ihn und schob ihn nach oben. Als Cirilla hinter ihm hergewieselt kam, flogen die ersten Pfeile. Einen davon versenkte der jüngere Winster im Hals eines Jungbullen, der gerade aus dem Unterholz brach. Auf die Kuh, aus deren Schädel Cirillas Messergriff ragte, verschwendete er keinen weiteren Schuss. Schwankend lief sie umher, blind vom Blut, das ihr in die Augen lief, während ihre Sinne zusehends schwanden, bis sie schließlich zusammenbrach.

»Ha! Du blödes Einhorn«, rief Pinch nach unten. »Vor dir würde sich ja nicht mal ein kleines Kind erschrecken, du fette, besoffene Kuh!«

Weitere ihrer Artgenossen kehrten zurück, beschnupperten die Bäume und boten somit ein leichtes Ziel. Winster war Bogenschütze der Palastwache und durchlöcherte die Untiere eins nach dem anderen, bis sie japsend wie ein an Land gespülter Fischschwarm dalagen und ihr Leben aushauchten. Der Leitbulle hielt sich eine Weile auf sicherer Distanz, vorsichtig, verwirrt und dann wütend, als er schließlich doch angriff. Der wuchtige Aufprall erschütterte den Baum, sodass Wex und die anderen sich mit aller Kraft festhalten mussten, um nicht herunterzufallen. Aber der Stamm hielt stand, der Bulle ging in die Knie, und Winster jagte einen Pfeil in das immer noch von Wex' Steinwurf gerötete Auge. Dann sprangen alle von den Bäumen und versetzten den Tieren, die lediglich verwundet waren, mit ihren Schwertern den Todesstoß.

Am Ende begutachteten sie das Blutbad. Sieben der fleischfressenden Rinder lagen tot am Boden, darunter auch der Leitbulle. Der Rest war geflohen und kam auch nicht mehr zurück.

»Wie viel Fleisch, glaubst du, müssen diese Viecher am Tag essen?«, überlegte Wex mit der Neugierde eines Bauernjungen, während er zwischen den abkühlenden Kadavern umherlief.

»Ein fetter Koch müsste eigentlich reichen«, erwiderte Pinch.

»Hüte dich, unseren toten Freund zu verspotten!«, knurrte Curdwell und packte Pinch am Kragen.

Der wirbelte herum und schlug die Hand des Soldaten weg.

Fretter sprang dazwischen. »Deine Bemerkung ist in der Tat äußerst geschmacklos, selbst für einen Dieb«, sagte er zu Pinch. »Trotzdem schulden wir dir Dank, weil du den Bogen geholt hast.«

»Hebt Euch Euren Dank auf, bis Ihr vor Kryst tretet und ihm Bericht erstattet, ja?«

Fretter nickte. »Das werde ich.«

Winster zog inzwischen die kostbaren Pfeile aus den toten Rindern, jedes Mal verstimmt, wenn er einen zerbrochen fand. Ganze zehn waren unbrauchbar geworden.

»Sie zeigten keine Angst vor unserem Bogenschützen«, merkte Arkh an.

»Das stimmt«, pflichtete Fretter ihm bei. »Sie kamen zurück und liefen ungerührt in seine Reichweite.«

»Selbst als die ersten zu Boden gingen, glotzten sie nur verwundert.«

»Wexford, du bist ein Bauernsohn. Was hältst du davon?«, fragte Fretter.

»Ein seltsames Verhalten für Rinder«, antwortete Wex. »Selbst wilde Tiere werden vorsichtig, sobald einer ihrer Artgenossen einmal etwas abbekommen hat. Die Eichhörnchen auf dem Hügel oberhalb unseres Hofs verschwinden schon, wenn ich mich nur nach einem Stein bücke.«

»Dann bleibt es also ein Geheimnis«, unterbrach der ältere Winster. »Aber sollten wir nicht besser zusehen, dass wir hier verschwinden? Was, wenn die anderen zurückkehren? Oder noch mehr kommen, mehr als wir Pfeile haben?«

Er hatte zweifellos recht. Lediglich Cirillas Dolch wurde noch aus dem Schädel der toten Kuh gezogen, und sie schnitten ein paar Streifen Fleisch als Reiseproviant aus dem Kadaver. Dann eilten sie durch die Bäume, weg von der Lichtung.

»Du warst ganz schön mutig«, flüsterte Brynn in Wex' Ohr, während sie zurück zu dem Pfad unterwegs waren, den das Flussvolk ihnen gewiesen hatte.

Wex lächelte. Er hatte schon geglaubt, niemandem wäre die Rolle aufgefallen, die er in der siegreichen Schlacht gespielt hatte. Kühe umzuwerfen schien unspektakulär im Vergleich zu Pinchs dramatischem Spurt, Cirillas todesmutigem Sprung und den beeindruckenden Bogenkünsten des jungen Winster. Aber Brynn war es aufgefallen. Mehr noch, sie fand *mutig*, was er getan hatte. Unwillkürlich fragte sich Wex, ob Adara an ihrer Stelle wohl genauso denken würde.

Untiefen
Schimmelkamm
Kraterrand
Schimmelbrüder
Wildpfad
Lager der
Garnisonssoldaten
Seestraße
zweite Straße
zornfleck
Anwesen des
Grafen zornfleck
Hynde See
Furtheim
Erste Straße
Die Täler
Doppelsee

Verda
Schattenriese
Zornberge
Hof
Die verstreuten Hügel
Abrogan

23

Die Moral der Truppe wurde besser, je näher sie dem Pass kamen, der sie zurück zum Palast bringen würde. Fretter ging zwischen den Winsters, die mit stolzgeschwellter Brust die Karte ausgerollt vor ihm hertrugen, als wären sie Herolde und die Karte die Standarte von Skye. Wex raunte Kraven zu, dass die Karte die beiden herzlich wenig anging und sie gefälligst vorsichtig damit umgehen sollten.

Fretter beriet sich regelmäßig mit Kraven, mit Wex gelegentlich. »Keine Überraschungen, Wexford?«, fragte er, als sie das offene Grasland verließen und das Gelände hügeliger wurde.

»Wie ich Euch bereits gesagt habe, mit den bisherigen Überraschungen hatte ich nichts zu tun.«

Pinch warf hin und wieder einen Blick auf die Karte und inspizierte darauf jedes Mal sogleich die Umgebung.

»Wonach suchst du eigentlich?«, fragte Cirilla. »Du machst mich nervös.«

»Ach, nichts«, erwiderte Pinch fröhlich. »*Noch* nichts.« Aber auch er schien unruhig. Verstohlen rückte er näher an Wex heran. »Wie wird es aussehen, mein Freund?«, flüsterte er.

»Wie wird *was* aussehen?«, fragte Wex.

»Das kleine X natürlich.«

»Denkst du immer noch daran?«

Pinch nickte lächelnd.

»Ich weiß es nicht«, erwiderte Wex verärgert. »Vielleicht sollten wir lieber zusehen, dass wir nach Hause kommen.«

»Findest du nicht, dass wir eine kleine Belohnung verdient haben? Vor allem jetzt, nach diesem schrecklichen Zwischenfall, nachdem wir unser Leben riskiert und noch einen unserer Freunde verloren haben …?«

»Den Freund, über dessen Tod du im Wald noch deine Witzchen gerissen hast?«

»Genau den.«

Wex räusperte sich. »Ich weiß trotzdem nicht, wie das X aussehen könnte.«

Pinch nickte und hielt mit seinen scharfen Augen weiter Ausschau nach irgendeinem Hinweis auf ein X.

»Was flüstert ihr beiden da?«

Wex blickte auf und sah, wie Brynn ihn anstarrte. Ihr Gesicht war freundlich, und sie lächelte sogar.

»Ach, nichts Wichtiges«, erwiderte er beschwichtigend.

»Dann bräuchtet ihr auch nicht zu flüstern, und du könntest eure Worte ohne Bedenken wiederholen.«

»Liebes, mit den Geschäften von zwei Gaunern wie uns hat so ein entzückendes Mädchen wie du doch gar nichts zu schaffen, nicht wahr?«, meinte Pinch mit einem Zwinkern.

»Ich bin kein Gauner«, beschwerte sich Wex. »Ich habe in meinem ganzen Leben noch nie etwas gestohlen. Da, wo ich herkomme, kann es dich leicht einen Finger kosten, solche Dinge zu behaupten.«

Pinch wackelte mit den Fingern und zählte. »Puh! Alle neun noch da.«

Brynn lachte. »Du bist ein amüsantes Kerlchen, Dieb. Tu mir einen Gefallen und hab ein wachsames Auge auf diesen Jungen. Ich habe das Gefühl, an ihm ist tatsächlich mehr dran, als man auf den ersten Blick meinen möchte.«

»Wir sind hier nicht in Zornfleck«, brummte Wex, »und ich bin kein Junge. Hier draußen bin ich genauso Mann wie jeder andere.«

»Das wird sich noch zeigen«, flötete Brynn. »Aber ich werde darauf achten und es dir sagen, wenn es so weit ist.« Und damit hüpfte sie davon.

Als sie außer Hörweite war, gab Pinch Wex einen Klaps auf den Hinterkopf. »Was ist bloß los mit dir, Junge?«

»Wovon redest du?«

»Das Mädchen, ihre Augen.«

»Ihre was?«

»Sie sieht dich ganz unverhohlen an. Du solltest sie mit charmanten Neckereien belohnen. So wie ich.«

Wex blickte Brynn hinterher. »Sie ist keine Adara«, sagte er seufzend.

Pinch stieß einen leisen Pfiff aus. »Aha, ich verstehe. Die rassige dunkle Stute war in der Tat eine ganz ausgesuchte Schönheit, aber soweit ich sehe, ist sie nicht hier.« Er ließ den Blick umherschweifen, als würde er nach der Tochter des Dido suchen. »Nein. Nicht das geringste Anzeichen von ihr.«

»Ich habe ihr gesagt, ich werde zurückkommen.«

»Aber in der Zwischenzeit …« Pinch machte eine Geste in Brynns Richtung, die Wex nicht kannte.

Cirilla schlug Pinch auf die Finger. »Sei vorsichtig, bei wem du dir in Frauensachen Rat holst«, sagte sie zu Wex. »Sie sind eine Investition in die Zukunft, kein Zeitvertreib. Außerdem sieht mir keine der beiden nach einer geeigneten Frau für dich aus. Du brauchst ein robustes Weib, das dir anständiges Essen kocht und für deine Kinder sorgt.«

»Ich habe keine Kinder. Ich brauche kein robustes Weib. Und ich weiß nicht, was diese Geste bedeutet.« Wex versuchte, Pinchs Handbewegung zu imitieren, sehr zu Mungos Erheiterung. »Wieso macht ihr euch jetzt beide über mich lustig?«, fragte er verärgert.

»Weil sie auch einmal jung waren«, erklärte Arkh. »Sie können der Verlockung, diesen aufregenden Abschnitt ihres Lebens an deinem Beispiel noch einmal zu durchleben, einfach nicht widerstehen, und sei es nur in Form von dummen Sprüchen und ebenso törichten Ratschlägen.«

»Ich bin immer noch jung«, verteidigte sich Pinch, während Cirilla Arkh anerkennend zunickte.

»Ho!«, ertönte Fretters Stimme von der Spitze des Trosses. »Was ist das?«

»Die Götter seien verdammt«, keuchte Pinch. »Da hat unser pedantischer Hauptmann es doch tatsächlich als Erster gesehen.«

»Was?«, fragte Wex, der befürchtete, die Sache könnte etwas damit zu tun haben, wie er die Tochter des Grafen behandelt hatte. Wenn er sie zu sehr vor den Kopf stieß, konnte sie ihm und seinem Vater eine Menge Ärger bereiten.

»Unser X«, erklärte Pinch. »Du solltest lernen, dich auf die wichtigen Dinge im Leben zu konzentrieren, Junge.«

»Wexford!«, fuhr Fretter mit verärgerter Stimme dazwischen. »Komm nach vorn.«

Den Kopf gesenkt wie ein geprügelter Hund, schlurfte Wex zu Fretter, der mit Kraven und den Winsters auf einer Hügelkuppe stand.

»Was ist das, Wexford?«, wiederholte Fretter.

Der Hauptmann deutete auf eine große grüne Formation in dem Taleinschnitt zu ihren Füßen.

Zuerst dachte Wex, es wäre ein besonders dichtes und von Menschenhand angepflanztes Wäldchen. Das Blattwerk erstreckte sich wie ein gerader, grüner Bach diagonal über etwa ein Drittel des Tals. Hinzu kam ein weiterer, genauso undurchdringlicher Streifen, der den ersten exakt im rechten Winkel kreuzte, sodass das Ganze von der Hügelkuppe aus wirkte wie ein übergroßes X.

»Ein komisch gewachsener Hain?«, schlug Wex vor.

»Nein, sieh genauer hin«, widersprach der junge Winster.

»Dein Hain hat nur einen Stamm, dessen Krone in vier verschiedene Richtungen wächst.«

»Es ist ein riesiger Baum!«, rief Curdwell erstaunt.

»Ein riesiger Baum in X-Form«, fügte Fretter stirnrunzelnd hinzu.

Wex hob die Augenbrauen. »Das muss die Wegmarke sein, die ich gezeichnet habe.« Er nickte und tat so, als wäre er kein bisschen überrascht. »Kein Zweifel, wir sind auf dem richtigen Weg.«

»*Was* ist das, Wexford?«, wiederholte Fretter. »Etwas Derartiges habe ich noch nie gesehen.«

»Ich weiß es nicht.«

»Oh doch, ich glaube, das tust du.«

»Vielleicht würde es sich lohnen, es näher in Augenschein zu nehmen«, mischte Pinch sich ein. »Ich würde mich sogar freiwillig melden.«

Fretter nahm Kraven beiseite, um sich unter vier Augen mit ihm zu besprechen.

»Der Schatz ist doch wohl nicht unter diesem Monster von einem Baum vergraben, oder?«, flüsterte Pinch in Wex' Ohr. »Selbst eine ganze Armee wäre mindestens ein Jahr damit beschäftigt, um an ihn heranzukommen.«

»Ich weiß es nicht, verdammt!«, entgegnete Wex. »Du beschwerst dich schon genauso oft bei mir wie Fretter.«

Kraven trat herbei und legte Wex eine Hand auf die Schulter. »Was wolltest du in Wirklichkeit mit diesem X andeuten? Sei ehrlich.«

»Eine Wegmarke, und zwar eine unübersehbar große.«

Kraven funkelte Wex an, nicht zufrieden mit der Antwort. Es war dieser wütende, vollkommen unmagische Blick, der die Wahrheit aus Wex herauspresste.

Wex ließ den Kopf hängen. »Einen Schatz«, gestand er, sehr zu Pinchs Verdruss.

Eisige Stille legte sich über die Gruppe.

»Du Idiot«, fauchte Cirilla. »Schätze liegen nicht einfach so im Wald herum. Wo es einen Schatz gibt, gibt es auch einen Wächter!«

»Aber ich habe keinen Wächter gezeichnet.«

»Du hast auch keine verfaulenden Wilden gezeichnet und keine Horde gehörnter Teufel«, fuhr Curdwell ihn an. »Was sie trotzdem nicht daran gehindert hat, über uns herzufallen!«

Wex fiel auf, wie Pinch die hitzige Diskussion verfolgte, offensichtlich auf der Suche nach einer Lösung.

»Wir umgehen die Stelle«, sagte Fretter schließlich in der Absicht, der Debatte ein Ende zu machen. »In einem weiten Bogen.«

Pinch beugte sich an Fretters Ohr, schnurrend wie eine Katze, die sich am Bein ihres Herrn reibt. »Habt Ihr tatsächlich vor, Kryst zu berichten, dass wir den Hort eines bekannten Schatzes haben links liegen lassen?«

»Über deinen angeblichen Hort ist nichts Sicheres bekannt.«

»Was nicht bedeutet, dass er sich nicht fragen wird, warum wir solche Angst vor einem harmlosen Baum hatten, dass wir nicht einmal nachgesehen haben. Ein Viertel von allem, was wir finden, gehört ihm, schon vergessen? Den Rest können wir unter uns aufteilen, wenn ich richtig gerechnet habe.«

Alle Besorgnis wich aus den Gesichtern, die Fretter anstarrten, und wurde von regem Interesse verdrängt. Selbst die Soldaten zählten im Kopf bereits ihren Anteil.

Wex sah, wie Fretter gegen Pinchs Vorschlag ankämpfte. Und zu seiner Verteidigung musste er sagen, dass der Hauptmann erst nachgab, als Kraven mit hochgezogenen Augenbrauen und einem Schulterzucken andeutete, ein Versuch könnte sich zumindest lohnen.

»Aber nur ein kurzer Blick«, erklärte Fretter. »Und bei unserer Rückkehr wird jeder von euch behaupten, wir hätten alles gründlich abgesucht.« Er nickte, und alle nickten zurück. »Und es ist Wexford, der gehen wird«, fügte er entschlossen hinzu. »Er hat das X gezeichnet, er untersucht es.«

»Aber er wird Hilfe brauchen, nicht?«, meinte Pinch.

»Nicht deine.«

Pinch lächelte und ließ die Sache auf sich beruhen. Bisher waren die Dinge für den Dieb immerhin recht gut gelaufen, wie Wex fand. Pinch hätte es ohnehin niemals geschafft, sich einen kompletten Schatz unter den Nagel zu reißen, ohne dass der Rest der Gruppe Wind davon bekommen hätte. Und jetzt musste er nicht einmal selbst danach suchen. Wex war soeben befohlen worden, das für ihn zu erledigen.

Brynn hob die Hand, um sich freiwillig zu melden, aber Fretter winkte ab. Das war Wex nur recht. Als sie das letzte Mal gemeinsam auf Erkundung gegangen waren, hätte es sie beinahe das Leben gekostet, und Wex wollte ihr Blut nicht an seinen Händen kleben haben. Sein eigenes war schon genug. Es war jedoch nicht nur Ritterlichkeit, weshalb Wex so erleichtert war: Wenn Brynn wegen einer seiner Unternehmungen den Tod fand, würde ihre Familie seinem Vater das Leben zur Hölle machen.

Sie legten eine Pause ein und kochten etwas von dem Fleisch, das sie aus den toten Teufelsrindern geschnitten hatten. Alver machte sich daran, eine Grube für das Feuer auszuheben, als hätte er vor, ab jetzt das Kochen zu übernehmen, und Spärling ging auf Wachposten, während Schurken und Missgeburten ausgesandt wurden, um Holz zu sammeln.

Fretter behielt die Karte und Wex' Zeichenutensilien lieber bei sich, schickte aber den jungen Winster mit, weil es gegen das Protokoll verstieß, wenn er Wex hätte allein gehen lassen.

In gewisser Hinsicht war der Auftrag natürlich eine Bestrafung, auch wenn niemand es direkt aussprach. Irgendwie waren ihnen die Dinge, die Wex zeichnete, nicht geheuer, die guten genauso wenig wie die schlechten. Es war nicht schwer nachzuvollziehen, wenn sie ihn für all die Katastrophen hassten, die sich ereignet hatten. Aber bei manchen war auch ein Anflug von Neid dabei, auf das Schöne und Gute, das Wex erschuf.

Der Weg ins Tal hinunter war nicht besonders steil und leicht zu bewältigen. Eine Weile marschierten sie wortlos dahin, aber bald wurde Wex die Stille unangenehm.

»Ich habe gehört, Ihr seid ein Adliger«, sagte er schließlich. »Von welchem Stand?«

»Von dem Stand, dass erst mein älterer Bruder sterben muss, bevor ich irgendeinen Titel beanspruchen oder mir auch nur eine Frau nehmen kann. Die schnappt sich jedes Mal er, sobald ich eine sehe, die mir gefallen könnte. Selbst die junge Brynn hat er sofort in Beschlag genommen, nachdem er mich mit ihr hat sprechen sehen.«

»Ist mir gar nicht aufgefallen«, erwiderte Wex.

»An der Palasttafel darf ich nicht einmal an der Seite meines Vaters sitzen. Die ist dem Erstgeborenen vorbehalten, dem, der den Namen des Geschlechts weiterführt. Stattdessen hocke ich schön brav neben meiner Mutter, der Ersatzsohn, der nur in die Welt gesetzt wurde für den Fall, dass alle anderen Pläne scheitern.«

Wex war so perplex, dass es ihm die Sprache verschlug.

»Ich wünsche mir seinen Tod nicht«, stellte der junge Winster hastig klar. »Ich meine, er ist mein *Bruder*. Aber ich habe ja nicht mal so etwas wie einen eigenen Namen. Seit ich denken kann, nennen alle mich nur den jüngeren Winster.«

Schweigend gingen sie weiter, unfähig, einander in die Augen zu sehen – der junge Winster aus Beschämung darüber, dass er gesagt hatte, was er nie hätte sagen dürfen, und Wex aus Beschämung darüber, dass er gehört hatte, was er nie hätte hören dürfen.

Bald wurde die Anspannung zu groß, um sie noch weiter zu ertragen. »Also gut, wie ist dein richtiger Name?«, fragte Wex.

Der junge Adlige blickte ihn verdutzt an. Er war kaum älter als Spärling und näher an Wex' Alter als an dem seines Bruders.

»Mein Name ist Spragg, nach meinem Onkel. Spragg Owen Winster.«

»Kann ich dich von jetzt an so ansprechen?«

Spragg überlegte. »Nur wenn wir allein sind.«

Nachdem diese Angelegenheit geregelt war, beeilten sie sich, den bizarren Baum zu erreichen. Verglichen mit seinem Umfang war der Baum gar nicht so besonders hoch, aber die Ausdehnung der vierstämmigen Krone war gewaltig – sie betrug beinahe einen ganzen Morgen. Die gelbbraun und jadegrün gesprenkelten Blätter wuchsen so dicht, dass sie den Himmel über ihnen komplett verdunkelten, und jedes von ihnen war genauso groß wie Wex' Kopf.

Sein Instinkt sagte Wex, dass der Schatz irgendwo dort oben versteckt sein musste. Er wusste nicht genau, woher er dieses Gefühl nahm. Der Schatz könnte genauso gut in der Erde unter den riesigen Wurzeln vergraben sein. Vielleicht, dachte Wex, wusste er es ganz einfach deshalb, weil er den Baum gezeichnet hatte. Er fühlte eine Art Verbindung zu dem Gewächs, so wie mit dem Rest der Landschaft. Könnte er auch noch kontrollieren, was aus seinen Zeichnungen entstand, hätte er sich gefühlt wie der Schöpfergott selbst. Aber er konnte es nicht. Es war, als würde die Welt unter dem Schleier sich selbst aus seinem Blut erschaffen, als würde er mit seinem Zeichenkiel lediglich den Anstoß dazu geben.

Spragg starrte den gigantischen Baum an. »Was schlägst du vor, Wexford?«

Wex war begeistert. Endlich hatte einer der Soldaten ihn mit seinem Namen angesprochen, und nicht nur das, er hatte ihn sogar nach seiner Meinung gefragt!

»Klettern?«

»In Ordnung. Aber ich denke, es wäre am besten, wenn einer von uns unten bleibt und Wache steht.«

»Ich werde klettern. Fretter wollte, dass ich ausbade, was ich gezeichnet habe.«

»Einverstanden. Und ich werde nach Gefahren Ausschau halten und dich warnen, sobald ich welche sehe.«

Wex ging auf den Vierfachstamm zu und spuckte in die Hände. »Das ist der zweite Baum, auf den ich heute klettere. Ich hoffe, der Aufenthalt fällt diesmal etwas angenehmer aus als beim ersten.«

Spragg grinste. »Schlimmer kann es zumindest kaum werden.«

Wex schob die Finger in die tiefen Risse der dicken Rinde und zog sich nach oben.

Die Kletterpartie gestaltete sich äußerst angenehm und war genau das Gegenteil von der hastigen Flucht auf die Fichte, mit der er sich vor den grausigen Rindern in Sicherheit gebracht hatte. Die unteren Äste wuchsen in erstaunlich kleinen und regelmäßigen Abständen, was Wex das Gefühl gab, gemütlich eine Leiter hinaufzuklettern. Er war dankbar für die Ruhe und Entspannung. Seit er sich der Expedition angeschlossen hatte, war er nicht einen einzigen Augenblick allein gewesen; ein Zustand, den er seit dem Tod seiner Mutter nicht mehr gekannt hatte.

Seine Gedanken wanderten zu Adara. Streng genommen hatte er seit ihrem verführerischen Tanz kaum an etwas anderes gedacht. Immer noch hörte er den Rhythmus, den die Flussmenschen auf ihre Boote geklopft hatten, und die Bewegungen von Adaras wildem Hüftschwung tollten durch seine Fantasie wie junge, verspielte Kätzchen. Adara kannte kein Zögern, kein Vorausdenken und kein Planen. Sie fühlte einfach und handelte danach. Adara tanzte nicht nur, ihr ganzes Leben war wie ein einziger Tanz, und Wex sehnte sich so sehr nach ihr, dass ihre Abwesenheit ihm fast schon körperliche Schmerzen bereitete.

Er würde auch an Krysts nächster Expedition teilnehmen, um zu dem Fluss zurückkehren und das fahrende Volk erneut besuchen zu können. Das nächste Mal wird es bestimmt nicht mehr so gefährlich, sagte er sich. Sie würden mit mehr Soldaten reiten, und außerdem wussten sie jetzt, was sie erwartete. Nächstes Mal wären sie vorbereitet. Als Kartenzeichner hatte er nun sein eigenes Geld. Er könnte ein Geschenk für Adara kaufen und sie damit beeindrucken, Schmuck vielleicht oder ein schönes Kleid. Wenn er darüber nachdachte, schien sie ihm allerdings nicht der Mensch, der sich viel aus Kleidern machte. So richtig in ihrem Element war sie erst, wenn sie so gut wie nichts am Leib trug. Vielleicht sollte er sich eher darauf verlegen, ihren Vater zu beeindrucken. Aber Adara schien auch nicht der Mensch, der erpicht darauf war, die Wünsche des eigenen Vaters zu erfüllen. Sie war so ganz anders als die Mädchen in Zornfleck, anders sogar als Brynn. *Vor allem* als Brynn, trotz der Tatsache, dass sie beide Töchter von hochgestellten Persönlichkeiten waren. Wex merkte, dass er schlichtweg keine Ahnung hatte, wie er an sie herankommen sollte, und verfluchte sich dafür, dass er nicht mehr über die Sitten und Gebräuche des Flussvolks herausgefunden hatte.

Schließlich hatte er die Stelle erreicht, an der sich der Stamm zu der x-förmigen Krone auffächerte. Wex hatte gehofft, von hier oben etwas sehen zu können, aber das Blätterdach war weiterhin absolut undurchdringlich. Er konnte nicht einmal den Himmel darüber erkennen.

In der Hoffnung, irgendwo weiter weg vom Stamm eine Öffnung zwischen den Blättern zu finden, von wo aus er seinen Freunden ein Zeichen geben konnte, tastete sich Wex auf einem der Äste vor. Der Ast war so dick, dass er bequem darauf hätte balancieren können, aber Wex zog es vor, bäuchlings darauf entlangzurobben.

Das war der Moment, in dem er den Schatz entdeckte.

Offen und ungeschützt lag er in einer Art Nest, das aus Lehm und abgebrochenen Ästen zu bestehen schien. Oder waren es eher Baumstämme? Immerhin waren sie so dick wie Wex' Oberschenkel. Er fragte sich, welche Vogelart kräftig genug war, sie hier heraufzuschleppen und zu einem Nest zusammenzufügen. Zu einem Nest von einem Durchmesser, der der Länge von drei ausgewachsenen Männern entsprach.

Was für ein Verhau, dachte Wex. Ein anderes Wort fiel ihm nicht ein. Alles Mögliche lag darin kreuz und quer, als wäre es achtlos hineingeworfen worden. Wex konnte nichts Wertvolles entdecken. Nur seltsam verdreht gewachsene Zweige, wertlose Steine und anderes Zeug, das er nicht identifizieren konnte. Aus den paar Tierhäuten, die er entdeckte, ließe sich vielleicht Kleidung machen, aber sie schienen nicht besonders gut gegerbt zu sein, und manche faulten sogar schon. Ein eigenartiges Sammelsurium, fand er, eher das Diebesgut einer Elster als ein von Menschen angelegtes Versteck. Vielleicht würde er unter all dem Müll etwas finden, wenn er nur genau genug suchte.

Wex robbte weiter. Irgendwie hatte er das Gefühl, er könnte die Wärme der Rinde auf seiner Haut spüren und sogar den Puls des riesigen Baums.

Dann bewegte er sich.

Fast wäre Wex von dem Ast gefallen. Mit verzweifeltem Griff konnte er sich gerade noch an zwei Blättern festhalten, die zu seiner großen Überraschung weder ein- noch abrissen und ihn so vor dem Fallen bewahrten. Sie waren fest und dick wie Leder und schmiegten sich so eng an den Ast wie Efeu.

Das ganze Blätterdach geriet jetzt in Bewegung, löste sich vom x-förmigen Stamm wie ein perfekt getarnter Vogel aus einem Gebüsch. Ein gigantischer, keilförmiger Kopf glitt zwischen den Ästen hervor. Er wandte sich in Wex' Richtung und öffnete die melonengroßen Augen.

24

Vill versammelte seine Truppen, einhundert Düsterlinge, aufgeteilt in zehn Zehnergruppen. Das Unterkommando hatte er den physisch kräftigsten Exemplaren in jedem Zehnertrupp übertragen. Die klügsten wären ihm lieber gewesen, aber die kräftigen sprachen eher auf Vills Konzept von Führung durch Stärke an. Die beiden allerstärksten behielt er ständig an seiner Seite. Nach dem Merkmal, das sie jeweils besonders auszeichnete, hatte er ihnen die Namen »Narbe« und »Schnüffler« gegeben. Sein Kontingent wurde immer größer, je weiter sich die Kunde verbreitete. Ganze Sippen hatten sich Vill angeschlossen, und neugierige Einzelgänger kamen angelaufen, wann immer sie von den gemeinsamen Jagden hörten oder das frische Fleisch witterten. Vill hatte herausgefunden, dass die Düsterlinge, die durch die Wälder oberhalb der vierten großen Flussbiegung streiften, sich selten zu größeren Gruppen zusammenfanden. Die Größe blieb meist auf die Anzahl beschränkt, die ein einzelner Düsterling aufgrund seiner überlegenen Körperkraft unterwerfen konnte. Die Gruppe, die Vill gefunden hatte, war eine der größten außerhalb ihrer angestammten Heimat weiter flussabwärts.

Die Erwachsenen und die Kampftauglichen hatte Vill seinen Truppen zugeteilt. Für die Jungen und die Betreuer hatte er ein Lager errichten lassen. Die Unterkünfte, so einfach sie auch waren, stellten alles in den Schatten, was die Düsterlinge je selbst erschaffen hatten, und sie waren entsprechend beeindruckt. *Leicht* beeindruckt vor allem, wie Vill feststellte. Und erfreut. Wann immer er sich unter ihnen bewegte, scharten sie sich um ihn und schnatterten aufgeregt.

Er unterwies sie im Sammeln von brauchbaren Ausgangsmaterialien und in der Herstellung von Werkzeugen, beglückte sie mit der Kunst des Bogenschießens, dem Rad und Speeren mit Steinspitze. Die ein Stück weit vom Lager entfernten Latrinengräben waren eine willkommene Verbesserung, für Vill genauso wie für seine neuen Untertanen. Und wann immer er Feuer machte, feierten sie ihn wie einen leibhaftigen Magier. Sie hatten zwar schon öfter gesehen, wie das verhasste, köstlich schmeckende Flussvolk Flammen benutzte, aber die tumben Düsterlinge hatten nie begriffen, dass Feuer etwas war, das man selbst herstellen konnte. Stets hatten sie es wahlweise für ein Naturphänomen, einen Zauber oder den Zeitvertreib einer Tiergottheit gehalten. Als Vill ihnen beibrachte, selbst welches zu machen, heulten sie begeistert auf. Eine groteske Szene, wie Vill fand, aber ermutigend für die Pläne, die er mit ihnen hatte.

Vill ließ den Blick über das neu entstandene Düsterlingdorf wandern. Sie hatten das Stück Wald in der Hälfte der Zeit gerodet, die Menschen dafür gebraucht hätten, weil sie sowohl schneller als auch stärker waren. Sie waren nicht besonders schlau, aber sie folgten gerne Befehlen, und wenn er ihnen eine Aufgabe stellte, waren sie fleißige Arbeiter. Unter seiner Führung konnten sie etwas erreichen. Vill hatte ihre Lebensqualität bestimmt um das Zehnfache gesteigert, ihr Wissen und den technischen Stand ihrer Kultur um ganze Jahrhunderte vorangebracht. Als Gegenleistung gestatteten sie ihm, über sie zu herrschen.

»Formiert euch!«, befahl Vill.

Unter viel Geschubse und Gedränge versammelten sich die Soldaten. Keine besonders ordentliche Truppe, wie Vill immer wieder auffiel, aber diesen Mangel glichen sie mit ihrem instinkthaften Enthusiasmus und ihrer Wildheit mehr als aus. Sie waren weder angenehme Charaktere noch schön anzusehen, und ihr stechender Geruch hing Vill ständig in der Nase, aber angenehme Gesellschaft war nicht das, worauf er es im Moment abgesehen hatte. Was er brauchte, war eine weitere Demonstration seiner Macht, um erneut expandieren zu können, um in die Heimat der Düsterlinge zu marschieren und sich an die Spitze ihres gesamten Volkes zu setzen.

Es war an der Zeit, den Magier zu finden, der den Schleier versetzen konnte.

»Eber!«, rief er einem fetten Düsterling zu, der einen der Zehnertrupps befehligte. »Erkläre ihnen, wo der Magier ist.« Er sagte es in ihrer einfachen Sprache, und wo immer die Worte fehlten, weil es keines gab, half er mit Gesten nach.

Eber drehte sich um und verkündete mit kehligen Lauten, dass der Flussmensch mit dem wandernden Auge ihnen den Weg zu ihrer Beute gezeigt habe – über die weiten Felder zu einem Pass, der hinauf in die Berge führte.

In ihren Reihen erhob sich Gemurmel.

»Was sagen sie?«, fragte Vill herrisch.

»Düsterlinge verschwinden auf diesem Berg«, erklärte Eber. »Es bleiben nur zerbrochene Knochen, wenn wir überhaupt etwas finden.«

»Das passiert, wenn ihr allein geht. Zusammen sind wir stark. Nur eine Armee könnte uns aufhalten.«

»Keine Armee. Ein Monster ist dort.«

»Pah! Ein Bär vielleicht, oder eure Einbildung. Wir gehen, alle gemeinsam!«

Mit einem Nicken hob Eber die muskulösen Arme und stachelte die Fußsoldaten zu frenetischem Jubel an. Sie schrien und jubelten für Vill, und er führte sie hinaus aus dem Lager, einen stampfenden Trupp, zehn Mann breit und zehn Mann tief. Sie fühlten, wie die Geschlossenheit ihnen Kraft gab, genau wie Vill gesagt hatte. Den ersten Sieg hatten sie mit nur zwei Opfern in den eigenen Reihen errungen, und das, obwohl sie in der Unterzahl gewesen waren. Danach hatten sie sich an den Leichen ihrer Feinde sattessen können. Vill war ihnen ein guter Anführer gewesen. Bisher. Sie vertrauten ihm. Mehr noch, sie glaubten an ihn. Und wenn er jetzt noch den Schleier versetzte, der sie von ihrer Heimat abschnitt, würden sie ihn anbeten wie einen Gott.

25

Wex fand sich in der unangenehmen Position wieder, sich an einem riesenhaften Tier festklammern zu müssen. Die Blätter waren, wie sich herausstellte, ledrige Schuppen, und was Wex für eine vierteilige Baumkrone gehalten hatte, waren in Wirklichkeit Körper und Flügel des Dings. Wie eine Decke hatte es sich schlafend über das Blätterdach gebreitet und war durch seine Tarnung vollkommen mit dem Baum verschmolzen.

Eine Kreatur, so groß wie ein Morgen Ackerland, starrte ihn aus wenigen Ellen Entfernung an. Wex spürte ihren heißen Atem auf der Haut, die Finger immer noch in den braungrünen Schuppenpanzer des Ungeheuers gekrallt. Es gab keine Möglichkeit zur Flucht. Ein Sprung aus dieser Höhe hätte ihn genauso schnell ins Jenseits befördert wie ein Biss des gigantischen Mauls vor ihm, also versuchte Wex erst gar nicht zu entkommen. Stattdessen redete er in demselben beruhigenden Flüsterton auf das Wesen ein, wie er es zu Hause immer mit den Schweinen machte.

»Ruhig, ganz ruhig …«

Das Maul öffnete sich und entblößte zwei Reihen gebogener Zähne, jeder davon so lang wie Wex' Unterarm. Sie waren spitz wie Speere, von bräunlicher Farbe und sahen irgendwie abgenutzt aus. Wenn er raten müsste, hätte Wex gesagt, sie seien aus Holz, genauso wie er den Schuppenpanzer ursprünglich für Blätter gehalten hatte. Trotzdem machten die Zähne den Eindruck, als könnten sie ihn mit einem einzigen Biss zermalmen.

»Ruhig …?«, erwiderte eine donnernde Stimme.

Wex' Augenbrauen schossen nach oben. Im ersten Moment glaubte er, seine eigenen Worte wären von dem riesigen Rachen als Echo zurückgeworfen worden. Aber dafür klang die Stimme viel zu tief, und auch der Tonfall war ein anderer. Vielleicht hatte das Geschöpf ja die Laute imitiert, die Wex von sich gegeben hatte. Manche Vogelarten machten das so.

»Runter«, sagte Wex sanft. »Ich werde jetzt runterklettern. Ganz langsam.«

»Bleib«, ertönte die Stimme wieder, diesmal klar und deutlich. Kein Zweifel, es war kein Echo.

»Richtig. Wahrscheinlich könnte ich genauso gut bleiben«, räumte Wex ein. »Für den Moment zumindest.«

Der Riesenkopf schwang auf einem schlangenartigen Hals um Wex herum und begutachtete ihn aus allen Richtungen.

»Du wirst mich doch nicht fressen, oder?«, fragte Wex.

»Weiß ich noch nicht. Schmeckst du gut?«

»Nein«, erwiderte Wex hastig, obwohl er eigentlich gar nicht wusste, ob er gut schmeckte oder nicht.

»Gibt es noch mehr von dir?«

»Nein«, antwortete Wex, um seine Freunde nicht in Gefahr zu bringen.

»Gut, denn größere Gruppen von Menschen können äußerst lästig sein. Sie haben die unangenehme Angewohnheit, sich zusammenzurotten und einen anzugreifen, selbst wenn man nur einen von ihnen gefressen hat. Sinnlos, aber lästig.« Die Kreatur biss einen Ast ab, der so dick war wie ein Bein, und begann darauf herumzukauen, um ihre Zähne zu schärfen.

»Ich meinte, ich bin allein *auf diesem Baum*«, korrigierte sich Wex. »Aber ganz in der Nähe gibt es noch jede Menge von mir. Und sie warten auf mich. Wenn ich gefressen werde, greifen sie ganz bestimmt an.«

»Der eine da unten stellt keine sonderliche Bedrohung dar«, erwiderte das Geschöpf. »Ich kann ihn mir jederzeit schnappen.«

Es streckte das Haupt nach oben und spähte hinaus ins Tal. »Ah, da sind ja die anderen«, polterte es. »Ja, die könnten lästig werden, fürchte ich.«

»Du wirst mich also nicht fressen?«

»Zu viel Ärger. Wenn nur einer von euch entwischt und mit einer ganzen Rotte zurückkommt – welch unausdenkliche Unannehmlichkeit! Das Flussvolk macht so was ständig, dabei verspeise ich ihresgleichen gar nicht. Genauso wenig wie die Fauligen oben auf dem Vulkan. Manchmal pirsche ich mich hinauf und stehle eins von ihren Opfern vom Altar, das heißt, wenn es nicht schon am Verwesen ist, aber sie sind mir auf die Schliche gekommen und stellen neuerdings Wachposten auf. Das kleine Volk, das in Richtung des Sonnenuntergangs lebt, ist der Mühe kaum wert, und sie sind flink, die kleinen Biester, schwer zu erwischen. Ein verirrter Düsterling ist da schon besser. Die sind groß und ergiebig. Ungeschickt wie Wolfswelpen tapsen sie umher und sind zu blöd, auch nur einen Stein nach mir zu werfen.«

Wex atmete erst einmal erleichtert auf. Allerdings bestand jetzt, da das Ding sich bewegte, nicht mehr die geringste Möglichkeit, an ihm herunterzuklettern. Wex wagte nicht, um Erlaubnis zu fragen, sich zu entfernen, weil er Angst hatte, die Kreatur könnte es sich dann anders überlegen und ihn doch noch verschlingen. »Wer beim Essen spricht, verpasst die Mahlzeit«, sagte sein Vater immer, also versuchte Wex, das gefräßige Vieh möglichst tief ins Gespräch zu verwickeln.

»Bist du ein Teil dieses Baums?«, fragte er.

»Nein«, erwiderte das Wesen, begleitet von einem Laut, der wie ein Lachen klang. »Der Baum ist der Baum, und ich bin ich.«

»Dann bist du so etwas wie ein übergroßer Vogel?«

»Kein Vogel. Vögel haben keine Zähne.« Stolz zeigte das Ungeheuer sein Raubtiergebiss. »Und auch kein Rieseneichhörnchen.«

»Ein Drache?«

»Ich würde mich selbst nicht so nennen, aber du darfst es, wenn du willst. Jene, die mich gesehen und die Begegnung überlebt haben, nennen mich bei allen möglichen fantasievollen Namen.«

»Und mit deinen großen Flügeln kannst du von einem Ort zum andern fliegen, richtig?«

»Dorthin, wo Bäume wie dieser wachsen, ja. Unglücklicherweise existieren nur noch wenige, und dann war da noch dieser ärgerliche und völlig unzeitige Nachteinbruch, der meinen Horst im Süden verschlungen hat. Bislang habe ich beschlossen, mich von dieser Dunkelheit fernzuhalten. Sie riecht nicht gut. Ich hoffe, die Sonne wird sie bald verscheuchen, auch wenn der bedauernswerte Zustand jetzt schon mehrere Tage anhält. Seltsam, wenn du mich fragst.« Die Kreatur reckte erneut den Hals. »Dort drüben lungert sie herum, an der Hügelflanke, nur einen kurzen Flug von hier entfernt.«

Wex folgte der Blickrichtung des Geschöpfs. Der Schleier begann gleich auf der gegenüberliegenden Seite des Tals. Weiter hatte Wex nicht gezeichnet.

»Eine weise Entscheidung, dich vom Schleier fernzuhalten«, erklärte Wex. »Auch wenn die Sonne ihn niemals verscheuchen wird.«

»Du weißt etwas über diese Dunkelheit?« Der Kopf des Ungeheuers schwang herum und starrte Wex direkt in die Augen.

»Ich weiß, dass sie seit mehreren Jahrhunderten existiert, vielleicht noch länger.«

»Nein. Ausgeschlossen! Seit ich lebe, fliege ich kreuz und quer durch die Welt, und erst vor wenigen Tagen habe ich sie entdeckt.«

Wex versuchte, sein Gegenüber einzuschätzen. Das Geschöpf war zweifellos intelligent, außerdem weitgereist und ziemlich alt, so groß wie es war. Wex fragte sich, ob der Drache vor den Zeiten des Schleiers hierher in die Zornberge gekommen war, falls es überhaupt ein Vor-dem-Schleier gab. Zumindest wusste er offensichtlich eine Menge über die Lande *hinter* dem Schleier. Er kannte die Flussmenschen, die Aussätzigen und die Düsterlinge. Ein kleiner Informationsaustausch konnte für beide Seiten von Vorteil sein, und Wex überlegte, wie viel er preisgeben sollte. Wenn er von dem Geheimnis der Karte erzählte, wären Fretter und Kraven bestimmt wütend auf ihn. Andererseits standen Fretter und Kraven auch nicht hier und unterhielten sich mit einem Ungeheuer, das so groß war wie eine Viehweide. Stattdessen hatten sie *ihn* vorgeschickt.

»Ich glaube, dass du viele, viele Jahre lang selbst in dem schwarzen Schleier gefangen warst«, sagte Wex schließlich. »Wir haben dich befreit.«

Das Ungeheuer blieb eine Weile stumm, und Wex konnte deutlich erkennen, wie es nachdachte.

»Also kann mein Horst im Süden auch von der Dunkelheit befreit werden?«, fragte der Drache dann. »Ich habe jede Menge Schätze dort. Einige von meinen Lieblingskostbarkeiten! Könnt ihr sie zurückholen?«

»Vielleicht, aber die Lage ist kompliziert. Wir könnten einen Handel abschließen, einen, der unter anderem beinhaltet, dass du mich *nicht* fressen darfst. Und auch nicht meine Freunde.«

»Ah, meine Schätze.« Der Drache räkelte sich vor freudiger Erwartung.

»Welche Art von Schätzen?«

Die Augen des Ungeheuers wurden schmal, sein Blick argwöhnisch. Misstrauisch spähte es in das chaotische Nest.

»Noch mehr Steine und verrottende Tierhäute?«, riet Wex.

Das Wesen schaute ihn verärgert an und vielleicht auch ein bisschen gekränkt. »Diese Steine sind die einzigen von ihrer Art, die ich in meiner mehrere Jahrhunderte währenden Lebensspanne finden konnte. Lebst du auch schon so lange?«

»Jeder Stein ist einzigartig«, merkte Wex an.

»Ich kann sie doch nicht alle sammeln«, grummelte der Drache. »Wie soll das denn gehen?« Nachdenklich neigte er das Haupt. »Nein, ausgeschlossen. Sie würden nie und nimmer alle in meinen Horst passen. Und diese verrottenden Tierhäute, wie du es nennst, stammen von den prachtvollsten Geschöpfen, die …«

»Dein Nest ist ein einziger Haufen Müll«, erklärte Wex. »Du hamsterst. Du bist ein Hamster und nichts anderes.«

»Bin ich nicht. Ich bin Verda! Das ist mein Name, und Verda ist, was ich bin!« Empört bäumte sich das Geschöpf auf.

»Ganz ruhig …«, beschwichtigte Wex. »Was ich sagen wollte, ist, dass wir an deinen Schätzen nicht interessiert sind.«

»Gut, denn jeder, der sich zu sehr dafür interessiert, bekommt meine Zähne und Klauen zu spüren.«

»Verstanden. Ich werde die Sache mit meinem Hauptmann besprechen und sehen, ob sich etwas arrangieren lässt. Du bekommst deinen Horst im Süden zurück, wir erhalten sicheres Geleit durch dieses Tal, und du lässt uns noch ein wenig an deinem Wissen und deiner Weisheit teilhaben. Davon könnten beide Seiten profi…«

»Wex! Komm sofort runter!«, brüllte Spragg. »In der Baumkrone lauert ein Monster!«

Wex stöhnte. Spragg musste Verda gesehen haben, als sie sich aufbäumte.

Verdas Kopf fuhr herum. Sie schaute hinaus ins Tal. »Deine Begleiter sind mit einem Mal ganz schön aktiv.«

»Weil sie dich gesehen haben, fürchte ich«, erklärte Wex. »Was tun sie?«

»Sie rotten sich zusammen. Ziehen alle möglichen Waffen. Schreien aufgeregt durcheinander. Und der Kerl da unten, glaube ich, hat sich in die Hose gemacht.«

26

Spragg packte Wex und zog ihn von dem Baum weg.

»Hast du das Ding nicht gesehen?«, keuchte er.

»Ich habe es gesehen.«

Wex war nicht sicher, wie viel er von seiner Begegnung berichten sollte. Wenn er den anderen erzählte, dass er sich mit einem Monster unterhalten hatte, könnten sie denken, er würde mit ihm unter einer Decke stecken. Und dann würden sie glauben, dass er für *alle* Übel verantwortlich war, denen sie begegnet waren. Vielleicht war er das ja auch. Aber Verda schien nicht böse zu sein, nur groß, wild und ein bisschen unsicher. Sie hatte sogar gewartet, bis er nach ihrer Unterhaltung auf einen *echten* Ast geklettert war, und sich erst dann in die Lüfte erhoben. Die mächtigen Flügelschläge hätten Wex immer noch um ein Haar vom Baum gefegt, und ihre letzten Worte hallten wie Donnergrollen in seinem Kopf: »Finger weg von meinen Schätzen!«

»Ich konnte nur nicht runterklettern, solange es noch da war«, sagte er zu Spragg. »Wo ist es hin?«

»Dort!« Spragg deutete auf die andere Seite des Tals.

Wex begriff nicht sofort, was er da erblickte. Verda kreiste über dem Kamm, auf dem die anderen auf ihn gewartet hatten. Sie waren nicht mehr da. An ihrer Stelle stand eine menschenähnliche Gestalt, ein Schatten. Er war über zehn Meter groß, hatte kein Gesicht, und auch die Gliedmaßen waren nur angedeutet. Er rannte umher und schlug mit den Armen wild nach

Verda. Wex erschauderte. Es sah aus, als hätte sich ein Stück aus dem Schleier gelöst, um seine neue Freundin anzugreifen.

Verda wich geschickt aus. Der Baumdrache war um einiges größer als der Riesenschatten, umkreiste ihn aber nur und schien ihn auf keinen Fall berühren zu wollen.

»Die anderen sind zurück hinter der Kuppe«, sagte Spragg. Sie waren in die Richtung geflohen, aus der sie gekommen waren.

Wex blickte sich noch einmal um und sah, wie Verda immer wieder elegant antäuschte und auf den angreifenden Schatten herabstieß. Der schwarze Koloss schwang seine plumpen Arme wie Hämmer, und die Vorstellung, was passieren würde, wenn diese lebendig gewordene Dunkelheit auch nur einen einzigen Treffer landete, ließ Wex zusammenzucken. Schließlich riss er sich von dem Anblick los und rannte Spragg hinterher.

»Los doch, kommt!«, brüllte Fretter ihnen schon von weitem zu. »Solange die beiden Ungetüme noch miteinander beschäftigt sind.«

Sobald sie zum Rest der Gruppe aufgeschlossen hatten, rannten alle sofort weiter.

Cirilla schüttelte nur den Kopf. »Ich hab's doch gesagt, oder? Wo ein Schatz ist, ist auch ein Wächter! Ich hab's gesagt.«

»Was ist passiert?«, fragte Wex, der Mühe hatte, das Tempo zu halten. »Was ist das für ein ekliges Ding?«

»Welchen der beiden Teufel meinst du?«, fragte Curdwell.

»Aufgestiegen aus den Tiefen der Hölle, ohne Zweifel!«, rief Spärling und wimmerte.

Pinch eilte herbei und flüsterte Wex ins Ohr: »Du hast nicht zufällig irgendwelche Schätze in der Nähe des Baums gesehen?«

»Schätze?«, prustete Wex. »Du machst wohl Witze!«

»Aber wenn diese teuflischen Ausgeburten sich zufällig gegenseitig umbringen sollten, könnten wir doch kurz mal zurückschleichen, meinst du nicht?«

»Nein, könnt ihr nicht!«, keuchte Fretter, der alles gehört hatte.

»Dieser Pass ist uns verschlossen. Wir werden einen anderen Weg finden, einen ohne ein verfluchtes X, das den Weg versperrt!«

»Wir sollten uns vorerst im Dickicht verstecken, wo das fliegende Ungeheuer uns nicht sehen kann«, warf Arkh ein.

Schnaufend quetschten sie sich in ein dichtes Dornengestrüpp am Wegrand, das von oben kaum einzusehen war. Das freie Fleckchen Boden, auf dem sie sich zusammenkauerten, war gerade groß genug für sie alle.

»Was ist auf diesem Baum passiert, Wexford?«, fragte Fretter.

Wex zögerte. »Ich habe dieses … Geschöpf aufgestört. Es war ziemlich gut versteckt.« Die anderen warteten auf weitere Ausführungen, aber Wex zuckte nur die Achseln. »Was war auf dem Hügel los?«

Fragend schaute er in die Gesichter seiner Begleiter. Ihre Mienen waren düster, jetzt, da der Nachhauseweg erneut versperrt war. Alle schienen enttäuscht und mutlos, und Kraven vermied jeden Blickkontakt.

Fretter räusperte sich. »Wir haben die Karte benutzt.«

»Was?«

»Unser Schlauester hat beschlossen, endlich einmal selbst Hand anzulegen, und etwas daraufgezeichnet«, erklärte Cirilla höhnisch.

Wex schaute zu Kraven hinüber, der mit gesenktem Haupt dasaß.

»Dieses schwarze Etwas hat sich aus dem Schleier selbst gelöst«, sagte Spärling.

»Wir konnten nicht dagegen kämpfen. Es ist nicht wirklich«, übersetzte Pinch Mungos Grummeln.

»Zeigt mir die Karte«, verlangte Wex.

»Keine Zeichnungen mehr«, warnte Fretter.

»Ich muss sehen, was Kraven gezeichnet hat.«

»Ein Strichmännchen«, erklärte Fretter. »Mit deinem getrockneten Blut.«

»Es sollte ein Heer werden«, murmelte Kraven. »Üblicherweise werden Heere mit genau diesem Symbol dargestellt.«

»Alles Narren!«, fauchte Cirilla. »Wir sitzen hier fest mit Palastschnöseln und Einfaltspinseln.«

»Als wir das Ungeheuer sahen, mussten wir doch etwas unternehmen«, warf Brynn ein.

»Und eure Wahl fiel darauf, meine Macht zu missbrauchen?«, knurrte Wex.

Brynn zuckte zusammen. Selbst Wex war überrascht über seine harschen Worte.

»Wir hätten stattdessen auch einfach fliehen können, Wexford«, sagte Fretter. »Kraven hat gezeichnet, weil er dich retten wollte.«

»Aber täusch dich nicht«, meldete sich Curdwell zu Wort. »Ich war fürs Weglaufen.«

»Oh, er hat sich bestimmt nicht getäuscht«, erwiderte Pinch höhnisch. »Wir alle wissen, dass du deine eigene Mutter im Stich lassen würdest.«

Wex atmete einmal tief durch, um sich zu beruhigen. »Kraven ist kein Zeichner. Was er gezeichnet hat, sieht nicht echt aus, und deshalb ist es auch nicht echt. Keiner sollte sich an der Karte zu schaffen machen außer mir.«

»Überhaupt niemand sollte sich an dieser Karte zu schaffen machen!«, fuhr Fretter auf. »Nie wieder!«

Wex verstummte. Es war ungewöhnlich, dass Fretter schrie, aber der Hauptmann wirkte ziemlich mitgenommen, jetzt, da sich zum zweiten Mal die Heimreise verzögerte.

»Zumindest wissen wir nun, dass die Unbilden auf unserem Weg nicht allein dein Werk sind«, erklärte Arkh sanft.

»Und dass meine Gabe nicht einzigartig ist«, murmelte Wex.

»Aber dein *Talent* ist einzigartig«, tröstete ihn Brynn. »Niemand sieht die Dinge wie du.«

»Zurück zum Fluss«, befahl Fretter. »Beim fahrenden Volk sind wir sicher. Keine Diskussion.«

27

Die Sonne war noch nicht untergegangen, als der Walther in Sicht kam. Sie hielten auf die Stelle zu, an der der Flößer sie abgesetzt hatte. Alle waren erschöpft. Kravens Versagen hatte seinem Ego einen ordentlichen Dämpfer versetzt, und er sprach wenig. Spragg stapfte missmutig dahin, und Wex versucht erst gar nicht, ihn in ein Gespräch zu verwickeln. Er ging davon aus, dass der junge Adlige lieber nicht mit einem einfachen Bauern gesehen wurde. Auch Brynn hüllte sich in niedergeschlagenes Schweigen, und selbst Cirilla feuerte keine Tiraden mehr ab, auch wenn sie allen Grund dazu gehabt hätte, wie Wex fand. Sogar Pinch war das Scherzen vergangen. Schweigend erreichten sie das Flussufer.

Der Walther schlängelte sich lautlos dahin, kein Gurgeln, kein Plätschern, nicht einmal ein Spritzer störte seinen majestätischen Lauf. Sie sahen keine Fische und auch keine Wasservögel, und nur der sich im Osten verdunkelnde Himmel spiegelte sich auf der glatten Oberfläche.

Die Gruppe drängte sich auf der Kiesbank zusammen.

»Da sind wir. Und wie finden wir sie jetzt?«, fragte Alver.

»Sie befahren den Fluss ohnehin ständig«, erklärte Fretter. »Sie werden uns finden. Wir machen ein Feuer und warten.«

Er befahl Alver, Holz zu sammeln.

»Und wenn wir nur unerwünschte Aufmerksamkeit auf uns ziehen?«, überlegte Spärling laut, während Alver einem Bündel Reisig die ersten Flammen entlockte. »Hier lauern die Monster doch hinter jedem Busch.«

»Dann sterben wir«, erwiderte Pinch. »Und du hörst endlich auf, uns mit deiner ständigen Angst auf die Nerven zu gehen.«

»Ja, halt endlich die Klappe, Spärling«, fiel Curdwell mit ein. »Dein verdammtes Gejammer kotzt mich an.«

»Da kommt ein Boot«, verkündete Spragg. Es waren seine ersten Worte, seit er sich mit Wex der Gruppe wieder angeschlossen hatte, und alle Blicke richteten sich auf ihn.

»Jetzt schon?«, fragte sein älterer Bruder und trat neben ihn. Gemeinsam spähten sie flussaufwärts. »Der Rauch von Alvers Feuer steigt doch gerade erst auf.«

»Haben sie gesagt, dass sie nach uns Ausschau halten würden?«, fragte Fretter an Brynn gewandt. »Oder ihr Lager hier in der Nähe aufschlagen?«

»Nein«, antwortete sie. »Sie wollten zwei Tage lang ein Stück weiter flussaufwärts fischen. Es war nicht die Rede davon, dass sie jetzt schon zu dieser Biegung fahren.«

Cirilla kletterte auf Mungos Schultern. »Da kommen noch mehr«, sagte sie mit ausgestrecktem Finger. »Jede Menge Boote.«

Alle versammelten sich am Wasser. Wex war aufgeregt. Gleich würde er Adara wiedersehen, und diesmal würde er sie zeichnen. Oder es zumindest versuchen. Stundenlang könnten sie dann zusammensitzen und einander in die Augen blicken.

Die ruhige Strömung trug das erste Boot heran, und sie begannen zu rufen. Alle Mienen erstrahlten. Der mürrische Curdwell lächelte, und selbst Cirillas gemeißelte Stirnfalten glätteten sich vorübergehend. Das fahrende Volk war wie eine warme Zuflucht in diesem kalten, rauen Land.

Als das Boot schon fast bei ihnen war und sie hineinsehen konnten, trat Verwirrung auf die freudigen Gesichter. Das Boot war leer. Ziellos drehte sich der von geschickten Händen gefertigte Einbaum in der Strömung.

Stumm schauten sie zu, wie er vorbeitrieb, und der Walther ihn um die nächste Biegung trug. Weitere folgten. Schon bald sprenkelten führerlose Boote den Fluss wie gehackte Fleischbrocken einen Eintopf. Ein gekentertes Dingi tanzte vorbei wie ein betrunkener Korken. Ein Floß, das nur noch zur Hälfte aus dem Wasser schaute, trieb heran und verschwand, das geborstene Steuerruder hinter sich herziehend. Ein Nachen mit einer Art Mast in der Mitte hing mit Schlagseite im Wasser. Aber der Mast war zu dünn und außerdem nicht gerade. Der Winkel stimmte nicht. Zerzauste Federn ragten aus seinem Ende. Er gehörte eindeutig nicht dorthin.

»Ein Pfeil«, sagte Pinch und musterte den Walther mit ernstem Gesicht.

Wex folgte seiner Blickrichtung. »Da schwimmt noch mehr im Wasser als nur die Boote«, sagte er schließlich.

Etwas trieb knapp unter der Oberfläche durchs seichte Wasser. Die Silhouette mit vier Extremitäten ließ keinen Zweifel, um was es sich bei dem Treibgut handelte. Es war ein Mensch. Den langen grauen Haaren nach zu urteilen eine alte Frau. Ein farbenfroher Poncho breitete sich von den Schultern über die sanften Wellen aus wie ein makabres Leichentuch – Kleidung, wie die Flussmenschen sie trugen. Ganz langsam drehte sich die Leiche in der Strömung, bis sie das Gesicht erkennen konnten. Es war die Heilerin.

»Oh nein«, flüsterte Kraven.

Noch mehr wurden herangetrieben, erst drei, dann fünf. Männer wie Frauen. Langsam zogen sie in einer schauerlichen Prozession vorbei, und sie versuchten erst gar nicht, die Leichen aus dem Wasser zu holen. An den Ufern des Walther geboren kehrten sie nun im Tode in seinen Schoß zurück.

Dann sahen sie die Barke des Dido.

Fretter schnappte nach Luft. »Bei allen heiligen …«

Sie schwelte noch. Rauchfahnen krochen aus dem Schiffsrumpf hervor wie Würmer, die sich sattgegessen hatten an ihrem verwesenden Wirt. Selbst aus der Entfernung war klar, was geschehen war. Das geschwärzte Holz und die verkohlte Reling ließen keinen Zweifel: Dies war das Werk gefräßiger Flammen, die das Schiff vom Bug bis zum Heck verzehrt hatten. Das schwimmende Zentrum der Welt der Flussmenschen war mit allem Lebendigem verbrannt. Zwei verkohlte Leichen hingen noch über den Riemen, unter pechschwarzen Fleischfetzen grinsten nackte Schädel hervor. Lautlos trieb die Barke vorbei, genauso stumm wie der Walther selbst.

Alle standen da wie erstarrt, keiner sagte ein Wort. Nicht einmal Pinch konnte sich zu dem Vorschlag durchringen, das Wrack des stolzen Schiffes nach Schätzen zu durchsuchen, die die Flammen überstanden hatten. Der bedrückende Anblick erschütterte selbst die hartgesottensten Soldaten.

»Da kommen noch mehr Boote«, sagte Spragg.

»Und sie sind nicht zerstört«, fügte Cirilla hinzu.

»Dafür ungewöhnlich klein«, ergänzte Arkh.

Das erste war jetzt ganz nah, ein Kanu, und Wex spürte, wie Hoffnung in ihm aufkeimte, denn jemand saß darin und paddelte.

»Ein Kind!«, rief Spragg.

»Jede Menge Kinder«, korrigierte Cirilla, nachdem auch die anderen Kanus in Sichtweite gekommen waren.

»Knirpse«, sagte Pinch. »Lauter klitzekleine Knirpse.«

Und er hatte recht. Die Miniatureinbäume quollen über von kleingewachsenen Paddlern, die sich mit niedergeschlagenen Gesichtern stromabwärts mühten. Doch sie waren mehr als niedergeschlagen. Das Mädchen im ersten Kanu schien völlig verstört, wahrscheinlich hatte es die Gruppe am Ufer nicht einmal bemerkt und würde einfach an ihnen vorbeipaddeln. Wex sah den verlorenen Ausdruck auf ihrem Gesicht und wusste, er würde diesen Anblick nie mehr vergessen, solange er lebte. Diesen Ausdruck vollkommener Verzweiflung.

Fretter winkte mit den Armen. »Hier! Hierher, Kinder!«

Dann, an Brynn gewandt: »Ruf sie in ihrer Sprache an. Sag, sie sollen herkommen.«

»Assi! Assi!«, schrie Brynn.

Das Mädchen blickte auf, machte aber keine Anstalten, ans Ufer zu rudern.

»Sie haben Angst«, bemerkte Arkh. »Auf dem Wasser fühlen sie sich sicher.«

»Kraven, dich verehren sie«, erklärte Fretter. »Ruf du sie an.«

Kraven watete in den Fluss. »Assi!«, wiederholte er.

Wieder blickte das Mädchen auf, aber die weit aufgerissenen, leeren Augen ließen nicht vermuten, dass sie aus eigenem Antrieb an Land kommen würde.

Alle schrien jetzt und beschworen die Kleinen, ans Ufer zu kommen. Alle außer Arkh, der sich hinter Mungo versteckt hatte.

Das Kanu des Mädchens kam zum Stehen.

Brynn watete auf sie zu. »Assi«, sagte sie sanft. »Assa weipei.«

Schließlich paddelte sie zögerlich in ihre Richtung, und der Rest der Gruppe folgte, ein kleines Kanu nach dem anderen. Wie verirrte Entlein kamen sie heran und schoben ihre Boote aufs grasige Ufer. Ihre entsetzten Gesichter sprachen Bände über das Grauen, das sie erlebt hatten, auch wenn ihre Zungen noch wie gelähmt waren. Es waren insgesamt dreißig, alle immerhin kräftig genug zum Paddeln, aber kaum einer von ihnen älter als zehn. Der Jüngste sah aus, als wäre er erst fünf. Er krabbelte aus seinem Boot, rannte auf den nächstbesten Erwachsenen zu und schlang die zierlichen Ärmchen um seine Beine. Es waren Curdwells.

Curdwell beäugte ihn einen Moment lang überrascht, und als der grünäugige Knabe einfach nicht loslassen wollte, hob der ruppige Soldat ihn auf die kräftigen Arme und drückte ihn an sich. »Zittert wie Espenlaub«, sagte er. »Nicht auszudenken, was die kleinen Wichte durchgemacht haben müssen.«

Brynn versuchte, mit dem Mädchen zu sprechen. Sie mochte vielleicht zwölf sein. Offensichtlich war sie die Anführerin, solange keine älteren in der Nähe waren. Das nasse Haar klebte ihr im Gesicht, die Wangen waren rußgeschwärzt und von dünnen hellen Streifen überzogen. *Tränen,* dachte Wex. Trotz der zerrissenen Kleider und aller Verstörtheit erkannte er sie. Es war das Mädchen, das er gezeichnet hatte.

»Frag sie, was geschehen ist, Brynn«, befahl Fretter. »Frag sie sofort!«

»Ja … gleich …«, stammelte sie. »Gebt Ihnen einen Moment.«

Brynn wiederholte Fretters Frage in gebrochener Flusssprache, aber das Mädchen brachte noch immer keinen Laut über die Lippen. Sie duckte sich hinter Brynn und deutete mit zitternder Hand auf Arkh.

»Sie geben dem Monster die Schuld«, sagte Curdwell und streckte anklagend einen Finger in Arkhs Richtung.

»Sei kein Einfaltspinsel«, erwiderte Pinch. »Er war die ganze Zeit über bei uns.«

Fretter bedeutete Pinch, den Mund zu halten, und befahl Wex und Cirilla, sich um die Kleinen zu kümmern.

»Du musst aufhören, die Schuld für jedes Unglück unter unseren eigenen Leuten zu suchen«, sagte der Hauptmann zu Curdwell.

»Das Monster und der Bauer gehören nicht zu *meinen* Leuten.«

»Arkh kann unmöglich etwas damit zu tun gehabt haben. Die Kinder sind nur halb wahnsinnig vor Angst.«

»Ihre Eltern wurden von einer Mordbande abgeschlachtet«, mischte sich Brynn ein. »Man kann ihnen ihre Verfassung wohl kaum verübeln!«

»Ich verübele ihnen auch nichts. Ich suche nur nach einer Erklärung.«

»Die Schimmelbrüder«, meldete Alver sich zu Wort und erntete furchtsames Nicken.

»Mag sein«, sagte Kraven.

»Was ist, Kraven?«, fragte Fretter. »Ich kenne diesen Tonfall an Euch. Ihr glaubt nicht, dass sie es waren.«

»Bei unserer Begegnung hatten die Aussätzigen keine Pfeile. Noch sind sie uns mit Feuer zu Leibe gerückt.«

»Vielleicht haben sie beides nur nicht eingesetzt«, meinte Alver.

»Was das Feuer angeht … könnte sein. Aber bei den Pfeilen, unwahrscheinlich. Wer Pfeil und Bogen hat, benutzt sie auch, auf der Jagd genauso sicher wie in einem Kampf. Dies hier ist eine neue Gefahr.«

»Eine von vielen«, warf Spärling ein, aber alle ignorierten die Bemerkung.

»Glaubt Ihr, sie wurden alle getötet?«, fragte Alver.

Fretter überlegte. »Es waren zu wenig Leichen, aber manche liegen vielleicht noch unter Wasser. Oder flussaufwärts am Ufer.«

»Oder Schlimmeres«, wiederholte Pinch Mungos Kommentar. »Eventuell sollten wir uns vielleicht von diesem Walther entfernen, würde ich sagen. Wer immer das getan hat, er war schon einmal hier.«

»Und sie könnten den Kindern dicht auf den Fersen sein«, gab Alver zu bedenken.

Wex, der ein Stück entfernt bei den Kindern saß, hörte alles mit.

Cirilla ging nervös auf und ab, während die anderen diskutierten und überlegten.

»Wir sitzen in der Klemme«, sagte sie zu Wex. »Wenn wir sogar am Fluss schon nicht mehr sicher sind, wo denn dann?«

»Vielleicht sollten wir die Kleinen fragen«, schlug Wex vor.

Stumm und verstört saßen die Kinder da, ein krasser Kontrast zu dem Ungestüm, den sie noch kurz zuvor an den Tag gelegt hatten, als sie wild durchs Lager gerannt waren. Schniefen und leises Wimmern waren die einzigen Geräusche, die von ihnen zu hören waren. Das Mädchen, ihr Name war Blüte, war jetzt die Anführerin der todunglücklichen Waisen. Nur der kleine Junge fehlte. Er weigerte sich standhaft, Curdwell loszulassen, und so hielt Curdwell ihn immer noch auf dem Arm, während die Soldaten sich untereinander berieten. Sie gingen davon aus, dass der Kleine die Sprache von Abrogan ohnehin nicht verstand, also konnten sie in aller Breite den Tod seiner Sippe erörtern.

»Sie sagen kein Wort, nicht ein Einziger von ihnen«, bemerkte Cirilla. »Es hat ihnen vollkommen die Sprache verschlagen.«

»Mir kommt ihr Schweigen eher wie Absicht vor«, entgegnete Wex. »Manche Leute schärfen ihren Kindern ein, nicht darüber zu sprechen, wenn etwas Schlimmes passiert ist.«

»Dann wird es ja verdammt viel nützen, wenn wir sie ständig danach fragen.«

Wex kniete sich vor das Mädchen und fragte in den wenigen Worten der Flusssprache, die er kannte: »Blüte, möchtest du sprechen?«

Sie sah ihn an, erwiderte aber nichts.

»Zumindest hört sie zu. Gib mir den abgebrochenen Zweig da.«

Cirilla reichte ihm das Stück Holz. »Ich glaube kaum, dass du mit ein bisschen Prügel etwas aus ihr herausbekommen wirst, nach dem, was sie durchgemacht haben.«

»Ich habe auch nicht vor, sie zu prügeln.«

Wex trat mitten zwischen die Kinder und kniete sich auf den Boden. Ganz langsam zeichnete er mit dem Stock eine Art Kreis auf die Erde, nahm ein paar Kiesel, arrangierte sie mit flinken und geschickten Fingern, fügte mit der Handfläche ein paar Schatten hinzu und blies trockenen Sand über das Gebilde. Dann nahm er den Stock wieder zur Hand, ließ ihn wirbeln und tanzen, rückte noch einmal Sand und Kiesel zurecht und stand auf. Das Bild zu seinen Füßen sah aus, als wäre es schon immer da gewesen, als hätte Wex es nur freigelegt.

Die Kinder starrten es erstaunt an, und Cirilla stieß einen leisen Pfiff aus.

Blüte streckte zitternd den Arm aus. Ihre Hand schwebte ganz dicht über dem Abbild, als wollte sie es berühren, wagte es aber nicht.

»Nur zu«, sagte Wex mit einer ermutigenden Geste. »Mach nur.« Er reichte ihr den Stock.

Als Blüte immer noch zögerte, ergriff er ihre Hand, um sie zu führen. Er übernahm nicht das Zeichnen für sie, sondern gab ihr lediglich den Mut, es zu versuchen. Und das tat sie schließlich.

Als Wex aufblickte, sah er, dass auch die Soldaten sich nun um sie versammelt hatten. Über die Köpfe der Kinder hinweg beäugten sie die Zeichnungen auf dem Boden.

»Ich hoffe nur, dass nichts von diesen Kritzeleien Wirklichkeit wird«, sagte Fretter über zwei Zehnjährige gebeugt, die offensichtlich Zwillinge waren.

»Das sind nur Erde, Sand und Steine. Ich denke, uns dürfte nichts passieren.«

»Was habt ihr in Erfahrung gebracht?«

Wex deutete auf die grobschlächtigen gehörnten Gestalten, die er und Blüte in die Erde geritzt hatten. »Es waren die Düsterlinge.« Eine geschlängelte Linie aus kleinen Steinchen stellte den Fluss dar, auf den Wex jetzt ein paar Blätter legte. »Die Kinder haben ihre Kanus zu Wasser gelassen, während ihre Eltern die Bestien aufgehalten haben.«

»Wissen sie …?«

»Sie haben die zerstörten Boote und die Leichen gesehen, als sie den Fluss herunterkamen.« Wex deutete auf ausgerissene Grashalme und vertrocknete Blätter auf der Zeichnung. »Sie wissen es.«

»Du missinterpretierst die Zeichnung des Mädchens.«

»Wie das?«

»Diese Düsterling sind primitive Geschöpfe. Sie kennen weder Pfeil noch Bogen. Und die Flussmenschen hatten auch keine. Und trotzdem haben wir welche gefunden.«

Wex kauerte sich erneut auf den Boden und zeichnete mit ein paar schnellen Strichen ein gehörntes Wesen mit einem Bogen in der Hand. Dann blickte er Blüte an. Sie nickte.

»Da habt Ihr Eure Antwort.«

Fretter runzelte die Stirn. »Wie weit?«

»Wie weit was?«

»Wie weit sind diese Düsterlinge noch entfernt?«

Wex fluchte. Daran hatte er nicht gedacht. Die Zeichnung auf dem Boden war nicht maßstabgetreu. Die Ungeheuer konnten überall sein. Aber die Kinder wären wahrscheinlich noch verängstigter, wenn die Düsterlinge in der Nähe wären, überlegte er.

Er blickte sich um. Bibbernd und stumm hatten sich die Kleinen zusammengerottet. Der Junge hatte immer noch nicht von Curdwell abgelassen, dem seltsamsten aller Kindermädchen. Und sie hatten nicht ans Ufer kommen wollen. Hatten sich regelrecht geweigert, bis es ihnen schließlich gelungen war, Blüte, die Anführerin, doch noch zu überzeugen.

Wex zeichnete noch einen Fluss, diesmal mit allen Biegungen, auch derjenigen, an der die Kanus der Kinder jetzt lagen, und auch die umliegenden Hügel bezog er mit ein. Er deutete auf die gehörnte Kreatur, dann gab er Blüte den Stock. Zu Brynn sagte er: »Du musst sie fragen, wo sie sind.«

Sie nickte. »Aweepawee?«

Blüte zog eine Linie von dem Düsterling zu dem Lager, wo ihre Eltern getötet worden waren, dann hinüber zu dem Pass, von dem Wex und seine Begleiter gerade erst zurückgekehrt waren.

Wex spürte, wie ihm das Blut in den Adern gefror. Er blickte hinüber zu der Rauchsäule, die von Alvers Feuer aufstieg. »Sie suchen uns«, sagte er.

28

»Erklär mir was, Eber«, sagte Vill mit ruhiger Stimme. »Warum, glaubst du, führen diese Spuren in beide Richtungen?«

Die flache Schnauze des dicken Düsterlings, die Vill auf den Namen gebracht hatte, grunzte etwas Unverständliches.

Vill deutete auf die Fährten, die nur wenige Schritte voneinander entfernt verliefen, und versuchte es mit einfachen Worten noch einmal. »Welche der Spuren führt zu unserer Beute?«

»Ich muss riechen«, erwiderte Eber in seiner kehligen Sprache.

Er kauerte sich auf den Boden und beschnüffelte die Fußabdrücke. Bei denen, die zum Fluss führten, begannen seine knorpeligen Ohren zu zucken, und Speichel rann ihm aus dem Maul. Vill hatte seine Antwort.

Obwohl sie immer noch satt waren von dem Massaker an dem Flussvolk, konnten die Kreaturen der Jagd einfach nicht widerstehen. Jeder Hinweis auf mögliche Beute löste eine körperliche Reaktion bei ihnen aus, und wenn sie die Beute erst einmal gestellt hatten, war ihr Blutdurst einfach unglaublich. Es war schwierig gewesen, sie auf das eine intakt gebliebene Floß zu bekommen. Aber die Mutigsten unter ihnen waren stets bereit, etwas Neues zu probieren, solange Vill ihnen nur gut zuredete. Sie waren lediglich etwas nervös gewesen und hatten sich erst an das Schwanken der Holzplanken gewöhnen müssen.

Viele der Soldaten kauten immer noch auf den Knochen der getöteten Flussmenschen herum, und Vill ließ es geschehen. Ein paar warfen freudig den Schädel eines ihrer Opfer hin und her –

eine Art Spiel, das ihnen etwas zu tun gab, während Vill seine Pläne schmiedete.

Bei näherem Hinsehen erkannte Vill, dass der Magier und seine Freunde schon vor Stunden hier vorbeigekommen waren. Die Spur war so schwach, dass er sie verlieren würde, sollte es regnen, bevor er sie gefunden hatte. *Interessant,* dachte er, während er die Abdrücke zählte, um sicher sein zu können, mit wie vielen Gegnern er zu rechnen hatte. *Entweder haben sie noch nicht gemerkt, dass sie verfolgt werden, oder sie versuchen, mich zu täuschen,* überlegte er. Außerdem waren weniger zurückgekommen, als den Fluss verlassen hatten. Jemand hatte sich von der Gruppe getrennt. *Oder es hat einen Toten gegeben. Unangenehm, falls es der Magier sein sollte.*

Allein die Vorstellung, dass ein Zauberer ihn aus dem Schleier befreit haben sollte, fand Vill bizarr. Er glaubte nicht an Magie, aber diesmal schien sie die einzig mögliche Erklärung. Und bald würde er darüber Gewissheit haben. Dass ein paar der Verfolgten Soldaten waren, die Schwerter bei sich trugen, wie der Flussmensch behauptet hatte, kümmerte ihn nicht. Er hatte hundert mit Bogen bewaffnete Düsterlinge. Das dürfte genügen. Es wäre sogar ein guter Test. Das Flussvolk war ein allzu leichter Gegner gewesen. Ohne Waffen hatten sie nicht die geringste Chance gegen seine Düsterlinge gehabt. Statt sofort das Lager anzugreifen, wie sie es ohne seine Führung zweifellos getan hätten, hatte er ihnen befohlen, zunächst die am Ufer vertäuten Boote zu zerstören. Als die flinken Flussmenschen aufsprangen, war ihnen jede Fluchtmöglichkeit genommen. Jene, die versuchten, schwimmend zu entwischen, wurden von Dutzenden Pfeilen durchbohrt. Jene, die umkehrten und kämpften, wurden mit Keulen und Klauen niedergemacht und dann gefressen. Dabei waren die meisten seiner Düsterlinge nicht einmal besonders grausam veranlagt. Sie waren lediglich ungestüm, wie Jagdhunde im Blutrausch. Nur zwei hatten den Angriff nicht überlebt: Einer war mit einem Schnitzmesser im Hals verblutet, der andere ertrunken, weil er eine verwundete Frau leichtsinnig bis in den Fluss verfolgt hatte, wo sie ihn, während sie an ihren Verletzungen starb, einfach mit in die Tiefe zog. Blieben also noch achtundneunzig. Bald würden es wieder mehr sein, wenn das, was der Flussmensch über den Magier gesagt hatte, der Wahrheit entsprach. Wenn es Vill gelang, den Schleier zu lüften, der über der angestammten Heimat der Düsterlinge lag, hätte er eine ganze Armee.

Geifernd folgten Schnüffler und Narbe ihm den Pfad entlang.

»Hier sind sie abgebogen, zu diesem Hain hinüber«, erklärte Vill und deutete auf ein Fichtendickicht ganz in der Nähe. »Dort haben sie ein Mitglied ihrer Gruppe verloren.«

Mit leeren Augen schauten seine Leibwächter in die Richtung, in die er gedeutet hatte, und fragten sich, woher er das alles wusste. Auch Eber starrte nur verloren vor sich hin und schabte mit den Klauen über seine Hörner wie ein Koch, der seine Messer wetzt.

»Dann kamen sie wieder hierher zurück. Eine Spur fehlt, wie ihr seht«, erklärte Vill.

Sie hatten Mühe, ihm zu folgen. Die Düsterlinge verstanden seine Gedankengänge nur teilweise, was Vill umso mehr Bewunderung einbrachte. Und das war gut so. Seine überlegene Intelligenz war ein entscheidender Faktor. Sie sicherte seine Herrschaft. Die simple List, den Flussmenschen vor dem Angriff zunächst die Fluchtmöglichkeit zu nehmen, war für die Düsterlinge eine intellektuelle Glanzleistung.

Das Einzige, was Vill nicht mit einberechnet hatte, waren die Kinder. Sie hatten ihre kleinen Boote weiter oben am Fluss festgemacht, abseits von denen der Erwachsenen und so gut in der dichten Vegetation am Ufer verborgen, dass die Düsterlinge sie nicht entdeckt hatten. Als der Überfall begann und die Flussmenschen ihre Boote zerstört fanden, hatten die Erwachsenen sofort kehrtgemacht und einen Schutzwall zwischen ihren Kindern und den angreifenden Düsterlingen gebildet. Selbst von

Pfeilen durchbohrt, hatten sie sich gegenseitig aufrecht gehalten, um die hinter ihnen fliehenden Kinder vor den heranrasenden Geschossen zu schützen. Und als Vill seinen Soldaten befahl vorwärtszustürmen, waren auch die Flussmenschen losgerannt, verletzte wie unverletzte, hatten die Düsterlinge umklammert und mit ihnen gerungen – nicht um zu gewinnen, sondern um ihren Vormarsch zu bremsen.

Vill dachte über seinen Fehler nach. Die Kinder entwischen zu lassen war gefährlich. Nicht unmittelbar, aber Kinder wurden irgendwann erwachsen, und Kinder vergaßen nicht. Es war das Beste, beschloss er, auch sie zur Strecke zu bringen.

Marilla
Indigowüste
Walther
Lager der Flußmenschen
Untiefen
Schimmelkamm
Kraterrand
Schimmelbrüder
Wildpfad
Lager der
Garnisonssoldaten
Seestraße
Zweite Straße
zornfleck
Anwesen des
Grafen zornfleck
Hynde See
Furtheim
Erste Straße

Zwergenturm
Rilla
stelle
Düsterlinglager
Kinderlichtung
Adells Brücke
gutes Vorankommen
Quellen des Rilla
Verda
Breiter Sattel
Schattenriese
Rauchhöhen
Zornberge
hof
Die verstreuten Hügel

29

»Und was stellen wir jetzt mit den kleinen Flussratten an?«, fragte Alver.

»Wir könnten sie flussabwärts zu ihren Verwandten schicken«, schlug der ältere Winster vor.

»Sie haben keine mehr, du Idiot«, erwiderte Cirilla. »Ich dachte, sogar du hättest das begriffen.«

Fretter überlegte angestrengt. »Vielleicht könnten ihre Handelspartner helfen«, sagte er schließlich.

Sie hatten nicht allzu viel über die Handelsbeziehungen der Flussmenschen in Erfahrung gebracht und wussten daher nur sehr wenig über ihren Kontakt zu anderen Stämmen, Sippen und Völkern. Fretter quetschte aus Kraven, Pinch und Brynn heraus, so viel er konnte, und schließlich kamen sie überein, dass die nächste Zufluchtsmöglichkeit bei jener kleinen Sippe zu finden sein musste, die laut dem Flussvolk gegenüber Fremden so verschlossen war. Pinch merkte an, dass klein und verschlossen immerhin besser war als zahlreich und blutrünstig, und Fretter gab ihm recht. Es blieb ihnen gar nichts anderes übrig, als es zumindest zu versuchen.

»Egal, was wir unternehmen, wir müssen hier schleunigst weg«, erklärte Wex.

Fretter tippte irritiert mit dem Fuß auf den Boden. »Nur die Ruhe. Es scheint, als würden die Düsterlinge im Moment woanders nach uns suchen.«

»Sobald sie unsere Fußabdrücke finden, wissen sie sofort, dass wir hierher zurückgekommen sind«, sagte Pinch. »Versteht Ihr denn gar nichts vom Spurenlesen?«

Wex wünschte, ihre Fußabdrücke würden die Düsterlinge direkt zu Verda führen. Dann könnte sie einige von ihnen fressen. Und hoffentlich hatte sie großen Hunger …

»Wir suchen diese kleine Sippe auf und verbünden uns entweder mit ihr oder ziehen weiter. Zumindest haben wir sie dann zwischen uns und diesen Düsterlingen«, beschloss Fretter. »Die Kinder werden es auf jeden Fall bis dorthin schaffen.«

»Wir nehmen sie mit?«, fragte der ältere Winster ungläubig.

»Was sollten wir denn sonst tun?«

»Sie werden uns nur aufhalten.«

»Du willst sie hierlassen?«, fragte Brynn.

»Sind schließlich nicht meine, diese Flusskinder, oder, Mädchen?«, schnaubte Winster, als würde ihm allein von der Vorstellung schon übel.

Wex musste daran denken, wie bereitwillig der Soldat mit einer hübschen Flussfrau unter einem der Boote verschwunden war. »Wenn wir neun Monate geblieben wären, hätte das vielleicht ganz anders ausgesehen!«, platzte es aus ihm heraus.

Eisiges Schweigen legte sich über die Gruppe. Die Eskapaden der adligen Brüder mochten durchaus noch anderen Expeditionsmitgliedern aufgefallen sein, aber wenn, dann sprachen sie nicht darüber. In der Tat war es in der besseren Gesellschaft üblich, stillschweigend über die Tändeleien des Adels hinwegzusehen.

»Wie meinst du das?«, fragte Brynn.

Wex sah sich vorsichtig um.

Die Soldaten funkelten ihn an, als hätte er soeben Hochverrat begangen. Selbst Pinch schüttelte vorsichtig den Kopf. Als der ältere Winster auch noch die Hand an den Griff seines Schwerts legte, wusste Wex, dass er gerade eine gefährliche Grenze überschritten hatte.

»Ich meinte lediglich, dass jeder von uns einmal Vater werden könnte. Und dass es deshalb keine Rolle spielt, wer die Kleinen gezeugt hat. Als ehrbare Männer sind wir verpflichtet, jedem Kind Schutz zu gewähren, das einen solchen bei uns sucht …«

Erleichtert und voll Bewunderung streckte Brynn eine Hand nach ihm aus, und einen Moment lang glaubte Wex, sie würde ihn umarmen.

»Gut gesprochen, Wexford«, erklärte Fretter. »Wir nehmen die Kinder mit.«

Es wurde spät in der Nacht und der Pfad immer dunkler. Sie mussten sich von ihrem Instinkt leiten lassen und dem schwachen Mondlicht. Die Gruppe arbeitete sich durch das flache Grasland nördlich des Gebiets, das sie auf dem Weg zu dem Pass überquert hatten, den sie dann aber doch nicht hatten überschreiten können.

Die Kinder schleppten sich abgeschirmt in der Mitte dahin. Sie waren nicht besonders gut zu Fuß und eher daran gewöhnt, sich schwimmend oder paddelnd fortzubewegen, als größere Strecken an Land zurückzulegen.

»Mit ein bisschen Glück haben wir sie in der Dunkelheit abgehängt«, sagte Pinch zu Wex. »Nicht die schlechteste Unternehmung, an der ich bisher teilgenommen habe.«

»Aber auch nicht die beste«, kommentierte Cirilla.

»Nein, die beste auch nicht«, gab Pinch zu. »Das war die, als ich eine fünfzehn Meter lange einmastige Kogge mitsamt Ladung gegen eine zwei Meter lange Nussschale eingetauscht habe, die Mungo durch den Nebel rudern musste, während ich das Navigationieren übernahm.«

»Klingt weder nach einem besonders guten Tausch noch nach einer gelungenen Unternehmung«, erwiderte Wex.

»Wenn eine ganze Flotte mit einem zornigen Admiral an der

Spitze hinter der Kogge her ist, schon«, entgegnete Pinch. »Alles eine Frage der Sichtweise.«

Mungo grunzte eine Art »ja«.

»Wir müssen anhalten«, erklärte Brynn. »Die Kinder sind vollkommen erschöpft.«

Fretter nickte seufzend. »Wir haben eine gute Strecke zurückgelegt, und es sind nur noch ein wenige Stunden bis zum Morgengrauen. Zeit, um auszuruhen.«

Auch manche der Erwachsenen konnten eine Pause vertragen, und es war die Erschöpfung, die die Sache schließlich entschied.

Pinch hatte eine Lotosesche entdeckt und vorgeschlagen, dort die Nacht zu verbringen. Alle machten sich sofort daran, den Boden unter dem ausladenden Blätterdach zu säubern. Spragg wurde für die erste Wache ausgelost und bekam Poppys Langbogen überreicht. Arkh meldete sich freiwillig, während Kraven und Fretter ein Stück abseits der Gruppe in eine hitzige Debatte verstrickt waren.

Pinch stellte sich neben Wex und beobachtete die beiden mit großem Interesse. »Sie reden über dich, mein Freund«, sagte er. »Auf dich scheint noch eine wichtige Aufgabe zu warten, bevor das hier vorüber ist. Denk an meine Worte.«

Wex beobachtete sie ebenfalls einen Moment lang, wandte sich aber schnell wieder ab, um zu verhindern, dass sie seine neugierigen Blicke bemerkten. Er wollte gerade sein Nachtlager bereiten, als er feststellte, dass Cirilla dies schon für ihn erledigt hatte. Sie hatte ihm ein Fleckchen zwischen ihr und den Kindern freigeräumt, die bereits eingehüllt in ihre Decken schliefen. Nur Blütes Augen waren noch offen und starrten leer in die Dunkelheit. Der kleine Junge mit den grünen Augen hatte sich an Curdwell gekuschelt, die Arme um dessen mächtigen Oberschenkel geschlungen.

»Danke«, sagte Wex.

»Nicht der Rede wert«, erwiderte Cirilla. »Du hast ausgesehen, als könntest du ein bisschen Erholung vertragen, das ist alles. Für die anderen Kinder hab ich's ja auch gemacht.«

»Ich bin kein Kind mehr.«

»Natürlich bist du das, zumindest für mich. Alt wirst du noch schnell genug.« Sie zog eine Handvoll Wurzeln aus ihrem Beutel. »Und hier hast du ein bisschen was zu beißen.«

Wex merkte, wie unglaublich hungrig er war, so wie wahrscheinlich alle. Aber den Soldaten bot Cirilla nichts an, nur ihm. Vorsichtig teilte er die Wurzeln, ging hinüber zu Brynn, die am anderen Ende der Reihe bereits eingeschlafen war, und legte ihr die eine Hälfte in die Hand.

»Manchmal bist du nett zu ihr, manchmal nicht, jeden Tag anders«, meinte Cirilla. »Magst du sie nun oder nicht?«

»Wie ich zu den Mitgliedern dieser Expedition stehe, ist wohl meine Sache, oder?«

»Dein Verhalten verwirrt mich nur. Und sie. Und dich wahrscheinlich auch.« Mit diesen Worten drehte sie sich um.

Wex betrachtete Brynn. Im Schlaf war ihr das hellblonde Haar übers Gesicht gefallen wie ein weißer Schleier, und hätte sie nicht diesen bunten Flussmenschen-Poncho getragen, sie hätte ausgesehen wie eine glückliche Braut. Sie war zweifellos schön. Außerdem war sie klüger als er, wie Wex sich ins Gedächtnis rief. Wex konnte sich nur nicht recht entscheiden, ob er das nun gut oder schlecht fand. Sie kümmerte sich aufopfernd um die Kinder der Flussmenschen, und das obwohl sie eine Adlige war. Wex fragte sich, ob er sich, wenn sie es bis nach Hause schafften, von seinem Sold teure Tusche würde leisten können. Brynn glaubte immer noch an ihn. Und Adara war nicht mehr da.

Wex spürte den Schmerz. Adara war aus seinem Leben verschwunden wie ein wunderbarer Traum, und jetzt war es, als hätte es sie nie gegeben. Er versuchte, nicht mehr an sie zu denken, wollte sich den grässlichen Tod nicht vorstellen, den sie erlitten haben musste. Aber ihr Bild in ihm war noch viel zu lebendig. Das Wasser, wie es aus ihrem pechschwarzen Haar spritzte, ihre Brust, die sich von der Anstrengung des wilden Tanzes hob und senkte. Wex zitterte. Noch ein allerletztes Mal würde er mit der Erinnerung an sie einschlafen, schwor er sich, und morgen würde er sie vergessen.

Die Sonne streckte gerade die ersten Fühler über den östlichen Horizont und war noch nicht einmal ganz aufgegangen, als Pinch Wex wachrüttelte.

»Pass auf dich auf«, flüsterte der Dieb.

»Was?«, stöhnte Wex schlaftrunken. Er fühlte sich elend und hatte Schmerzen, wie er sie noch nie gespürt hatte. Dann fiel es ihm ein. Tagelang hat er nichts anderes getan, als um sein Leben zu schwimmen, zu klettern und zu rennen. Ruckartig setzte er sich auf. »Werden wir von den Düsterlingen angegriffen?«

»Schhhh! Nein, nicht so was. Ich wollte dich nur warnen, dass der Soldat, den du gestern beleidigt hast, Aufweckdienst hat. Höre meinen Rat: Wenn er dich zu einem Duell fordert, lass dich nicht auf seine Bedingungen ein.«

Wex atmete erleichtert auf und kratzte die gerötete Stelle an seiner Wade, an der eine der Eidechsen ihn gebissen hatte. Sie juckte höllisch. Ein faustgroßer blauer Fleck auf seinen Rippen machte es ihm schwer, aufrecht zu sitzen, und sein Kopf schmerzte, als hätte er am Tag zuvor einen ordentlichen Schlag abbekommen. Er bemerkte gar nicht, wie Pinch sich wieder davonstahl. Ihm fiel lediglich auf, wie still es mit einem Mal wieder unter der Lotosesche geworden war.

Die Sonne ließ sich Zeit mit dem Aufgehen. Es würde wohl noch eine Weile dunkel bleiben, und der warme weiche Boden versprach noch ein paar Minuten erholsamen Schlaf. Wex legte sich wieder hin.

»Hoch mit dir«, zischte der ältere Winster.

Wex wollte der Vorname des Soldaten nicht einfallen, aber

da sein Gegenüber auch nicht die Freundlichkeit besessen hatte, Wex mit Namen anzusprechen, spielte das wohl keine Rolle. Außerdem war er müde und hatte schlechte Laune.

»Lass mich in Ruhe und zieh dir doch selber eins über, Hornochse«, murmelte Wex.

Zu seiner eigenen Überraschung hatte Wex so laut gesprochen, dass Winster ihn hörte.

»Wie hast du mich gerade genannt?« Er hatte sein Schwert schon halb gezogen, als Mungo dazwischensprang und ihn zu Boden warf.

»Ich glaube, er hat gesagt, du sollst dir selber eins überziehen«, erklärte Pinch kichernd und hüpfte schadenfroh vor dem Soldaten auf und ab. »Und vielleicht hast du es ja auch verdient, oder? Dein Schwert zu bemühen, um eine kleine Meinungsverschiedenheit mit einem Halbwüchsigen zu regeln, wie kann man nur.«

Er hielt Winster die Hand hin und zog ihn auf die Beine.

»Pah! Ich brauche kein Schwert, um diesem Schweinehirten das Beschimpfen eines unbescholtenen Mannes auszutreiben, Dieb.«

Er hatte in der Tat kein Schwert mehr, wie Wex bemerkte, denn Pinch hatte es geschickt stibitzt, als er ihm auf die Beine half.

Winster, der noch gar nicht mitbekommen hatte, dass seine Waffe nicht mehr da war, wandte sich Wex zu und erhob die Hände zum Faustkampf.

»Pfeif deinen Wachhund zurück und lass mich gefälligst Satisfaktion nehmen.«

Pinch gab Mungo ein Zeichen, der daraufhin zur Seite trat.

Über Winsters Schulter hinweg sah Wex, wie Brynn herankam, um nachzuschauen, was los war. Eilig hob er ebenfalls die Fäuste.

Pinch stand immer noch zwischen den beiden. »Mögen die Götter den gerechteren der beiden Herren als Sieger aus diesem

Disput hervorgehen lassen«, verkündete er wie ein Marktschreier und glitt beiseite, um den Kampf freizugeben.

Steif wie ein Stock stand Winster da, beide Fäuste am Kinn, doch Wex, der die Regeln dieser Art der gesitteten Auseinandersetzung nicht kannte, stürmte einfach los und packte ihn um die Hüften. Krachend schlugen sie gemeinsam zu Boden. Wex gelang es, sich auf den Herausforderer zu rollen, und sofort begann er, Winster mit den Fäusten zu bearbeiten.

»Was tust du da?«, schrie Winster.

In dieser Situation den Mund zu öffnen, war ein Fehler. Wex dachte an sein unglückliches Aufeinandertreffen mit Osi Hoxxel, presste Winsters geadelte Visage in den Dreck und ließ ihn fauliges Laub fressen.

In angenehmem Gegensatz zu dem Hoxxel-Fiasko war es diesmal Wex, der die Oberhand hatte, als Fretter am Schauplatz des Geschehens eintraf. Unglücklicherweise zeigte sich Fretter jedoch bei weitem nicht so beeindruckt, wie Wex sich gewünscht hätte.

»Habt ihr beiden den Verstand verloren?«, zischte der Hauptmann. »Wir versuchen, uns heimlich davonzustehlen, nicht möglichst viel Aufmerksamkeit zu erregen!«

Hastig trennten Pinch und Mungo die Streithähne voneinander.

Winster erhob sich spuckend und schäumend, während Wex sich beeilte, hinter seinen Schurkenfreunden in Deckung zu gehen.

»Ich wusste, dass dies keine gute Idee war, mein Offizier«, entschuldigte sich Pinch.

»Halt den Mund, Halunke. Immer, wenn irgendeine Dummheit im Gange ist, bist du derjenige, der sie angestiftet hat oder sich zumindest köstlich darüber amüsiert.« Er wandte sich an Winster. »Ich habe dir aufgetragen, sie zu wecken, nicht, dir eine Tracht Prügel einzufangen. Bei dem einen wahren Gott, er ist doch nur ein Junge!«

»Er hat unfair gekämpft. Ich hob die Hände zum Boxen, und er hat sich auf mich gestürzt wie ein tollwütiges Wiesel. Wären wir im Palast, würde ich ...« Er tastete nach seinem Schwert und stellte bestürzt fest, dass die Scheide leer war.

»Sieh dich um«, bellte Fretter. »Sind wir hier im Palast? Sind wir?«

»Nein, Hauptmann.«

»Nein, sind wir eindeutig nicht. Und du siehst im Moment auch nicht so aus, als ob du dort hingehörst. Und jetzt ab in Marschformation zu den anderen. Wir brechen auf. Gut möglich, dass die Düsterlinge während der Nacht aufgeholt haben.«

Winster nickte und machte sich auf die Suche nach seinem Schwert.

Fretter drehte sich weg und deutete auf Wex. »Und du kommst mit mir. Ich muss dir etwas zeigen.«

Fretter brachte Wex zu einer Stelle, an der die Bäume weniger dicht standen. Die Sonne kam gerade über den Horizont, warf morgendliche Schatten über die Landschaft und verjagte die letzten Nebelfetzen. Wex wünschte beinahe, er hätte sein Zeichenpapier und die runde Holzscheibe.

»Dort. Dieses Ding. Ist das der Richtungspfeil, den du gezeichnet hast?«

In einiger Entfernung erhob sich eine schlanke, weiße Säule über die Bäume, die sich nach oben zu einer Spitze verjüngte.

»Muss wohl so sein, denke ich«, murmelte Wex verunsichert.

»Dann müssen wir anscheinend geradewegs Richtung Himmel weitermarschieren«, knurrte Fretter und trat wütend gegen einen Stein. »Was ist es in Wirklichkeit, Wexford? Oder soll ich mal wieder davon ausgehen, dass du es nicht weißt?«

»Ich weiß es nicht.«

»Wird deine Zeichnung uns diesmal das Leben kosten oder nicht?«

»Ich weiß es nicht.«

»Hmmm. Es liegt genau in der Richtung, in der diese kleine Sippe lebt, zu der wir wollen.«

»Vielleicht haben sie es errichtet.«

»Vielleicht.« Fretter kratzte sich am Kinn und betrachtete das Bauwerk.

Spragg kam stolpernd zwischen ihnen zum Stehen.

»Hauptmann, wir werden verfolgt.«

»Die Düsterlinge. Wie viele?«

»Zwei.«

»Zwei?«

»Späher, vielleicht?«

»Äußerst unwahrscheinlich. Hieß es nicht, sie wären nicht besonders intelligent?«

»Sie haben Bogen«, erklärte Spragg.

»Sogar Wölfe schicken ein Mitglied des Rudels voraus, wenn sie eine Fährte verfolgen«, warf Wex ein. »Der ruft dann die anderen.«

Fretter fluchte leise. »Haben sie uns schon entdeckt?«

»Noch nicht, aber das werden sie bald.«

»Ich führe den Rest der Gruppe hier weg. Du nimmst dir vier schnelle Männer und bringst sie zur Strecke. Jetzt!«

Spragg wandte sich um. »Wexford, komm mit.«

30

Spragg und Wex hatten Mühe, Mungos Tempo zu halten, der mit langen Schritten dahinjagte. Neben ihm lief Pinch, der geschickt über die Hindernisse auf dem unebenen Untergrund hinwegsprang. Auch Arkh war schneller als die beiden Jünglinge. Die fünf hielten sich so weit wie möglich an die Stellen, wo das Unterholz nicht so dicht war, und rannten in der Deckung der Bäume dahin. Es war ihr Glück, dass Spragg zuerst die Düsterlinge entdeckt hatte, und nicht umgekehrt. Die beiden Späher hatten Bogen, aber wenn es ihnen gelang, sie aus nächster Nähe zu überraschen, würden sie nicht mehr dazu kommen, ihre Pfeile einzusetzen.

»Wartet«, flüsterte Pinch.

Alle blieben stehen, und Pinch musterte das letzte Stück Weg, das zwischen ihnen und der Stelle lag, wo die beiden Düsterlinge zuletzt gesehen wurden. Wex fiel auf, dass selbst Spragg Pinchs Kommandos gehorchte, jetzt, da Fretter nicht da war. Schon allein der Selbsterhaltungstrieb gebot, dass der Erfahrenste unter ihnen den Angriff plante.

»Ihr beiden Jungen tötet den einen. Mungo, Arkh und ich werden versuchen, den anderen lebend zu fangen. Vielleicht können wir das ein oder andere herausfinden.«

»Warum zu dritt?«

»Weil es schwieriger ist, jemanden zu fangen, als ihn zu töten, und wenn er entwischt, kommt er mit der ganzen restlichen Rattenbande wieder. Eilt euch, Freunde. Und gebt ihnen keine Zeit, ihre Pfeile zu zücken. Nicht dass einer von euch mit einem hässlichen Horn auf der Stirn zurückkommt!«

Sie liefen weiter, und bald sahen sie die beiden Düsterlinge durchs hohe Gras schleichen. Als sie zwischen den Bäumen hervorbrachen, blickten die Bestien erschrocken auf, und einer der beiden ergriff sofort die Flucht.

Pinch, Mungo und Arkh nahmen die Verfolgung auf. Wex tat die Kreatur beinahe leid: Den riesenhaften Mungo und den bizarr aussehenden Halbmenschen auf den Fersen zu haben musste schrecklich sein, ganz zu schweigen von Pinch.

Aber Wex musste sich um seine Aufgabe kümmern. Der zweite Düsterling bückte sich bereits und hielt eine brennende Fackel in ein Gebüsch.

»Wir müssen ihn aufhalten!«, brüllte Spragg. »Er will ein Signal geben!« Spragg hatte kein freies Schussfeld, weshalb er seinen eigenen Bogen nicht einsetzen konnte und stattdessen das Schwert zog.

Schon stieg ein dünnes Rauchfähnchen auf.

Wex rannte los und zog Elgers schartige Klinge.

Spragg pflügte durchs hohe Gras und krachte gegen den Düsterling, der sich schützend über die kleine Flamme beugte.

Wex roch stinkenden Schweiß, Moschus und Rauch, dann warf er sich bäuchlings auf das schwelende Bündel nassen Grases. Die Hitze brannte sich durch sein Hemd und versengte seine Haut, aber schließlich gelang es ihm, das kleine Feuer zu ersticken.

Er sprang auf und sah, wie Spragg mit dem Monster rang. Gliedmaßen zuckten und schlugen, lange Krallen zerfetzten das Wams des jungen Adligen, bis es ihm gelang, die sehnigen Arme des Angreifers zu packen und ihn zu Boden zu drücken.

»Erschlag ihn!«, keuchte Spragg.

Wex sprang hinzu und hob die Klinge, zögerte aber.

Das Ding sah ihn an. In seinen Augen war deutlich zu erkennen, dass es wusste, was ihm bevorstand. Es waren verängstigte Augen. Trotz Hörnern, Zähnen und Klauen erkannte er etwas Menschliches, das sich in diesen Augen regte.

Wex setzte ihm die Spitze seines Schwerts an den Hals. »Hör auf!«, schrie er, und zu seiner Überraschung gab der Düsterling tatsächlich Ruhe.

»Was tust du da? Bring ihn um!«

»Er hat sich ergeben«, erwiderte Wex. »Ich nehme ihn gefangen.«

»Was? Nein!« Spragg sprang auf die Füße und zog seine eigene Klinge.

Wex ließ sein Schwert, wo es war. »Du! Bleib unten!«

Der Düsterling gehorchte.

»Siehst du, er versteht.«

Unter Spraggs lautstarkem Protest hielt Wex die Kreatur in Schach, bis Pinch, Arkh und Mungo keuchend angerannt kamen.

»Ah, was haben wir denn da?«, fragte Pinch.

»Sieht aus, als hätten sie ihn gefangen genommen«, bemerkte Arkh.

»Gut, denn wir haben unseren getötet.«

»*Du* hast ihn getötet«, berichtigte Arkh.

»Er war dabei zu fliehen.«

Mungo packte den Düsterling und hielt ihn fest.

»Spragg hat ihn überwältigt«, sagte Wex hastig. »Er war sehr mutig.«

»Wer?«, fragte Pinch.

»Der junge Winster«, korrigierte sich Wex.

»Gute Arbeit«, erklärte der Dieb und klopfte Spragg auf die Schulter. »Fessle ihn, Mungo. Vielleicht können wir ein bisschen was darüber herausfinden, wo der Rest der Bande steckt.«

Mungo und Spragg bogen dem Düsterling Arme und Beine auf den Rücken und fesselten ihn mit dem Seil, das sie von den Flussleuten bekommen hatten.

Arkh sah wortlos zu. Er wirkte angespannt.

»Stinkt ganz schön, nicht?«, meinte Pinch und beobachtete, wie Spragg und Mungo das Biest verschnürten. Sein Blick wanderte zu Arkh, dann wieder zurück zu der Kreatur auf dem Boden. »Sag mal, Arkh, irgendwie sieht das Biest dir ganz schön ähnlich.«

»Wartet«, keuchte Spragg und sprang angewidert zurück. »Der Dieb hat recht. Die Ähnlichkeit ist viel zu stark, um nur Zufall zu sein.«

Der gefesselte Düsterling lag mit dem Gesicht nach oben. Die Hörner und scharfen Zähne waren deutlich zu erkennen.

Arkh stand da und starrte das Wesen an. So ernst hatte Wex ihn noch nie gesehen. Die Farbe der Haut und die Form der Klauen waren beinahe der einzige Unterschied. Der Düsterling hatte keine Handflächen, die Klauen wuchsen direkt aus dem Gelenk. Arkhs Hände hatten Finger, sahen menschlicher aus. Dennoch war die Ähnlichkeit frappierend, und Arkh versuchte erst gar nicht, sie zu leugnen.

»Kein Wunder, dass die Flussleute so misstrauisch waren!«, fuhr Spragg aufgeregt fort. »Deshalb wollten ihre Kinder zuerst auch nicht ans Ufer kommen.«

»Da haben wir wohl ein Problem«, merkte Pinch an. »Ich bin der Letzte, der sich von Äußerlichkeiten abschrecken lässt, aber es gibt Leute, die denken da anders.«

»Arkh ist kein Dämon«, warf Wex ein.

»Aber so gut wie«, entgegnete Spragg. »Er sieht genauso aus wie die Bestien, die eine ganze Sippe harmloser Händler niedergemetzelt haben.«

Mungo brummte etwas.

»Der Große sagt, dass Fretter das nicht gefallen wird«, übersetzte Pinch. »Leider muss ich ihm zustimmen.«

»Ich kann es erklären«, sagte Arkh.

»Das solltest du auch besser«, erwiderte Pinch.

Wex verzog das Gesicht. »Er soll sich rechtfertigen? Jetzt? Vor uns allen?«

»Wenn es eine gute Geschichte ist, können wir vielleicht beim Hauptmann ein gutes Wort für ihn einlegen. Wenn wir sie erst im Lager hören, werden wir genauso überrascht sein wie unser nervöser Fretter. Und ihr wisst, wie sehr er Überraschungen hasst.«

»Ich werde meine Geschichte erzählen«, sagte Arkh. Er schwieg einen Moment, ließ die Vergangenheit vor seinem inneren Auge wiederauferstehen. »Ich war ein Gräuel für jeden, der mich je erblickte, schon immer. Das Einzige, was mich vor einem frühzeitigen Tod bewahrte, war die Tatsache, dass ich bis zum siebzehnten Lebensjahr im Verborgenen aufgezogen wurde. Ab da konnte ich mich selbst schützen. Ich erzählte euch bereits, dass meine Mutter ein Mensch ist, und das ist wahr. Sie hielt mich verborgen, nicht aus Schande, wie ihr vielleicht glauben mögt, sondern aus Liebe. Sie war eine Hofdame.«

Pinch und Mungo tauschten einen Blick.

»Unsinn!«, fuhr Spragg auf.

»Lass den Halbmenschen fortfahren«, sagte Pinch.

»Sie war mit einer Eskorte am Fuß der Zornberge unterwegs, am Rand des Schleiers, auf der Suche nach ihrer verlorenen Liebe. Die Kutsche wurde überfallen, ihre Eskorte getötet. Meine Mutter wurde entführt, doch sie kam zurück, wurde am nächsten Tag auf einem Bauernhof in der Nähe gefunden. Sie war in fürchterlicher Verfassung, aber sie hatte überlebt. Als Einzige. Sie weigerte sich zu berichten, was geschehen war, und bald zeigten sich die ersten Anzeichen, dass sie mit einem Kind schwanger ging. Als sie zum Palast zurückkehrte, herrschten deswegen große Aufregung und Neugier. Es gab viele Spekulationen über ihren heimlichen Freier, aber sie nannte seinen Namen niemals. Gerüchte waren im Umlauf, und dann, in der Nacht meiner Geburt, schmuggelte die verängstigte Hebamme sie und ihr Neugeborenes aus der Stadt. Niemand außer der Hebamme hat das

Kind je gesehen, und am Hof ging man davon aus, es sei meine Illegitimität gewesen, die meine Mutter vertrieben hatte. Dieses Kind war ich, ein Kind so hässlich und monströs, dass meine Mutter fortan bei einem blinden Einsiedler lebte, um mich zu verstecken. Sie lebte das Leben einer Bauersfrau, doch sie gab mir Unterricht, und wenn ich auch schwieriger zu handhaben war als ein normales Kind, stellte ich mich dennoch als begieriger Schüler heraus, und sie brachte mir bei, meine tierischen Instinkte unter Kontrolle zu halten, außer wenn ich angegriffen wurde. Als ich schließlich erwachsen war, wollte ich mich nicht mehr verstecken und zog hinaus in die Welt. Es war schwierig. Man hatte Angst vor mir, ich wurde gemieden und angefeindet wegen meines schauerlichen Äußeren. Auch meine Bildung und meine Umgangsformen änderten daran nichts. Manche Konfrontation konnte ich mit Worten beilegen, andere nur im Kampf. Ich verkleidete mich, als Soldat mit Helm, als fahrender Schausteller, sogar als aussätziger Bettler, um mein Gesicht zu verbergen. Doch schließlich wurde ich entdeckt, und man zerrte mich vor den Fürsten. Lothario gelang es, Kryst davon zu überzeugen, dass mit mir mehr anzufangen sei, als mich nur als Jahrmarktsattraktion zur Schau zu stellen. Seit jener Zeit bin ich ständig in gefährlichen Missionen im Auftrag des Palastes unterwegs, teils weil mein Leben nichts gilt, und teils um mich von der Stadt fernzuhalten. Und hier bin ich nun, mit euch.«

»Das ist eine traurige Geschichte«, sagte Wex.

»Wer ist deine Mutter?«, fragte Spragg barsch.

»Das kann ich dir nicht sagen«, erwiderte Arkh.

»Ich werde es herausfinden, sobald wir zurück sind. Nicht viele sind des Nachts mit einem Bastard vom Hof geflohen.«

»Tu, was dir beliebt, aber ich werde es dir nicht sagen.«

»Du verstehst mich falsch. Ich verfolge damit keine böse Absicht. Ich könnte ihr helfen, in die höfische Gesellschaft zurückzukehren. Niemand würde erfahren, dass sie deine Mutter ist.«

»Dafür danke ich dir. Doch sie schämt sich meiner nicht und hat ihren Frieden gefunden, weit weg vom höfischen Leben. Nie würde sie an Krysts Hof zurückkehren, der den Mann, den sie liebte, vertrieben hat.«

Pinch schüttelte verblüfft den Kopf. »Ich höre immer gerne eine gute Geschichte, und diese hier ist beinahe genauso gut wie eine von meinen. Aber was sollen wir nur Fret-Fret über deine unglückliche Herkunft erzählen?«

»Die Wahrheit«, schlug Wex vor. »Wir haben sie schließlich auch gehört und sind nicht schreiend davongelaufen. Er wird sie akzeptieren.«

Mungo grunzte. »Ganz recht«, übersetzte Pinch. »Es wird ihm gar nichts anderes übrig bleiben.«

Mungo und Arkh schleppten den gefesselten Düsterling, während Wex, Spragg und Pinch nebenherliefen. Das flache Grasland war noch hier und da von kleinen Hainen und Bächen durchzogen, aber es gab keine größeren Hügel, und bald waren sie in Sichtweite des weißen Turms. Sie hielten direkt darauf zu, und nach etwa einer Stunde hatten sie die anderen eingeholt.

Spragg rief Fretter zu: »Hehoo, Hauptmann! Wir haben einen Düsterling gefangen genommen!«

»Bestens«, erwiderte Fretter. »Und während ihr fort wart, hat sich unsere Gruppe um zwei Mitglieder vergrößert.« Der Hauptmann deutete auf zwei Gestalten in übergroßen Kitteln, die aussahen, als wären sie einmal bunt und weit gewesen, doch jetzt waren sie von Schlamm und Erde förmlich zusammengebacken.

Die beiden blickten auf, erschöpft, verschwitzt, verdreckt. Das Auge des einen schien sich nicht entscheiden zu können, in welche Richtung es schauen sollte, die andere war umwerfend schön, trotz ihrer erbärmlichen Verfassung.

»Adara!«, keuchte Wex.

»Und Blu«, fügte Fretter hinzu. »Sie haben das Massaker überlebt und uns ausfindig gemacht.«

»Sie haben uns gesucht?«

»Wir haben die Kinder. Und Waffen. Sie wollen, dass wir sie beschützen. Und jetzt haben wir einen Gefangenen, der uns das eine oder andere über unseren Feind verraten wird.«

Pinch versetzte dem Düsterling einen Tritt. »Ja, das Ding kann sogar sprechen, es muss uns nur noch gelingen, sein Gegrunze zu übersetzen. Aber zuerst, lasst mich unter vier Augen mit Euch sprechen. Die Kreatur könnte Euch mehr verraten, als Euch lieb ist.«

Pinch nahm Fretter beiseite. Der Dieb würde Arkhs Geschichte so schonend wie möglich vermitteln, dessen war Wex sicher.

Adara schritt entschlossen auf Wex zu. Sie deutete auf Elgers Schwert. »Das große Messer«, sagte sie.

»Ja«, erwiderte Wex. »Ich werde dich beschützen, so gut ich kann.«

»Darf ich?« Sie streckte die Hand aus.

Wex zog das Schwert und zeigte es ihr.

Adara griff danach.

»Vorsichtig«, warnte Wex. »Pinch hat mir geholfen, die Klinge zu schärfen.« Langsam reichte er ihr die Waffe, den Griff voraus. »Du kannst es dir gerne ansehen, aber …«

Sofort packte sie den Schwertknauf und wirbelte herum. Mit zwei schnellen Schritten stand sie vor dem Düsterling, der wie ein zum Trocknen aufgehängtes Handtuch zwischen Mungo und Arkh baumelte. Mit aller Kraft rammte sie das Schwert zwischen seine Rippen, noch bevor die beiden reagieren konnten. Die Kreatur stieß ein lautes Zischen aus, mit dem alle Luft aus ihrer Lunge entwich. Zwei weitere wütende Hiebe, und der Düsterling verstummte.

Mungo und Arkh ließen den Gefangenen zu Boden sinken, und Mungo packte Adaras Arme, um zu verhindern, dass sie noch mehr Schaden anrichtete, aber es war zu spät. Sie hatte den Düsterling beinahe in zwei Hälften zerteilt.

Fassungslos starrten sie Adara an.

Sie machte sich von Mungo los, stellte sich vor Wex und gab ihm ohne ein einziges Wort das bluttropfende Schwert zurück.

»Wenn die Tat nicht so ein schrecklicher Fehler gewesen wäre, würde ich dem schneidigen Mädchen glatt applaudieren«, kommentierte Pinch.

»Verdammt!«, fluchte Fretter. »Jetzt werden wir gar nichts mehr in Erfahrung bringen.«

»Wir wissen, dass sie nicht weit sein können, Hauptmann«, erwiderte Spragg. »Dieser hier hat versucht, ein Signalfeuer zu entzünden, während der andere die Flucht ergriff.«

»Dieselbe Taktik wie unsere«, überlegte Fretter. »Die Späher von Skye sind ebenfalls stets zu zweit unterwegs. Die Aufgabe des einen ist, mit einem Feuer Signal zu geben, während der andere zurückkehrt, um Bericht zu erstatten. Und ihnen wird eingeschärft, sich auf keinen Fall weiter als zwei Wegstunden von der Kompanie zu entfernen … Gab es viel Rauch?«

»Nicht dicht genug, um ihn eindeutig als Signal zu identifizieren«, erwiderte Wex.

»Aber genug, um es vielleicht trotzdem zu tun«, fügte Pinch hinzu.

Fretter biss sich auf die Unterlippe. »Zum Turm. Schnell!«

31

Die Soldaten trieben die Kinder an, während die anderen mit Kravens und Brynns Hilfe von Blu und Adara erfuhren, was geschehen war. Wie durch ein Wunder hatten die meisten der Kleinen überlebt. Adara hatte eilig durchgezählt. Jedes Kind, das alt genug war, um ein eigenes Boot zu haben, war in der Gruppe, darunter auch viele ihrer Cousins. Nur die, die schon über zehn waren, fehlten, und sie weinte hemmungslos vor Glück und Trauer zugleich. Fretter konnte genug herausfinden, um die Zahl ihrer Feinde abzuschätzen – über fünfzig –, auch wenn Blu nicht sagen konnte, wie weit sie noch entfernt sein mochten. Auf die Frage, was die Düsterlinge wollten, erwiderte Blu nur, dass sie ihre Opfer gefressen hätten, noch während er und Adara flohen. Nahrung vielleicht, aber ein Schlachten von derartigem Ausmaß deutete eher auf bestialischen Blutdurst hin denn auf Hunger.

Schließlich berichtete Adara, wie sie entkommen waren.

Wex schob sich nach vorn, um mithören zu können. Brynn war die bessere Übersetzerin und wiederholte Adaras Worte, unterbrochen von gelegentlichen Pausen für Nachfragen.

»Sie griffen im Morgengrauen an, als wir noch schliefen«, übersetzte Brynn. »Wir wachten auf und sahen, wie sie unsere Boote hinaus auf den Fluss schoben, wo sie sie entweder versenkten oder in Brand steckten. Wir schickten die Kinder los, die ihre Boote weiter flussaufwärts festgemacht hatten, getrennt von den anderen. Wir haben keine Waffen, und ohne die Boote waren wir ihnen hilflos ausgeliefert. Sie warteten am Ufer und erstachen uns mit kleinen Speeren, während wir versuchten davonzuschwimmen. Viele von uns starben im Wasser. Ich war auf der Barke meines Vaters, als Blu durch ihre Linien brach und zu mir stieß. Er brachte mich aufs Festland, weg von den anderen, die instinktiv versuchten, sich in den Walther zu retten, und dort nur den Tod fanden. Ich weiß nicht, wie Blu ihnen entkommen ist, aber irgendwie hat er es geschafft, und sie verfolgten uns nicht. Rauch stieg auf, alle rannten und schrien, und ich bekam nicht alles mit, was geschah.«

Adara erzählte ihre Geschichte mit einer wirren Mischung aus Angst, Wut und Freude, und einmal glaubte Wex, sie würde jeden Moment anfangen zu schreien. Sie gestikulierte wild mit den geschmeidigen Armen, trommelte mit den Füßen auf den Boden, um zu demonstrieren, wie schnell sie gerannt war, und legte so viel Emotionen in ihre Erzählung, als würde sie ein erdachtes Bühnenstück aufführen, aber das Feuer, das dabei in ihren Augen brannte, war allzu real. Als sie zu Ende gesprochen hatte, schwitzte und keuchte sie.

»Was war mit deinem Vater?«, fragte Fretter.

»Er warf sich zwischen die Düsterlinge und die Kinder. Die gehörnten Teufel durchbohrten ihn mit drei ihrer kleinen Speere, doch er stand immer noch. Er war stark bis zum Ende. Es brauchte vier von ihnen, um ihn niederzuringen.«

Wex sah einen kleinen Blutstropfen aus Adaras Mundwinkel hervorquellen – sie biss sich auf die Lippe, damit ihr Mund nicht so zitterte. Fretter stellte keine Fragen mehr, und eine Zeit lang gingen sie in ehrerbietiger Stille weiter.

Als sie in die Nähe des Turms kamen, entdeckten sie die ersten Spuren. Von Menschenfüßen niedergetrampeltes Gras, wie es schien. Die Spuren verliefen ohne erkennbares Muster in alle möglichen Richtungen. Der Turm selbst stand auf einem offenen Feld, das im Umkreis von mehreren Furchenlängen gerodet war. Er war rund im Querschnitt, aber nicht gerade. Wie betrunken hing er auf eine Seite, um sich ein Stück weiter oben in die entgegengesetzte Richtung zu biegen. Ein architektonischer Balanceakt. Und er war höher als jedes Gebäude, das Wex jemals gesehen hatte.

Am Rand der gerodeten Fläche verlief ein Fluss, der die Gruppe von dem Turm abschnitt. Er war nicht so breit wie der Walther, aber das Wasser schoss mit so hoher Geschwindigkeit über die Felsen im Flussbett, dass weiße Gischt aufstieg. Ihn an dieser Stelle zu überschreiten war unmöglich.

»Sie schicken eine Delegation«, sagte Fretter.

Eine Gruppe von etwa zwanzig Männern kam aus dem Turm. Sie waren mit langen, oben spitz zulaufenden Stangen bewaffnet. Eine Art Lanze, wie es schien. Keine Bogen.

Fretter stellte sich an die Spitze der Gruppe, während Arkh hinter Mungo in Deckung ging.

»Sie sehen so klein aus neben ihrem Turm«, sagte der ältere Winster.

»Sie *sind* klein, Bruder«, erwiderte Spragg.

Als die Gruppe herangekommen war, bemerkte Wex, dass die Männer ihm gerade mal bis zur Brust reichten.

»Ein Haufen Zwergenvolk«, kommentierte Fretter, sehr zu Pinchs Belustigung.

»Sollte nicht schwer sein, diese Ameisen dazu zu bringen, uns hereinzulassen«, meinte er, und die Soldaten lachten mit ihm.

Wex wandte sich an Cirilla. »Was hältst du davon?«

Inmitten der Kinder stand Cirilla nur da und glotzte wie vom Donner gerührt.

»Wir haben das Flussvolk falsch verstanden«, sagte Arkh. »Das ist keine *kleine* Sippe von Leuten, sondern eine Sippe von kleinen *Leuten*.«

Sie standen jetzt am anderen Ufer, nahe genug, um ihnen etwas zurufen zu können. Sie waren stämmig, aber nicht untersetzt. Das herbstlaubfarbene Haar trugen sie lang und nicht zusammengebunden, sodass es ihnen fast bis zu den langen, spitzen Nasen ins Gesicht hing. Hinter ihren braunen Locken lugten sie hervor wie Ritter durch das Visier ihres Helms, und Wex bekam beinahe den Eindruck, sie hätten es hier mit einer Bande kleiner maskierter Wegelagerer zu tun. Ein Mann mit einem breitkrempigen Hut auf dem Kopf trat aus der Gruppe, während die anderen die Spitzen ihrer Waffen in Richtung der Neuankömmlinge senkten wie ein Igel in Verteidigungsposition. Der mit dem Hut war älter als die anderen und offensichtlich der Wortführer.

»Blurdo«, sagte Adara.

»Ist das der Name von dem mit dem Hut?«, fragte Fretter.

Blu und Adara nickten.

»Eisenspitzen«, hörte Wex Pinch in Mungos Ohr flüstern. »Auch nicht bewanderter in der Metallkunst als unsere Freunde vom Fluss.«

»Seid gegrüßt!«, rief Fretter mit ausgebreiteten Armen, die Hände weit weg von seinem Schwert. »Ihr müsst Blurdo sein.«

»Nennt Euren Namen und Euer Begehr!«, erwiderte der Mann, die Augen unter der Hutkrempe zu misstrauischen Schlitzen verengt.

Wex war erleichtert und überrascht zugleich, dass er den Zwerg verstehen konnte. Der Dialekt war dem, mit dem er aufgewachsen war, gar nicht unähnlich.

»Wir brauchen Zuflucht«, antwortete Fretter.

»Wer schickt Euch?«, fragte Blurdo.

»Wir sind treue Untergebene des Fürsten Kryst von Abrogan.«

»Krystal?«

»Nein, nur Kryst.«

»Von jenseits der Berge?«

»Ja.«

»Dann vertrauen wir Euch nicht, und wir können Euch keine Zuflucht gewähren.«

»Aber wir werden von Feinden verfolgt. Von Düsterlingen.«

Blurdo klappte die Hutkrempe hoch, und seine Augen wurden groß wie Handteller. »Umso mehr Grund, Euch abzuweisen!«

Fretter wandte sich an Blu. »Ihr habt mit diesem seltsamen Volk Handel getrieben. Rede du mit ihm.«

Blu winkte Blurdo zu und redete in seiner kehligen Sprache auf ihn ein.

Blurdo nickte, aber sein harter Blick wurde nicht weicher. »Dich und die Tochter des Dido kennen wir, aber deine Begleiter gefallen uns nicht. Es ist beschlossen. Wir werden euch nicht über den Fluss bringen.«

Blu sprach weiter, und Blurdo nickte.

»Ich weiß, dass ihr beiden jedes Gewässer überqueren könnt, Flussmensch. Doch selbst wenn, werden wir euch nicht in den Turm lassen. Und wenn Düsterlinge in der Nähe sind, wie du sagst, müssen wir uns sofort zurückziehen. Keine Zeit, hier mit euch herumzutrödeln.« Blurdo bedeutete seinen Männern, zum Turm zurückzukehren.

Brynn hatte die Verhandlungen beobachtet und aufmerksam zugehört. Sie beugte sich vornüber, als spreche sie mit einem der Kinder, und sagte: »Cirilla, zeige dich.«

Ausdruckslos starrte Cirilla aufs gegenüberliegende Ufer. Sie schien zum ersten Mal andere Menschen zu sehen, die waren wie sie.

»Die Kinder«, drängte Brynn. »Sag ihnen, dass wir Kinder dabeihaben.«

Ein Ruck ging durch Cirilla. Sie reckte das Kinn und schob sich ans vordere Ende des Pulks.

»Heda! Heda, Feigling!«

Wex zuckte zusammen, und Pinch musste ein Lachen unterdrücken.

Fretter versuchte, Cirilla an der Schulter festzuhalten, um sie zum Schweigen zu bringen, aber sie schüttelte ihn ab.

»Welche Sorte Mann lässt dreißig kleine Waisen schutzlos vor seinem Tor und liefert sie dem sicheren Tod aus? Ein Mann, der keiner ist, wenn du mich fragst!«

Blurdo drehte im Gehen den Kopf, um zu sehen, wer ihn da so beleidigte, erweckte aber nicht den Eindruck, die Unterhaltung fortführen zu wollen. Doch als er Cirilla erblickte, blieb er wie angewurzelt stehen.

»Habe ich jetzt deine geneigte Aufmerksamkeit?«, sprach Cirilla weiter. »Dann höre Folgendes: Wenn ihr euch in eurem Turm verkriecht und tatenlos zuseht, wie diese Kinder hingeschlachtet werden, werdet ihr den Müttern da drinnen erklären müssen, dass das eure Schuld war. Bin gespannt, was sie dazu sagen. Ich jedenfalls habe mir meine Meinung dazu bereits gebildet, und sie fällt nicht besonders schmeichelhaft aus!«

Blurdo wandte sich um und stapfte hastig zurück ans Ufer. Seine Männer standen einen Moment lang verdutzt da, dann eilten sie hinter ihm her, um ihren Anführer mit ihren Lanzen zu schützen.

»Wer bist du?«, fragte er verunsichert. Er schien weniger beleidigt als fasziniert und starrte Cirilla mit dem gleichen Interesse an, mit dem die Expeditionsmitglieder zuvor Blurdo und seine Männer bestaunt hatten.

»Cirilla«, antwortete sie.

»Was hast du mit diesen großen Menschen zu schaffen?«

»Die sind meine ...« Cirilla zögerte. Sie wusste nicht, wie sie diese seltsam zusammengewürfelte Truppe aus Soldaten und Ausgestoßenen bezeichnen sollte. »... Gefährten. Wir sind auf einer Expedition.«

»Und diese großen Leute akzeptieren dich?«

Wex hörte den Unterton in der Stimme des Mannes: Misstrauen und Wut.

Cirilla schaute hinüber zu Curdwell und den anderen. Die Palastwachen akzeptierten sie ganz eindeutig *nicht.* Sie verachteten sie, machten sich über sie lustig und hatten sie aus irgendeinem Grund im Kerker von Skye gefangen gehalten, bis ihr Herrscher Cirilla gezwungen hatte, in seine Dienste zu treten. Sie nannten sie »Missgeburt«.

»Ja«, erwiderte Cirilla. »Sie akzeptieren mich. Wenn ihr uns reinlasst, werden sie mich danach wie eine Adlige behandeln.« Sie warf Fretter einen vielsagenden Blick zu.

Fretter nickte, was nur bedeuten konnte, dass er bei Kryst um vollen Straferlass für Cirilla ersuchen würde, welches Verbrechen auch immer sie begangen haben mochte.

Pinch schüttelte den Kopf. »Wie, bei allen südlichen Meeren, macht sie das nur?«, brummte er.

Blurdo fingerte an seinem Hut herum.

»Ich schätze, es bleibt nicht mehr viel Zeit«, sprach Cirilla weiter. »Sei ein Mann und bring uns über den Fluss oder renn davon wie eine Ratte.«

32

An einem Baum fanden sie die Leiche des Spähers, der den Auftrag gehabt hatte, zum Lager zurückzukehren und Bericht zu erstatten. Eine dornenbewachsene Ranke war um die Zungenwurzel gewickelt, und an ihr hing das gesamte Gewicht des Düsterlings. Vill kannte diese Art der Zurschaustellung. Die Banditen in Abrogan verfuhren so, wenn sie andere Gesetzlose hinrichteten, Mörder, die an einem anderen Mörder Rache genommen hatten. Vill hielt sich nicht damit auf, sich zu fragen, ob der Düsterling noch gelebt hatte, während er aufgeknüpft wurde. Es spielte keine Rolle. Was eine Rolle spielte, war die Tatsache, dass er die Leute gefunden hatte, nach denen er suchte.

Klar und einfach lag der Weg zur Macht vor ihm. Eine größere Armee. Mehr Soldaten. Von Eber und seinen anderen neun Hauptmännern hatte er alles erfahren, was er über den Rest des Stammes wissen musste, der jenseits des Schleiers lebte. Wenn es dem Magier gelang, die schwarze Barriere zu versetzen, würde er mit seinen Soldaten in die Heimat der Düsterlinge marschieren, und falls nötig, würden sie kämpfen. Eber hatte gesagt, sie würden den momentanen Anführer eventuell gewaltsam aus dem Weg räumen müssen, was mit den Waffen, die er ihnen gegeben hatte, und Vill als ihrem Strategen kein Problem werden dürfte.

Vill konnte den weißen Turm sehen, die Festung der Mickerlinge, wie seine Düsterlinge sie nannten. Mickrig und bewaffnet. Sie hatten Lanzen, die sie schleuderten, und andere Waffen für den Nahkampf, aber keine Bogen, und das war alles, was zählte. In den Tagen, bevor er sie zu seinen Soldaten gemacht hatte, hatten die Düsterlinge sich ab und zu in die Nähe des Turms gewagt. Uneinnehmbar, sagten sie, aber die Düsterlinge waren nicht klug genug, als dass Vill auf ihr Urteil vertraut hätte. Der Turm war krumm und schief und somit wohl kaum das Werk eines echten Baumeisters. Das einzig Bemerkenswerte war die Höhe. So schlank wie er war, mussten die Mauern aus erstaunlich festem Material bestehen. Falls er sich tatsächlich nicht im Handstreich einnehmen lassen sollte, würden sie ihn eben belagern. Eine lehrreiche Lektion für seine Truppen. Vill hatte bereits nach den Frauen und den jungen Düsterlingen schicken lassen, falls sie als zusätzliche Arbeitskräfte gebraucht werden sollten. Er war auch bereit zu verhandeln, aber es war stets besser, dies aus einer Position der Stärke zu tun.

Doch als Erstes galt es, eine Entscheidung zu treffen. Entweder würden sie schnell handeln und versuchen, die Beute auf offenem Feld zu überraschen. Oder sie würden sich an die Festung heranpirschen und einen Belagerungsring um sie ziehen, damit keiner entwischte. Das würde länger dauern. Vill spürte weder Druck noch Verlangen, überhastet zu handeln, ebenso wenig wie Unsicherheit oder Furcht, die ihn hätte zögern lassen. Er traf seine Entscheidungen einzig und allein danach, welche Taktik den günstigsten Ausgang versprach.

»Eber!«, rief er in einer Mischung aus Düsterling- und Menschensprache. »Bring mir den besten Soldaten aus jeder Gruppe.«

»Ja. Den größten. Ich tue es gleich.«

»Nein. Den klügsten. Und die drei, die am besten mit dem Bogen umgehen können.« Vill dachte über seinen Befehl nach. Kein Düsterling kam auch nur annähernd an sein Können mit dem Bogen heran, und sie waren auch nicht in der Lage, Waffen von ähnlicher Qualität herzustellen, wie er sie trug. Selbst unter den Menschen gab es nur wenige, die so gut mit Pfeil und Bogen umgehen konnten wie Vill. Einmal hatte er von einem galoppierenden Pferd aus mit drei Pfeilen drei Gegner getötet, und das aus einer Entfernung von jeweils dreißig Schritten. Es war sein Lieblingspferd gewesen, das, das unter ihm gestorben war. Vill spürte etwas, ein Zucken irgendwo in seinem Innern, vielleicht von dem widerlichen Düsterlingfraß, von dem er sich ernährte, aber das Gefühl war wieder verschwunden, noch bevor er es benennen konnte. Kein Düsterling konnte ihm mit dem Bogen das Wasser reichen. Aber auch mit schlecht gezielten Salven ließ sich etwas anfangen.

»Ich werde sie holen.« Eber strahlte, begierig darauf, etwas tun zu können.

Vill musterte seinen Hauptmann. »Sag mir, Eber, was ist es, das ihr euch am meisten wünscht?«

»Fressen.«

»Und wenn ihr satt seid?«

»Schlafen.«

»Und wenn ihr ausgeruht seid?«

»Dann Jagen.«

»Und dann …?«

»Fressen!«

»Eine sehr begrenzte Zahl an Bedürfnissen. Wunderbar einfach. Ihr seid gute Untertanen.«

»Ja, Anführer«, erwiderte der fette Düsterling.

Eber konnte gar nicht wissen, was Worte wie »begrenzt« oder »Untertanen« bedeuteten. Vill hätte genauso gut zu sich selbst sprechen können. Eber wollte lediglich seinen Gehorsam unter Beweis stellen, um seine hervorgehobene Position nicht zu gefährden. Düsterlinge waren gar nicht so verschieden von Menschen, dachte Vill.

Ein dürrer Düsterling mit verunstaltetem Schädel und einem leichten Hinken kam herbeigeeilt.

Narbe und Schnüffler sprangen auf, aber Vill bedeutete ihnen stillzuhalten.

Es war Schlitzer, der kleinste unter seinen Soldaten. Der kleinwüchsige Düsterling hatte statt einer Keule einen spitzen schwarzen Stein bei sich getragen, als Vill ihn aufgegriffen hatte. Eine Art Dolch, und mit dieser Waffe war Schlitzer seiner Zeit weit voraus. Die einzigartige »Klinge« half ihm, Streitigkeiten mit stärkeren Artgenossen zu seinen Gunsten zu entscheiden, und nicht wenige von Vills Düsterlingen hatten sie schon zu spüren bekommen. Die Spuren seiner körperlichen Unterlegenheit waren zwar deutlich zu erkennen – der von einem Keulenhieb eingedrückte Schädel und der schief zusammengewachsene Unterschenkelbruch –, aber der vergleichsweise schmächtige Düsterling war noch am Leben. Er war nicht leicht umzubringen. Und grausam.

»Wir haben die anderen Kinder gefunden!«, rief Schlitzer mit selbst für die Düsterlinge ungewöhnlicher Begeisterung. Der schmächtige Kerl genoss die Jagd ein bisschen zu sehr, wie Vill fand.

Vill neigte überrascht den Kopf. Anhand der vielen kleinen Fußspuren, die sie neben denen der Gruppe gefunden hatten, die sie verfolgten, war er davon ausgegangen, alle Kinder müssten entwischt sein. Es war jedoch möglich, dass ein paar von ihnen sich verlaufen hatten.

»Interessant.«

»Und so zart.« Schlitzer leckte sich über die Lippen.

»Hast du sie verletzt?«

Schlitzer sprang zurück, gerade so weit, dass Vills Leibwachen ihn nicht packen konnte. »Nicht viel. Ein bisschen. Nur ein bisschen gekitzelt. Keiner ist gestorben.«

»Ich will sie sofort sehen.«

»Extrarationen?«

»Wenn alle noch am Leben sind, ja.«

Grinsend drehte Schlitzer sich um und rief einem anderen Düsterling aufgeregt zu: »Siehst du? Wie ich's gesagt hab!«

33

»Habt Ihr die Düsterlinge gesehen?«, fragte Blurdo, um sich ein Bild von der nahenden Gefahr zu machen.

»Ja. Wir nahmen einen Späher gefangen. Hier ganz in der Nähe«, antwortete Fretter.

»Einen halben«, murmelte Pinch, »dank der entzückenden Flussprinzessin.«

»Wir werden so tun müssen, als wärst du unser Gefangener«, raunte Fretter Arkh zu.

Arkh war wenig erfreut darüber, Cirillas Status gehoben zu sehen, während er selbst degradiert wurde, aber zum Wohle aller fügte er sich in seine Rolle.

»Wo es einen Späher gibt, sind die anderen nicht weit«, erklärte Cirilla.

»Düsterlinge haben keine Späher. Dazu sind sie zu dumm. Ihr habt einen Streuner aufgegriffen. Wie groß mag der Rest der Gruppe sein? Drei? Vielleicht fünf?«, überlegte Blurdo.

»Es sind über fünfzig.«

Blurdos Männer tuschelten aufgeregt. Sie schienen es mit der Angst zu tun zu bekommen, und Blurdo richtete eilig ein paar Worte an sie, dann wandte er sich wieder an Cirilla.

»Es gibt zwei Brücken«, erklärte er. »Die größere ist nicht weit. Kommt schnell.«

Blurdo schickte ein paar seiner Männer zurück zum Turm, während er mit den anderen den Fluss entlang zur Brücke eilte. Blurdos Männer hatten den Turm kaum erreicht, als drei durchdringende Glockenschläge erklangen, und Wex sah, wie auf der anderen Flussseite weitere Zwerge aus dem Wald auf die Lichtung strömten. So schnell sie konnten, rannten sie zum Eingang des Turms.

Blurdo führte sie mehrere Furchenlängen stromaufwärts zu einer Holzbrücke, die sich über den tosenden Fluss spannte. Sie war erstaunlich groß für dieses einfache Völkchen und breit genug für zwei Gespanne. Ein hagerer Kerl stand in Ufernähe knietief im langsam fließenden Kehrwasser, einen rostigen Eisenhammer in der Hand, und nagelte mit bedächtigen Bewegungen Bretter fest.

»Hast du die Glocke nicht gehört, Addel!?«, brüllte Blurdo zu ihm hinunter.

Verdutzt blickte der Mann auf, während Cirilla und Fretter die Gruppe bereits über die Brücke führten. Sofort riss er den Hammer hoch, unsicher, ob er gleich angegriffen würde.

»Ganz ruhig«, sagte Blurdo. »Wir gewähren diesen Leuten Zuflucht.«

Der Mann sah immer noch verwirrt aus.

»Das ist Barnabas Addel«, sagte Blurdo zu Cirilla. Als sie die andere Seite erreicht hatten, rief er: »He, Addel, wie geht deine Arbeit voran?«

»Bald …«, erwiderte Addel mit einem gequälten Krächzen. »Schon bald wird es vollendet sein.«

Blurdo wandte sich wieder Cirilla zu. »Das sagt er jetzt schon seit fünf Jahren. Dabei hat er nur diese eine Aufgabe, die Brücke fertigzustellen, und nicht einmal das bringt er zustande wegen seiner schlechten Verfassung. Er schläft sogar unter der Brücke. Alle fünf Tage müssen wir ihm sein Essen dorthin bringen, damit er nicht verhungert. In seinen jungen Jahren war er ein prächtiger Bursche, aber jetzt …«

Blurdos resigniertes Kopfschütteln sagte Cirilla alles, was sie wissen musste. An den Gesichtern der anderen konnte Wex ablesen, dass sie Addel zwar bemitleideten, sich aber gleichzeitig für ihn schämten.

»Ist er krank?«, fragte Fretter.

»Oder vielleicht nicht besonders hell im Kopf?«, warf Curdwell ein.

»Nein«, widersprach Cirilla. »Er ist ein Trinker.«

Addel schaute wütend zu ihr herauf. »Denkst du, ich hör dich nicht?«, schnaubte er. »Ich bin betrunken, nicht taub!« Er fuchtelte mit dem Hammer, als wollte er ihnen drohen, aber Wex sah den traurigen Ausdruck in seinen rot geäderten Augen. Addel wandte sich wieder an Blurdo. »Ich schwöre, innerhalb einer Woche ist diese Brücke so stabil, dass sie die Kutsche eines Königs trägt. Ich werd's euch noch allen zeigen, ihr nichtsnutzigen Zweifler!«

Blurdo verzog das Gesicht. Der besoffene Barnabas war ihm peinlich. »Nicht mal mit einem Hühnerwagen würde ich diese Brücke überqueren«, raunte er Cirilla zu, dann winkte er Addel, er solle sich ihnen anschließen und mit zum Turm kommen.

Wie ein beschwipster Troll kletterte er mühsam die Böschung hoch, und mit ihm tauchte eine Alkoholdunstwolke auf.

Als die Zwerge Arkh erblickten, brach sofort eine hitzige Debatte los, doch Fretter hatte ihn mittlerweile gefesselt und versicherte Blurdo, dass von dem Gefangenen keine Gefahr ausging. Zögerlich geleiteten sie die Gruppe zum Turm. Die zweite Brücke lag weiter flussabwärts und war, so Blurdo, gut versteckt, auch wenn Wex sich nicht vorstellen konnte, wie man eine Brücke überhaupt verstecken konnte.

Als sie den Turm erreichten, spähte eine Menge neugieriger Gesichter aus kleinen runden Öffnungen in der Wand, die mehr wie Löcher aussahen denn wie richtige Fenster.

Das Bauwerk musste mit irgendeiner Technik errichtet sein, die er nicht kannte, überlegte Wex. Selbst Pinch fiel nicht viel mehr dazu ein als ein verwundertes Schulterzucken.

»Ich war schon an vielen Orten, Junge, habe alle Arten von Häusern und Gebäuden gesehen, vom Palast in Skye bis zum Wachhaus vor den Mauern der Großen Küstenstadt, aber noch nie etwas in dieser Art.«

Der Turm war weder aus Stein noch Ziegel, und seine Wände waren so glatt, als wären sie gegossen. Das Baumaterial, was auch immer es sein mochte, schien Schicht für Schicht aufgetragen wie Mörtel. Der Turm wand sich in alle möglichen Richtungen, fand jedoch stets wieder zur Mitte zurück und schraubte sich immer höher, und das ohne einzustürzen oder umzufallen.

Die Gänge im Innern waren ebenfalls rund, und alle außer Cirilla und den Kindern mussten sich tief ducken, weil sie so niedrig waren; Mungo blieb nichts anderes übrig, als zu kriechen. Nur die Zwerge konnten sich ungehindert bewegen.

Scheinbar wahllos zweigten weitere Gänge ab, schlängelten sich links oder rechts, und manchmal fächerten sie sich auf. Jedes Mal, wenn sie ein höheres Stockwerk erreichten, wurde die Falltür, durch die sie soeben gekommen waren, mit einem großen Holzblock verriegelt, der gerade noch zwischen Tür und Decke passte, sodass die Luke von unten unmöglich zu öffnen war.

Cirilla hatte inzwischen die Rolle der Anführerin übernommen, weil Blurdo ihr gegenüber bereitwilliger mit Informationen herausrückte, doch Fretter blieb stets in Hörweite.

Der untere Teil des Turms war vollkommen verlassen, woraus Wex folgerte, dass die Bewohner mittlerweile alle nach oben geflohen waren. Schließlich erreichten sie einen großen Gemeinschaftsraum, der Wex irgendwie an einen Fuchsbau erinnerte. Die Kinder wurden zusammen mit Adara in einen angrenzenden Raum gebracht. Wex wäre liebend gern mit ihr gegangen, aber Pinch drängte ihn, zu bleiben und die Beratungen mit anzuhören, die neben einem der Fenster stattfanden, von dem aus man das freie Feld unten überblicken konnte.

»Wie habt ihr das hier gebaut?«, fragte Cirilla. »Die Wände ... solche habe ich noch nie gesehen.«

»Wir haben den Turm nicht gebaut«, erwiderte Blurdo geradeheraus. »Wir haben ihn gefunden, als wir herkamen. Bis auf ein paar Vögel war er unbewohnt. Von den Abmessungen war er wie auf uns zugeschnitten, und er bot Schutz vor den Düsterlingen, den Wölfen und den umherstreifenden Reißzahn-Rindern. Er war wie ein Geschenk wohlwollender Götter, die sich unserer erbarmten, nachdem wir aus unserer Heimat vertrieben worden waren.«

»Heimat?«

»Jenseits der Rauchhöhen. Da wo ihr herkommt, oder etwa nicht?«, fragte Blurdo misstrauisch.

»Wir kommen von südlich der Berge.«

»Dann kennt ihr unsere Geschichte.«

»Wir kennen sie nicht.«

Wex sah, wie Kraven sich zu Fretter beugte und ihm etwas zuflüsterte. »Rauchhöhen ist der Name, den die Zornberge vor Jahrhunderten trugen«, wisperte er.

»Wie lange ist es her, dass ihr vertrieben wurdet?«, fragte Cirilla.

»Dreißig Jahre. Genauso lange wie bei den Flussmenschen und allen anderen Unerwünschten. Ich war damals noch ein junger Mann. Wir kommen von einem Ort, der weithin als die Täler bekannt war, fruchtbare Wiesen und Auen, wo Apfel- und Nussbäume blühen.«

»Von diesem Ort habe ich gehört, aber von deinem Volk noch nie.«

»Dieses Land war unser, schon immer. Es gehörte uns! Viele Generationen lang, bevor jene Leute aus dem Süden übers Meer kamen.«

»Ich kenne eure Geschichte nicht«, wiederholt Cirilla in dem Versuch, noch mehr aus ihm herauszulocken. »Erzähl weiter.«

»Am Anfang waren sie noch recht freundlich. Gaben sich als Händler aus, ganz so wie die Flussleute. Dann fanden sie Gefallen an unserem Land, großen Gefallen. Noch mehr Schiffe kamen, noch mehr Leute. Und als auch Frauen und Kinder kamen, wusste unser König, was uns erwartete. Sie hatten es auf das Hügelland oberhalb der Täler abgesehen. Mein eigener Vater war bei der Ratsbesprechung dabei. Unser gesamter Rat war dort, wir wollten verhandeln. Hoch oben auf dem Hügel trafen sie sich mit Krystal, doch kein Einziger ist zurückgekehrt. Nicht einer. Stattdessen kam Krystal mit seiner Armee. Und jetzt sind wir hier. Seit drei Dekaden ist dies die Heimat meines Klans. Weiter oben im Norden sind noch andere, größer an der Zahl.«

»Diese Geschichte ist genauso traurig wie neu«, sagte Cirilla. »Mit dem Mann, von dem du sprichst, haben wir nichts zu tun.«

»Aber euer Oberhaupt heißt Kryst, oder? Er muss mit Krystal verwandt sein, dem bärtigen Fürsten, der das Fell eines weißen Wolfs trägt.«

Cirilla blickte Fretter an, doch der schüttelte den Kopf.

»Nein. Wir kennen keinen Krystal, der eine Wolfshaut trägt«, erwiderte sie.

»Ist er verstorben? Ist vielleicht ein Erbe an seine Stelle getreten?«, fragte Blurdo hoffnungsvoll.

Kraven hatte die ganze Zeit über aufmerksam zugehört und ergriff das Wort. »Eure Vermutung könnte näher an der Wahrheit liegen, als wir glauben mögen. Namen wurden verkürzt oder verändert im Lauf unserer komplizierten Geschichte. Es ist durchaus möglich, dass Krystal zu Kryst wurde, nachdem sich wieder Frieden über das Land gelegt hatte.«

»Mich interessiert weniger der Name als die Politik, die der jetzige Throninhaber verfolgt«, entgegnete Blurdo. »Wenn wieder Frieden herrscht, wollen wir unser Land zurück.«

Fretter und Kraven tauschten besorgte Blicke aus.

Wex wusste genau, warum: Es ging selten gut, wenn ein Volk

in seine angestammte Heimat zurückkehrte, diese aber schon seit langem andere für sich beanspruchten.

»Ich muss diese Neuigkeiten unserem Rat unterbreiten«, sprach Blurdo weiter. »Ihr könnt im unteren Bereich des Turms bleiben, bis die Düsterlinge wieder weg sind und die Gefahr vorüber ist. Alle Luken sind verriegelt. Sie können nicht geöffnet werden. Ihr seid in Sicherheit und mögt hier rasten, aber ihr könnt nicht mit nach oben kommen, während ich mich mit den anderen bespreche.«

Der Zwerg ging zur nächsten Falltür und klopfte in einer ganz bestimmten Abfolge dagegen. Die Luke schwang auf, und er bedeutete seinen Männern, nach oben zu gehen. Er selbst wartete solange.

»Cirilla, würdet Ihr mit uns kommen, auf dass wir noch weitere Fragen stellen können?«, fragte er mit einem einladenden Lächeln und rückte seinen Hut zurecht.

»Das werde ich.« Sie warf Fretter einen kurzen Blick zu, der ohnehin nichts dagegen unternehmen konnte.

»Berichte nur Gutes von uns«, gab er ihr besorgt mit auf den Weg.

»Das werde ich, aber nur um der Kinder und meiner Freunde willen.« Mit diesen Worten verschwand sie durch die Luke, die hinter ihr zuschlug.

»Bei den Göttern«, ächzte Alver. »Hoffentlich erzählt sie ihnen nicht, dass ich ihr bei der letzten Mahlzeit nur eine halbe Portion gegeben habe. Dabei war es bloß ein Witz, weil sie doch selbst so klein ist.«

Auch Curdwell schien nicht ganz wohl in seiner Haut zu sein. »Ich hab's nicht bös gemeint, als ich gesagt hab, sie wär ja nur ein gut dressiertes Äffchen.«

Pinch hingegen genoss ihr Unbehagen in vollen Zügen. »Ich bin sicher, diese Zwerge finden eure Witze genauso komisch wie Cirilla«, kommentierte er süffisant.

»Wir können von Glück sagen, dass wir eine Botschafterin haben«, erklärte Fretter entschlossen. »Sonst stünden wir immer noch auf der anderen Seite des Flusses.« Mit verkniffenem Gesicht begann der Hauptmann, auf und ab zu gehen. »Blurdo scheint zu glauben, dass die Düsterlinge bald aufgeben werden. Ich bin mir da nicht so sicher. Ich wünschte, wir wüssten, warum sie uns verfolgen. Nachdem sie die Flussmenschen überfallen haben, dürfte es wohl kaum der Hunger sein, der sie antreibt. Vielleicht, weil wir uns mit den Flussleuten angefreundet haben? Gibt es einen Zwist zwischen den beiden Gruppen?«

Fretter drehte sich in Blus Richtung, der die ganze Zeit über still gewesen war.

Blu schaute mit seinem guten Auge zurück, während das andere dem Blick des Hauptmanns auszuweichen schien.

»Gibt es irgendetwas, das du darüber weißt?«

Blu schaute sich um. Adara war mit den Kindern in dem anderen Raum. Schließlich ließ er Kraven übersetzen. »Ich weiß gar nichts. Es ist alles eine große, geheimnisvolle Tragödie.«

Wex streifte auf der Suche nach Adara durch die labyrinthartigen Gänge und Tunnel und war drauf und dran, sich zu verirren. Die weißen Wände sahen alle gleich aus. Aber zumindest war Pinch bei ihm. Er hatte ihn gebeten mitzukommen, weil er einen Übersetzer brauchte, und Brynn hatte er nicht fragen wollen. Er hatte sich sogar heimlich davongestohlen, als sie gerade abgelenkt gewesen war.

Schließlich fand Wex den Raum, den er gesucht hatte, und blieb im Durchgang stehen.

Adara kümmerte sich rührend um die Kinder, beantwortete ihre Fragen, so gut sie konnte, und manchmal weinte sie mit ihnen. Die Kleinsten brauchten dringend frische Kleidung, sie waren müde und hungrig. So weit landeinwärts und von ihrer Heimat, dem Walther, entfernt, fühlten sie sich verloren.

Als Adara ihn erblickte, redete sie sofort drauflos. Das Einzige, was Wex davon verstand, war sein Name.

Pinch übersetzte: »Die Kinder sind fürs Erste versorgt. Ich habe ihnen gesagt, dass deine Leute sie beschützen, Wex.«

»Und du?«, fragte Wex über Pinch. »Wie geht es dir?«

Adara sah ihn mit dunklen Augen an und sprach mit leiser Stimme, damit die Kinder sie nicht hörten.

Pinch mühte sich, so gut wie möglich zu übersetzen, aber die Gefühle waren ihr so deutlich anzumerken und ihre Mimik so ausdrucksstark, dass Wex sie beinahe auch so verstand.

»Du fragst mich, wie es mir geht?«, sagte sie mit bebender Stimme. »Mir wurde das Herz aus der Brust gerissen. Ich leide schlimmer, als Worte es beschreiben können. Alles, was ich je kannte, ist fort, sogar der Fluss, auf dem ich geboren wurde. Am liebsten hätte ich mich von Addels Brücke gestürzt, und wären nicht die Kinder gewesen, ich hätte es getan. Könnte ich zurückkehren und mit meinem Volk sterben, ich würde es tun.« Sie hielt kurz inne, atmete einmal tief durch und fragte dann mit erzwungener Ruhe: »Und wie geht es dir?«

Wex wurde verlegen. Er war schlichtweg überfordert von den Emotionen, die ihm da entgegenschlugen. »Mir? Ich, äh, ich bin traurig«, stammelte er. »Sehr traurig. Aber wenigstens konnten wir die Kinder retten.«

»Richtig«, erwiderte Adara, und Pinch übersetzte. »Sie zu sehen ist der einzige Grund, warum ich überhaupt noch weitermachen kann. Ich danke dem Walther dafür, dass er sie gerettet hat.« Ohne die geringste Scham musterte sie Wex von Kopf bis Fuß. »Blüte erzählte mir, dass du mit ihr gesprochen hast, mit nur etwas Erde und einem Stock.«

»Ja. Wir haben zusammen gezeichnet. Sie ist ein kluges Kind.«

»Meine Nichte. Aber die Hälfte dieser Kinder sind meine Nichten und Neffen.«

»Ich habe oft an dich gedacht in den Tagen, seit wir getrennt wurden«, sagte Wex. »Aber als ich die zerstörten Boote sah, habe ich dich aus meinen Gedanken verbannt wie einen schrecklichen Alptraum.«

Pinch schüttelte den Kopf. »Bitte, sag mir nicht, dass ich das übersetzen soll«, erklärte er beschwörend.

»Warum nicht?«

»Du hast sie gerade einen schrecklichen Alptraum genannt.«

»Dann sag es anders, schöner, mit mehr Poesie.«

»Ich werde es versuchen«, erklärte der Dieb und plapperte in der Sprache der Flussmenschen drauflos.

»Was hast du gesagt?«, fragte Wex.

»Ich sagte, dass du zwar versucht hast, nicht an sie zu denken, weil du wusstest, dass du sie wahrscheinlich nie wiedersehen würdest, aber dass du es nicht geschafft hast.«

»Klingt gut.«

»Natürlich. Habe ich selbst schon ein paarmal mit Erfolg ausprobiert.« Pinch zwinkerte ihm zu.

Adara antwortete. »Auch ich habe versucht, nicht an dich und deine wundervollen Hände zu denken. Als du sagtest, du würdest mich nicht zeichnen, habe ich dich aus meinem Herzen verbannt.«

Wex war verwirrt. »Warte einen Moment«, murmelte er. »Ich habe nie gesagt, dass ich dich nicht zeichnen will. Ich habe gesagt, ich würde zurückkommen, um genau das zu tun. Ich habe es sogar versprochen.«

Pinch fiel ihm ins Wort. »Aber die Dame hat offensichtlich etwas anderes gehört, mein Freund.«

Wex dachte angestrengt nach. Das ergab keinen Sinn. Er hatte es nicht nur gesagt, er hatte geschrien. Von dem Floß aus, und Brynn hatte es übersetzt.

»Brynn!« Wex schlug sich gegen die Stirn. Sie war es gewesen, hatte absichtlich falsch übersetzt und behauptet, er würde sie nicht zeichnen wollen.

Adara sprach weiter, und Pinch für sie: »Jetzt fragt sie nach der Dame Brynn. Ob du sie liebst, will sie wissen.« Pinch hörte auf zu übersetzen. »An dieser Stelle würde ich dir gerne etwas raten, weil …«

»Nein! Ich hasse sie!«

»Das ist es nicht, was ich dir raten wollte.«

»Sag's ihr!«

»Zwischen zwei Frauen zu stehen kann etwas Gutes sein oder etwas Schlechtes. Du musst es nur richtig angehen.«

»Ich werde nie wieder mit Brynn sprechen.«

»Du hörst mir nicht zu.«

»Und du übersetzt nicht. Sag es endlich!«

Seufzend tat Pinch wie ihm geheißen.

»Die Düsterlinge!«, ertönte ein Schrei vom anderen Ende des Gangs.

Adara rannte zum Fenster. Wex' Antwort hatte sie nicht mehr gehört. Pinch und Wex folgten ihr, nur die Kinder blieben verängstigt zurück.

Wex blickte über die Wiesen hinüber zu dem reißenden Fluss und den dahinterliegenden Bäumen. Ein Stück stromaufwärts sah er Addels Brücke. Piniengewächse folgten dem Flusslauf wie Landstreicher, die um Wasser bettelten, und verdeckten die Sicht auf die sich dahinter erstreckende Ebene. Von weiter oben musste das gesamte Gelände um den Turm frei einsehbar sein, dachte Wex, von hier unten jedoch konnte er keine Bewegung erkennen.

»Ich sehe sie nicht«, sagte Wex.

»Was nicht bedeutet, dass sie nicht da sind«, erwiderte Pinch.

Spragg erschien im Durchgang. »Wir haben sie auf der anderen Seite des Flusses entdeckt.«

»Wo?«, fragte Pinch.

Spragg eilte ans Fenster. »Da, wo die kleinen Pinien am dichtesten stehen. Zwischen dem Gestrüpp. Gleich links von dem großen Felsen am Uferrand.«

Wex kniff die Augen zusammen. Das Unterholz war dicht genug, um sich darin zu verstecken. Die breiten Blätter der Sträucher warfen ihre dunkle Schatten bis ans Flussufer, aber sie wuchsen nicht besonders hoch. Die Düsterlinge würden kriechen müssen, um sich unter ihnen verborgen zu halten. Die Nadeln der Pinien boten wenig Sichtschutz, lediglich die Stämme waren etwas dicker. Wex suchte das Ufer noch einmal ab, konnte aber nichts entdecken außer einem Greifvogel, der am Himmel seine Kreise zog.

»Aha«, rief Pinch plötzlich.

Wex und Adara folgten seiner Blickrichtung.

»Ich sehe immer noch nichts«, erklärte Wex, der wusste, dass es Adara genauso erging.

»Dort, wo die Sonne sich spiegelt«, sagte Spragg.

Dann sah es Wex: zwei winzig kleine Lichtpunkte, direkt nebeneinander, die kurz aufleuchteten und dann verschwanden, nur um einen Moment später wieder aufzutauchen.

»Augen«, erklärte Spragg.

»Augen?«

»Sie blinzeln, gehen auf und zu.«

»Woher weißt du, dass es nicht ein Reh ist?«

»Die Höhe. Sie sind zu weit oben für ein Reh, und auch für einen Zwerg. Außerdem sind sie direkt neben der Pinie. Der, dem sie gehören, hält sich hinter dem Baumstamm versteckt und lugt nur ab und zu hervor. Ein Reh tut so etwas nicht, wenn es sich versteckt. Es hält absolut still. Und siehst du den Falken direkt darüber? Er jagt nicht. Sieh dir die Klauen an, wie sie schlaff herabhängen. Er ist aufgeflogen und traut sich nicht zurück auf seinen Ast, weil darunter irgendeine Gefahr lauert.«

»Habt Ihr das Blurdo schon gesagt?«, fragte Pinch.

»Fretter versucht gerade, die Aufmerksamkeit des misstrauischen kleinen Kerls zu erregen. Er hat uns unten eingesperrt, ohne Möglichkeit, mit ihm Kontakt aufzunehmen.«

Pinch übersetzte für Adara, die sofort etwas erwiderte.

»Was hat sie gesagt?«, fragte Wex.

»Sie ist verblüfft, wie der junge Bursche es geschafft hat, einen einzelnen Düsterling in dem Dickicht zu erspähen.«

Spragg versuchte, sich möglichst unbeeindruckt von dem Kompliment zu zeigen. »Das war noch gar nichts. Nur der auffälligste«, erklärte er, während er bereits wieder zurück zu seinen Kameraden eilte. »Es sind noch viel mehr, aber besser versteckt.«

34

»Blurdo besteht weiterhin darauf, dass wir uns ausschließlich in den ersten drei Stockwerken aufhalten«, sagte Fretter. »Aber er wird sich uns mit einer Gruppe Lanzenträger anschließen.«

Blurdo erschien mit denselben zehn Männern, die ihn auch zum Fluss begleitet hatten. Fretter nickte Cirilla zu, die ebenfalls mit nach unten gekommen war.

»Sie weigert sich, mit den Frauen oben zu bleiben«, schimpfte Blurdo.

»Ich habe weder Strickzeug noch einen Säugling zum Stillen«, erklärte sie barsch.

»Unsere Frauen sind viel zu wenige«, brummte Blurdo. »Gerade einmal eine für drei Männer. Wir setzen ihr Leben nicht gern aufs Spiel.«

»Wie ist unsere Strategie, Blurdo?«, fragte Fretter.

»Es ist alles abgeriegelt. Wir warten. Die Düsterlinge sind wilde, hirnlose Kreaturen. Es spielt keine Rolle, mit wie vielen davon wir es zu tun haben. Wir haben Wasser und Essen für eine ganze Woche. Die Gefahr wird vorübergehen, und Ihr könnt weiterziehen.«

»Nur für eine Woche?«, sagte Pinch mit gerunzelter Stirn zu Mungo.

Der Riese schüttelte grimmig den Kopf, und Wex wurde klar, dass die beiden eine Woche für zu wenig hielten.

»Ihr denkt doch nicht daran abzuhauen, oder?«, flüsterte er Pinch zu.

»Wenn wir warten, bis sie aus ihren Büschen hervorkommen, wird die Zeit verdammt knapp, es sich noch einmal anders zu überlegen«, flüsterte Pinch zurück. »Dieser Turm hier kann unsere Trutzburg sein, aber auch unser Totenbett. Es kommt ganz darauf an, wie viele und wie schlau unsere Verfolger sind.«

»Sie sind dumme Bestien. Sowohl Blurdo als auch die Flussleute haben das gesagt.«

»Und was ist mit ihnen passiert, diesen Flussleuten? Die Pfeile und die unbrauchbar gemachten Boote scheinen mir da eine andere Sprache zu sprechen. Irgendetwas oder irgendjemand hat hier noch die Finger im Spiel ...«

Die Lanzenträger hatten sich vor den Fenstern versammelt und spähten nach draußen. Sie waren ein seltsamer Haufen, diese kleinen Männer, trugen Beutel voll Obst bei sich und Kleidung am Leib, die kaum mehr war als ein Stück Stoff mit einem Loch darin, aus dem ein rotbackiges Gesicht ragte.

Ab und zu wurde eine der Luken in der Decke geöffnet, aber immer nur nach einem bestimmten Klopfzeichen, und es wurden Neuigkeiten von oben überbracht. Die meiste Zeit jedoch war Blurdo damit beschäftigt, Kraven und Fretter nach der Politik auszufragen, die der Palast von Skye mittlerweile verfolgte. Wex saß dicht daneben, tat, als würde er gar nicht hinhören, und lauschte dabei, so gut er konnte. Die Zwergensippe hier im Turm schien nicht die einzige zu sein, aber die Räumlichkeiten waren begrenzt, und Blurdos Klan beanspruchte ihn ausschließlich für sich. Die anderen Klans lebten in den Hügeln weiter östlich. Es wurde nicht davon gesprochen, sie zu Hilfe zu rufen. Blurdo war felsenfest davon überzeugt, dass die Düsterlinge noch eine Weile herumschleichen und dann wieder abziehen würden. Falls nötig, konnten sie mit einer Salve Lanzen nachhelfen. Die Flussmenschen, mochten ihre Seelen in Frieden ruhen, hatten unter freiem Himmel gelebt, ohne Waffen, was seiner Meinung nach ein großer Fehler war, wie Blurdo nicht müde wurde zu betonen. Seine gemischten Gefühle äußerten sich auch darin, dass er sie abwechselnd als »Händler« und »Betrüger« bezeichnete. Die Kinder betrachtete er mit weit größerem Wohlwollen. Er und der Rat hatten sogar beschlossen, sie so lange aufzunehmen, wie es sich als nötig erweisen würde.

Wex war erleichtert. Der Zwergenfürst war also doch nicht so gefühllos, wie er sie glauben machen wollte.

Den Schleier erwähnte Fretter erst gar nicht, genauso wenig wie Wex und die Karte. Blurdo war auch so schon verwirrt genug und hatte Probleme, selbst die offensichtlichsten Tatsachen zu akzeptieren. Sie konnten von Glück sagen, dass er sie überhaupt in den Turm gelassen hatte.

Wex beobachtete, wie der kleine Junge mit den grünen Augen sich von den anderen Kindern entfernte, um sich wieder an Curdwell zu hängen. Der stämmige Soldat nannte ihn »Blatt«, weil er immer noch so zitterte und Blüte seine Schwester war. Der Name passte irgendwie, und der Kleine beschwerte sich auch nicht. Curdwell brachte Blatt gerade ein Spiel bei, das mit zwei kleinen Stöckchen gespielt wurde, was ihn zumindest davon abhielt, über ihre neuen Gastgeber zu schimpfen.

Blu schlich in der Nähe herum, einen frischen Verband um den Oberarm. Als Adara von ihrer Flucht berichtete, hatte sie auch erzählt, wie Blu die fürchterliche Verletzung erlitten hatte. Sie hatte es zwar nicht mit eigenen Augen gesehen, aber anscheinend hatte ein Düsterling ihm ein Stück herausgebissen, als er ihre Linien durchbrach. Aus demselben Arm, der schon verletzt gewesen war, als Blu auf der Barke des Dido um eine weitere Änderung der Karte gebeten hatte.

»Jemand ist am Fluss!«, rief einer der Lanzenträger, und alle liefen zu den Fenstern.

Wex fand sich direkt neben Brynn wieder, tat aber so, als würde er sie gar nicht bemerken, obwohl sie dicht an dicht standen.

Im Gestrüpp am anderen Ufer gab es Bewegung. Ein Seil wurde herübergeworfen, und dann watete eine kleine Gestalt hinaus in den Fluss und hielt sich daran fest. Sofort riss die Strömung sie mit, aber das Seil verhinderte, dass sie abgetrieben wurde.

»Das ist kein Düsterling!«, rief der ältere Winster, und ein Raunen ging durch den Raum.

Es war ein Junge. Als er das andere Ufer erreicht hatte, band er das Seil dort fest. Ein weiterer Junge tauchte auf, dann ein Mädchen. Wegen des langen, verfilzten Haars waren sie kaum voneinander zu unterscheiden. Einer nach dem anderen hangelten sie sich auf die andere Seite, und nur ihre Füße baumelten dabei in den Stromschnellen.

»Bei den Göttern«, keuchte Fretter. »Das sind ja Kinder!«

»Noch mehr Flusskinder?«, fragte Brynn bestürzt.

»Sei nicht so dumm«, erwiderte Wex. »Adara sagte, sie hätten es alle zu uns geschafft. Und Adara lügt nicht.«

»Ich bin nicht dumm«, entgegnete Brynn.

»Erkennst du irgendwelche von ihnen, Blurdo?«, fragte Fretter.

»Nein. Aber sie riskieren sehr viel, für jedermann sichtbar den Fluss zu überqueren.«

»Vielleicht sind das die Düsterlinge, die der junge Winster zu sehen geglaubt hat.«

»Nein«, widersprach Spragg. »Was ich gesehen habe, war echt.«

Sie zählten insgesamt fünfzehn Kinder. Als alle den Fluss überquert hatten, rannten sie sofort auf den Turm zu. Sie schrien verzweifelt.

»Sie sagen, wir sollen den Turm öffnen«, erklärte Blurdo. »Sie wollen herein.«

»Seht nur, hinter ihnen!«, keuchte einer von Blurdos Männern.

Weitere Gestalten lösten sich aus dem Dickicht am Flussufer. Größere. Düsterlinge.

»Sie kommen aus ihren Verstecken«, sagte Spragg.

Fretter kratzte sich am Kinn. »Weshalb jetzt?«

»Sie jagen die Kinder.«

»Warum haben sie sie dann nicht gefangen, als sie noch mit dem Seil beschäftigt waren?«, fragte Cirilla.

»Vielleicht wollten sie noch nicht entdeckt werden?«

Mittlerweile hatten die Kinder den Turm erreicht. Sie schrien immer noch und blickten, das nackte Entsetzen in den Augen, flehend zu ihnen herauf.

Wex fiel auf, dass sie alle unterschiedlich gekleidet waren. Einer trug die Fetzen eines Bettlers, der nächste den Pelzumhang eines reichen Kaufmanns. Kaum einer hatte zwei zueinanderpassende Schuhe an den Füßen, manche trugen schlecht sitzende Hüte oder andere, seltsame Kopfbedeckungen, und an den Hüften baumelten Gürtel mit allerlei Gerät daran. Manche der Kinder hatten braune Haut, manche helle, andere sogar leicht gelbliche, und keiner sah aus, als könnte er Bruder oder Schwester des anderen sein. Sie wirkten nicht wie eine zusammengehörige Gruppe, sondern wie ein bunt zusammengewürfelter Haufen von Ausgestoßenen, keiner von ihnen mehr als zwölf Jahre alt.

»Helft uns!«, rief eines der jüngsten in der Sprache von Abrogan zu ihnen herauf. Eine weiße Narbe verlief quer über sein Gesicht. Der Rotschopf gleich neben ihm war wiederum einer der größten aus der Gruppe und stellte sich schützend neben ihn. Die anderen verstummten und überließen dem kleinen die Rolle des Rädelsführers. »Wir werden von Düsterlingen verfolgt!«

»Öffnet den Eingang, Blurdo«, sagte Fretter.

Blurdo nickte. »Die Düsterlinge sind immer noch auf der anderen Seite. Es bleibt noch genug Zeit.«

Pinch, der die Szene unten aufmerksam verfolgt hatte, hob die Hand. »Halt!«, sagte er mit einer Befehlsstimme, die Wex noch nie bei ihm gehört hatte. »Ich würde damit noch warten, wenn ich ich wäre.«

»Du hast hier nicht das Kommando«, rief Fretter ihm ins Gedächtnis.

»Allerdings«, erklärte Blurdo. »Keiner von Euch beiden hat das.«

»Da ja noch Zeit ist, dürfte ich vielleicht ein Wörtchen mit diesem armen Jungen reden?«

Wex packte Pinch an der Schulter. »Was tust du da? Die Düsterlinge sind schon am Fluss. Sie werden jeden Moment über die armen Kerle herfallen!«

»Ich werde nicht warten«, sagte Blurdo.

Doch Pinch war bereits am Fenster. »Hallo, Fen. Wie ist die Aussicht da unten?«

»Was?«, fragte der Junge verdattert. »Hier gibt es keinen Fen. Lasst uns rein! Schnell!«

»Ach, tu nicht so, als würdest du mich nicht kennen, Fenward. Das ist einfach zu albern.«

Wex sah, wie der verzweifelte Gesichtsausdruck des Jungen einem stechenden Blick wich. Der Rotschopf machte Anstalten, sich vor ihn zu stellen, aber Fen hielt ihn zurück.

»Pinch …?«, fragte Fen voller Abscheu.

»Ja, Fen?«

»Dieser Junge ist ein Freund von Euch?«, fragte Blurdo.

Fretter stand dieselbe Frage ins Gesicht geschrieben.

»›Freund‹ wäre ein bisschen viel gesagt«, erwiderte Pinch. »Es gab eine Zeit, da standen wir uns mit allem gebührenden Misstrauen respektvoll gegenüber.« Er wandte sich wieder dem Jungen zu. »Also, Fen, sind wir Freunde?«

Der Größere der beiden spuckte angewidert aus, und Fen knirschte mit den Zähnen. Sein Stolz verbot ihm, die Frage zu bejahen.

Pinch nickte. Fens Schweigen war Antwort genug. »Um Eure Frage gleich zu beantworten, Blurdo: Unter keinen Umständen solltet Ihr diesen Jungen und seinen jämmerlichen Haufen Tunichtgute in den Turm lassen.«

Fen gab sich noch nicht geschlagen. »Wir sind doch nur einfache Kinder, und sie werden uns töten!«

»So wie die alte Frau in Haselzahn?«, erwiderte Pinch. »Ist das ihr Tuch da auf deinem Kopf?«

»Wir haben keinen Streit mit dir, Pinch!«, blaffte Fen.

»Nicht, solange ich hier oben und in Sicherheit bin, während ihr da unten im Dreck liegt wie die räudigen Straßenköter. Aber ich kann mich an einen durchaus hitzigen Streit erinnern, als es darum ging, den Inhalt der Kutsche eines gewissen toten Kaufmanns aufzuteilen.«

»Hört nicht auf ihn!«, beschwor Fen die anderen, die am Fenster standen. »Er ist ein bekannter Dieb!«

Fretter musterte Pinch. Der Junge sprach die Wahrheit. Blurdo war verwirrt und zu nichts anderem in der Lage, als dem Gezänk stumm zuzuhören.

»Mag sein«, gab Pinch zu. »Aber kein Mörder. Nicht von alten Frauen und auch nicht von arglosen Bauern, Fen. Ich habe schon Menschen getötet, wie ich bereitwillig zugebe, aber niemals unschuldige.«

Fen verstummte, außer sich vor Wut.

Pinch wandte sich an Blurdo. »Diese Kleinen sind eine gemeingefährliche Bande von Halsabschneidern, Hafenwaisen von der Küste, die sich jetzt als marodierende Banditen verdingen. Ich bin nicht stolz darauf, eine Weile bei ihnen gewesen zu sein. Und als sie anfingen, mordend durch die Dörfer zu ziehen, habe ich für immer mit ihnen gebrochen. Vor ein paar Jahren sind sie dann im Schleier verschwunden. Ich glaube, ich habe schon einmal von ihnen erzählt.«

Wex erinnerte sich noch gut an die Geschichte von den Kinderbanditen. Er hatte sie nur halb geglaubt.

Ein krummer hölzerner Stab mit Federn am Ende bohrte sich dreißig Schritte von Fens Gruppe entfernt in den Boden, und die Kinder drängten sich enger zusammen.

»Was ist das?«, fragte Blurdo.

»Ein Pfeil«, antwortete Fretter. »Ich werde es Euch erklären, sobald wir hier fertig sind.«

Drei weitere schlugen ein, alle genauso weit entfernt.

»Sie schießen auf uns!«, wimmerte Fen. »Wir haben nicht mehr lange zu leben!«

Spragg schüttelte den Kopf. »Diese Pfeile sollten sie gar nicht treffen. Es ist eine List. Die Bestien auf der anderen Seite des Flusses wollen uns glauben machen, ihre Komplizen wären in Gefahr.«

»Ihr liefert uns dem sicheren Tod aus!«, brüllte Fen.

»Nicht wir«, erwiderte Pinch. »Das habt ihr euch schon selbst zuzuschreiben. Ihr hättet vorsichtiger sein sollen bei der Auswahl eurer Freunde.« Er trat vom Fenster weg. »Ich habe alles gesagt. Schüttet ihnen etwas siedendes Öl über die Köpfe und sagt ihnen Lebewohl.«

Blurdo starrte Pinch verdattert an. »Nachdem ich die eine Kinderbande retten sollte, soll ich nun die andere in den sicheren Tod schicken? Ihr großen Leute verwirrt mich.«

»Barbaren!«, fauchte Curdwell. »Ich sollte selbst runtergehen und sie raufholen!«

Der bullige Soldat drückte Blatt an sich, machte jedoch keine Anstalten, Fen und seine Begleiter hereinzulassen.

Pinch schien allmählich am Ende mit seinem Humor und knurrte: »Wenn du diesen Bengeln gestattest, hier zu schlafen, du aufgeblasener Palastlakai, werden du und dein süßer kleiner Junge morgen mit aufgeschlitzten Kehlen erwachen.«

35

Fen und seine Bande lungerten noch eine Weile vor dem Turm herum, und ein paar weitere Pfeile verfehlten sie kläglich. Schließlich gingen sie zurück zum Fluss und hangelten sich an dem Seil zurück auf die andere Seite.

Vill erwartete sie bereits.

»Wir haben unser Bestes gegeben, ehrlich«, sagte Fen. Der große Rothaarige stand wie üblich neben ihm.

»Und es ist dir nicht gelungen, in den Turm zu kommen«, erwiderte Vill knapp. »Ich habe deinen Plan dem meinen vorgezogen, weil du mir versichert hast, diese Leute würden euch aus Mitgefühl Einlass gewähren.«

»Manche haben eben mehr Mitgefühl, andere weniger.«

»So wie ich«, entgegnete Vill. Nachdenklich fuhr er fort. »Ich würde sogar sagen, ich habe weniger Mitgefühl, als du dir vorstellen kannst. Und jetzt muss ich mir überlegen, wie du und deine Bande, mir auf andere Weise von Nutzen sein könnt.«

Fen warf Vill einen bösen Blick zu und befühlte gedankenverloren die Narbe, die quer über sein Gesicht verlief. Narben waren wichtige Lektionen, die einem das Leben erteilte, wie Vill aus seiner eigenen Geschichte wusste. Erfahrung. Der Junge war ein Denker, jemand, der die Dinge aus verschiedenen Blickwinkeln betrachtete und dabei stets seinen Vorteil suchte. Und das machte ihn gefährlich.

»Mein Plan war gut«, sagte Fen, »und wir haben es so gut gemacht, wie wir konnten.«

»Der Plan war fehlerhaft. Ihr habt es versucht und seid gescheitert.«

»Ich konnte doch nicht wissen, dass jemand uns erkennen würde! Sie wollten uns schon reinlassen, aber da war dieser Mann, der hat uns verraten.«

Vill musterte ihn nur mit unbewegter Miene, und Fen schürzte die Lippen.

»Das ist nicht gerecht!« Fen war kurz davor zu weinen. Er war immerhin nur ein kleiner Junge. Und als solcher hatte er nicht viel Fleisch auf den Knochen. Aber es gab ja noch vierzehn andere. Genug, um Vills Soldaten zwei volle Tage zu verpflegen.

»Verzweifle nicht«, sagte Vill schließlich. »Verzweiflung trübt die Gedanken. Die Angelegenheit ist ganz einfach. Es geht einzig und allein darum herauszufinden, welches jetzt die beste Verwendung für euch ist. Denke darüber nach und bring mir Antworten. Andernfalls werde ich mir welche überlegen, die dir weit weniger gefallen könnten.«

Vill gab den wartenden Düsterlingen ein Zeichen. Sie sabberten schon vor freudiger Erwartung. »Bewacht sie. Sie werden noch nicht gefressen. Fresst zuerst das Reh.«

36

»Ich weiß, was das ist«, sagte Brynn.

»Wovon redest du?«, erwiderte Wex. Er hatte versucht, ihr aus dem Weg zu gehen, und sich mit Spragg davongestohlen, weil er mit ihm über die seltsame Szene sprechen wollte, die sich zwischen Pinch und den Kinderbanditen abgespielt hatte.

»Das hier. Dieser Turm«, erklärte sie. »Ich weiß, was er ursprünglich einmal war.«

»Und ich muss mich mal mit dir über deine Fähigkeiten als Übersetzerin unterhalten«, erwiderte Wex in dem Versuch, das Thema zu wechseln.

»Es ist ein Termitenhügel.«

»Ein was?«, fragte Spragg.

Eigentlich hatte Wex Brynn ein Geständnis abringen wollen. Sie sollte zugeben, dass sie Adara belogen hatte. Wex sah sich um. Die glatten weißen Wände ähnelten verblüffend dem Material, das Termiten für ihre Behausungen verwendeten. Die runden Räume und Verbindungstunnel dazwischen waren bestimmt nicht von Menschenhand erschaffen. Und normalerweise waren Türme gerade.

»Sie hat recht«, räumte Wex sein. »Der Turm sieht aus wie ein Termitenhügel. Er ist nur ein bisschen groß für Termiten.«

»Zu groß für die, die wir in Nordabrogan kennen«, erwiderte Brynn. »Aber die Tierwelt in diesen verfluchten Landen ist von allen möglichen Monstern bevölkert, und der Bau sieht aus, als wäre er schon seit Urzeiten verlassen. Vielleicht gab es einmal Termiten, die so groß waren wie ein kleingewachsener Mensch?«

»Zumindest Eure Vorstellungskraft ist groß«, entgegnete Spragg.

»Nein«, sagte Wex. »Sie ist klug. Zu klug. Eine ihrer unangenehmen Eigenschaften.«

Brynn blickte Wex wütend an. »Du hast allen Respekt verloren. Du behandelst mich schon schlecht, seit …«

»Seit du Adara angelogen hast?«

Brynn fühlte sich ertappt. »Seit sie sich vor den Augen aller so unverschämt zur Schau gestellt hat!« Sie atmete einmal tief aus, um sich zu beruhigen. »Sie ist das falsche Mädchen für dich. Du bist ein launischer Künstler, und sie ist eine impulsive Streunerin. Es würde niemals funktionieren mit euch.«

»Sie brennt vor Leidenschaft.«

»Ja, ich habe gesehen, wie sie voller Leidenschaft ein lebendiges Wesen in Stücke gehauen hat.«

Wex zögerte. Ein Wortgefecht mit Brynn, die nicht nur schlau, sondern auch gebildet war, konnte er nicht gewinnen. Außerdem hatte sie in gewisser Weise recht. Wie Adara den Düsterling einfach hingerichtet hatte, wie das Blut der Kreatur ihr auf die pumpende Brust und das fliegende Haar gespritzt war, das alles kam ihm vor wie eine bizarre Variation ihres Tanzes auf dem Fluss, nur im wahren Leben. Es war verstörend.

Noch bevor Wex etwas entgegnen konnte, eilte einer von Blurdos Männern durch den Tunnel herbei. Er deutete auf Wex und Spragg. »Der Scharfsichtige und der Zeichner, kommt mit mir nach oben. Es gibt etwas für Euch zu tun.«

Wortlos signalisierte Wex Brynn, dass ihre Unterhaltung noch nicht beendet war.

»Du weißt, dass es stimmt, Wexford«, beharrte Brynn. »Es ist die Wahrheit in meinen Worten, die deine Zunge lähmt.«

Aber es stimmt trotzdem nur zur Hälfte, dachte Wex, während er durch eine Luke nach der anderen gescheucht wurde. Jede einzelne war gesichert und verriegelt, was es so gut wie unmöglich machte, nach oben zu gelangen, wenn man nicht das entsprechende Klopfzeichen kannte, um eingelassen zu werden. Außerdem war der Verlauf der Tunnel verwirrend, und manchmal wurden sie so niedrig, dass selbst Wex kriechen musste. An einigen Stellen würde Mungo nie und nimmer durchkommen in dem Fall, dass sie nach oben fliehen mussten. Andererseits waren sie auf diese Weise zumindest vor den größeren Düsterling sicher, selbst wenn es ihnen gelang, das untere Stockwerk zu überwinden.

»Ein Junge deines Standes sollte sich gegenüber einer Adligen nicht ungebührlich benehmen«, erklärte Spragg mit geschwellter Brust, während sie gebückt durch die Tunnel hasteten. »Es könnte sogar sein, dass Brynn mir irgendwie gefällt. Und wenn mein Bruder sie nicht für sich beansprucht, wäre ich nur ungern derjenige, der dir wegen deines Gebarens eine Lektion erteilen muss.«

»*Könnte sein,* dass sie dir *irgendwie gefällt?*« Wex musste lachen. »Soll ich ihr erzählen, wie du dir in die Hosen gemacht hast?«

»Das ist nicht komisch!«

»Tut mir leid«, erwiderte Wex kichernd, »aber es ist schwer, mir vorzustellen, wie du mir eine Lektion erteilen willst, wenn du nicht mal dein Wasser halten kannst.«

Spragg blickte ihn schnaubend an, dann lächelte er. »Das war ein verdammt großes Biest«, sagte er. »Wer kann's mir schon verübeln?«

»Riesig«, stimmte Wex zu. »Und, nein, ich kann's dir nicht verübeln.«

Schließlich erreichten sie das Stockwerk, das die Zwerge als ihre »Ratskammer« bezeichneten. Sie wurden zu einem Fenster geführt, und als Wex hinausblickte, wäre er beinahe ohnmächtig geworden. Der Turm wölbte sich an dieser Stelle so stark nach außen, dass er senkrecht nach unten sehen konnte. Auf einem so hohen Gebäude war Wex noch nie gewesen.

Spragg grinste. »Bei den Göttern! Wir sind hier ja noch weiter oben als auf dem Kirchturm von Pathia.«

Von dem Fenster aus konnte man in drei Himmelsrichtungen mehrere Wegstunden weit sehen, und auf der gegenüberliegenden Seite der Ratskammer befand sich ein weiteres. Wie eine Landkarte breitete sich vor ihnen das Gelände aus, das sie in den letzten Tagen durchquert hatten. Sie waren so weit oben, dass die Lichtung um den Turm aussah wie ein kleiner runder Teller. Der Fluss war nur ein dünnes, bläulich weißes Bändchen und die weiten Fluren dahinter ein Flickenteppich aus grüner und gelber Wolle. Zu seiner Rechten entdeckte Wex einen Apfelhain. Ein kleiner, umgelenkter Bach floss hindurch und über das dahinterliegende Feld. Am Fuß des Turms sah er ein Seilzugsystem mit Eimern daran. Wahrscheinlich diente es zum Transport der Äpfel und zur Trinkwasserversorgung, vielleicht sogar zur Bewässerung der Felder. Das kleine Volk hatte sich hier eine neue Heimat geschaffen, auch wenn sie sich immer noch nach ihren Tälern sehnten.

Blurdo und Cirilla traten ans Fenster.

»Ihr seht schärfer als jeder andere von Euch großen Leuten«, sagte Blurdo zu Spragg, »und Ihr alle seht besser als wir Kleingewachsenen. Wir möchten, dass Ihr unsere Augen seid.« Er zog ein Bündel Holzstäbe mit angesengten Spitzen hervor und reichte sie Wex. »Cirilla sagt, du könntest das Land in Bilder bannen. An der Wand hier neben dem Fenster ist noch Platz. Könntest du für uns aufmalen, was dein Kamerad mit den scharfen Augen sieht, auf dass auch wir anderen wissen, was draußen vor sich geht?«

Wex nahm einen der Stäbe und wog ihn zwischen Daumen und Zeigefinger.

»Wo sind Fretter und Kraven?«, fragte er.

»Großen Leuten ist es nicht gestattet, diesen Raum zu betreten«, erklärte Blurdo. »Ihr beiden seid die ersten. Cirilla hat mich überredet.«

Spragg spähte nach draußen.

»Geradeaus hinter dem Fluss ist ein Lager. Dreißig Düsterlinge in etwa. Vermutlich weitere fünf bis zehn zwischen den Bäumen. Die Kinderbanditen sind auch dort, zusammengepfercht, wahrscheinlich gefesselt. Südlich davon schleichen zehn durchs Dickicht, auf Addels Brücke zu. Noch mal zehn im Norden. Nein, zwanzig. Es sind zwei Trupps, anscheinend in Zehnergruppen aufgeteilt. Wahrscheinlich gibt es noch mehr davon, auch wenn ich sie im Moment nicht sehen kann, was eine Gesamtzahl von über achtzig Düsterlingen ergibt.«

Blurdo schnappte erschrocken nach Luft, versuchte aber, in Anwesenheit von Cirilla nicht allzu verängstigt zu wirken.

Spragg ging ans gegenüberliegende Fenster. »Keine Bewegung hier im Osten. Sie haben uns noch nicht umzingelt. Aber bald.«

»Düsterlinge umzingeln niemanden«, erklärte Blurdo.

Wex verdrehte die Augen. »Und sie rotten sich auch nicht zu Gruppen von über achtzig zusammen, haben keine Bogen und benutzen keine Kinder als Köder. Bis gerade eben.«

»Zeichne alles auf«, befahl Blurdo.

Wex machte sich an die Arbeit, glücklich, wieder eine Aufgabe zu haben. Untätig herumzusitzen und zu warten, bis endlich der Angriff kam, war nervenzermürbend, aber hier oben, in der Spitze des Turms, fühlte er sich wie ein Gott – abgesehen von der Tatsache vielleicht, dass ihm schwindlig war und er Angst hatte, aus dem Fenster zu fallen. Die Düsterlinge schienen unendlich weit weg, wie Punkte auf einer Landkarte oder Figuren auf einem Spielbrett.

Er setzte den angekohlten Stab an die Wand und begann zu zeichnen. Spragg wiederholte, was er gesehen hatte, und Wex trat hin und wieder ans Fenster, um Proportionen und Bezugspunkte zu überprüfen. Die Landschaft stellte er mit einfachen schwarzen Strichen dar und bildete nur die laut Spragg strategisch wichtigen Punkte ab. Der Fluss wurde zu einer geschlängelten Linie, Baumgruppen zu pilzförmigen Klecksen, ein Zehnertrupp Düsterlinge zu einem gehörnten Kopf mit einem Pfeil, der die Richtung anzeigte, in die sie sich bewegten. Für den Turm selbst schien ihm ein kleiner Fleck in der Mitte der Karte am geeignetsten, mit einer kreisförmigen Schraffur darum herum, die für die gerodete Lichtung stand.

Blurdo und die anderen Ratsmitglieder versammelten sich um Wex' Karte, flüsterten und deuteten ehrfürchtig auf sein Werk, als wären sie Mäzene auf einer Ausstellung.

»Ihr solltet Hauptmann Fretter gestatten, diese Karte zu studieren«, schlug Spragg vor. »Er ist bewandert in der Kunst der Kriegsführung.«

»Krieg, also?«, wiederholte Blurdo, als spreche er mit sich selbst. Seine Stimme klang resigniert und niedergeschlagen, und es war keine Spur mehr von dem Selbstbewusstsein und der Kühnheit zu hören, die er bei der Begegnung am Fluss an den Tag gelegt hatte. Offensichtlich hatte das Zwergenoberhaupt gehofft, die Düsterlinge würden einfach vorbeiziehen, und nun schwand seine Hoffnung. Die Sicherheit des Turms stand auf dem Spiel, ein Feind, der es auf Menschenfleisch abgesehen hatte, zog seine Kräfte jenseits des Flusses zusammen und schickte Kundschafter nach Norden und Süden.

»Die Lage ist eigentlich ganz gut«, versuchte Cirilla ihn zu beruhigen. »Von so weit oben habe ich noch nie auf einen Feind hinabgeblickt.«

Blurdo lächelte verhalten.

Wex war beinahe fertig und fügte nun die Details hinzu. Größere Felsen und einen kleinen Sumpf im Norden, alles, was einen taktischen Vor- oder Nachteil bedeuten könnte. Blurdo und der Rest des Rats ließen ihn gewähren, während Spragg die

Landschaft in allen Einzelheiten schilderte, die Wex nie aufgefallen wären: ein harmloser dunkler Fleck, bei dem es sich in Wahrheit um den Bau eines großen Tieres handelte, oder ein schiefer Baum, der kurz davor war umzustürzen. Je mehr Spragg aufzählte, desto erstaunter war Wex. Spragg sah nicht nur weiter und schärfer als er, er erkannte das Verborgene als das, was es in Wirklichkeit war, und sah sogar Dinge, für die Wex vollkommen blind war.

»Hier, zwischen den Schwertlilien«, sagte Spragg.

Wex kniff die Augen zusammen. »Da ist nichts. Ich bin ganz sicher.«

»Zwei Gestalten. Keine Düsterlinge und auch keine Zwerge. Der eine ist sogar ziemlich groß.«

»Du nimmst mich auf den Arm.«

Spragg lachte. »Du siehst alles nur in groben Rastern. Du unterscheidest nicht zwischen den Feinheiten, genauso wenig wie du zwischen den Feinheiten bei den Frauen unterscheidest.«

»Wenn du, was Frauen angeht, klarer sehen solltest als ich, ist mir das bisher noch nicht aufgefallen.«

»Müßige Worte, wackere Junker«, unterbrach Blurdo. »Wir müssen uns beraten. Ihr werdet jetzt zurück nach unten gebracht.«

»Nach unten?«

»Ihr könnt nicht hierbleiben, während wir unseren Rat abhalten. Cirilla wird euch begleiten.«

Der Rückweg ging viel schneller vonstatten als das mühsame Hinaufklettern. Unterwegs sah Wex ein paar Zwergenfrauen in höhlenartigen Räumen rechts und links der Tunnel kauern. Sie waren scheu, und meist schauten sie weg, als hätte man ihnen beigebracht, Fremde zu fürchten und ihnen aus dem Weg zu gehen. Die Werkzeuge, die sie benutzen, waren kaum höher entwickelt als die der Flussmenschen. Gebogene Messer mit Zinken an der Spitze zum Aushöhlen von Früchten und Aufspießen von Fleischbrocken. Hölzerne Schalen. Möbel aus ungehobeltem Holz, die Verbindungsstellen von Seilen zusammengehalten. Ihre Stimmen waren kaum mehr als ein leises Murmeln. Es waren Stimmen der Angst. *Sie wissen, dass dieses Mal etwas anders ist als sonst, wenn die Düsterlinge hier aufgetaucht sind,* dachte Wex. Blurdo mochte es ihnen gesagt haben oder auch nicht, aber die Tatsache, dass er Fremde in den Turm gelassen und ihnen sogar Zugang zur Ratskammer gewährt hatte, machte ihnen Angst. Wie Blurdo bereits erklärt hatte, vertrauten sie den großen Leuten nicht, die sie erst vor einer Generation aus ihrer Heimat vertrieben hatten.

Selbst die Kinder waren schüchtern gegenüber den Neuankömmlingen. Sie spürten die Furcht ihrer Eltern, sahen die Anspannung in den Gesichtern der Ratsmitglieder und hörten ihr Getuschel.

»Blurdo vertraut dir«, sagte Wex zu Cirilla.

»Seine Leute haben Angst. Ihr Großen seid ihr Erbfeind, die Düsterlinge stellen ihnen seit jeher nach, und jetzt haben sie es mit beiden gleichzeitig zu tun.«

»Aber du bist eine von ihnen. Du kannst sie davon überzeugen, dass wir ihnen nichts Böses wollen.«

»Das haben die anderen Großen aus Abrogan ihnen auch erzählt, bevor die Betrügerei und die Lügen losgingen. Es gab sogenannte Säuberungen. Und vergiss nicht, dass ich nicht wirklich eine von ihnen bin. Sie akzeptieren mich, aber wie weit, werden wir erst noch sehen.«

Als sie die unteren Ebenen erreicht hatten, erwartete Brynn sie bereits an der Luke. Wieder schwor sich Wex, sie zu ignorieren, und wieder scheiterte er kläglich.

»Sie sind weg!«, rief Brynn.

»Die Düsterlinge?«, fragte Wex hoffnungsvoll.

»Nein. Pinch und Mungo.«

»Weg?«

»Sie haben sich ohne ein Wort davongestohlen. Sind einfach geflohen.«

Spragg schlug sich auf die Stirn.

In diesem Moment begriff auch Wex, dass die beiden Gestalten, die der junge Adlige zwischen den Schwertlilien ausgemacht hatte, seine gesetzlosen Freunde gewesen waren. Sie waren Richtung Osten unterwegs, weg von den Düsterlingen.

»Verflucht«, sagte Spragg. »Damit haben wir zwei unserer besten Kämpfer verloren!«

Wex fühlte sich, als hätte er einen Schlag in die Magengrube bekommen. Pinch hatte sich immer für ihn starkgemacht, ihm mit Rat und Tat zur Seite gestanden. Auch wenn er seinen letzten Rat bezüglich Adara ausgeschlagen hatte. Der Dieb war für ihn zu einer Art missratenem älterem Bruder geworden, den er trotz seiner Fehler bewunderte. Der schweigsame Riese Mungo hatte Wex beschützt und ihm sogar das Leben gerettet, wie auch einigen der anderen. Es tat weh, dass sie sich einfach davongeschlichen hatten wie Feiglinge, ohne ein Wort des Abschieds oder der Erklärung. Er fühlte sich von ihnen mehr als nur im Stich gelassen, und Wex wusste, er musste dieses Gefühl abschütteln, wenn er vom naiven Bauernjungen, der erst vor wenigen Tagen den väterlichen Hof verlassen hatte, zu einem erwachsenen Mann werden wollte. Pinch hatte eine gute Nase für Gefahr. Er wusste besser als alle anderen, wann es Zeit war, das sinkende Schiff zu verlassen, und sein plötzliches Verschwinden ließ nur einen Schluss zu: Der redselige Bandit hielt das Schicksal der Gruppe für besiegelt.

»Ohne ihn sind wir besser dran«, erklärte Wex in dem Versuch, Brynn Mut zuzusprechen.

»Meinst du?«, fragte sie und sah aus, als versuche sie verzweifelt an das zu glauben, was Wex soeben behauptet hatte. Das völlig verstörte Mädchen aus dem Vulkankrater schlich sich wieder in ihre Haut.

»Das Letzte, was er getan hat, war, wüste Geschichten zu erzählen und einen Haufen Kinder dem sicheren Tod auszuliefern«, fuhr Wex fort. »Ein Glück, dass wir ihn los sind.« Aber Wex glaubte selbst nicht, was er da redete. Spragg hatte recht. Der Verlust der beiden gerissenen Gesetzlosen könnte ihnen das Genick brechen, wenn es zur Schlacht kam. »Gehen wir Fretter suchen. Er ist Soldat. Er wird wissen, was zu tun ist.«

37

»Was erwartest du, dass ich tun soll?«, bellte Fretter Spärling an, der ihm seit Stunden mit seinen Ängsten in den Ohren lag. Zwei Tage waren vergangen, seit sie die Düsterlinge das erste Mal gesichtet hatten, und die Anspannung des untätigen Wartens war den Soldaten deutlich anzusehen, vor allem dem roten Gesicht ihres Hauptmanns. »Mir wurde gesagt, sie wären dumme Tiere. Sie würden kommen und wieder gehen wie ein Rudel Wölfe.«

Alver warf die Hände in die Luft. »Worauf warten die bloß? Warum zeigen sie sich nicht?«

»Vielleicht, weil sie Angst vor uns haben?«, warf Curdwell ein und blies sich auf wie ein Truthahn.

»Sei nicht dumm«, sagte Fretter.

»Er kann nicht anders«, murmelte Cirilla.

Fretter ging auf und ab. »Blurdo hält uns hier unten wie Gefangene: kaum Verpflegung und noch weniger Informationen.«

»Wir können jederzeit gehen«, merkte Cirilla an. »Er schuldet uns nichts und füttert uns kostenlos durch.«

»Springst gern in die Bresche für die anderen zu kurz Geratenen, wie?«, knurrte Curdwell.

Arkh sagte kein Wort, solange die Zwerge in der Nähe waren. Allein saß er in einer kleinen Höhlung mit falschen Fesseln an Händen und Füßen, die Blurdo und seine Leute davon überzeugen sollten, dass er ein Gefangener war. Erst wenn das kleine Volk sich nach oben zum Schlafen zurückgezogen hatte, schloss er sich dem Rest der Gruppe an.

»Sagt uns, was Ihr wisst«, sagte der Halbmensch zu Fretter. »Weshalb zögern sie, da sie uns ohnehin schon belagern?«

Wex sah, wie Fretter bei dem Wort »belagern« zusammenzuckte. Der Hauptmann machte sich lieber vor, dass dies kein genau geplanter Angriff war, sondern etwas anderes, weniger gefährliches, wie Blurdo behauptete.

»Wenn dies hier eine Belagerung ist, wie ich sie als Offizier der Palastwache von Skye durchführen würde – und ich hoffe immer noch, dass es das *nicht* ist –, dann sind sie gerade dabei, uns auszuhungern. Sie wollen sehen, ob uns bald die Vorräte ausgehen und wir uns nach draußen wagen müssen, um sie wieder aufzustocken. Sie geben uns die vermeintliche Gelegenheit, jemanden übers offene Feld zum Fluss zu schicken, um Wasser zu holen. Wenn wir das tun, metzeln sie ihn nieder und warten, bis der Rest sich entweder ergibt oder verhungert und verdurstet. Da wir aber niemanden nach draußen schicken, werden sie folgern, dass wir genug Vorräte haben, und zur nächsten Phase übergehen. Wären es meine Soldaten da draußen, ich würde es mit einer Machtdemonstration versuchen, um dann aus einer Position der Stärke heraus verhandeln zu können.«

»Dann sollten wir einen Ausfall machen und kämpfen!«, erklärte der ältere Winster. »Wir sind keine unbewaffneten fahrenden Händler.«

»Wir wissen nicht, was uns da draußen erwartet. Selbst Spragg kann nicht alles sehen. Blurdo misstraut uns immer noch zu sehr, um uns einen Blick auf die Karte werfen zu lassen, die Wexford gezeichnet hat, oder um mit uns eine gemeinsame Strategie zu entwerfen. Das Beste ist, wir warten, bis sie uns ihre Bedingungen nennen. So würde es zumindest die Etikette verlangen.«

»Etikette?«, schnaubte Cirilla. »Wir werden also nur höflich ausgehungert und freundschaftlich erpresst?«

»Bei den Göttern! Dieses Warten ist noch schlimmer als Kämpfen.«

Wex hatte das Hickhack und das angespannte Warten, das schwer auf den Schultern der Soldaten lastete, bald satt und lenkte sich damit ab, mit angesengten Zweigen auf die Wände des Raums zu zeichnen, in dem die Kinder untergebracht waren. Außerdem konnte er auf diese Weise Zeit mit Adara verbringen.

Sie spielte mit den Kindern und brachte ihnen einfache Tänze bei, die sie mit so viel Herzblut vorführte, als würde sie in einem Palast für hohe Herrschaften tanzen.

Wex hörte auf zu zeichnen und bestaunte ihre geschmeidigen Bewegungen.

Dann erzählte sie den Kindern eine Geschichte. Sie handelte von Wiki dem Vogel und Sasha der Katze, und Adara übernahm beide Rollen. Harmlos schnurrend pirschte sie sich als Sasha an Wiki heran, die Muskeln bereit zum Sprung. Dann wechselte sie blitzschnell die Seiten und floh aufgeregt flatternd auf die andere Seite des Raums, wo die Jagd von neuem losging. Am Ende gelang es Wiki, Sasha zu überlisten – die Katze sprang von einem Ast ins Leere und stürzte in den Tod.

Wex fragte sich, ob Adara die Geschichte nicht abgeändert und sich den glücklichen Ausgang, den Kindern zuliebe, selbst ausgedacht hatte.

Adara lernte allmählich seine Sprache. Langsam zwar, aber sie lernte, und bald konnten sie sich unterhalten. Adara erzählte vom Leben auf dem Walther, und Wex schwärmte von der wilden Schönheit und den fruchtbaren Feldern Abrogans. Er zeichnete für Adara, die begeistert in die Hände klatschte, als wie durch Zauberhand die Landschaft vor ihren Augen erstand. Wex zeichnete auch Tiere, aber keine Menschen, und als Adara erneut fragte, ob er sie porträtieren würde, erwiderte er, dass er für so eine exquisite Vorlage Tusche bräuchte statt Kohle, und sie hatten keine. Er versprach, es nachzuholen, sobald sie in Abrogan waren, woraufhin Adara schnell das Thema wechselte.

Ab und zu wurden sie von Blu unterbrochen, der in barschem Ton auf Adara einredete und dann wieder verschwand. Sie hörte ihm geduldig zu, aber nie lächelte sie dabei.

Einmal blickte Wex auf und sah Brynn im Durchgang stehen. Sie bewunderte die detaillierten Malereien, die Wex auf die Wand gezaubert hatte, und das offensichtlich schon seit einer ganzen Weile. Als sie sah, dass Wex sie bemerkt hatte, erklärte sie eilig, sie habe nur Bescheid geben wollen, dass Blurdo Wasser und Essen nach unten geschickt habe.

Adara lud sie ein hereinzukommen, aber da war Brynn schon wieder verschwunden.

Den ersten Einschlag hörten sie am Morgen des dritten Tages, als sie gerade frühstückten. Ein dumpfer Knall ertönte von draußen auf der Wiese. Wex saß in der Nähe eines Fensters und spähte hinaus. Ein Stück eines Baumstamms, etwa so lang und dick wie der Rumpf eines Menschen, ragte schief aus der Erde.

»Wie ist der da hingekommen?«, fragte Wex.

»Ein Zaubertrick vielleicht, oder, Kraven?«, witzelte der ältere Winster.

»Niemand kommt unbemerkt über den Fluss, geschweige denn über die Lichtung«, erklärte Spragg. »Und schon gar keine wandelnden Baumstämme.«

Fretter legte die Stirn in Falten. »Dies ist wohl kaum der rechte Moment für Scherze.«

Kraven, der sich normalerweise von jeder Gefahr fernhielt, trat ans Fenster, und als er den halb begrabenen Holzklotz sah, ergriff er das Wort. »Hauptmann, der Winkel, in dem die Erde unter dem Stumpf aufgeworfen ist, lässt vermuten, dass es sich um ein Projektil handelt, das in unsere Richtung flog.«

»Ein was?«, fragte der ältere Winster.

»Wie ich es befürchtet habe«, erwiderte Fretter. »Der Baumstamm wurde geschleudert.«

»Von einem Riesen!«, stieß Spärling hervor. »Oder von diesem geflügelten Ding aus dem Tal! Es wirft Bäume auf uns!«

»Oder von der Baumfee, du Narr«, brummte Cirilla.

»Nein«, sagte Fretter. »Ich fürchte, die Wahrheit ist noch viel schlimmer. Aber das werden wir gleich wissen.«

Sie warteten und hielten Ausschau. Als der nächste Holzblock hinter der Baumlinie aufstieg und auf den Turm zugesegelt kam, schrie Fretter, dass sich alle eiligst ans andere Ende des Raums begeben sollten.

Wex stand wie hypnotisiert am Fenster und bewunderte die anmutige Flugbahn des Geschosses. Majestätisch erhob es sich in die Luft und erreichte eine erstaunliche Höhe, bevor es wieder zu sinken begann. Als Wex endlich begriff, dass der Turm diesmal getroffen werden würde, war es zu spät.

Mit einem lauten Knall, der durch den ganzen Turm hallte, brach der Klotz durch die Wand. Weiße Splitter zerrissen die Luft, während Wex benommen vom Fenster wegtorkelte. Seine Ohren dröhnten, und er schüttelte den Kopf wie ein Hund das nasse Fell, um wieder einen klaren Gedanken fassen zu können. Er war allein. Die anderen hatten sich in einen Tunnel geflüchtet, weg von der Vorderseite des Turms, die jetzt ein neues, gezacktes Fenster vom Durchmesser eines großen Kürbisses hatte. Wex schaute nach draußen. Er konnte bis zum Waldrand sehen, wo es von Bewegung nur so wimmelte.

Wex konnte sich nicht erklären, was geschehen war. Hatten die Düsterlinge wirklich Zauberkräfte, wie Winster gewitzelt hatte? Waren die Götter wütend auf ihn, weil er mit Blut und einer alten Landkarte am Schleier herumgepfuschte hatte? Schon im nächsten Moment schämte er sich seiner lächerlichen Gedanken, war aber trotzdem froh, dass er in dem Raum, in dem Adara mit den Kindern war, nur harmlose Dinge gezeichnet hatte, und das mit Kohle und nicht mit Blut.

Fretter stürmte mit den Winsters herein.

»Irgend... irgendetwas hat es auf mich abgesehen«, stammelte Wex.

»Nein!«, entgegnete Fretter barsch. »Sie haben ein Katapult!«

»Unmöglich«, sagte der ältere Winster. »Das sind doch nur geifernde Wilde.«

»Geifernde Wilde mit Bogen und Spähern und erstaunlich viel Erfahrung mit Belagerungstaktiken! Das sind nicht die dummdreisten Kreaturen, von denen Blurdo spricht. Wir sind es, die dumm waren.«

Blurdo und drei seiner Männer kamen durch eine Luke zu ihnen heruntergeeilt. Barnabas Addel war unter ihnen. Jetzt, da er nicht mehr trinken konnte, waren seine Augen hell und klar.

»Was ist hier passiert?«, keuchte Blurdo. »Wir haben ein Krachen gehört.«

Wex deutete auf das Loch, und Blurdo folgte mit den Augen der Bahn der Splitter bis zu dem Holzblock, der am anderen Ende des Raums lag. »Ich verstehe gar nichts.«

»Der Klotz kam durch dieses Loch hier«, erklärte Cirilla. »Die Düsterlinge haben ihn gegen den Turm geschleudert wie einen Stein.«

»Aber auf der Lichtung waren keine Düsterlinge.«

»Sie haben es vom anderen Flussufer aus gemacht.«

»Unmöglich!«

»Einer meiner Männer hat vorhin dasselbe behauptet«, erklärte Fretter, »aber jetzt haben wir den Beweis. Sie haben eine Maschine gebaut, mit der sie Holzstücke von dieser Größe bis hierher schleudern können.«

Blurdo musterte seine Männer und sah die Angst in ihren Augen. »Können sie das noch einmal tun?«

»Begreift Ihr denn nicht? Sie werden es so lange tun, bis wir sie aufhalten! Der nächste Streich wird bald erfolgen.«

Kraven lugte herein und beäugte das Loch misstrauisch, als befürchtete er, das nächste Geschoss würde jeden Moment angeflogen kommen. »Hauptmann, unsere Gastgeber scheinen wie die Flussmenschen aus einem längst vergangenen Jahrhundert zu stammen«, erklärte er Fretter. »Sie können diese neue Art der Kriegsführung gar nicht verstehen.«

»Aber die Düsterlinge stammen doch aus derselben Zeit. Wie sind *die* dann in der Lage, sie zu verstehen?«

»Ihr habt die Kinderbanditen selbst gesehen. Pinchot kannte sie, und sie kannten ihn. Also sind noch andere Menschen aus unserer Zeit hier. Und ich glaube, die Düsterlinge tun das hier nicht allein.«

»Ihr müsst uns nach oben lassen«, erklärte Fretter. »Lasst mich die Karte sehen, die einer meiner Männer für Euch gezeichnet hat. Ich muss das Schlachtfeld von weiter oben einsehen können. Verdammt noch mal, lasst uns Euch helfen!«

»Jemand muss diese Maschine aufhalten«, fügte Kraven hinzu. »Sonst wird sie diesen Turm ausradieren, mit allen, die sich darin aufhalten.«

Addel wandte sich an Blurdo. »Du hast sie gehört, die großen Menschen! Tu etwas!«

Der Leibwächter, der rechts von Blurdo stand, stieß Addel mit dem Schaft seiner Lanze zu Boden. »Halt dein Maul, Trunkenbold! Dein Gequassel nutzt uns genauso wenig wie deine Brücke, die nie fertig wird.«

»Du warst einmal so ein guter Junge«, murmelte Blurdo kopfschüttelnd. »Aber du hast nichts aus dir gemacht. So ein guter Junge, und dann … nichts.«

Auf Fretter und Kraven hingegen reagierte er gar nicht. Er war zu sehr mit seinen eigenen Gedanken beschäftigt. Der Anführer des Zwergenklans war mit der Situation vollkommen überfordert. Gefangen zwischen den Erzfeinden seiner Sippe – die einen lauerten jenseits des Flusses, die anderen waren mit ihm hier im Turm eingesperrt –, konnte er sich nicht entscheiden, was zu tun war.

Der nächste Katapultwurf erledigte das für ihn. Nur eine Elle vom letzten Einschlagloch entfernt brach das nächste Geschoss durch die Wand und traf den Leibwächter, der Addel zu Boden gestoßen hatte, auf Höhe der Schulterblätter in den Rücken. Er wurde so jäh mitgerissen, dass die Lanze noch einen Moment lang wie von Zauberhand gehalten stehen blieb und dann klappernd umfiel. Begleitet von einem scharfen Knacken klappte der Kopf von Blurdos Leibwächter nach hinten, noch bevor sein Rumpf wie zwischen Hammer und Amboss an der gegenüberliegenden Wand zerschmettert wurde. Der Brustkorb zerplatzte in einem roten Sprühregen, und Blut spritzte sternförmig über die weiße Wand. Nur die Gliedmaßen blieben unversehrt. Die Überreste, die sich schmatzend von der Wand lösten, sahen aus, als hätte jemand den Zwerg zu einer weiß-braun-roten Sülze verkocht.

Addel übergab sich.

»Wir müssen hier weg!«, brüllte Fretter, packte Blurdo bei den Schultern und rüttelte ihn aus seiner Lähmung wach. »Bringt uns nach oben!«

38

Die Düsterlinge jubelten begeistert, und Vill musste zugeben, dass auch er beeindruckt war. Mit nur drei Versuchen hatten sie das Katapult auf die richtige Entfernung eingestellt. Der Bau hatte zwei volle Tage in Anspruch genommen, während derer jeder einzelne Soldat entweder an der Maschine gearbeitet hatte oder mit Nahrungsbeschaffung beschäftigt gewesen war. Vill hatte jeden einzelnen Arbeitsschritt genauestens überwachen müssen, aber das Ergebnis war die Mühe absolut wert. Der hölzerne Gigant war außerordentlich: plump in der Form, aber stolz in seiner Größe. Pure Kraft. Wenn er seinen Zweck erfüllte, würden sie die verlorene Zeit leicht wieder aufholen. Vill wäre dann nicht mehr gezwungen, sie auszuhungern; er konnte sie ausräuchern wie Ameisen in ihrem Bau, sie zur Kapitulation zwingen und sich des Magiers bemächtigen.

Das Katapult war zu groß, um es über eine längere Strecke zu transportieren. Vill würde es nur für diese eine Belagerung einsetzen können. Dies war ein weiterer guter Test für seine kleine Armee, die seltene Gelegenheit, eine befestigte Verteidigungsanlage anzugreifen, und das bei minimalen eigenen Verlusten. Falls sie den Turm stürmen mussten, würde er mehr Soldaten verlieren. Aber wenn die Bewohner erst einmal hinreichend eingeschüchtert waren, würden sie den fremden Magier auch kampflos ausliefern.

Vill ging durch die Reihen und beruhigte seine Soldaten. Wäre da nicht der Fluss, würden sie in ihrem Rausch schon jetzt über die Lichtung stürmen. *Noch nicht,* dachte Vill. *Noch ein wenig mehr Beschuss. Mehr Angst.* Angst war ein guter Motivator. Sie brachte Menschen dazu, sich zu bewegen. In ausreichender Dosis bewegte sie ganze Zivilisationen, und mit genügend Angst würde auch das kleine Volk sich bewegen.

Vill fragte sich, ob seine Düsterlinge das Katapult näher an den Turm ziehen könnten, um auch die oberen Stockwerke zu treffen, wo jetzt noch mehr Gesichter mit hängenden Kinnladen nach draußen starrten. Seine ursprüngliche Idee, Felsbrocken als Munition zu verwenden, hatte er bereits verworfen und sich für die leichteren Holzklötze entschieden, damit die Geschosse den Turm auch erreichten. Noch leichtere Munition würde zwar bis zu den oberen Stockwerken fliegen, die Wand aber nicht mehr durchschlagen.

Eber war an seiner Seite, freudig und aufgeregt, aber nicht außer Rand und Band wie seine sabbernden Artgenossen. Der dicke Düsterling lernte dazu und war jetzt einer der Klügsten unter den Dummen.

»Es funktioniert! Es schleudert sie weiter, als sogar Gierschlund sie tragen kann. Und größere und mehr noch dazu!«, quiekte Eber.

»Gierschlund ist nur ein Geschöpf. Stark, aber lediglich aus Fleisch und Blut. Maschinen, Geräte, Werkzeuge, sie helfen dem Fleisch, über seine natürlichen Grenzen hinauszuwachsen. Sie trennen den Menschen vom Tier, und auch deine Art kann sich über den Rang des Tieres erheben, unter meiner Führung.« Die letzten drei Worte sprach er betont langsam.

Eber verbeugte sich, um zu zeigen, dass er verstanden hatte.

Kluges Tier. Eber war bereits Zeuge geworden, wie Vill Narbe ersetzt hatte, nachdem er dabei erwischt worden war, wie er mit Vills kostbarem Bogen herumspielte, während Vill schlief. Narbe war sofort zum Späher degradiert worden, und alle wussten, was aus den letzten beiden Spähern geworden war.

Vill hatte dafür gesorgt, dass Eber und Schnüffler genau verstanden, warum Narbe an die Front versetzt worden war. Ehrgeiz war das eine, ihn förderte Vill, aber keiner seiner Düsterlinge durfte auch nur auf den Gedanken kommen, dass er Vill verdrängen könnte.

Nachdem Narbe nicht mehr zur Verfügung stand, hatte Vill Ersatz gebraucht und Schlitzer trotz seiner Kleinwüchsigkeit zu seinem Leibwächter befördert. Auch den bösartigen und verschlagenen Schlitzer musste er zwar im Auge behalten, aber dafür war er weit vielseitiger einsetzbar.

Der Frontverlauf war denkbar simpel. Der Fluss bildete eine natürliche Grenze im Westen, hinter der sich Katapult und Lager befanden. Im Süden gab es eine Brücke, aber im Norden tobte der Fluss so ungestüm, dass er dort unmöglich zu passieren war. Östlich des Turms trat Sumpfland an die Stelle der offenen Wiesen. Dort hatte Vill einen weiteren Späher eingebüßt. Manchmal vergaßen die instinktgesteuerten Düsterlinge ihren Auftrag und kamen nicht mehr zurück, aber vielleicht war der Späher auch im Moor versunken. Es spielte keine Rolle. Jetzt, da das Katapult fertig war, konnte er drei Zehnertrupps auf Erkundung schicken und immer noch siebzig Soldaten im Lager behalten.

Blieb nur das Problem mit Fen und seiner Bande. Die Düsterlinge hatten noch Proviant für mindestens einen Tag, erst danach würden die Kinderbanditen an die Reihe kommen. Obwohl er den Tränen nahe war vor Verzweiflung, hatte der kecke Fen immer noch nicht genügend Angst, dass Vill sicher sein konnte, er würde keinen Ausbruchsversuch unternehmen. Er und seine Bande hatten die Schrecken des Waisenlebens auf der Straße überstanden, waren in Verliesen eingesperrt gewesen und von sadistischen Wärtern gefoltert worden, hatten als Sklaven in den Schiffswerften von Buchtend geschuftet. Mit ihren neun, zehn oder zwölf Jahren hatten die meisten bereits mehr als einmal dem Tod ins Auge geblickt, und die Düsterlinge waren wahrscheinlich noch nicht einmal die schlimmsten Häscher, in deren Hände sie jemals geraten waren. Manchmal konnte das Leben schlimmer sein als ein schneller Tod.

Wie also sollte Vill den kleinen Fen brechen, der selbst jetzt noch erhobenen Hauptes umherstolzierte, seinen rothaarigen Wachhund stets an der Seite?

Vill setzte sich ans Feuer und gebot seinen Düsterlingen, Ruhe zu halten, damit er nachdenken konnte. Es galt, sich mit klarem Verstand den drei drängendsten Problemen zu widmen: Wie konnte er Fen und seine Bande gefügig machen? Wie konnte das Katapult die Munition noch höher schleudern? Und wie konnte er den Menschen im Turm noch mehr Angst einjagen?

Vill blickte auf und sah, wie Schlitzer den Augapfel eines erbeuteten Rehs über den Flammen röstete und dabei fasziniert dem Zischen und Blubbern der kochenden Gallertmasse lauschte.

»Was, Schlitzer«, begann Vill, »hältst du von folgendem Vorschlag …?«

39

Die Kinder rannten durch die Tunnel wie eine Schafherde, in die ein Wolf eingebrochen war. Adara trieb sie vorwärts, während Brynn alle Hände voll zu tun hatte, die verängstigten Kleinen davon abzuhalten, sich gegenseitig totzutrampeln.

Wex führte sie von Luke zu Luke, die die Zwerge sofort mit einem hohlen Krachen hinter ihnen zuschlugen, nachdem sie hindurch waren.

Kraven, Fretter, die Palastsoldaten und Cirilla waren bereits oben. Nur mit Arkh hatte es ein Problem gegeben – Blurdo hatte sich standhaft geweigert, ihn mitzunehmen. Er hatte sogar vorgeschlagen, das Halbwesen zu töten, was Fretter wiederum abgelehnt hatte, und das Zwergenoberhaupt hatte sich schließlich gefügt. Blurdo war viel zu begierig darauf gewesen, möglichst schnell nach oben und damit außer Reichweite des Katapults zu kommen, um lange zu debattieren. Jetzt kauerte Arkh mit falschen Fesseln an Händen und Füßen in einer Nische an der Rückseite des Turms, die die Geschosse nicht erreichen würden.

Als sie die oberen Ebenen erreicht hatten, wurden die Kleinen in denselben Raum gebracht, in dem sich auch die Zwergenkinder aufhielten. Es gab ein paar einfache Spielzeuge aus Holz, einen Eimer voll Wasser und eine Kürbisflasche, um daraus zu trinken. Die Zwergenfrauen waren vorgewarnt worden, dass noch mehr Kinder kommen würden, und sie begegneten den Neuankömmlingen warmherzig und freundlich. Vielleicht wollten sie auch nur ihre eigenen Kinder im Angesicht der drohenden Gefahr nicht mehr beunruhigen als unbedingt nötig.

Sie begrüßten Adara und ihren wilden, verdreckten Haufen mit einem Lächeln, boten ihnen Spielzeug und Wasser an, und Wex fiel auf, wie die beiden Kindergruppen sich sofort vermischten – etwas, das die Erwachsenen bis jetzt noch nicht zustande gebracht hatten. Dann wurde er auch schon nach oben gerufen, in den Raum mit der Karte.

Der ältere Winster, Curdwell und Kraven hatten sich um das Fenster versammelt und bestaunten den unglaublichen Ausblick, den die Höhe ihnen gewährte. Nur Fretter konzentrierte sich auf Wex' Karte.

»Exzellente Arbeit, Wexford«, sagte der Hauptmann und fuhr mit dem Finger über die an der Wand eingezeichneten feindlichen Stellungen. »Wirklich sehr gute Arbeit.«

Blurdo stand daneben und knetete seinen Hut zwischen den Fingern. Von der Autorität des Zwergenfürsten war nichts mehr übrig. »Könnt Ihr irgendwelche Schlüsse daraus ziehen?«, fragte er ängstlich.

»Ich kenne diese Art der Truppenaufteilung, und ich kenne auch die Taktik«, erklärte Fretter selbstzufrieden und mit einem Hauch von Erleichterung. »Ihr Anführer will, dass wir sehen, wie er uns mit seinen Stoßtrupps in die Zange nimmt. Hier und hier.« Er deutete auf Wex' Symbole auf der Karte. »Die Hauptstreitmacht jedoch bleibt, wo sie ist, jenseits des Flusses, wo wir ihre Zahl nicht einschätzen können. Das soll uns das Gefühl geben, wir wären zahlenmäßig hoffnungslos unterlegen, in Wahrheit jedoch ist seine Armee nicht so groß, dass wir in dieser Auseinandersetzung ohne Chance wären. Wir können kämpfen und bestehen. Blurdo, wie viele Männer unter Waffen habt Ihr?«

»Dreißig«, antwortete Blurdo.

»Und Frauen, die kämpfen können?«

Blurdo blieb stumm.

»Nur für den Fall, dass sie uns keine Möglichkeit geben sollten, uns zu ergeben«, fügte Fretter hinzu.

»Zehn.«

»Wir sind ebenfalls zehn. Macht zusammen fünfzig. Spragg sagt, unsere Feinde seien etwa siebzig an der Zahl, hab ich recht?«

»*Mindestens* siebzig«, erwiderte Spragg. »Aber in diesem verdammten Wald lässt sich das nicht genau sagen. Es könnten noch siebzig mehr sein.«

»Höchstwahrscheinlich aber weniger«, sprach Fretter weiter. »Die Chancen stehen also in etwa zwei zu eins gegen uns, aber wir haben die höhergelegene Position, was wiederum uns einen Vorteil verschafft. Wären da nicht die Pfeile und das verfluchte Katapult.«

Wex sah, dass Fretter in seinem Element war. Jetzt, da er genügend Zeit hatte und das Schlachtfeld übersichtlich vor ihm ausgebreitet lag, konnte er seinen messerscharfen Verstand einsetzen, alle Möglichkeiten in Erwägung ziehen, Details durchdenken – all das, was seine Entscheidungen gefährlich verlangsamte, wenn schnelles Handeln gefragt war.

Fretter erklärte, wo das Gelände gut einsehbar war und sich um den Turm herum geeignete Positionen für Blurdos Lanzenträger befanden. Er führte eine Angriffstaktik aus, mit der sie zwei der Stoßtrupps auslöschen könnten, noch bevor das Hauptkontingent den Fluss überqueren und ihnen zu Hilfe eilen konnte. Solange sie nicht verzweifelten und Blurdos Männer den Kampfeswillen nicht verloren, schloss Fretter seine Ausführungen ab, hatten sie mehr als nur eine geringe Aussicht, den Feind zu verjagen. *Falls* der Turm nicht fiel.

Fretter war gut in dem, was er tat. Sehr gut sogar. Dem Anführer der Düsterlinge vielleicht ebenbürtig. *Hoffentlich,* dachte Wex. Hoffnung war genau das gewesen, was zu schwinden begonnen hatte, nachdem der erste Holzklotz eingeschlagen war. Doch jetzt kam sie wieder hervorgekrochen und schnupperte in der Luft, um zu sehen, ob sie einen weiteren Auftritt wagen konnte.

»Geschoss!«, brüllte Curdwell.

Alle versammelten sich um das Fenster, um zu sehen, wo am Turm es einschlagen würde. Nur Kraven traute sich nicht. Als Wex das Geschoss erblickte, erkannte er, dass es sich diesmal nicht um einen Klumpen Holz handelte. Dieses hier war länglicher, irgendwie biegsam und drehte sich im Flug. Und es stieg höher als das letzte Geschoss. Plötzlich begriff Wex, dass es hier oben einschlagen würde.

»Vorsicht!«, kreischte er, aber es war zu spät.

Wie ein Falke im Sturzflug jagte es heran, nur ohne dessen Eleganz. Es war der zwölfjährige Rotschopf, der neben Fen gestanden hatte und jetzt mit rudernden Armen durch die Luft trudelte.

Entsetzt sah Wex, dass sie ihm die Bauchdecke aufgeschnitten hatten. Aber der Junge war noch am Leben, Augen und Mund weit aufgerissen zu einem stummen Schrei. Wie eine überreife Melone zerschellte er an der Außenwand, und die Männer sahen bis ins kleinste Detail, was der Aufprall mit seinem jungen Körper anrichtete. Die Frauen im Stockwerk darunter ebenso. Seine Eingeweide platzten aus der aufgeschnittenen Bauchdecke, ein Bein verdrehte sich in einem unmöglichen Winkel zum Rest des Körpers. Einen Moment lang klebte er am Turm fest wie eine Fliege an einer Honigfalle, dann rutschte er ab, schlug gegen die Ausbuchtungen der unregelmäßigen Außenwand und blieb schließlich reglos am Fuß des Turms liegen. Der rote Fleck an seinem Auftreffpunkt war zwar ein winziges Stück kleiner als der, den Blurdos Leibwächter im ersten Stock hinterlassen hatte, aber der Effekt war der gleiche: Zwergenmänner wie -frauen brüllten von blankem Entsetzen gepackt durcheinander, und Fretter gelang es nicht, sie zu beruhigen.

»Sie wollen uns nur Angst einjagen!«, versuchte er sie zu beschwichtigen.

»Ich *habe* Angst!«, heulte einer der Lanzenträger, und die nackte Aufrichtigkeit seiner Worte brachte Fretter schließlich zum Schweigen.

Andere sanken auf die Knie und beteten zu ihren Zwergengöttern. Wex wusste nicht, welche das sein mochten, aber es war ihm auch egal, denn Götter mischten sich nur selten in die Angelegenheiten der Sterblichen. Er wünschte lediglich, die Herren des Turms würden nicht so vollkommen den Glauben an sich selbst verlieren. Es erfüllte ihn mit einem eigenartigen Stolz, zu sehen, wie seine eigene Gruppe mit grimmigen Gesichtern Haltung und Entschlossenheit bewahrte. Selbst Spärling flehte nicht um Rettung, sondern griff wutentbrannt nach seinem Schwert. Wenn die Geschosse weiterhin flogen, würden sie den Turm früher oder später aufgeben müssen und ihrem Feind auf freiem Feld gegenübertreten, wo sie hoffnungslos in der Unterzahl wären.

Während der nächsten zwei Stunden durchschlugen drei weitere Blöcke die Turmwand weiter unten, ein vierter verfehlte sein Ziel knapp. Das Gebäude hielt stand, wackelte nicht einmal, aber die Westwand begann bereits bedrohlich zu bröseln. Wex dachte an Arkh, der sich irgendwo dort unten verschanzt hatte und nichts anderes tun konnte, als auf das Prasseln der Trümmer zu lauschen, das auf jeden Einschlag folgte wie Regen auf Donner.

»Die Zaubermaschine wird unser aller Ende besiegeln!«, jammerten Blurdos Männer.

Fretter hatte versucht, ihnen zu erklären, dass es sich bei dem Katapult lediglich um eine – zugegebenermaßen große und schwere – Holzkonstruktion handelte, aber sie glaubten ihm nicht. Einige hielten es für Zauberei, andere dachten, primitive Gottheiten stünden den Düsterlingen zur Seite. Welches hölzerne Gerät sollte in der Lage sein, einen Menschen fliegen zu lassen wie einen Vogel?

»Mann auf der Lichtung!«, brüllte einer der Zwerge.

Arkh, dachte Wex. Doch nachdem er ans Fenster gelaufen war, sah er, dass die Gestalt nicht groß und muskelbepackt war, sondern klein und fett. Es war einer von den Zwergen. Er stolperte auf die Brücke zu, wo ihn am Rand der Bäume bereits ein Zehnertrupp Düsterlinge erwartete.

»Addel!«, keuchte Blurdo.

40

»Unten am Ufer gibt es Steine, so groß wie Euer Kopf«, erklärte Eber und spähte vorsichtig zwischen den Bäumen hervor, als könnte der Fluss sich aus seinem Bett erheben und ihn verschlingen. »Wenn das Werf-Gerät sie schleudert, können wir mit ihnen den Turm einreißen.«

»Sie würden nicht weit genug fliegen«, erwiderte Vill tonlos.

»Wir waren so dumm, es auf der falschen Seite vom Fluss zu bauen«, höhnte Schlitzer.

Vill nahm den Kommentar nicht als Beleidigung, sondern tippte sich lediglich nachdenklich ans Kinn. »Möglicherweise. Es war eine gute Demonstration unserer Stärke, aber wenn wir uns weiterhin damit begnügen, nur kleine Löcher in ihren Turm zu schlagen, werden sie bald wieder Mut fassen.«

»Wir müssen die Gunst der Stunde nutzen«, wiederholte Eber einen Satz, den er zuvor von Vill aufgeschnappt hatte.

»Geduld, mein eifriger Schüler. Lauf du lieber los und sieh, was du Neues herausfindest, während ich nachdenke.«

Eber nickte und machte sich davon. Als er eine Stunde später zurückkehrte, hatte er tatsächlich etwas gefunden.

»Was ist das?«, fragte Vill.

»Ein Läufer«, erklärte Eber strahlend.

»Sicherlich meinst du ›Überläufer‹«, korrigierte Vill den untersetzten Düsterling.

»Ja. Er will handeln. Um sein Leben.«

»Bestens«, erwiderte Vill. »Siehst du? Unsere Anstrengungen

tragen Früchte. Und wie ihr bereits bemerkt habt, sind Verräter äußerst nützlich.«

Eber zog Addel an den Haaren vor seinen Herrn.

Vill bedeutete Eber, ihn loszulassen, damit Addel aufstehen konnte, dann stellte er sich vor den rundlichen Zwerg und klopfte ihm den Dreck von der Kleidung.

»Sag mir, kleiner Mann. Haben deine Leute Angst?«

»Oh ja«, antwortete Addel. »Sehr sogar. Ich habe sie verlassen und bin gekommen, weil ich um Gnade bitten will.«

»Deine Leute verlassen? Allein? Warum?«

»Schaut mich an. Ich bin fett.«

»Das sehe ich.«

»Außerdem trinke ich, und das verstehen sie nicht. Sie verabscheuen mich dafür. Wenn die eigene Sippe einen Mann nicht achtet, ist dort kein Platz für ihn.«

»Ich verstehe deine Misere«, erwiderte Vill. »Auch ich könnte dich verachten, aber ich bin ein mitfühlender Mensch.«

»Dann habt Ihr Mitleid mit mir?«

»Vielleicht«, sagte Vill. »Doch im Austausch wofür?«

»Ich habe eine Brücke gebaut«, erklärte Addel.

»Ich weiß von der Brücke«, erwiderte Vill.

Addel deutete auf das Katapult. »Dann werdet Ihr auch wissen, dass sie breit genug ist für Eure Maschine.«

Vill blickte seinen Düsterling-Offizier finster an. »Eber, davon hast du mir nichts gesagt. Ich dachte, es handele sich um nicht viel mehr als einen Steg.«

Eber geriet ins Stottern. »Ich … ich habe nicht gedacht …«

»Nein, hast du nicht«, sagte Vill mit ausdrucksloser Stimme. Er setzte ein Lächeln für Addel auf. »Deine Brücke interessiert mich. Welchen Handel schlägst du vor?«

»Ich werde Euch mit Eurer Maschine dorthin begleiten. Wenn Ihr seht, dass sie breit genug ist für Euer Gerät, so hoffe ich, wird Euer Herz Euch eingeben, mich gehen zu lassen.«

»Mein Herz tut nichts zur Sache, aber du hast mir einen Dienst erwiesen«, antwortete Vill. »Einen Dienst, der die Unfähigkeit meiner Untertanen auszugleichen vermag.«

Vill drehte sich zu seinen Düsterlingen um. »Zum Katapult! An die Arbeit, jetzt!« Dann wandte er sich wieder an Addel. »So sei es.«

41

»Seht!«, rief Spragg.

Südwestlich der Lichtung stand Barnabas Addel zwischen zwei Düsterlingen und gestikulierte in Richtung seiner Brücke.

»Verräter!«, schnaubte Curdwell. Er deutete auf Blurdo. »Was ist bloß los mit euch winselnden Kötern!«

Blurdo nahm Curdwells Beleidigung einfach hin. Er hatte selbst keine Erklärung, und so beobachteten sie entsetzt, wie Addel einen ganzen Trupp Düsterlinge zum Fluss führte. Er ging voran, während die Düsterlinge die gewaltige Maschine hinter sich hergezogen. Schnurstracks marschierte Addel zu der Stelle, wo er jahrelang trunken an der Brücke gearbeitet hatte. Die Zwerge drängten sich neben Spragg und den anderen Soldaten ans Fenster und mussten tatenlos zusehen, wie Addel die Invasoren und ihre gigantische Vernichtungsmaschine direkt vor ihre Haustür führte.

Blurdo spuckte aus. »Warum verrät er uns?«

»Ihr habt Euch über ihn lustig gemacht und ihn erniedrigt«, erklärte Wex. Er meinte es gar nicht als Kritik, sondern nur als Feststellung.

»Wenn sie die großen Steine aus dem Flussbett nehmen, können sie damit noch mehr Schaden anrichten«, sagte Fretter. »Und wenn sie mit dem Katapult nahe genug herankommen, werden sie auch die oberen Stockwerke erreichen.«

Neuerliches Gejammer erhob sich unter den Zwergen, während die Soldaten den abtrünnigen Addel verfluchten.

»Das ist der Grund, warum man seine eigenen Leute nicht wie Dreck behandeln sollte!«, knurrte Curdwell.

Niedergeschlagen beobachteten sie, wie etwa zwanzig Düsterlinge die Maschine auf die Brücke zurollten. Sie passte problemlos hinauf, links und rechts blieb mindestens noch eine Elle. Sosehr sie auch auf Addel und sein schleppendes Vorankommen geschimpft hatten, die Brücke war ein ehrgeiziges Unterfangen gewesen, und jetzt führte ihr Erbauer die Düsterlinge darauf über den Fluss. Mit quietschenden Rädern hatte das riesige Kriegsgerät bereits die Mitte erreicht, dann machte die Maschine halt.

Sie alle hörten es. Ein lautes Knacken.

Addel drehte sich um, rannte über die Brücke und hinaus aufs offene Feld. Die jahrelange Trinkerei hatte ihn schwach und langsam gemacht, und so stolperte er mehr, als er lief, aber das zumindest so schnell, wie die schweren Beine ihn trugen.

Das Holz der Brücke hinter ihm stöhnte und ächzte, dann stürzte sie ein. Das Katapult kippte zur Seite, rutschte hinab in die Wellen und zog zwanzig Düsterlinge mit sich. Es hatte kaum die Wasseroberfläche durchstoßen, da wurde es schon von der tosenden Strömung in Stücke gerissen. Geborstene Räder und Balken tanzten zwischen den schäumenden Wellen, und die Düsterlinge wurden zerrieben wie in einem Mörser.

»Er hat's gewusst!«, rief Wex unvermittelt. »Er wusste, dass sie einstürzen würde!«

Lauter Jubel erhob sich, während Addel weiter auf den Turm zurannte. Und zum ersten Mal seit vielen langen trostlosen Jahren lächelte der bemitleidenswerte Trunkenbold.

Der erste Pfeil bohrte sich ein paar Schritte hinter Addel in den Boden. So wie auch der zweite und dritte. Der vierte schoss übers Ziel hinaus, der fünfte und sechste ebenfalls. Die Düsterlinge waren unglaublich schlechte Schützen, und Wex fasste Mut, dass Addel es tatsächlich schaffen könnte. Sein Herz schlug immer schneller, je näher der Zwerg dem Turm kam.

Die Düsterlinge saßen unterdessen auf der anderen Seite des Flusses fest. Wütend schossen sie einen Pfeil nach dem anderen in den Himmel und versuchten, die Entfernung richtig abzuschätzen. Die Pfeile fielen neben Addel ins Gras oder bohrten sich zitternd in den Boden zu seinen Füßen und kamen mit jedem Einschlag näher.

Unerschütterlich lächelte Addel zum Turm und der Zwergensippe hinauf, und Wex begriff, dass sie Addel nie ganz verstoßen und ihm zumindest einen Platz und eine Aufgabe gegeben hatten, ohne die er sich wahrscheinlich zu Tode getrunken hätte.

»Lauf! Renn um dein Leben!«, riefen sie ihm mit wachsender Hoffnung zu und bejubelten jeden einzelnen Schritt.

Addel hatte bereits ungefähr zwei Drittel der Strecke geschafft, als sich die Spitze eines Pfeils in seine breite Wade grub.

Addel strauchelte, dann stürzte er. Auf Händen und Knien kroch er weiter, während die krummen Düsterlingpfeile unvermindert auf ihn niederschwirrten wie wütende Hornissen. Als Nächstes wurde er in den Arm getroffen, dann in die Hüfte.

Der Jubel verstummte. An seine Stelle trat niedergeschlagene Stille.

Addel konnte nicht einmal mehr kriechen. Reglos lag er im Gras und starrte zu ihnen hinauf. Er blickte nicht zurück, hob nur eine Hand, während weitere Pfeile sich in seinen Körper bohrten. Aus dem Augenwinkel sah Wex, wie Blurdo den Gruß erwiderte und sich verneigte. Eine letzte Respektsbekundung. Addel zuckte bei jedem weiteren Treffer, aber keinem der Pfeile gelang es, das Lächeln von seinem Gesicht zu vertreiben, bis einer ihn schließlich in den Hals traf und tötete.

Eine volle Stunde lang liefen die Düsterlinge am anderen Ufer aufgeregt und desorganisiert durcheinander. Zweimal schlich sich einer von ihnen zu Addels Leiche, und zweimal wurde er mit Lanzenwürfen vertrieben. Mit rasender Geschwindigkeit stürzten die Wurfgeschosse aus der großen Höhe hinab und bohrten sich bis zur Hälfte des Schafts in die weiche Erde.

Fretter nutzte die Aufregung der Düsterlinge und stellte einen kleinen Trupp zusammen, der in aller Eile Addels Leiche bergen sollte. Bis an die Zähne bewaffnet rannten sie nach draußen, packten den Toten und waren schon wieder zurück, bevor die Düsterlinge mehr tun konnten, als ein paar ihrer missratenen Pfeile abzuschließen, die den Bergungstrupp weit verfehlten. Fretter hatte sie gebeten, unterwegs so viele Pfeile aufzusammeln wie möglich, und vor allem die Lanzen, die sie geschleudert hatten. Der kleine Ausfall wurde ein voller Erfolg. Als Blurdo jedoch vorschlug, noch einmal nach draußen zu gehen, um weitere Pfeile zu holen, widersprach Fretter mit dem Hinweis, dass die Düsterlinge diesmal vorbereitet wären und schon mit gespannten Bogen auf sie lauern würden.

Wex bewunderte, wie nüchtern der Hauptmann die Situation erfasste und wie sicher er seine Entscheidungen traf. Er war kaum noch wiederzuerkennen als der Fretter, der bei dem Zusammenstoß mit den Aussätzigen vollkommen überfordert gewesen war.

»Wexford«, sagte Fretter. »Ich habe eine Aufgabe für dich.«

»Ja?«

»Wir werden einen Gegenangriff unternehmen. Du wirst meinen Schlachtplan für die Männer aufzeichnen. Finde dich in einer Stunde im Kartenraum ein.«

»Das werde ich.«

»Und Wex …«

»Ja?«

»Wenn wir das hier überleben sollten, könnte es sein, dass ich aus dir einen Palastsoldaten machen muss.«

Wex versuchte, irgendein Anzeichen von Ironie in Fretters Gesicht zu finden, entdeckte aber keins. Stattdessen glaubte er dort ein kleines, aber aufrichtiges Lächeln zu sehen.

»Ja, Hauptmann!«

Fretter nickte knapp, dann drehte er sich um und marschierte davon.

Wex' Herz schlug wie wild, und diesmal nicht aus Angst. Er hatte nie daran gedacht, selbst einmal zur Palastwache zu gehören, hatte nicht einmal davon zu träumen gewagt. Es war eine aufregende Vorstellung. Nicht, weil ihn das Soldatenleben so sehr reizte, sondern wegen der Aussicht, dass Fretter ihn in einen Rang erheben würde, der dem der Leute, die ihn bisher nur als Bauer betrachteten, ebenbürtig war.

Wex wollte sofort jemandem davon erzählen, jemandem, der nachvollziehen konnte, was diese Beförderung für sein Leben und seinen gesellschaftlichen Status bedeutete. Sein Vater fiel ihm als Erstes ein. Elger würde ihm auf die Schulter klopfen und sagen: »Gut gemacht, mein Junge.« Aber Elger war natürlich nicht da. Pinch war ebenfalls weg. Er war abgehauen wie ein Feigling und hatte sie alle im Stich gelassen. Den Soldaten wollte Wex es nicht erzählen. Er befürchtete, sie könnten es ihm übelnehmen, dass er bald in ihre geheiligten Ränge erhoben werden würde. Aber Wex platzte beinahe. Er *musste* es jemandem sagen. Jemandem, der sich mit ihm freuen würde. Da fiel ihm Adara ein.

Er fand sie allein auf dem Boden sitzend. Die Kinder waren abgelenkt und in Sicherheit unter den wachsamen Augen der Zwergenfrauen.

Adara blickte auf.

»Ich habe Neuigkeiten«, erklärte Wex.

Neugierig sprang Adara auf. »Um was geht es? Greifen sie an? Sind sie verschwunden?«

»Nein«, erwiderte Wex verunsichert. »Die Neuigkeiten betreffen nur mich.«

»Ah. Und?«

»Ich werde befördert.«

»Befördert?«

Es bestand natürlich immer noch eine gewisse Sprachbarriere, also versuchte Wex es erneut.

»Ich werde ein Soldat.«

»Warst du nicht schon Soldat?«

Wex zögerte. Einen Moment lang befürchtete er, sie könnte ihn nur deshalb so bewundert haben, weil sie ihn irrtümlicherweise einem höheren Stand zugerechnet hatte.

»Ich werde aufsteigen. Wichtiger sein.«

»Wichtiger als ein Kartenzeichner?« Adara deutete in Richtung des Ratszimmers im Stockwerk darüber, wo seine improvisierte Wandmalerei im Zentrum der Aufmerksamkeit stand.

Wex überlegte. »Ich wäre dann immer noch Kartenzeichner, glaube ich.«

»Bekommst dann besseres Essen?«

»Nein.«

»Was ist dann anders?«

»Mein Titel. Mein Rang. Alles!«, rief Wex verzweifelt.

»Und nichts, wie mir scheint«, erwiderte Adara.

Wex war enttäuscht. Adara war wohl doch nicht die richtige Ansprechpartnerin.

»Wäre dir ein Soldat nicht lieber als ein gewöhnlicher Mann?«

»Wir hatten keine Soldaten«, erwiderte sie. »Und als die Düsterlinge uns angegriffen haben, wurde jeder zum Soldaten.« Sie senkte den Kopf, und eine Träne lief über ihre Wange. Es waren schmerzhafte Erinnerungen.

»Aber würdest du mich nicht lieber wollen, wenn andere mich mit mehr Respekt …«

Adara presste ihm eine Hand auf den Mund. »Du sprichst in Kreisen. Ich glaube, was du wirklich wissen willst, ist, ob ich deine Frau sein will, oder? Du siehst mich mit wilden Augen an. Ich habe es bemerkt.«

Ein weiteres Mal war Wex sprachlos über Adaras direkte Art.

Adara sprach weiter. »Du interessierst mich. Deine Magie. Ich möchte in ihrer Nähe sein, in deiner Nähe. Aber das kann ich nicht.«

»Warum nicht?«

»Ich bin Blus Frau.«

»Blus Frau?« Wex wurde blass. »Aber du … hast mein Boot gewählt«, stammelte er. Er wusste zwar nicht einmal, was das bedeutete, war aber immer der felsenfesten Überzeugung gewesen, dass es etwas bedeuten *musste.*

»Das habe ich, ja. Aber du gingst fort, während er blieb und mich gerettet hat. Ich schulde ihm mein Leben.« Sie schwieg kurz. »Wenn du um mich handeln willst, er ist ein Stockwerk weiter unten.«

»Handeln?«

»Ja. Wir sind Händler. Blu ist besonders gerissen, einer unserer besten. Ich glaube nicht, dass er mich hergeben wird. Er sieht mich noch wilder an als du. Aber du könntest es versuchen.« Adara sah hoffnungsvoll aus, als wollte sie, dass Wex sofort nach unten marschierte und Blu drei Schweine und eine Wolldecke für sie bot. Und während Wex dastand, verwirrt und innerlich zerrissen, beugte sich Adara plötzlich vor und zog seine Zeichenhand an ihren Mund. Sie küsste sie. Es war ein feuchter Kuss, der an den Knöcheln begann und langsam zu seinen Fingern wanderte. Wex erschauerte, als ihre Lippen die Kuppe seines Mittelfingers umschlossen und daran saugten, als versuche sie, etwas daraus zu melken. Dann richtete Adara sich auf und ging mit wehenden Haaren zu dem Raum, in dem die Kinder waren.

Blu kauerte in einer kleinen Höhlung und hielt sich den linken Arm. Schweiß glänzte auf seinem Gesicht. Das eine Auge entdeckte Wex im Durchgang.

»Geht es dir gut?«, fragte Wex.

»Sie gehört mir«, erwiderte Blu, und Wex fragte sich, woher der Flussmensch wusste, weshalb er gekommen war. Intuition vielleicht. Oder ganz einfach männlicher Instinkt.

»Du siehst krank aus.«

Blu erhob sich, wie um zu beweisen, dass er nicht krank war, schwankte aber. »Sobald wir wieder auf dem Walther sind, werden wir uns in einer Wasserzeremonie vereinen.«

Wex wollte Blu stützen, aber als er seinen Arm berührte, schrie er vor Schmerz auf.

»Dein Arm. Der mit der Bisswunde.«

»Ja. Er … ist vergiftet.«

»Das ist kein Gift. Die Wunde ist schmutzig. Zieh dein Hemd aus und lass mich mal sehen.«

»Bist du ein Heiler? Ich glaube nicht.«

»Du sitzt hier und hast die Wunde noch niemandem gezeigt. Du könntest sterben, wenn du zu lange wartest. Und tote Männer heiraten nicht. Jetzt lass mich mal sehen.«

Blus Augen flatterten noch mehr als sonst. Er ließ sich gegen die Wand sinken und gestattete Wex, den Ärmel seines Hemds aufzukrempeln. Der Stoff klebte fest.

Wex zog.

»Ahhh!«

»Du musst die Wunde saubermachen«, erklärte Wex und zupfte den Stoff von der stinkenden Wunde. Als er den eiternden Biss sah, musste er würgen. »Das ist doch derselbe Arm, der bereits verwundet war, als du in die Kabine auf der Barke des Dido gekommen bist. War er schon verletzt, bevor die Düsterlinge dich gebissen haben?«

»Nein!«, blaffte Blu. »Sie haben mich gebissen, als wir geflohen sind. Das ist alles. Ich habe sie gerettet. Sie gehört mir. Ihr Vater kann das jetzt nicht mehr ändern. Du kannst es nicht mehr ändern.«

»Schon gut, schon gut«, beschwichtigte Wex. »Aber dein Arm riecht fürchterlich. Du kannst nicht hier rumsitzen und nichts dagegen unternehmen. Such dir einen Zwergenheiler. Oder bitte Kraven, etwas zu tun. Er weiß sehr viel.«

»Weißt du auch sehr viel?« Blu musterte ihn mit einer eigenartigen Mischung aus Hoffnung und Misstrauen, die wegen der flackernden Augen noch seltsamer wirkte.

»Ein bisschen. Ich versorge die Schweine, wenn sie krank sind. Ich habe schon Wunden gesehen, die sich entzündet haben.«

»Ich bin kein Schwein.«

»Sei nicht so misstrauisch. Ich will dir doch nichts Böses.«

»Kannst du den Schmerz wegmachen?«

»Und die Fäule?«

»Ja. Die auch.«

»Es gibt hier zwar keine Blutegel, aber wir können die Wunde mit Wasser und Salz auswaschen. Könnte sein, dass ich das entzündete Fleisch mit einem heißen Eisen ausbrennen muss, damit es sich nicht ausbreitet.«

Blu stöhnte.

»Vielleicht kann ich deinen Arm retten«, erklärte Wex.

»Du wirst etwas im Austausch dafür haben wollen«, erwiderte Blu. »Und ich weiß auch schon, was.«

»Nein. Nichts. Ich bin kein Heiler, also verlange ich auch nichts für meine Dienste.«

»Ich werde sie nicht hergeben, auch nicht für meinen Arm.«

Wex überlegte, bis er begriff, dass Blu Adara meinte. »Darum habe ich auch gar nicht gebeten«, erwiderte er.

»Nicht einmal wenn ich sterben muss.«

»Ich will nicht um sie handeln«, wiederholte Wex entschieden. »Du fieberst. Und jetzt leg dich hin.«

Schließlich gelang es Wex, Blu zu beruhigen. Er holte Kraven hinzu, der zu demselben Schluss kam wie er, sonst aber auch nicht viel beitragen konnte.

»Brenne sie aus«, sagte er lediglich.

Sie redeten Blu gut zu und holten zwei kräftige Zwergenfrauen, die ihn festhalten sollten, während sie das glühende Eisen vorbereiteten.

»Kraven«, sagte Wex, als sie ein Stück abseits standen, wo Blu sie nicht hören konnte. »Wisst Ihr noch, welcher von seinen Armen verletzt war, als Blu in die Kabine des Dido gekommen ist?«

»Derselbe Arm«, antwortete Kraven, ohne zu zögern. »Und du sagtest, dass sein Auge zuckt.«

»Genau«, sagte Wex. »Derselbe Arm, von dem er behauptet, er wäre gebissen worden, als sie vor den Düsterlingen geflohen sind. Aber ich sehe nur eine Wunde.«

»Nicht jede Verletzung ist von außen zu erkennen. Vielleicht hat er mit dem Arm etwas zu Schweres gehoben, und erst später hat ihn der Düsterling gebissen. Ein unglücklicher Zufall.«

»Ich glaube nicht«, murmelte Wex. »Der Arm war schon auf der Barke ziemlich schwer verletzt, so wie Blu an diesem Tag aussah. Jetzt, da ich darüber nachdenke, fällt mir wieder ein, dass er starke Schmerzen zu haben schien. Und er hat den Arm genauso gehalten wie jetzt.«

»Sag was du denkst, Wexford.«

»Ich denke, er hat sich schon vor dem Düsterlingangriff verletzt. Er lügt, wenn er sagt, es wäre erst auf der Flucht passiert.«

»Was spielt das für eine Rolle? Pinch hat ständig übertriebene Geschichten erzählt, und wir alle ließen uns gern davon unterhalten. Jetzt ist er geflohen, und das ist es, was zählt.«

»Blu ist nicht wie Pinch. Seine Geschichte ist nicht unterhaltsam«, widersprach Wex. »Ich weiß selbst nicht, warum das wichtig sein soll, aber es gefällt mir nicht.«

42

Vill sah, wie der Fluss seine Maschine und zwanzig seiner Soldaten mit sich riss. Zwei schafften es zurück ans Ufer, der Rest starb. Er spürte einen Stich. Etwas regte sich in ihm als Reaktion auf den Fehlschlag. Ärger vielleicht. Aber er hatte das Gefühl kaum registriert, da war es auch schon wieder weg. Gerade außerhalb seiner Reichweite. Er brauchte etwas Größeres, überlegte Vill. Größere Siege. Vielleicht sogar größere Niederlagen. Ein höheres Risiko würde eine entsprechend höhere Belohnung mit sich bringen.

Der Verlust des Katapults war eine weitere Lektion. Eine Lektion für seine Soldaten und eine Lektion für ihn. Seine Gegenspieler waren weder dumm noch feige. Das fahrende Volk war leicht zu beeindrucken gewesen, und einer aus ihren Reihen hatte allzu schnell die Seite gewechselt. Bei dem kleinen Volk war dies anders. Vill überlegte, ob sie womöglich noch gar keine Angst verspürten. Vielleicht fühlten sie sich sicher in ihrem Turm, trotz der Holzblöcke und des toten Jungen, mit denen er sie beschossen hatte.

»Eber, es ist an der Zeit zu verhandeln«, sagte er.

Der Düsterlinghauptmann grunzte interessiert, begierig darauf zu lernen. »Was ist das?«

»Wir schließen einen Handel mit unserem Feind ab. Wir sagen ihnen, was wir wollen, und bieten ihnen etwas an, das wir ihnen dafür geben: ihr Leben. Das sollte funktionieren. Normalerweise ist es das, was einem Feind am meisten wert ist. Aber zuerst muss man ihm zeigen, dass man ihm das Leben auch nehmen kann.«

»Wir wollen ihren Magier, oder?«

»Ja. Das kleine Volk sollte ihn eigentlich bereitwillig herausgeben. Aber der Trotz des Brückenbauers macht mir Sorgen. Ich möchte nicht, dass seine Gefährten neue Hoffnung schöpfen. Das macht es schwieriger, mit ihnen zu verhandeln.«

Eber nickte eifrig. »Ich habe Hunger«, sagte er schließlich.

Ein Jammer, diese kurze Aufmerksamkeitsspanne seiner Soldaten, dachte Vill. Sie ließen sich zu leicht ablenken. Es schränkte ihre Leistungsfähigkeit ein. Andererseits waren sie dadurch auch leichter zu beherrschen.

»Dann friss noch ein Kind«, erwiderte Vill. »Aber nicht den Anführer. Noch nicht.«

Die Brücke war teilweise zerstört, aber in einer Reihe hintereinander würden seine Soldaten sie noch überqueren können. Vill erwog, das Lager auf die andere Seite des Flusses zu verlegen und seine Truppen am Rand der Lichtung zusammenzuziehen. Es wäre eine offensive Taktik, aber wenn er die Zahl und den Mut seiner Gegner unterschätzte und sie einen Ausfall machten, könnten seine Truppen eingekesselt werden, ohne Möglichkeit zum Rückzug. Zuerst musste er abschätzen, wie viel Feuer und Tatkraft noch in ihnen war, wenn er mit ihrem Anführer sprach.

»Schlitzer, hol die drei Bogenschützen, die ich ausgesucht habe, und bring sie her.«

Langsam und überlegt schritt Vill hinaus auf die Lichtung. Er ging allein, während die drei Bogenschützen sich hinter den Bäumen am Rand versteckt hielten. Er wollte seine Feinde nicht erschrecken und selbst zum Ziel der Wurfspieße werden, von denen seine Düsterlinge ihm berichtet hatten. Er ließ sich Zeit, spürte das weiche Gras, das über seine Beine strich, und die kühle Brise, die sein Haar zerzauste. Der tosende Fluss kam ihm vor wie ein malerischer Burggraben, und der grüne Vorhang aus

Bäumen ließ die kreisrunde Lichtung beinahe aussehen wie eine Zuflucht inmitten dieses seltsamen und feindseligen Landes. Er verstand, warum das kleine Volk sich dieses Fleckchen zur Heimat gemacht hatte. Und wenn sie kooperierten, würde er ihnen vielleicht sogar gestatten hierzubleiben.

Seit Tagen hatte er sich nicht mehr von seinen Düsterlingen entfernt, und das plötzliche Alleinsein half ihm beim Denken. Führung war auch unter den günstigsten aller denkbaren Umstände eine schwierige Aufgabe, und über diese instinktgesteuerten Kreaturen zu herrschen zehrte umso mehr an ihm. Vill wurde bewusst, dass er stets mit einem offenen Auge geschlafen hatte, seitdem er das Kommando über sie übernommen hatte, und selbst das nur für jeweils ein paar Stunden.

Vill blieb genau dort stehen, wo er glaubte, dass die Wurfspieße ihn nicht würden erreichen können, und hob einen Stock mit einem Stück roten Stoff daran. Es war ein Fetzen von der Kleidung eines der Flussmenschen. Er schwenkte die improvisierte Fahne, die das universell anerkannte Zeichen für Verhandlungsbereitschaft war. Dann wartete er, um zu sehen, wie die Turmbewohner reagieren würden.

43

Blu quiekte wie ein Ferkel, aber Wex ließ sich nicht beirren. Es half ihm sogar zu vergessen, dass es ein Mensch war, dessen Fleisch er da verbrannte. Er konzentrierte den Blick einzig und allein auf die entzündete, eiternde Wunde, presste das glühende Eisen darauf und blendete Blus Gesicht vollständig aus. Es hätte genauso gut der Vorderlauf eines seiner Schweine sein können, den er da bearbeitete.

Blu war noch bei Bewusstsein, als Wex fertig war. Mit einem Auge schaute er ihn an, während das andere über die Wände irrlichterte.

»Du bist ein Dämon, der Schmerzen bringt«, flüsterte er.

»Ich habe dich gerettet.«

Blus Augen weiteten sich. »Nein«, keuchte er. »Das weißt du nicht … Ich schulde dir kein Leben.«

Wex wunderte sich über Blus harsche Worte, dann verstand er, worum es dem Flussmenschen ging: Er glaubte immer noch, Wex würde Adara haben wollen. Leben gegen Leben. Soweit er die Handelsgepflogenheiten der Flussmenschen verstand, hatte er jedes Recht, Anspruch zu erheben, dass Adaras Lebensschuld auf ihn übertragen würde, jetzt da er Blus Leben gerettet hatte. Und einen Moment lang dachte Wex, er würde genau das tun. Es wäre so einfach. Die Schönheit mit dem rabenschwarzen Haar würde von Rechts wegen ihm gehören. Die Ungewissheit, ob sie ihn nun wollte oder nicht, würde keine Rolle mehr spielen. Er müsste nicht einmal um ihre Zuneigung kämpfen. Sie wäre sie ihm schuldig.

»Ich habe dich gerettet«, erklärte Wex. »Kraven kann es bezeugen.« Er blickte zu dem Zauberer hinüber.

»Du wärst gestorben«, bestätigte Kraven. »Das könntest du immer noch.«

Wex ließ die Hände kreisen, als Zeichen für einen Handel. »Wenn du überlebst, schuldest du mir ein Leben.« Er zögerte und atmete noch einmal tief durch. »Aber ich werde nicht verlangen, dass du mir Adara gibst.«

Blu entspannte sich sichtlich, trotz der immensen Schmerzen.

Wex sprach weiter. »Ich verlange nur, dass du Adara ihr Leben zurückgibst.«

Es war deutlich zu erkennen, dass Blu der Handel ganz und gar nicht gefiel. Nichtsdestoweniger hätte der Flussmensch immer noch die Chance, Adaras Zuneigung zu erringen; und Wex' Vorschlag war zumindest besser als die Alternative.

Das verbrannte Fleisch stank, Blu stöhnte und knurrte vor Schmerz, und das eine Auge zuckte hin und her wie verrückt, doch schließlich nickte er. Es war abgemacht.

Kraven und Wex traten ein Stück zur Seite. »Ich wusste gar nicht, dass du auch ein Heiler bist«, meinte Kraven mit einem Grinsen.

Wex zuckte die Achseln. »Bin ich auch nicht. Ich bin nur ein einfacher Schweinebauer. Wobei ich sagen muss, dass mir die Schweine lieber sind. Die quieken nicht so laut.«

Der Magier klopfte ihm auf die Schulter. »Ich mag vieles wissen, aber du steckst voller Überraschungen.«

»Wexford, wo zur Hölle bist du?«, ertönte ein Ruf von oben. Es war Fretter. Siedend heiß fiel Wex ein, dass er schon längst im Kartenraum hätte sein müssen.

»Ich muss dich jetzt allein lassen«, sagte er zu Blu. »Bleib hier, ruh dich aus. Die Frauen werden dir Wasser bringen. Trink es.«

Wex nickte Kraven zu, und sie gingen hinaus.

Nur die wichtigen Leute waren anwesend. Fretter, Blurdo, und Kraven standen vor Wex' Wandzeichnung, Spragg hielt am Fenster Wache. Auch Cirilla war da. Schließlich war es ihr zu verdanken, dass sie überhaupt in den Turm gelassen worden waren.

An der Wand prangte Wex' Kohlezeichnung. Sie sah beinahe noch genauso aus wie zuvor, nur ein entscheidendes Detail hatte sich verändert: Von einem Quadrat mit einem Stern in der Mitte war nur noch ein geisterhaft verwischter grauer Klecks übrig – das zerstörte Katapult.

Fretter trat vor die Karte. »In einer offenen Feldschlacht können wir nicht gegen sie bestehen.« Er deutete auf die Lichtung. »Sie sind uns zahlenmäßig überlegen, und diese Kreaturen sind stark und schnell. Die kleineren Trupps hingegen sind verwundbar. Wir könnten rasch zuschlagen und zehn weitere von ihnen töten.«

»Wie?«, fragte Blurdo.

»Ein vorgetäuschter Rückzug. Wir schicken eine kleine Gruppe als Köder. Sobald einer der Zehnertrupps angebissen hat, zieht die Gruppe sich zum Turm zurück. Wir machen einen Ausfall und reiben sie auf, bevor das Hauptkontingent eingreifen kann.«

Blurdo nickte. »Sie haben zwanzig an den Fluss verloren. Weitere zehn wären eine treffliche Warnung, dass auch wir Zähne haben.«

»Mann auf der Lichtung!«, rief Spragg mit den gleichen Worten, die zuvor einer der Zwerge benutzt hatte.

Arkh, dachte Wex. Alle eilten ans Fenster, und Wex sah, dass es sich nicht um das Halbwesen handelte, aber auch nicht um einen Düsterling, sondern um einen Menschen. Der Mann hatte schwarzes Haar, und er trug ein Gewand wie das Flussvolk, obwohl er ganz offensichtlich keiner von ihnen war. Erhaben schritt er einher, mit nur dem Hauch eines Humpelns. Sein Gesicht war schön, aber seltsam ausdruckslos.

Kurz vor der Stelle, wo Addel gestorben war, blieb er stehen, gerade außerhalb der Reichweite der Lanzen von Blurdos Männern. *Er ist auf der Hut, weil er nicht mit freundlichen Absichten kommt,* dachte Wex.

Fretter schien das Gleiche zu denken und flüsterte Spragg zu: »Er weiß nicht, dass wir einen Bogen haben. Hol ihn, aber lass ihn dich nicht sehen.«

Der Mann auf der Lichtung hielt einen Stock mit einem roten Stofffetzen am Ende hoch.

»Was ist das?«, fragte Blurdo. »Hoffentlich doch kein Zauberstab, mit dem er noch mehr Baumstämme auf uns herabregnen lassen oder gar Blitze auf uns schleudern kann?«

»Nein«, antwortete Kraven. »Es ist nur ein einfacher Stock.«

»Er ist hier, um zu reden. Die rote Fahne bedeutet, dass er einen Handel vorschlagen will«, erklärte Fretter. Er legte eine respektvolle Pause ein. »Wünscht Ihr, dass ich mit ihm verhandle? Als Euer ergebener Stellvertreter, natürlich.«

Blurdo blickte Cirilla an.

»Ich glaube, es wäre das Beste«, sagte sie. »Fretter hat Erfahrung mit solchen Sachen. Und er wird die Interessen deiner Leute bestimmt wahren, oder nicht, Fretter?«

Fretter nickte knapp. »Selbstverständlich.« Er ließ sich Spraggs rote Schärpe geben und stellte sich ans Fenster. »Heda!«, rief er und schwenkte die Schärpe.

»Heda!«, rief Vill zurück.

»Seid Ihr ein Gefangener der Düsterlinge, der als Unterhändler geschickt wird?«, fragte Fretter.

»Nein«, erwiderte Vill. »Ich führe sie an.«

Wex war verblüfft über die nüchterne Antwort. Der Mann redete nicht lange um den heißen Brei herum. Er prahlte nicht, noch zeigte er Reue wegen der Toten, die er zu verantworten hatte. Er nahm die Schuld für all das Schlachten und die Schrecknisse auf sich, ohne mit der Wimper zu zucken, als hätte er soeben erklärt, er wolle lediglich einen Sack Salz kaufen.

»Dann liegen wir in erbittertem Streit mit Euch«, entgegnete Fretter.

»So scheint es. Und ich hoffe, diesen nun beilegen zu können.«

»Unser Begehr ist ganz einfach!«, rief Fretter. »Verschwindet und lasst uns in Ruhe. Was wollt Ihr, dass wir dafür tun?«

»Meine Soldaten wollen in ihre Heimat zurückkehren, doch diese liegt hinter dem großen Schatten. Ich brauche die Dienste eines Magiers, um ihn zu versetzen«, sagte Vill. »Und ich glaube, einen solchen habt Ihr.«

Fretter blickte Kraven an, dann Wex.

»Gebt ihn mir«, sprach Vill weiter, »und ich werde die Belagerung aufheben. Sorgt Euch nicht. Wir werden ihm nichts tun. Weder für Euch noch für die Winzlinge besteht irgendeine Gefahr.«

Blurdo fluchte leise über das abschätzige Wort, das der Düsterlingführer benutzt hatte.

»Weshalb habt Ihr dann unsere Freunde am Fluss getötet?«

»Meine Soldaten hegen keine Liebe für die Flussmenschen, aber das ist weder Eure Angelegenheit noch Euer Krieg.«

»Ihr wollt also nicht die Kinder?«

»Nein. Nur den Magier. Die Bälger könnt Ihr behalten, wenn Ihr wollt.«

»Er spricht dieselbe Sprache wie wir, und auch den Akzent kenne ich«, flüsterte Fretter Kraven zu. Dann wandte er sich wieder an Vill. »Was hat ein Mann aus Abrogan mit diesen Tieren zu schaffen?«

Vill neigte den Kopf und taxierte Fretter. »Dann seid auch Ihr in Abrogan beheimatet?«

»So beheimatet wie die Haare auf meinem Hintern«, brummte Blurdo. »Verdammte Usurpatoren.«

»Wie heißt Ihr?«, fragte Fretter.

»Vill. Und Ihr?«

Kraven runzelte die Stirn. »Dieser Name kommt mir bekannt vor«, flüsterte er Fretter zu. »Warum gibt er seinen Nachnamen nicht preis?«

»Ich bin Hauptmann Fretter von der Palastwache«, rief Fretter. »Und die Winsters gehören zu meiner Kompanie.«

Vill nickte, als er den Namen Winster hörte. »Dann dient Ihr Kryst?«

»Ja!«, erklärte Fretter erleichtert. »So ist es in der Tat. Unser Magier gehört zu Krysts persönlichem Beraterstab.«

»Dann würde Euer Tod ihn schmerzen?«

Fretter zögerte. Etwas an Vills Worten ließ ihn aufhorchen. Der Mann schien wenig erbaut über die Tatsache, dass sie Landsleute waren.

»Ich kann ihn nicht herausgeben, solange ich nicht weiß, zu welchem Zweck Ihr seine Dienste benötigt. Vielleicht kann er auch von hier aus helfen.«

Vill schüttelte den Kopf. »Ihr fragtet nach den Gründen für die Toten. Es ist ganz einfach. Ich ließ sie töten, um meine Überlegenheit unter Beweis zu stellen, damit Ihr tun werdet, was ich verlange. Und genau dies erwarte ich jetzt von Euch. Ohne weitere Widerrede. Schickt mir den Magier innerhalb der nächsten drei Minuten, oder ich werde meine Überlegenheit erneut unter Beweis stellen.«

»Wir befinden uns auf höherem Grund«, warnte Fretter.

»Das ist nicht immer ein Vorteil. Drei Minuten.«

Fretter wandte sich an Spragg. »Kannst du diesen Wurm von hier aus erledigen?«

»Ungewiss. Der Schusswinkel ist sehr steil.«

»Behalte den Pfeil auf der Sehne.«

»Ihr dürft mich nicht zu ihm schicken«, erklärte Kraven. »Ich kann den Schleier nicht versetzen. Sobald er das herausfindet, wird er mich töten.«

Wex war derselben Meinung. Kraven war nicht der Kartenzeichner. Nur die Flussmenschen hatten das geglaubt. Er fragte sich, ob einer von ihnen unter der Folter diese Information preisgegeben hatte. Kraven nach draußen zu schicken wäre sein sicherer Tod.

Fretter sah das genauso. »Das werde ich nicht, mein Freund«, versicherte er Kraven.

In diesem Moment kamen sechs mit Lanzen bewaffnete Zwerge in den Raum gestürmt und richteten sie auf Kraven, Wex und Fretter.

»Halt!«, bellte Fretter. »Was soll das?«

Blurdo trat auf ihn zu. »Das Interesse meines Klans ist es, der Forderung stattzugeben.«

Fretter wollte protestieren, aber der Zwerg neben ihm drückte ihm sofort die Spitze seines Lanze zwischen die Rippen.

»Ich könnte meine Soldaten rufen«, erklärte Fretter. »Dem Mann dort unten kann man nicht vertrauen.«

»In der Tat. Ich vertraue niemandem, der über zwei Ellen groß ist. Jetzt noch viel weniger, da Ihr meinem Volk erneut so viel Gram bringt.« Mit den Lanzen schoben Blurdo und seine Männer Kraven zum Durchgang. »Und denkt gar nicht daran, Euch uns entgegenzustellen. Wir sind mehr an der Zahl, und wir kennen dieses Tunnellabyrinth. Ihr könnt uns in unserem Heim nicht die Stirn bieten.« Dann fügte er etwas sanfter hinzu: »Lasst es mich nicht bereuen, dass ich Euch eingelassen habe.« Er bedeutete seinen Männern, Kraven abzuführen.

Cirilla packte ihn am Arm. »Hör auf Fretter.«

»Ich habe ihn gehört. Aber selbst wenn der Mann dort draußen nicht Wort hält, verschlimmert das unsere Lage nicht. Wenn er es doch tut, haben wir endlich unseren Frieden wieder, und das, indem wir lediglich einen Fremden ausliefern, statt im Kampf unser Leben zu riskieren.«

Cirilla seufzte, konnte aber nichts erwidern. Blurdos Gründe waren vernünftig. Er schützte nur sein eigenes Volk.

Kraven blickte Wex an. »Sie haben den Falschen, und das weißt du«, sagte er. Dann war er weg.

»Noch ein Mann auf der Lichtung!«, rief Spragg. »Und eine Frau.«

»Eine Frau?«, wiederholte Wex erstaunt.

»Es ist Adara.«

44

Das Letzte, was Vill erwartet hatte, war den Flussmenschen Blu wiederzusehen. Als er mit dem dunkelhaarigen Mädchen aus dem Turm gehumpelt kam, drängte sich ihm die Frage auf, ob er sich eventuell verschätzt haben könnte. Dies war eine neue Variable, und er hatte sie nicht mit einberechnet.

Blu kam heran, Adara an der Hand. »Ihr werdet uns gehen lassen, oder?«, fragte er. »Sagt Euren Ungeheuern, sie sollen uns vorbeilassen und nicht angreifen.«

»Ich habe dich schon einmal gehen lassen«, erwiderte Vill. »Wie kommt es, dass du hier bist?«

»Sie wollte die Kinder suchen.«

Misstrauisch blickte Adara zwischen den beiden hin und her. Offensichtlich versuchte sie dahinterzukommen, in welcher Beziehung sie zueinander standen.

»Ich habe meiner Gefährtin gesagt, dass Ihr uns nichts tun werdet.«

»Du hast einen Handel mit ihm abgeschlossen?«, fragte Adara entgeistert.

»Ja«, erklärte Vill. »Um dein Leben. Er sprach mit großer Liebe von dir. Du solltest ihm dankbar sein.«

»Gegen was hat er es eingetauscht?«

»Simple Informationen«, erwiderte Vill. »Zahlen. Die Anlegestellen der Boote. Fluchtwege.«

Fassungslos starrte Adara Blu an, während sie versuchte, das eben Gehörte zu verdauen.

»Wenn ihr ein weiteres Mal freies Geleit haben wollt«, erklärte Vill, »würde ich gerne wissen, wie viele von dem kleinen Volk in diesem Turm sind und was für Waffen sie haben.«

Adara spuckte Vill mitten ins Gesicht. »Du hast ihm erklärt, wie er am besten unser Lager angreifen kann!«, brüllte sie Blu an.

»Ich habe dich gerettet«, erwiderte er.

»Du hast uns alle umgebracht! Meinen Vater! Meine Familie!«

»Mir blieb keine andere Wahl«, sagte Blu beschwörend. »Wir wären auch getötet worden.«

Vill wischte sich Adaras Spucke ab, bevor sie von seinem Kinn tropfen konnte. Er verstand nicht ganz, was da vor sich ging. Statt dankbar zu sein, dass sie gerettet worden war, war das Mädchen wütend. Blu war ein kluger Mann, er war gerissen, und er hatte recht: Auch sie wäre gestorben. Ihr Verhalten war unlogisch. Sie war keine geeignete Verhandlungspartnerin, und Vill fragte sich, warum Blu ausgerechnet sie erwählt hatte.

»Bring sie zur Räson«, befahl Vill. »Oder es gibt keine Übereinkunft.«

Adara erdolchte Blu regelrecht mit ihrem Blick. »Kann sein, dass ich dir mein Leben schulde, aber nicht meine Liebe. Ich verachte dich, und ich werde dich hassen, jeden einzelnen Tag bis ans Ende meines Lebens!«

Blu stand da, immer noch blass und unsicher auf den Beinen von den unsäglichen Schmerzen, die er durch Wex' heilende Hände erfahren hatte. Seine zuckenden Augen waren nicht in der Lage, ihrem sengenden Blick standzuhalten. Sie wanderten ziellos über die Lichtung, als suchten sie nach irgendeiner Ausflucht. Doch Blu fand keine.

»Ich gebe dir dich zurück«, sagte er schließlich.

»Was?«

»Ich erlasse dir deine Lebensschuld. Du kannst tun, was du willst. Trotzdem hoffe ich, dass du mit mir kommst.«

Vill schüttelte den Kopf. Blu enttäuschte ihn. Sein Verhalten war unlogisch, getrieben von Gefühlen. Gefühle, das waren jene Regungen, die Männer allzu oft auf den falschen Weg leiteten, weit öfter als mangelnde Intelligenz. Wieder einmal zeigte sich, wie sie versagten.

Adara war so außer sich vor Zorn, dass Vill glaubte, sie würde Blu jeden Moment angreifen. Doch sie sprach ganz ruhig.

»Ich werde das Los der Menschen teilen. Du bleibst hier bei den Ungeheuern. Sie sind jetzt deine Brüder.« Mit diesen Worten drehte sie sich um und ging zurück zum Turm.

»Eine schlechte Wahl«, erklärte Vill in dem Glauben, damit seinen wertvollen Verhandlungspartner zu trösten. »Du wirst besser dran sein ohne sie. Sie ist dumm.«

Er war vollkommen unvorbereitet auf Blus Angriff. Wäre der Flussmensch nicht so schwer verletzt gewesen, es hätte Vills Ende sein können. Auch so musste er mit aller Kraft um sein Leben kämpfen.

Blu warf sich mit allem, was er hatte, auf ihn, riss ihn zu Boden und umklammerte mit der Hand des unverletzten Arms seine Kehle, während der andere schlaff herunterhing wie ein rohes Stück Fleisch.

Vill versuchte, Blus Hand wegzuschlagen, doch der Flussmensch drückte so erbittert zu, dass es einfach nicht gelingen wollte.

Blu richtete den Oberkörper ein Stück weit auf und legte sein volles Gewicht auf den gesunden Arm.

Sofort spürte Vill den verstärkten Druck auf seine Kehle. Er bekam keine Luft mehr. Seine Sicht wurde trüb, die Gräser um ihn herum verschwammen zu waberndem grünem Dunst. Vill bohrte die Finger in die offene Wunde an Blus anderem Arm. Er spürte, wie seine Nägel sich durch weiches, verbranntes Fleisch gruben und die darunterliegenden Sehnen zu fassen bekamen.

Brüllend vor Schmerz rollte Blu sich von ihm herunter.

Vill ließ los und sprang auf die Beine. Er wollte seinen Bogenschützen schon das Signal geben, den am Boden liegenden Flussmenschen mit drei gezielten Pfeilen zur Strecke zu bringen, doch er zögerte.

Vill analysierte die Situation. Er war weder in einer verzweifelten Lage, noch war er wütend, und es dürstete ihn auch nicht nach Rache. Er fühlte nichts dergleichen. Wie bei einem Schachspiel schätzte er die veränderte Situation ab und dachte über seinen nächsten Zug nach. Es ging nicht mehr darum, Armeen zu verschieben oder Feinde auszukundschaften. Nur er und Blu befanden sich auf dem Schlachtfeld. Die Auseinandersetzung hatte eher etwas von einem Duell, und der Flussmensch war klar im Nachteil. Wenn er seine Düsterlinge zu Hilfe rief, um einen einarmigen Gegner auszuschalten, würden sie ihm das nur als Schwäche auslegen. Er musste es selbst zu Ende bringen.

45

»Töte ihn«, befahl Fretter.

Spragg kniete am Fenster und zog die Bogensehne bis zur Wange durch. Aus dieser Höhe war es ein weiter Schuss, doch Wex hatte Spragg bereits schießen sehen, und die Chancen standen nicht schlecht, dass er das Ziel treffen würde. Blu krümmte sich auf dem Boden und hielt sich den verletzten Arm. Vill ragte über ihm auf.

»Blu ist zu nah«, sagte Wex.

Spragg zögerte.

»Nur durch seinen Mut haben wir überhaupt diese Gelegenheit!«, fauchte Fretter. »Ohne diesen Vill sind die Düsterlinge nichts als hirnlose Tiere. Schieß!«

Wex sah, wie Vill aufblickte. Der Anführer der Düsterlinge sprang nach vorn, packte Blus gesunden Arm, zerrte den Flussmenschen mit einem Ruck auf die Beine und hielt ihn wie einen Schild vor sich.

»Vorbei«, sagte Spragg. »Blu verdeckt ihn.«

Vill riss sein Schwert aus der Scheide und zog die Klinge über die Beuge von Blus unversehrtem Arm, durchtrennte Sehnen und Muskeln. Jetzt konnte Blu keinen seiner Arme mehr benutzen. Vill ließ ihn jedoch am Leben, um Spragg von einem weiteren Schussversuch abzuhalten. Dann schleifte er den benommenen Blu auf den Rand der Lichtung zu, während seine drei Düsterlingschützen ihnen schon entgegeneilten.

Spragg drehte den Bogen ein kleines Stück und versenkte seinen Pfeil im Knie eines Düsterlings. Sie hörten ein fernes *Plopp!*, und der Düsterling fiel ins Gras.

Die anderen beiden schossen wie wild zurück, doch die missgestalteten Pfeile zersplitterten lediglich am Turm. Von unten ertönte Lärm, als die Zwerge an den Fenstern sich entweder zu Boden warfen oder entsetzt stehen blieben und auf die wie von Zauberhand auf sie zujagenden Holzschäfte starrten.

Spragg erwiderte die Salve, doch diesmal verfehlte er sein Ziel, und der Pfeil verschwand zwischen den beiden Düsterlingen irgendwo im Gras.

Wex, der im Gegensatz zu den Zwergen wusste, wann er sich ducken musste und wann nicht, stand seelenruhig daneben und beobachtete alles.

Weitere Düsterlinge stürmten auf die Lichtung. Ein kleiner, der leicht humpelte, rannte direkt auf Vill zu.

Sobald er außer Reichweite von Spraggs Bogen war, ließ Vill Blu los, der mit zwei verletzten Armen nicht einmal seinen Sturz abfangen konnte.

Mit einem heimtückischen Lachen stürzte sich der kleine Düsterling auf Blu, in der Hand ein steinernes Messer. Wie ein schwarzer Stern blitzte der Obsidiankeil in der Sonne auf, einmal, zweimal, dann ein letztes Mal.

Wex kämpfte gegen den Brechreiz in seiner Kehle an. Er fragte sich, ob er eine Mitschuld an Blus Tod trug, weil er ihn sich insgeheim gewünscht hatte. Doch noch etwas anderes plagte ihn: Fretter hatte zwar Blus mutige Attacke gelobt, aber Wex hatte immer noch Zweifel wegen der Bisswunde. Blu hatte sie schon gehabt, bevor Wex die zusätzliche Flussbiegung gezeichnet hatte. Dessen war er absolut sicher. Und was auch immer Blu ursprünglich vorgehabt hatte, es war nicht gewesen, den Düsterlingführer anzugreifen. Seine Tat war weder geplant noch mutig gewesen, sondern spontan und ungeschickt, und er hatte Vill erst angegriffen, nachdem Adara sich von ihm abgewandt hatte.

Die Düsterlingbogenschützen zogen sich unterdessen wieder zurück. Fretter riet Spragg, seine Pfeile aufzusparen und vor allem nicht preiszugeben, dass sie nur einen einzigen Bogen hatten. Besser, der Feind glaubte, sie besäßen ein ganzes Arsenal weitreichender Waffen.

Als Blurdo mit seiner Eskorte unten aus dem Turm kam, war alles bereits vorüber. Das Zwergenoberhaupt marschierte mit Kraven ein Stück auf die Lichtung. Dort ließ er den Magier stehen und eilte zurück in die Festung. Der Mann, der sich Vill nannte, schien kein weiteres Risiko mehr eingehen zu wollen und sandte zwei Düsterlinge, einen ziemlich großen und den kleinen, der Blu zuvor mit dem Steinmesser getötet hatte, um Kraven zu holen.

Der Zauberer ging mit. Was hätte er auch anderes tun sollen? Die Gruppe verschwand zwischen den Bäumen, und Stille senkte sich über die Lichtung.

»Sie haben ihn«, klagte Wex.

»Das weiß ich«, erwiderte Fretter scharf.

»Wir müssen etwas tun!«

»Ich denke bereits darüber nach. Und jetzt sei still.«

»Vielleicht sollten wir ihm das Land einfach geben. Wenn er hat, was er will, wird er mit seinen Düsterlingen abziehen.«

»Er hat mit seinem Katapult ein Kind gegen diesen Turm geschleudert, Wexford! Er hat ihm den Bauch aufgeschlitzt, und jetzt kleben seine Überreste an der Außenseite des Turms. Das Rot seines Blutes besudelt noch immer diese weißen Mauern. Sieh nach draußen, wenn du es schon vergessen haben solltest! Mit einem derart gefühlskalten Menschen kann man nicht verhandeln.«

»Im Gegenteil. Vielleicht hört er auf die Stimme der Vernunft.«

»Pah! Verschwinde, sage ich. Was beschäftige ich mich überhaupt inmitten einer Schlacht mit einem Schweinehirten? Raus!«

»Schweinehirte? Dann ist meine Beförderung also …?«

»Raus, sofort!« Fretter deutete auf den Durchgang. »Winster, trommel unsere Soldaten zusammen und bring mir Blurdo. Ich habe ein Wörtchen mit dem kleinen Mann zu reden.«

Wex ging zu dem Raum, in dem die Kinder waren. Brynn kam ihm schon am Durchgang entgegen, Adara saß in eine Ecke gekauert.

»Was ist passiert?«, fragte Brynn.

»Blu ist tot, und Kraven haben sie nach draußen geschickt.«

»Oh nein!«

»Sie glauben, Kraven wäre derjenige, den sie brauchen, aber in Wirklichkeit brauchen sie mich. Sie wollen den Schleier versetzen. Sie brauchen den Kartographen.«

»Woher wissen sie überhaupt, dass einer von uns den Schleier versetzen kann?«

»Keine Ahnung. Von den Flussmenschen? Irgendeiner von ihnen muss es Vill erzählt haben.«

»Es war Blu«, murmelte Adara.

Wex drehte sich um. Er hatte geglaubt, sie wäre noch zu verstört, um zuzuhören.

Durch einen Vorhang aus zerzausten Haaren und Tränen, die Augen dunkel und wild, sah sie ihn an. Sie hatte ganz genau zugehört.

»Er hat es ihnen gesagt«, erklärte sie. »Dieser elende Schuft hat einen Pakt mit dem Teufel geschlossen. Er hat es ihnen gesagt, um mein Leben zu erkaufen, und damit das aller anderen Erwachsenen in meiner Sippe verwirkt. Jetzt, da er tot ist, werden ihre Geister mich heimsuchen statt ihn.«

Wex war geschockt. »Ich dachte, er hätte dich gerettet.«

»Als er mich gerettet hat, rannte er durch die Reihen der Düsterlinge, und sie haben ihn nicht angerührt. Es kam mir vor wie ein Wunder. Aber jetzt weiß ich, dass das Ganze geplant war.«

»Habt ihr geheiratet?«, fragte Brynn unvermittelt, was Wex in Anbetracht der Umstände eher befremdlich fand.

»Das hatte er vor. Gleich nach unserer ›Flucht‹. Vielleicht wäre es auch passiert, aber ich wollte zuerst die Kinder suchen. Dann haben wir euch gefunden, und seitdem waren wir nicht auf dem Walther. Die Zeremonie hat nicht mehr stattgefunden.«

Brynn nickte. Sie verstand die Bedeutung von Adaras Worten auf eine Weise, wie Wex es nicht konnte. Er versuchte es auch nicht. Stattdessen kombinierte er Adaras Worte mit dem, was er selbst beobachtet hatte. Er hatte recht gehabt: Blu war gebissen worden, bevor er auf die Barke des Dido kam. Schon damals hatte er in Vills Auftrag gehandelt und Wex durch eine List dazu gebracht, dem Fluss eine weitere Biegung zu geben. Zu welchem Zweck, wusste er nicht, doch jetzt war klar, dass Vill noch mehr von dem Schleier versetzt haben wollte. Kraven konnte es nicht, so viel war ebenfalls klar. Sein ohnehin wenig begabter Magierfreund würde sterben, außer es gelang ihm, Vill so sehr zum Frösteln zu bringen, dass er ihn gehen ließ, was Wex bezweifelte.

Adara ließ den Kopf hängen und sagte kein Wort mehr.

Wex setzte sich zu Brynn, und eine Zeit lang konnten sie nichts anderes tun als warten. Wex war bei den strategischen Besprechungen von Fretter und Blurdo nicht mehr willkommen, weil er Fretter ins Wort gefallen war und damit die einzige Gelegenheit für einen gezielten Schuss auf den dunkelhaarigen Düsterlingführer vereitelt hatte. Adara kam ihm distanziert und abwesend vor. Brynn hingegen zeigte Verständnis für Adaras Verhalten, obwohl sie zuvor doch so wenig von dem wilden Flussmädchen zu halten schien. Sie erklärte Wex, er sollte Geduld mit ihr haben. Sobald es irgendwelche positiven Neuigkeiten gab, würde sich ihre Stimmung wahrscheinlich ins Gegenteil verkehren.

Aber gute Nachrichten waren selten geworden in letzter Zeit, und Wex rechnete nicht damit, dass bald welche kommen würden. Wasser hatten sie genug. Mit Hilfe eines ausgeklügelten Systems von Auffangschalen an der Außenseite des Turms leiteten die Zwerge den Regen in große Wannen, aber das Essen wurde knapp. Das meiste der frischen Lebensmittel war innerhalb der ersten Tage verspeist worden oder verdorben, und der Vorrat an gesalzenem oder getrocknetem Proviant ging schnell zur Neige, jetzt, da sie eine ganze Gruppe großer Leute und dreißig zusätzliche Kinder durchzufüttern hatten. Außerdem stank es erbärmlich in den unteren Stockwerken, wo sie alle ihre Notdurft verrichteten, und der Geruch stieg allmählich zu ihnen herauf wie unsichtbarer Rauch. Wex war zwar besser an solche Gerüche gewöhnt als Brynn oder die Winsters, aber menschliche Ausscheidungen rochen ganz anders als Schweinedung, und er merkte, dass der Gestank selbst für ihn bald unerträglich werden würde.

Draußen tat sich so gut wie nichts. Von dem Raum mit den Kindern aus hatten sie einen guten Blick auf die Lichtung und den Wald dahinter. Er und Brynn hielten abwechselnd Wache, aber im Düsterlinglager blieb alles still. Ab und zu kam Spragg vom Kartenraum herunter und versorgte sie mit Informationen, aber oben wussten sie auch nicht viel mehr. Fretter riet Blurdo immer noch zu kleinen, begrenzten Gegenangriffen, aber das Zwergenoberhaupt hielt stur an der Hoffnung fest, dass die Düsterlinge einfach abziehen würden, jetzt, da sie den Magier hatten. Deshalb untersagte er auch jeden noch so kleinen Ausfall. Er wollte Vill auf keinen Fall provozieren.

Eine Flucht kam ebenfalls nicht in Betracht. Die Zwergenfrauen konnten zwar ihre eigenen Kinder tragen, aber nicht auch noch die dreißig der Flussmenschen, genauso wenig wie Fretters Soldaten es konnten, vor allem da es unterwegs zu Kampfhandlungen kommen könnte. Blurdo hatte zwar erwähnt, dass nur ein paar Wegstunden nördlich eine weitere Zwergensippe lebte, doch lag dieser Ort höchstwahrscheinlich hinter dem Schleier, womit sie zwischen dem dunklen Vorhang und den Düsterlingen eingekeilt wären, falls Vill sie verfolgte. Und über alldem schwebte wie der Gestank, der von unten heraufstieg, die Gewissheit, dass Vill früher oder später dahinterkommen würde, dass Kraven den Schleier nicht bewegen konnte. Wann das geschehen würde, war jedoch nicht abzusehen. Es war sogar möglich, wie Wex bewusst wurde, dass Kraven die Wahrheit bereits preisgegeben hatte und Vill mit seiner schauerlichen Düsterlingarmee bald kommen würde, um Wex zu holen.

46

Fretter war zwar immer noch wütend, aber er stimmte mit der Einschätzung überein, dass Vill bald Wex' Herausgabe verlangen würde. Keiner von ihnen glaubte, dass Kraven auch nur das kleinste bisschen Schmerzen aushalten konnte. Sobald Vill ihn foltern ließ, würde er alles ausplaudern, und Vill würde seine Düsterlinge gegen den Turm senden. Diesmal ohne Verhandlungen. Er würde auch die Karte haben wollen, was Fretter zutiefst beunruhigte, weil Kryst höchstpersönlich sie ihm zu treuen Händen übergeben hatte. Die Karte zu erweitern und sie dann wohlbehalten und sicher wieder zurückzubringen, war der einzige Grund ihrer Expedition gewesen. Wenn Fretter ohne sie zurückkehrte, war er als Offizier der Palastwache erledigt.

Sie mussten weg hier, so viel war sicher, aber mit den Kindern war das nicht möglich. Selbst wenn es ihnen gelang, den Belagerungsring zu durchbrechen, und Vill sie zunächst ziehen ließ, weil er ja den Magier hatte, wären sie immer noch zu langsam. Er würde sie einholen. Das Risiko, dem sie die Kinder damit aussetzten, war zu groß, wie Wex fand. Ihre Verantwortung für die Kinder machte eine Flucht unmöglich, und auch jeden anderen Plan, und so diskutierten sie eine ganze Weile fruchtlos hin und her.

»Wir müssen sie hierlassen«, sagte Brynn schließlich. Man hatte sie zwar nicht in die Beratungen mit einbezogen, aber Brynn hatte aufmerksam zugehört.

»Ein ziemlich kaltblütiger Standpunkt, Schätzchen«, brummte Curdwell verächtlich.

Er sagte es zwar nicht, aber Wex wusste, dass der bärbeißige Soldat dabei an den fünfjährigen Blatt mit den grünen Augen dachte, der sich standhaft weigerte, Curdwells Bein loszulassen, außer Curdwell war mit »erwachsenen Soldatengesprächen« beschäftigt. Der Kleine hielt sich kaum in dem Raum mit den anderen Kindern auf und schlief auf einem Stapel alter Kniehosen zu Curdwells Füßen.

»Du verstehst mich falsch«, erklärte Brynn geduldig. »Es wäre das Beste für sie. Es sind nicht unsere Kinder. Die Düsterlinge werden uns verfolgen, und das kleine Volk hier hat ohnehin nicht genug Nachkommen, weil sie zu wenige Frauen haben. Sie werden die Hilfe der Flusskinder gut gebrauchen können, wenn sie selbst älter werden.«

»Die Zwerge haben nicht versprochen, dass sie sich um die Kinder kümmern werden«, gab der ältere Winster zu bedenken.

»Ich verspreche es«, erklärte Cirilla und stellte sich trotzig in die Mitte.

»Wie solltest du so etwas versprechen können?«, fragte Fretter vorsichtig, um ihr Temperament nicht mehr zu befeuern als unbedingt nötig.

»Weil ich ebenfalls bleiben werde.«

Köpfe schwangen herum, und die Anwesenden blickten einander überrascht an.

»Du bist nicht die Anführerin«, erklärte Fretter ruhig. »Die Entscheidung, sie zu behalten, liegt nicht bei dir.«

»Blurdo hat ein Auge auf mich geworfen. Ich habe einigen Einfluss auf ihn.« Sie legte die Hände auf ihre Brüste, was die Stimmung unter den Soldaten sofort hob und Curdwell sowie dem älteren Winster sogar ein kleines Lächeln entlockte. »Außerdem wird er froh sein, euch verdammte Riesen los zu sein und die Düsterlinge gleich mit. Dafür wird er die Last, die Kinder zu behalten, gern auf sich nehmen. Wenn nicht, heirate ich ihn eben.« Sie grinste. »Und dann wird er genau das tun, was ich ihm sage.«

Daran hatte Wex keinen Zweifel. Cirilla war ein kleines Bündel aus geballtem Willen, sie hatte zu allem ihre eigene Meinung, und es war unmöglich, sie von etwas abzubringen, das sie sich einmal in den Kopf gesetzt hatte. Blurdo tat ihm beinahe leid, sollte er sie tatsächlich heiraten. Trotzdem kam es ihm nur natürlich vor, wenn Cirilla blieb. In Abrogan erwarteten sie nur Spott und Verachtung, wohingegen sie hier bei den Zwergen fast schon zu den Großen gehörte. Auch für die Kinder schien sie die Richtige zu sein. Auf gewisse Weise hatte sie Wex während der Expedition wie einen Sohn behandelt, hatte ihm stets mit Rat, manchmal freundlich, manchmal streng, zur Seite gestanden und sich um ihn gekümmert. Das Wichtigste jedoch war: Unter ihrer Fürsorge hatte er sich gefühlt wie ein Mensch und nicht wie ein Frischling, wie es bei seiner eigenen Mutter der Fall gewesen war.

Das Gespräch wandte sich nun den Fluchtmöglichkeiten zu, und Wex fand Gelegenheit, Cirilla etwas ins Ohr zu flüstern.

»Ich werde dich vermissen«, sagte er.

Cirilla ging zwar nicht direkt auf seine Worte ein, aber Wex hörte dennoch etwas aus ihrem letzten Kommentar heraus, den sie sich einfach nicht verkneifen konnte. »Sei du nur vorsichtig, welche Frau du dir aussuchst«, wies sie ihn an. »Denk immer daran: Ein gesunder Verstand ist mehr wert als ein wohlgeformtes Hinterteil und ein hübsches Dekolleté zusammen. Ich will nicht, dass du diesen Krieg zwischen Menschen und Bestien überstehst, nur um dann von einer Frau zugrunde gerichtet zu werden. Hast du mich verstanden?«

Wex verkniff sich ein Grinsen. »Ja«, erwiderte er. »Und ich danke dir.«

»Sie kommen!«

Das war früher, als Wex gehofft hatte. Kraven hatte tatsächlich kein bisschen durchgehalten.

Draußen war es inzwischen Nacht geworden. Dutzende von Fackeln jagten über die Lichtung. Ihre Lanzen nach ihnen zu schleudern wäre reine Verschwendung gewesen. Es war unmöglich, im Dunkeln irgendetwas zu treffen. Blurdo wies seine Männer lediglich an, die Luken zu verriegeln.

Wie ein Schwarm Glühwürmchen tanzten die Fackeln um den Fuß des Turms.

»Der Turm kann nicht brennen«, versicherte Blurdo. »Die Wände werden nicht Feuer fangen.«

Von unten ertönte Lärm. Wildes Hämmern, sowohl innerhalb als auch außerhalb des Turms. Offensichtlich hatten die Düsterlinge ohne größere Probleme das Eingangstor herausgerissen und waren in die unterste Ebene vorgedrungen. Die Luke zum darüberliegenden Stockwerk jedoch war mit einem massiven Holzblock gesichert, der über die Falltür geschoben und mit kleineren Holzblöcken gegen die Decke verkeilt war. Es war absolut unmöglich, sie zu öffnen. Also saßen die Düsterlinge dort unten fest, mitten im Gestank der Latrine.

Arkh ist immer noch da unten, schoss es Wex durch den Kopf. Selbst wenn er darum gebettelt hätte, nach oben kommen zu dürfen, hätten die Zwerge ihn nicht heraufgelassen. Schweren Herzens ergab Wex sich in die Einsicht, dass das bedächtige Halbwesen mittlerweile höchstwahrscheinlich tot war.

Das Hämmern hörte unvermittelt auf. Es war nutzlos, wie Blurdo gesagt hatte. Doch jetzt hörten sie stattdessen ein gedämpftes Schaben, aus dem Blurdo nicht recht schlau wurde und Wex genauso wenig.

»Was zum Teufel tun die denn da?«, fragte Spärling mit verzweifeltem Blick.

»Sie graben«, erklärte Fretter. »Eine alte Technik. Sie wollen den Turm kippen. Wenn mich nicht alles täuscht, untergraben sie einen Teil der Wand und stützen das Loch mit Holzpfeilern ab, damit es nicht über den Grabenden zusammenstürzt. Dann stecken sie die Pfeiler in Brand und ziehen sich zurück. Das Holz verbrennt, das Loch stürzt ein, und der Turm kippt.«

»Und wozu soll dieses Kippen gut sein?« Blurdo schien nicht zu begreifen.

»Sie versuchen, den Turm niederzureißen.«

»Unmöglich!«

»Genauso wie die Pfeile und das Katapult. Das alles sind Methoden der Kriegsführung, die jenseits Eures Verständnisses liegen. Aber glaubt mir wenigstens, wenn ich Euch sage, dass wir uns in größter Gefahr befinden.«

Fretter dachte angestrengt nach. Wex konnte förmlich sehen, wie er im Geist alle Möglichkeiten durchging, die ihm nur irgendwie einfallen wollten.

»Wir müssen einen Gegenangriff unternehmen«, sagte er schließlich, die Augen starr geradeaus gerichtet, als lese er aus dem Buch seiner eigenen Gedanken vor.

»Und wie?«, fragte Spragg.

Fretter fuhr sich durchs Haar und seufzte schwer. »Blurdo, wir haben immer noch genug Wasser, richtig?«

»Ja«, erwiderte der Zwerg überraschend kooperationsbereit, jetzt, da ihr aller Ende möglicherweise kurz bevorstand.

»Bringt es auf die zweitunterste Ebene und kocht es.« Fretter wandte sich an Wex. »Erinnerst du dich an den Verlauf der Tunnel ganz unten?«

»Ja.«

»Zeichne sie. Auf etwas, das wir tragen können. Winster, Curdwell und Alver kommen mit mir. Blurdo, ich brauche drei Lanzenträger und Schaufeln.«

»Ich werde sofort zwei Mann holen.«

»Drei, denn Ihr werdet nicht dabei sein. Ich selbst werde mitgehen. Falls beide Anführer sterben, würde das alle in diesem Turm vor ein gewaltiges Problem stellen. Wenn nur ich sterbe, ist das lediglich mein Problem. Und, Wexford, was stehst du immer noch da rum? Zeichne!«

Wex bekam einen Stofffetzen und ein paar angesengte Holzstöckchen in die Hand gedrückt. Er zog den Stoff über einem Holzblock straff und machte sich sogleich an die Arbeit, wobei er versuchte, möglichst sorgfältig und schnell zugleich zu zeichnen. Spragg half ihm, korrigierte den Verlauf der Tunnel und wies ihn auf strategisch wichtige Punkte hin, die mit einem Symbol versehen oder anderweitig markiert werden mussten. Als sie fertig waren, übergaben sie Fretter den Plan, der Wex anwies, der Sechsergruppe, die nach unten gehen sollte, die Zeichnung eilig zu erklären.

Wenige Minuten später standen sie vor der untersten Luke. Die Luft war geschwängert vom Rauch der Feuer unter den riesigen Wannen, und Wex musste husten. Das meiste davon stieg jedoch nach oben, wo die Schwaden schließlich durch die Fenster nach draußen trieben. Die Luken der nächsten Ebene waren verschlossen und verriegelt, um die Düsterlinge abzuhalten für den Fall, dass sie überrannt wurden. Solange nicht einer von ihnen das richtige Kennwort sagte, würden sie auch verriegelt bleiben.

Zwei Zwerge stemmten sich mit dem Rücken gegen den großen Holzblock und schoben ihn zur Seite. Fretter, Curdwell und Alver stellten sich hinter die Wannen mit dem mittlerweile siedenden Wasser, das erwartungsvoll vor sich hin blubberte. Wex hielt den Plan hoch, damit alle ihn sehen konnten, dann riss der dritte Zwerg die Luke auf.

Zwei Düsterlinge schauten verdutzt zu ihnen herauf. Sie standen direkt unterhalb der Luke.

Curdwell presste die Schulter gegen die Hebelstange unter seiner Wanne und leerte den Inhalt direkt auf ihre Köpfe. Die Schreie der Düsterlinge wurden von der bloßen Wucht des Wassers erstickt. Es stürzte auf sie herunter, riss sie von den Füßen, verbrannte ihre Zungen und alles restliche Fleisch, das nicht geschützt war.

Fretter und Alver machten dasselbe mit ihren Wannen, dann

löschten sie eilig die darunter brennenden Feuer und stürmten nach unten.

Genau wie Wex erwartet hatte, lief das Wasser den Gang entlang bis zu einer Kuhle, die sich, wie Spragg und er übereingekommen waren, ganz in der Nähe des Ausgangs befand.

Ein weiterer Düsterling stürmte herbei, um nachzusehen, was da oben nicht stimmte. Er verbrannte sich Füße und Unterschenkel, stolperte und fiel vornüber in die kochende Brühe. Er zappelte noch einmal kurz wie ein gestrandeter Fisch, dann blieb er reglos liegen.

Curdwell versetzte ihm sicherheitshalber noch einen Stoß mit dem Schwert.

Die Lanzenträger machten sich sofort an ihre Aufgabe und bearbeiteten den Boden des Tunnels mit den harten Spitzen ihrer Waffen.

Curdwell packte die Schaufel und begann zu graben, als stünde er mitten auf dem Schlachtfeld und der weiße Untergrund wäre sein Gegner. Heißes Wasser spritzte auf und ließ keinen von ihnen unversehrt, doch schon nach wenigen Momenten begann das Wasser durch das kleine Loch, das sie im Tunnelboden geöffnet hatten, nach unten abzufließen. Immer größer wurde die Öffnung, erweiterte sich von selbst unter dem Druck des Wassers, bis der weiße Boden unter seinem eigenen Gewicht zusammenbrach – genau über dem Punkt, an dem die Düsterlinge ihr Loch gruben, um den Turm zum Einsturz zu bringen. Die Tunnelgräber saßen in der Falle. Die kleine Grube füllte sich mit kochendem Wasser und wurde zu ihrem grausigen Grab.

Draußen lauerten gewiss noch mehr Düsterlinge, also ließen sie das Wasser seine Arbeit tun und zogen sich wieder nach oben zurück. Sie verriegelten die Luke hinter sich, eilten durch das von Rauch erfüllte zweite Stockwerk, brüllten das Passwort und wurden von der ängstlichen Wache eingelassen.

»Sieg!«, rief Fretter. »Und das ganz ohne Kampf.«

»Ich hab einen mit meinem Schwert erledigt«, prahlte Curdwell.

»Seine Beine waren verbrannt, und er lag bereits im Sterben«, spottete einer der Zwerge.

»Vielleicht hast du's ja nicht gesehen, weil wir Großen dir die Sicht versperrt haben«, erwiderte Curdwell hämisch, »aber ich sag dir, die Kochwurst hat sich ganz schön gewehrt.«

Alle lachten schallend und klopften einander auf die Schulter. Selbst Wex konnte nicht anders, als über den errungenen Sieg zu jubeln. Er war kein Soldat, aber er sah, was ihm an diesem Beruf gefallen könnte, solange er nur derjenige war, der das kochende Wasser auf die Köpfe anderer schüttete, und nicht umgekehrt.

»Die Holzpfeiler in der Grube werden sich mit Wasser vollsaugen und sich nur noch schwer in Brand stecken lassen«, verkündete Fretter. »Und die übrigen Düsterlinge werden nicht gerade begierig aufs Weitergraben sein. Ihre Vorgänger sind einen furchtbaren Tod gestorben, und das kleine Loch dürfte jetzt vollkommen verschlammt und obendrein von aufgedunsenen Düsterlingleichen verstopft sein. Wenn sie das Ganze auch noch für Magie halten wie unsere Freunde die Pfeile und das Katapult, umso besser.«

Als sie mit der Nachricht nach oben kamen, dass sie die erste Angriffswelle zurückgeschlagen hatten, erhob sich frenetischer Jubel unter den Zwergen.

Curdwell ging sofort zu Blatt, um dem Kleinen zu zeigen, dass ihm nichts passiert war. Der Junge war jedes Mal am Rande der Verzweiflung, sobald Curdwell sich auch nur einen Moment von ihm entfernte.

Die Lanzenträger wurden von den Hochrufen des gesamten Klans empfangen und begannen sogleich, abenteuerlich ausgeschmückte Geschichten von ihrer Unternehmung zu berichten.

Brynn kam auf Wex zu. Sie schien ihn mit neuem Respekt zu betrachten, hielt sich aber, wie es ihrer Art entsprach, mit einem

Urteil über die Nachhaltigkeit des errungenen Sieges zurück. Sie lächelte ihn kokett an und warf das Haar zurück. »Ich muss zugeben, ich bewundere deinen …«

In diesem Moment schob sich Adara an ihr vorbei, warf sich in Wex' Arme und presste ihm die Lippen auf den Mund. Als sie ihn wieder losließ, musste Wex erst einmal nach Luft schnappen.

»Wofür war das?«

»Für deinen Mut«, antwortete sie und streichelte ihm mit der Hand über die Brust. Dann sprang sie so schnell wieder davon, wie sie gekommen war.

Als Wex sich erneut Brynn zuwenden wollte, war sie verschwunden.

47

Fehlschläge erforderten eine Neueinschätzung der Lage. Anpassungen. Es war wie beim Katapult, das man nach einem Fehlschuss mit einem anderen Gegengewicht am Schleuderarm neu einstellte. Einer von Vills Düsterlingen war unter schrecklichen Schmerzen über die Brücke zurückgekrochen, die Haut in Fetzen. Es war ihm kaum gelungen, mit seiner verbrannten Zunge über die Ereignisse im Turm Bericht zu erstatten, doch schließlich hatte Vill herausgehört, dass die Menschen kochendes Wasser über den Tunnelgräbern ausgegossen hatten. Seine Gegner waren offensichtlich nicht so dumm wie die Düsterlinge. Der Soldat, der überlebt hatte, war für den Kampf nicht mehr zu gebrauchen, und auch für nichts anderes, also übergab ihn Vill an Schlitzer, der ihn in Essrationen aufteilte.

Er ging durchs Lager und bedeutete Schnüffler, er solle ihn allein lassen, damit er nachdenken konnte. Er beobachtete die Düsterlingfrauen, wie sie eifrig Pfeilschäfte aus Ästen schnitzten und die Enden mit einer Nocke für die Bogensehne versahen, und dachte über seine Prioritäten nach. Er musste seine Strategie überdenken. Sein Ausgangspunkt war gewesen, eine Gefühlsregung in sich zu provozieren, ein Bedürfnis, etwas, für das es sich zu leben lohnte. Ein Ziel. Ohne ein Ziel konnte ein Mann jahrelang richtungslos umherirren. Die beste Motivation, diejenige, die ihm am schnellsten eingefallen war, war Rache gewesen. Dieses Gefühl verstand jeder. Es hatte etwas Einfaches und Naheliegendes und war deshalb bestens geeignet für einen ebenso einfachen und naheliegenden Plan. In seinem Fall, den Verräter Kryst zu quälen oder zu töten. So weit, so gut. Bis hierhin war seine Logik makellos.

Die Umstände hatten ihn zu den Düsterlingen geführt, und er hatte sie als geeignetes Werkzeug für seine Rachepläne eingeschätzt. Den ursprünglichen Zehnertrupp hatte er um ein Vielfaches erweitern können, indem er ein Stück des Flusslaufs dem Schleier entrissen hatte, wo noch weitere lebten. Auf diese Weise war er vom Befehlshaber über eine Kompanie zum Feldherrn über eine kleine Armee aufgestiegen. Bis zu diesem Punkt hatte er also alles richtig gemacht.

Aber eine kleine Armee würde nicht ausreichen, um Abrogan zu erobern. Dazu brauchte er das gesamte Düsterlingvolk. Diese Tatsache war unumstößlich, und es hatte sich nichts daran geändert. Als er den Flussmenschen bestochen hatte, um an weitere Soldaten heranzukommen, waren seine Vorbereitungen noch nicht weit genug gediehen gewesen. Das Düsterlingvolk hinter dem Schleier hätte sein kleines Kontingent umdrehen und überzeugen können, Vill abzusetzen. Sich gegen ihn aufzulehnen und sich stattdessen dem großen Stamm anzuschließen. Doch jetzt war Vill bereit. Seine disziplinierten Trupps würden sich gegen das unorganisierte Düsterlingvolk durchsetzen. Auch dieser Gedankengang war ohne Fehler. Nur leider gab es jetzt, da er bereit war, mit einem Mal Fehlschläge: die Kinderbanditen, das zerstörte Katapult, die toten Tunnelgräber, den Anschlag des Flussmenschen auf ihn und den falschen Magier.

Und Fehlschläge waren gefährlich. Seine Düsterlinge beobachteten ihn ständig. Auch wenn sie für die meisten dieser Debakel selbst die Schuld trugen, würden sie das Ausbleiben des Erfolgs irgendwann ihm zur Last legen und es Vill als Schwäche auslegen. Er brauchte einen Sieg, um sie auf sich einzuschwören, seine Position zu stärken, um einen hässlichen Tod abzuwehren, den ein Tier wie Schlitzer ihm zweifellos mit Freude bereiten würde, wenn er sich nicht als der Stärkste unter ihnen erwies. Dennoch, all diese Rückschläge änderten nichts an seinem Plan, außer in einem kleinen, aber wichtigen Detail: Statt der Dienste von Krysts Wunderwirker brauchte er eine verstaubte alte Landkarte und den Sohn eines Schweinezüchters.

Diesmal war die Information richtig. Dessen war er sicher. Der gerissene Flussmensch hatte ihm nur den falschen Namen genannt, nicht desjenigen, der den Schleier tatsächlich versetzen konnte. Aber es gab jemanden, der es konnte. Der feige Zauberer log nicht. Vill hatte Schlitzer auf ihn losgelassen, und der geifernde Düsterling hatte nicht mehr als ein paar flinke Schnitte mit seinem Steinmesser gebraucht, um den Namen aus ihm herauszulocken. Wexford. Ein Junge. Ein Bauer. So unglaublich es geklungen hatte, im Gesicht des Zauberers war deutlich zu sehen gewesen, dass er die Wahrheit sagte. Manche Männer konnten Schmerz ertragen, andere nicht. Der Unterschied war an ihren Augen abzulesen. Die standhaften kniffen sie zu schmalen Schlitzen zusammen, die der ängstlichen wurden groß und rund. Und die des Magiers waren sehr groß geworden. Kurioserweise war die Luft um ihn herum urplötzlich unangenehm kalt geworden, sobald er das Messer zu spüren bekommen hatte. Vill war nicht ganz sicher, ob der Magier diesen Effekt bewirkt hatte. Wenn ja, war es wohl eher eine unfreiwillige Reaktion auf die Schnitte der schwarzen Klinge gewesen als ein absichtlicher Zauber. Als Kunststück auf einem Jahrmarkt mochte es ja ganz nett sein, aber einen praktischen Nutzen konnte Vill nicht erkennen. Er fragte sich sogar, ob ihn sein Gefühl nicht getrogen hatte. Er hatte zwar geglaubt, die Kälte zu spüren, aber Zauberer waren bekannt dafür, ihr Publikum zu täuschen. Genau wie dieser, der nur vorgegeben hatte, den Schleier verrücken zu können.

»Schlitzer!«

Die Kreatur ließ den gefesselten und geknebelten Magier liegen und kam angeschlichen.

»Du bist einer der schlaueren Vertreter deiner stumpfsinnigen Rasse.«

»Jawohl, Herr. Danke, Herr.«

»Ich werde dir etwas auftragen, und ich möchte, dass du meine Anweisungen genau befolgst.«

»Das werde ich, Herr. Das werde ich.«

»Bring diesen Mann an den Rand der Lichtung und mache ein Feuer unter ihm. Sag ihm, er soll seine Freunde um Hilfe anrufen. Vielleicht kommen sie.«

Der drahtige Düsterling nickte grinsend und wandte sich zum Gehen.

»Und, Schlitzer: nicht mehr Schnitte als nötig. Überlass die Arbeit den Flammen.«

Nachdem Schlitzer sich an seine Aufgabe gemacht hatte, spielte Vill mit dem Gedanken, durchs Lager zu gehen und die Truppen zu inspizieren. Doch er war hungrig und beschloss, sich zuerst etwas zu essen zu holen. Er fragte nach Wild, aber es war keins mehr übrig. Die Düsterlinge mochten weder Kräuter noch Gemüse, also gab es auch das nicht. Vill runzelte die Stirn. Bis jetzt hatte er noch nichts von dem Fleisch der Kinderbanditen gegessen, aber er konnte keinen logischen Grund erkennen, warum er es nicht tun sollte. Er erinnerte sich zwar an seinen Widerwillen gegen Kannibalismus, aber nachdem er ihn nun nicht mehr verspürte, stand es ihm frei, die Angelegenheit von der praktischen Seite aus zu betrachten und sich von dem zu ernähren, was gerade zur Verfügung stand. Vielleicht würde diese Empfindung, dieser Widerwille, ja zurückkehren.

Vill hörte die ersten Schreie des Magiers und machte sich auf den Weg zur Mitte des Lagers. Auf einem Baumstumpf, den die Düsterlinge mit einer Axt oben abgeflacht hatten, damit er als Tisch zu gebrauchen war, lag der Oberschenkel eines Menschen. Er stammte von einem der Kinderbanditen. Mit einem Messer, das sie von den Flussmenschen erbeutet hatten, schnitt ein Düsterlingkoch ihn in gleich große Portionen für die Soldaten. Weder bei dem Anblick noch bei dem Geruch regte sich irgendetwas in ihm, und Vill wollte gerade ein Stück davon nehmen, als sich vom westlichen Rand des Lagers her – aus der entgegengesetzten Richtung, in der der Zauberer abwechselnd laute Flüche ausstieß und um Hilfe rief – Lärm erhob. Vill wandte sich um. Er spürte lediglich leichte Verärgerung.

Der Lärm wurde zu panischem Geschrei. Nicht weniger als zwanzig Düsterlingfrauen rannten an Vill vorbei und verstreuten auf der hastigen Flucht ihre halb fertigen Pfeile.

Vill wollte ihnen schon befehlen stehen zu bleiben, als er die entsetzten Gesichter bemerkte. Ihre Augen schienen kurz davor, aus den Höhlen zu treten. Nichts auf der Welt würde sie aufhalten. Also sandte Vill drei seiner Soldaten in die Richtung, aus der die Frauen geflohen waren, um nachzusehen, was dort vor sich ging.

Sie rannten sofort los und kamen ebenso schnell wieder zurück. Die ersten beiden rasten an ihm vorbei, als wäre er Luft. Den dritten packte Vill an der sehnigen Schulter und riss ihm an den Hörnern den Kopf herum, damit er ihm direkt ins missgestaltete Gesicht schauen konnte.

»Was zum Teufel geschieht hier?«

48

Kravens Schreie hallten durch die Leere der Nacht. Die Düsterlinge würden ihn verbrennen oder aufschlitzen, brüllte er mit kreischender Stimme, und es schien, als hätten sie mit einem von beidem bereits angefangen. Wegen der schmerzverzerrten Stimme war schwer zu sagen, womit.

Zunächst sprach keiner ein Wort, und im Turm breitete sich eine Stille aus wie in einer Gruft. Als Kraven jedoch Wexfords Namen rief, lief Wex zu Fretter und beschwor ihn, etwas zu tun.

Der Hauptmann warnte eindringlich davor, einen Rettungsversuch zu unternehmen. Es sei ganz offensichtlich eine Falle, sagte er. Zwischen den Bäumen lauerten mit Sicherheit Bogenschützen, und ein Ausfall würde sie viele Leben kosten im Austausch für nur ein einziges.

Die Schreie waren kaum zu ertragen. Wex konnte gar nicht anders, als sich verantwortlich zu fühlen, obwohl der Magier selbst die Schuld daran trug, dass er zu Vills Zielscheibe geworden war. Schließlich hatte er sich aus seiner eigenen Eitelkeit heraus mit dem Verrücken des Schleiers gebrüstet.

Unterdessen kam Brynn zurück. Sie schien sich nicht wohl zu fühlen in Wex' Gegenwart, und er sich eigentlich auch nicht in ihrer, aber trotzdem fand er es irgendwie beruhigend, dass sie da war. Ihre Stimme war angenehmer als Kravens Schreie, und sie sprach jetzt mit ihm wie mit einem Gleichberechtigten, obwohl er das nicht war. Auch das kokette Getue ließ sie nun bleiben, warf ihr Haar nicht mehr zurück und versuchte auch nicht länger, ihre Absichten zu verbergen, sondern rückte sofort damit heraus.

»Verstehst du jetzt langsam, wie wichtig du bist?«, fragte sie.

»Nein«, erwiderte Wex.

»Ich habe es dir schon einmal gesagt: Du verfügst über große Macht. Und jetzt weiß das auch unser Feind.«

»Ich fühle mich aber nicht so. Ich fühle mich entsetzlich, und ich habe Angst.«

»Wir alle haben Angst. Ich selbst wahrscheinlich am allermeisten. Aber du hast die Macht, die Dinge mit einem einzigen Federstrich zu ändern.«

»Meine Federstriche haben nichts als Unglück gebracht. Außerdem lässt Fretter mich nicht einmal mehr in die Nähe der Karte. Ohne sie habe ich kein bisschen Macht.«

»Den ersten Sieg, den wir in dieser Schlacht errungen haben, hast du auf einen einfachen Stofffetzen gezeichnet«, erwiderte Brynn scharf.

Wex wollte widersprechen, konnte es aber nicht. Wieder einmal hatte sie klüger gesprochen als er. Er fragte sich, ob er es in Zukunft vermeiden sollte, mit ihr zu reden, oder sich einfach daran gewöhnen. Allzu lange würde er es ohnehin nicht mehr ertragen müssen. Den größten Teil der Wasservorräte hatten sie gekocht und über den Düsterlingen ausgegossen. Es blieb ihnen höchstens noch genug für einen Tag, dann würden Blurdos Männer zum Fluss müssen, um neues zu holen. Und Fretter hatte vor aufzubrechen, wenn das geschah. Oder schon früher.

»Fackeln!«, ertönte es überall im Turm. Jeder, der sich in der Nähe eines Fensters befand, hatte sie gesehen.

Wex spähte nach draußen. Das ganze Düsterlinglager jenseits des Flusses schien in Bewegung. Die Fackeln bewegten sich mit hoher Geschwindigkeit in alle möglichen Richtungen, begleitet von markerschütternden, kehligen Düsterlingschreien. Ein Teil von ihnen rottete sich zu einem Pulk zusammen, der dann in einer langgezogenen Reihe auf den Turm zujagte. Sie kamen über Addels Brücke.

»Sie greifen an!«

Jetzt explodierte auch der Turm vor Aktivität. Lanzenträger liefen hin und her, und Wex sah, wie Blurdo mit seiner Leibwache irgendwohin rannte.

Fretter rief hektisch seine Soldaten zu sich für den Fall, dass sich eine Gelegenheit ergeben sollte, die Reihen der Düsterlinge zu durchbrechen. Brynn war ebenfalls dabei. Adara nicht. »Sie wird bei den Flusskindern bleiben«, erklärte Fretter auf Wex' Protest hin.

»Wir könnten ihnen den Jungen aushändigen«, schlug der ältere Winster vor. »Auf den haben sie es doch abgesehen.«

»Und die Karte des Fürsten noch dazu?«, blaffte Spragg seinen Bruder an.

»Ja«, sagte Curdwell. »Umso besser, wenn wir das verfluchte Ding los sind.«

»Ihr wollt als Soldaten der Palastwache von Skye im Angesicht von Gefahr alles verraten, was uns hoch und heilig ist?«, versuchte Spragg, die beiden bei der Ehre zu packen.

Fretters Reaktion kam prompt: »Ich werde nicht noch einen aus unseren Reihen den Klauen dieser Tiere ausliefern.«

»Der Junge ist ein Bauer«, widersprach Winster. »Er gehört nicht zu unseren Reihen.«

»Die Schreie des Letzten hängen immer noch in der Luft, außer du bist taub. Bist du taub?«, schrie Fretter ihn an.

Winster gab sich geschlagen. »Nein, Herr«, erwiderte er kleinlaut. »Ich höre sie.«

Wex lauschte angestrengt. Kravens Flehen wurde von dem hektischen Gebrüll der Düsterlinge beinahe übertönt.

»Düsterling an der Mauer!«, rief einer der Zwerge von seinem Wachposten aus.

Wex rannte ans Fenster, und Brynn eilte hinterher, ebenso Spragg mit seinem Bogen.

»Ich sehe keinen Düsterling«, erklärte Spragg.

»Er hat mich in unserer Sprache angerufen und etwas von der Felsbrücke weiter flussabwärts gesagt.«

»Eine neue Gefahr?«, fragte Wex.

»Wohl eher eine Falle«, erklärte Fretter und zog die Gruppe beiseite. »Wir müssen gehen, jetzt. Ihr alle seht die Fackeln, die hierher unterwegs sind. Wir nutzen die Deckung des Grases und umgehen sie. Sobald wir südlich der Brücke sind, halten wir uns an den Flusslauf und folgen ihm stromaufwärts auf die Berge zu. Irgendwo unterwegs muss es eine Möglichkeit geben, ihn zu überqueren.«

»Es ist Nacht«, gab Spragg zu bedenken. »Wir werden einander kaum sehen können, sobald wir uns zwischen den Bäumen bewegen. Wie sollen wir zusammenbleiben?«

»Mit einem Seil«, schlug Wex vor.

»Was sagst du?«, fragte Fretter.

»Als ich noch ein Junge war …«

»Du bist immer noch ein Junge«, murmelte der ältere Winster.

Wex ignorierte den Kommentar, was Winster nur noch wütender machte. »Als ich noch ein Junge war und die ganze Familie zum Markt in Furtheim ging, hielten wir uns immer alle an einem Seil fest. Damit meine Cousins und ich nicht in der Menge verlorengingen.«

»Du willst uns zusammenbinden wie einen Haufen kreischender Bauernlümmel?«, blaffte Winster.

»Dann kommen wir nur noch im Schneckentempo vorwärts«, brummte Curdwell.

»Ich will gar nichts. Ich sage nur, was wir damals gemacht haben.«

»Das ist eine sehr gute Idee«, meldete sich Brynn zu Wort und unterstützte Wex' Argument mit ihrem blauen Blut und ihrer auch bei den anderen anerkannten Intelligenz.

»Abgemacht!«, erklärte Fretter. »Wir werden uns an einem

Seil festhalten. Nicht entdeckt zu werden ist wichtiger als schnelles Vorankommen.«

Sie mussten sofort los. Es blieb nicht genug Zeit, damit Curdwell sich von Blatt verabschieden konnte. Fretter legte dem Soldaten die Hände auf die Schultern und versicherte ihm, dass der Kleine hier besser aufgehoben war, was Curdwell schließlich seufzend und mit feuchten Augen akzeptierte. Dann scheuchte der Hauptmann sie zur Luke.

Der dort postierte Wachmann wollte sie nicht durchlassen. Curdwell und Alver überwältigten ihn kurzerhand, und sie kletterten hinunter. Bei der nächsten Luke versuchte Fretter es mit einer anderen Taktik und belog den Wachposten. Er erklärte ihm, Blurdo hätte sie nach unten befohlen, um den Düsterlingen einen gebührenden Empfang zu bereiten. Der Zwerg ließ sie durch, und auch der nächste, und noch bevor Wex wusste, wie ihm geschah, standen sie draußen in der Dunkelheit.

Wolken verhüllten den Mond. Der Himmel war finster, aber nicht komplett schwarz, und obwohl keine Brise sich regte, ließ ein eisiger Hauch Wex' Nackenhaare zu Berge stehen. Er konnte nicht sagen, ob es an der kalten Nachtluft lag oder an seiner Furcht. Wahrscheinlich an beidem. Auf der Lichtung konnte er vage Umrisse erkennen. Der Waldrand dahinter – die Richtung, in die sie mussten – war nichts als eine drohende, schwarze Leere.

Fretter nahm das Seil und ging voraus. Anfangs gelang es ihnen kaum, seiner Führung zu folgen, doch nach und nach fanden sie einen gemeinsamen Rhythmus und kamen gut voran. Sie bewegten sich im hohen Gras auf Händen und Knien vorwärts, sodass ihre Köpfe nur selten oberhalb der Halme zu sehen waren, und wenn, dann nur, um sich zur Orientierung kurz umzuschauen.

Langsam, aber stetig näherten sich die tanzenden Fackeln, und als sich die Lichter plötzlich mit großer Geschwindigkeit nach

Westen wandten, wichen sie nach Osten aus, um ihnen aus dem Weg zu gehen.

»Jemand kommt«, flüsterte Spärling.

Wex blicke nach hinten. Der ängstliche Soldat hatte recht. Ein Schatten folgte ihnen.

»Curdwell, Alver, zieht eure Schwerter und lauert ihm auf«, zischte Fretter.

Die Gestalt kam näher, und Wex konnte erkennen, dass es sich weder um einen stämmigen Düsterling noch um einen gedrungenen Zwerg handelte. Die Silhouette war groß und schlank. Ein Mensch. Eine Frau.

»Wartet!«, sagte er.

Fretter hielt ihm den Mund zu. »Leise«, zischte der Hauptmann.

»Aber es ist ein Mensch«, murmelte Wex in Fretters verschwitzte Handfläche.

Alver hatte ihn gehört und packte Curdwells Schwertarm, damit er nicht zuschlagen konnte. Mit bloßen Händen warfen sich die beiden auf die Gestalt, und Wex hörte einen hohen Aufschrei. Sogleich schleiften sie die Gefangene zu Fretter.

»Adara«, flüsterte Wex verblüfft.

»Bei den Göttern!«, fluchte Fretter. »Nehmt sie mit. Wir können jetzt nicht mehr zurück.«

Wex legte ihre eine Hand auf das Seil. »Halt dich fest und folge uns«, sagte er im Flüsterton, um ihr zu bedeuten, dass auch sie leise sein sollte.

Adara war zwar noch etwas wackelig in den Knien nach Curdwells und Alvers Attacke, aber sie verstand.

»Ich dachte, ich wäre tot«, sagte sie gebrochen in Wex' Sprache.

»Warum bist du hier?«

»Ich bin gekommen, um diesen Vill mit dir zu töten.«

Wex verzog das Gesicht. »Das haben wir nicht vor.«

»Nein?«, fragte Adara entgeistert.

»Wir versuchen, uns an ihm vorbeizuschleichen.«

»Dann wird er jeden im Turm auf der Suche nach dir umbringen.«

Das hatte Wex nicht bedacht. Jetzt war er es, der entgeistert dreinblickte. Adara hatte recht. Er hatte mit eigenen Ohren gehört, was sie Kraven angetan hatten. Den rothaarigen Jungen hatten sie aufgeschlitzt und mit dem Katapult gegen den Turm geschleudert. Unwillkürlich stellte Wex sich vor, wie die Düsterlinge Blüte und Blatt folterten, während Blurdo händeringend zu erklären versuchte, wo der Kartenzeichner abgeblieben war. Dabei hatte er selbst nicht die geringste Ahnung, und Vill würde ihm höchstwahrscheinlich kein Wort glauben, wenn das Zwergenoberhaupt ihn davon zu überzeugen versuchte. Der Gedanke tat Wex so weh, als würde ein Düsterling ihm ein glühendes Messer in die Haut brennen.

»Ich werde mich darum kümmern«, sagte Wex und ließ das Seil los.

49

Wex wies Adara an, niemandem etwas von seinem Verschwinden zu sagen. Er behauptete, er würde sie am Fluss leicht wiederfinden, was eine glatte Lüge war. Dann kroch er durch das hohe Gras und hielt noch einmal kurz inne, um zu lauschen, wie seine Freunde sich auf Händen und Knien davonmachten. Es war ein einsames Geräusch.

Bisher hatten sie allen Düsterlingfackeln aus dem Weg gehen können. Die Kreaturen schienen den Angriff nicht besonders gut organisiert zu haben. Soweit Wex sah, taten sie nicht viel mehr als rennen und schreien. In Gruppen oder einzeln hetzten sie ziellos über die Lichtung, einige auf den Turm zu, andere Richtung Wald. Vielleicht, um von dort aus eine zweite Angriffswelle einzuleiten, dachte Wex. Sein Ziel hingegen war klar, und er fand es eher mit den Ohren als mit den Augen.

Kraven wimmerte immer noch, was bedeutete, dass er noch am Leben war.

Dicht über dem Boden schlich Wex in die Richtung, die seine Ohren ihm vorgaben, und wagte es nicht, den Kopf über die Halme zu erheben. Für den Fall, dass er einem Düsterling begegnete, hatte er das Schwert seines Vaters gezogen, aber wenn er ihn nicht mit einem Streich niederstreckte, würde schon ein einziger Ruf genügen, um ihn zu verraten. Ansonsten gab es keinen Grund, warum sie ihn in der Dunkelheit entdecken sollten, solange er nur den Kopf schön unten hielt. Es war schwer, seine Kameraden zurückzulassen in dem Wissen, dass er sie wohl kaum wiederfinden würde, aber tausendmal leichter, als das Schicksal der Kinder in die Hände der Düsterlinge zu legen. Falls Wex überlebte, würde er einfach dem Fluss stromaufwärts folgen und das Beste hoffen.

Die Strecke war kurz, und Wex erreichte Kraven, ohne entdeckt zu werden. Dort angelangt, streckte er schließlich den Kopf aus dem Gras.

Der Zauberer lag mit plumpen Knoten auf einen Holzstapel gefesselt. Sein Hemd war zerrissen, der Oberkörper von hässlichen roten Schnitten überzogen. Hätte Wex nicht gewusst, dass die Wunden echt waren, er hätte die Aufmachung für übertrieben gehalten, wie für eine zweitklassige Kirmesaufführung. Wenigstens hatte Kraven keine Verbrennungen, auch wenn alles danach aussah, als hätte jemand ungeschickt versucht, den Holzstapel in Brand zu stecken. Auf dem Boden lag ein Häufchen Zunder, daneben zwei Feuersteine.

»Kraven«, flüsterte Wex durch die Grashalme.

Kravens Kopf rollte zur Seite, als wäre er kaum bei Bewusstsein.

Wex stand auf.

»Ich bin gekommen, um Euch zu holen.«

Kraven blickte ihn aus halb geschlossenen Augen an, dann schossen seine Brauen nach oben.

»Wexford«, brachte er stöhnend zwischen den aufgesprungenen Lippen heraus. »Sind wir tot?«

»Noch nicht«, erwiderte Wex und sah sich um, ob Düsterlinge in der Nähe waren. »Gibt es irgendwelche Wachen?«

In diesem Moment erhob sich ein dunkler Schatten hinter Kraven.

»Ja«, zischte die Gestalt und reckte ein steinernes Messer hoch in die Luft, das noch dunkler war, als die Nacht um sie herum. »Mich gibt es!«

»Schlitzer«, keuchte Kraven.

Wex dachte, der drahtige Düsterling würde die Klinge in Kravens Herz bohren, doch er sprang mit einem einzigen Satz über den Zauberer hinweg und landete direkt vor Wex.

Wex richtete sich auf, Elgers Schwert auf den Düsterling gerichtet.

Schlitzer zögerte. Er beäugte die Waffe und denjenigen, der sie in der Hand hielt. Mit den Augen schätzte er ab, wie seine Chancen in einem Kampf auf Leben und Tod standen.

Wex spürte, dass es für die Kreatur nicht das erste Mal war. Für Wex schon. Also beschloss er, Schlitzer bei seiner Entscheidung zu helfen. »Du hast gehört, wie dein Opfer meinen Namen gesagt hat. Ich bin Wexford, der Kartenzeichner. Geh! Sag deinem Herrn, dass ich nicht länger im Turm bin.« Er wartete einen Moment, um zu sehen, wie Schlitzer reagieren würde, und als der Düsterling ihn nur verblüfft anstarrte, fügte er hinzu: »Ich gehe nach Norden. Sag ihm, er darf mich nicht verfolgen, sonst werde ich den Schleier über ihn bringen!«

Während Schlitzer überlegte, fiel Wex ein, dass die Kreatur seine Sprache wahrscheinlich nicht allzu gut verstand. Außerdem wurde ihm bewusst, dass er Kraven nicht tragen konnte. Nie und nimmer würde er die anderen einholen, wenn er einen verletzten Erwachsenen mitschleppen musste. Vorausgesetzt natürlich, sie hatten es hinter die chaotischen Linien der Düsterlinge geschafft.

»Der Kartenzeichner!«, rief Schlitzer plötzlich.

Das Tier kannte den Ausdruck. Kraven hatte ihnen also alles erzählt. Eigentlich hatte er den Zauberer verfluchen wollen für seinen Verrat, ihm ewige Verdammnis wünschen, aber jetzt, da er ihn auf diesem Scheiterhaufen liegen sah, aus einem Dutzend Wunden blutend, konnte er es nicht mehr. Kraven fantasierte, war kaum bei Bewusstsein. Was er von dem heimtückischen Ding mit dem Messer hatte ertragen müssen, konnte und wollte Wex sich nicht einmal vorstellen. Allein beim Anblick von Kravens Wunden wurde ihm schwindlig. In regelmäßigen Abständen war die weißliche Haut auf Brust und Bauch eingeschnitten und rollte sich auf wie der Deckel einer Satteltasche. Darunter schimmerte rot das rohe Fleisch. Keine der Wunden war tödlich, aber früher oder später würde Kraven verbluten oder an einer Infektion sterben, wenn er nicht versorgt wurde, und die Narben würden ihn den Rest seines Lebens begleiten. Er war für immer gezeichnet. Falls er überlebte.

Wex wurde allmählich nervös. Er warte darauf, dass der Düsterling irgendetwas unternahm. Langsam ließ er die Spitze seines Schwerts kreisen, um möglichst bedrohlich zu wirken, vielleicht sogar gefährlich. Was er jedoch erreichte, war das Gleichgewicht zu verlieren. Wex musste einen Ausfallschritt nach links machen, um nicht hinzufallen.

Denkbar wenig beeindruckt von der kleinen Vorstellung ergriff Schlitzer die Gelegenheit und stürzte sich auf Wex.

Das Messer schoss von schräg unten auf ihn zu. Wex taumelte ein paar Schritte zurück, zu sehr damit beschäftigt, dem Angriff auszuweichen, um seine eigene Waffe einzusetzen.

Schlitzer setzte nach, blieb ihm dicht auf den Fersen.

Wex wollte einen wuchtigen Schlag versuchen und holte weit aus, doch Schlitzer sprang ihn an und packte ihn, riss sie beide zu Boden, wo sein handliches Messer Wex' sperrigem Schwert weit überlegen war.

Wex ließ das schwere Ding los und versuchte, Schlitzers Messerhand zu packen. Mit beiden Händen hielt er den Arm mit der schwarzen Klinge so fest er nur irgend konnte. Da erkannte Wex seinen Fehler: Schlitzers freie Hand war mit ihren scharfen Krallen eine beinahe genauso gefährliche Waffe, und die legte sich jetzt um Wex' Kehle.

Doch der sichere Tod kam nicht. Schlitzer wurde von Wex heruntergerissen und gegen den Scheiterhaufen geschleudert. Ein anderer Düsterling stürzte sich auf Schlitzer und hieb mit seinen

Klauen auf ihn ein. Spitze Krallen bohrten sich in seine Brust und Schulter, Blut spritzte, und Schlitzer heulte auf.

Wex nutzte die Chance und krabbelte zu seinem Schwert. Als er sich wieder umdrehte, sah er, wie Schlitzer und der andere Düsterling einander umkreisten. Als der Neuankömmling ihm den Kopf zuwandte, erkannte Wex, dass er kein Düsterling war, zumindest nicht ganz.

»Arkh!«, rief Wex.

Schlitzer blickte verwirrt zwischen den beiden hin und her und versuchte, die neue Situation einzuschätzen. Einen Moment später sprang der drahtige Düsterling ein zweites Mal über Kravens Scheiterhaufen, nur diesmal in die andere Richtung, und floh hinaus in die Nacht.

»Es war sehr mutig von dir, zu Kraven zu gehen«, sagte Arkhs vertraute Stimme. »Aber es will mir beim besten Willen nicht in den Sinn, warum du dieser Kreatur aufgetragen hast, ihrem Herrn zu übermitteln, was du vorhast. Würdest du mir das bitte erklären?«

Wex spürte das Bedürfnis, den gehörnten Halbmenschen zu umarmen, aber er war noch zu durcheinander von dem Kampf. Stattdessen seufzte er nur unglaublich erleichtert und beantwortete Arkhs Frage. »Ich wollte verhindern, dass sie den Turm angreifen.«

»Wenn du dich verborgen gehalten hättest, hätte dir das einen Tag Vorsprung verschafft, während sie weiterhin den Turm belagern.«

»Die Kinder sind noch da drin, außerdem die Zwerge, die uns Zuflucht gewährt haben. Ich will nicht, dass sie für mich sterben.«

»Das möchte ich genauso wenig«, erwiderte Arkh. »Ich schlage vor, wir entfernen uns, bevor die allgemeine Verwirrung sich gelegt hat.«

»Welche Verwirrung?«

»Ich dachte, du wüsstest es. Das Düsterlinglager ist in hellem

Aufruhr. Jetzt ist der ideale Zeitpunkt für einen Fluchtversuch. War das nicht der Grund, weshalb ihr den Turm verlassen habt?«

»Wir dachten, sie würden angreifen.«

»Nein. Ich ging zum Turm, um euch zu informieren. Warum seid ihr nicht beim Treffpunkt an der verborgenen Brücke ein Stück flussabwärts erschienen?«

Wex verdrehte die Augen. »Der Wachposten hielt dich für einen Düsterling.«

Arkh schüttelte den Kopf. »Ich bin nicht von ihrer Art. Aber ich kann mich im Dunkeln unter ihnen bewegen, und man mag mich aus der Entfernung für einen halten. Sie stammen von verschiedenen Sippen und kennen sich nicht alle untereinander. Aber das ist eine Geschichte für einen ruhigen Abend an einem warmen Feuer. Wir müssen aufbrechen, solange die Düsterlinge noch abgelenkt sind. Wenn wir uns beeilen, können wir vielleicht durch ihre Linien schlüpfen. Unsere Freunde aus Skye haben es bereits getan.«

»Fretter und die anderen?«

»In der Tat. Als ihr nicht kamt, bin ich durchs seichte Wasser zurückgewatet. Diese Geschöpfe hassen das Wasser. Ich habe eure Gruppe gesehen und bin ihr gefolgt.«

»Und was ist es, das die Düsterlinge derart ablenkt?«

Arkhs Gesichtsmuskulatur erlaubte es ihm nicht zu lächeln, aber Wex spürte, wie sehr er seine Worte genoss, während er auf die irrlichternden Fackeln im Lager der Düsterlinge deutete.

»Sie haben ein Problem mit wilden Rindern.«

50

Vill fand sich auf der Flucht vor gefräßigen Kühen wieder. Brüllend brachen sie aus allen Richtungen gleichzeitig in sein sorgsam errichtetes Lager, schleuderten Werkzeuge durch die Luft, zerstörten die hölzernen Hütten und zertrampelten jeden, der nicht schnell genug zur Seite sprang.

Anfangs hatte Vill nur überrascht beobachtet, wie seine Düsterlinge entsetzt vor der sich von Westen her anpirschenden Rinderherde geflohen waren. Am Rand des Feuerscheins waren sie in Lauerstellung gegangen. Die Flammen hatten sich in kleinen Blitzen in ihren schwarzen Augen gespiegelt wie die Sonne in Schlitzers Messer. Dann hatten sie sich, begleitet von leisem Muhen, in einer breiten Linie verteilt. Vill hatte erwartet, dass sie gemächlich schnuppernd ins Lager getrottet kommen würden, um nach Futter zu suchen, wie es diese zahme Tiere manchmal machten. Vielleicht gehörten sie ja dem kleinen Volk. Stattdessen waren sie in geschlossener Formation losgestürmt.

Der erste Düsterling, der ihnen im Weg stand, ging unter den stampfenden Hufen zu Boden und verschwand. Der zweite wurde aus dem Anbau geschleudert, in dem er gerade geschlafen hatte, um gleich vom nächsten Tier mit zuschnappenden Kiefern aufgefangen zu werden. Blut spritzte, das Monster rannte weiter und schüttelte den Düsterling, bis es einen großen Brocken aus seinem Rumpf herausgerissen hatte und der Rest des Körpers in hohem Bogen durch die Luft flog. Kauend preschte die Kreatur weiter.

Vill brüllte seinen Düsterlingen im Laufen zu, sie sollten der tobenden Herde Einhalt gebieten, und obwohl sich die Soldaten ihnen entgegenstellten, schafften sie es lediglich, selbst zertrampelt und aufgeschlitzt zu werden.

Die Rinder blieben nicht stehen, um sie zu fressen, sondern stürmten weiter und stürzten sich wie tollwütige Raubtiere im Blutrausch auf die nächstbeste lebendige Kreatur. Ein Kojote in einem Hühnerstall hätte nicht mehr Federn aufwirbeln können, als diese Rinder mit ihren Reißzähnen überall im zerstörten Lager das Blut seiner Düsterlinge verspritzten.

Das steile Flussufer schien ihm eine geeignete Zuflucht, wohin die Tiere selbst in ihrer Raserei kaum vordringen würden. Vill nahm den Bogen vom Rücken, wirbelte herum und versenkte einen gut gezielten Pfeil in dem Jungtier, das ihm gefolgt war.

Verdutzt drehte es den Kopf in dem Versuch, den gefiederten Schaft zu betrachten, der ihm unterhalb des Ohrs aus dem Schädel ragte. Es strauchelte und krachte in einen Stapel Feuerholz, wo es reglos liegen blieb.

Geduckt eilte Vill die Uferböschung hinunter und ging dicht am Wasser in Deckung. Oberhalb preschte die Herde mit donnernden Hufen vorbei, und Vill versuchte, die Verluste in seinen Reihen abzuschätzen. Etwa fünfzehn Düsterlingfrauen und zehn Soldaten. Kein vernichtender Schlag, solange er nur selbst überlebte. Vill ging davon aus, dass der Blutrausch spätestens vorüber sein würde, wenn die bizarren Raubtiere genug Beute gemacht hatten. Sie waren wilde und schlaue Kreaturen, und blutrünstig, wie er deutlich sah. Ein Glück, dass Vill nichts empfinden konnte, auch keine Furcht. Andernfalls wäre er mit größter Sicherheit in Panik gewesen.

Das Problem war nicht die Zahl der getöteten Düsterlinge, sondern der Verlust an Disziplin. Er würde einen ganzen Tag brauchen, um seine Armee wieder zusammenzutreiben. Eine Handvoll disziplinierter Zehnertrupps würde reichen, um das fleischfressende Vieh aus dem Lager zu vertreiben. Vielleicht würden sie auch von selbst wieder abziehen, aber vor dem nächsten Morgen konnte er kaum etwas unternehmen.

Beinahe eine ganze Stunde harrte er am Fluss aus, dann schlich er sich hinauf zur Brücke. Er konnte keine Rinder entdecken, hörte kein verdächtiges Schnauben und auch kein Hufgetrampel, also kletterte er über die geborstenen Balken hinüber zu der Lichtung. Schließlich fand er den Holzstapel, den Schlitzer für den Magier aufgehäuft hatte. Er war verlassen. Vill fragte sich, ob der Düsterling ihn vielleicht woanders hingebracht hatte, als das Chaos ausbrach, um ihn in aller Ruhe weiter foltern zu können.

Vage sah er die Umrisse des weißen Turms in der Dunkelheit. Wie eine Erscheinung ragte er empor, die hellen Wände das Einzige, was in der wolkenverhangenen Nacht zu erkennen war. Das kleine Volk hatte sich die allgemeine Verwirrung nicht zunutze gemacht und keinen Gegenangriff unternommen. Wenigstens war es ihm gelungen, sie weit genug einzuschüchtern, um keinen Ausfall zu wagen. Vill wandte seine Gedanken dem Hauptmann zu, der bei ihnen war. Dieser Fretter war klug, und er genoss große Loyalität, sowohl bei seinen eigenen Leuten als auch bei den Winzlingen. Wie sonst hätte es ihm gelingen sollen, einen von ihnen zu jenem Selbstmordkommando zu überreden, mit dem sie das Katapult zerstört hatten. Ein Anführer von dieser Qualität würde die Nacht nicht ungenutzt verstreichen lassen, und Vill überlegte, was Fretter unternehmen könnte. Er versuchte sich vorzustellen, was er selbst tun würde, wenn er in dem Turm säße. Da er jedoch unfähig war, irgendetwas zu empfinden, war es ihm auch unmöglich, sich in die Lage eines anderen hineinzuversetzen. Also machte er stattdessen eine gedankliche Bestandsaufnahme.

Auf das, was im Turm vor sich ging, hatte er zur Zeit keinen Einfluss, daher war es für den Moment auch keiner weiteren

Überlegung wert. Er konnte lediglich eingreifen, wenn sie vorhatten, den Turm zu verlassen. Sollten die Winzlinge oder die Menschen eine Flucht in Betracht ziehen, würden sie einen entsprechenden Versuch wahrscheinlich unternehmen, solange es noch dunkel war.

Sie wussten nicht, dass er seine Armee mittlerweile auf über zweihundert Soldaten vergrößert hatte, darunter eine ganze Kompanie Bogenschützen, die ihre Pfeile rund um die Uhr auf den einzigen Ausgang des Turms gerichtet hielten – außer während der letzten Stunde, als diese verfluchten Rinder ausgerechnet in seinem Lager ihre Fresspause eingelegt hatten.

Aller Wahrscheinlichkeit nach hielten Hauptmann Fretter und der Kartenzeichner sich immer noch im sicheren Turm auf, doch selbst die winzig kleine Möglichkeit einer Flucht nagte an ihm. Das Auftauchen der Herde konnten sie nicht von dort drinnen in die Wege geleitet haben. Das war schlichtweg unmöglich. Andererseits hätte er noch vor einer Woche den Gedanken an die bloße Existenz derartiger Kreaturen als Hirngespinst, als bloße Fantasie zurückgewiesen, genauso wie die Möglichkeit, den Schleier zu versetzen. Ja, selbst die zweibeinigen Monster, über die er mittlerweile befehligte, hätte er ins Reich der Märchen verwiesen.

Seit beinahe einer Stunde hatte Vill kein Muhen mehr gehört.

»Fretter!«, rief er zum Turm hinauf und wartete, weil er wusste, dass der Wachposten die Nachricht von Vills Erscheinen erst an die entsprechende Stelle weitergeben musste. Als schließlich das Oberhaupt der Winzlinge am Fenster erschien statt des Hauptmanns, wusste Vill Bescheid und machte sich auf den Weg zurück zum Lager. Er musste die nähere Umgebung absuchen, ob irgendjemand vielleicht ihre Linien durchbrochen hatte.

Zum ersten Mal seit Tagen war das Glück ihm wieder hold. Schlitzer hatte seine Stimme gehört und wartete neben dem zuvor noch verlassenen Scheiterhaufen auf Vill. Der Düsterling schien ängstlich und begierig zugleich, mit ihm zu sprechen.

»Ich muss Euch etwas sagen«, verkündete Schlitzer und klapperte aufgeregt mit den Klauen. »Es geht um den Kartenzeichner.«

51

Entlang des Flusses schlichen sie weiter. Arkh trug Kraven über der Schulter. Sie sprachen wenig, außer es war absolut notwendig, und auch dann nur leise. Das Stöhnen des Magiers war ein Problem, solange sie noch in der Nähe des Düsterlinglagers waren, aber wenn sie erst Addels Brücke hinter sich gelassen hatten, würde das Tosen des Flusses es übertönen. Es war schwierig, sich in der Dunkelheit zurechtzufinden, vor allem auf dem glitschigen Untergrund. Arkh schaffte es irgendwie, sich lautlos von Stein zu Stein zu bewegen, während Wex unbeholfen durchs seichte Wasser stolperte. Die Angst, doch noch von einem Düsterlingspäher entdeckt zu werden, ließ ihn derart verkrampfen, dass seine Fingernägel sichelmondförmige Abdrücke in den Handflächen hinterließen und er alle paar Minuten die Arme ausschütteln musste.

Sie hatten nicht lange diskutiert, wer Kraven tragen würde. Arkh hatte ihn einfach hochgehoben, die Fesseln durchgeschnitten und ihn sich über die Schulter gelegt. Der Magier blutete immer noch. Sie hatten nicht mehr tun können, als seinen Oberkörper fest mit Stoff zu umwickeln, um die Wunden zu verschließen, die Schlitzer ihm beigebracht hatte. Insgesamt waren es acht dreieckige Schnitte. In zwei parallelen Reihen verliefen sie von der Brust bis hinunter zum Bauch, die Seiten der Dreiecke etwa eine Handbreit lang.

»Wie hast du es aus dem Turm herausgeschafft?«, fragte Wex, nachdem sie den Belagerungsring der Düsterlinge etwa eine Wegstunde weit hinter sich gelassen hatten.

»Zu Fuß«, antwortete Arkh sachlich. »Der Fäkaliengeruch wurde unerträglich, und nachdem die unterste Ebene nicht mehr verteidigt wurde, bot sie auch keinen Schutz mehr, also ging ich nach draußen. Die Nacht verbarg mich, und ich versuchte, auf Abstand zu den Düsterlingen zu bleiben. Wenn sie mich aus der Nähe sahen, hielten sie mich für einen Sonderling ihrer eigenen Rasse, der wohl von einer anderen Sippe stammte. Ihre Intelligenz ist nicht besonders ausgeprägt.«

Arkhs Mut verblüffte Wex. Sich unter den Düsterlingen zu bewegen und so zu tun, als wäre er einer von ihnen, war etwas, das er nie fertigbringen würde. Bei Tageslicht hätte die Scharade kaum standgehalten, aber während der Nacht fiel seine hellere Hautfarbe nicht so auf. Arkh erzählte Wex auch von seiner Mutter. Wenn Wex seinen Worten Glauben schenkte, war sie in jeder Hinsicht die wunderbarste Frau auf Erden gewesen. Stolz und freimütig erzählte er von ihr, ganz anders, als er sich in Anwesenheit von Spragg verhalten hatte. Er nannte Wex sogar ihren Vornamen, der ihm jedoch nichts sagte, weil sie den Hof bereits vor vierzig Jahren verlassen hatte. Was die Obrigkeit von Skye betraf, kannte Wex ohnehin nur landläufigen Klatsch und Gerüchte, also war es keine Überraschung und erst recht keine Beleidigung, dass er noch nie von ihr gehört hatte.

Wex' Nerven beruhigten sich zusehends, je weiter sie das Düsterlinglager hinter sich ließen. Laut Arkhs Schilderung war der Großteil der Düsterlinge immer noch in heller Aufregung. Die fleischfressenden Rinder waren mitten durch ihr Lager gepflügt und hatten sie auseinandergetrieben wie einen Vogelschwarm. Es würde noch eine ganze Zeit lang dauern, bis sie einen Spähtrupp nach ihnen aussenden konnten. Und selbst wenn – Wex hatte Schlitzer gesagt, er würde nach Norden gehen, nicht nach Süden, und jetzt beglückwünschte er sich zu dieser schlauen List. Frühestens am nächsten Morgen würden die Düsterlinge dahinterkommen, in welche Richtung er tatsächlich unterwegs war, und dann wäre ihre Spur immer noch schwer zu verfolgen, weil sie die meiste Zeit durch den Fluss wateten.

Das weit größere Problem war, die anderen wiederzufinden. Sie hatten sich flussaufwärts durchschlagen wollen, aber was sie nicht gesagt hatten, war, wie weit. Mit weniger als einem halb fertigen Plan waren sie einfach aufgebrochen in einem Land, in dem selbst der ausgefeilteste Plan scheitern konnte, weil ständig etwas Unvorhersehbares geschah und alles über den Haufen warf.

»Sie dürften nicht allzu weit voraus sein«, meinte Arkh. »Eine so große Gruppe kommt nur langsam voran. Und mit Kraven als zusätzlichem Marschgepäck werden wir auch kaum in der Dunkelheit an ihnen vorbeistürmen.«

»Vielleicht warten sie ja auf mich«, erklärte Wex hoffnungsvoll. »Ich habe zu Adara gesagt, dass ich sie einholen würde.«

»Vielleicht ja, vielleicht auch nicht. Sie werden versuchen, so viel Abstand wie irgend möglich zwischen sich und die Düsterlingarmee zu bringen, denn wenn es erst hell wird, ist es ein Leichtes, ihrer Spur zu folgen. Die Armee ist über zweihundert Mann stark. Hundert davon, ausgesandt in alle Himmelsrichtungen, werden genügen, um bei Tageslicht die Spur einer Gruppe von ihrer Größe zu finden.«

Wex runzelte die Stirn. Daran hatte er nicht gedacht.

Der Himmel wurde jetzt allmählich heller und der Fluss ruhiger. Sie verließen das Wasser, um am Ufer schneller voranzukommen, und Wex war froh, die nassen Füße aus dem eisigen Schmelzwasser der Gletscher zu bekommen. Sie waren schon ganz blau angelaufen, und er konnte seine Zehen nicht mehr spüren.

»An der ersten Stelle, die sich überqueren lässt, sind sie wahrscheinlich abgebogen«, sagte Wex. »Sie wollten so schnell wie möglich zum Walther zurück.«

»Zum Walther?«

»Der eine Weg zurück nach Abrogan führt über den Berg mit

den Aussätzigen. Ich würde ja lieber den anderen Pass nehmen, aber sie haben Angst vor Verda.«

»Wer ist Verda?«

Wex fiel ein, dass er niemandem von seiner Unterhaltung mit dem Baumungeheuer erzählt hatte. »Ich meine den Drachen. Ich nenne ihn Verda.«

»Weshalb?«

»Der Name scheint mir irgendwie passend.«

Arkh nickte und blieb unvermittelt stehen. Die übergroßen Raubtierohren hoch aufgerichtet, schnupperte er in der Luft. »Bei Tageslicht sollte ich unsere Kameraden auch so finden können«, murmelte er, legte Kraven ins Gras und ging in die Hocke. Wie ein Wolf begann er, in immer größer werdenden Kreisen umherzulaufen. Die gegabelte Zunge schnellte immer wieder zwischen seinen Reißzähnen hervor. Plötzlich blieb er stehen und deutete auf den Boden.

Wex lief zu ihm. Die Abdrücke waren unverkennbar. Etwa ein Dutzend Paar Füße, eindeutig von Menschen. Wex war außer sich vor Freude, aber auch ein wenig besorgt, weil Arkh die Fährte ihrer Freunde aufgenommen hatte, als wäre er ein Raubtier auf der Pirsch.

»Sind sie frisch?«, fragte Wex.

»Besonders alt können sie wohl kaum sein«, erwiderte Arkh.

»Richtig.« Wex kann sich dumm vor, weil er gefragt hatte. Die Gruppe war nur kurz vor ihnen aufgebrochen.

»Sie sind etwa eine Stunde vor uns«, erklärte Arkh. »Wenn wir uns anstrengen, können wir sie einholen. Andererseits könnten sie sich bald vom Fluss entfernen, und wir sollten Kravens Wunden auswaschen, solange wir noch in der Nähe des Wassers sind.«

»Es wird ihm nicht gefallen, wenn wir die Wunden wieder öffnen«, gab Wex zu Bedenken.

»Tun wir es gleich.«

Sie zogen Kraven nackt aus, und Arkh hielt Kravens Arme fest.

Wex befeuchtete die Stellen, wo der Verband an den Wunden festgetrocknet war, und zupfte ihn vorsichtig herunter.

Kraven war wach, aber nur halb bei Bewusstsein. Er stöhnte.

Wex nickte Arkh zu, und der verstärkte seinen Griff.

Behutsam hob Wex die Hautlappen über den Wunden an.

Der Magier zuckte und stieß unverständliche Laute aus, während Wex die entsetzlichen Wunden begutachtete. Die leuchtend roten Dreiecke rohen Fleisches zeigten Wex, wie die aufgerollte Haut auf Kravens Brust und Bauch zu liegen kommen musste. Gemeinsam hoben sie den Magier in den Fluss, wo Wex mit dem abgewickelten Verband den Schmutz aus den Wunden rieb. Er arbeitete schnell, damit Kraven von dem eisigen Wasser nicht auch noch krank wurde. Die Kälte dämpfte den Schmerz zwar, aber nicht genug, wie Wex an Arkhs anschwellenden Muskeln sah, der alle Mühe hatte, Kravens Zuckungen zu unterbinden. Wex konnte dem Magier das Gezappel kaum verübeln. Selbst die hartgesottensten Soldaten würden sich unter dieser Tortur vor Schmerzen krümmen.

Als sie ihn zurück ans Ufer brachten, hatte sich die bläulich weiße Haut über den Wunden wegen der Kälte noch stärker zusammengezogen. Mit sanften Fingern drückte Wex die runzligen Lappen wieder fest, strich und zog sie glatt, so gut es ging. Als er fertig war, riss er sein Hemd in Streifen, verband die Wunden damit und knotete die Stoffbahnen auf Kravens Rücken zusammen.

»Du hast die Hände eines Chirurgen«, sagte Arkh.

»Die Haut müsste wieder festwachsen«, erklärte Wex. »Und unser Freund wird eine aufregende Geschichte zu seinen Narben erzählen können.«

»Du bist ein Wunder.«

»Das ist kein Wunder. Eher eine Art Flickwerk.«

»Ich sagte, *du* bist ein Wunder«, berichtigte Arkh. »Selbst dem anständigsten Menschen hätte man keinen Vorwurf machen können, wenn er ihn zurückgelassen hätte.«

»Du hast ihn getragen. Du bist genauso ein Wunder wie ich.«

»Ich bin kein Mensch.«

»Das ist alberne Wortklauberei«, protestierte Wex. »Ich glaube sogar, diese Spitzfindigkeiten machen dir Spaß. Aber bei dir kann ich das nie genau sagen. Beunruhigend, irgendwie.«

Arkhs Zunge schnellte vor. »Wir müssen los.«

Eine Stunde später hatten sie die anderen eingeholt, genau wie Arkh gesagt hatte. Sie hatten den Fluss überquert, danach waren die Spuren Richtung Westen verlaufen, weg von den Bäumen, die entlang des Ufers wuchsen, und hinaus über die offenen Wiesen, die sie zurück zum Walther bringen würden. Arkh hatte nicht einmal seine Nase gebraucht, um der Fährte zu folgen, so deutlich waren die Abdrücke zu erkennen gewesen.

Die Gruppe hatte auf freiem Feld eine Pause eingelegt, wo sie dicht zusammengekauert im Gras hockten. Wex sah sie als Erster. »Da!«, rief er.

»Warum haben sie keine Wache aufgestellt, die nach Düsterlingen Ausschau hält, während sie Rast machen?«, fragte sich Arkh verwundert.

Als sie näher kamen, hörten sie laute Stimmen. Zornige Stimmen. Sie schrien. Es waren nicht die Stimmen einer Gruppe, die versuchte, still und leise einer ganzen Armee von Verfolgern zu entschlüpfen.

Wex und Arkh erreichten die Gruppe, ohne dass jemand auf sie aufmerksam geworden wäre, hüteten sich jedoch, den Soldaten einfach von hinten auf die Schulter zu klopfen, weil sie kein Schwert in den Bauch gerammt bekommen wollten.

»Heda!«, rief Arkh, als sie nur noch wenige Schritte entfernt waren.

Die Gruppe stand in einem engen Kreis beisammen. Etwas lag in ihrer Mitte auf dem Boden.

Fretter blickte auf. Er hatte die Stirn in tiefe Falten gelegt, doch als er sie bemerkte, hellte sich seine Miene ein wenig auf. »Ah! Endlich einmal gute Nachrichten.«

Die anderen drehten die Köpfe und sahen einen hemdlosen Wex, daneben Arkh, der Kraven wie einen Sack Getreide über der Schulter trug.

Brynns Mundwinkel hoben sich gerade zu einem Lächeln, da kam Adara schon auf Wex zugesprungen und schloss ihn in eine wilde Umarmung. Beinahe wäre Wex von dem Aufprall nach hinten umgefallen. Doch leider blieb keine Zeit, den Druck ihres geschmeidigen Körpers auf seiner nackten Haut zu genießen, denn über Adaras Schulter hinweg sah Wex nur zu deutlich, dass der Rest der Gruppe alles andere als glücklich war.

Brynns Lächeln und Fretters Erleichterung waren schnell wieder verschwunden. Selbst Spragg schien weniger erfreut, ihn am Leben zu sehen, als Wex es erwartet hatte.

»Was ist los?«, fragte Wex, ohne sich aus Adaras Armen zu lösen. Am liebsten wäre es ihm gewesen, sie hätte ihn auf ewig so umklammert, aber irgendetwas Ungutes war hier im Gange. Zögernd befreite sich Wex aus der Umarmung und trat auf die Gruppe zu.

Die Soldaten gingen ein Stück zur Seite und gaben den Blick frei auf zwei am Boden liegende gefesselte Gestalten. Curdwell und Alver standen mit gezogenen Schwertern neben ihnen.

Wex schnappte nach Luft. Es waren Pinch und Mungo.

Der Dieb war verdreckt und völlig zerschunden. Hässliche rote Striemen und blaue Flecken überzogen sein Gesicht. Seine Lippen waren aufgeplatzt und bluteten. Mungo sah nicht ganz so schlimm aus, aber eins seiner Augen war halb zugeschwollen.

Wex blickte Fretter fragend an. »Habt Ihr sie aus den Händen irgendwelcher Feinde befreit?«

Fretter schüttelte grimmig den Kopf. »Ich werde gleich berichten, was mit ihnen geschehen ist«, erwiderte er, »aber erzähl du uns zuerst deine Geschichte.«

Eilig erklärte Wex, wie Arkh ihn gefunden hatte und sie gemeinsam Kraven gerettet hatten. Was er Schlitzer gesagt hatte, ließ er vorsichtshalber erst einmal weg und berichtete stattdessen, wie Kraven sich zwar tapfer gehalten, aber unter schrecklichen Schmerzen schließlich doch Wex' Identität preisgegeben hatte.

Fretter und die anderen blickten immer wieder zu dem Magier hinüber, genauso wie Wex immer wieder auf Mungo und Pinch starrte. Alle drei lagen auf dem Boden und gaben keinen Laut von sich. Blut sickerte durch Kravens Verbände und untermauerte Wex' Schilderung von der grässlichen Folter.

»Die Düsterlinge wissen, dass wir weg sind«, schloss Wex seinen Bericht. »Ich schätze, sie haben die Verfolgung bereits aufgenommen. Und jetzt erzählt mir, was hier passiert ist!«

Von Fretter einen Bericht zu verlangen war ein wenig anmaßend, wenn man bedachte, dass Wex mit einem Hauptmann der Palastwache sprach, aber niemand nahm Anstoß an seinem Benehmen. Die Tatsache, dass Wex dazu beigetragen hatte, Kraven zu retten, sorgte nicht nur für hochgezogene Augenbrauen, die Soldaten schienen ihm jetzt auch mehr Respekt entgegenzubringen.

»Wir haben die beiden Deserteure wieder eingefangen«, erklärte Curdwell ohne große Umschweife und brachte die Klinge seines Schwerts bedrohlich nahe an Pinchs Hals.

Wex' Magen machte einen Satz. Selbst der Sohn eines Schweinezüchters kannte die Strafe für Desertieren: standrechtliche Exekution. Keine Anhörung beim Fürsten, keine Verhandlung vor dem Richter, sondern Hinrichtung an Ort und Stelle durch den befehlshabenden Offizier. So war die allgemeine Praxis. Furchtsame Soldaten wie Spärling würden sonst mit derselben

Wahrscheinlichkeit fliehen wie kämpfen. Es ging das Gerücht, dass Fürst Wassel einst die Hinrichtung seines eigenen Sohnes befohlen hatte, weil er vom Schlachtfeld geflohen war. Wassel hatte es zwar nicht übers Herz gebracht, der Exekution beizuwohnen, aber er hatte sie befohlen. Das Gesetz war in dieser Hinsicht eindeutig.

»Pinch und Mungo sind keine Soldaten«, merkte Wex an. »Also können sie auch nicht desertieren.«

»Sie sind vertraglich gebundene Mitglieder der Expedition, und im Fall kriegerischer Auseinandersetzungen gilt jedes Mitglied als Soldat«, erklärte Fretter in ruhigem Ton, und Wex begriff, dass das Urteil bereits gesprochen war.

»Du hast in dieser Sache nichts zu sagen, Junge«, knurrte Curdwell.

»Aber sie haben uns keinen Schaden zugefügt«, entgegnete Wex.

»Sie hatten Essen dabei«, verkündete der ältere Winster selbstgefällig.

Alver hielt einen Sack hoch und ließ Wex den Inhalt sehen: getrockneter Fisch, vier Äpfel und ein paar Rüben – etwas von den Zwergenvorräten und etwas von ihren eigenen.

»Gestohlen«, fügte Winster hinzu.

Wex blickte Fretter an, aber der zeigte keine Regung. »Dieses Essen wurde den Opfern einer Belagerung in der Zeit höchster Not widerrechtlich entwendet«, sagte er nur.

»Uns«, verdeutlichte Alver.

»Kann ich mit ihnen sprechen?«, fragte Wex.

»Keine Zeit«, erwiderte Fretter. »Wir müssen dem Gesetz Genüge tun und dann weitermarschieren. Die Düsterlinge sind uns wahrscheinlich schon auf den Fersen. Curdwell und Alver, vollzieht die Strafe.«

Pinch sah Wex an. »Hilf uns …«, murmelte er durch blutige Lippen.

Curdwell schlug ihm mit der flachen Seite seines Schwerts ins Gesicht, und Pinch verstummte. »Halt dein Lügenmaul und stirb wie ein Mann.«

Alver holte aus.

»Wartet!«, rief Wex. »Sie wollten zurückkommen. Sie haben es mir gesagt.«

»Erkläre das.« Fretters Stimme genügte, um Alvers Arm verharren zu lassen.

Wex zögerte kurz, dann plapperte er einfach drauflos. »Pinchot sagte, wenn die Düsterlinge uns erst einmal umzingelt hätten, würde uns keine Zeit mehr bleiben, Hilfe zu holen.«

»Aber wir haben sie hier gefunden«, warf Winster ein. »Weit weg vom Turm. Wo sollen sie hier Hilfe gesucht haben?«

»Habt ihr sie gefragt?«

Curdwell räusperte sich. »Wir haben sie überrascht. Mussten sie schnell überwältigen, bevor der Große Widerstand leisten konnte. Hätte uns ziemliche Probleme machen können.«

»Ihr habt sie nicht einmal reden lassen? Dann, bei den Göttern, lasst sie uns hören!« Wex ging zu Pinch und beugte sich zu ihm herunter, ohne auf Curdwells Schwert zu achten. Er zog den arg mitgenommenen Dieb in eine Sitzhaltung und flüsterte ihm bedeutungsvoll ins Ohr. »Das ist deine Chance. Lass uns jetzt nicht beide hängen.«

Fretter öffnete den Mund, um zu protestieren, aber Wex sprach schnell und laut, um seine Worte zu übertönen.

»Macht schon! Erklärt euch!«, sagte er in strengem Ton zu Pinch. Dann wartete er und hoffte, der Dieb würde die beste Lüge seines Lebens präsentieren. Und genau das tat er.

»Die Kühe«, hüstelte Pinch. »Wir haben die Kühe geholt.«

Einen Moment lang herrschte verblüfftes Schweigen. Die Behauptung war so ungeheuerlich, dass keiner widersprach.

»Wir haben keine Kühe gesehen«, sagte Alver schließlich.

Wex blieb gerade genug Zeit, sich etwas einfallen zu lassen, um wieder ins Gespräch einzugreifen. »Arkh hat sie gesehen«, erklärte er. »Stimmt doch, Arkh, oder?«

»Ganz recht«, antwortete der Halbmensch. »Kühe in Hülle und Fülle. Sie haben das Lager der Düsterlinge verwüstet, während wir uns durch die Dunkelheit davonstahlen. Ohne sie hätte kein Einziger von uns es geschafft. Auch Ihr nicht.«

Der ältere Winster schnaubte. »Du machst wohl Witze! Niemand bringt diese Monster dazu, irgendetwas zu tun. Wenn diese Angelegenheit auch nur im Geringsten lustig wäre, würde ich herzlich über eure Märchen lachen, aber das ist sie nicht!«

Pinch redete um sein Leben. »Wir haben die hungrigen Biester auf unsere Spur geführt«, erklärte der Dieb. »Sie sind uns eine volle Wegstunde bis zum Lager der Düsterlinge gefolgt«, fügte er hinzu und fand sich langsam in die Geschichte hinein. »Ich lüge nicht. Als wir die Viecher abgeliefert hatten, konnten wir nicht mehr viel tun. Nachdem sie die Witterung der Düsterlinge aufgenommen hatten, sind wir geflohen.«

»Das genügt, mein Freund«, sagte Wex. »Es tut mir leid, dass unsere Kameraden euch geschlagen haben, und ich entschuldige mich im Namen aller.«

Pinch nahm das als Stichwort und stand auf. Mungo ebenfalls. Der Riese sah wütend aus.

Fretter wusste nicht, was er tun sollte. Er öffnete den Mund, als wollte er etwas sagen, schloss ihn dann wieder und öffnete ihn erneut, um es sich noch einmal anders zu überlegen, und am Ende sagte er überhaupt nichts. Brynn und Adara sahen erleichtert aus. Spragg stand da wie vom Donner gerührt, den Kiefer nach unten geklappt. Ohne einen neuen Befehl von Fretter wussten Curdwell und Alver nicht, was sie tun sollten, also traten sie einfach einen Schritt zurück, während Wex mit seinem Messer die Fesseln der Gefangenen durchschnitt. Die Soldaten wirkten nervös, als befürchteten sie, Pinch und Mungo könnten sich an ihnen rächen wollen.

Pinch sah ihre Angst. Er legte Mungo eine Hand auf die Brust, als würde er ihn zurückhalten. »Entschuldigung angenommen«, sagte er. »Das waren seltsame und harte Tage, und in diesem Land weiß man nie so recht, was was und wer wer ist.« Er streckte Curdwell die andere Hand hin, um die Versöhnung zu besiegeln. »Du hast schlecht von mir gedacht. Das tun die Leute manchmal. Aber ich vergebe dir.«

Curdwell blickte verdutzt auf Pinchs Hand. Er hatte den Dieb geschlagen, ohne ihm Gelegenheit zu geben, sich zu rechtfertigen, und jetzt, im Angesicht von Pinchs großmütigem Angebot, musste er entweder einschlagen oder sich beschämt abwenden. Er entschied sich für Letzteres.

»Ich bin froh, dass das geklärt ist«, erklärte Wex. »Denn jetzt müssen wir wirklich weiter.« Er bedeutete Mungo, Kraven zu tragen, und schob Pinch eilig vor sich her, bevor der Dieb sie mit seinem losen Mundwerk noch in Schwierigkeiten brachte.

52

Während der nächsten zwei Wegstunden achtete Wex darauf, dass Pinch stets in seiner Nähe war und keine Dummheiten machte. Nicht eine Sekunde lang hatte er geglaubt, dass Pinch den Soldaten verziehen hatte. Im Grunde genommen hatte der Halunke die Prügel für seine Flucht und den Essensdiebstahl verdient. Er konnte von Glück sagen, noch am Leben zu sein. Mungos stummer Groll war auch nicht gerade angenehm. Finster starrte er mit dem geschwollenen Auge auf Curdwells und Alvers Rücken.

»Danke«, sagte Pinch, als sie außer Hörweite waren.

»Deine Geschichte war ein bisschen lächerlich, aber sie war gut, wie es scheint. Und du schuldest mir was.«

»Ich habe nicht gelogen. Es kommt nur auf den Blickwinkel an. Und meiner war schon immer etwas anders als der von anderen Leuten.«

»Du bist ein Lügner und ein Dieb. Ich weiß nicht, warum ich dich so ins Herz geschlossen habe, und ich glaube, damit ist jetzt auch Schluss.«

»Es schmerzt mich, dass du mir genauso wenig vertraust wie der ganze restliche Läusehaufen. Gerade du. Du bist ein Ausgestoßener wie ich.«

»Ich bin nicht wie du, und wenn ich erst befördert werde, werde ich mich schön fern von dir halten und mich lieber mit besserer Gesellschaft umgeben. Mit Spragg zum Beispiel.«

»Mit wem?«

»Egal. Bieg du lieber deine krummen Touren in Zukunft so zurecht, dass ich nicht mit hineingezogen werde.«

Pinch wechselte das Thema. »Was ist aus unserer temperamentvollen kleinen Freundin geworden? Sie scheint mir nicht ...«

»Cirilla? Doch, sie lebt. Sie ist im Turm geblieben.«

»Im Turm geblieben?«

»Sie will sich um die Flusskinder kümmern.«

»Nun, das sind gute Nachrichten.«

»Sie hat gesagt, wenn nötig, würde sie Blurdo sogar heiraten«, fügte Wex hinzu.

Einen kurzen Moment lang sah Pinch Wex an, als hätte er ihm eine Ohrfeige verpasst. Schließlich schüttelte der Dieb den Kopf und lachte gezwungen. »Na dann, viel Glück.«

»Was hat sie eigentlich verbrochen?«, fragte Wex. Er kannte die Geschichte immer noch nicht. Cirilla hatte jedes Mal gereizt auf das Thema reagiert, und Wex hatte lieber nicht weiter nachgefragt. Pinch hingegen hatte immer wieder kleine, spitze Kommentare abgegeben. Er wusste Bescheid.

»Sie hat einen Mann getötet. Einen Händler. In seinem Schlafzimmer, er war unbewaffnet. Danach hat sie ihn ausgeraubt. Aber ich glaube, dieser Punkt dürfte ihn nicht mehr so sehr interessiert haben.«

»Passt irgendwie nicht zu einer Frau, die sich um einen Haufen fremder Kinder kümmert.«

»Oh, das passt sogar sehr gut zu ihr«, erwiderte Pinch. »Zu dieser mürrischen, fürsorglichen Bärenmutter.«

»Das verstehe ich nicht.«

Mungo ließ Pinch vermelden, dass er müde vom Schleppen war, und sie legten eine kurze Rast ein. Außerdem hatten sich Kravens Verbände gelockert, und Wex nutzte die Zeit, um die Wunden des Magiers zu versorgen, während Pinch in einem fort plauderte, als säßen sie bei einem Krug Bier in Hamptens Taverne.

»Cirilla hatte einen Sohn, musst du wissen. Er war ihr einziger Sohn, gezeugt von einem Vater, der sich einen Dreck um sein uneheliches Kind scherte. Und was macht so eine Mutter, die keinen Vater zu ihrem Kind hat? Sie konzentriert ihre ganze Liebe auf den Nachwuchs. Wie eine Bärenmutter eben. Doch eines Tages wurde der kleine Unglückspilz krank, und Cirilla ging nach Skye, um ein Heilmittel für ihn zu besorgen. Sie war bereit, alles zu tun, um das nötige Geld dafür aufzutreiben, egal wie hoch der Preis auch sein würde. Aber die Stadt ist kein freundlicher Ort für Frauen wie sie. Ich war so höflich, nie zu fragen, welche Erniedrigungen sie ertragen musste, um das Geld zu beschaffen, aber ich fürchte, sie war ziemlich übelgelaunt und verzweifelt, als sie es endlich zusammenhatte. Doch dann hat sich der Händler geweigert, einer »Missgeburt« wie ihr das Heilmittel zu verkaufen. Gleich an dem hübschen schmiedegeeisten Tor seines Grundstücks hat er sie wieder weggeschickt. Aber wie du weißt, neigt Cirilla ein bisschen zur Sturheit. Noch in der Nacht kam sie wieder, ist über das Tor geklettert und hinauf in sein Schlafzimmer. Dort hat sie ihn mit seinem eigenen Gehstock erschlagen, zwei seiner Diener verprügelt und sich dann mit der Medizin davongemacht. Aber das Schicksal war ihr zuvorgekommen, und als sie zu Hause war, war der Junge bereits tot. Als die Palastwache sie an seinem Totenbett verhaftete, hat sie sich nicht mal gewehrt. Dreißig Jahre Kerker hat sie aufgebrummt bekommen für den Mord – genauso viele, wie das Gericht glaubte, dass der Tote noch zu leben gehabt hätte. Das erste Jahr davon haben wir gemeinsam verbracht in diesem Loch, sie und ich. Und Mungo, natürlich. Dann hat man sie für die Kartenexpedition verpflichtet, damit sie als billige Arbeitskraft einen Teil ihrer Strafe abarbeitet. Die Hälfte, falls ich mich recht an Fretters Worte entsinne. Bleiben also noch fünfzehn, wenn ich richtig gerechnet habe.«

»Sie wird nicht zurückkommen«, erwiderte Wex.

»Dann sind es nach wie vor dreißig.«

»Das ist ungerecht!«, rief Wex. Pinchs flapsige Erzählung hatte für ihn so geklungen, als ließe Cirillas Schicksal den Dieb genauso kalt wie das Gericht, das sie verurteilt hatte, und das machte Wex wütend. »Sie ist eine gute Frau, besser als die meisten, denen ich in meinem Leben begegnet bin!«

»Du bist wohl schon einer Menge Frauen begegnet, wie?«

Wex kochte. Er zog Kravens Oberkörper hoch und reichte Pinch die blutverschmierten Stofffetzen, damit er sie ihm wieder anlegte. »Hätte ich nicht gerade erst Kopf und Kragen riskiert, um dich zu retten, ich würde dich verfluchen für dein kaltes Herz.«

»Tatsächlich …«, sagte Pinch und zog den Verband so fest, dass Kraven laut stöhnte.

»Ich weiß, wer Vill ist«, murmelte der Magier.

Die Worte trafen Wex und Pinch wie ein Donnerschlag. Es waren die ersten, die dem Magier seit seiner Befreiung über die Lippen gekommen waren.

»Sprecht, Freund«, sagte Wex sanft.

»Er stammt aus Skye … vor vierzig Jahren ist er plötzlich verschwunden. Ich war damals noch jung. Ich habe mich kaum an ihn erinnert, bis er mich über den Schleier ausgefragt hat.«

»Vor vierzig Jahren?« Die bloße Vorstellung überwältigte Wex.

»Er ist gut gealtert«, kommentierte Pinch.

»Er ist überhaupt nicht gealtert«, widersprach Kraven. »Ich glaube, er war die ganze Zeit über im Schleier, bis Wex ihn befreit hat.«

»Wer war er?«, fragte Wex.

»Ein Bogenschütze. Befehlshaber über eine ganze Hundertschaft, glaube ich.«

»An was erinnert Ihr Euch noch?«, bohrte Wex weiter.

»Sehr wenig … nichts.«

»Hat er Angehörige in Skye? Vielleicht Kinder?«

Kraven versuchte sich zu konzentrieren, aber er war immer noch sehr schwach. Wex musste ihn stützen, damit er nicht nach hinten umfiel.

»Er hat eine Frau«, flüsterte der Magier schließlich, »aber sie ist ebenfalls verschwunden. Ich weiß nicht, was aus ihr geworden ist.«

»Denkt nach!«, drängte Wex.

»Bitte. Ich war noch ein Kind. Ich weiß nicht einmal, weshalb er damals verschwunden ist.« Ein Zittern lief durch Kravens Körper, er ächzte und röchelte bei jedem Atemzug.

»Aber jetzt wissen wir wenigstens, wohin er damals abgehauen ist, nicht?«, merkte Pinch mit einem Nicken an und grinste.

Wex konnte förmlich sehen, wie der Dieb sich jedes Detail merkte, für den Fall, dass er es später einmal gebrauchen könnte.

»Fretter kommt«, flüsterte Pinch.

»Wir sollten ihm sagen, was wir gerade gehört haben.«

»Vielleicht«, erwiderte der Dieb.

»Wird er es überleben?«, fragte Fretter, kaum dass er bei ihnen war.

»Ich kann selbst für mich sprechen«, krächzte Kraven.

»Könnt Ihr laufen?«

»Nein«, antwortete Wex für ihn.

»Wir sind ausgeruht und marschieren jetzt weiter. Spärling hat aus ein paar Holzstangen und einer Decke einen Schlitten gebaut.«

Sie verluden Kraven auf den behelfsmäßigen Schlitten, und Curdwell übernahm die Aufgabe, ihn zu ziehen. Wex und Pinch behielten die Informationen, die Kraven ihnen gegeben hatte, erst einmal für sich. Er konnte es Fretter später immer noch sagen, wenn es wichtig werden sollte, dachte Wex.

Als sie den ersten Hügel erklommen hatten, schauten sie noch einmal zurück. Weit und breit waren keine Düsterlinge zu sehen, woraus Arkh folgerte, dass sie mindestens einen halben Tag Vorsprung hatten.

Zügig marschierten sie weiter. Wex ging neben Adara und saugte jedes ihrer Worte in sich auf, verstand aber nicht alles, was sie sagte. Sie zurückzuschicken stand nicht zur Debatte. Das Risiko, dass sie den Düsterlingen in die Arme laufen würde, war einfach zu groß. Jetzt, da der Walther nicht mehr weit war, wurde sie mit jedem Schritt aufgeregter. Das Flussmädchen schien sich danach zu sehnen, endlich wieder schwankende Bootsplanken unter den Füßen zu spüren.

Brynn hielt sich unterdessen an Spraggs Gesellschaft, und sein älterer Bruder ließ die beiden kaum einen Augenblick allein.

Über die weiten Wiesen, die zurück zum Walther führten, kamen sie schnell voran. Das war auch gut so, denn eine so große Gruppe würde auf dem weichen Untergrund leicht zu verfolgende Spuren hinterlassen.

Wex dachte an die Schimmelbrüder, die jenseits des Walther auf sie lauerten, und ihn überlief ein kalter Schauer. Beinahe die Hälfte der Expeditionsmitglieder hatten sie in dem sumpfigen Vulkankrater verloren. Die Männer waren einen schrecklichen Tod gestorben, und die Erinnerung daran plagte Wex nach wie vor in seinen Alpträumen. Er überlegte, ob er den anderen nicht doch von seiner Unterhaltung mit Verda erzählen sollte. Vielleicht sollten sie die Route besser ändern, vielleicht konnte er freies Geleit für sie aushandeln. Aber Verda war bestimmt rasend vor Wut, weil Kraven ihr diesen Schattenriesen auf den Leib gehetzt hatte. Von all den grausigen Kreaturen im Schleier war Verda mit Abstand die gefährlichste. Wenn sie ihren Zorn an ihnen ausließ, würde das keiner aus der Gruppe überleben. Seufzend bereitete Wex sich innerlich darauf vor, noch einmal den Kannibalenberg zu überschreiten. Er fragte sich, ob Adara wohl mitkommen würde.

53

Als die Dämmerung anbrach, waren die Rinder wieder verschwunden. Zurück durch die Bäume, von wo sie gekommen waren. Ein paar lagen tot im Lager herum und wurden als Reiseproviant zerlegt. Vill schickte seine Hauptmänner aus, damit sie die versprengte Armee wieder zusammentrieben, und einen Zehnertrupp, der nach Spuren suchen sollte. Sie fanden sie stromaufwärts in südlicher Richtung, nicht im Norden. *Leicht hinters Licht zu führen, dieser tumbe Schlitzer,* dachte Vill.

Gegen Mittag waren sie bereit zum Abmarsch. Dreißig Düsterlinge ließ Vill zurück, damit sie die Belagerung noch eine Weile fortsetzten. Er wollte nicht, dass das kleine Volk neugierig wurde und ihnen hinterherspionierte. Eine Einmischung von ihrer Seite konnte er nicht gebrauchen. Sich selbst überlassen, würde die Belagerungsmacht sich bald zerstreuen. So waren diese Kreaturen nun einmal. Sie brauchten Führung. Sie brauchten *ihn,* und Vill würde dafür sorgen, dass sie sich daran erinnerten, jetzt, nachdem die Kühe, die sie so in Angst und Schrecken versetzt hatten, endlich weg waren. Um die Winzlinge würde er sich kümmern, nachdem er seine Armee weiter vergrößert hatte. Sie würden gute Sklaven abgeben.

Der Rest der Streitmacht machte sich mit ihm an die Verfolgung der Menschen. Ein Zehnertrupp war ihnen bereits dicht auf den Fersen. Dass sie die Spur verlieren würden, war so gut wie ausgeschlossen. Sie mussten die Menschen nur abfangen, bevor sie den großen Fluss erreichten.

Wasser. Seine Untertanen kamen nicht gut mit dem nassen Element zurecht, und es war durchaus möglich, dass die Verfolgten versuchen würden, sich auf den Fluss zu flüchten. Er verlief nach Norden, zur südlichen Grenze des Düsterlingreichs, das immer noch unter dem Schleier lag. Dort stürzte der Walther an einem scharfen Abbruch in die Tiefe, wie seine Soldaten ihm berichtet hatten. In dieser Richtung konnten die Menschen also nicht entkommen. Sie würden den Fluss entweder überqueren oder stromaufwärts Richtung Süden fliehen. Das kleine Volk hatte ihnen vorübergehend Zuflucht gewährt, und vielleicht hatten sie noch andere Verbündete. Von dem falschen Magier hatte er erfahren, dass die Tochter des Stammesfürsten der Flussmenschen noch am Leben war. Eine junge Frau. Und obgleich sie sich aller Wahrscheinlichkeit nach noch im Turm bei den Kindern aufhielt, könnte sie den Flüchtigen aufgetragen haben, von irgendwoher Unterstützungstruppen zu schicken. Schnelles Handeln war von größter Wichtigkeit.

Vill war einer der Langsameren im Tross, denn das verletzte Bein behinderte ihn immer noch, und Düsterlinge liefen schnell. Die kreisrunden roten Punkte, wo der Bluthund seine Zähne in Vills Oberschenkel geschlagen hatte, heilten zwar recht gut, aber der Muskel darunter war nach wie vor steinhart, und Vill humpelte. Immer wieder erwischte er Schnüffler dabei, wie er sich über Vills langsames Tempo beklagte, und Verwundbarkeit war gefährlich. Diese Kreaturen spürten sie instinktiv. Ihre Hierarchie fußte darauf, richtete sich an ihr ständig neu aus, und selbst die kleinste Veränderung bemerkten sie sofort. Vill dachte an Schlitzer. Der sadistische Wicht humpelte ebenfalls, aber die anderen wussten es besser, als sich mit ihm anzulegen.

»Halt!«, rief Vill und wartete, bis das Kommando durch die Reihen bis nach vorn gedrungen war. »Versammelt euch!«

Die Stärke seiner Truppen belief sich auf etwa hundertfünfzig. Die dreißig, die er zurückgelassen hatte, zusammen mit denen, die den Rindern zum Opfer gefallen oder geflohen waren, hatten die Zahl trotz der Neuzugänge in den letzten Tagen deutlich schrumpfen lassen.

Es ärgerte ihn, anhalten zu müssen, aber er durfte nicht länger warten. Die Belagerung des Turms hatte in einer Niederlage geendet, und jetzt hielt Vills verletztes Bein die ganze Streitmacht auf. Vor seinem Bogen hatten sie keinen allzu großen Respekt mehr, nachdem er ihnen beigebracht hatte, selbst mit der Waffe umzugehen.

In einem großen Kreis versammelten sie sich, die Kleineren in den vorderen Reihen. Vill stand mit Schlitzer und Schnüffler in der Mitte.

»Schlitzer, geh in die erste Reihe«, befahl er.

Schlitzer tat, wie ihm geheißen, und Schnüffler stand nun allein mit Vill im Zentrum. Der Düsterling war sichtlich stolz auf den Ehrenplatz, bis er begriff, was sein Herr vorhatte.

»Ich habe Euch nicht herausgefordert, Herr«, sagte Schnüffler nervös.

»Schickt den Jungen Fen in die Mitte«, befahl Vill.

Die vorderste Reihe teilte sich, und Fen wurde von einem Düsterlingkoch nach vorn geschoben. An seinen Augen waren die Spuren der durchwachten Nächte deutlich zu sehen. Nachdem er seinen rothaarigen Schoßhund verloren hatte und die meisten anderen seiner Lakaien auf den Grillspießen der Düsterlinge ihr Ende gefunden hatten, sah er nun endlich angemessen verängstigt aus. Vill fragte sich, ob er wohl noch in der Lage war zu kämpfen.

»Fenward, soweit ich weiß, bist du der Nächste auf dem Speiseplan. Was hältst du davon, dir einen Posten in meiner Leibgarde zu erkämpfen, statt als Marschverpflegung zu enden?« Er gab dem Koch ein Zeichen, die Fesseln an Fens Händen durchzuschneiden.

Ein Raunen ging durch die Menge. Fen sah nicht aus, als würde er einen guten Leibwächter abgeben.

Schnüffler, der eben noch ganz verängstigt ausgesehen hatte, lachte. »Will der kleine Mensch mich herausfordern?«

»Das weiß ich nicht«, erklärte Vill, den Blick auf Fen geheftet. »Willst du?«

Fen zögerte, streifte erst einmal das lose Seil ab und knotete es zu einer Schlinge.

Die Düsterlinge begannen unruhig zu grunzen und die Klauen zu wetzen. Entweder würde es einen Kampf geben oder etwas zu fressen; beides Dinge, die sie mochten. Schließlich fingen sie an, Fen zu schubsen und zu stoßen, um dem Warten ein Ende zu machen.

Fen trat in die Arena. »Ja«, sagte er leise.

Vill ging an den Rand und überließ Schnüffler und Fen den Kampfplatz.

Mit einem Knurren, das ganz tief in seiner Kehle begann und mit einem wilden Schrei endete, zeigte Schnüffler an, dass er bereit war.

Fen ließ vor Schreck die Schlinge fallen und taumelte ein paar Schritte zurück. Er versuchte erst gar nicht, seine Angst zu verbergen. *Schwäche.* Der Düsterling würde ihn durch die Arena jagen und töten, außer er gab vorher auf. Das heißt, wenn Fen noch Gelegenheit dazu hatte und nicht ein schneller Hieb von Schnüfflers scharfen Krallen ihn schon vorher tötete. So oder so würde er als Düsterlingfutter enden.

Schnüffler war es gewohnt, herausgefordert zu werden. Er war ein Duellveteran und stürzte sich, ohne zu zögern, in den Kampf. Schnell, aber nicht überhastet. Kontrolliert, aber nicht ängstlich.

Fen machte einen Satz zurück, das andere Ende des Seils immer noch in der Hand. Mit einer Bewegung aus dem Handgelenk ließ er die Schlinge vom Boden aufspringen und zog sie um Schnüfflers Knöchel fest.

Der Düsterling blieb stehen und blickte erstaunt nach unten.

Fen rannte auf die gegenüberliegende Seite des Kreises zu, und als das Seil gespannt war, riss er mit aller Kraft daran.

Schnüfflers Bein wurde unter ihm weggezogen. Er hüpfte noch einmal auf dem anderen, dann schlug er mit einem Knall auf den Boden.

Fen hielt inne. Als Schnüffler wieder aufstehen wollte, zog er erneut, und der Düsterling fiel ein zweites Mal. Schnüffler versuchte es mit Kriechen, doch Fen rannte einfach wieder los und schleifte seinen Gegner hinter sich her, damit er nicht auf die Beine kam.

Der Düsterling knurrte wütend, setzte sich auf und versuchte die Schlinge um seinen Knöchel zu fassen zu bekommen.

Fen preschte los und trat ihm mitten ins Gesicht. Schnüfflers Oberkörper klappte von der Wucht des Tritts nach hinten, und Fen sprang eilig wieder davon, außerhalb der Reichweite der nach ihm schlagenden Klauen.

Schnüffler drehte sich auf den Bauch und hob den Kopf. Einer seiner Reißzähne war in der Mitte abgebrochen.

Vill nickte anerkennend. Fen hatte sich mit seinem Zögern lediglich Zeit verschafft, um die Schlinge zu knoten. *Intelligenz.* Etwas, das seine anderen Untertanen schmerzlich vermissen ließen.

Seltsam verhalten schauten die Düsterlinge mit offen stehenden Mäulern zu. Normalerweise hätten sie bei einem so spannenden Kampf vor Begeisterung gebrüllt und wild mit den Armen gefuchtelt. Aber der heftige Tritt, den Schnüffler von einem kleinen Menschenjungen verpasst bekommen hatte, brachte sie zum Schweigen. Ein abgebrochener Reißzahn war eine nicht unerhebliche Verletzung für einen Fleischfresser.

»Gibst du auf?«, fragte Fen probehalber.

»Nein!«, fauchte Schnüffler, der zwar nicht schwer verletzt, aber dafür umso wütender war.

Fen zog an dem Seil, und Schnüffler wurde herumgerissen.

Dann griff der Junge an und versetzte ihm blitzschnell drei weitere Schläge in Bauch, Rücken und zwischen die Beine.

Vill begriff sofort, was Fen vorhatte: Er suchte nach verwundbaren Punkten, attackierte ungeschützte Körperstellen, um zu sehen, welcher Treffer seinem Gegner die meisten Schmerzen verursachte.

Der Schlag in den Bauch ließ den Düsterling die Luft in seiner Lunge explosionsartig ausstoßen. Sofort riss Fen noch einmal an dem Seil und sprang Schnüffler mit beiden Füßen in die Magengrube. Damit ging er ein hohes Risiko ein. Wenn Schnüffler ihn zu packen bekam, war er erledigt. Aber der Tritt erzielte die gewünschte Wirkung. Schnüffler war so betäubt vor Schmerz, dass Fen ihm auch dieses Mal entwischte. Zusammengekrümmt lag der Düsterling auf der Seite und keuchte schwer.

Als Fen merkte, wie benommen sein Gegner war, stürzte er wieder nach vorn und legte eine zweite Schlinge um Schnüfflers Hals. Ein kurzes Reißen, dann war sie fest. Jedes Mal, wenn Schnüffler das Bein bewegte, würde er sich damit selbst die Luft abschnüren.

Vill zog die Augenbrauen nach oben. *Beeindruckend.* Fenward war nicht ohne Grund der Anführer seiner Gruppe gewesen.

Der Junge wickelte das Ende des Seils fest um sein Handgelenk und spannte es. »Und?«

Kraftlos streckte Schnüffler die Klauen nach ihm aus.

Fen riss kurz an dem Seil und rammte dem Düsterling erneut den Absatz seines Stiefels in die Magengrube. Die Luft, die das Biest noch in der Lunge hatte, konnte nicht durch die zusammengequetschte Kehle entweichen. Stattdessen entlud sich der überschüssige Druck in den Bauchraum, und Vill hörte ein gedämpftes *Plopp.* Etwas war geplatzt.

»Gibst du jetzt auf?«, fragte Fen noch einmal und lockerte das Seil etwas, damit Schnüffler sprechen konnte.

Schnüffler ächzte und keuchte und bekam immer noch nicht

genug Luft, also klopfte er als Zeichen der Unterwerfung auf den Boden. Nach dem Gesetz der Düsterlinge konnte Fen ihn jetzt töten, und der Junge war schlau genug, das zu wissen. Es spielt keine Rolle. Schnüffler hatte innere Verletzungen, die nicht mehr heilen würden. Nach Vills Einschätzung hatte sein ehemaliger Leibwächter nicht mehr lange zu leben. Der Sieg des Jungen spielte ihm perfekt in die Hände. Er war eine deutliche Erinnerung daran, was der überlegene Verstand eines Menschen in einem Kampf anrichten konnte. Wenn selbst ein Kind aufgrund seiner Gerissenheit den Düsterlingen überlegen war, wäre es reiner Selbstmord, Vill herauszufordern.

Blieb nur noch ein kleines Problem.

Fenward schaute zu Vill auf. »Dann gehöre ich jetzt wohl zu Eurer Leibgarde.«

54

Die ausgebrannte Barke war ein bedrückender Anblick. Traurig betrachtete Wex, was von dem Schiff noch übrig war. Das verkohlte Dollbord sah aus, als würde es unter der kleinsten Berührung sofort in sich zusammenfallen.

Adara weinte eine Zeit lang nur, doch als sie sich wieder gefangen hatte, war sie in der Lage, den Schaden zu bewerten. Die Barke war im seichten Kehrwasser auf Grund gelaufen. Adara watete in den Walther und strich mit der Hand unterhalb der Wasseroberfläche über den Rumpf.

»Der Rumpf ist noch zu gebrauchen«, sagte sie nach einer Weile. Pinch und Brynn übersetzten die schwierigeren Worte. »Das Deck muss verstärkt werden, die Kabine auch. Und wir brauchen zwei Riemen und ein Steuerruder. Fünf Ellen oder länger.« Sie hielt inne und ließ den Blick über die Gruppe schweifen, dann schüttelte sie verächtlich den Kopf.

»Besser zwei Steuerruder«, übersetzte Pinch Adaras nächste Worte.

Sie verbrachten die nächsten drei Stunden damit, die Barke wieder fahrtüchtig zu machen. Auf dem Fluss würden sie die Zeit, die die Reparaturen in Anspruch nahmen, mehr als wieder aufholen, wie Adara felsenfest behauptete, und da sie die Expertin auf diesem Gebiet war, folgte Fretter ihrem Rat. Dass die Barke gestrandet war, war ein glücklicher Zufall für sie. Sie bot genug Platz für alle. Das Einzige, was Wex noch nicht ganz verstand, war, wie sie das Schiff gegen die starke Strömung fortbewegen sollten.

»Das wird unsere Verfolger ganz schön verwirren«, meinte Pinch. Ihre Spuren würden hier enden. Der Feind konnte nur raten, in welche Richtung sie sich gewandt hatten und wie weit sie gekommen waren. Die Chancen standen nicht schlecht, dass Vill beim ersten Versuch falschliegen würde. Seine Düsterlinge würden sich am dicht bewachsenen Ufer entlangkämpfen müssen. Eine ziemliche Plackerei …

Die Soldaten schnitten die Ruder zurecht, während Adara Wex und Brynn zeigte, wie sie das Deck verstärken mussten. Fretter schlug vor, das Dollbord auf der nach Osten gewandten Seite nach oben zu erhöhen, falls die Düsterlinge sie einholten und mit Pfeilen beschossen. Adara stimmte zu, und sie errichteten aus den Ästen einer Lotosesche einen dichten Zaun. Die dicken, überlappenden Blätter würden die Männer an den Riemen zusätzlich schützen. Mit weiteren Ästen verstärkten sie die Kabine, in der der Rest der Gruppe Deckung suchen konnte, falls nötig.

Wex arbeitete gerade allein an der Kabine, als Mungo zu ihm kam. Der Riese bemühte sich, besonders deutlich zu sprechen, oder versuchte es zumindest, aber wie üblich verstand Wex ihn nicht.

»Noch mal«, sagte Wex.

Mungo versuchte es erneut, aber ebenso erfolglos wie beim ersten Mal.

Wex verdrehte die Augen. »Sprich langsamer. Und vielleicht würde es helfen, wenn du den Mund dabei ein bisschen aufmachst. Du nuschelst wie ein Trüffelschwein.«

Mungo setzte von neuem an, langsamer diesmal und mit fast schon übertriebenen Lippenbewegungen. Auch den Mund riss er ganz weit auf.

Aber Wex hörte gar nicht mehr zu. Stattdessen starrte er entsetzt in Mungos Rachen. Er streckte die Hand aus, um Mungos Mund noch weiter zu öffnen. Der Riese drehte abrupt den Kopf zur Seite, doch Wex ließ sich nicht beirren und drückte ganz behutsam die Kiefer auseinander. Schließlich ließ Mungo ihn gewähren.

»Dir wurde die Zunge herausgeschnitten«, sagte Wex.

Eigentlich war es nur die Hälfte. Das Messer war offensichtlich nicht lang genug gewesen, um die Zungenwurzel zu erreichen. Aber auch so taugte der rosafarbene, fleischige Stummel kaum zum Sprechen, wie sich jedes Mal aufs Neue an Mungos unverständlichem Gebrabbel zeigte.

Der Riese senkte beschämt den Blick.

Obrigkeitsbeleidigung und Gotteslästerung wurden manchmal mit dem Herausschneiden der Zunge bestraft, aber Wex konnte sich Mungo nur schlecht als Anhänger der Scinta oder gar der Felis vorstellen. Pinch hatte gesagt, er hätte Mungo im Alter von dreizehn Jahren in der Großen Küstenstadt aufgelesen, und er habe schon damals nicht richtig sprechen können. Wex wurde neugierig. Wie konnte ein Junge in dem Alter bereits die Zunge verloren haben? Aber Mungo schien nicht besonders erpicht darauf, das Thema weiter zu vertiefen, also versuchte Wex es erst gar nicht.

»Ich würde wirklich gern wissen, was du mir sagen willst.«

Statt noch einmal den Mund zu öffnen, versuchte Mungo es nun mit einer Pantomime. Er legte zwei Finger an den Kopf und streckte sie wie Hörner in die Luft.

»Arkh?«, riet Wex.

Mungo schüttelte den Kopf und machte ein Geräusch, das wie das Meckern einer Ziege klang.

»Eine Ziege?«

Mungo brach ein Stück Holz von den verkohlten Planken ab und zeichnete damit einen großen, muskulösen Vierbeiner aufs Deck. Die Zeichnung war grob, aber halbwegs erkennbar.

»Ein Stier?«

Mungo nickte und zeichnete noch einen.

»Eine ganze Herde? Die Rinderherde, die uns und die Düsterlinge angegriffen hat?«

Wieder nickte Mungo und krempelte den Ärmel seines verdreckten Hemds hoch. Über den muskulösen Unterarm verliefen in zwei gepunkteten Reihen die Abdrücke einer frischen Bisswunde.

Wex betrachtete sie und rätselte, wie Mungo sie sich zugezogen haben mochte.

Der Riese half ihm auf die Sprünge, indem er auf die Zeichnung an Deck deutete.

»Du wurdest gebissen.«

Mungo nickte.

Wex überlegte. Bei ihrer Begegnung mit den fleischfressenden Kühen war Mungo nicht gebissen worden, und außerdem war die Wunde frisch, vielleicht erst einen Tag alt. Es gab nur eine Möglichkeit: Pinch und Mungo waren den Rindern tatsächlich ein zweites Mal begegnet. Vielleicht hatten sie die gefräßigen Vierbeiner ja wirklich auf die Fährte der Düsterlinge gesetzt. Er blickte Mungo fest in die Augen.

»Stimmt Pinchs Geschichte also?«

Wieder nickte Mungo.

Wex legte Mungo eine Hand auf die Schulter. »Danke«, sagte er aus tiefstem Herzen.

Nach nicht einmal zwei Stunden waren die Reparaturarbeiten abgeschlossen. Sie waren nicht besonders schön geworden, und Adara schien wenig beeindruckt von der mangelhaften handwerklichen Ausführung, aber es würde genügen, meinte sie, und die Expeditionsmitglieder gingen an Bord.

Rudern war schwieriger, als es aussah. Aus diesem Grund mussten sie sich auch zu viert mit dem abmühen, was drei Flussmenschen mit Leichtigkeit erledigt hätten. Zwei für den Vortrieb, zwei fürs Steuern. Adara stand an einem der beiden Steuerruder, und wer auch immer sich ans andere stellte, musste heftige Tiraden von ihr über sich ergehen lassen. Lediglich Brynn blieb verschont. Als sie das zweite Ruder übernahm, schienen die beiden Frauen schnell einen gemeinsamen Rhythmus zu finden, und obwohl Brynn nicht lange durchhielt und bald wieder von einem Mann ersetzt werden musste, war die Zeit, die sie mit Adara am Heck der Barke absolvierte, die ruhigste und angenehmste für alle Beteiligten.

Die erste Stunde war die schwierigste. Jedes Expeditionsmitglied versuchte es mit jeder Position – an einem der Antriebsruder oder neben Adara am Steuer –, aber ein jeder war schnell erschöpft und musste bald abgelöst werden. Nur Adara nicht. Wex glaubte, zwei spezielle Muskeln unter der straffen Haut ihrer Arme spielen zu sehen, die niemand sonst zu haben schien. Soweit er erkennen konnte, bestand die Kunst, den Walther flussaufwärts zu befahren, darin, jedes noch so kleine Wellental auszunutzen und jede wenn auch nur um einen Hauch langsamere Strömung. Der Versuch, die Barke stur mit möglichst kräftigen Ruderschlägen gegen die Strömung zu peitschen, war von vornherein zum Scheitern verurteilt. Mungo war besonders anfällig für diese kraftbetonte Methode, weshalb ihm das Steuerruder schnell entzogen und er ausschließlich zum Vortrieberzeugen abkommandiert wurde. Als Wex neben Adara das Steuer übernahm, wurde er nur verhältnismäßig selten abgekanzelt, und das erstaunlich milde, woraus er schloss, dass er nach Brynn den zweitbesten Steuermann abgab.

Die Feinheiten in der Strömung zu erkennen war nicht leicht, aber allmählich begann Wex zu spüren, wie sie die Barke mal hierhin, mal dorthin zog. Der Walther war ein schnelles und keinesfalls ebenmäßig dahinfließendes Gewässer. Er hatte Temperament, hatte seine Launen, harte Kanten und weiche Stellen. Wenn man die Riemen geschickt einsetzte, war es, als würde man einer Katze den Nacken kraulen, und so wie eine Katze dann schnurrte, belohnte der Fluss den Ruderer mit verhältnismäßig sanftem und schnellem Vorankommen. Es war abwechselnd frustrierend und entspannend, manchmal sogar berauschend, und der Ausblick auf den majestätischen Fluss war eine Erfahrung, die Wex noch nie zuvor gemacht hatte. Spiegelglatte Stellen, raue Wirbel und sprudelnde Strömungen vermischten sich zu einem blaugrünen Gobelin, gewoben aus Wasser, und Wex schwor sich, er würde wiederkommen und den Walther zeichnen, sobald er geeignetes Gerät und vor allem die nötige Zeit dazu hatte.

Lärm auf dem Vordeck riss ihn aus seinen Gedanken.

»Ahoi!«, schrie Pinch.

»Heho!«, ertönte gleich darauf Fretters Ruf.

Adara ließ das Ruder los und rannte zum Bug, und alle anderen folgten ihr.

Eine Gestalt war in den Fluss gesprungen und schwamm ihnen entgegen. *Offensichtlich kein Düsterling,* dachte Wex und erkannte zu seiner großen Freude, dass es sich um Bello handelte, ihren Fährmann. Unter Jubelschreien holten sie ihn an Bord.

Adara umarmte Bello ausgiebig und krönte die Begrüßung mit einem Kuss auf den Mund.

Wex schaute aus dem Augenwinkel zu Brynn hinüber, die nur süffisant die Achseln zuckte.

Die beiden Flussmenschen stürzten sich sofort in ein intensives Gespräch und redeten dabei so schnell, dass nicht einmal Brynn, Kraven oder Pinch sie verstanden. Adara schien Bello zu schildern, was im Lauf der letzten Tage geschehen war, und als Fretter sie schließlich bat, doch etwas langsamer zu sprechen, erfuhren sie, dass Bello den Überfall nur überlebt hatte, weil er auf der Barke geschlafen hatte. Als die Düsterlinge die Boote zerstörten, war er einfach ins Wasser gesprungen, wie die Flussmenschen es bei Düsterlingangriffen immer taten. Ungesehen war er ans andere Ufer getaucht und hatte dort gewartet, nicht ahnend, dass diesmal alles anders kommen würde. Als er zurückkehrte, hatte er das Lager verwüstet vorgefunden und eingesammelt, was die Düsterlinge nicht mitgenommen hatten. Bello und Adara beweinten die Toten und umarmten sich noch einmal innig – weit länger, als Wex lieb war.

»Wir müssen weiter«, sagte Fretter schließlich und tippte Adara auf die Schulter.

Bello beschwor Adara, mit ihm die Kinder zu holen. Er erklärte, dass es für die beiden ein Leichtes wäre, die Düsterlinge zu umgehen, solange sie sich nur an den Fluss hielten.

Wex war bestürzt. »Wir brauchen auf der Barke eure Hilfe!«, rief er dazwischen.

Das war ein guter Punkt. Bello war einer der besten Ruderer seiner Sippe gewesen. Mit ihm und Adara würde die Reise auf dem Walther viel schneller gehen. Fretter war derselben Meinung.

»In Ordnung. Ich komme mit«, sagte Bello schließlich. Er war tagelang allein unterwegs gewesen, hatte schon geglaubt, er wäre der einzige Überlebende, und sehnte er sich nach Gesellschaft.

»Wir werden euch bis zum Oberlauf des Walther bringen«, erklärte Adara. »Wenn wir dort sind, sehen wir weiter.«

Wex war erleichtert, dass sie noch ein wenig bei ihnen bleiben würde. Es passte zu ihr, spontan zu entscheiden und keine Pläne im Voraus zu schmieden. Außerdem hatte er so mehr Zeit, sich einen Grund auszudenken, warum sie ihn bis nach Abrogan begleiten sollte.

Sie hielten sich so dicht am westlichen Ufer wie möglich. Falls die Düsterlinge auftauchten, wären sie dort einigermaßen in Sicherheit, und Wex beobachtete, wie mit jedem Ruderschlag die Anspannung von der Gruppe abfiel. Pinch und Mungo hatten es sich auf dem Deck bequem gemacht, und Brynn ließ die nackten Füße ins Wasser baumeln. Schließlich gab Adara sogar vorübergehend das Ruder aus der Hand und zog sich aus, um ein kurzes Bad im Fluss zu nehmen. Alle Männer außer Bello senkten höflich die Augen, aber es schien Adara egal zu sein, ob sie nun schauten oder nicht, und als sie zurück an Bord kletterte, kostete es Wex einige Willensanstrengung, nicht doch einen kurzen Blick zu riskieren.

Brynn hatte die Szene genau verfolgt und kündigte an, ebenfalls ein kleines Bad zu nehmen. Sie hatte zwar nicht ausdrücklich darum gebeten, dass alle wegschauen sollten, doch sie taten es – wiederum alle außer Bello, der weiterruderte, als gäbe es nichts Ungewöhnliches zu sehen. Offensichtlich war es bei den Flussmenschen nicht Brauch, vor einer nackten Frau den Blick abzuwenden, und Brynn beschwerte sich nicht einmal darüber. Wex verfluchte sich, weil er nicht doch kurz hingesehen hatte.

Bald waren auch die Männer nicht mehr zu halten. Pinch und Mungo sprangen kopfüber in den Fluss, und die Nichtschwimmer tauchten abwechselnd Arme, Beine und ihre verdreckte Kleidung ins Wasser, um den Schweiß und die Angst der letzten Tage abzuwaschen.

Adara schaute nicht weg. Sie beobachtete sogar durchaus neugierig, wie die Männer sich entkleideten, während Brynn sich theatralisch die Hände vor die Augen hielt. Wex sah genau, wie sie heimlich zwischen den Fingern hindurchlugte.

Schließlich bezog Fretter wieder Posten am Bug und suchte mit zusammengekniffenen Augen das Ufer vor ihnen ab. Bello und Adara ruderten unermüdlich die Barke, während die anderen sich ausruhten.

Spragg gesellte sich eine Weile zu Wex, und sie sprachen über den Walther. In ganz Abrogan, sagte er, habe er noch keinen so beeindruckenden Fluss gesehen, und er sei in seinem Soldatenleben schon weit herumgekommen. Irgendwann wandte sich das Gespräch dann den Aussätzigen zu, denen sie nun ein zweites Mal begegnen würden, und die Stimmung wurde entsprechend düster.

»Diesmal wissen wir, dass sie da sind«, meinte Curdwell. »Sie können uns nicht mehr überraschen. Ich sage, wir schleichen uns in ihr Lager und schneiden ihnen im Schlaf die Kehle durch.«

Fretter schüttelte den Kopf. »Rache ist nicht unsere Aufgabe. Noch nicht. Dafür werden wir mit einem ganzen Regiment aus Skye zurückkehren.« Die Vorstellung zauberte sofort ein Lächeln auf die Gesichter der Soldaten. »Uns in der Nacht an ihnen *vorbei*zuschleichen, scheint mir jedoch eine gute Strategie.«

Fretter entwarf einen Plan und bat Wex, den Krater auf ein Stück Holz zu zeichnen, damit alle die Route sehen konnten, die er sich ausgedacht hatte. Die Karte befand sich immer noch sicher verstaut in der Rolle auf dem Rücken des Hauptmanns, aber Fretter weigerte sich standhaft, sie hervorzuholen, als hätte er Angst, der Vulkan könnte sich erneut verändern, sobald Wex auch nur einen Blick auf die Karte warf. Er schlug vor, den Kamm zu nehmen, über den die Aussätzigen sie verfolgt hatten. Er umfasste den gesamten Krater, und mit ein bisschen Glück konnten sie so bis zu dem Pfad gelangen, der auf der anderen Seite wieder hinunterführte, ohne noch einmal in die bewaldete Kraterschüssel absteigen zu müssen. Und sollten sie unterwegs irgendwelchen Schimmelbrüdern begegnen, wären sie ihnen auf dem offenen Feld mit ihren Schwertern überlegen, es sei denn, die Aussätzigen wären in erdrückender zahlenmäßiger Übermacht, was nachts unwahrscheinlich war. Fretters Plan wurde für gut befunden, und alle erklärten sich einverstanden.

Wex machte es sich auf dem Deck bequem und zeichnete die geplante Marschroute, damit jeder sie eingehend studieren konnte und keiner sich in der Dunkelheit verlaufen würde. Nichtsdestoweniger wurde ihm zunehmend beklommen zumute, und er hatte den starken Verdacht, dass es den anderen genauso ging.

55

Als der Fluss zu schmal und unruhig wurde, um ihn zu befahren, machten sie die Barke am Westufer fest. Ein Stück stromaufwärts befanden sich Untiefen, die leicht zu überqueren waren. Der Schutz, den der Walther ihnen vor den Düsterlingen geboten hatte, war damit dahin.

Adara und Bello knieten sich ins seichte Wasser und tauchten die Köpfe unter, um dem Fluss ihren Dank zu bekunden – ein rührendes Ritual, wenn auch etwas nass.

Wex wollte inzwischen stromabwärts auf Erkundung gehen, aber Pinch und Spragg hatten sich schon darangemacht, einen hohen Felsen in der Nähe zu erklettern.

»Warte wenigstens, bis die beiden sich ein wenig umgesehen haben«, sagte Fretter.

Alver verteilte unterdessen den restlichen Proviant. Viel war es nicht und gut schon gar nicht. Welke Salatblätter, zwei Äpfel, von denen gerade einmal für jeden ein Bissen blieb, und ein paar Beeren, die sie am Ufer des Walther aufgesammelt hatten. Kauend verteilten sie sich über die Kiesbank und warteten auf den Bericht der beiden Späher.

Brynn sprang noch einmal ins Wasser, um sich zu waschen, und ließ sich zum Trocknen neben Wex auf den Kies sinken. Wex konnte nicht umhin zu bemerken, wie gut ihr das kurze Bad getan hatte.

»Du siehst … sauber aus«, sagte er.

Brynn goutierte das indirekte Kompliment mit einem nassen Haareschütteln. »Mit ein bisschen Glück sind wir bald zu Hause, oder?«

»Ja«, antwortete Wex.

»Und dein Flussmädchen wird nicht mit uns kommen.«

»Nein. Sieht nicht so aus.«

Brynn nickte nachdenklich. »Du hast Großes geleistet auf dieser Reise, Wexford. Ich habe dich beobachtet und ein paar Dinge über dich herausgefunden. Ich hatte recht. In dir steckt mehr als nur ein Schweinezüchter, vielleicht sogar mehr als ein Soldat. Du bist für mich nicht länger der Bauernsohn, der mit seinem Vater in einer armseligen Hütte haust. Und wenn ich mich nicht gerade über dich ärgere, habe ich das Gefühl, ich kann dir Dinge anvertrauen, über die ich mit niemandem sonst sprechen kann.«

Wex wartete. Er war nicht sicher, worauf Brynn hinauswollte, hatte aber die vage Ahnung, dass sie noch mehr zu sagen hatte. Bald wären sie wieder in Zornfleck, wo sie über ihre Träume gesprochen hatten und Wex sie das erste Mal berührt hatte, wenn auch nur ihren Fuß. Wenn Adara nicht mehr da war, wäre er frei für …

»Ich werde den jungen Winster nehmen«, unterbrach Brynn seine Gedanken.

Wex runzelte die Stirn. »Winster?«

»Den jüngeren der beiden. Der ältere ist ein Hornochse. Der junge wird es sein, der mich zum Palast bringt.«

Wex schaute zu Adara hinüber, die sich gerade in einem angeregten Gespräch mit Bello befand. Dann blickte er zurück zu Brynn, die selbstverliebt ihr Haar auswrang. »Klingt nach dem abenteuerlichen Leben, das du immer wolltest«, sagte er tonlos.

Brynn lachte. »Aber nichts im Vergleich damit, Berge zu erklettern, auf Flüssen zu fahren und mit Ungeheuern zu kämpfen, würde ich meinen. Trotzdem eine willkommene Abwechslung nach all der Aufregung und den Gefahren, denen wir ausgesetzt waren.«

»Ja«, bestätigte Wex. »Ganz und gar willkommen. Ich freue mich schon auf das warme Kaminfeuer in der armseligen Hütte meines Vaters.«

In diesem Moment eilte Pinch vom Felsen herunter. »Blast alle Verabredungen zum Abendessen ab!«, rief er. »Sie kommen!« Der Dieb deutete über den Fluss hinweg nach Osten.

Fretter sprang auf die Füße. »Wie weit sind sie noch entfernt?«

»Die Gruppe, die über die Felder kommt, noch eine halbe Stunde«, antwortete Spragg. »Die auf dem Walther noch eine Stunde. Sie haben Boote.«

Adara und Bello wurden blass, als sie den letzten Satz hörten, und Wex begriff, dass Düsterlinge, die keine Angst mehr vor dem Wasser hatten, den Walther für sie unbewohnbar machten. Dieser eine kleine Entwicklungsschritt ihrer Feinde vernichtete mit einem Schlag die Lebensgrundlage der Flussmenschen.

»Wir brechen auf«, befahl Fretter.

»Es ist noch hell«, jammerte der ältere Winster. »Die Schimmelbrüder sind noch unterwegs, und …«

»Wir brechen auf. Sofort!«

Während sie rannten, änderte Fretter den Plan.

»Zur Eidechsenwand. Von dort aus können wir den Wald überblicken.«

»Aber ein Teil des schuppigen Gewürms lebt noch«, gab Pinch zu bedenken. »Wir sollten uns lieber von ihnen fernhalten.«

Adara und Bello rannten mit versteinerten Mienen nebenher. Die letzten drei Worte von Spraggs Warnruf ließen sie offenbar nicht los. *Sie haben Boote.* Die Düsterlinge hatte nicht genug Zeit gehabt, um welche zu bauen, überlegte Wex. Sie mussten sich die heil gebliebenen Boote der Flussmenschen geschnappt haben. Ohne jeden Zweifel war Vill es gewesen, der sie auf den Fluss gescheucht und ihnen das Rudern beigebracht hatte.

Links und rechts auf Arkh und Mungo gestützt, hielt Kraven mit, so gut es ging. Er war immer noch geschwächt. Adara und Bello waren schwach zu Fuß und jetzt schon außer Atem. Sie waren es einfach nicht gewohnt, längere Strecken an Land zurückzulegen.

Der Pfad zur Eidechsenwand war deutlich zu erkennen, aber je höher sie kamen, desto öfter sahen sie die Verfolger hinter sich. Jetzt, da sie den Fluss verlassen hatten, waren ihre Spuren leicht zu finden. Wex musste sich gar nicht erst selbst nach den Düsterlingen umdrehen, es genügte vollkommen, in Spärlings kreidebleiches Gesicht zu blicken, um zu wissen, wie schlimm die Lage war: Die Augen des jungen Soldaten wurden immer größer, was bedeutete, dass die Düsterlinge schnell näher kamen.

»Felswand voraus«, rief Pinch, der die Vorhut übernommen hatte.

Als Wex die Abrisskante erreichte, wurden unliebsame Erinnerungen in ihm wach. Am Fuß der Felswand lagen die Überreste all jener, die dort abgestürzt waren, unter ihnen auch Garrot, und dahinter erstreckte sich die Kraterschlüssel mit dem feuchtheißen Palmenwald.

»Sie werden uns gleich eingeholt haben!«, rief Spärling.

Diesmal war es kein bloßes Gejammer, es war die Wahrheit, und andere fielen in das Geschrei mit ein. Sie würden es nicht bis zum Kamm schaffen, die flinken Düsterlinge würden gleich hier sein, und das wäre ihr Ende. Die Bestien waren zwar noch nicht in Sicht, aber sie waren nur noch wenige Minuten hinter ihnen.

Fretter bedeutete allen still zu sein, damit er nachdenken konnte. Aber unter Druck Entscheidungen zu treffen, war nicht seine Stärke, wie Wex bereits wusste.

»Die Felswand runter«, überlegte Wex laut, während alle anderen mucksmäuschenstill waren, damit ihr Hauptmann sich konzentrieren konnte.

»Was? Niemals!«, riefen mehrere wütende Stimmen. Wenn

Wex nicht freiwillig das Maul hielt, fügten sie hinzu, würden sie es ihm mit Gewalt stopfen.

»Wir müssen einen Teil unserer Sachen die Wand runterwerfen«, beharrte Wex trotzig. »Wir laufen hier auf felsigem Untergrund und hinterlassen keine Spuren!«

Brynn nickte wild. »Schnell«, sagte sie, »werft alles nach unten, was ihr nicht braucht.«

»Tut, was der Junge sagt!«, fügte Pinch hinzu.

Sie hatten ohnehin nur leichtes Gepäck, aber sie trennten sich, wovon sie nur konnten. Beutel, Hüte, ein Wanderstock und anderes Zeug segelten über die Kante. Nachdem das erledigt war, machte Wex einen tiefen Kratzer in das Stück Holz, auf das er die Karte des Kraters gezeichnet hatte, und ließ sie kurz vor der Kante auf den Boden fallen.

»Und jetzt ...?«, fragte der ältere Winster fordernd.

»Verstecken wir uns«, erklärte Pinch und zwinkerte Wex zu.

Wex nickte, und die Gruppe rannte los, auf ein Gestrüpp zu, gerade mal eine Furchenlänge entfernt.

Sie hatten Kraven gerade zwischen die Büsche gescheucht, als der erste Düsterling keuchend den Kamm erreichte. Er trabte auf die Felskante zu, blieb stehen und hob Wex' Karte auf. Dann beugte er sich vornüber und spähte nachdenklich nach unten. Alle hielten den Atem an. Schließlich drehte der Düsterling sich um und verschwand in der Richtung, aus der gekommen war.

Eine Zeit lang geschah nichts. Beinahe zehn Minuten. Dann erschien der Kinderbandit auf dem Kamm.

»Bei den Göttern«, flüsterte Pinch. »Die Welt steht kopf.«

Der Düsterlingspähtrupp war etwa vierzig Mann stark, und Wex verzweifelte. Er war sicher, sie würden ausschwärmen und die gesamte Umgebung absuchen. Aber die Düsterlinge hatten es eilig. Ihr Jagdinstinkt versetzte sie beinahe in Raserei, und sie konnten kaum stillhalten in Erwartung neuer Befehle.

Auch Fen reagierte überhastet. Wütend brüllte er sie an, weil sie haltgemacht hatten, und befahl ihnen, gefälligst die Wand hinunterzuklettern.

»Wenn sie es geschafft haben, können wir das auch!«, kreischte er. »Über die Kante mit euch!«

Ob sie nun seine Worte verstanden hatten oder lediglich Fens wilde Gesten, die Düsterlinge gehorchten und kletterten eilig über die Felskante. Als der letzte verschwunden war, folgte Fen, und Wex musste Pinch zurückhalten, der etwas davon murmelte, wie gerne er dem »kleinen Teufel« mit einem Schubser den Weg nach unten verkürzen würde. Stattdessen führte Wex die Gruppe in aller Stille aus dem Gestrüpp und weiter den Pfad entlang, ohne auf den Lärm zu achten, der von der Felswand ertönte – Düsterlinggebrüll und der schrille Aufschrei einer Kinderstimme.

»Oh, ob unsere Freunde wohl gerade Bekanntschaft mit den niedlichen Eidechsen schließen?«, fragte Pinch entzückt.

»Aber es sind mehr Düsterlinge, als diese Viecher überhaupt aussaugen können«, gab Spragg zu bedenken. »Was sollen wir tun?«

»Abwarten«, erwiderte Wex und führte sie weiter zu einem kleinen Felshügel, von dem aus sie den Fuß der Wand einsehen konnten.

Spragg hatte recht. Sechs oder acht Düsterlinge lagen auf einem Haufen übereinander, farb- und leblos, die einen vom Blutverlust, die anderen von der unsanften Landung. Aber der Rest hatte es unverletzt bis nach unten geschafft. Nervös blickten sie von links nach rechts, und Fen geiferte wie von Sinnen. Er brüllte so laut, dass seine schrille Stimme durch die ganze Schlucht hallte, während seine Soldaten seltsam untätig herumstanden.

Sie wissen es, dachte Wex, *aber Fen nicht.*

56

Die Aussätzigen fielen über Fen und seine Düsterlinge her, kaum dass sie den Palmenwald betreten hatten. Wex hörte wildes Geschrei, und bald war der ganze Wald in Bewegung. Weitere Kraterbewohner wahrscheinlich, die sich ebenfalls am Festmahl beteiligen wollten. Die Düsterlinge waren zwischen den Palmen eindeutig im Nachteil. Der Boden war feucht und klebrig, und sie hatten wenig Platz zum Kämpfen. Alles Dinge, die den flinken Wilden in die Hände spielten, die sich immer zu mehreren auf ein einzelnes Opfer stürzten und es ins Unterholz zerrten, während die anderen Düsterlinge sich eilig zur Flucht wandten, um auf dem schmalen Wildpfad mit ihren nachrückenden Artgenossen zusammenzuprallen. Verwirrt und verängstigt liefen sie durcheinander, bis auch sie an der Reihe waren, von Dutzenden halb verwester Hände zu Boden gerissen zu werden. Die Reihen der Düsterlinge lichteten sich zusehends. Zehn fielen der ersten Angriffswelle zum Opfer und in den nächsten paar Minuten noch zwei oder drei weitere.

Fen befahl die kräftigsten unter den Überlebenden zu sich und flüchtete zurück zur Felswand. Die restlichen überließ er dem Tod in dem sumpfigen Palmendickicht.

»Wir müssen weiter«, sagte Fretter.

Die schauerliche Szene, die sich unter ihnen abspielte, war faszinierend, aber Wex wusste, dass der Hauptmann recht hatte. Sie mussten zurück zum Kamm und den Pfad für den Abstieg suchen.

»Wo ist die Karte, die du auf der Barke gezeichnet hast?«, fragte Fretter.

Wex verzog das Gesicht. Der Düsterlingspäher hatte sie sich geschnappt. »Ihr habt die Karte. Die andere meine ich«, antwortete er und deutete auf die Rolle auf Fretters Rücken. »Die viel bessere.«

Fretter schaute ihn grimmig an. »Ich werde diese Karte nie wieder hervorholen, solange du in der Nähe bist. Kannst du den Weg nicht auch ohne sie finden?«

»Ich werde es versuchen.«

Kein Wunder, dass der Pfad auf dem Kamm von den Füßen der Aussätzigen derart glattgetrampelt war – von hier aus hatte man den gesamten Krater im Blick. Die Eidechsenwand war zwar von den Palmen verdeckt, aber die obere Kante und das darüberliegende Plateau konnte man sehen. Wex entdeckte auch die Lichtung, auf der ihre Pferde von den Baumstämmen zermalmt worden waren. Trügerisch einladend sah das kahle Fleckchen inmitten des dichten Palmenwaldes aus.

»Es ist die richtige Richtung«, sagte er zu Fretter, und der Hauptmann wirkte sogleich erleichtert. »Weniger als eine Stunde noch, würde ich schätzen.«

Bald hatten sie die Stelle erreicht, von der aus sie zu der Lichtung hinabgestiegen waren.

»Kaum zu glauben, dass wir erst vor einer Woche hier waren«, sagte Brynn. »Es kommt mir vor wie eine Ewigkeit.«

»Eine Woche?« Irgendetwas an Brynns Kommentar ließ Wex aufhorchen, er wusste nur nicht, was.

»Vielleicht ein, zwei Tage mehr oder weniger«, fügte sie hinzu. »Bei all der Aufregung habe ich den Überblick verloren.«

Plötzlich erhob sich Gebrüll auf der anderen Seite des Kraters. Das Hauptkontingent der Düsterlingarmee war eingetroffen, mindestens hundert Mann. Nein, weit mehr als hundert. Donnernd hallten ihre Schreie durch die Kraterschüssel, und obwohl sie die Sprache der Düsterlinge nicht verstanden, war die Bedeutung nur allzu klar.

Wex konnte Vill zwar nicht sehen, aber die fein säuberlich geordneten Reihen, in denen die Düsterlinge aufmarschierten, sprachen Bände. Trotz aller Raserei hielten sie die Formation.

Vill wartete noch ein wenig, ließ den Zorn sich weiter aufstauen wie Druck in einer überfüllten Schweineblase. Vermutlich ging er davon aus, dass der Kartenzeichner sich in den Fängen derselben Feinde befand, die auch seinen Spähtrupp niedergemetzelt hatten. Ein Kommando ertönte, und die Spannung entlud sich. Wie ein Wasserfall ergossen sich Vills Krieger über die Kante und jagten die Felswand hinab.

Von unten schlugen ihnen die nicht weniger wilden Schreie der Kraterbewohner entgegen, die zwischen den Palmen auf sie lauerten.

»Eine feine Hochzeit hast du da arrangiert«, kommentierte Pinch. »Wie bist du darauf gekommen, auf so elegante Weise unsere Verfolger mit den Schimmelbrüdern bekanntzumachen, mein Junge?«

»Hab ich mir von dir abgeschaut, Kuhtreiber«, erwiderte Wex mit einem Zwinkern.

Fretter stand da und ließ ein letztes Mal den Blick über den Berg schweifen. Jetzt, da das Gelingen ihrer Flucht gesichert und der Feind fürs Erste beschäftigt war, wirkte er vollkommen ruhig und entschlossen.

»Ich bin kein Priester«, erklärte er, »aber ich denke, ich sollte ein paar Worte sprechen, bevor wir diesen Ort verlassen. Worte für jene, die wir verloren haben. Wir wollen ihre Seelen den Göttern überantworten.« Der Hauptmann kniete sich hin. »An all jene, die über uns wachen und deren göttlicher Absichten Diener wir sind. Bevor wir diese Gefilde verlassen, übergeben wir Euch hiermit unsere Brüder Poppenrot Hain, Garrot Barrell, Gillam Nidigg, Harold Grinnet, Alvin Hammerstedt, Orro und Errol Dewere und unseren geliebten Hauptmann, Lothario Bukenvas. Möget Ihr ihnen auf der Reise ins Jenseits gewogen sein.«

Soldaten wie Schurken neigten die Köpfe, und sogar die beiden Flussmenschen, um ihren Respekt vor dem Ritual zu zeigen.

So viele Tote, dachte Wex, *und das schon vor dem schändlichen Mord an dem Dido und seinem Volk, vor dem heldenhaften Tod des Zwergs Addel und der vielen anderen, die wir verloren haben. All das nur wegen mir.* Hätte er nicht den Schleier zurückgedrängt, hätten sie einfach das Grenzgebiet kartographieren und nach wenigen Tagen wieder nach Hause zurückkehren können.

Eine Woche. Irgendetwas daran verfolgte ihn.

Fretter hob den Kopf. »Abmarsch«, befahl er. »Bevor unsere Feinde die Lust aneinander verlieren.«

»Eine Woche!«, platzte Wex heraus. »Es ist erst eine Woche her!« Verda hatte ihm gesagt, dass die Aussätzigen ihr Opferritual nur einmal pro Woche abhielten. *Nur einmal.* »Wir müssen da runter!«, rief er.

»Was redest du da für Schwachsinn?«, fragte der ältere Winster.

»Wir müssen nur noch über den Grat!«, rief Curdwell. »Nichts wie los!«

Selbst Pinch schaute ihn zweifelnd an.

Doch Fretter zögerte. Mit seinem letzten Vorschlag hatte Wex sie vor der sicheren Gefangennahme durch die Düsterlinge bewahrt. »Sag, was du denkst, Wexford.«

Innerhalb weniger Minuten hatte Wex nicht nur Pinch, Mungo und Arkh überzeugt, mit ihm zu gehen, sondern auch Curdwell, Spragg und Fretter. Den älteren Winster und Alver würden sie mit Brynn, Kraven und den Flussmenschen am Kraterrand zurücklassen.

»Ich komme ebenfalls mit«, verkündete Spärling.

»Das brauchst du nicht, Junge«, erwiderte Fretter.

»Ich will beweisen, dass ich kein Feigling bin«, erklärte der Soldat. »Ich *muss* es beweisen.«

Fretter hatte weder die Zeit noch den Wunsch, lange zu debattieren, also nickte er. Dann eilten sie den Wildpfad hinunter zum Opferaltar der Kraterkannibalen.

57

Das Dorf der Aussätzigen war so gut wie verlassen. Wie Wex vermutet hatte, waren fast alle zu der Schlacht mit den Düsterlingen geeilt. Wie viel Zeit ihnen blieb, bevor die Sieger hier auftauchen würden, war ungewiss. Wenn die Düsterlinge die Aussätzigen überwältigten, waren es vielleicht nur Minuten. Aber das bezweifelte Wex. Die Schimmelbrüder waren zahlenmäßig überlegen und kämpften in dem sumpfigen Palmenwald auf heimischem Boden.

Die Gebäude waren primitiv. Nur strohgedeckte Hütten mit Wänden aus ungehobelten Palmenholzstämmen. Die Lehmziegelwand, jene Gedenkstätte für ihre blutrünstigen Götter, war das einzig nennenswerte Bauwerk. Es kam Wex so vor, als hätten sich im Bau des Opferaltars sowohl das gesamte handwerkliche Können als auch alle Tatkraft der Aussätzigen erschöpft. Zumindest konnte er sonst nichts in dem Dorf entdecken, was von irgendwelcher Bedeutung gewesen wäre.

Wex führte die kleine Gruppe zu einer freien Fläche zwischen den Hütten, wo drei Aussätzige im fortgeschrittenen Stadium der Krankheit im Sterben lagen. Curdwell, Spärling und Spragg bereiteten den drei ein rasches Ende und schnitten ihnen mit ihren Schwertern die Kehle durch, damit sie keinen Alarm schlagen konnten. Das Blut wischten sie angewidert an den umstehenden Farnen ab, unsicher, ob ihnen von der klebrigen Flüssigkeit Gefahr drohte.

»Wir dürfen nicht lange bleiben, sonst stecken wir uns auch

noch an«, erklärte Spärling, der sich den ängstlichen Kommentar nicht verkneifen konnte.

»Das werden wir nicht«, beruhigte ihn Wex.

Eine nach der anderen traten sie die Türen der Hütten ein, fanden aber nicht mehr als ein paar verlauste Kinder, allein gelassen von den todgeweihten Eltern, die sich den Düsterlingen entgegenwarfen. Ängstlich kauerten sie sich zusammen, machten aber keinen Lärm, also ließen die Soldaten sie in Ruhe und verkeilten lediglich die Tür, damit sie keine Hilfe holen oder sonst irgendwelchen Ärger machen konnten. Die fünfte Hütte, zu der sie kamen, sah etwas robuster gebaut aus. Die Tür war zur Sicherung mit geflochtenen Lianen verschnürt. Arkh bearbeitete sie mit seinen scharfen Klauen, und die erbärmlich schlecht hergestellten Seile gaben im Nu nach. Dann trat er einen Schritt zurück und ließ Wex die Tür öffnen.

Die Gefangenen lagen in ihrem eigenen Dreck. Harold, Errol, Gill und, ganz am Ende, Lothario. Aneinandergefesselt lagen sie da, Hand- und Fußgelenke aufgerissen und blutverschmiert von den rauen Lianen. Das Haar klebte ihnen in den eingefallenen, stoppeligen Gesichtern, und ihre stinkenden Kleider waren schweißdurchnässt. Die Wohltat eines kurzen Bads im Walther war ihnen nicht vergönnt gewesen. Drei weitere Männer, die Wex nicht kannte, kauerten neben ihnen. Sie trugen Umhänge aus Tierhaut. Eine Latrine gab es nicht, die Männer mussten ihre Notdurft in einer der Ecken der Hütte verrichten. *Wie Schweine im Stall,* dachte Wex. Fassungslos stand er da und starrte die Männer an, und sie starrten zurück. Sie schienen eine ganze Weile zu brauchen, bis sie ihn erkannten.

»Seht ihr, sie wurden noch nicht geopfert«, sagte Wex schließlich.

Fretter schob sich nach vorn, und die anderen reckten die Köpfe über Wex' Schulter, nur um sie wegen des bestialischen Gestanks sogleich wieder einzuziehen.

»Sie sind am Leben!«, rief Spragg. »Alle!«

Lothario sprach als Erster. »Fretter«, sagte er mit krächzender Stimme. »Du bist zurückgekommen.«

Wex sah, wie Fretter beinahe platzte vor Stolz. Ihre Rückkehr war eine mutige Tat. Bestimmt würde er in Skye einen Orden dafür bekommen. Doch Fretter antwortete nicht gleich. Sein Blick wanderte zu Wex.

»Es war der Junge«, erklärte er.

»Der Schweinehirte?«, erwiderte Lothario, während er versuchte, den Gedanken zu verarbeiten. Er stieß ein röchelndes Lachen aus, das schnell zu einem heiseren Hustenanfall verkümmerte.

Curdwell schlug Wex auf den Rücken. »Bei den Göttern! Woher hast du's nur gewusst?«

Wex hätte es ihm gerne gesagt, aber zuerst musste er sich eine möglichst plausible Erklärung einfallen lassen. »Ein Drache hat es mir verraten«, kam nicht in Frage.

»Als Kraven von den Blutopfern der Aussätzigen erzählte«, begann er schließlich, »klang es eher wie ein Ritual als wie ein bloßes Schlachten. Ich dachte mir, sie würden es wahrscheinlich einmal pro Woche abhalten. Hätte auch ein Tag sein können, wie ich zugeben muss, und dann wären wir zu spät gekommen. Aber ich hielt es für unwahrscheinlich, dass sie genug Gefangene machen, um jeden Tag einen davon opfern zu können.« Das Lügen fiel ihm ganz leicht. Ohne Anstrengung kamen die Worte zu ihm, als wäre er Pinch und nicht Wexford Stoli. »Genauso gut hätte es einmal im Monat sein können oder zum Wechsel der Jahreszeiten«, fügte er hinzu. »Dann musste ich daran denken, wie sie Alvin gleich nach seiner Gefangennahme getötet haben. Und wenn sie das Ritual nur einmal pro Woche abhalten, war damit das Soll für die Zeit, die wir weg waren, bereits erfüllt …«

Während er sprach, machten Arkh und Spärling sich daran, die Fesseln der Soldaten durchzuschneiden. Sie mussten die Luft anhalten wegen des Gestanks, und die Befreiten wanden sich jedes Mal unter Schmerzen, wenn die beiden die wunden Hautstellen auch nur berührten. Ihre Beine waren noch ganz steif von der Gefangenschaft in dem winzigen Verschlag, und anfangs mussten sie gestützt werden, um überhaupt stehen zu können.

»Was ist mit den anderen?«, fragte Wex.

»Wir nehmen sie mit«, antwortete Lothario. »Der eine könnte noch wichtig werden. Sein Name ist Petrich.«

Humpelnd schleppten die Befreiten sich aus dem Dorf und kamen mit jedem Schritt besser zu Kräften. Viele unbeantwortete Fragen schwebten in der Luft, aber die mussten erst einmal warten, bis sie in Sicherheit waren. Als sie sich oben auf dem Kamm mit dem Rest der Gruppe vereinten, empfingen die anderen sie mit offen stehenden Mündern.

Wex schaute hinunter in den Krater. Wegen der Palmen konnte er nicht erkennen, was sich unterhalb der Eidechsenwand zutrug, hörte nur hier und da einen Aufschrei oder ein Knurren, das durch den Palmenwald hallte. Es war unmöglich zu sagen, wer gewinnen würde, aber der größte Teil des Scharmützels schien bereits vorüber, denn das war nicht mehr das Gebrüll einer offenen Feldschlacht, sondern der gedämpfte Lärm einzelner Kämpfe zwischen den Bäumen.

Der Schnee jenseits des Kraters könnte ungemütlich werden. Die Kleider, die sie trugen, waren denkbar ungeeignet. Die geheimnisvollen neuen Reisebegleiter waren mit ihren Pelzumhängen am besten gerüstet. Langsam durch den Schnee zu stapfen war jedoch eine willkommene Abwechslung dazu, ständig um sein Leben rennen zu müssen. Außerdem hatte das frühlingshafte Tauwetter der letzten Woche die Schneegrenze noch weiter zurückgedrängt, und bergab würden sie ohnehin schneller vorankommen als beim Aufstieg. Die Gefahr, sich Frostbeulen zu holen, war also gering.

Sobald sie die Riesenkiefern erreicht hatten, zwischen denen kein Schnee mehr lag, begannen sie nach Essbarem zu suchen. Die letzte Mahlzeit hatten sie zu sich genommen, nachdem Bello und Adara an einer seichten Stelle im Walther ein paar Fische für sie gefangen hatten, die sie roh verschlangen. Wex hatte seinen irgendwie hinuntergewürgt, Spärling hatte sich übergeben.

»Esst zuerst und erzählt dann«, befahl Lothario. »Was Petrich zu sagen hat, wird euch genauso interessieren, wie mich eure Geschichte interessiert.«

Unterwegs sammelten sie Beeren und wildwachsende Kräuter, und Spragg erlegte einen Dachs, der grauenhaft schmeckte, aber zumindest für jeden einen Mundvoll hergab. Wex musste daran denken, wie die anderen vor dem Aufstieg auf diesen Berg sein Ferkel verspeist hatten.

Die Nacht würde bald hereinbrechen, und sie suchten sich ein geschütztes Plätzchen für ein Feuer. Die Felsen und umstehenden Bäume würden die Flammen vor neugierigen Blicken verbergen, und da der Mond noch nicht aufgegangen war, würde auch der Rauch am dunklen Himmel kaum zu sehen sein.

Lothario wollte zuerst ihre Geschichte hören, also begann Fretter zu erzählen. Schon bald jedoch hatte Pinch den Bericht so oft mit Kommentaren unterbrochen, dass eigentlich nur noch er erzählte, und das tat er so mitreißend und begeistert, dass niemand protestierte. Er berichtete von den Eidechsen und wie Kraven sie alle in der Höhle gerettet hatte. Dann davon, wie er, Mungo und Brynn die ganze Gruppe in den Wald gescheucht hatten, um den Schimmelbrüdern zu entkommen. Die Schilderung der fröhlichen Flussmenschen und ihres blühenden Lagerlebens trug zur allgemeinen Erheiterung bei und erklärte gleichzeitig die Anwesenheit von Bello und Adara, die sich immerhin Wex' Boot ausgesucht hatte, wie Pinch nicht zu erwähnen vergaß. Einfühlsam achtete er darauf, mit seiner Huldigung an das Leben auf dem Walther nicht mehr Salz in Bellos und Adaras

Wunden zu streuen als unbedingt nötig. Schließlich berichtete er, wie Poppy ums Leben gekommen war, und schilderte in allen Details die Wildheit der »Rinderteufel«, die ihn getötet hatten. Jetzt war Lothario an der Reihe zu trauern – der Barthunier war über drei Jahre sein Koch gewesen.

»Dass er inmitten einer Viehherde das Leben gelassen hat, scheint mir irgendwie passend«, bemerkte Lothario und verstummte dann wieder, um Pinch weitererzählen zu lassen.

Pinch berichtete von Verda und witzelte, Wex hätte einen Drachen aus seinem Heimatbaum verscheucht. Dann erklärte er, wie Kraven einen schwarzen Riesen aus dem Schleier heraufbeschworen hatte, und Wex fiel auf, dass Petrich diese beiden Episoden mindestens genauso zu interessieren schienen wie Lothario, wenn nicht sogar noch mehr. Der Rest der Erzählung drehte sich um die Düsterlinge. Lothario hatte noch keinen zu Gesicht bekommen, nickte aber verständig, als hätte er schon einmal von ihnen gehört.

»Unglaublich, diese Geschichte«, sagte er schließlich. »Vom Anfang bis zum Ende.« Er schüttelte den Kopf. »Und das mit der Karte, wir wissen jetzt, wie es funktioniert, oder?« Er warf Wex aus dem Augenwinkel einen Blick zu.

»Nein«, erwiderte Fretter entschlossen. »Das tun wir ganz und gar nicht. Sie hat uns nichts als Chaos und Verderben gebracht.«

Der Mann, der Petrich hieß, beugte sich vor. »Die Karte«, sagte er. »Zeigt sie mir.«

Er hatte einen starken Akzent. Einen, der typisch war für den Süden, wie seine eisblauen Augen und die Adlernase. Sein Umhang war schlicht, beinahe derb, nicht mehr als ein paar stümperhaft zusammengenähte Stücke Wolfsfell.

»Wer ist dieser Mann?«, fragte Fretter.

»Ein bedeutsamer Bürger von Abrogan, der ebenfalls in die Fänge der Schimmelbrüder geraten ist«, antwortete Lothario. »Zeig ihm die Karte.«

Fretter nickte und rollte zwischen sich und dem älteren Winster das kostbare Dokument aus.

Petrich streckte die zitternde Hand aus und fuhr mit dem Finger die Symbole entlang, die Dörfer und Straßen, Burgen und Garnisonen, folgte der Ersten Straße bis zur Stadt Skye mit ihrem Palast.

»Es wurde viel an der Karte gearbeitet«, sagte er erstaunt. »Existiert all dies wirklich?«

»Ja«, antwortete Lothario. »Die Lande von Abrogan unter der Herrschaft von Fürst Kryst erstrecken sich von der Großen Küstenstadt bis zu diesem Berg in unserem Rücken.«

»Dann war uns mehr Erfolg beschieden, als wir selbst in unseren wildesten Träumen zu hoffen gewagt hatten. Das Land ist unser!« Er wandte sich seinen Begleitern zu.

Die beiden lächelten, entweder weil sie es genauso sahen oder um nicht sein Missfallen zu erregen. Wex war nicht ganz sicher, was davon zutraf.

Aber der erfreute Gesichtsausdruck war schnell wieder verschwunden, als Petrich mit kalten Augen Wex fixierte. »Doch jetzt wirst du wiedergutmachen, wofür tausende ihr Leben ließen«, sagte er mit grimmiger Stimme.

»Das tut mir leid«, erwiderte Wex, ohne genau zu wissen, was er eigentlich getan hatte.

»All die Monstrositäten, die ihr beschrieben habt, wir haben sie vertrieben, in fünfzig Jahren der nimmermüden Anstrengungen. Die Kranken, das fahrende Volk, die Zwerge und die Düsterlinge. Sogar den Drachen haben wir verjagt, obgleich wir warten mussten, bis er an einem Tag seiner Wahl aus freien Stücken nach jenseits der Rauchhöhen flog. Wir Sterblichen konnten ihn nie dazu bewegen. In Schiffen kamen wir im Jahr der großen Stürme über die Weiten des südlichen Meeres. In zweiter Generation, Nachkommen der ersten Siedler aus Artung und Fretwitt, breiteten wir uns über diese Lande aus. Doch es lebten

Unerwünschte hier und wilde Tiere. Mit Mann, Speer und Blut trieb Krystal der Zweite die Unerwünschten in die Berge, weg von den fruchtbaren Fluren, auf dass wir, die Guten und Rechtschaffenen, sie in Besitz nehmen konnten.«

»Krystal?«, fragte Wex. Die Zwerge hatten diesen Namen benutzt.

Kraven tippte ihm auf die Schulter. »Ein entfernter Vorfahr unseres Fürsten Kryst.«

»Diese wackeren Männer dürften an die vierhundert Jahre alt sein«, erklärte Lothario, und sogleich erhob sich ängstliches Gemurmel unter dem Rest der Gruppe. »Sie waren schon hier, als der Schleier über das Land fiel.«

»Oh nein«, widersprach Petrich. Er deutete auf die Karte, auf die rot verschmierte Stelle, unter der jenes alte, unbekannte und mit P beginnende Wort stand. Mit einem Mal begriff Wex, was es bedeutete: Petrich.

»Nicht nur war ich an Ort und Stelle, als der Schleier fiel«, verkündete er. »Ich bin derjenige, der ihn rief.«

Alle am Feuer verfielen in verblüfftes Schweigen. Falls jemand Zweifel bezüglich Petrichs Behauptung hegte, behielt er sie für sich.

»Wir waren darin gefangen, als er fiel«, fuhr Petrich fort. »Wir beschworen ihn auf unsere eigenen Köpfe herab. Ein Fehler. Er hätte nicht über uns kommen sollen, sondern lediglich über jene finstren Lande, die der Junge ihm nun entrissen hat.« Bei diesen Worten legte er die Stirn in tiefe Falten und warf Wex einen Blick zu, der direkt aus den Tiefen der Hölle zu kommen schien. »Er hat sich eingemischt in die Angelegenheiten der Herrschenden, unsre noblen Anstrengungen zunichtegemacht und das Blut unsrer gefallenen Brüder beschmutzt.«

»Lasst Gerechtigkeit walten«, unterbrach Kraven. »Wexford wusste von alldem nichts.«

Petrich schnaubte. Seine Augen wanderten nachdenklich von

Wex über Kraven zu Lothario, während er versuchte, die Hierarchie innerhalb der Gruppe einzuschätzen. »Mir wurde gesagt, du seist ein Magier von bescheidener Begabung. Hast du dem Jungen bei seiner Teufelei geholfen?«

Wex sah, wie Kravens Augen sich verengten. Der Zauberer hob einen langen, dürren Finger und richtete ihn auf Petrich.

»Genug jetzt«, sagte Lothario. »Wir haben gegessen und unsere Geschichten erzählt, aber wir alle sind zu erschöpft, um in der Dunkelheit noch weiterzumarschieren. Wir brauchen Schlaf. Alver und Spärling, ihr übernehmt die erste Wache. Eine Furchenlänge den Hügel hinauf und eine voneinander entfernt geht ihr auf Posten. Alle anderen suchen sich hier am Feuer ein trockenes Fleckchen.«

Als die Gruppe sich verteilte, packte Lothario Wex am Arm und zog ihn für ein paar Worte unter vier Augen beiseite.

»Falls auch nur die Hälfte von dem wahr ist, was Pinch eben erzählt hat, werde ich nicht vergessen, was du vollbracht hast, wenn wir in Abrogan sind«, eröffnete ihm der Hauptmann und tätschelte Wex den Kopf. Die Geste ehrte ihn, aber gleichzeitig zeigte sie Wex auch auf, wo sein Platz in der Hierarchie der Gruppe war.

58

Die Schlacht mit den Aussätzigen war erfolgreich verlaufen, befand Vill. Der Voraustrupp von dreißig Mann war zwar vollständig aufgerieben worden, weil Fen ihn in einen Hinterhalt geführt hatte, aber damit waren auf bequeme Art zwei Probleme gelöst: Erstens hatte Vill Fen nicht trauen können, und sein Tod kam ihm sehr gelegen. Zweitens waren die dreißig Leichen eine unmissverständliche Warnung gewesen und das Überraschungsmoment somit entschärft.

Vill schritt durch die Reihen der Toten und Sterbenden. Er achtete sorgsam darauf, die offenen Stellen auf der violett verfärbten Haut der Aussätzigen nicht zu berühren, die die Hände nach ihm reckten in der falschen Annahme, er wäre gekommen, um ihnen zu helfen, nur weil er ein Mensch war. Da er nicht wusste, ob die Krankheit auch auf seine Düsterlinge überspringen konnte, empfahl er ihnen, Keulen statt Klauen zu benutzen, um die noch Lebenden zu töten.

Seine Angriffsstrategie hatte sich als richtig herausgestellt. In geschlossener Linie hatten sie den Wald durchkämmt und den Feind aus den Verstecken im Unterholz gescheucht. Auch die Palmen hatten den Jammergestalten keine sichere Zuflucht geboten. Die Düsterlinge hatten sie einfach heruntergeschüttelt und sich dann zu mehreren auf sie gestürzt oder sie aus kurzer Distanz mit ihren krummen Pfeilen erschossen. Nach dem anfänglichen Misserfolg von Fens Stoßtrupp hatte Vill lediglich zehn weitere Düsterlinge verloren, die sich auf eigene Faust aus der

Hauptformation gelöst hatten und dann einzeln niedergerungen worden waren.

Vill hatte den Kinderbanditen Fen in Stücke gerissen am Fuß der Felswand gefunden. Er hatte noch schwach geatmet, war aber natürlich nicht mehr zu retten gewesen. Auch als Proviant war er nicht mehr zu gebrauchen, denn die Aussätzigen hatten ihn mehrfach gebissen. Fen hatte Vill angefleht, ihn von seinem qualvollen Todeskampf zu erlösen, doch Vill hätte es als das falsche Signal empfunden, wenn er einem Versager einen letzten Wunsch erfüllte. Also hatte er ihm die Bitte verwehrt und ihn verbluten lassen.

Die Spur des Kartenzeichners hatten sie zwar verloren, was einen kleinen Rückschlag darstellte, doch Vill wusste nur zu gut, wohin er gegangen war: über den Berg und zurück in die Lande Krysts. Außerdem machte der Ausgang der Schlacht diese kleine Verzögerung mehr als wett. Vill kontrollierte nun die vom vulkanischen Boden erwärmte und somit schneefreie Nordflanke des Bergs. Sie war der ideale Überschreitungspunkt für Märsche über die ansonsten nur schwer passierbaren Zornberge. Nachdem er seinen Düsterlingen beigebracht hatte, wie sie den Walther überqueren konnten, hatten sich auf der Westseite des mächtigen Flusses noch weitere umherstreunende Gruppen seiner Armee angeschlossen, und jeden Tag stießen mehr hinzu. Mit jeder Stunde Verzögerung vergrößerte sich die Stärke seiner Streitmacht, und der Moment, in dem Vill Magnan nach Abrogan zurückkehren würde, stand kurz bevor.

»Eber!«

Der Düsterlingoffizier kam herbeigeeilt und salutierte unbeholfen. Vill hatte den militärischen Gruß eingeführt, damit seine Untertanen immer und überall daran erinnert wurden, wer ihr Anführer war. Er stand jetzt wieder hoch im Ansehen. Die Düsterlinge hatten bobachtet, wie Schnüffler nach dem Duell mit Fen das Marschtempo kaum noch hatte mithalten können.

Der Zustand des kräftigen Düsterlings hatte sich zusehends verschlechtert. Er war weitere Male herausgefordert worden, um schließlich von einem ehrgeizigen, aber relativ schmächtigen Kontrahenten getötet zu werden, dem Vill wegen des abgebrochenen Horns den Namen Stummel gegeben hatte. Kein Düsterling war erpicht darauf, der Nächste zu sein, den Vill zu einem Duell befahl. Und jetzt, nachdem er sie zu einem Sieg über die Aussätzigen geführt hatte, war seine Position für die absehbare Zukunft gesichert.

»Ich habe die Anführerin gefunden«, grunzte Eber. »Eine alte Frau. Trägt Steine um den Hals.«

»Eine Kette?« Vill nickte. Die Aussätzigen waren ein primitives Volk und hatten so gut wie keine Kultur. Nicht eine der Leichen hatte irgendwelchen Schmuck getragen. Eine Halskette war gleichbedeutend mit Wohlstand. Wenn es tatsächlich die Anführerin war, die Eber ausfindig gemacht hatte, war sie nicht nur wohlhabend, sondern würde unter ihresgleichen einigen Einfluss haben. Vill fragte sich, ob sie sprechen konnte. Diejenigen, die sie getötet hatten, hatten nur unverständliches Gebrabbel von sich gegeben.

Eber führte ihn ins Dorf, eine armselige Ansammlung heruntergekommener Hütten mitten im Sumpf, in der Vill sich nicht länger aufhalten wollte als unbedingt nötig. Die Anführerin kniete zwischen zwei Düsterlingen, die sie in respektvollem Abstand links und rechts mit Schlingen um den Hals in ihrer Mitte hielten. *Sie haben Angst vor der Krankheit,* dachte Vill. Er selbst spürte keine Angst, doch die Vernunft riet ihm, nur so nahe heranzugehen, dass er mit ihr sprechen konnte. Die Halskette war plump, zeigte aber unmissverständlich an, dass die Frau in ihrem Dorf auf irgendeine Weise wichtig gewesen war. Und wenn auch sonst nichts dabei herauskommen sollte, hatte Eber ihm diesmal zumindest verlässliche Informationen überbracht.

»Deine Leute waren krank«, sagt er. »Wir haben deine Sippe von ihren Leiden befreit.«

Die Frau spuckte nach ihm, aber der Schleimklumpen flog nicht weit genug – ein Beleg, dass Vills Verstand ihm stets das Richtige riet.

»Waren vor kurzem Fremde hier?«

Die Frau schrie ihn an. Nicht eine einzige Silbe davon ergab einen Sinn.

»Macht ein Ende«, befahl Vill.

Ihre Bewacher rissen an dem Seil, jeder in seine Richtung. Ein Zucken ging durch den Körper der Frau, dann baumelte er leblos zwischen den beiden Düsterlingen.

Vill trat näher heran. Sie hatte einen Gegenstand unter ihren Lendenschurz geklemmt. Mit einem Stock stocherte er so lange daran herum, bis er herausfiel. Es war ein Dolch. Mit einer Klinge aus Stahl. Eine viel zu hoch entwickelte Waffe für ihre Besitzerin.

»Sie waren hier!«, erklärte Vill. Er wandte sich an Eber. »Fasst nichts an. Lasst alles liegen.«

Eber, der schon dabei gewesen war, sich den Dolch zu schnappen, zuckte zurück. Auch die vier Schwerter, die sie gefunden hatten, ließen sie da. Sie waren von guter Qualität und hätten in den Händen seiner Düsterlinge verheerende Waffen abgegeben, aber die Aussätzigen hatten sie berührt.

»Dieser Sumpf ist auf ewig verflucht«, schärfte Vill seinen Soldaten ein. Eine andere Erklärung für so etwas Komplexes wie eine ansteckende Krankheit würden sie nicht verstehen und verdienten sie auch nicht. »Ich hoffe nur, dass wir es nicht sind.«

In aller Eile verließen sie das Dorf. Die Hütten steckten sie in Brand, und was immer sich noch darin befand, verbrannte mit ihnen. Die Nacht brach allmählich herein, und Vill hoffte, den Rand des Kraters zu erreichen, bevor es dunkel wurde, damit sie nicht im Finstern durch den verseuchten Wald tappen mussten. Die warme, schwere Feuchtigkeit der Luft fühlte sich an, als wäre sie durchdrungen vom Aussatz. Sollte er daran erkranken, würde er sich töten, dachte Vill. Eine schlimmere Existenz, als bei lebendigem Leib zu verfaulen, konnte er sich nicht vorstellen, außer vielleicht jenen Dämmerzustand, den er im Schleier durchlebt hatte. Die Wahl war denkbar einfach, und Vill fragte sich, warum die Bewohner des Dorfes sich nicht genauso entschieden hatten. Vielleicht hatte es mit ihren Emotionen zu tun gehabt, überlegte er. Gefühle gaukelten dem Menschen etwas vor, gaben ihm Hoffnung, wo keine war. Vill hatte keine Hoffnung. Ziele waren alles, was er kannte. Und für den Moment genügte das.

Bald darauf hatte er seine gesamte Armee aus dem Sumpf gebracht. Jene, die von den Aussätzigen mit Zähnen oder Fingernägeln verletzt worden waren, ließ er ohne Vorwarnung töten. Den Grund erklärte er den Henkern erst im Nachhinein, und sie nickten, auf makabre Weise fasziniert, ohne wirklich zu begreifen. Sie hatten die Auswirkungen des Fluchs, der das Fleisch verfaulen ließ, aus nächster Nähe gesehen, und das genügte. Es kam ihnen gar nicht in den Sinn, Vills Befehl in Frage zu stellen.

Auf einer Lichtung gleich unterhalb des Kraterrands errichteten sie ihr Lager. Vill hatte sich dagegen entschieden, den Kamm noch vor Anbruch der Nacht zu überschreiten. Die Kälte auf dem verschneiten Südhang würde seinen Düsterlingen nicht gut bekommen. Besser, sie blieben hier im Warmen, auf diesem seltsam einladenden Fleckchen mit den zwei Wildpfaden, die hinein- und hinausführten. Sie würden sich ausruhen, um dann beim ersten Tageslicht die Grenze nach Abrogan zu überschreiten und den im Schnee leicht zu erkennenden Spuren zu folgen.

59

Wex spürte, wie er weggeschleppt wurde. Zuerst dachte er, es wäre ein Alptraum, geboren aus der Erinnerung daran, wie die zahnlosen Hoxxel-Brüder ihn die Zweite Straße hinaufgeschleift hatten. Unwillkürlich tastete er mit der Zunge nach seinem abgebrochenen Schneidezahn. Wex öffnete die Augen, aber es war immer noch dunkel, so dunkel, dass die schleichenden Gestalten, die ihn an den Armen gepackt hielten, lediglich als noch schwärzere Umrisse vor der über allem liegenden Nacht zu erkennen waren. Er hatte keine Ahnung, wer sie sein mochten. Keine Düsterlinge jedenfalls. So viel konnte er mit Sicherheit sagen, auch wenn sie genauso ranzig rochen. Dass seine Freunde ihn so über den Boden schleifen würden, war unwahrscheinlich, wenn sie ihn genauso gut wecken und auf seinen eigenen zwei Beinen gehen lassen konnten. Wex überlegte, ob er um Hilfe rufen sollte, war aber nicht sicher, wessen Aufmerksamkeit – ob von Freund oder Feind – er damit erregen würde. Es spielte ohnehin keine Rolle, wie er merkte, denn er war geknebelt.

Wex brüllte gegen das Stück Stoff in seinem Mund an und wand sich, erreichte damit aber nur, dass der Griff um seine Handgelenke noch fester und er umso schneller bergauf gezogen wurde. *Bergauf?*, dachte Wex. Das war das Letzte, wohin er wollte.

»Beruhige dich, Wexford«, flüsterte eine vertraute Stimme. Kraven.

Er wollte fragen, wohin sie unterwegs waren, aber der Magier machte keine Anstalten, ihm den Knebel aus dem Mund zu nehmen. Entweder konnte Kraven nichts tun, oder er steckte mit seinen Entführern unter einer Decke. Wex ließ sich also weiter über den Waldboden ziehen, bis er Schnee unter den Stiefeln der beiden Unbekannten knirschen hörte.

»Das ist weit genug.« Auch die Stimme kannte er. Es war Petrichs.

Wex hörte das Klingen eines Feuersteins, der gegen Metall geschlagen wurde. Winzige Funken regneten herab, und ein Zunderhäufchen auf dem Boden spuckte Flammen. Ein Schatten tauchte einen trockenen Ast in das tanzende Orange, bis er Feuer fing. Die Entführer waren zu viert.

Petrich ragte vor Wex auf und starrte auf ihn herab. Seine beiden bärtigen Begleiter hielten Wex gepackt. Kraven hatte die Karte.

»Der Junge ist ein Bauer aus dem Norden«, erklärte Kraven. »Es war sein Blut auf der Karte, das den Schleier versetzte.«

Der flackernde Fackelschein verzerrte Petrichs Gesicht zu einer hämischen Grimasse. Er streckte die Hände aus und zog Wex' Augenlider nach oben. »Gut. Grünäugig wie der Erste. Mit seinem Blut werden wir den Schaden in Ordnung bringen, den er angerichtet hat. Und diesmal werde ich achtgeben, den Flecken Erde auszusparen, auf dem wir stehen. Rollt die Karte aus.«

Petrich nahm seinem Gehilfen die Fackel ab, damit er Wex festhalten konnte, und Wex roch den stinkenden Atem seines Häschers über der Schulter.

Der andere ging zu Kraven und half ihm mit der Karte.

Kraven entrollte nur den Teil, auf dem der Berg zu sehen war, auf dem sie sich befanden.

Die Zeichnungen tanzten im flackernden Schein der Fackel, als wären sie lebendig. Wex' Oberkörper wurde nach vorn gedrückt, sodass er über der Karte schwebte, und Kraven nahm ihm den Knebel aus dem Mund.

Petrich stellte sich Wex gegenüber. »Nein. Er soll geknebelt bleiben«, erklärte er.

»Er wird nicht um Hilfe rufen«, erwiderte Kraven. »Ich werde es ihm erklären.« Der Zauberer wandte sich Wex zu. »Wir werden lediglich den Schleier zurückholen, dorthin, wo er war, Wexford«, sagte er halb belehrend, halb entschuldigend. »Petrich hat mir den tieferen Sinn des Schleiers erklärt, seinen ursprünglichen Zweck. Er wurde erschaffen, um die Übel im Zaum zu halten, die wir in den letzten Tagen mit eigenen Augen gesehen haben.«

Wex runzelte die Stirn. Übel wie Adara? Oder die unschuldigen Kinder der Flussmenschen? Die Zwerge, die uns beigestanden und sich damit selbst in Gefahr gebracht haben? Er erwiderte nichts.

»Denk an die Düsterlinge!«, fügte Kraven hinzu. »Eine Armee von gehörnten zweibeinigen Ungeheuern.«

Wex dachte nach. Der Mann, der sie anführte, war ein Bürger aus Abrogan. Ein Mensch.

Kraven schüttelte den Kopf. »Die Aussätzigen. Der Drache. Was ist mit dem Drachen?«

»Verda tut keinem was, solange man sich nicht an ihren Schätzen vergreift«, platzte Wex heraus, noch bevor er wusste, was er da sagte.

»Dies hier ist kein Disput, Magier«, knurrte Petrich. »Wir müssen handeln, bevor die anderen versuchen, uns aufzuhalten.«

»Sie könnten deinen Plan gutheißen«, erwiderte Kraven.

»Oder auch nicht. Jetzt halt ihn fest, damit ich sein Blut nehmen kann.«

Das war der Moment, in dem Wex beschloss, sich zu wehren. Er konnte nicht zulassen, dass dieses Land und seine Bewohner wieder unter den Schatten des Schleiers fielen.

»Nein!«, schrie er. »Das dürft ihr nicht!«

»Wir dürfen. Und ich werde«, erklärte Petrich.

Kraven zog seinen Dolch aus der Scheide. Der Griff war mit falschen Edelsteinen verziert und in einem viel zu grellen Grün bemalt. Die Klinge selbst sah aus, als wäre sie noch nie benutzt worden.

Wex strampelte und wand sich, aber Petrichs Gefolgsmann hielt ihn in eisernem Griff.

»Es geht nur um ein bisschen Blut«, versuchte Kraven ihn zu beruhigen.

»Wir werden mehr brauchen als nur ein bisschen«, widersprach Petrich. »Schneid ihm den Hals auf, und lass es in meine Hand tropfen«, sagte er und streckte den Arm aus.

»Er wird zu viel Blut verlieren.«

»Es kann gar nicht genug sein, Narr.«

»Aber er könnte sterben.«

»Genau darin liegt die Kraft des Zaubers.«

»Du willst ihn töten?«

Petrich antwortete nicht und fixierte Kraven nur mit kaltem Blick. Etwas ging zwischen den beiden Männern vor.

Sie verständigen sich, dachte Wex. *Ich werde sterben.*

Kraven schien immer noch unentschlossen. Er hielt Wex zwar die Klinge an die Kehle, schnitt aber nicht.

»Wexford hat mir das Leben gerettet«, murmelte er, wie um sich selbst daran zu erinnern.

»Unfug!«, fauchte Petrich. »Halt die Karte. Wenigstens das wirst du doch zustande bringen.« Petrich trat auf den vollkommen verunsicherten Kraven zu und entriss ihm den Dolch.

Wex brüllte. Ohne Stolz, ohne Scham, ohne jede Zurückhaltung. Dass er sich dabei anhörte wie ein fünfjähriges Mädchen, kümmerte ihn nicht im Geringsten. Der Mann, der ihn von hinten gepackt hatte, war zu sehr damit beschäftigt, Wex festzuhalten, um ihm den Knebel wieder in den Mund zu stopfen.

Petrich stieß einen wilden Fluch aus und wollte ihm die Klinge über den Hals ziehen, gerade in dem Moment, als Wex absichtlich die Arme locker ließ, um sich nach unten sacken zu lassen. Der Schnitt geriet zu hoch. Das Messer fuhr über Wex' Kopf hinweg unter das Kinn des Mannes hinter ihm, durchtrennte eine Haarlocke und säbelte ein Stück Bart ab, verfehlte aber beide Kehlen.

Wex warf sich auf den Boden, und Petrichs Gehilfe fiel mit seinem vollen Gewicht auf ihn. Alles, was Petrich jetzt noch tun musste, war, sich herunterzubeugen und ihn abzustechen wie eine Sau beim Schlachter. Da hörte Wex noch weitere Stimmen, neue Stimmen. Sie kamen näher. Die Fackel fiel zu Boden, Wex nutzte die kurze Ablenkung und stemmte sich mit aller Kraft hoch. Gemeinsam mit Petrichs Handlanger rollte er über den Boden, und die Dunkelheit schlug über ihm zusammen.

»Heda!«

»Was geht hier vor?«

Es waren Spärling und Alver. Nicht unbedingt die beiden, die Wex sich ausgesucht hätte, aber auf jeden Fall willkommene Hilfe.

Der Mann ließ Wex los und stand auf, um sich den Soldaten entgegenzustellen. Wex hörte das charakteristische Geräusch, mit dem eine Klinge aus der Scheide gezogen wurde.

»Passt auf!«, rief er. »Sie haben Messer!«

»Genau wie ich«, zischte Petrich ihm ins Ohr. Eine Hand umfasste seine Stirn und riss Wex' Kopf nach hinten. Seine Kehle war vollkommen ungeschützt, aber der Schnitt blieb aus.

Petrich ließ ihn los, und Wex warf sich nach vorn in den Schnee. Ihm war schwindlig und mit einem Mal furchtbar kalt. Er sah ein schwaches Flackern und kroch darauf zu. Es kam von der Fackel: Sie lag zwischen zwei Felsen auf dem Boden, brannte aber noch. Wex packte sie und streckte sie hoch über den Kopf.

Der Hang lag in ein gelbliches Schimmern getaucht, gerade hell genug, dass Alver und Spärling die beiden Männer sehen konnten, die ihnen auflauerten. Flüsternd lösten sich ihre Schwerter aus den Scheiden.

»Verrat!«, rief Spärling.

In der Stimme des sonst so zaghaften Soldaten lag keine Furcht, nur Zorn und Entschlossenheit.

Unter lautem Fluchen stürzten die vier sich aufeinander. Klingen zerteilten die Nacht und besudelten den Schnee mit roten Spritzern. Die Schatten, am abschüssigen Hang vom Schein der Fackel bizarr vergrößert, tanzten in einem zuckenden Wirbel des Todes.

Hinter Wex hatte Kraven Petrich zu Boden gerungen. Sein Zauberer-Freund hielt mit der einen Hand Petrichs Messerarm gepackt, die andere hatte er in den Hals seines Gegners gekrallt, während Petrich seinerseits mit aller Kraft auf Kravens Kehlkopf drückte. Eine Pattsituation, die nur zugunsten dessen ausgehen konnte, der das Messer hatte. Aber Wex wagte nicht, Kraven zu Hilfe zu eilen, aus Angst, Spärling und Alver könnten ohne das Licht der Fackel ihren Angreifern unterliegen.

Nur wenige Augenblicke später erlöste Spärling Wex aus dem Dilemma. Sein Schwert surrte durch die kalte Nachtluft, fuhr durch Fleisch und Schädelknochen, und eine Fontäne weißer Splitter und roter Flüssigkeit schoss aus dem Gesicht seines Gegners, der zu Boden stürzte, ohne sich ein weiteres Mal zu bewegen.

Alver hatte seinem Kontrahenten eine hässliche klaffende Wunde am Oberschenkel beigebracht. Schwer atmend kniete er auf dem gesunden Bein. Wie einen Talisman, der alles Böse von ihm fernhalten würde, reckte er Alver sein Messer entgegen, der auf ihn zukam, um den Kampf zu beenden. Das viel schwerere Schwert fegte die Klinge beiseite und bohrte sich mit einem hörbaren Knacken in den Brustkorb des Mannes. Rippen barsten, und er starb. Langsamer zwar als sein Kumpan, aber nicht viel.

Wex wirbelte herum und rannte zu Kraven, der keuchend im

Schnee kauerte. Neben ihm hockte reglos Petrich, als hätten die beiden Männer ihre Zwistigkeiten beigelegt und beschlossen, nun friedlich beieinanderzusitzen und sich zu unterhalten. Wex packte Kraven an den Schultern.

Der Zauberer konnte kaum atmen. Völlig erschöpft vom Kampf röchelte er, als würde er jeden Moment das Bewusstsein verlieren.

Doch Wex konnte keine Wunden entdecken, und die Lunge schien intakt zu sein. Vorsichtig drehte er sich zu Petrich um.

Stumm hockte der Mann da, den Blick starr geradeaus ins Leere gerichtet.

Wex stand auf und hielt die Fackel vor sich für den Fall, dass der alte Mann plötzlich aufsprang. Er tat es nicht. Wex ging noch näher heran. Von der Stelle aufwärts, wo Kraven ihn an der Kehle gepackt hatte, schien Petrichs Gesicht ohne jede Farbe zu sein. Als er genauer hinsah, konnte Wex jedoch erkennen, dass es nicht farblos, sondern vielmehr blau war. Von den Schlüsselbeinen bis hinauf zum Scheitel.

Petrich rührte sich immer noch nicht. Die Augen waren offen, weit aufgerissen sogar, doch offensichtlich blind. Ohne etwas zu sehen, blickten sie hinaus in den Schnee.

Kraven war unbewaffnet gewesen, also suchte Wex erst gar nicht nach offenen Verletzungen. Falls Petrich sich in dem Handgemenge das Genick gebrochen hätte, hätte sein Kopf schlaff herabhängen müssen, aber das tat er nicht. Anscheinend hatte Kraven ihn erwürgt, und das mit nur einer Hand. Keine schlechte Leistung für den überkandidelten Zauberer.

Wex schaute Kraven an. »Was ist passiert?«, fragte er.

Kraven rang immer noch um Atem. Unter Mühen blähte er den Brustkorb, bis er gerade genug Luft für eine knappe Antwort hatte. »Hab … ihn … kalt gemacht«, hechelte er kaum hörbar.

Wex legte Petrich eine Hand auf die Stirn. Die Haut fühlte sich kühl an. Nein, mehr als das, kalt wie Eis war sie. Und obwohl Petrich erst wenige Augenblicke tot sein konnte, hart wie Stein.

Wex schnappte nach Luft. Petrichs gesamter Kopf war zu einem einzigen Eisklumpen gefroren.

60

Alver holte die anderen, damit sie die Leichen zum Lagerplatz bringen konnten. Als sie dort ankamen, waren bereits alle wach. Wex erklärte, was vorgefallen war, während Kraven sich erholte, und obwohl er sich selbst noch nicht im Klaren über die Rolle des Zauberers war, erzählte er die Geschichte so, als hätte Kraven Verdacht geschöpft und nur vorgegeben, mit Petrich gemeinsame Sache zu machen, um sein Komplott durchkreuzen zu können. Das war zumindest die halbe Wahrheit. Hoffte er jedenfalls. Immerhin hatte Kraven zugestimmt, den Schleier zurückzuholen. Erst als er erfuhr, dass Wex dafür mit dem Leben bezahlen würde, hatte er es sich anders überlegt. Dass Kraven Petrichs Kopf zu Eis gefroren hatte, ließ Wex ganz weg.

Mit viel Schulterklopfen wurden Spärling und Alver von der nächsten Wache abgelöst. Wex war beeindruckt, wie gut Spärling mit dem Schwert umgehen konnte. Er hätte nicht gedacht, dass der schmächtige Soldat in einem Kampf lange bestehen würde. Obendrein war er bisher jeder Auseinandersetzung aus dem Weg gegangen, doch wenn er sich einmal dazu entschied, war Spärling ein ernst zu nehmender Gegner. Petrichs Handlanger hatten keine Chance gehabt, nachdem Wex die beiden Soldaten gewarnt hatte. Die läppischen Dolche und der Mangel an Übung hatten ihr Schicksal besiegelt, und jetzt lagen ihre Leichen am Rand des Lagerplatzes.

Lothario fluchte über seine eigene Dummheit, weil er ihnen vertraut hatte. Tagelang war er mit ihnen in der erbärmlichen

Gefängnishütte der Aussätzigen eingepfercht gewesen. Sie waren Landsleute aus Abrogan, wenn auch aus der längst vergangenen Zeit der Besiedlung. Als solchen hatte er ihnen den gebührenden Respekt entgegengebracht, wie er erklärte, und nichts von ihren finsteren Plänen geahnt. Wex war erleichtert zu hören, dass der Hauptmann Wex' Tötung wahrscheinlich nicht zugestimmt hätte.

Spragg und dessen Bruder übernahmen die nächste Wache. Der Rest der Gruppe versuchte, noch ein wenig zu schlafen. Als alle sich wieder hingelegt hatten, rief Kraven Wex zu sich. Das Gesicht des Magiers war von tiefen Falten durchzogen und sah immer noch erschöpft aus. Schwankend saß er da, als wäre er einer Ohnmacht nahe. Petrichs Kopf einzufrieren hatte ihn ungemein viel Kraft gekostet, und er musste sich mit aller Macht zusammenreißen, um überhaupt sprechen zu können.

»Es tut mir leid, Wexford«, flüsterte er, »dass ich dich in all das mit hineingezogen habe.«

»Ihr braucht Euch nicht die Schuld dafür zu geben«, versuchte Wex ihn zu beruhigen. »Es war meine freie Entscheidung, nachdem der andere Kartenzeichner krank geworden war.«

»Ich bin derjenige, der für seine Krankheit verantwortlich ist.«

Wex blinzelte. »Was?«

Kraven drehte den Kopf von links nach rechts, um sicherzugehen, dass niemand sie belauschte. »Ich habe ihn nachts im Zelt kalt werden lassen, bis er unter seiner Decke gezittert hat.«

»Ich fürchte, ich verstehe nicht, wovon Ihr redet.«

»Als ich deine Zeichnungen gesehen und der Wirt in Furtheim mir gesagt hatte, dass du ein Bauernjunge aus dem Norden bist, habe ich den ursprünglichen Kartographen aus dem Verkehr gezogen, damit Lothario dich anheuern würde.« Er schwieg kurz, um die Worte wirken zu lassen. »Ich habe gesehen, was zu vollbringen du imstande bist, Wexford. Und ich ahnte, was dein Blut vermag. Deshalb habe ich dich ausgesucht.«

»Ihr wusstet, dass ich den Schleier verrücken kann?«

»Aber nein. Ich wusste lediglich, dass etwas Magisches in dir schlummert. So wie in uns allen. Wir stehen in Verbindung mit der Welt um uns herum. Wir sehen, hören, fühlen und schmecken sie, und sie reagiert auf uns. Doch sind wir dafür unterschiedlich empfänglich. Ich für meinen Teil spüre Kälte stärker als andere, und, etwas weniger stark, auch Hitze. Sie reagieren auf mich. Ich kann Kälte aufspüren und sie bündeln. Der junge Winster ist ein weiteres Beispiel. Er sieht Dinge, die andere nicht sehen können. Er spürt der Welt mit den Augen nach, und sie reagiert auf ihn, indem sie ihm mehr enthüllt als anderen. Natürlich strengt er sich an, aber die Welt hilft ihm und *zeigt* ihm die Dinge, die er sieht. Es ist ein Wechselspiel, das in beide Richtungen funktioniert. Jeder Mensch hat eine mehr oder weniger intensive Verbindung mit der Welt, bei jedem fällt sie anders aus, aber bei dir, Wexford, in deiner Arbeit ist sie so deutlich zu erkennen, dass ich zugreifen musste. Nie hätte ich geglaubt, was daraus entstehen würde.«

»Aber Ihr … Ihr habt Petrichs Schädel gefroren.«

»Ich war wütend.«

»Ihr habt die Kälte des Schnees dafür verwendet?«

»Ja, ich manipulierte sie. Ich bin nicht die jämmerliche Witzfigur, die zu sein ich vorgebe, Wexford«, erklärte Kraven. »Kryst weiß es. Lothario hegt einen Verdacht. Fretter hingegen ahnt nicht das Geringste. Und ich würde es sehr zu schätzen wissen, wenn du für dich behieltest, dass ich über mehr Macht verfüge, als ich mir anmerken lasse.« Der Magier warf Wex einen bedeutungsvollen Blick zu. »So wie du.«

»Ich werde es niemandem erzählen.«

»Und ich möchte mich dafür entschuldigen, dass ich mich von Petrich so hinters Licht führen ließ. Ich glaubte, viel von ihm lernen zu können, doch er war arrogant und ein Unmensch. Seine Macht stammte aus einer anderen Zeit, sie war unbändig und nicht in zivilisierte Bahnen gelenkt. Und sie war nichts im Vergleich zu dem, was du vermagst. Seine stümperhaften Schmierereien auf der Karte sind eine Schande neben deinen wundervollen Zeichnungen. Er war nicht in der Lage, etwas zu erschaffen, er konnte nur zerstören.«

»Aber Ihr habt seinem Plan zugestimmt.«

Kraven seufzte. »Diesen Landen haftet etwas Dunkles an. Wir *sollten* sie verhüllen. *Du* solltest. Und ich weiß, dass du es kannst, ohne dafür dein Leben opfern zu müssen. Beschütze die Bürger von Abrogan, Wexford. Wenn dir die anderen Gründe schon nicht einleuchten, dann wenigstens wegen des Drachen. Wir können ihn nicht abwehren, wenn er kommt, um unsere Töchter zu holen. Du wärst ein Held, Wexford!« Kraven stöhnte vor Anstrengung nach dieser Ansprache.

Wex klopfte ihm auf die Schulter. »Versucht, etwas zu schlafen, Kraven. Ihr seid erschöpft.«

Die ersten Strahlen erhellten den Himmel, noch bevor die Sonne den Horizont erklommen hatte, und Wex erwachte, erstaunt darüber, wie gut er geschlafen hatte. Es war ihm auch nicht viel anderes übrig geblieben. Wie Kraven war auch er vollständig erschöpft gewesen. Was ihn ebenfalls überraschte, war die Tatsache, einen Körper gegen seinen gekuschelt zu spüren. Einen weiblichen Körper. Wex lächelte. Er hatte schon geglaubt, er hätte Adaras Aufmerksamkeit für immer verloren, seitdem Bello zu ihnen gestoßen war. Sein Herz machte einen Sprung, und er lag so still wie möglich, damit er ihre Wärme noch möglichst lange genießen konnte. Doch es kam bereits Bewegung ins Lager. Wex wusste, der Lärm würde sie bald aufwecken. Langsam drehte er den Kopf. Er wollte ihren Anblick in sich aufsaugen, solange sie die Augen noch geschlossen hatte. Doch das Gesicht, in das er blickte, war nicht das der dunklen, geheimnisvollen Schönheit.

Es war rund und hell. Brynn.

Sie hatte sich an ihn geschmiegt wie in der ersten Nacht unter freiem Himmel, als das Geheul der Wölfe sie in den Schlaf gesungen hatte. Auch damals hatte sie Angst gehabt, doch jetzt war die Gefahr um einiges größer, und Brynn hatte sich regelrecht an ihn gepresst. Wex verharrte eine Zeit lang reglos, und als Brynn sich rührte, schaute er weg.

Sie drehte sich auf die andere Seite, und er tat so, als würde er weiterschlafen. So konnte sie zumindest vor sich selbst den Schein aufrechterhalten, Wex hätte nichts gemerkt.

Lothario drängte sie zu einem schnellen Aufbruch. Sie entkleideten die Leichen von Petrich und seinen Gefolgsmännern, damit die wilden Tiere sich an ihrem Fleisch gütlich tun konnten, und streckten ihre Gliedmaßen in die vier Himmelsrichtungen aus, wie es in den meisten Religionen Brauch war. Es gab auch andere Riten, aber die Unterschiede waren eher klein. Die Felis, beispielsweise, verfütterten ihre Toten an Katzen. Fretter war der Meinung, dass es jeder Mensch verdient hatte, nach seinem Tod aufgebahrt zu werden. Doch weil die drei in Schande gestorben waren, so wiederum Lotharios Meinung, drehten sie die Leichen mit dem Gesicht nach unten in den Dreck und nicht gen Himmel. Völker, die am Meer lebten wie die Bewohner von Dredhafen oder der Großen Küstenstadt, überantworteten ihre Toten der See, wo die Ausrichtung der Gliedmaßen keine Rolle spielte. Gute Menschen wurden so ins Wasser geworfen, dass sie mit dem Gesicht nach oben in den Wellen landeten. All dies erzählte Pinch ungefragt, während er mit der unangenehmen Aufgabe beschäftigt war, die Leichen Petrichs und der anderen zu entkleiden.

Sie waren jetzt wieder in Abrogan, und Wex spürte, wie das Gewicht des Schleiers sich allmählich von seinen Schultern hob, nachdem sie den Krater überquert hatten. Ihm war nicht bewusst gewesen, wie sehr er sich dafür verantwortlich gefühlt hatte, was in den Zornbergen geschehen war. Die abschüssige Bergflanke war schneefrei, und von oben schien die gelbe Frühlingssonne auf sie herab. Eine angenehme Art zu reisen, aber nichts im Vergleich zu der Fahrt auf einer von Flussmenschen gelenkten Barke. Bald würden sie in Zornfleck sein. Ein Tagesmarsch vielleicht noch, wenn ihr Glück sie nicht im Stich ließ.

Fretter litt immer noch darunter, dass die Karte ihm während der Nacht entwendet worden war. Sein Stolz war zutiefst verletzt. Es war seine Aufgabe gewesen, sie zu bewachen, und er hatte versagt.

Eine Weile ging Wex neben Pinch, der ununterbrochen redete, bis Wex ihm mit einer unvermittelten Frage ins Wort fiel.

»Warum habt ihr das Essen genommen?«

Pinch blickte ihn verständnislos an. »Essen?«

»Aus dem Turm. Wenn ihr zurückkommen wolltet, was ich mittlerweile tatsächlich glaube, warum habt ihr dann Proviant mitgenommen?«

»Ist diese Sache also immer noch nicht beigelegt?«

»Nein, ist sie nicht. Ich habe mein gutes Wort für euch eingelegt. Meine Ehre riskiert.«

Pinch seufzte. »Moral mag ein guter Ratgeber sein, aber was die Entscheidungen eines Mannes am Ende bestimmt, ist die Realität.«

»Was soll dieser Unsinn nun wieder bedeuten?«

»Es bedeutet, dass es ganz so aussah, als ob ihr sterben würdet. Trotz der Hilfe, die wir euch geschickt haben. Der Proviant hätte euch dann nichts mehr genutzt, uns aber schon. Er erhöhte unsere Chancen durchzukommen.«

»Aber ihr habt falschgelegen. Wir haben überlebt.« Wex war keineswegs undankbar. Er wusste, sie hatten es nur geschafft, weil Pinch und Mungo den Düsterlingen die wilden Rinder auf den Leib gehetzt hatten, bevor sie sich endgültig aus dem Staub machten. Aber auch wenn es nur ein halber Verrat gewesen war, wollte er doch eine Erklärung.

»Ist ein Mann denn im Unrecht, wenn er beim Spielen auf die Zahl setzt, die bei drei von vier Würfen oben liegt? Und eure Chancen standen noch weit schlechter als vier zu drei, glaub mir. Alle Vorzeichen sagten: Ihr sterbt, und ich nehme den Proviant.« Verärgert trat Pinch einen Stein den Hang hinunter. »Und jetzt habe ich viel mehr gesagt, als du wissen musst. Behalt diese Geschichte schön für dich, ja? Richte dich danach, wenn es dir nutzt, aber behalt sie für dich.«

Wex nickte, aber eher aus dem Grund, weil er die Unterhaltung satthatte, und nicht weil er Pinch zustimmte. Etwas war falsch an der Logik des Diebs, aber er konnte es nicht genau festmachen. Er fühlte sich ganz ähnlich wie nach seinen verbalen Auseinandersetzungen mit Brynn, obwohl er bei ihr nie das Gefühl gehabt hatte, hereingelegt worden zu sein.

Brynn hatte noch kein einziges Wort zu der vergangenen Nacht gesagt. Nicht einmal angesehen hatte sie Wex seitdem. Stattdessen unterhielt sie sich mit Spragg, was Wex gehörig verwirrte. Aber es war auch egal. Er hatte herausgefunden, dass Adara mit Bello lediglich befreundet war, und außerdem war er ihr Cousin ersten Grades. Noch lieber hätte Wex es gesehen, wenn Bello ihr Bruder gewesen wäre, aber Cousin war auch nicht schlecht. Nicht einmal ein Flussmädchen würde den Sohn seines Onkels heiraten. Durch diese guten Neuigkeiten bestärkt, machte Wex sich auf die Suche nach Adara, um sie in ein Gespräch zu verwickeln.

Adara ging am Ende der Gruppe und blickte über die Schulter. Sie hatte zu den Kindern zurückkehren wollen, aber die Düsterlingarmee, die jetzt genau zwischen ihnen und dem Turm war, machte das unmöglich. Es führte kein Weg zurück. Vielleicht später, im Herbst oder im nächsten Sommer. Möglicherweise auch nie. Adara würde mit nach Zornfleck kommen müssen, und dort würde Wex ihr anbieten, fürs Erste bei ihm und seinem Vater zu wohnen. Bello konnte bei seiner Tante Eunstice unterkommen, die glücklicherweise über eine Wegstunde entfernt lebte. Wenn Adara Gefallen an der Schweinezucht fand, umso besser. Sie konnte auf dem Hof helfen und bleiben. Wex ließ sich zurückfallen und reihte sich neben Adara ein.

»Als Nächstes kommen wir in mein Dorf«, verkündete er.

»Und danach?«

»Nirgendwohin«, sagte Wex. »Ich lebe dort.«

»Wie lange?«

»Mein ganzes Leben.«

»Für immer? An einem Ort?«

Wex zögerte. Adara klang nicht begeistert. »Ich kann mein ganzes Leben lang dort bleiben, aber ich muss nicht«, sagte er schließlich.

»Gibt es einen Fluss in deinem Dorf?«

»Es gibt Bäche. Kleiner als der Walther, aber mit viel Wasser. Mehr als genug.«

»Also groß genug für Boote?«, vergewisserte sich Adara.

»Nein«, gab Wex kleinlaut zu. »Aber es leben Fische darin.«

»Das ist gut«, erwiderte sie.

Wex seufzte erleichtert. »Ja. Sehr gut sogar. Manchmal essen wir auch welche. Es wird dir gefallen.«

»Ich bin froh, dein Lager besuchen zu dürfen«, sagte Adara. »Wird es zu deiner Rückkehr eine Feier geben?«

Wex bezweifelte es. Vielleicht für Brynn, aber nicht für ihn. Viel wahrscheinlicher war, dass er wegen Brynns Verschwinden vor den Richter gezerrt wurde.

»Hättest du gern ein Fest?«, fragte er.

»Oh ja. Eine Heimkehr sollte immer gefeiert werden.«

»Wir könnten in Hamptens Taverne gehen«, überlegte Wex. »Ein richtiges Haus mit einem großen Kamin und einem warmen Feuer. Es wird dir gefallen.«

»Ein Kamin?«

»So heißt die Stelle, an der das Feuer brennt.«

»Gibt es dort Met?«

»Bier. Das ist was ganz Ähnliches.« Wex wurde immer aufgeregter. Er würde mit Lotharios Soldaten an einem Tisch sitzen. Sie würden ihre Geschichten zum Besten geben, und Wex würde darin vorkommen. Oft sogar. Und Pinch würde Wex vielleicht sogar zum Helden seiner Erzählungen machen. Das ganze Dorf würde zusammenströmen, um von seinen Abenteuern zu hören.

»Ich würde gern dein Bier trinken«, erklärte Adara mit einem Lächeln.

Es war ein durchtriebenes Lächeln, in dem eine tiefere Bedeutung verborgen lag. Wex hatte nur keine Ahnung, welche. Nichtsdestoweniger saugte er es in sich ein und starrte unverhohlen auf Adaras volle, geschwungene Lippen.

Adara schaute nicht weg. Sie war solche Blicke gewohnt, erinnerte sich Wex. Sie kannte das Gefühl, von hundert Augenpaaren begafft zu werden, die sich an ihrem Körper weideten. Es gefiel ihr sogar.

Also starrte Wex weiter. Und Adara lächelte weiter.

Wex spürte eine eigenartige Wärme in sich aufsteigen, die Adara noch befeuerte, indem sie ihre tiefbraunen Augen zu sinnlichen Schlitzen verengte, bis etwas in ihm Feuer fing, irgendwo zwischen seinem Herz und der Lendengegend, dem Gefühl nach zu urteilen. Dummerweise benebelte der Rauch dieses Feuers Wex' Gedanken derart, dass es ihm vollkommen die Sprache verschlug.

Nachdem er volle zehn Schritte lang nichts mehr gesagt hatte, fuhr sich Adara kichernd mit der Hand über die Lippen, als würde sie ihr Lächeln wegwischen, um Wex' Zunge von dem Bann zu befreien.

Sie hat mich mit einem Zauber belegt, dachte Wex. Aber bestimmt war auch das nichts Neues für sie.

Lothario, Harold, Gill und Errol waren noch nicht ausreichend wieder bei Kräften, und die Gruppe ging entsprechend langsam, damit sie mithalten konnten. Lothario übertrug Fretter sogar vorübergehend das Kommando, damit er sich besser erholen konnte. Die Tage bei den Aussätzigen hatten ihrer Gesundheit nicht gerade gutgetan. Kravens Zustand hatte sich gebessert, und er konnte auf seinen eigenen zwei Beinen gehen, aber nur langsam und unter großen Mühen. Brust und Bauch verheilten allmählich, aber dann und wann blutete er noch, wenn Schorf und Narben wieder aufplatzten. Dass sie keinen sauberen Stoff hatten, um seine Wunden zu verbinden, war ein Problem, aber wenigstens war es warm, und Kraven konnte sein Hemd ab und zu in einem Bach auswaschen.

Alle litten Hunger und starrten nur so vor Dreck. Ein Dachs, ein bisschen Grünzeug und ein kurzes Bad im Walther, das bereits mehrere Tage zurücklag, waren zu wenig, um die Spuren auszumerzen, die zu viel Marschieren, zu wenig Essen und der Schweiß von Angst und Anstrengung hinterlassen hatten. Es würde wohl doch nicht ganz der Triumphzug in schillernder Rüstung und hoch zu Ross werden, den Wex sich vorgestellt hatte.

Einen erbärmlichen Anblick werden wir abgeben, wenn wir ins Dorf gehumpelt kommen, dachte er.

61

Sie erreichten einen abgelegenen Hof, das Heim des spindeldürren Augustus Kleinstock, seiner ebenso dürren Frau und seiner drei schmächtigen Kinder. Ein Stück weiter die Erste Straße entlang lebten noch mehr Kleinstocks, ein Bruder und zwei Cousins. Elger war mit einem von ihnen befreundet. Als Fretter höflich fragte, ob die Kleinstocks sie »vorübergehend beherbergen« könnten, überlegte Augustus nicht lange. Die Gruppe wurde sogleich mit Essen und Trinken versorgt, und zwei wohlerzogene Töchter ließen heiße Bäder ein. Für den Anfang wurden vier Hühner geschlachtet, doch die Anzahl der Gäste war ein Problem. Deshalb schickte Augustus, der außer seinen Kühen mehr Hühner besaß, als Wex zählen konnte, seinen Sohn auf dem einzigen Pferd der Familie nach Zornfleck, wo er die Nachricht von der Rückkehr der Expedition überbringen und weitere Verpflegung holen sollte. Etta war einem Nervenzusammenbruch nahe und wurde nicht müde, immer wieder zu betonen, dass sie auf jeden Fall gründlicher geputzt und für eine besser gefüllte Speisekammer gesorgt hätte, wenn sie geahnt hätte, welch wichtige Gäste ins Haus stünden, und in welcher Zahl.

Wex war unglaublich erleichtert, wieder zu Hause zu sein, auch wenn es bis zur eigentlichen Stadt noch drei Wegstunden waren und zum Hof seines Vaters sogar noch zwei mehr. Aber die Kühe der Kleinstocks machten ihn nervös. Ihn beschlich das Gefühl, dass sie ihn beobachteten, und jedes Mal, wenn er sich umdrehte, schienen sie ein Stück näher gekommen zu sein, obwohl er sie sich eigentlich nie vom Fleck bewegen sah.

Sie würden bald wieder aufbrechen und den örtlichen Heiler aufsuchen, beschloss Lothario. Wex und Brynn wurden beauftragt, die Rundtour durch Zornfleck zu organisieren, da sie die hiesigen Bewohner und Versorgungsmöglichkeiten am besten kannten.

Wex schlug vor, zum Kräuterheiler Wünschelruth zu gehen. Er war freundlich, besonnen und großzügig. Sie hatten zwar alles Geld verloren, das sie mit sich geführt hatten, aber Männern vom Palast würde er mit Sicherheit Kredit gewähren.

Auch Brynn schien erfreut, sich wieder auf heimischem Boden zu befinden, zeigte sich aber nicht ganz so begierig wie Wex, nach Hause zu kommen. Immerhin war sie mehr oder weniger weggelaufen, und daheim erwartete sie wahrscheinlich eine ordentliche Standpauke. Selbst eine arrogante Adelstochter würde sich weder dem Zorn ihres Vaters entziehen können noch dem ihres verschmähten Verlobten.

Sie und Adara bekamen die eine Wanne, während die Männer sich in der anderen abwechselten, deren Wasser schnell so trüb wurde, dass bei jedem Dritten neues geholt werden musste. Frische Kleidung war nicht zur Hand, aber als der Sohn der Familie zurückkehrte, brachte er auch saubere Gewänder für alle mit. Es handelte sich um schnittlose, weiße Roben, die eigentlich für religiöse Zeremonien gedacht waren. Der Junge berichtete, dass Gweevus wenig erfreut gewesen war, sie hergeben zu müssen. Lothario und Kraven bereitete die Tatsache diebisches Vergnügen, Fretter hingegen fühlte sich sichtlich unwohl dabei, sich den Groll des Dorfpriesters zugezogen zu haben.

»Wenn du ihn siehst, Wexford«, erklärte Fretter eindringlich, »sag ihm, er wird die Sachen frisch gewaschen und in bestem Zustand zurückbekommen.« Aber es fiel Wex schwer, den zweiten Hauptmann ernst zu nehmen, solange er einen Kittel trug, in dem er aussah wie eine Amme.

»Wer ist jetzt eigentlich der erste Hauptmann?«, fragte Wex.

»Lothario«, antwortete Fretter knapp.

»Aber Ihr gebt weiterhin Befehle.«

»Ein paar«, räumte Fretter ein. »Lothario ist müde. Sobald er sich vollkommen erholt hat, liegt die Kommandogewalt wieder ganz bei ihm.«

»Ihr habt davon gesprochen, mich zu einem Soldaten zu machen. Liegt diese Entscheidung jetzt bei Lothario?« Eine dreiste Frage, die Wex noch eine Woche zuvor nicht über die Lippen gekommen wäre.

Fretter nickte. »Ich kann mit ihm reden.«

»Wärt Ihr dafür?«

Fretter blickte ihn ernst an, dann lächelte er. »Kannst du Befehle befolgen?«

Wex lächelte zurück. »Ja«, erwiderte er.

»Und du würdest mit zum Palast kommen?«

»Solange mein Vater versorgt ist.«

»Nimm ihn mit. Oder schick ihm einen Teil deines Solds, damit er eine Hilfskraft bezahlen kann. Aber wir reden von ungelegten Eiern. Zuerst muss ich mit dem Hauptmann sprechen.«

Wex nickte. Er hatte getan, was er konnte. Jetzt war es Zeit, den Dingen ihren Lauf zu lassen. »Danke, Herr«, sagte er und versuchte unbeholfen zu salutieren.

Fretter winkte lachend ab. »Das wird man dir noch früh genug beibringen.«

Als Wex den Hof seines Vaters erreichte, war die Nachricht von seiner Rückkehr ihm schon vorausgeeilt, und Elger erwartete ihn bereits am Zaun. Wex lächelte und legte im Eiltempo die letzten Schritte über die heruntergekommene Zweite Straße zurück. Es tat gut, seinen Vater wiederzusehen.

Doch der erwiderte das Lächeln nicht. Niedergeschlagen blickte er ihn an.

Wex verlangsamte das Tempo und sah sich um. Der Hof war seltsam ruhig.

»Sei gegrüßt, Vater«, rief er, als er in Hörweite war.

»Sei gegrüßt, Sohn«, erwiderte Elger.

Sie hielten sich an den Händen, dann ein kurzes Schulterklopfen. Ein Zeichen der Nähe und Vertrautheit, das nicht zwischen allen Vätern und Söhnen üblich war. Es gab keine Umarmung. Umarmungen waren etwas für Frauen.

»Ich bin zurückgekehrt. Geht es dir gut?«

»Es geht mir gut«, antwortete Elger.

»Aber bist du auch froh? Du siehst nicht so aus.«

»Ich bin froh über deine Rückkehr. Konntest du deine Arbeit zu Ende bringen?«

Wex war sprachlos. Zuerst wusste er nicht, was er sagen sollte, doch dann fiel ihm ein, dass Elger noch nichts von seinen Abenteuern ahnen konnte. Sein Vater glaubte weiterhin, sie wären ein paar Tage durch die Wälder gestreift und dann gemütlich auf dem Rücken ihrer Pferde wieder nach Hause geritten. Doch das war in Ordnung. Die Geschichten würden später erzählt werden, in Hamptens Taverne, und Wex freute sich jetzt schon, das Gesicht seines Vaters dabei zu sehen.

»Wir sind fertig, für den Moment. Aber irgendwas scheint dich zu bedrücken. Habe ich was vergessen? Hätte ich dir etwas mitbringen sollen?«

»Nein. Ich freue mich, dass du wieder da bist. Es sind die Schweine.«

»Sind sie krank?«

»Sie sind tot.«

Wex betrachtete den Hof. Die Suhle war leer. Den Stall konnte er zwar nicht einsehen, aber er zweifelte nicht an den Worten seines Vaters. Der Verlust der Schweine bedeutete das Ende. Für Elger musste es sich anfühlen, als wäre alles umsonst gewesen, als hätte Wex ihn im Stich gelassen wegen eines törichten Zeitvertreibs mit Männern, die sich für etwas Besseres hielten.

»Tot?«, fragte Wex.

»Umgebracht«, sagte Elger.

»Von Wölfen?« Es musste ein ganzes Rudel gewesen sein. Ein großes. Sonst hätten sie nie und nimmer alle töten können, und selbst dann ... zwanzig Schweine auf einmal, das war verdammt ungewöhnlich. Wex verfluchte sich, weil er nicht da gewesen war. Sein Vater konnte die Suhle nicht die ganze Zeit allein im Auge behalten. Seit Wex alt genug gewesen war, um eine Fackel zu halten, hatten sie sich nachts immer abgewechselt.

»Keine Wölfe.« Elgers Gesicht war todernst. Das Problem betraf weit mehr als nur den verheerenden Verlust der Schweine. Was immer sie getötet hatte, es belastete seinen Vater nach wie vor. Die tiefen Furchen auf seiner Stirn sprachen Bände. »Du warst nicht da«, fuhr Elger fort. »Ich war allein. Ich konnte nicht ständig auf sie aufpassen. Vergiftet, sagt Wünschelruth. Mit Ginsterwurz. Selbst das Fleisch war unbrauchbar.«

Wex wusste es sofort. Es lebten nur wenige in Zornfleck, die Elger nicht mochten, und noch weniger, die etwas davon gehabt hätten, Elgers Schweine zu töten. Am geringsten aber war die Zahl derer, auf deren Grund Ginsterwurz wuchs.

»Die Hoxxels«, sagte Wex tonlos.

62

Wex stand mit Mungo, Arkh und dem lächelnden Pinch auf der Veranda der Hoxxels. Arkh versuchte nicht einmal, Reißzähne, Hörner und Klauen zu verbergen, und Pinch lächelte. Wex hatte Lothario und Fretter gebeten, sich aus der Sache herauszuhalten. Er wollte nicht, dass der Palast sich einmischte, wollte keine offizielle Untersuchung, die vor den Richter gebracht wurde. Er hatte erklärt, die Sache lieber selbst regeln zu wollen, und Lothario hatte ihn gewähren lassen.

Wex stieß den Klöppel der verbeulten Eisenglocke an. Ein lautes Scheppern ertönte, und von drinnen hörte er leises Fluchen und schlurfende Schritte.

»Da brauch wohl jemand noch dring'nd 'n Kanten Speck, oder wie?«, sagte eine raue Stimme.

Die windschiefe Tür schwang auf und schrammte mit der zersplitterten Unterkante quietschend über die Dielen der Veranda. Ein ältlicher Mann in schmutzigem Hemd, noch schmutzigerer Hose und von Schweinedung nur so starrenden Stiefeln stand vor ihnen. Das bisschen, was von dem dünnen Kopfhaar noch übrig war, flatterte in der Brise wie Staubverwehungen auf der einsamen Zweiten Straße. Als der Mann aufblickte, klappte sein Kiefer nach unten, und Wex sah die nicht vorhandenen Zahnreihen.

»Heda, Hoxxel«, sagte Wex.

Dunhards Gesicht lief dunkelrot an. Er versuchte, die Tür zuzuknallen, aber Mungo hatte seinen mächtigen Fuß dazwischen.

»Wer is'n das da alles, kleiner Stoli?«, knurrte er schließlich. »Halt die ja zurück, du.«

»Das sind Freunde von mir.«

Dunhard konnte sich nicht entscheiden, auf welchen von Wex' Begleitern er sich konzentrieren sollte, den Riesen oder das Monster. Schließlich verweilte sein irritiert hin und her springender Blick auf Arkh. Seine Stimme klang aufmüpfig, aber nervös. »Das is ja wohl das Letzte hier. 'n Fall für den Dorfbüttel seid ihr allesamt!«

»Meine Freunde von der Palastwache haben Friar gesagt, er soll sich raushalten«, erklärte Wex. »Wir werden diese Sache auf dieselbe Art beilegen, für die auch du dich entschieden hast, als ihr unsere Schweine vergiftet habt.«

»Wir ham die krank'n Viecher nich' vergiftet.«

»Sein Mund zittert, wenn er lügt«, warf Pinch ein und deutete auf Dunhards Gesicht.

»Tut er nich'!«, bellte das Familienoberhaupt der Hoxxels mit bebenden Lippen.

»Paps!«, ertönte ein Ruf aus dem Schweinepferch, und die drei Brüder kamen herbeigerannt. Als sie die vier Gestalten auf der Veranda sahen, blieben sie stehen. Denni schaute etwas genauer hin, drehte sich um und rannte in die entgegengesetzte Richtung wieder davon, während Osi und Cud verwirrt zwischen ihrem Vater und dem flüchtenden Bruder hin und her blickten.

»Kommen die, weil wir die Schweine vergiftet hab'm?«, fragte Cud.

»Maul!«, brüllte Dunhard.

»Sind diese drei seine Kinder?«, fragte Arkh an Wex gewandt.

»Es spricht!«, rief Dunhard entsetzt und sah aus, als wollte er spätestens jetzt die Flucht ergreifen, schien aber zu begreifen, dass das Haus nun auch keinen Schutz mehr bot.

»Ja«, antwortete Wex. »Cud und Osi. Der, der gerade wegrennt, ist sein Stammhalter Denni.«

»Soll ich ihn zurückholen?«

»Nein«, erwiderte Wex. »Bleib bei ihrem Vater.«

»Was wollt ihr überhaupt von uns?«, fragte Dunhard schließlich.

»Einundzwanzig Schweine«, erwiderte Arkh.

Dunhard erschauerte. Das war ein hoher Preis, wenn auch gerechtfertigt.

Pinch schüttelte den Kopf. »Als ich hierherkam, dachte ich, ich würde heute noch Gelegenheit bekommen, ein bisschen mit dem Messer zu üben. Aber Wex meinte, er will einen fairen Kampf, und jetzt seid Ihr auch noch ein Feigling weniger. Also schlage ich Folgendes vor: Ihr wählt einen Kämpfer aus, und der tritt gegen meinen Jungen hier an. Der Gewinner kann bleiben, der Verlierer packt seine Sachen und verlässt Zornfleck. Wir haben es nicht nötig, uns in der Nacht hierherzuschleichen und Euch zu vergiften.« Er spielte mit seinem Messer.

»Woher soll ich wissen, dass ihr euch dran haltet?«

»Ich habe einige Erfahrung mit dieser Art von Wettbewerben. Ich nehme sogar Wetten über ihren Ausgang an, falls Ihr interessiert wärt. Ich setze den gesamten Sold, den ich in dieser Woche in Diensten des Palasts verdient habe, auf meinen Jungen, und Ihr setzt diese Hütte. Wie wär's?«

Dunhard wirkte siegesgewiss. »Einer von uns gegen diesen Haufen Haut und Knochen von Stoli? Abgemacht. Und sobald er windelweich geprügelt is', haut er mit seinem Vater ab.«

»Abgemacht«, sagte Pinch. »Wählt Euren Kämpfer.«

Dunhard grinste. Es war ein zahnloses, hässliches Grinsen, das sich an den Schmerzen anderer erfreute. Er ließ seine Knöchel knacken, die hart und knorpelig waren von der Beanspruchung, der sie über all die Jahre an den harten Schädeln seiner Söhne ausgesetzt waren. »Also dann. Ich wähle … mich!«

Dunhard hatte schmale, gefährliche Augen und eine kräftige Statur. Wex bezweifelte nicht, dass der Vater der Hoxxels ihm in einer Rauferei haushoch überlegen wäre, ganz egal wie viel Kraft ihm sein Zorn auch verleihen mochte. Immerhin hatte der Mann jede Menge Schlägereien hinter sich, Wex nur wenige. Es blieb ihm nicht viel anderes übrig, als sich ein Beispiel an Pinch zu nehmen, der in einem Kampf stets die Ruhe bewahrte.

Dunhard schritt hinaus auf die Straße. Er hinkte leicht, aber Wex ließ sich nicht täuschen. Hoxxels Verletzungen schränkten ihn nicht ein. Sie waren eher ein Beleg für seine immense Erfahrung darin, anderen wehzutun.

Osi und Cud verschanzten sich hinter dem Lattenzaun des Pferchs neben der Straße, um alles gut beobachten zu können, achteten aber darauf, sich von Mungo und Arkh fernzuhalten.

»Mit Waffen oder ohne?«, fragte Dunhard.

»Nichts, was eine Schneide hat«, erklärte Pinch. »Wir wollen doch nicht, dass jemand stirbt, oder?« Er überlegte einen Moment, dann deutete er auf den Boden. »Steine«, sagte er.

Dunhard sah verwirrt aus, aber Wex ging bereits in fünfzehn Schritten Entfernung in Position und suchte mit den Augen die Straße ab.

Osi und Cud blickten sich an. »Paps ...«, begann Cud.

»Maul, hab ich gesagt!«, brüllte Dunhard. Er hob einen gezackten Brocken von der Größe eines kleinen Kürbisses auf. Offensichtlich hatte er vor, Wex damit den Schädel einzuschlagen.

Wex hingegen entschied sich für mehrere in etwa eiergroße Steine.

»Ich wär so weit, Junge«, verkündete Dunhard und schritt auf Wex zu. »Also mach dich schon mal ...«

Der erste Wurf erwischte ihn am Bein, knapp unterhalb des Knies.

»Au!«, bellte Dunhard. »Soll das 'n Witz sein?«

Der nächste war ein Volltreffer, und Dunhard geriet ins Taumeln. Ein dritter traf ihn an der Hand, und der große Brocken entglitt Dunhards Griff. Zwei weitere schlugen an Hals und Kopf ein, noch bevor er irgendetwas tun konnte. Dann jedoch griff er an.

Wex tänzelte zurück und schleuderte Stein um Stein. Dank der Knieverletzung, die er seinem Kontrahenten beigebracht hatte, hatte Wex keine Probleme, auf Distanz zu bleiben. Er konzentrierte die Würfe auf die Beine des alten Mannes.

Osi Hoxxel sah, wie sein Vater Treffer um Treffer einsteckte, und sprang über den Zaun, aber Mungo packte ihn mitten im Flug und schleuderte Osi über den Zaun zurück zu den Schweinen. Cud konnte sich gerade noch rechtzeitig wegducken, sodass sein Bruder mit dem Gesicht voran im Dung landete.

Dunhard lag am Boden und hielt sich vor Schmerzen den Kopf.

Wex hielt noch einen letzten Stein in der Hand, und Pinch nickte ihm zu, er solle es beenden.

Wex schüttelte den Kopf. »Er liegt am Boden. Ich habe gewonnen.«

Sie versammelten sich um den Besiegten.

»Gebt Ihr Euch geschlagen?«, fragte Pinch.

Dunhard stöhnte nur, und Wex ließ sein letztes Wurfgeschoss auf den Boden fallen.

Mit schmerzverzerrtem Gesicht kam Dunhard auf die Beine. Er hielt sich den Rücken.

Pinch stürzte vor. Schneller als Wex mit den Augen folgen konnte, riss er seinen Dolch aus der Scheide und trennte Dunhard mit einem einzigen Streich vier Finger von der rechten Hand.

»Nein!«, kreischte Wex. Es war ein fairer Kampf gewesen, und er hatte gewonnen.

»Paps!«, wimmerte Osi, blieb aber hinter dem Zaun, denn auch Mungo hatte sein Schwert gezogen und verwehrte den Brüdern mit der langen, breiten Klinge jede Einmischung.

»Du hast ihn umgebracht!«, schrie Wex Pinch an.

»Schon möglich«, erwiderte Pinch, ohne den Dolch wegzustecken. »Das Überleben ist schwer, wenn man keine Finger mehr an der Hand hat, die man zum Arbeiten braucht. Vielleicht verblutet er ja auch.«

»Ich wollte nicht, dass jemand ermordet wird«, sagte Wex. »Ich wollte nur eine Rechnung begleichen.«

»Kennst du mich immer noch so schlecht, Junge? Ich bin kein Mörder. Ich habe Menschen getötet, das ja. Ermordet? Nein. Das habe ich dir schon einmal gesagt, wie ich mich entsinne.«

»Du hast gesagt, ›nichts mit einer Schneide‹!«

»Das habe ich in der Tat.« Pinch rollte Dunhard Hoxxel mit dem Stiefel auf den Bauch. Unter Dunhards Gürtel, an der Stelle, die er sich angeblich vor Schmerz gehalten hatte, steckte ein langes, tödlich aussehendes Messer.

»Presst einen sauberen Lappen auf die Wunden«, erklärte Arkh den beiden im Schweinepferch. »Dann hat er eine Chance zu überleben. Falls ihr das wünscht. In Übereinstimmung mit unserer Abmachung werdet ihr bis morgen früh Zornfleck verlassen haben. Wir werden zurückkehren und das überprüfen. Fürs Erste soll es genügen, wenn wir unsere Schweine mitnehmen und euch jetzt allein lassen.«

63

Die Grenze nach Abrogan zu überschreiten war nichts, was Vill auf die leichte Schulter nahm. Sobald er sich auf dem Hoheitsgebiet des Fürsten befand, unterlag sein Handeln dem dortigen Gesetz, und bewaffnete Truppen nach Abrogan zu führen wurde mit dem Tod bestraft. Kryst hatte genug Soldaten, um das Urteil durchzusetzen. Die Dinge hingegen, die Vill in den Landen getan hatte, die bis vor kurzem noch unter dem Schleier gelegen hatten, unterlagen keiner Rechtsprechung, und soweit er es beurteilen konnte, gab es dort auch keine Armeen, die ihn hätten stellen können. Er konnte hierbleiben und sich ein Leben mit den Düsterlingen einrichten. Aber er wollte seine Rache nicht auf unbestimmte Zeit in die Zukunft verschieben.

»Wir brauchen mehr«, erklärte er Schlitzer und Eber.

»Wir haben mehr«, erwiderte Eber. »Jeden Tag kommen Neue.«

»Das ist gut, aber ...«, begann Vill und verstummte. Es war in der Tat gut. Wie in Schwärmen kamen sie zu ihm geströmt. Die Nachricht von seinem Sieg über das Flussvolk und jetzt auch über die Aussätzigen hatte sich schneller verbreitet, als Vill zu hoffen gewagt hatte. Jeder steht gern auf der Seite des Siegers, vor allem wenn Sieg Überleben bedeutet und Niederlage den Tod. Massenhaft schlossen sie sich ihm an. Dennoch hatte er das Gefühl, dass er mehr Soldaten brauchte, um in Abrogan einzumarschieren. Ein schneller Handstreich, um sich des Kartenzeichners zu bemächtigen, war nun nicht mehr möglich. Der

Junge war mittlerweile längst zu Hause, wahrscheinlich in der Nähe einer Garnison. Vieles mochte sich verändert haben in den Jahren, die er weg gewesen war. Vierzig, wie er aus den Informationen ableitete, die er aus dem Magier hatte herauspressen können. Eine längere Schlacht in den nördlichen Provinzen von Abrogan würde die Aufmerksamkeit der Palaststreitkräfte erregen, bevor er bereit war, bevor er das Volk der Düsterlinge aus dem Schleier befreit hatte. Eine kleine Armee von Ungeheuern war gut, aber er brauchte etwas, das ihm einen schnellen und entscheidenden Sieg verschaffte, so entscheidend, dass sein Gegner es sich zweimal überlegen würde, Vill bis in die Zornberge zu verfolgen. Er brauchte etwas wahrhaft Entsetzliches.

»Mit mehr meine ich, etwas anderes. Etwas Größeres.«

Es war Schlitzer, der glaubte, eine Antwort auf das Problem zu haben. »Größere Düsterling, vielleicht?«

Vill verstand nicht, worauf Schlitzer hinauswollte. Düsterlinggebrabbel, wahrscheinlich.

Eber erschauerte und schüttelte den mächtigen Kopf. »Nein. Wir leben nicht unter ihnen. Und sie leben nicht unter uns.«

»Wer sind ›sie‹?«, fragte Vill.

»Düsterlinge. Wie wir. Aber größer«, antwortete Schlitzer.

»Und viel dümmer«, fügte Eber hinzu.

Das Geplänkel zwischen den beiden klang wenig vielversprechend, aber Ebers Reaktion machte Vill neugierig. »Wie viel größer?«

»Zu groß, um sich mit unseren Frauen zu paaren. Aber es kommt vor. Sie werden weggeschickt. Manche überleben. Sie leben bei ihnen, dort in den Bergen.«

»Wie viel größer?«, wiederholte Vill langsam.

»Wie zwei von uns?«, schätzte Eber.

»Oder drei«, meinte Schlitzer.

Nicht uninteressant, fand Vill. »Wir haben noch einen Tag«, sagte er. »Könnt ihr mir diese großen Düsterlinge zeigen?«

Schlitzer nickte eifrig.

Ebers gelb-schwarze Augen wurden zuerst groß, dann verengten sie sich zu schmalen Schlitzen. Offensichtlich überlegte er nicht nur, ob das, was Schlitzer da behauptete, wirklich möglich war, sondern auch, was er von Schlitzers Ehrgeiz halten sollte. Schließlich nickte auch er, allerdings weit weniger eifrig.

»Dann wollen wir keine Zeit verlieren«, sagte Vill zu Schlitzer.

Der leicht erregbare Düsterling sprang sofort auf, um die nötigen Vorbereitungen zu treffen, höchst erfreut darüber, dass er für die Aufgabe ausgewählt worden war.

Als er außer Hörweite war, fasste Vill Eber am Arm. »Eber, pass auf, dass Schlitzer nichts Dummes anstellt. Und auch nichts zu Schlaues.«

Mit einem Kontingent von dreißig Düsterlingen marschierten sie los, zurück in die Richtung, aus der sie gekommen waren. Sie kamen schnell voran und schafften die gesamte Strecke noch vor dem Mittag. Soweit Vill die Informationen verstanden hatte, reichten dreißig Soldaten vollkommen aus, falls alles gut lief. Falls nicht, würden dreißig gerade reichen, um seinen Rückzug zu decken.

»Direkt vor uns«, gurrte Schlitzer ihm ins Ohr, nachdem sie einen hohen Felsen neben einem Hang erklommen hatten. Der drahtige Düsterling hatte etwas von einem Palastberater. Er war jemand, der sich lieber im Verborgenen hielt und auf Anfrage Gift in den Trank eines Gastes schüttete – oder in den seines Herrn, dachte Vill.

Oberhalb einer Steinlawine entdeckte Vill eine Reihe dunkler Löcher in der Bergflanke. Von unten waren sie nicht zu sehen gewesen, sondern erst von ihrem erhöhten Ausguck. Die Steinlawine formte eine Art Becken, die Höhleneingänge lagen ein Stück dahinter, und Vill begriff, dass die Formation nicht von einem Felsrutsch stammte, sondern absichtlich aufgeschüttet worden war. Ein primitiver Wall, dessen Baumaterial mit roher Gewalt aus dem Fels selbst gebrochen war. Auch die Stellen, wo seine Erbauer die Steine aus dem Fels gerissen hatten, konnte er jetzt deutlich sehen. Der Wall selbst war kaum mehr als ein chaotisch aufgeschütteter Haufen, aber er erfüllte seinen Zweck als Sichtschutz und zwang jeden, der hineinwollte, zuerst über die zerklüfteten Brocken zu klettern.

»Können sie sprechen?«, fragte Vill an Schlitzer gewandt.

»Ein paar einfache Worte.«

»Schick einen Soldaten hin. Er soll sie bitten herauszukommen.«

Schlitzer eilte davon, um einen Freiwilligen für die Aufgabe zu bestimmen. Kurz darauf stand einer der Soldaten ängstlich vor den Höhlen und spähte in die Dunkelheit. Anscheinend konnte er nichts erkennen. Er blickte unsicher zurück.

Vill deutete mit Nachdruck auf den Eingang der Höhle, und schließlich wagte der Düsterling sich hinein.

Gespannt schauten sie zu. Schlitzers Kopf tanzte neugierig hin und her, während Eber die Nase kräuselte und nervös in der Luft schnupperte. Die anderen Düsterlinge hatten sich zwischen den Felsen versteckt und warteten ab.

»Ruhig«, befahl Vill, als er den Eindruck bekam, sie wären kurz davor loszustürmen. »Wir wollen sie nicht erschrecken, außer es ist unbedingt notwendig.«

Die Flugbahn war der des Jungen, den sie mit dem Katapult abgeschossen hatten, erstaunlich ähnlich. Die Köpfe in den Nacken gelegt, verfolgten Vills Soldaten mit staunenden Augen, wie ihr Artgenosse über sie hinwegsegelte und mit einem dumpfen Krachen irgendwo hinter ihnen aufschlug.

»Es hat nicht geklappt«, kommentierte Eber.

Zwei weitere Soldaten wurden ausgeschickt, mit ähnlichem Ergebnis, und schließlich wollte keiner mehr die Höhle betreten.

Doch die rohe Kraft der Wesen, die dort hausten, war genau das, was Vill brauchte.

»Ihr behandelt sie nicht sehr freundlich, oder?«, meinte Vill. Es war eher eine Feststellung als eine Frage.

»Sie mögen uns nicht«, erwiderte Eber.

»Und Menschen?«

Eber grunzte und schüttelte den gehörnten Schädel. Er wusste es nicht.

Vill erhob sich. Er fühlte keine Angst. Er fühlte überhaupt nichts. Wenigstens hätte er sich ärgern müssen, fand er, aber er spürte auch keinen Ärger. Vollkommen ruhig trat er aus der Deckung. Seine Düsterlinge waren beeindruckt. Er sah es an ihren Blicken, die alle auf ihn gerichtet waren. Sie hatten Angst. Er nicht. Sein Verhalten würde ihm noch mehr Respekt verschaffen. Das heißt, wenn er überlebte. In aller Gelassenheit ging er zu einer flachen Stelle zwischen den Felsen, wo er schnell genug fliehen konnte, falls sich etwas aus der Höhle auf ihn stürzen sollte.

»Heda!«, rief er in der primitiven Sprache der Düsterlinge. Dann lauschte er. Er hörte eine Art Brummen irgendwo in der Dunkelheit, dann ein Schaben und Krachen. Das war Warnung genug. Vill verlagerte das Gewicht auf sein gesundes Bein und machte sich bereit. Als der Felsbrocken geflogen kam, sprang er ein Stück zur Seite. Ziemlich genau da, wo er noch einen Moment zuvor gestanden hatte, schlug er ein. Er riss einen beachtlichen Krater, dann rollte er weiter und blieb am Fuß des dilettantisch aufgehäuften Walls liegen. Der Stein maß mehr als eine Elle im Durchmesser und hatte ihn nur knapp verfehlt. Vill war aufrichtig beeindruckt. Er ging noch näher heran.

»Essen!«, rief er. Er hatte etwas Rind bei sich, das noch nicht vollends verdorben war, und warf es in den Höhleneingang.

Diesmal kam kein Steinwurf als Antwort.

»Wärme!«, rief er, holte sich von seinen Soldaten eine brennende Fackel und steckte sie vor sich in den Boden.

Etwas rührte sich in der Höhle.

»Weiche Schlafstätten!« Er verstreute ein Bündel langer Grashalme über den Fels, das er sich von den Düsterlingen hatte bringen lassen. Dann ging er hinein. Er war sicher, dass sie jetzt mit ihm reden würden. Oder ihn zu Brei zerquetschen.

64

»Er wird es nicht wagen, eine Armee nach Abrogan zu führen, außer er ist auf einen schnell verlorenen Krieg aus«, sagte Lothario zu Fretter, und Fretter räumte ein, dass der Hauptmann vermutlich recht hatte. Die Garnison in Furtheim war bereits in Alarmbereitschaft versetzt. Mehr als fünfzig gut ausgebildete Soldaten waren dort stationiert, und fünfzig weitere konnten innerhalb eines Tages von den umliegenden Dörfern und Höfen einberufen werden. Es war bereits Nachricht ergangen von einem »möglichen Ernstfall«. Außerdem, so hatte Lothario erklärt, hatten selbst hundert wilde Düsterlinge nicht die geringste Chance gegen die tausend Mann, die Fürst Kryst im Fall einer Invasion schicken würde.

Wex saß auf einem Stuhl an der anderen Seite des Holztisches und war begeistert, einem Gespräch von so hoher militärischer Brisanz lauschen zu dürfen. Außerdem war er hocherfreut zu hören, dass er aller Wahrscheinlichkeit nach nicht länger verfolgt wurde. Er nippte an seinem Bier. Die Idee von einer Feier war dankbar aufgenommen worden, und sie hatten sich darauf geeinigt, alle in Hamptens Taverne zusammenzukommen. Elger hatte sich entschuldigt. Nach dem Vorfall bei den Hoxxels hatte Wex den ganzen Tag mit ihm verbracht. Auf Anraten Pinchs hatte er ihm nicht bis ins letzte Detail geschildert, was geschehen war.

Sogar Kraven war trotz seiner immer noch nicht ganz verheilten Wunden gekommen, und alle tranken, selbst Wex. Brynn war nicht zugegen. Eine ehrbare Frau ging nicht in Hamptens Bierhalle. Adara hingegen tanzte im ganzen Raum auf und ab, war voller Neugier auf alles und jeden, angefangen bei dem für sie höchst eigenartigen Gebäude bis hin zu den drolligen, stielförmigen Blasinstrumenten der beiden Männer in der Ecke. Ihr Cousin Bello war ebenfalls dabei. Die Bänke waren voll mit Soldaten, und Hampten füllte ihre Krüge mit Bier. Sie waren satt, ausgeruht und bereit für ein ordentliches Saufgelage. Arkh war nicht eingeladen und irgendwo außerhalb des Dorfs untergebracht. Er trank ohnehin nichts Alkoholhaltiges, so wie Wex ihn einschätzte.

Mungo und Pinch würden später ebenfalls an den Tisch kommen, nachdem sie sich ausreichend betrunken hatten. Außer natürlich, sie verließen die Taverne vorher mit einer der anwesenden Frauen, die, was ihre Ehre betraf, weniger zimperlich waren als Brynn.

»Petrichs Tod ist ein großer Verlust«, sagte Kraven. »Er war ein Stück lebendige Geschichte.«

»Ein Verräter war er«, widersprach Lothario, der bereits Schwierigkeiten hatte, sich zu artikulieren. »Er hat die Karte gestohlen, den Kartographen entführt und Anstalten gemacht, ein gottloses Opfer darzubringen, das sich gar nicht so sehr von denen der verwilderten Schimmelbrüder unterscheidet. Zur Hölle mit all den wiedergeborenen magischen Monsterschleierbewohnern!«

»Fürwahr«, rief Kraven. »Ganz meine Meinung. Wir müssen den Schleier zurückbringen, dorthin, wo er war, und die Monstrositäten, die wir aufgescheucht haben, wieder aus Abrogan verbannen. Ich gebe Wexford keine Schuld, aber er muss diese Sache in Ordnung bringen.« Mit einem Nicken schaute er zu Wex hinüber.

Wex tat so, als hätte er es nicht gesehen. Stattdessen hob er seinen Krug und nahm einen langen Schluck von dem kräftigen

Gebräu. Er war den bitteren Geschmack nicht gewohnt und hätte beinahe gehustet.

»Da wir gerade von Wexford sprechen«, riss Fretter das Wort an sich, der ebenfalls schon einiges getrunken hatte. »Ich hatte daran gedacht, ihn zu befördern nach seinem vortrefflichen Vorschlag, das Dorf der Schimmelbrüder nach euch Jammergestalten abzusuchen.«

»Ach ja?«, rief Lothario mit einem breiten Grinsen. »Wird er also der Hauptmann sein, der mich das nächste Mal aus den Klauen des Feindes befreit?«

»Ich hatte gedacht, etwas weiter unten zu beginnen«, erwiderte Fretter. »Mit dem Rang eines Soldaten vielleicht.«

»Ihr dürft ihn nicht kämpfen lassen«, widersprach Kraven. »Er ist zu Höherem geboren, als mit einem Schwert zu fechten. Ihr habt beide zu viel Bier im Schädel und redet albernes Zeug. Wexford ist wichtig für die Geschicke von Abrogan.«

»Nur, wenn er noch einmal Gelegenheit bekommt, Hand an diese Karte zu legen«, entgegnete Fretter und klopfte auf die Rolle auf seinem Rücken, die er seit dem Zwischenfall mit Petrich nicht mehr abgelegt hatte. »Und dass er das nie wieder tun wird, ist bereits beschlossene Sache.« Er stemmte seinen Krug hoch und nahm demonstrativ einen ausgiebigen Schluck, als wäre die Angelegenheit damit erledigt.

»Ich will den Schleier gar nicht zurückbringen«, mischte sich Wex ein. »Und Fretter hat recht. Ich sollte bei meinen Zeichnungen auf selbstgeschöpftem Papier bleiben. Nicht mehr und nicht weniger.« Er meinte nicht ernst, was er gerade gesagt hatte, und tat es irgendwie doch. Die Angelegenheit war kompliziert. Wex verzehrte sich danach, seinen Kiel erneut über das wertvolle Leder gleiten zu lassen, aber nicht um zu verhüllen oder zu begraben. Er sehnte sich danach, die Dinge ans Licht zu zerren. Und schon gar nicht konnte er sich vorstellen, die Zwerge und die Flusskinder der Dunkelheit zu überantworten. Dinge zu enthüllen, die verborgen gewesen waren, brachte jedoch immer Ärger mit sich, und es war wohl besser, er ließ es bleiben. »Ich werde lieber Soldat wie unser junger Winster.«

Alle blickten auf, und in genau diesem Moment zog Spragg Adara für einen fröhlichen Tanz aufs Parkett.

Mit natürlicher Leichtigkeit fiel sie in seinen Tanzschritt mit ein und bewegte sich dabei weit eleganter als er.

»Das ist es, was ich will«, bekräftigte Wex.

Lothario schlug ihm auf den Rücken. »Dann, bei den Göttern, sollst du es haben. Hiermit mach ich dich zum Soldaten. Und jetzt hoch mit dir. Tanz!«

Fretter beugte sich zu Wex. »Morgen halten wir die offizielle Zeremonie ab«, flüsterte er. »Ohne Trank und Musik.«

Grinsend sprang Wex auf und gesellte sich zu Spragg auf die Tanzfläche.

»Ich werde Soldat!«, posaunte er hinaus.

Spragg schüttelte den Kopf. »Nein. Das ist keine gute Idee.«

»Gönnst du mir etwa den Titel nicht? Fühlt der Herr Adlige sich in seinem Status bedroht?«

»Nein, aber der Titel passt nicht zu dir. Du bist kein Soldat.«

»Bin ich nicht?«

»Nein. Mit Kiel und Tusche kannst du hundertmal mehr ausrichten als mit einem Schwert, Kartenzeichner.«

Wex wartete darauf, dass Spragg in schallendes Gelächter ausbrach, aber er tat es nicht. Wex wusste nicht recht, was er davon halten sollte.

»Darf ich trotzdem tanzen?«, fragte Wex.

»Du darfst«, erwiderte Spragg mit einem Lachen. »Ich weiß nur nicht, ob du auch kannst.«

Spragg hatte recht. Wex hatte keinerlei Übung. Mit einem Mal kam er sich albern vor.

Spragg sah sein Zögern und nahm ihn bei der Schulter. Er deutete auf Wex' Füße.

»Vorwärts, vorwärts, Seitschritt, Seitschritt, zurück und drehen. Dann wieder von vorn. Verstanden?«

»Vorwärts, vorwärts, Seitschritt, Seitschritt, zurück und drehen. Auf eine bestimmte Seite?«

»Das kannst du dir aussuchen. Das ist ja das Schöne daran!«

»Nein«, sagte Wex und deutete mit dem Kinn auf Adara, die jetzt ohne Partner über die Tanzfläche wirbelte, eins mit der Musik. »*Das* ist das Schöne daran.«

»Sie gehört dir, mein Freund«, erklärte Spragg. »Ich habe mich anderweitig orientiert.«

»Und in welche Richtung?«, fragte Wex, erfreut, dass der blaublütige Soldat ihn »Freund« genannt hatte, und das in Zornfleck, wo Wex normalerweise nicht mehr war als ein einfacher Bauer. Er spürte das Bier, die Kameradschaft und die Freude, wieder zu Hause zu sein, und musste sich eine unsoldatische Träne verkneifen.

»Sie ist nicht hier«, antwortete Spragg. Er lächelte, beflügelt vom Bier und romantischen Fantasien. »Eine echte Dame. Jemand, den wir beide kennen.«

Mehr brauchte Wex nicht zu hören. »Meine aufrichtigen Glückwünsche. Aber wie will sie den alten Gavel loswerden?«

»Den alten Gavel?«

»Ihren momentanen Verlobten.«

Spragg blickte ihn zuerst nur verwirrt an, dann entsetzt.

Wex biss sich auf die Zunge. Brynn hatte Spragg nichts von Gavel erzählt. Schließlich schüttelte er den Kopf. Er verstand die junge Adlige einfach überhaupt nicht.

»Ich bin sicher, sie wird ihn zum Teufel jagen«, verkündete er. »Sie will dich.«

Jetzt hatte Wex noch ein Geheimnis ausgeplaudert. Denn ganz bestimmt hatte Brynn verschwiegen, wie freimütig sie ihre Liebeslaunen mit Wex besprach.

»Zumindest glaube ich, dass sie dich will«, fügte er schnell hinzu.

Aber Spragg stieß ihn weg. Er griff nach seinem Krug und ließ sich niedergeschlagen auf die nächste Bank sinken.

Da kam Adara angesprungen, nahm Wex bei der Hand und zog ihn auf die Tanzfläche.

Wex stolperte ungeschickt hinter ihr her und versuchte, sich Spraggs Anweisungen ins Gedächtnis zu rufen. *Vorwärts, zurück, vorwärts, Seitschritt, Seitschritt … oder war's Seitschritt, vorwärts?* Es war nicht so einfach, wie Spragg ihm weiszumachen versucht hatte. Besonders nicht, wenn man schon mittendrin war. Aber das spielte keine Rolle, denn Adara gebot ihm bereits, stehen zu bleiben.

»Eure Tänze sind so steif. Du musst es machen wie ich«, erklärte sie.

Adara legte ihm eine Hand an die Seite, schlang die andere um seine Hüfte und zog ihn mit sich. Weich und geschmeidig wie eine Katze bewegte sich das Flussmädchen und dirigierte Wex mit ihren sehnigen, kräftigen Armen über das blankgescheuerte Parkett, als wäre sie der Bräutigam und er die Braut, und Wex ließ es sich gerne gefallen. Es war viel einfacher, ihr zu folgen als den komplizierten, mechanischen Schritten von Spraggs Hoftanz. Sie hüpften und tanzten, umarmten sich und lösten sich wieder voneinander, wirbelten und vereinten sich wie Zucker und Teig in einer Rührschüssel.

Als das Lied zu Ende war, ging Adara zurück zu ihrem Tisch und leerte ihren Krug in einem Zug. Sie hielt das leere Gefäß vor sich hin, und Hampten beeilte sich, ihr ein neues zu bringen. Lothario hatte versprochen, die Kosten zu übernehmen. Hampten gab dem Palast gern Kredit, hatte aber ein paar Schwerter als Pfand verlangt. Alle nutzten Lotharios freizügigen Umgang mit den Geldern von Skye schamlos aus, und Adara war da keine Ausnahme.

Die anderen Frauen in der Taverne starrten sie unverhohlen an. Sie stellten sich nie derart zur Schau und tranken weit weniger, und trotzdem sah Adara nicht so verbraucht und müde aus wie sie. Das Bier hellte ihre Miene auf, statt sie zu verdunkeln.

»Das kommt, weil sie noch so jung ist«, hörte Wex eine von ihnen murmeln.

»Nach ein paar Jahren hier drinnen wird sie nicht mehr so frisch aussehen«, keifte eine andere.

Wex hingegen konnte sich kaum vorstellen, dass Adara in ein paar Jahren noch hier sein würde. Bei ihrem Temperament glaubte er nicht einmal, dass sie überhaupt in Zornfleck bleiben würde, und das beschäftigte ihn. Er setzte sich kurzerhand neben sie.

»Du erregst Aufmerksamkeit«, sagte er.

Sie nickte zufrieden, und Wex fiel wieder ein, dass sie das als Kompliment ansah.

Er versuchte es noch einmal. »Die Frauen von hier zeigen sich nicht so … bereitwillig.«

»Warum nicht? Diese da hat eine schöne Brust. Und die blaue Farbe, die sich ihre Freundin über die Augen gemalt hat, leuchtet so wundervoll. Ich werde ihnen beibringen, sich nicht so steif zu bewegen.«

Adara stand auf, und Wex hielt sie am Arm fest. Es kam ihm seltsam vor, eine Frau einfach so zu berühren, aber es schien ihr nichts auszumachen.

»Nicht jetzt«, sagte er. »Lass uns ein bisschen reden.«

»Männer sind nicht gut im Reden, wenn sie Bier getrunken haben. Sie sagen Dinge, die sie gar nicht meinen.« Adara zwinkerte ihm zu. »Willst du mir etwas sagen, das du gar nicht meinst?«

Wex rang um seine nächsten Worte, und Adara lachte. Es war kein grausames Lachen, eher verspielt und amüsiert, aber dennoch, sie hatte ihn ausgelacht. Wex konzentrierte sich wieder auf seinen Krug. Hamptens Bier war nicht gut, fand er. Er war zwar kein erfahrener Trinker, aber er war sicher, dass die bitter-warme

Flüssigkeit, die er da zu sich nahm, nie und nimmer die Krone der Braukunst sein konnte. Pinch war bestimmt derselben Meinung. Nur Mungo scherte sich keinen Pfifferling darum. Und, nach dem dritten Krug, Pinch offensichtlich auch nicht mehr. Wex nahm noch einen langen, mühevollen Schluck, dann versuchte er es aufs Neue.

»Ich möchte, dass du in Zornfleck bleibst«, sagte er.

»Das werde ich«, erwiderte sie, und Wex' Gesicht hellte sich auf. »Vielleicht sogar eine ganze Woche.«

Wex runzelte die Stirn. »Und wohin willst du danach?«

»Wohin auch immer der Strom mich trägt. Ich weiß, ich muss zurück zum Turm, sobald ich kann. Wegen der Kinder. Aber warum sprichst du von später, wenn es jetzt ist? Ich möchte nicht, dass es jetzt schon später ist. Ich möchte tanzen und küssen, und das jetzt.« Adara sagte das, als wäre einen Mann zum Küssen zu finden genauso leicht, wie eine Runde Bier zu bestellen oder den Flötenspielern noch ein Lied abzuschwatzen.

»So einfach ist das nicht.«

»Glaubst du, dieser Soldat da würde mich küssen?« Sie deutete auf Errol Dewere, der lüstern eine der Stammkundinnen begrapschte.

»Ja, aber …«

»Würdest du mich küssen?«

Wex konnte gar nicht anders, als zu nicken.

»Siehst du? Es ist ganz einfach. Also mach es nicht schwierig.«

Wex wartete gespannt, aber Adara ließ den Blick nur weiter durch den Raum schweifen. »Küsst du mich jetzt endlich?«, fragte er.

»Ich habe mich noch nicht für einen Mann entschieden«, erwiderte sie sachlich. »Noch ein Bier. Dann werde ich es wissen.«

Die bloße Vorstellung, dass sie einen anderen erwählen könnte, versetzte ihn in blankes Entsetzen. Wex sprang auf. »Noch ein Tänzchen?«

Adara strahlte ihn an. »Ah, endlich! Ein bisschen Feuer und Lebensfreude in dir, Wexford!« Sie leerte den frischen Krug bis zur Hälfte und folgte ihm, den Flötenspielern auffordernd zuwinkend, auf die Tanzfläche.

65

»Ihr schuldet mir ein Pferd. Das hat er zu mir gesagt«, jammerte Brynn.

Wex versuchte, sie zu bemitleiden. »Er ist wütend, weil du weg warst«, erklärte er. »Sprich mit deinem Vater. Er wird das regeln.«

»Ich habe kein Pferd, das ich ihm geben könnte!« Brynn seufzte. »Keins wie dieses. Und mein Vater will nichts verkaufen, um mir zu helfen. Er ist außer sich. Diese verdammte Stute war so viel wert wie ein Dutzend normaler Pferde.«

»Sie war …«, begann Wex und dachte daran, auf welch entsetzliche Weise das Streitross auf der Lichtung gestorben war. Er saß auf einem Hügel oberhalb des Stalls, der jetzt wieder von zwanzig Schweinen bevölkert war. Das einundzwanzigste hatten sie den Soldaten gegeben. Auf seinem Schoß lag sein Zeichenbrett, darauf ein Bild der Zornberge mit den Gipfeln, die er dem Schleier entrissen hatte, über denen gerade die Sonne aufging. Brynn stand neben ihm. Noch im Morgengrauen war sie gekommen, sehr zu Elgers Erstaunen.

»Du hättest das Pferd nicht nehmen sollen«, sprach Wex schließlich weiter. »Dich hätte er vielleicht gar nicht so vermisst, aber sein Eigentum vermisst er.«

Brynn quittierte Wex' Scherz mit einem Schulterzucken. »Ich hätte es ihm ja wiedergegeben, aber jetzt stehe ich in seiner Schuld, und er will die Verlobung nicht lösen.«

»Ich gebe dir das Geld, das ich für die Expeditionen bekomme«, sagte Wex unvermittelt. »Und Lothario sollte auch dir etwas zahlen, weil du unsere Übersetzerin warst. Mit den beiden Summen zusammen müsstest du die Sache regeln können.«

Brynn blinzelte. »Das würdest du tun?«

»Wenn du in einer Notlage bist, ja, natürlich. Mein Vater und ich haben eine Schweinezucht, und die einzigen Konkurrenten haben das Dorf heute früh aus irgendeinem Grund verlassen. Uns geht es gut.«

»Danke!«, rief Brynn und umarmte ihn.

»Und dann kannst du deinen Soldaten heiraten.«

Brynn blickte ihm fest in die Augen. »Gibt es irgendeinen Grund, warum ich es nicht tun sollte?«, fragte sie.

Es lag etwas Seltsames in ihrem Blick. Wex verstand nicht, was sie von ihm wollte. Er schüttelte den Kopf. »Nein.«

Sie schaute weg und trat nach einem Fichtenzapfen.

»Und viel Glück auch«, fügte Wex hinzu. Er senkte die Stimme und flüsterte verschwörerisch: »Vielleicht machen Adara und ich ja eine Doppelhochzeit daraus.« Wex dachte an den Anblick ihrer Lippen letzte Nacht und lächelte.

Brynn lächelte nicht, aber sie nickte. »Dann sieh zu, dass du mir das Geld bald gibst. Lothario will zum Palast von Skye aufbrechen, sobald die Soldaten von der Garnison in Furtheim hier sind.«

»Und der junge Winster wird ihn begleiten, nicht wahr?«

Brynn verstummte, und Wex legte den Zeichenkiel weg.

»Er ist es doch, den du willst, oder etwa nicht? Mein Freund, Spragg? Das hast du doch vor zwei Tagen noch gesagt.«

»Hauptmann Lothario hat das Vorrecht, um meine Hand anzuhalten«, erwiderte sie leise.

»Aus welchem Grund?« Wex sprang auf.

Brynn atmete tief durch. »Während unseres ersten Nachtlagers habe ich ihm erlaubt, mich zu küssen.«

»In der Nacht, in der du neben mir gelegen hast?« Wex spürte, wie sein Gesicht rot anlief. Hässliche Eifersucht stieg in ihm auf. Er wusste, er hatte kein Recht dazu, aber er konnte nichts dagegen tun. »Aber es war nur ein Kuss, oder?«, fragte er.

Brynn zögerte. »Wieso willst du das wissen? Adara verteilt Küsse, wie sie gerade Lust hat.«

»Nur ein Kuss? Nicht mehr?«

Brynn antwortete immer noch nicht. »Ich schulde dir keine Erklärung.«

»Du wirst bestimmt kein Geld von mir bekommen, damit du Lothario heiraten kannst! Von mir aus heirate diesen fetten alten Geizhals von Pferdehändler«, fluchte er. »Und herzlichen Glückwunsch meinerseits!«

Brynn drehte sich um, konnte sich aber eine letzte Erwiderung nicht verkneifen. »Adara wird nicht bei dir bleiben«, sagte sie über die Schulter und schritt dann den Hügel hinab.

66

Die Sonne ging gerade auf. Zwei Hoxxel-Söhne saßen mit verdrießlichen Mienen auf dem Kutschbock des alten Karrens, auf den sie alle Besitztümer geladen hatten, die sie transportieren konnten. Dunhard wimmerte leise, die fingerlose rechte Hand im dreckigen Hemd vergraben, während der Frühlingsregen auf ihre Kapuzenumhänge tröpfelte und der Ochse schnaufend die Erste Straße entlangstapfte.

Ein Stück die Straße hinauf stand Vill hinter einer Stechfichte verborgen, die Hand hoch erhoben zum Zeichen, dass seine Soldaten sich still verhalten sollten, was schwierig war bei der großen Anzahl.

Gehorsam gaben die Düsterlinge den Befehl flüsternd weiter. Die Stechfichten boten wenig Deckung, und auch das Unterholz war nicht dicht genug, um sie vollkommen zu verbergen.

»Sollen wir sie töten?«, fragte Schlitzer.

»Es regnet. Sie halten die Köpfe unten«, flüsterte Eber. »Vielleicht sehen sie uns nicht.«

Vill wartete ab. Wenn seine Soldaten jeden töteten, der auf der Straße unterwegs war, würden die Leute bald vermisst werden. Er konnte keine Suchtrupps gebrauchen, wenn er mit seiner Armee unbemerkt bleiben wollte.

Klappernd und quietschend kam das Fuhrwerk die Erste Straße entlang. Das Geräusch und die langsame Bewegung der Wagenräder erinnerten Vill an die alte Mühle in der Stadt. Es war lange her. Mit einem anderen Jungen, an dessen Namen er sich nicht erinnern konnte, hatte er versucht, Steine in die Eimer zu werfen, die an dem Mühlrad befestigt waren. Ein Geschicklichkeitsspiel.

»Legt gefälligst Äste in die Pfütze da vorn, ihr Faulpelze!«, bellte Dunhard von der Pritsche aus. »Oder wollt ihr in diesem gottverfluchten Wald mit den Rädern im Schlamm stecken bleiben?« Die Tirade endete abrupt, und er krümmte sich mit einem schmerzverzerrten Stöhnen über seinen verletzten Arm.

Die Söhne blafften sich eine Weile gegenseitig an, dann sprang Osmund, mit fünfzehn Jahren der jüngste, vom Wagen und lief auf die Bäume am Rand der Straße zu.

Vill gab ein weiteres Zeichen, dann streckte er die Hand hoch in die Luft. Bogen wurden gespannt und Pfeile an die Sehnen gelegt. Hätte Osi sich mit den kleineren Ästen vom schlammigen Straßenrand begnügt, er hätte überlebt. Aber sein Vater hatte ihn und seinen Bruder »Faulpelze« genannt, also zwängte er sich durch die niedrigen Büsche, um etwas tiefer im Wald nach größeren zu suchen.

Vill betrachtete den Ausdruck auf Osi Hoxxels Gesicht. Der Junge schien verwirrt, als würde er nicht verstehen, was er sah. Vielleicht tat er das auch nicht, überlegte Vill. Mit Sicherheit hatte der Junge nicht damit gerechnet, Reihe um Reihe gehörnter Monster stumm zwischen den Bäumen stehen zu sehen. Vill machte eine Faust, und zehn Pfeile lösten sich von den Sehnen.

Osi taumelte ein paar Schritte nach hinten. Vier gefiederte Schäfte ragten an unterschiedlichen Stellen aus seinem Körper.

Sie werden besser, dachte Vill.

Denni sah seinen Bruder mit Pfeilen gespickt auf ihn zuwanken. Auch er begriff nicht schnell genug. »Osi?«, fragte er.

»... Monster«, stammelte Osi und sank in seine Arme.

Eine zweite Salve ließ die beiden zu Boden gehen.

Es passierte alles zu schnell, als dass Dunhard Hoxxel irgendetwas hätte tun können.

»Meine Jungs!«, keuchte er und kletterte, so schnell er konnte, von dem Wagen herunter. Mit der gesunden Hand in den Schlamm gestützt, kniete er sich neben die Leichen von Osi und Denni.

Mit sachlicher Neugier beobachtete Vill die Szene. Nur Augenblicke zuvor hatte der Mann seine Söhne verflucht, und jetzt wiegte er sie im Arm wie ein jämmerliches Weibsstück. Da fiel ihm ein, dass er schon lange nicht mehr mit seinem Bogen geübt hatte. Das hier war eine gute Gelegenheit. Mit einer einzigen flüssigen Bewegung zog er die Waffe vom Rücken und legte einen Pfeil an die Sehne. Er musste aus der Deckung heraus schießen, durch die Büsche am Rand der Straße hindurch. Dem Winkel des Regens nach zu urteilen, wehte eine steife Brise, und er würde den Schusswinkel entsprechend anpassen müssen. Aber die Entfernung war kurz, und sein Bogen war einer der besten, die es seinerzeit in Abrogan gegeben hatte, kein bisschen verzogen und absolut gerade. Der Pfeil löste sich lautlos und beschrieb die vorgesehene Flugbahn, an deren Ende er zitternd in Dunhard Hoxxels Schädel stecken blieb, der über seinen beiden toten Söhnen zusammensank.

Ein Stück weiter die Straße hinunter blieb Cudbert Hoxxel wie angewurzelt stehen und starrte durch den Regenschleier. Der geistig minderbemittelte Bastard der Familie folgte mit einer Furchenlänge Abstand, die verbliebenen Schweine vor sich herscheuchend, den alten Gaul im Schlepptau. Eine ungeliebte Aufgabe für den ungeliebten Sohn.

Vill sah ihn im selben Moment, als auch Cud ihn erblickte. Er bückte sich gerade, um den Pfeil aus Dunhards Kopf zu ziehen. Im Gegensatz zu seinen Halbbrüdern schien Cud die Situation schnell zu erfassen. Für ihn musste es aussehen, überlegte Vill, als wäre seine Familie in einen Hinterhalt von Wegelagerern geraten. Von reichlich seltsamen Wegelagerern in überreicher Anzahl. Vill hatte gerade erst die Bogenschützen aus den Bäumen zu sich befohlen, da schwang sich Cud bereits aufs Pferd. Vills letzter guter Pfeil steckte immer noch im Kopf des Toten zu seinen Füßen, und wenn er ihn zu hastig herauszog, würde er nur abbrechen. Einen von den Düsterlingpfeilen auf ihn abzuschießen war aussichtslos bei dem Wind und Regen, und als genügend Düsterlinge in Stellung gegangen waren, um eine Salve abzufeuern, war der Schweif des Pferdes kaum noch zu erkennen.

Der Junge würde auf direktem Weg zum nächsten Büttel reiten. Der würde Nachricht nach Skye schicken, und Soldaten würden entsandt werden. Alle Heimlichkeit war damit vom Tisch. Eile war das Gebot der Stunde.

»Wir brauchen uns nicht mehr durchs Unterholz zu schleichen«, sagte er zu Eber und Schlitzer. »Ab hier nehmen wir die Straße.«

67

Wex erreichte Zornfleck, als die Soldaten von der Garnison in Furtheim gerade die Erste Straße entlangmarschierten. Hundert Mann in Waffen und Rüstung, dreißig davon auf Pferden mit ledernen Harnischen, zwanzig mit Bogen und feinsten Pfeilen. Schnaubend stampften die Rösser die Straße entlang und schüttelten nervös die mächtigen Häupter. Es waren Pferde aus Krysts Förstereien, gewohnt, Soldaten und Waldarbeiter mit Gerät zu tragen. Viele von ihnen hatten Abrogan mehr als einmal der Länge und Breite nach durchquert, waren sozusagen selbst erfahrene Abenteurer und nicht zu vergleichen mit den gemächlichen Ackergäulen, wie Wex sie kannte. Die Soldaten selbst waren gestandene Männer, entweder von der Garnison entsandt oder aus den umliegenden Förstereien einberufen, die Muskeln frisch gestählt vom Bäumefällen. Mit erstaunlicher Leichtigkeit vollzogen sie die Wandlung von Holzfällern zu bärtigen Hellebardieren in leichten Kettenhemden, ledergeharnischten Bogenschützen und berittenen Schwertkämpfern. Sie waren stark und unerschrocken.

Wex bestaunte die Prozession, die da an ihm vorüberzog, ohne ihm die geringste Beachtung zu schenken. Das hier waren keine kleinwüchsigen Hinterwäldler mit veralteten Waffen. Die Streitmacht, die da vor ihm aufmarschierte, würde genügen, um hundert Düsterlinge in die Flucht zu schlagen, wegen ihrer überlegenen Ausrüstung und Ausbildung vielleicht auch zweihundert. Zum ersten Mal seit einer Woche fühlte Wex sich sicher.

Aufgeregt wie ein kleiner Junge lief er nebenher, ein strahlendes Grinsen auf dem Gesicht. Aller Ärger mit Brynn war für den Moment vergessen. Die Truppen würden nördlich des Dorfes in Stellung gehen, wo die Erste Straße sich in den Ausläufern der Zornberge verlief, und alles, was von dort herunterkam, um nach einem Kartenzeichner zu suchen, musste zuerst an ihnen vorbei.

In der Nähe des Stadtplatzes machte die Kompanie halt. Ein groß gewachsener Mann mit imposantem Helm erregte ganz besonders Wex' Aufmerksamkeit. Er stieg von seinem Schlachtross und sprach mit Fretter.

Wex blieb lieber auf Abstand, obwohl er zu gern gehört hätte, was die beiden redeten. Das Kontingent war angefordert worden, um die nördlichen Grenzen gegen einmarschierende Truppen zu verteidigen, aber Wex konnte sich nicht vorstellen, wie Fretter dem anderen Offizier die Einzelheiten nahebringen wollte. Dass ein Haufen gehörnter Ungeheuer aus dem Schleier hinter einer verzauberten Karte her war, konnte er ihm schlecht sagen.

Die Bürger von Zornfleck säumten die Straße und beobachteten ebenfalls den Aufmarsch. Es gab aufgeregte Diskussionen, ob sie nach Süden fliehen oder auf den Schutz der Soldaten vertrauen sollten. Sie wussten nichts Genaues über die drohende Gefahr. Es gab nur Gerüchte, Wirtshausgeschichten, die wenig glaubhaft klangen, Geschichten von Monstern und derlei Unsinn, der einfach unwahr sein *musste*. Außerdem wollte niemand Hof und Habe im Stich lassen. War diese Schutzmacht nicht auch einer der Gründe, weshalb sie Steuern an Fürst Kryst entrichteten? Immerhin gehörte das bewaffnete Kontingent zum Beeindruckendsten, was die meisten von ihnen je gesehen hatten. Sie beschlossen zu bleiben.

Wex fragte sich, wo Lothario steckte. Wo Pinch, Mungo und Arkh waren, wusste er: jenseits der Stadtgrenzen. Er beschloss, den Truppen vorauszueilen, und lief die Erste Straße entlang Richtung Norden. Auch Adara und Bello, die lieber draußen im

Wald als in einem geschlossenen Gebäude schliefen, würde er dort finden.

Der Himmel war verhangen, aber die dünnen Wolken standen so hoch über dem Horizont, dass Wex die beiden Gipfel sehen konnte, die er gezeichnet hatte, um den Zugang zu den verschleierten Landen zu ermöglichen. Hoch ragten die verschneiten Spitzen auf, umso heller jetzt, da sie nicht mehr unter dem dunklen Schatten lagen, der ihre Brüder und Schwestern weiter im Norden verhüllte wie eine schwarze Kutte. Die Landschaft war immer noch unvollständig, fand Wex, wie ein unfertiges Bild, und er wünschte, er könnte die ganze Gebirgskette sehen. Aber Fretter würde ihn nie wieder in die Nähe der Karte lassen, wie der dienstbeflissene Hauptmann mehrmals betont hatte. Und Fretter war nicht nur ein Mann, der zu seinem Wort stand, sondern auch einer, auf dessen gesunden Menschenverstand man sich verlassen konnte. Wex wusste, dass es so besser war. Er seufzte schwer und sog die frische Frühlingsluft ein. Sie schmeckte nicht so süß, wie er gehofft hatte.

»Heda! Heda! Heda!«, rief er.

Pinch saß auf einem Baumstamm und blickte vom erloschenen Feuer auf. »Gutgelaunt, wie?«

»Die Truppen sind hier«, frohlockte Wex.

»Hundert Mann?«

»Ja. Unter Waffen und in voller Rüstung. Sogar mit Pferden. Wirklich beeindruckend.«

»Genau wie wir, als wir losgezogen sind.«

Pinchs Stimme klang seltsam verhalten und kein bisschen beeindruckt. Wex wusste nicht, was er davon halten sollte. »Nun ja, aber sie sind viel mehr. Du solltest es dir mal anschauen.«

»Reitereien, Bogenschützen, Hellebardiere … hab ich alles schon gesehen. Ich mag sie nicht. Fretter wird uns bald zurück zum Palast bringen, um dem Fürstlein Bericht zu erstatten. Damit sind wir so weit von diesem windigen Vorposten entfernt, wie ich mir nur wünschen kann, wenn du weißt, was ich meine. Nichts gegen euch edles Bauernvolk, natürlich.«

»Bleibt Lothario hier?«

»Bei den Soldaten? Nein.«

»Dann geht er mit Fretter?«

Pinch antwortete nicht.

Inzwischen hatte Mungo sich stumm zu ihm gesellt, und Wex blickte ihn fragend an, aber auch er reagierte nicht.

»Er bleibt doch wohl nicht in Zornfleck, oder?« Mit einem Mal kam ihm Brynn wieder in den Sinn.

»Nein«, wiederholte Pinch. »Es gibt ein Problem.«

»Problem? Was denn für eins?«

Pinchs Blick verfinsterte sich auf eine Weise, wie Wex es noch nie bei ihm gesehen hatte. Der Dieb atmete einmal tief durch. »Sosehr mir diese Palastratten auch verhasst sind, es tut mir leid, dir etwas sagen zu müssen.«

Wex wartete gespannt, aber Pinch ließ sich Zeit. Anscheinend suchte er noch nach den richtigen Worten.

»Er hat ihn«, warf Arkh ein und gesellte sich zu der Dreiergruppe, um Pinch von seiner schweren Aufgabe zu erlösen.

»Er hat was?«, fragte Wex.

»Den Aussatz. Lothario. Und alle anderen, die mit ihm in diesem Verschlag gefangen waren.«

»Wir können von Glück sagen, dass es uns nicht erwischt hat«, fügte Pinch hastig hinzu.

»Das verstehe ich nicht«, erwiderte Wex. Aber er verstand nur zu gut. Es war ganz einfach: Lothario, Errol, Harold und Gill hatten sich mit der Fleischfäule angesteckt.

»Sie haben es gemerkt, als sie sich auf dem Hof der Kleinstocks saubermachten«, sprach Arkh weiter. »Violette Flecken, die einfach nicht abgehen wollten, auch nicht mit Seife und Bürste.«

»Und was bedeutet das?«

Arkh, Mungo und Pinch schauten sich an. Schließlich blickte Pinch auf. »Ich denke, das weißt du.«

»Sie werden verbannt«, sagte Wex. Selbst während er es aussprach, konnte er es kaum glauben. Lothario, der furchtlose Hauptmann, verbannt? Doch es lag auf der Hand. Das war der Grund, warum Fretter allein mit dem Kommandeur der Garnisonstruppen gesprochen hatte.

»Nein«, erwiderte Pinch. »Sie sind bereits weg.«

»Wohin?«

»Nach Norden. Wohin sonst?«

»Es gibt keinen anderen Ort, an den Männer wie sie sonst gehen könnten«, fügte Arkh hinzu. »Sie brachen heute Morgen auf. Alle außer Harold. Ihn hat sein Schicksal bereits ereilt.«

»Er ist tot?«

»Und verwest in aller Ehre«, erklärte Pinch. »Mit dem Gesicht nach oben, wie ich Lothario kenne. Er hat seine Männer immer gut behandelt. Und uns Ausgestoßene auch nicht so schlecht. Wahrscheinlich hat er Harold irgendwo aufgebahrt, wo die braven Bürger ihn nicht so schnell finden. Die würden weniger einfühlsam an die Sache rangehen und die Leiche einfach verbrennen.«

Wex kannte die Sitten und Gebräuche. Gute Tote wurden aufgebahrt, Aussätzige verbrannt. Aber wenn man verbrannt wurde, konnte die Seele nicht weiterziehen. Sie wurde zu Rauch, der irdischen Version ihrer selbst. Und niemand irrte gern ziel- und richtungslos über das Antlitz dieser Welt, überlegte Wex.

Andererseits war damit zumindest ein Problem gelöst: Brynn würde Lothario nicht heiraten müssen. Jetzt, da er den Aussatz hatte, würde niemand von der Episode im Wald erfahren. Wex plagten Schuldgefühle, weil er so dachte. Der Hauptmann hatte ihm nur Gutes getan, ihn aus seinem Dasein als Schweinezüchter befreit und zum Soldaten gemacht. Andererseits hatte Wex Lothario das Leben gerettet, wenn auch nur für kurze Zeit. Sie waren quitt, und Wex war frei zu denken, was er wollte.

»Was werdet ihr jetzt tun?«, fragte er.

Es war Arkh, der antwortete. »Wir sind keine freien Bürger und immer noch Fürst Kryst verpflichtet. Fretter wird berichten, dass wir unseren Vertrag erfüllt haben, und der Fürst wird nach seinem Ermessen das Strafmaß mildern.«

»Mindestens um die Hälfte«, warf Pinch ein. »Aber dazu wird es noch ein bisschen Verhandlungsgeschick brauchen.«

»Wo ist Adara?«, fragte Wex.

Pinch lächelte. »Ich hab mich schon gewundert, wann du endlich fragst. Sie ist mit Bello hinüber zum Bach. Was Besseres konnten wir nicht finden, keinen Fluss auf jeden Fall. Sie werden sich höchstens ein bisschen die Füße nass machen können. Dann wollen sie den Soldaten in Richtung Schleier folgen, um zu sehen, ob es für sie irgendeinen Weg zurück nach Hause gibt.«

Wex verzog unglücklich das Gesicht. »Ich gehe besser mit«, verkündete er ohne nähere Erklärung.

»Wir nicht«, erwiderte Pinch. »Wir müssen mit dem Hauptmann nach Skye. Er wird die Truppen bis hierher begleiten, dann gehen wir mit ihm nach Süden.«

Jenseits der Bäume schallte von der Straße Lärm zu ihnen herüber. Die Garnisonstruppen waren im Anmarsch. Für Wex' Ohren klang es wie hunderte von Trommeln, die im Gleichtakt geschlagen wurden. Straff organisiert, alles aufeinander abgestimmt, ganz nach Fretters Geschmack. Der Lärm wurde immer lauter, dann verstummte er abrupt.

»Ich glaube, unsere Eskorte ist da«, witzelte Pinch.

Sie sammelten ihre Habseligkeiten zusammen und machten sich auf den Weg zur Straße. Unterwegs erzählten sie sich von ihren Abenteuern jenseits des Schleiers, und Pinch fügte bereits das ein oder andere frei erfundene Detail hinzu. Wex war begierig darauf, das prächtige Heer wiederzusehen, und trat als Erster hinter den Bäumen hervor, den anderen ein paar Schritte voraus.

Hinter ihm blieben Pinch, Mungo und Arkh wie angewurzelt

stehen. Dann sprang Mungo vor, packte Wex am Kragen und schleifte ihn zurück zwischen die Bäume.

Wex lag neben dem Riesen am Boden und wagte kaum zu atmen, während sie zwischen den Halmen eines Rauchgrasbuschs hindurchspähten.

Die Straße unter ihnen war gesäumt von Soldaten. Es waren hunderte. In akkuraten Sechserreihen standen sie hintereinander, Reihe um Reihe um Reihe. Aber es waren nicht die Soldaten, die Wex in Zornfleck gesehen hatte. Sie marschierten auch nicht nach Norden. Sie waren nach Süden unterwegs, und es waren Düsterlinge.

68

Kriechend kehrten Wex und Mungo zu den anderen zurück, die mit gezogenen Waffen zwischen den Bäumen auf sie warteten.

»Sie sind hier«, flüsterte Wex.

»Und es sind viel mehr als beim letzten Mal«, raunte Pinch.

Sie zogen sich noch ein Stück tiefer in den Wald zurück und wandten sich zurück nach Süden, weg von der Düsterlingarmee. Sie eilten dahin, so leise es ging, und sprangen über trockenes Gehölz und heruntergefallenes Laub, um ja keine Aufmerksamkeit auf sich zu ziehen.

»Wir müssen zurück und das Garnisonsheer warnen«, erklärte Wex. »Das sind ausgebildete Soldaten, und sie sind gut ausgerüstet. Sie werden die Düsterlinge besiegen. Sie dürfen nur in keinen Hinterhalt …«

Vor ihnen bewegten sich zwei Baumstämme. Wex begriff zunächst nicht, wie das möglich sein sollte, aber er hatte sich nicht getäuscht. Auch die anderen hatten es gesehen. Schlitternd kamen die vier zum Stehen und legten den Kopf in den Nacken. Die Stämme führten hinauf zu einem knorrigen Rumpf, und jetzt sahen sie auch die Füße am unteren Ende.

Aus über drei Metern Höhe blickte ein dümmliches Gesicht auf sie herunter. Die Hörner auf der Stirn ließen keinen Zweifel, dass es sich um einen Düsterling handelte, auch wenn sein Körper irgendwie missgestaltet war und der Blick schieläugig und leer.

Ein Riesendüsterling, dachte Wex, ein Monster unter Monstern.

Ausdruckslos starrte er auf sie herunter, erstaunt über ihr plötzliches Auftauchen, und vor allem Arkh schien sein Interesse zu wecken.

Pinch zögerte keinen Moment und stürzte vor. Er riss sein Schwert so schnell aus der Scheide, dass Wex es kaum sah.

Der Riesendüsterling trug eine ebenso riesige Keule bei sich, die kaum mehr war als ein zwei Meter langer, von allen Zweigen und Blättern befreiter Ast. Er reagierte mit erstaunlicher Schnelligkeit auf Pinchs Angriff und ließ die Keule herabsausen. Einzig und allein dem Widerstand des Geästs um den Riesen herum, das den Schlag ein wenig abbremste, war es zu verdanken, dass er Pinch nicht den Kopf von den Schultern schlug.

Pinch sprang zur Seite, und der Angriff verfehlte sein Ziel, während das knotige Ende der Keule sich tief in die Erde grub, genau an der Stelle, wo Pinch gerade noch gestanden hatte. Zersplitterte und abgebrochene Äste regneten auf den Dieb herab und begruben ihn unter sich.

Der Riese zog seine Keule aus dem weichen Lehmboden und stapfte zwischen den Bäumen hindurch auf Wex, Mungo und Arkh zu.

»Tötet ihn!«, rief Arkh.

»Töten? Wie?« Wex hatte keine Waffe. Er lief nicht mit dem Schwert seines Vaters am Gürtel auf offener Straße herum. Außerdem war das Vieh riesig. Selbst Mungo reichte ihm gerade mal bis zur Brust. Wex beschloss, den Angreifer nicht zu töten und stattdessen die Flucht zu ergreifen. Andere Möglichkeiten sah er nicht. Auf einen Baum zu klettern war sicherlich keine gute Idee.

»Bevor er die anderen warnt!«, beharrte Arkh und stürzte sich auf den Riesendüsterling.

Zwischen all dem Dickicht war nicht genug Platz, um ein Schwert oder eine Keule zu benutzen, also warf Arkh seines zur

Seite und zog die Handschuhe aus, um mit Klauen und Zähnen anzugreifen.

Mungo folgte dem Halbmenschen dicht auf den Fersen. Mit gezogenem Messer warf er sich auf den Arm, mit dem das Monster Arkh an der Kehle gepackt hatte. Sie schlugen und stachen, während der Düsterling sie mit gewaltigen Fausthieben zu Boden und gegen Bäume schmetterte. Blut spritzte, sowohl das des Ungeheuers als auch das von Wex' Freunden.

Wex verfluchte sich, weil er gezögert hatte. Die Ausgestoßenen kämpften um ihr Leben – und um seines, und das taten sie mit mehr Einsatz als die meisten Soldaten aus Fretters Kompanie. Wenn er ihnen nicht half, überlegte er, durfte er sich auch nicht als ihren Freund betrachten. Also stürzte er sich auf den riesigen Oberschenkel des Dings, schlang die Arme darum und versuchte mit aller Kraft und unter Einsatz seines gesamten Körpergewichts, den Düsterling aus dem Gleichgewicht zu bringen.

Das Bein schlug aus wie der Hinterlauf eines Pferds, und Wex wurde von oben bis unten durchgeschüttelt, aber er ließ nicht los. Er hatte weder Krallen noch eine Waffe, schaffte es aber immerhin, den Riesen ein wenig zu verlangsamen, sodass seine besser bewaffneten Freunde jetzt zumindest eine Chance hatten.

Da sprang Pinch plötzlich auf die Beine. Er hatte nur so getan, als wäre er verletzt, und jetzt schlug er von hinten zu, rammte sein Schwert tief in die Wade des Ungeheuers.

Der Riesendüsterling fuhr taumelnd herum und schlug nach Pinch, während Mungo und Arkh den anderen Arm und den Rumpf des Untiers bearbeiteten. Der Düsterling blutete aus zahlreichen Schnittwunden, und seine Haut verfärbte sich zusehends rot. Trotz des Hinterhalts, in den er geraten war, schien er nicht auf die Idee zu kommen, um Hilfe zu rufen.

Er ist ziemlich dumm, erkannte Wex, und im nächsten Moment knickte das verletzte Bein ein, und alle stürzten mit dem Riesendüsterling zu Boden, alle außer Pinch, der flink zur Seite sprang. Wex lag unter dem Giganten begraben und hörte nur noch das leise Ächzen und Schnaufen seiner Mitstreiter. Sie verstanden ihr Geschäft, das Geschäft des Tötens, das sie jetzt erstaunlich ruhig verfolgten. Nur ab und zu drang ein Schnauben oder das Rascheln von Blättern an seine Ohren. Schließlich gab das Monster ihn frei. Wex blinzelte und blickte auf.

Mungo und Pinch standen vor ihm. Sie hatten die Keule des Düsterlings als Hebel benutzt, um ihn von Wex herunterzurollen.

Hastig richtete Wex sich auf. Sein ganzer Körper schmerzte. Das Monster hingegen lag mucksmäuschenstill und blutete aus einem Dutzend Wunden, die schwerste davon der tiefe Schnitt in der Wade, den Pinch ihm beigebracht hatte. Ein brillanter Trick. Das Riesenvieh hatte sich nicht lange damit aufgehalten nachzusehen, ob Pinch von den herunterkrachenden Ästen ausreichend schwer verletzt worden war, und der Dieb hatte die Gelegenheit genutzt, um eine Schlagader im Bein zu durchtrennen, wodurch der Riesendüsterling schnell verblutet war.

»Wo ist Arkh?« Wex sah die Fleischfetzen, die der Halbmensch mit seinen Klauen dem Monster aus dem stinkenden Leib gerissen hatte, nur Arkh selbst konnte er nirgendwo entdecken.

»Da drüben«, sagte Pinch, nachdem Mungo ihn gefunden hatte.

Arkh lag in einem Dornenstrauch. Er war erstaunlich weit geflogen, als das Monster ihn abgeschüttelt hatte. Zu dritt knieten sie sich vor ihn hin. Sein rechter Arm war offensichtlich gebrochen, das Gesicht übel zerschlagen. Ein Auge schwoll so schnell an, dass sie dabei zusehen konnten. Alles in allem sah Arkh nun noch mehr wie ein Ungeheuer aus, als das ohnehin schon der Fall gewesen war.

»Den Arm wirst du mindestens einen Monat lang nicht mehr benutzen können«, sagte Wex.

Arkh nickte, und ein Zischen drang zwischen seinen Zähnen hervor. Offensichtlich bereitete ihm das Atmen Schmerzen.

»Was ist mit deinen Beinen?«, fragte Wex.

»Ich kann laufen. Hebt mich hoch«, sagte er durch zusammengepresste, blutverschmierte Kiefer.

Vorsichtig wühlten sie sich durch die Dornen, jeder von einer anderen Seite, und überlegten, wie sie Arkh am besten wieder freibekamen, ohne seinen rechten Arm dabei zu sehr zu beanspruchen. Als sie ihn endlich draußen hatten, ließen sich alle vor Erschöpfung zu Boden sinken. Eine Weile hockten sie nur keuchend da und blickten einander fragend an. Sie mussten so schnell wie möglich weg von hier, so viel war klar. Aber sie mussten sich auch erholen, vor allem Arkh, der von den mächtigen Schlägen, die er eingesteckt hatte, immer noch so benommen war, dass er selbst im Sitzen schwankte.

»Wir leben noch«, keuchte Wex.

»Bei den Göttern, was für ein Kampf«, sagte Pinch. »Vier von uns gegen diesen einen, und trotzdem war es knapp.«

»Ich bin bereit zum Aufbruch«, erklärte Arkh.

Aber es war zu spät. Sie hörten Schritte, viele Schritte, begleitet von menschlichen Stimmen. Das Regiment aus Furtheim war eingetroffen.

69

Vills Späher hatten Neuigkeiten überbracht, sowohl gute als auch schlechte. Eine Abteilung Soldaten kam aus dem Süden die Erste Straße entlang direkt auf sie zu. Das war schlecht. Aber es waren nur hundert, nicht fünfhundert oder tausend. Das war gut. Vill befahl seinen Truppen haltzumachen.

»Eber, sorge dafür, dass meine Anweisungen genau so an jeden einzelnen Soldaten weitergegeben werden, wie du sie von mir gehört hast.«

Es war ein weiterer Test. Der härteste bis jetzt. Der Feind war bewaffnet und trug Rüstung. Bald würde er wissen, ob seine Düsterlinge es mit einer richtigen Armee aufnehmen konnten. Er fuhr sich mit der Hand über den stoppeligen Kopf. Er hatte sein Haar kurz geschoren. Aus praktischen Gründen. Sein Bart hingegen war ungestutzt, und er hatte seit Tagen nicht gebadet. Vill erinnerte sich, dass diese Dinge ihm einmal wichtig gewesen waren. Er hatte sich die dunklen Locken gekämmt und seinen Körper mit Duftwasser benetzt. Aber sein Aussehen interessierte ihn nicht mehr. Er hatte kein Gefühl mehr dafür, und seine Untertanen interessierte es noch viel weniger. Vill konnte sich kaum erinnern, warum ihm all das einmal so wichtig gewesen war.

Die Erste Straße war ein interessantes Schlachtfeld. Auf der einen Seite befand sich ein Hügel, und beide Seiten waren bewaldet. Je nach Gelände wurde sie breiter oder schmaler, und somit gab es freie Flächen genauso wie Nadelöhre. Und obwohl es Jahrzehnte her war, seit er die Straße das letzte Mal benutzt hatte, hatte sie sich kaum verändert. Sie war immer noch flach, eben und fest. Es gab ein paar vom Regen aufgeweichte Schlaglöcher, aber der Großteil des Wassers floss von der genau zu diesem Zweck überhöhten Mitte in die Gräben am Rand. Sie war ein Meisterstück der Straßenbaukunst. Die kleinen Wechsel im Gelände und der feste Untergrund machten sie zu einem idealen Übungsplatz. Dass seine Düsterlinge im Wald kämpfen und wenn nötig auch fliehen konnten, wusste Vill. Aber würde ihnen das auch in Formation gelingen? Er würde es bald erfahren.

Laut den Berichten seiner Späher war das Menschenheer nur noch wenige Minuten entfernt. Schlitzer war noch damit beschäftigt, seine Befehle weiterzugeben, und die letzten Details wurden gerade umgesetzt. Sollte er fliehen müssen, würde er das den Hügel hinauf tun, wo Berittene ihn nur schwer verfolgen konnten und sein Rückzug von einem ausgesprochen unangenehmen Riesendüsterling gedeckt wurde.

»Wir sind bereit«, informierte ihn Eber. »Was sollen wir tun?«

»Wir warten«, erwiderte Vill.

Unruhig schnüffelte Eber in der Luft. Er strengte sich sichtlich an, sich möglichst still zu verhalten, aber schließlich hielt er die Anspannung nicht mehr aus. »Ich mag Warten nicht, wenn wir bereit sind«, murmelte er.

Es gab Momente, da hätte Vill einen Sinn für Humor als vorteilhaft empfunden. Jetzt war so ein Moment. Mit Humor hätte er den nervösen Hauptmann beruhigen können. Wahrscheinlich hätte er Eber sogar gemocht, wäre er dazu in der Lage gewesen. Er hätte versucht, ihm die Situation leichter erträglich zu machen. Aber jetzt, da sein Verstand nicht länger durch Empfindungen getrübt wurde, erkannte Vill nur zu deutlich, dass sein Hauptmann nicht mehr war als ein nützliches Instrument. Ein Mittel zum Zweck.

Er probierte es trotzdem. Vielleicht gelang es ihm, die Moral der Kreatur zu heben und damit auch die der Truppe. »Also gut. Dann tu genau das, was ich dir jetzt sage, und das schnell«, erklärte Vill. »Tu nichts!«

Ebers Nase zuckte. Regungslos starrte der Düsterling ihn an, während er versuchte, schlau aus dem zu werden, was er soeben vernommen hatte.

Vill hatte noch nie einen Scherz gemacht, und seine Düsterlinge rechneten auch nicht damit, also zog Vill die Mundwinkel nach oben, um anzudeuten, dass er einen Witz gemacht hatte.

Eber ließ ein unsicheres Glucksen hören, dann noch eins. Am Ende kicherte er.

»Schlitzer!«, rief Eber, als der drahtige Düsterling in Hörweite geschlichen kam. »Schnell! Tu nichts!«

Eber kicherte weiter, bis er schließlich lauthals losprustete. Wie ein Kind, das ein neues Spielzeug bekommen hatte, probierte er den Befehl noch an ein paar weiteren Truppführern aus und schüttelte sich jedes Mal vor Lachen, wenn sie ihn nur verständnislos anstarrten.

Vill ließ es geschehen. Es schien sie zu entspannen. Anspannung zum rechten Moment war etwas Gutes. Sie war notwendig, kurz bevor der Sturm losbrach. Aber sie durfte nicht zu lange andauern, denn dann konnte sie leicht in Angst umschlagen. Und Angst hatte im Lauf der Geschichte mehr Armeen aufgerieben als jedes feindliche Heer. Seine Düsterlinge kämpften tapfer, solange sie sicher waren, dass sie siegen würden, solange er sie führte. Wenn Vill Ruhe und Selbstvertrauen ausstrahlte, fühlten sie genauso.

Wenn nur die Riesen ihm ebenso blind vertrauen würden wie Eber und Schlitzer. Die Riesen waren zwar unglaublich stark, aber immer noch ein Unsicherheitsfaktor. *Jeder steht gern auf der Seite des Siegers,* rief Vill sich ins Gedächtnis. *Ein Sieg wird ihnen Vertrauen geben.*

70

»Lasst uns einen Aussichtspunkt suchen«, erklärte Pinch. »Wir wollen sehen, wie sich das hier entwickelt.«

»Nein. Wir müssen sie warnen«, widersprach Wex.

»Zu spät. Sobald du einen Fuß auf die Straße da unten setzt, bist du tot.«

»Ich stimme Pinchot zu«, sagte Arkh.

»Auf einen Baum oder auf den Hügel?«, fragte Pinch. Er warf Arkh einen schnellen Blick zu. »Und danke, dass du mich mit meinem richtigen Namen angesprochen hast, Freund.«

Sie fanden eine kleine Öffnung im Dickicht auf dem Hügel, von der aus sie die Straße sowohl Richtung Norden als auch Süden einsehen konnten. Es war das bessere Versteck. Besser, als auf einem Baum in der Falle zu sitzen, und Arkh konnte mit dem gebrochenen Arm ohnehin nicht klettern. Es blieb keine Zeit mehr für eine Warnung. Die Heere waren jetzt beide in Sichtweite, und in wenigen Momenten würden sie auch einander sehen können.

Das Garnisonsheer marschierte in Formation, die Reiterei von den Reihen der Fußsoldaten in die Mitte genommen, die Bogenschützen am Ende. Zwei Späher erkundeten das Gelände, suchten den Saum der Straße und die Baumreihen ab.

Unbeweglich standen die Düsterlinge da. Es waren etwa fünfzig in einem ungeordneten Haufen. Sie schauten nach Süden.

»Es sind weniger als vorhin«, sagte Wex aufgeregt. »Sie sind unorganisiert. Die meisten haben sich aus dem Staub gemacht!«

Das war der Moment, in dem auch die Späher der Garnison die Düsterlinge entdeckten. Ein Warnruf ertönte, und die Reiterei kam nach vorn, der Kommandeur mit dem imposanten Helm an der Spitze. Sein Name war Adain, wie Wex gehört hatte, und er hatte eine für die Bewohner Südabrogans typische Adlernase. Ein paar der Soldatengesichter erkannte Wex wieder. Da waren Schiler aus Zornfleck, mehrere Cousins der Randells, die nur ein Stück von Wex' Zuhause entfernt die Straße hinauf lebten, und die Urgbrecht-Brüder aus Furtheim, deren Familie mit Schweinefleisch handelte. Fretter und die Palastwache waren nicht dabei, aber mit Entsetzen entdeckte Wex gleich neben dem Kommandeur Cud Hoxxel. Der ehemalige Bürger von Zornfleck hockte zusammengesunken auf einem klapprigen Pferd, brabbelte irgendetwas vor sich hin und deutete auf die Düsterlinge.

Adain staunte nicht schlecht über den Anblick der hässlichen Kreaturen, die sich auf einem Abschnitt der Straße zusammengerottet hatten, der ganz besonders unter dem Regen gelitten hatte und gerade außerhalb der Reichweite ihrer Pfeile lag. Er war ein bedächtiger, aber kein ängstlicher Mann, und was er sah, schreckte ihn nicht. Die Düsterlinge schienen nicht die ersten keulenschwingenden Wilden zu sein, mit denen er es zu tun hatte. Nach einem Moment des Überlegens bedeutete er seinen Männern vorzurücken.

»Auf sie!«, rief er über das aufgeregte Gemurmel der Soldaten hinweg.

Als die Düsterlinge den Angriffsbefehl hörten, flohen sie die Erste Straße entlang nach Norden.

»Sieg!«, schrie Wex. »Sie haben Angst!«

Pinch, Arkh und Mungo schienen weit weniger beeindruckt und beobachteten stumm die Szene.

Der Donner von über hundert vorwärtspreschenden Hufen übertönte Wex' Ausruf und alles, was er danach noch nach unten gebrüllt haben mochte.

Die Reiterei nahm die Verfolgung der fliehenden Düsterlinge auf, ganz klar mit der Absicht, sie niederzureiten. *Ein guter Plan,* dachte Wex. Hinter ihnen machten sich nun auch die Fußsoldaten bereit und zogen die Schwerter. Im Gleichschritt, die Augen starr nach vorn gerichtet, rückten sie siegessicher vor. Hinter ihnen gingen die Bogenschützen in Stellung. Jede Bewegung war genau eingeübt, alles lief wie am Schnürchen. Die Schwerter glänzten, die Langbogen mit den an die Sehne gelegten Pfeilen hoben sich elegant gen Himmel. Das Garnisonsheer war ein prächtiger Anblick. Es würde einen kurzen Kampf geben, mit vielleicht ein paar Verwundeten.

Doch es kam ganz anders.

Die Späher fielen als Erste, wurden von unsichtbaren Händen in die Büsche am Rand der Straße gezogen, wo sie wild um sich schlagend verschwanden. Aus dem Wald stieg eine Salve auf, und zehn von Adains Bogenschützen brachen unter dem Hagel krummer Pfeile zusammen. Fünf waren sofort tot, die anderen starben, noch während ihre Kameraden ihre Bogen auf den Wald ausrichteten, aus dem die Pfeile gekommen waren. Nach der zweiten Salve war nur noch eine Handvoll am Leben, während das Menschenheer gerade einmal ein halbes Dutzend Pfeile zwischen die Bäume geschossen hatte. Wex bezweifelte, dass auch nur ein einziger davon sein Ziel getroffen hatte.

Jubelgeschrei aus hunderten von Düsterlingkehlen rollte aus allen Richtungen gleichzeitig über die Straße hinweg.

Adain fuhr herum und sah seine Bogenschützen im rot verfärbten Schlamm der Straße liegen. Manche zuckten noch, aber die meisten lagen reglos. Er war in eine Falle getappt, auf eine simple List hereingefallen, weil er seine Gegner für hirnlose Tiere gehalten hatte. Adain wollte die Hand heben, um die Reiterei zurückzurufen, aber der Befehl erreichte seine Soldaten nicht mehr. Ein seidig schimmernder Holzschaft ragte unter seinem Helm hervor, als hätte eine unsichtbare Zauberhand ihm eine neue, viel zu lange Nase verpasst. Scheinbar eine Ewigkeit verharrte er schwankend im Sattel, dann sackte er zusammen und fiel vom Pferd.

Genau in dem Moment, als seine Leiche aufschlug, kamen die Düsterlinge aus dem Wald westlich der Straße gestürmt. Es waren zweihundert, viermal so viele wie die Fußsoldaten aus der Garnison. Mit wildem Brüllen stürzten sie sich auf sie. Aus den Baumreihen östlich stiegen unvermindert Pfeile auf, noch während die Garnisonstruppen sich zur Flucht wandten.

Schlachtrufe und Todesschreie der Menschen vermischten sich mit dem Gebrüll der Düsterlinge. Formationen preschten vor oder wurden zurückgedrängt, es war ein ständiges Hin und Her von ineinander verkeilten Körpern. Erfolg bedeutete Überleben, Misserfolg einen blutigen Tod.

Die Reiterei ließ von den fliehenden Düsterlingen ab, die sie in die Falle gelockt hatten. Sie wendeten die Pferde und gaben ihnen die Sporen, um in die Schlacht einzugreifen, brüllten ihren Kameraden zu, sie sollten runter von der Straße, damit sie die Düsterlinginfanterie niederreiten konnten.

Eine Gruppe Fußsoldaten, die das Kommando gehört hatte, wandte sich nach Osten und rannte den Hügel hinauf, um die Düsterlingbogenschützen anzugreifen. Die westliche Verteidigungslinie blieb, wo sie war, aus Angst, von den in ihrem Rücken aus dem Wald stürmenden Düsterlingen mit Keulenschlägen niedergestreckt zu werden. Im Vertrauen auf ihre stabilen Rüstungen und scharfen Schwerter hielten sie die Stellung und warteten darauf, dass die Reiterei über ihre Angreifer hinwegpreschte.

Doch die Reiter kamen nicht. Noch während sie losgaloppierten, erzitterte der Wald und spuckte mehrere Riesendüsterlinge aus.

Wex schnappte nach Luft.

Wie wandelnde Bäume, zwischen drei und fünf Meter groß, betraten sie das Schlachtfeld und stellten sich links und rechts der Straße auf, einen dicken Baumstamm zwischen sich. Dann rannten sie los, den Reitern entgegen. So unglaublich stark waren sie, dass der Aufprall der Ritter in voller Rüstung sie kaum verlangsamte. Wie Grashalme knickten die Reiter nach hinten um, und erst als der zehnte aus dem Sattel gerissen war, kamen die Riesendüsterlinge zum Stehen. Zwei weitere brachen nun zwischen den Bäumen hervor und schlugen mit ihren plumpen Keulen alles zu Brei, was auf dem Boden lag. Die verbliebenen zwanzig Reiter waren so entsetzt, dass sie panisch an den Zügeln rissen und Richtung Norden davongaloppierten. Die Verletzten überließen sie den stampfenden Füßen der Riesen.

Die fünfzig Fußsoldaten hielten sich wacker. Schwerter und Harnische zogen den Kampf in die Länge, der normalerweise schnell vorüber gewesen wäre, und für jeden, der aus ihren eigenen Reihen fiel, brachten sie zwei Düsterlinge zur Strecke. Ihre Bogen konnten die Düsterlinge in dem Getümmel, in dem die Pfeile Freund wie Feind durchbohrt hätten, nicht mehr einsetzen. Einen Moment lang schien es, als gäbe es doch noch Hoffnung. Doch als die Riesendüsterlinge eingriffen, war das Ende besiegelt.

Pinch legte Wex eine Hand auf die Schulter, damit er den Kopf nicht zu weit aus dem Gebüsch streckte und um ihn daran zu erinnern, nicht vor Entsetzen laut aufzuschreien. Wex hatte noch nie eine Schlacht gesehen, und die Tode, deren Zeuge er nun wurde, waren weit weniger ruhmreich, als er sich in der Fantasie stets ausgemalt hatte. Manchen wurde von einem der Riesen mit einem einzigen Keulenhieb der Kopf weggeschlagen. Sie starben einen schnellen und deshalb gnädigen Tod. Andere wurden auf der Flucht von Düsterlingklauen zu Boden gerissen und verbluteten oder erstickten, noch während sie um Gnade bettelten.

Eine Gestalt floh den Hügel hinauf, auf dem sich die vier versteckt hatten. Als würde sie um Hilfe flehen, streckte sie die

Arme in ihre Richtung. Ein Düsterling war ihr dicht auf den Fersen, und Wex' Herz setzte einen Schlag lang aus. Die Gestalt war Cudbert Hoxxel, ein Junge in Wex' Alter. Er stemmte sich gegen Pinchs Hand.

»Nein!«, knurrte Pinch. »Du würdest uns nur verraten! Und für was? Für diesen jämmerlichen Wicht?«

»Er ist ein Mensch!«, erwiderte Wex.

»Wenn du ihm unbedingt helfen willst, dann tu es allein«, sagte Pinch.

Wex erhob sich, einen dicken Ast als Waffe in der Hand. Gerade, als er Cud zu Hilfe eilen wollte, zischte etwas von hinten an seinem Ohr vorbei, und der Düsterling blieb abrupt stehen. Ein Messergriff ragte aus seinem Hals. Er fiel nach hinten um und wand sich im Todeskampf auf dem Boden, während die vier angespannt zuschauten und hofften, dass keiner seiner Artgenossen ihn sehen würde. Schließlich hielt der sterbende Düsterling still und gab nur noch ein leises Röcheln von sich.

Cud hechtete zwischen sie ins Gebüsch, und Mungo drückte ihn sofort auf den Boden.

»Wir können nur beten, dass niemand ihn gesehen hat«, knurrte Pinch. »Das war dumm!«

»Keinen Mucks da unten«, raunte Arkh Cud zu.

Verärgert blickte Pinch zu der leeren Messerscheide an seinem Stiefel hinab. »Und mein bestes Messer ist auch futsch.«

»Danke«, sagte Wex und schaute zu dem vor Angst zitternden Cud, der unter Mungos Hand eingeklemmt lag.

Irgendwann gab der Düsterling an der Böschung endlich Ruhe, und es kamen auch keine weiteren den Hügel herauf. Etwa hundert seiner Artgenossen lagen tot zwischen, über und unter den fünfzig Leichen der Fußsoldaten aus Furtheim auf der Straße. Die Gesichter im Tod zu grässlichen Grimassen verzerrt, hatten Adains Männer sich tapfer geschlagen. Lieder würden von ihrem heldenhaften Kampf berichten, ob sie nun mutig gestorben waren oder geschrien und gebettelt hatten. Doch im Tod sahen sie alle gleich aus. Ihre Glieder waren verrenkt, die Gesichter leer, alles Leben für immer aus ihren Körpern gewichen.

Die jubelnden Düsterlinge hingegen sahen äußerst lebendig aus. Sie tanzten und hüpften vor Freude und Erleichterung. Zweihundert waren es noch. Von den Giganten hatte lediglich ein einziger den Tod gefunden, und das durch die Hand von Wex und seinen Begleitern. Die fünf verbliebenen stampften durch die Reihen der Düsterlinge und beschnüffelten die herumliegenden Leichen.

Vill bahnte sich einen Weg durch die Toten. Nur einmal blieb er kurz stehen, setzte einen Fuß auf Adains Helm und zog mit einem Ruck seinen Pfeil heraus. Der Düsterlingführer war genauso unverwechselbar wie undurchschaubar. In seinem Gesicht war nicht das Geringste zu erkennen, nichts gab einen Hinweis darauf, was in seinem kahlrasierten Kopf vorgehen mochte.

Die Düsterlinge machten reiche Beute: Schwerter, Kettenhemden, Harnische und sogar Pferde. Vill überwachte das Einsammeln der Waffen, befahl den Riesendüsterlingen, die Pferde nicht zu fressen, und erklärte seinen begriffsstutzigen Soldaten, wie sie die vielen Schnallen und Gurte an ihrer neuen Ausrüstung zu handhaben hatten. Die Panzerung schien ihnen nicht zu behagen. Sie knurrten und kratzten sich ständig wie verlauste Hunde, aber Vill bestand darauf, dass sie sie trugen, und sie gehorchten mit viel Gebrüll, das wohl ihr Siegesjubel war. Die Schwerter hingegen gefielen ihnen recht gut, auch wenn einige sich sofort daran schnitten. Ihre Toten schienen die Düsterlinge erst gar nicht zu zählen, und Wex war nicht sicher, ob sie dazu überhaupt in der Lage gewesen wären. Stattdessen freuten sie sich einfach, dass sie gewonnen hatten.

»Er wird bald einen Suchtrupp nach dem fehlenden Riesendüsterling aussenden«, flüsterte Arkh. »Wir sollten verschwinden.«

Keiner widersprach. Wenn sie sich beeilten, konnten sie sich durch die Wälder davonstehlen, bevor Vills Truppen bereit zum Aufbruch waren, und sich in sicherer Entfernung wieder auf die Straße wagen, um rechtzeitig vor den Düsterlingen in Zornfleck einzutreffen. Die Garnisonssoldaten hatte Wex nicht warnen können, aber bei seinem Heimatdorf musste es unbedingt gelingen.

71

Als sie Zornfleck erreichten, liefen sie direkt zu Hamptens Taverne. Besser, sie überbrachten die Neuigkeiten gleich an dem Ort, an dem alle Informationen ausgetauscht wurden, als selbst von Tür zu Tür zu laufen. Wex kam beinahe um vor Sorge, dass Adara noch mit Bello in den Wäldern sein könnte, aber Arkh wies ihn darauf hin, dass die Düsterlinge wohl eher auf der Straße hierhermarschieren würden als durch die Wälder. Außerdem gab es ohnehin nichts, was sie im Moment für die beiden tun konnten.

Hampten hatte sich in seinem Zimmer über der Taverne eingeschlossen. An der schweren Tür befanden sich mindestens vier Schlösser, aber Mungos Hämmern erregte schnell Hamptens Aufmerksamkeit, und das kleine Sichtfenster schwang auf.

Wex hielt sein Gesicht dicht davor, damit der Wirt Pinch und Mungo nicht sah, und besonders nicht Arkh.

»Ich muss sofort wissen, wo Hauptmann Fretter ist!«, erklärte Wex.

»Informationen kosten eine Kupfermünze oder mehr, kommt ganz drauf an«, erwiderte Hampten.

»Wie wär's mit einem Tauschgeschäft. Ich habe Neuigkeiten.«

»Was für welche? Gute?«

»Die Soldaten aus Furtheim sind tot, und eine Armee marschiert hierher, um uns alle umzubringen. Gut genug?«

Mehrere Riegel wurden eilig zur Seite geschoben, Hampten riss die Tür auf und trat auf den Gang. »Erzähl mir mehr über …« Da erblickte er Wex' Begleiter. »Was soll das sein? Eine Falle? Ihr wollt mich ausrauben!«

»Nein. Die gehören zu mir. Und ich wiederhole: Eine Armee ist im Anmarsch. Wir müssen fliehen.«

Hampten musterte Wex' Begleiter. Pinch und Mungo nickten einmütig.

Arkh fixierte den Wirt mit seinen gelben Augen. »Verlass dein Haus und unterrichte alle Bewohner von Zornfleck darüber, dass sie sofort aufbrechen müssen«, zischte er.

»Aber zuerst sagt mir, wo sich Hauptmann Fretter aufhält!«, fügte Wex eilig hinzu.

Praktisch veranlagt, wie er war, ließ Hampten alle Wertsachen liegen, schnappte sich nur einen Umhang und knallte die Tür hinter sich zu. »Er ist hier. Beim Grafen.«

»Brynn!«, rief Wex.

Auf dem Weg nach unten nahmen sie Hampten noch den Schwur ab, an jeder Tür zu klopfen, an der er vorbeikam, und den Hausbewohnern einzuschärfen, die Kunde schnellstmöglich im Dorf zu verbreiten. Als sie draußen waren, machte Wex Anstalten, sofort zum Anwesen des Grafen zu laufen, aber Pinch hielt ihn zurück.

»Was?«, fragte Wex.

Der Dieb deutete auf Gavels unbewachte Stallungen. »Pferde …«

Fünf Reittiere wurden mit Sattel und Zaumzeug versehen und wechselten den Besitzer. Pinch nannte es »ausleihen«.

»Und du, Cud«, sagte Wex an Cudbert gewandt, »reitest nach Süden, so schnell du kannst. Noch über Furtheim hinaus.«

Cud schüttelte den Kopf. »Meine Familie is' tot.«

»Ja, und deshalb gehst du nach Süden. Zu deiner Verwandtschaft.«

»Hab keine Verwandtschaft da. Die haben uns ja erst hierhergeschickt. Wollen uns nich' zurück.«

»Du verstehst die Lage nicht!«

»Nee. Tu ich nich'.«

»Dann bleib eben bei uns«, gab Wex schließlich mit einem Kopfschütteln nach.

»In Ordnung.« Cud nickte. »Ich bleib bei euch.«

Das gräfliche Anwesen lag nordwestlich, und Hampten war Richtung Süden unterwegs. Seine Warnung würde den Grafen nicht erreichen. Als Kind war Wex einmal mit seinem Vater dort gewesen, er kannte den Weg, auch wenn er ihm jetzt viel weiter vorkam, selbst im gestreckten Galopp.

Wex sprang vom Pferd und warf die Zügel über den nächsten Zaun. Die anderen blieben im Sattel und hielten sich bereit zur Flucht, während er auf das Haus zurannte. Er klopfte weder, noch kündigte er sich sonst wie an – unter normalen Umständen eine schwere Verletzung der Etikette, die ihm eine ordentliche Tracht Prügel von den Hausangestellten eingebracht hätte. Doch dies waren keine normalen Umstände, und Wex rannte an dem Diener vorbei, der verdutzt in der Eingangshalle stand, ohne ihn auch nur eines einzigen Blickes zu würdigen. Er hatte keine Ahnung, wohin er sich wenden sollte, also folgte er einfach dem Geräusch der Stimmen. Es waren laute Stimmen. Ein hitziger Streit war im Gang.

»Sie gehört mir. Ich habe einen fairen Preis für sie bezahlt!«

»Mein Untergebener hat nichts mit ihrem Verstoß gegen das Arrangement zu tun.«

»Wer will schon so ein widerspenstiges Gör?«

Wex erkannte nicht alle Stimmen sofort, und als er in den Salon platzte, verstummten sie abrupt. Die im südlichen Stil der Küstenlande gehaltene Einrichtung hatte etwas Prahlerisches an sich. Hier in Zornfleck schien sie völlig fehl am Platz. In dem Raum stand, lag und hing mehr Geld, als Wex in seinem ganzen Leben überhaupt verdienen konnte. *Kein Wunder, dass sie keins mehr übrig haben,* dachte er. Und obwohl es der Salon war, saß keiner der

Anwesenden in den bequemen Möbeln. Alle standen. Fretter in der Mitte auf einem antiken Läufer, der mehr wert sein musste als Elgers Hof samt Schweinen. Daneben der alte Gavel und Graf von Zornfleck persönlich.

»Sinter!«, bellte der Graf. »Entfern sofort den Eindringling und verabreiche ihm eine angemessene Tracht Prügel.«

Ein Diener legte Wex eine Hand auf die Schulter, noch bevor Fretter einschreiten konnte.

Wex fuhr herum, packte Sinter und riss ihn zu Boden. Um ganz sicherzugehen, presste er ihm noch einen Fuß auf den Hals, alles in einer einzigen flüssigen Bewegung, und hielt ihn unten.

»Wexford!«, rief Fretter entsetzt.

Wex wartete nicht darauf, dass der Hauptmann alle miteinander bekanntmachte. »Die Düsterlinge sind hier!«, keuchte er.

»Hier?«, wiederholte Fretter.

»Auf der Ersten Straße. Weniger als eine Wegstunde entfernt.«

»Die was?« Gavel hatte Wex mit Sicherheit erkannt, war aber noch zu verwirrt von der Art seines plötzlichen Auftretens und dem vollkommen neuen Verlauf, den das Gespräch genommen hatte.

»Wer ist dieser Störenfried? Hauptmann Fretter, beschützt uns.«

»Das werde ich«, erklärte Fretter, lief zu Wex und stieß Sinter, entgegen der Bitte des Grafen, mit einem unsanften Tritt zur Seite. »Sprich, Wexford. Was sind das für Neuigkeiten?«

»Ich habe schon gesprochen, die Neuigkeiten lauten: Sie kommen! Raus hier, flieht!«

»Aber die Garnisonstruppen …«

»Vernichtet. Alle tot.«

Fretter wurde bleich, und Wex sah, wie sich dieselbe alte Unentschlossenheit seiner bemächtigte, die schon so oft sein Verderben gewesen war. »Ihr müsst ihnen sagen, was sie tun sollen!«, rief Wex und deutete auf die beiden fein gekleideten Männer. »Auf mich werden sie nicht hören.«

»Nicht so hastig«, polterte Gavel. »Was soll dieses Gefasel, Hauptmann?«

»Ein Heer ist im Anmarsch«, erklärte Fretter. »Ein feindliches Heer. Sie kommen, um zu töten und zu plündern, in dieser Reihenfolge. Lasst alles stehen und liegen und flieht.«

»Wo sind unsere Leute?«, fragte Wex.

»Hinten«, antwortete Fretter. »Kommt, Graf, wir werden Euch und Eure Familie eskortieren.«

»Und was ist mit mir?«, beschwerte sich Gavel.

»Ihr habt ein Pferd«, erwiderte Wex. »Nehmt es und reitet.«

Sie rannten durchs Haus und holten Enrial, die Frau des Grafen, und ihren kleinen Sohn Revan. Hätte Wex die Zeit dazu gehabt, er hätte Stunden damit verbringen können, Brynns Elternhaus zu bestaunen. Stattdessen hastete er mit kaum mehr als einem flüchtigen Seitenblick an Skulpturen und Gemälden vorbei und trampelte mit verdreckten Stiefeln über teure Seidenteppiche.

Er fand Brynn neben Kraven sitzend. Es hätte sich für sie nicht geziemt, sich ohne Anstandsperson unter Soldaten aufzuhalten. Nur Spragg war bei ihnen.

»Wex!«, rief er und sprang auf, um ihn zu begrüßen. »Du hast die Neuigkeiten bereits gehört, nehme ich an.«

Wex musste einen Moment überlegen. So viel war geschehen. Dann fiel ihm ein, dass er Lothario meinen musste.

»Ja. Traurig. Furchtbar. Aber es gibt noch mehr schlechte Neuigkeiten. Die Verteidigungslinie hat nicht gehalten.«

»Nicht gehalten?« Kraven zog die Augenbrauen nach oben.

»Nein. Die Düsterlinge haben Adain und sein Heer vernichtend geschlagen.« Er schwieg kurz. »Es war grauenhaft.«

»Wie ist das möglich?«

»Es kamen noch mehr Düsterlinge. Und Riesen.«

»Riesen?«

Wex schilderte das Massaker auf der Ersten Straße. Er nahm seinen Hauptmann und Kraven nicht beiseite, wie ein Palastsoldat es getan hätte, sondern sprach so, dass alle ihn hören konnten. Enrial war eine elegante Frau, hatte Brynns Haar und eine spitze Nase, deren Flügel jedes Mal leicht bebten, wenn er eine der grausamen Szenen schilderte. Mehrmals versuchte Enrial, ihrer Tochter die Ohren zuzuhalten, aber Brynn schob sie weg, und Wex fiel auf, dass ihre Nase kein bisschen zuckte, bei keinem einzigen Wort.

Der Graf wollte Wex zuerst nicht glauben, aber Fretter verbürgte sich für ihn, und sein Wort hatte Gewicht. Er wurde immer nervöser, je länger die Schilderung fortdauerte. Wex hätte ihn gern getröstet, aber es gab nichts Tröstendes zu erzählen.

»Wir müssen aufbrechen. Jetzt.«

»Es gibt noch eine zweite Garnison, in Feldend.«

»Was wollen sie überhaupt hier?«, fragte der Graf und meinte die Düsterlinge.

Wex wusste nicht recht, wie er es erklären sollte. »Mich«, sagte er schließlich.

»Dich? Weshalb ausgerechnet dich?«

»Ich bin der Kartenzeichner.«

Graf von Zornfleck musterte ihn einen Moment lang. »Du bist Elgers Sohn, nicht wahr? Derjenige, der so oft den Schleier zeichnet.«

Elger. Es gab einfach zu viele Leute, die gewarnt werden mussten. Seine Tante Eunstice und ihre Söhne. Sein Freund Dirk, der mit seinem Vater, der Zugkarren baute, am Bach wohnte. Ein paar von ihnen musste Hampten bereits erreicht haben. Zumindest die, die im Dorf lebten, und Brynns Familie war nun ebenfalls unterrichtet. Aber er konnte unmöglich jeden einzelnen der abgelegenen Höfe abklappern, und auch um die Waldarbeiter konnte er sich nicht kümmern. Er konnte nicht alle retten. Aber seinen Vater.

»Ein Düsterling und ein Riese!«, rief der Graf, als er vor dem Haus Arkh und Mungo auf ihren Pferden erblickte.

»Nein«, sagte Wex und verdrehte die Augen. »Die beiden stehen auf unserer Seite.« Er wandte sich an Pinch. »Ist gerade ein Mann hier vorbeigekommen?«

»Mit fettem Bauch und fliehendem Kinn?«

»Genau der.«

»Oh ja. Er hat uns bezichtigt, seine Pferde gestohlen zu haben, dann hat er sich auf seins geschwungen und ist auf und davon. Ich habe ihm noch hinterhergerufen, dass sie nur geliehen sind.« Pinchs Blick sprang kurz nach Norden. »Wir wurden schon ein wenig ungeduldig.«

»Wir müssen los. Wexford wird seinen Vater holen und dann in südlicher Richtung wieder zu uns stoßen. Steigt ab. Die Familie des Grafen bekommt eure Pferde«, erklärte Fretter.

Pinch und Mungo rührten sich nicht von der Stelle. »Jeder sollte sein eigenes Pferd reiten«, entgegnete Pinch. Die Bedeutung seiner Worte war Wex vollkommen klar: Auf einem Pferd konnte man den Düsterlingen entkommen. Zu Fuß nicht.

»Wir haben alle Pferde verkauft«, sagte der Graf. »Wir besitzen kein einziges mehr.«

»Dann leiht Euch eins. Das haben wir auch getan.«

Dem Grafen schien zu dämmern, dass sein blaues Blut in dieser Runde nicht viel galt, und die Zeit wurde knapp. »Wenigstens für meine Frau und die Kinder«, versuchte er zu handeln.

Schließlich brachten sie Revan hinter Cud unter und Enrial hinter Mungo. Brynn hielt für Arkh die Zügel, der entsetzliche Schmerzen in seinem gebrochen Arm hatte. Die anderen eilten nebenher, nur Wex hatte sich von der Gruppe getrennt und war zur Schweinezucht seines Vaters galoppiert. Er trieb sein Pferd bis zur hölzernen Veranda, schlang die Zügel ums Geländer und stieß die Tür auf.

Drinnen saß Elger mit einem Mann am Tisch. Als Wex hereinstürzte, blickte Elger auf, einen seltsamen Ausdruck im Gesicht.

»Vater, wir müssen fliehen!«, rief Wex. »Es kommt eine …«

Die Worte blieben ihm im Hals stecken, als der Mann sich umdrehte und Wex sein Gesicht sah: Sein Bart war verfilzt, der Schädel kahlgeschoren. Er trug eins der Kettenhemden, die kurz zuvor noch den Soldaten aus Furtheim gehört hatten. Sein Blick war ausdruckslos und berechnend zugleich, wie der einer Eidechse, die überlegte, ob sie sich die Fliege an der Wand schnappen sollte oder nicht. Und er war Wex erschreckend vertraut.

»Sei mir gegrüßt, Wexford Stoli«, sagte Vill.

72

Der Rückmarsch zum Schleier dauerte einen halben Tag. Ohne ein größeres Heer konnte es Vill nicht riskieren, noch tiefer nach Abrogan vorzustoßen, also verschleppte er die Gefangenen in den Schatten des Schleiers.

Es war Gavel gewesen, der Vill zu Elgers Hof geführt hatte. Der dummdreiste, gierige Kaufmann war zu seinen Stallungen zurückgekehrt, um sein Geld zu holen. Ein Fehler. Jetzt lag er neben der Straße und besaß nichts mehr, auch nicht sein Leben. Auf dem Weg aus Zornfleck heraus waren sie an seiner Leiche vorbeigekommen. Gavel war nicht den angenehmen Tod eines Kaufmanns gestorben, zu Hause im warmen Bett, sondern lag in einer unwürdigen Stellung in Unterwäsche im Dreck, die Glieder verrenkt. Es hatte noch mehr Tote gegeben. Auf dem Weg zu Elgers Schweinezucht hatten die Düsterlinge sich durchs Dorf gemordet, und Vill hatte sie gewähren lassen. Der Metzger Samuel war ihnen samt Frau und Kindern zum Opfer gefallen. Sie lagen gleich neben ihrem Karren. Büttel Friar lag auf der Veranda des Rathauses, das auch sein Zuhause gewesen war. Andere waren bis zur Unkenntlichkeit von Keulen zerschlagen, und bei manchen war ein Stück herausgebissen. Der einzige Trost bestand darin, dass es weniger waren, als es hätten sein können. Hampten hatte die meisten noch rechtzeitig gewarnt.

Es war leicht gewesen, Fretter und den Rest der Gruppe abzufangen. Vill hatte seinen Düsterlingen befohlen, sich zwischen den Bäumen entlang der Straße auf die Lauer zu legen, und als die Eskorte die Stelle erreichte, war die Falle zugeschnappt. Die Soldaten hatten sich kampflos ergeben, und Eber hatte dafür gesorgt, dass niemand getötet wurde, bis Vill kam und bestimmte, wen er brauchen konnte und wen nicht. Mit der zusätzlichen Verantwortung für Frauen und Kinder hatte Fretter so lange gezögert, sich zwischen Kapitulation und Kampf bis zum Tod zu entscheiden, bis es zu spät gewesen war und nicht einmal mehr die Berittenen hatten fliehen können. Allerdings hatten die Düsterlinge Schneisen in die Bäume geschlagen, um freies Schussfeld zu haben, und es wäre wahrscheinlich ohnehin keiner entkommen. Doch so waren alle noch am Leben, sehr zu Wex' Freude und Verzweiflung.

Der Marsch inmitten von schnatternden Düsterlingen war nervenzermürbend. An den Händen mit dünnem, widerstandsfähigem Seil gefesselt, das die Düsterlinge von den Flussmenschen erbeutet hatten, stolperten sie dahin, und Enrial und Brynn mussten sich dem ständigen Gegrapsche der aggressiven Männchen erwehren. Vills Befehl, diesen Menschen dürfe »kein Schaden zugefügt werden, außer sie leisten Widerstand«, bot wenig Trost, da Vill sich nicht die Mühe gemacht hatte, die Definition von »Schaden« näher auszuführen. Fretter riet allen, den ausgelassen feiernden Düsterlingen auf keinen Fall Anlass zu geben, ihr Verhalten als Widerstand auszulegen. Die Karte war ihm selbstverständlich abgenommen worden, was seine katastrophale Stimmung noch verschlimmerte. Einmal mehr hatte er versagt und schlich dahin wie ein geprügelter Hund. Nur Pinch und Mungo schienen erstaunlich gelassen. Sie schritten einher und betrachteten die Landschaft, als wäre das Leben in Fesseln nichts Ungewöhnliches für sie. Etwas, das man am besten mit Gleichmut ertrug, bis wieder bessere Zeiten kamen.

Wex ging neben Vill. Er war nicht gefesselt. Der Düsterlingführer unterhielt sich ganz entspannt mit ihm wie ein höflicher Gastgeber, der sich für Herkunft und Zukunftspläne seines jungen Gasts interessierte. Seines *unfreiwilligen* Gasts, dachte Wex. Ein Gast, der zum Opfer seiner eigenen Gabe geworden war. Doch Wex war froh, dass wenigstens seine Freunde und sein Vater noch am Leben waren, und es schien in seiner Macht zu liegen, dafür zu sorgen, dass dies auch so blieb. Er beantwortete Vills Fragen und hoffte auf eine Gelegenheit, einen Handel mit ihm abschließen zu können, damit zumindest die anderen freikamen.

»Ich kann die Heimat der Düsterlinge nicht zeichnen, solange ich nicht die Landschaft in der Umgebung kenne«, erklärte Wex. »Ganz ohne Bezugspunkt würde ich sie nie richtig hinbekommen.«

»Dann haben wir einen langen Marsch vor uns. Doch glücklicherweise ist der Pass, der dorthin führt, in unserer Hand. Trotzdem macht mich deine Aussage neugierig. Kannst du denn nicht zeichnen, was immer du willst?«

»Nein. Ich enthülle nur, was schon da ist. Jedes Mal, wenn ich versuche, etwas Neues zu erschaffen, passiert etwas Schlimmes.«

»Ich frage mich, ob es nicht etwas gibt, das du auf dem Weg dorthin für mich enthüllen könntest, junger Stoli?«

Vill Magnan sprach so nüchtern und besonnen, dass es gespenstisch war. Sein erklärtes Ziel war, die Heimat seiner Untertanen aus ihrem dunklen Gefängnis zu befreien, und wiederholt versicherte er Wex, dass zur Umsetzung dieses Plans niemand von denen sterben musste, die er liebte, außer ihr Tod würde Wex dazu veranlassen zu kooperieren. Insofern schien ihr Überleben reine Verhandlungssache. Aber über Vills Plan war Wex sich nach wie vor im Unklaren. Wenn er ihn beim Wort nahm, musste Wex Vill lediglich helfen, die Düsterlinge zurück in ihre Heimat zu führen. So weit, so gut. Aber Wex nahm Vill nicht beim Wort. Elger hatte ihm stets eingeschärft, dass die Taten eines Menschen doppelt so viel über den Charakter aussagten wie bloße Worte.

Vill sprach also davon, den Düsterlingen zu helfen. Aber weshalb? Was auch immer der Grund war, er hatte Menschen dafür getötet, und das massenhaft, und es gab Gerüchte, dass er vorhatte, noch mehr zu töten, nämlich jeden, der Fürst Kryst die Treue geschworen hatte. Das bedeutete, Fretter und seine Soldaten sowie Brynns Familie.

Anhand der Formel seines Vaters wog Wex Vills angebliches Vorhaben, den Düsterlingen zu helfen, gegen die Schrecken auf, die er bereits angerichtet hatte. Das Ergebnis war eindeutig, ganz egal, was auch immer Vill sagte.

»Du hältst mich also für böse?«, fragte Vill, als hätte er Wex' Gedanken gelesen. »Ich habe diesen Geschöpfen einen Lebensinhalt gegeben. Sie sind keine Sklaven, und ich behandle sie gut.« Er deutete auf Arkh. »Ihr selbst habt einen von ihnen in euren Reihen. Behandeln sie ihn gut? Ist er akzeptiert in der Gesellschaft von Abrogan? Ich glaube, nicht.«

»Nein«, gab Wex zu. »Er ist mein Freund, aber andere sehen in ihm ein Monster.«

»Ich werde ihn fragen, ob er sich mir anschließen möchte. Ich bin überrascht, dass er so lange unter Menschen überlebt hat.«

»Er ist selbst ein halber Mensch«, erwiderte Wex.

Vill nickte nachdenklich, und sein Gesicht sah dabei fast überrascht aus. »Aber welche Frau in Abrogan könnte ein solches Wesen zur Welt gebracht haben?«, überlegte er laut.

Kraven hörte aufmerksam zu, während Wex berichtete, wie Arkhs adlige Mutter in der Nähe des Schleiers von seltsamen Kreaturen angegriffen worden war und danach Arkh zur Welt gebracht hatte.

»Sie hatte den Hof von Skye verlassen, um nach ihrem verschollenen Mann zu suchen«, schloss Wex die Erzählung ab.

»Rührend«, kommentierte Vill, und Wex wusste nicht, ob er es ernst meinte oder nicht. »Aber wie hat sie …?«

»Der Schleier!«, kreischten die Düsterlinge an der Spitze des Trosses. »Der Schleier! Der Schleier!«

Sie brabbelten durcheinander, in heller Aufregung diesmal, nicht verschüchtert und ängstlich wie in der Vergangenheit. Vill hatte sie so weit gebracht. Sie glaubten, dass er den Schleier besiegen konnte. Er hatte die Flussmenschen besiegt, die Aussätzigen und das Garnisonsheer, und jeder Gegner war schwieriger gewesen als der vorherige. Seine Macht wuchs, und Wex spürte, dass Vill ihm bei seinem nächstem Expansionsschritt eine wichtige Rolle zugedacht hatte.

»Ah, da sind wir«, verkündete Vill.

Wex blickte auf. Sie befanden sich wieder in den Ausläufern der Zornberge, wo der ganze Ärger begonnen hatte, nur waren diesmal alle dabei: Fretters Trupp, Brynns Familie, einer von Wex' Widersachern aus Kindertagen und sein Vater. Es war, als wäre ihm sein gesamtes Leben an diesen Ort gefolgt, als hätte er alle, die je mit ihm zu tun gehabt hatten, in diese Sache mit hineingezogen. Seine lächerlichen Zeichnungen hatten das angerichtet, und es gab nichts, was Wex jetzt noch dagegen tun konnte.

»Nimm die Karte«, sagte Vill. »Ich möchte, dass du etwas zeichnest.«

Marilla
Indigowüste
Walther
Lager der Flußmenschen
Untiefen
Schimmelkamm
Kraterrand
Schimmelbrüder
Wildpfad
Hortbaum
Lager der Garnisonssoldaten
Seestraße
Zweite Straße
zornfleck
Anwesen des Grafen zornfleck
Hynde See
Furtheim
Erste Straße

Zwergenturm
Rilla
Düsterlinglager
Adells Brücke
Quellen des Rilla
gutes Vorankommen
Verda
Breiter Sattel
Schattenriese
Rauchhöhen
Zornberge
Die verstreuten Hügel

73

Der Schleier war jetzt weniger als zwanzig Meter entfernt. Er machte eine scharfe Biegung an der Stelle, an der Wex den Berg gezeichnet hatte, an dessen Flanke der Vulkankrater der Schimmelbrüder lag. Wex spürte seine seltsame Anziehungskraft, er roch den ranzigen Geruch und glaubte beinahe, er könnte hineinsehen. Der Schleier war mehr als nur eine schwarze Wand, er hatte Tiefe wie ein See oder eine Wolke aus Tinte.

Die Erste Straße lag hinter ihnen, verlor sich am Fuß des Hügels. Ein paar Wegstunden dahinter sah er Zornfleck, aus dem immer noch Rauchwolken aufstiegen. Jetzt, da sie selbst welches machen konnten, fanden die Düsterlinge großen Gefallen an Feuer. Jenseits der grauen Rauchsäule erstreckte sich Abrogan. Das Land war wunderschön, wie es im Grün des Frühlings erblühte. Am westlichen Horizont konnte Wex sogar den Ozean sehen, von dem er bisher nur in Geschichten gehört hatte. Die kleine Welt, in der sich bis vor einer Woche sein gesamtes Leben abgespielt hatte, war jetzt nur ein Fleck in der Landschaft, gekennzeichnet durch ein Fähnchen aus Rauch. Winzig war seine Welt gewesen im Vergleich zu den Weiten, die er in diesem Moment zum ersten Mal erblickte.

»Hier endet der Schleier«, sagte Vill. »Oder beginnt, je nachdem wie man es betrachtet. Soweit ich weiß, hast du ihn hier geteilt.«

»Ich sehe die Stelle«, erwiderte Wex tonlos.

»Ich möchte mit eigenen Augen sehen, was du vollbringen

kannst. Der falsche Magier hat mich ein wenig skeptisch gemacht.« Vill blickte zu Kraven hinüber. »Enthülle ein wenig mehr. Nur ein bisschen, wenn ich darum bitten darf.«

»Und wenn es nicht klappt …?«

»Dann habe ich keine Verwendung für dich. Aber meine Düsterlinge. Für dich und jeden einzelnen deiner Begleiter.« Vill sprach gerade so laut, dass alle ihn hören konnten.

Der dürre Düsterling an Vills Seite stieß ein hässliches Gegacker aus, und seine geifernden Artgenossen rückten ein Stückchen näher an Wex' unbewaffnete Freunde heran. Wex konnte nicht sagen, was sie mehr erfreute: die Aussicht, dass es ihm gelingen könnte und sie bald ihre Heimat wiedersehen würden, oder die Möglichkeit, dass er versagte und sie ihre Gefangenen würden abschlachten dürfen.

Vill nahm den Köcher mit der Karte vom Rücken und holte sie heraus. Wex bekam eine Gänsehaut, als er sie vor sich sah. Das letzte Mal lag Tage zurück, und wieder fiel ihm auf, wie sehr er sie vermisst hatte.

»Der Magier muss sie für mich festhalten«, erklärte Wex. »Und lasst Eure Krallenmonster nicht in ihre Nähe.«

Vill hob eine Augenbraue, kurzzeitig irritiert von Wex' Kommandoton, dann winkte er Kraven zu sich und seine Soldaten zurück.

»Ihr habt ihm gesagt, wie es funktioniert?«, flüsterte er Kraven ins Ohr.

»Nur das Prinzip, nicht die Details.« Kraven wand sich. »Ich konnte die Folter nicht ertragen.«

»Schon in Ordnung. Ich gebe Euch keine Schuld.«

»Ich möchte hören, was ihr sprecht«, unterbrach Vill. »Keine Geheimnisse.«

»Ich sagte, dass ich etwas von meinem Blut abzapfen muss.«

»Schlitzer!«, rief Vill, und der dürre Düsterling kam mit seinem Obsidianmesser in der Hand angelaufen.

Kraven zuckte bei dem Anblick unwillkürlich zusammen, und Wex' Herzschlag beschleunigte sich.

»Gib ihm das Messer.« Vill deutete auf Kraven.

Schlitzer verzog das Gesicht und ließ die lange, gespaltene Zunge vorschnellen. Sie sah anders aus als bei Arkh, dessen Zunge lediglich gegabelt war. Schlitzers hingegen war bis hinunter zur Wurzel zweigeteilt, und er hatte die beiden Hälften vor Unmut regelrecht ineinander verknotet.

»Es ist *mein* Messer«, jammerte Schlitzer.

Vill erwiderte nichts und deutete auf Kraven.

Mit einem Knurren sprang Schlitzer vor, das Messer fest umschlossen, als wollte er den Zauberer damit niederstechen, aber er streckte lediglich den Arm aus.

Zögerlich bog Kraven Schlitzers Krallen auf, um an den Griff des Steinkeils zu kommen. Es war ein seltsamer Tausch, keiner der beiden wollte ihn, und Wex erinnerte die Szene irgendwie an ein Tauziehen. Doch schließlich ließ Schlitzer das Messer mit einem wütenden Schnauben los, und einen Moment lang glaubte Wex, Kraven würde nun seinerseits die Gelegenheit nutzen und den Düsterling mit einem schnellen Hieb töten. Aber er tat es nicht.

»Wo soll ich schneiden?«, fragte er stattdessen.

»Über meinem Handgelenk«, erwiderte Wex und tastete nach dem Zeichenkiel, der unter seinem Gürtel steckte. Dann hielt er Kraven den linken Arm hin. »Nicht tief. Nur ein kleiner Ritzer in der Haut. Ich brauche nicht viel.«

Kraven setzte die Spitze des Messers an und zog sie über Wex' Daumenballen. Ein rotes Tröpfchen quoll hervor und kullerte aufs Handgelenk.

»Genug«, erklärte Wex und wandte sich an Vill. »Ich möchte einen Handel vorschlagen, wenn es Euch recht ist.«

»Sprich.«

»Wenn ich etwas von Wert für Euch enthülle, werdet Ihr dann meine Freunde freilassen?«

Vill überlegte. »Ein paar. Jene, die Kryst nicht die Treue geschworen haben. Was hast du vor zu zeichnen?«

»Das weiß ich immer erst, wenn ich fertig bin.«

»Dann zeichne und lass es uns sehen.«

Wex bedeutete allen, ein Stück zurückzugehen, und sie gehorchten. Die Düsterlinge traten ungeduldig von einem Fuß auf den anderen, klapperten aufgeregt mit Zähnen und Klauen und schauten so neugierig, als würden ihnen jeden Moment die Augen aus den Höhlen treten. Ganz anders Vill, der mit unbewegter Miene zusah. Fretter, Spragg und Wex' andere Soldatenkameraden reckten, gefesselt wie sie waren, die Hälse, um etwas erkennen zu können. Der Graf und seine Frau wiegten ihren kleinen Sohn beschützend im Arm, während Brynn Wex mit stummen Lippenbewegungen Mut zusprach, wie sie es von Anfang an getan hatte, und Wex merkte, wie dankbar er ihr dafür war. Elger beobachtete alles mit einer Mischung aus Entsetzen und Stolz. Die Ausgestoßenen Pinch, Mungo und Arkh und, bis zu einem gewissen Grad, auch Cudbert blickten ihn gespannt an und nickten ihm aufmunternd zu wie Glücksspieler, die auf ihn gesetzt hatten. Und hinter all den Zuschauern ragten die Riesen auf, die zu dumm waren, um zu begreifen, was vor sich ging. Ein reichlich bizarres, aber der Situation angemessenes Publikum. Alle standen sie da und warteten, was er der Bergkette, die er schon sein ganzes Leben lang gezeichnet hatte, als Nächstes entreißen würde – Wex, der einfache Bauernsohn, den man gebeten hatte, die Welt zu verändern.

Eine unglaubliche Ruhe breitete sich in Wex aus. Er stand vor der Karte von Abrogan, und es waren seine Berge, die da vor ihm aufragten, seine Heimat, die sich hinter ihm erstreckte. Dies war seine Berufung, nicht die Schweinezucht und auch nicht, als Soldat zu dienen. *Ich bin ein Kartenzeichner.* Das Rot breitete sich über sein Handgelenk aus, Wex tunkte den Zeichenkiel in sein Blut und spürte die Macht, die Vill ihm damit unwissentlich gegeben hatte. Vielleicht die größte Macht in ganz Abrogan. Mit einem einzigen Wischer konnte er sie alle vom Erdboden fegen oder mit ein paar Linien neue Königreiche erschaffen. Er hatte die Macht zu schöpfen oder zu zerstören. Die Macht zu verbannen und die Macht zu beschützen.

Mit diesem Bewusstsein kniete er sich hin und setzte den Kiel auf das Leder. Es dauerte nicht lang, dann stand er wieder auf, begutachtete sein Werk und fügte noch zwei letzte Striche hinzu.

»Was ist das?«, fragte Vill.

»Seht selbst«, antwortete Wex, die Augen fest auf den Schleier geheftet, und Vill folgte seinem Blick.

Das schwarze Band erzitterte. Das Getrampel zweihundert erschreckt zurückzuckender Düsterlinge, unterstützt vom Stampfen der Riesen am Rand der Gruppe, gab dem Ereignis eine passende Geräuschkulisse.

»Er bewegt sich«, sagte jemand. Der Graf von Zornfleck wahrscheinlich, aber Wex war nicht sicher.

Die Dunkelheit zog sich den Hang hinauf zurück wie eine schwarze Flutwelle, die bergauf rollte. Alle schauten wie gebannt zu, eine stumme Masse, jeder Identität beraubt. Sie waren keine Düsterlinge mehr, keine Soldaten oder Riesen, sondern nur noch Zuschauer, die dicht zusammengedrängt bezeugten, wie der Schleier auf Wex reagierte.

Er gab kaum mehr als einen Morgen Land frei, weit weniger, als Wex die Male zuvor enthüllt hatte. Dennoch reichte es, um auch die nach Luft schnappen zu lassen, die das Schauspiel schon einmal mit angesehen hatten. Selbst als der Schleier wieder fest wurde, stand die Gruppe nur schweigend da.

»Was ist das?«, fragte der dicke Düsterling mit der Schweinenase schließlich, der stets an Vills Seite war.

»Schweig, Eber«, maßregelte ihn Vill. »Ich stelle die Fragen.« Er wandte sich an Wex. »Was ist das?«

»Ich glaube, das ist offensichtlich«, antwortete Wex. »Es ist ein ziemlich großer Baum.«

»Ein Baum?« Vill drehte sich um. »In der Tat. Beeindruckend. Der größte, den ich je gesehen habe. Aber ich dachte, du wolltest etwas Wertvolles zeichnen.«

»Wenn mich nicht alles täuscht«, erwiderte Wex, »befindet sich genau so etwas in diesem Baum.«

»Du bist nicht sicher?«

»Wenn ich zeichne, bin ich danach jedes Mal selbst vom Ergebnis überrascht.«

Vill nickte bedächtig. »Eber, du bleibst mit hundert Soldaten hier und bewachst die Gefangenen. Schick die anderen zu dem Baum, um nachzusehen. Zwei Riesen sollen sie begleiten und sie in die Äste heben.«

Die Düsterlinge schwärmten den Hang hinauf und in den Baum, während Vill Wex' Werk kommentierte. »Gut. Sehr gut. Du hast es vollbracht. Ich hatte es nicht ganz geglaubt, aber nun … Falls sich tatsächlich etwas Wertvolles in diesem Baum befinden sollte, werde ich deine Mühen vielleicht sogar entlohnen. Ich habe keinen Zwist mit dir. Du brauchst nicht in Fesseln zu gehen oder als Proviant zu dienen wie jene Schoßhunde von Kryst. Wenn du willst, könnt ihr euch sogar meinem Heer anschließen, Wexford Stoli, du und deine unerwünschten Freunde.« Er deutete auf Elger, Arkh und die anderen Ausgestoßenen.

Eilig trennten die Düsterlinge die Genannten von den Soldaten und Brynns Familie.

Brynn und Fretter blickten Wex ängstlich an, und Spragg winkte ihm aufgeregt zu, während der widerliche Schlitzer sie zur Seite scheuchte.

Mit einem Handzeichen bedeutete Wex ihnen stillzuhalten.

Interessiert schaute Vill zu dem Baum, wo seine Düsterlinge jetzt freudig aufschrien. Sie hatten etwas gefunden. Einen riesigen Hort, dessen Inhalt sie bereits von Ast zu Ast nach unten reichten. Alle möglichen Dinge und Gegenstände, die aus der Entfernung nicht genauer zu erkennen waren, aber es waren viele, und die tumben Düsterlinge bejubelten ihren neuen Besitz.

Aber Wex hatte kein Auge für die Düsterlinge und auch nicht für den Baum. Er beobachtete den Himmel, bis sein Auge einen kleinen, weit entfernten Punkt entdeckte, der sich über die Bergspitzen näherte. Er wurde immer größer, und Wex' Herz begann wie wild zu schlagen.

Vill sprach immer noch, pries Wex für das Wunder, das er vollbracht hatte, auf genau die Art, wie Fretter und die Männer der Palastwache es nie getan hatten.

Aber Wex wollte Vills Lobpreisungen nicht, und er brauchte auch keine Belohnung von ihm. Als der kleine Punkt zu einem gigantischen dunklen Schatten vor der Sonne geworden war, hob Wex die Arme.

»Verda!«, brüllte er aus vollem Hals. »Verda!«

Der Schatten wirbelte herum und stürzte auf die Gruppe herab.

Die Düsterlinge blickten auf, nahmen die Gefangenen und rannten mit ihnen im Schlepptau davon.

Wex stand nun allein mit Vill neben der Karte.

Der Drache bremste ab und schwebte über ihnen in der Luft. Er schaute zwischen Wex und dem Baum hin und her.

»Ich habe mein Versprechen eingelöst, teuerste Freundin, aber sie plündern deine Schätze!« Wex deutete auf den Riesenbaum, in dem es von Düsterlingen nur so wimmelte.

Verda reagierte sofort. Mit einem mächtigen Flügelschlag schoss sie auf den Baum zu, packte mit jeder Klaue einen der Riesendüsterlinge und brach dann mit unverminderter Geschwindigkeit durch das Geäst nach oben. Von Rinde und Krallen wurden die Düsterlinge in Stücke gerissen, dann ließ Verda sie fallen.

Vill brüllte den Düsterlingen zu, sie sollten sich zurückziehen und um ihn sammeln.

Doch sie hörten ihn nicht. In wilder Panik flohen sie in alle Richtungen und warfen kreischend die gestohlenen Schwerter von sich, um schneller rennen zu können. Aber es war nicht schnell genug, und auch die Harnische, die sie den toten Garnisonssoldaten abgenommen hatten, halfen ihnen nicht. Verda zerquetschte sie samt Rüstung, einen mit jedem Stampfen, zwei oder drei mit jedem Biss.

Vill fuhr herum: »Zurück in den Wald! Und tötet die Gefangenen, aber nicht den Kartenzeichner.«

Doch Vill sollte an diesem Tag Zeuge noch eines zweiten Wunders werden, denn just in diesem Moment preschten Lothario, Harold und Gill auf Pferden zwischen den Bäumen hervor, und mit ihnen die zwanzig Berittenen aus der Garnison, die dem Schlachten auf der Ersten Straße entflohen waren. Sie hielten direkt auf Vills verbliebene Streitmacht zu.

Verblüfft sah Wex, dass auch Adara und Bello unter ihnen waren. Am Ende der Gruppe hatten sie sich an ihren Reitern festgehalten und waren abgesprungen, kurz bevor Lothario das Zeichen zum Angriff gab. Jetzt rannten sie mit gezückten Dolchen in ihre Richtung.

»Sie sind uns gefolgt!«, rief Fretter.

»Pfeile los!«, befahl Vill.

Aber die Reihen der Düsterlinge waren in Auflösung begriffen und die Soldaten und Pferde, auf die sie ihre Salve abfeuerten, gut gepanzert. Die wenigen Pfeile, die sie abschossen, glitten an dem harten Leder und den Kettenhemden ab, und dann waren die Pferde bereits über ihnen. Dutzende Düsterlinge gingen unter den trampelnden Hufen zu Boden. Andere wurden von den Schwertstreichen niedergestreckt, mit denen die Reiter sich durch ihre Reihen pflügten. Nur zwei Pferde fielen. Lothario, Harold und Gill sprangen von ihren Rössern und stürzten sich auf die Düsterlinge, die die Familie des Grafen und die Soldaten in ihre Mitte genommen hatten.

»Hier und jetzt werden wir sterben!«, rief er Fretter aus vollem Lauf zu. »Nicht einsam in der Verbannung!«

Und so geschah es.

Gill mähte zwei Düsterlingwachen nieder, während Harold die Fesseln seiner Soldatenkameraden durchschnitt, und es brauchte ganze zehn Düsterlinge, um die beiden zu Boden zu ringen. Entsetzt und voll Bewunderung beobachtete Wex, wie die beiden aussätzigen Soldaten den Klauen der Düsterlinge zum Opfer fielen. Sie kämpften tapfer und nahmen drei weitere Düsterlinge mit in den Tod.

Lothario hatte seinerseits drei Gegner in Stücke gehackt, als ein großer Schatten über ihn fiel. Es war einer der Riesendüsterlinge. Er trampelte auf ihn zu und packte Lothario mit seinen übergroßen Händen. Wex hörte Rippen brechen, dann rammte der Hauptmann dem Riesen sein Schwert ins Gesicht. Bis zum Heft versenkte er es im Auge des Monsters, das zuckend zusammenbrach. Die Pranken gaben Lothario frei, aber von dem Körper des todkranken Offiziers war kaum mehr übrig als eine zerquetschte, blutige Masse. Das Einzige, was er noch tun konnte, war, mit einem grimmigen Lächeln auf den Lippen Fretter sein Schwert hinzuhalten. Dann rollten seine Augen nach oben, bis nur noch das Weiße darin zu sehen war. Lothario war tot.

Fretter nahm die Waffe und drehte die Leiche eilig auf den Rücken, damit sein Hauptmann mit dem Gesicht gen Himmel gewandt sterben konnte. Für ein Gebet blieb keine Zeit. Auch die anderen befreiten Soldaten waren jetzt wieder bewaffnet, und gemeinsam stürzten sie sich auf die Düsterlinge.

Überall um Wex herum wurde gekämpft. Auch Mungo und Pinch waren frei. Der Riese schlug mit einer erbeuteten Keule auf die Schädel seiner Gegner ein, und Pinch hatte sich das Schwert eines gefallenen Garnisonssoldaten »geliehen« und zog damit um sich herum einen tödlichen Vorhang aus wirbelndem

Stahl. Überall herrschte Chaos. Gruppen von Soldaten prallten hauend und stechend auf ungeordnete Düsterlingrotten. Vereinzelt wurde Mann gegen Mann gekämpft. Irgendwo hatten drei Düsterlinge einen Soldaten isoliert und umzingelt, konnten aber nicht näher an ihn heran, als die Spitze seines Schwerts es zuließ. Andere lagen in zuckenden Knäueln aus Zähnen, Klauen und Dolchen ineinander verknotet. Pferde preschten mitten durchs Gewühl und rannten Mensch wie Düsterling über den Haufen. Wex konnte keine Schlachtreihen erkennen, keine wie auch immer geartete Ordnung. Alles, was er tun konnte, war, sich mit Schlitzers Steinkeil die Düsterlinge vom Leib zu halten.

Die Karte, schoss es ihm durch den Kopf, und er fuhr herum. Sie war weg.

Kraven tauchte an seiner Seite auf und deutete auf eine fliehende Gestalt. Das lange Rohr war unverkennbar. Wie einen Säugling hielt Vill Magnan es umklammert und floh vom Schlachtfeld.

»Wir müssen sie zurückholen«, sagte der Zauberer.

»Unbedingt«, erwiderte Wex.

»Mein Messer!«, knurrte eine dünne Stimme. »Gib es mir!«

Wex lief es eiskalt über den Rücken: Zwischen ihnen und Vill stand Schlitzer. Fauchend stürzte er sich mit ausgestreckten Klauen auf Wex.

Kraven sprang dazwischen und packte Schlitzer mit beiden Händen am Arm.

»Ich hätte dich töten sollen!«, schnaubte Schlitzer und wirbelte herum.

»Ja, hättest du«, erwiderte Kraven und wich Schlitzers Hieb aus.

Schlitzer versuchte, nach ihm zu schlagen, aber der Arm, den Kraven berührt hatte, reagierte nicht. Starr hing er an Schlitzers Seite. Kraven bückte sich hastig und hob einen Knüppel auf, der im Getümmel zu Boden gefallen war, während Schlitzer sich mit seinem ungehorsamen Arm beschäftigte. Fluchend stieß er ihn an, begriff nicht, was geschehen war, und im nächsten Moment schlug der Magier zu. Der Hieb war nicht besonders hart, aber er genügte, um den Arm des Düsterlings in tausend Splitter zerspringen zu lassen.

Schlitzer schwankte und befühlte den zu Eis gefrorenen Stumpf an seine Schulter.

»Sobald die Wunde taut, wirst du sterben«, keuchte Kraven. »Und es wird ein schmerzhafter Tod.«

Schlitzers wütendes Knurren wurde zu einem entsetzten Kreischen. Panisch griff er sich an die Schulter, wirbelte herum und rannte schreiend in den Wald.

Wex' Kopf fuhr herum. Er suchte nach Vill und fand ihn oben am Hang stehend, weitab von allem Kampfgetümmel. Einen stämmigen Düsterling an der Seite, beobachtete er den Verlauf der Schlacht. Die Soldaten waren alle beschäftigt: Hoffnungslos in Unterzahl kämpften sie ums nackte Überleben. Verda hockte auf ihrem Baum und zeigte kein Interesse an den Angelegenheiten der Menschen.

Nur Kraven war in Wex' Nähe, und dann plötzlich auch Brynn. Sie hatte sich durch das Chaos bis zu ihnen durchgekämpft. Nirgendwo konnte Wex ein Fleckchen entdecken, wo sie in Sicherheit wäre. Er nahm ihre Hand und deutete auf Vill.

Brynn nickte, und er führte sie den Hang hinauf, weg vom Schlachtfeld und hinter ihrem gemeinsamen Feind her.

74

Vollkommen ruhig beobachtete Vill, wie sie über das frische Frühlingsgras den Hang hinauf näher kamen. Seinen Bogen spannte er erst, als sie nur noch dreißig Schritte entfernt waren. Wie eine Schlange, die bereit ist, jeden Moment zuzubeißen, lag der scharfe Pfeil auf der Sehne. Der schweinsgesichtige Düsterling hielt seine Keule bereit.

»Meine Düsterlinge sind zahlreich, aber es mangelt ihnen an Disziplin, sobald ich sie nicht mehr unmittelbar befehlige. Es dürfte interessant werden zu sehen, wer gewinnt«, sagte er nüchtern, als Wex, Brynn und Kraven in Hörweite waren.

Wex bemerkte, dass er noch drei weitere Pfeile im Köcher hatte. Genug, um sie zu töten.

»Der Drache wird sie alle umbringen«, versuchte Wex ihn einzuschüchtern. »Euch und alle Eure Bestien. Ruft sie zurück.«

»Du hast keine Kontrolle über das Ungeheuer«, erwiderte Vill ungerührt. »Soweit ich sehe, verteidigt es lediglich seinen Baum. Eine kleine, unglückliche Wendung für mich, aber keine Niederlage.«

»Die Karte«, sagte Kraven. »Ihr könnt damit nichts anfangen.«

»Ich kenne diese Karte. Sie hing im Palast. Kryst legte größten Wert auf sie. Ich werde sie ihm wegnehmen.«

»Ihr hasst ihn«, mischte sich Brynn unvermittelt ein.

Vill senkte den Bogen um eine halbe Handbreit und starrte Brynn von Kopf bis Fuß an, als hätte er noch nie eine Frau gesehen. Einen Moment lang glaubte Wex sogar, so etwas wie eine Gemütsregung in seinem Gesicht zu entdecken, ein Lächeln vielleicht oder ein Stirnrunzeln. Doch als er sprach, war es wieder verschwunden.

»Er hat mich in diese Berge gejagt und meine Frau gestohlen. Ich habe allen Grund, ihn zu hassen. Aber ich kann nicht.« Vill überlegte. »Ich werde ihn töten, dann werde ich weitersehen. Doch zuerst werde ich eure kleine Streitmacht dort unten besiegen. Eber! Die Truppen brauchen meine Kommandos. Ruf sie zu einer Schlachtreihe zusammen, und hol die drei Riesen aus ihren Verstecken zwischen den Bäumen.«

Wex dachte über Vills seltsame Geschichte nach. Dann fiel es ihm wie Schuppen von den Augen. »Nach Kravens Berechnungen stammt Ihr aus einer Zeit, die vier Jahrzehnte zurückliegt!«, keuchte er.

»Das ist kein Geheimnis«, erwiderte Vill, den Blick auf den unvermindert tobenden Kampf gerichtet.

Aus dem Augenwinkel sah Wex, wie die Reiter die Düsterlinge umkreisten und vor sich hertrieben, während ein dicht gedrängter Pulk Soldaten sich durch die in vollkommener Auflösung befindlichen Reihen hieb und stach. Vill hatte recht: Sie waren auf seine Kommandos angewiesen. Andernfalls war die Schlacht ausgeglichen, trotz der zahlenmäßigen Überlegenheit der Düsterlinge. Doch sobald dieser Eber Vills Befehle überbracht und die Riesen hinzugeholt hatte, würde das Kräfteverhältnis wieder ganz anders aussehen.

»Ihr seid genau zu der Zeit verschwunden, als Arkh gezeugt wurde«, sagte Wex.

»Geh, Eber …«

»Seine Mutter hieß Annika.«

Vill verstummte abrupt und fragte dann: »Annika?«

»Die Adlige, die Skye verließ, um nach ihrem verschollenen Mann zu suchen.«

»Nicht *meine* Annika?« Wie vom Donner gerührt ließ Vill den Bogen sinken.

Wex wusste, jetzt oder nie. »Wie groß ist die Wahrscheinlichkeit, dass zwei Frauen mit demselben Namen zur gleichen Zeit in denselben Bergen ihren Gatten suchen?«, fragte er.

Vills Lippen begannen zu zucken, als versuche er, ein Gefühl von Schmerz zum Ausdruck zu bringen, und wüsste nicht mehr, wie das geht. Seine Augen wurden feucht. »Sie hat nach mir gesucht …«

»Ja«, sagte Wex. »Das hat sie. Sie scheint Euch sehr geliebt zu haben.«

Vills Hände zitterten. »Ich … fühle etwas«, stammelte er. »Trauer, Verlust. Ich fühle!«

Auch Kraven hatte jetzt begriffen. »Sie wurde von einem Vorfahren Eurer Düsterlinge vergewaltigt, der nicht unter den Schleier gefallen war«, sagte er mit kaltem Blick. »Arkh ist das Ergebnis und der Beweis.«

Wex beobachtete, wie Vill die Informationen verarbeitete. Schauer um Schauer durchfuhr ihn, während er die Puzzleteile der grausamen Geschichte zusammensetzte. Wie Steinwürfe trafen sie ihn, und er begann unkontrolliert zu zittern. Wex glaubte schon, Vill würde jeden Moment zusammenbrechen, doch stattdessen hob er die Hand und rief seinen Hauptmann zurück.

»Herr?«, fragte Eber, verwirrt über die plötzliche Veränderung, die in seinem Gebieter vorging.

Vill gab keine Antwort. Er spannte die Sehne seines Bogens und ließ los. Einmal, zweimal.

Eber taumelte. Pfeile ragten ihm aus Brust und Bauch.

Vill leerte seinen Köcher, spickte den verblüfften Düsterling mit gefiederten Schäften. Die scharfen Metallspitzen schnitten sich durch die Glieder des Kettenhemds und bohrten sich in das verwundbare Fleisch darunter. Eber sank auf die Knie.

Hinter Wex ertönte Fußgetrampel, und er wirbelte herum.

Fretter kam mit gezogenem Schwert angerannt, gefolgt von Spärling und Adara. Erleichtert sah Wex, dass die Überreste des Düsterlingheers sich zerstreut hatten. Ohne jegliche Ordnung flohen die Kreaturen in alle Himmelsrichtungen, und der Hauptmann ließ sie ziehen, um Vill im Schatten des Schleiers zu stellen.

»Dies ist der Moment Eurer Niederlage!«, verkündete Fretter. »Eure Verbrechen sind schwer und vielfältig. Legt die Karte nieder und Euer Schwert!«

Vill keuchte, völlig erschöpft von dem Mord an seinem Offizier und dem Ausbruch an Emotionen. Langsam, als bereitete es ihm große Mühe, öffnete er seinen Schwertgurt und ließ die Karte fallen. Mit einem leisen, einsamen Scheppern fiel das Schwert zu Boden. Der Köcher mit der Karte kullerte vor Wex' Füße wie ein Hund, der schwanzwedelnd auf sein lange vermisstes Herrchen zugehüpft kommt.

Vill blickte Fretter an. Er war geschlagen, aber seine Augen brannten jetzt mit einem neuen Feuer – dem Verlangen zu leben. Mit einer schnellen Bewegung drehte er sich um und ergriff die Flucht. Aber Wex hatte den Schleier nur ein winzig kleines Stück verschoben, und Vill hinkte. Nach weniger als einer Furchenlänge hatten sie ihn eingeholt, und er saß in der Falle zwischen seinen Verfolgern und dem Schleier.

Vill blieb stehen und fuhr herum. Er nahm es lieber mit Fretter und Spärling auf, als noch einmal die ewige Nacht des Schleiers ertragen zu müssen.

»Ich weiß, dass Ihr mich jetzt töten werdet«, sagte er. »Und ich füge mich in mein Schicksal, denn ich habe mein Ziel erreicht: Ich kann wieder fühlen. Ich bin wieder ein Mensch. Und hier und jetzt werde ich als solcher sterben.«

Rückhaltlos gab er sich den Tränen hin. Er weinte vor Kummer, vor Zorn und vielleicht sogar aus Liebe. Der Anblick war so herzergreifend, dass Wex beinahe vergaß, wie sehr er den Mann hasste.

Jemand sprang nach vorn, und zuerst glaubte Wex, es wäre Fretter, der den Düsterlingführer in Gewahrsam nehmen wollte. Aber Fretter hatte nicht dieses lange schwarze Haar, nicht diese gertenschlanke Figur, und er trug auch keine farbenfrohen Kleider, sondern einen schlichten Soldatenrock. Es war Adara, die sich mit ihrem vollen Gewicht auf Vill warf.

Vill schrie und wehrte sich nach Leibeskräften, während Adara ihn wild fluchend vor sich herschob, auf den Schleier zu.

Wex wollte ihr zu Hilfe eilen, aber Brynn hielt ihn zurück.

»Nein!«, schrie er.

Ein kurzes Wabern, dann waren Vill und Adara verschwunden.

Wex riss sich los und wollte nach der Karte zu seinen Füßen greifen. Noch in der Bewegung drehte er das Handgelenk, um zu sehen, ob noch Blut aus dem kleinen Schnitt kam, aber die Karte war weg. Wex blickte auf.

Kraven hatte sie aufgehoben und reichte sie gerade an Fretter weiter.

»Gebt sie mir!«, rief Wex.

»Nein. Keine Zeichnungen mehr.«

Wex wandte sich flehend an Fretter. »Aber, Hauptmann ...«

Fretter zog den Riemen des Lederköchers um seine Schulter fest. »Bedaure. Aber die beiden sind unwiederbringlich fort«, sagte er. »Und das Letzte, was du gezeichnet hast, hat einen Drachen angelockt.«

Wex war verzweifelt.

»Er ist immer noch da«, fügte Fretter hinzu und blickte vorsichtig zu dem riesigen Baum hinüber. »Wir müssen hier verschwinden.«

Epilog

Siegreich und dennoch deprimiert humpelten sie in Richtung Zornfleck. Die Riesendüsterlinge und der Drache trieben sich immer noch auf dem Berg herum, deshalb hatten sie nur eilig ihre Toten mit dem Gesicht nach oben gedreht und dann den Rückzug angetreten. Pinch strickte bereits an einem ausgefeilten Bericht über die Schlacht, als erzähle er von einem historischen Ereignis aus einer längst vergangenen Zeit. Wex war verblüfft, wie der Dieb es geschafft hatte, in all dem Chaos aus Blut, Schreien und Tod das Schicksal eines jeden Einzelnen genauestens mitzuverfolgen. Und falls er es doch nicht geschafft haben sollte, dichtete er erstaunlich gut und schnell.

Die Verluste waren schlimm und zahlreich. Wex hatte mit eigenen Augen gesehen, wie Lothario, Harold und Gill ihr Leben ausgehaucht hatten, und nachdem die letzten Düsterlinge vertrieben gewesen waren, hatte ihn der nächste Schlag ereilt, als sie Spraggs Leiche fanden. Unter den Toten waren außerdem Spraggs älterer Bruder sowie Curdwell und die Hälfte der Berittenen.

Der Graf und seine Familie waren halb verrückt vor Angst, aber am Leben. Sie hatten sich aus den Kämpfen herausgehalten, und die Düsterlinge hatten sie ignoriert. Brynn war erstaunlich gefasst und tröstete ihre völlig verstörten Eltern, und das obwohl sie beide Männer verloren hatte, von denen sie sich nach ihren eigenen Worten gerne vor den Brautaltar hätte führen lassen.

Alver lag schwer verwundet auf einem Pferd festgebunden,

und es war ungewiss, ob er überleben würde. Arkh hatte die Schlacht trotz des gebrochenen Arms überstanden, weil sich die Düsterlinge in ihrer Verwirrung nicht hatten entscheiden können, ob er nun Freund oder Feind war.

Pinch schlug vor, die Toten zu besingen, noch während sie sich heimwärts schleppten, und behauptete, er wäre einst ein Barde am Hof der Königin eines kleinen Reiches gewesen, von dem niemand je gehört hatte. Es hatte jedoch keiner noch genug Kraft, um zu widersprechen, also begann er zu singen. Mungo fiel mit ein, und sein Bass verlieh Pinchs Versen eine tiefe Ernsthaftigkeit und Trauer, die ihnen über die Straße vorauseilte und noch in der Luft zu hängen schien, lange nachdem sie vorüber waren.

Pinch sang von Spragg, dem Adleräugigen, der im Schatten unter den Bäumen die Düsterlingbogenschützen erspäht und mit seinem stolzen Bruder die Pfeilsalven zum Versiegen gebracht hatte. Er besang den stämmigen Curdwell, einen bärbeißigen Soldaten mit einem weichen Herz für einen kleinen Jungen. Und vom tapferen Lothario sang er, der, statt in der Verbannung zu verkümmern, zurückgekehrt war und mit dem Schwert in der Hand und einem Lächeln auf den Lippen einen Riesen niedergestreckt hatte. Er besang sie in heldenhaften Tönen und sprach nur gut von ihnen, selbst von jenen, die ihm übelgesinnt gewesen waren.

Sie kehrten zurück in die menschenleere Stadt und schickten einen Reiter nach Furtheim, damit er die Nachricht von ihrem Sieg überbrachte. Sobald ein weiteres Regiment von dort eingetroffen war, um die Lage zu sichern, würden die meisten Bürger von Zornfleck zurückkehren zu ihren Häusern und ihrem alten Leben. Nicht alle, denn einige würde sich abschrecken lassen von den Berichten über Ungeheuer, Riesen und einen Drachen, und manche würden nirgendwohin mehr gehen, da sie durch die Hände der marodierenden Düsterlinge den Tod gefunden hatten. Doch es waren nur wenige, denn Hampten hatte wie immer ganze Arbeit geleistet und die Kunde von dem heranrückenden Heer schnell verbreitet, sodass die meisten früh genug gewarnt gewesen waren.

Schließlich fanden sie sich in der Taverne ein. Da Hampten nicht da war, taten sie sich ohne ihn an Speis und Trank gütlich, wobei Fretter darauf bestand, dass sie dem Wirt einen Schuldschein hinterließen. Die Verwundeten wurden auf Tische gelegt und versorgt, unter ihnen auch Elger. Fünf tiefe Schnitte in seinem Bein mussten sorgfältig gereinigt und genäht werden; eine Verletzung, die ein Mann in seinem Alter den Rest seines Lebens bei jedem einzelnen Schritt spüren würde.

»Ich habe versprochen, ihn wohlbehalten zurückzubringen«, sagte Fretter. Er legte Wex eine Hand auf die Schulter und lächelte Elger an. »Wexford, die Unversehrten brechen morgen zum Palast auf. Uns erwartet eine Audienz bei Fürst Kryst persönlich.«

»Er wird sich an Vill erinnern.«

»Das wird er. Und sich uns erkenntlich zeigen.«

»Uns?«

Graf von Zornfleck trat hinzu. »Wir hatten gehofft, ihm den jungen Zeichner vorstellen zu können, der einen Drachen herbeigerufen hat.«

Wex war nicht sicher, ob der Graf Verdas Eingreifen nun guthieß oder nicht, aber er schien zumindest beeindruckt.

»Werde ich Ärger bekommen?«, fragte Wex.

Fretter schüttelte den Kopf. »Nein. Der Graf ist der Meinung, dass dank deiner ein ganzes Düsterlingheer vernichtend geschlagen werden konnte. Ich bin zwar nicht ganz sicher, was ich von deinen Methoden halten soll, aber ich werde Lotharios Versprechen einlösen und dich als Soldaten der Palastwache empfehlen. Solange du nur nie wieder Hand an die hier legst.« Er tätschelte den Köcher mit der Karte.

Wex sah Brynn neben ihrem Vater stehen. Pflichtschuldig verharrte sie stumm und mischte sich nicht in die Angelegenheiten der Männer. Sie fuhr sich lediglich durchs blonde Haar und schaute den Grafen mit dem besten Schmollmund an, den sie zustande brachte. Da begriff Wex, dass sie das nur tat, um gutzuheißen, was Wex vollbracht hatte. Von Anfang an hatte sie es gutgeheißen.

»So sei es«, erklärte der Graf. »Begleite uns an den Hof.«

»Ich kann meinen Vater nicht alleinlassen«, erwiderte Wex. »Mit seiner Verletzung kann er sich nicht um die Schweine kümmern.«

In diesem Moment kam Cud angestolpert, der zu ungehobelt war, um zu begreifen, dass er ein wichtiges Gespräch störte, und fiel Wex schluchzend um den Hals. Wie ein kleines Kind klammerte er sich an Wex, den er bis vor kurzem noch verspottet und gequält hatte. Er tat es aus Dankbarkeit, weil Wex ihm das Leben gerettet hatte, und ein Stück weit auch, weil er sonst niemanden mehr hatte.

Wex tätschelte ihm den Rücken und blickte entschuldigend in die Runde. Dann kam ihm eine Idee.

»Cud«, sagte er mit sanfter Stimme, »ich glaube, ich weiß etwas für dich.«

Wex bat sich bei Fretter und dem Grafen einen Moment Zeit aus, bevor er auf ihr Anliegen antwortete. Dann wandte er sich Cud zu und nahm ihm das Versprechen ab, seinem Vater auf dem Hof zu helfen. Cudbert war zwar nicht besonders schlau, aber mit Schweinen kannte er sich einigermaßen aus, und den Rest würde Elger ihm schon beibringen.

»Nun?«, fragte der Graf. »Wirst du uns nun begleiten oder nicht?«

Wex ließ den Blick durch den Raum schweifen. Bis auf das Stöhnen der Verwundeten waren alle mucksmäuschenstill und warteten gespannt auf seine Antwort. Pinch und Mungo nickten ihm zu, und Wex atmete einmal tief durch. Der strenge Geruch ungewaschener Soldaten, vermischt mit dem abgestandenen Dunst des über Jahre hinweg verschütteten und festgetrockneten Biers, unterschied sich nur unwesentlich vom Gestank einer Schweinesuhle. Nach seiner Expedition in die Zornberge kam Hamptens Taverne ihm mit einem Mal sehr klein vor.

»Ich bin kein Soldat und werde auch nie einer sein«, verkündete Wex. »Aber ich würde gern beim Fürsten vorsprechen und bei ihm um Straferlass für meine verurteilten Freunde ersuchen.« Er hatte seine Worte an den Grafen gerichtet, aber jetzt wanderten seine Augen hinüber zu Brynn, die ihn überrascht und voll Bewunderung anblickte. »Und, Graf von Zornfleck, es gibt jemanden, den ich gerne mit an den Hof von Skye nehmen würde.«

Der Graf folgte Wex' Blick. »Ich kann meine Tochter nicht in Begleitung eines Schweinezüchters erscheinen lassen«, erwiderte er streng.

»Mit Eurer Erlaubnis, Graf von Zornfleck, möchte ich Euch bitten, mich dem Fürsten als ›Kartograph‹ vorzustellen.«